Brigitte Kronauer

Gewäsch *und* Gewimmel

Roman

Klett-Cotta

Klett-Cotta
www.klett-cotta.de

Printed in Germany
Schutzumschlag: Rothfos & Gabler, Hamburg,
unter Verwendung eines Fotos von
Getty Images/John Harper ©
Gesetzt von Dörlemann Satz GmbH & Co. KG
Gedruckt und gebunden von Friedrich Pustet KG, Regensburg
ISBN 978-3-608-98006-6

Erster Teil

Elsas Klientel

Wartezimmer

Pratz, der Schwerenöter? Frau Wäns? Der gute Mensch und Plattfüßler Dillburg?

Elsa Gundlach hat zur Aufheiterung ihrer teilweise schwer geplagten Klienten für jeden Montagmorgen einen frischen Strauß in Auftrag gegeben. Pünktlich nach einer Woche ist er welk und wird weggeworfen. Immer passen die Blumenarrangements in der Moritzstraße 13 zur Jahreszeit. Die meisten der vielfach und variantenreich verbogenen Zeitgenossen wissen das zu schätzen, auch wenn sie sich oft nur ein paar Minuten gedulden müssen, bis ihnen Elsa, stets in rigorosem Weiß wie ihr Wartezimmer, mit Massagen und Turnübungen zu Leibe rückt. Des schönen Namens wegen würde Elsa es gern einmal mit der strategisch raffinierten Osterluzei versuchen, aber die Leute kennen die Pflanze nicht, und ohne das Wort nutzt sie ihnen nichts. Sie ist unansehnlich.

Für den, der den Zuspruch des Floralen nicht bemerkt, liegen natürlich die üblichen Illustrierten mit den unverwüstlichen Rätselecken in ordentlichen Stapeln bereit, allerdings nicht zuverlässig in den neuesten Ausgaben und manchmal mit verräterisch aufgequollenen Seiten. Den Männern würde die Vorstellung, daß die sommersprossige Elsa die Zeitschriften vorher in der Badewanne in den Händen gehalten hat, sehr gefallen.

Da die Therapeutin genaue Termine abmacht, befinden sich selten zwei Leute gleichzeitig im Raum. Für Elsa dagegen ist das Kabinettchen immer gefüllt. Sie sieht sie alle dasitzen, den noblen Herrn Brück und die kleine Ilse, Herrn Fritzle (Rosennarr, Schachspieler, auch ehemaliger Holzkaufmann, der im Ratzeburger Goldachter dabei war), Jan Sykowa mit dem großen Kopf, den fröhlichen Bergwanderer Herbert Wind, den tapfer kämpfenden Alex und die verschlossene Eva Wilkens, die rotzfreche Katja, Martha Bauer, Herrn Pratz, berühmt und launisch, und die anderen, deren Namen sie vergessen oder gerade nicht parat hat. Waren darunter nicht, ganz am Rande, eine etwas verrückte Frau Schroberer oder Schreiber, nein, Elisabeth Schneider und ein sporadischer Menschenhasser, der sich Graf Otto nannte? Elsa sieht sie vor sich mit ihren Verspannungen und Verkrampfungen, ob sie in Wirklichkeit längst geheilt sind oder nicht, ob sie noch hier wohnen oder seit Jahren in einer anderen Stadt. Sie zeigen sich mit Reifen und Theraband, auf dem großen Ball wie der Baron von Münchhausen durch den Raum hüpfend (etwa der Geistliche Clemens Dillburg) und auf dem Rücken, die gedehnten Arme rechtwinklig neben sich aufliegend, was einigen fast unerträgliche Schmerzen bereitet. Elsa sieht die Wehleidigen und die Ehrgeizigen, die, die durchhalten und die, die resignieren werden. Manche schmuddelig, manche immer frisch unter der Dusche weg, beides nicht schlimm. Zwei, drei verfügen nicht mal über einen eigenen Körpergeruch.

Ein besonderer Fall ist natürlich Luise Wäns, die Mutter der mürrischen Bankbeamtin Sabine. Frau Wäns ist die einzige Person, die Elsa zuhause, im Tristanweg 8 besucht, draußen, flußabwärts. Seit die gymnastischen Übungen nicht mehr notwendig sind, fährt Elsa manchmal zum Wandern hin. »Frau Wäns«, sagt Elsa ihrem Freund Henri, der bis auf die Wochenenden frühmorgens zur Arbeit fährt und meist spätabends wiederkommt, »wirkt von weitem wie eine Studentin von der wurschtigen Sorte. So zieht sie sich auch an, aber nicht, da bin ich sicher, um jünger zu erscheinen. Sie hat einfach nicht mitgekriegt, daß sie äußerlich älter geworden ist.«

Auch nachts, wenn Elsas Freund neben ihr liegt, tauchen die Gesichter und Körper auf. Zumindest in diesem Fall möchte sie die Klienten verscheuchen, aber die sind zäh. Elsa weckt dann, nicht allzu schuldbewußt, den sorglos atmenden Mann. Ihm sind die Leute, die ihn nichts angehen, deshalb schon lange vom Hörensagen vertraut. Hoffentlich reißt ihm nicht eines Tages der Geduldsfaden.

Warum aber immer in Weiß, schöne Elsa?

Die Patienten jedenfalls halten Weiß für die Hautfarbe rothaariger Engel. Unter Elsas professionellen Berührungen erschauern sie und geben, laut oder stumm, mehr von sich preis, als sie wissen, als Elsa wissen will, brauen sich zusammen vor ihr und dem unbarmherzig aus tiefem Schlaf gerüttelten Freund.

Alte Zeiten

Martha, eine Frau Martha Bauer mit gelegentlich starkem Schulterschmerz, Freundin einer gewissen Fränzi in Osnabrück, hatte im November vor fünfundzwanzig Jahren einer Bekannten, Elisabeth Schneider, ihren Dampfkochtopf geliehen. Ein Vierteljahrhundert später, am 16. November, hörten sie durch Zufall wieder voneinander, und zwar anläßlich einer telefonischen Nachforschung, bei der es natürlich um ganz anderes ging. Ohne sich lange bei der Überraschung aufzuhalten, sagte Martha, sie habe sich furchtbar geschämt, als sie damals den Topf von ihr, Elisabeth, zurückerhalten habe. Er sei so vorwurfsvoll poliert gewesen, poliert wie neuwertig, nein, wie nicht einmal beim Kauf.

»Aber nein, nein, um Gottes willen, nein und nein«, rief daraufhin Elisabeth, die den Vorfall vollständig vergessen hatte. »Du galtest als hundertprozentige Hausfrau, genannt ›Martha ohne Makel‹. Ich hatte bloß Angst, mich vor dir zu blamieren, vor dir und deinem kritischen Blick.«

Wie auch immer, sie vertieften, was sie bereits vor fünfundzwanzig Jahren unterlassen hatten, bei der neuen Gelegenheit, obschon mittlerweile geschieden oder verwitwet, jedenfalls einsam, die Bekanntschaft durchaus nicht. Es war ihnen, als würde sie ein unüberwindbarer Graben trennen, ein brenzliges Köcheln, ein unguter Dampf.

Im kalten Moskau aber erschlugen am Tag des Telefonats drei Obdachlose, arme Soldaten aus dem russischen Afghanistan-Krieg und jetzt für alle Zeit abgebrühte Veteranen, einen jungen, erst fünfundzwanzigjährigen Mann. Einen Teil der Leiche verspeisten sie gemeinsam, den Rest verkauften sie an den Besitzer einer Imbißbude, wo man ihn weiterverwertete, bevor man dem kannibalischen Trio auf die Schliche kam und sich über die Unmenschen entsetzte.

Rätsel

Was versteht man eigentlich unter translationaler (also nicht: transnationaler) Medizin? Und was ist eine Xenotransplantation? Weder Martha Bauer noch Elisabeth Schneider konnten auf die Frage, die in einer beliebten Zeitschrift auftauchte, eine Antwort geben. Die Frau eines gewissen, von seiner Sportverletzung geheilten, jedoch nicht mehr in seinen Beruf zurückgekehrten Erwin (eines Westfalen), mit deren Herz es seit zwei Jahren eine besondere Bewandtnis hat, die wüßte wenigstens ein bißchen darüber zu sagen, was angesichts ihrer medizinisch hochheiklen Situation ja auch kaum überrascht.

Blicke

Peter, gerade Vater geworden und Ehemann von Elsas Floristin, besuchte aus alter Anhänglichkeit und neuem Familienbewußtsein seine Großmutter in der Chamissostraße. »Als ich so frisch war wie du, Peter, da las ich in der Zeitschrift *Kristall* ›Perlon, das deutsche Nylon. Zwei verschiedene Kunstfasern – und doch miteinander verwandt‹. Das geht mir seit heute früh im Kopf herum, und prompt kommst du und besuchst mich!« Hatte sie nicht Tränen in den Augen, als sie da so allein in ihrem Sessel saß? »Wie lange ist das nur her! Ich bin nun eine Greisin und ganz verschrumpelt.«

Der dumme junge Vater erschrak in seinem Glück. Da fiel ihm etwas ein, was er einer alten Frau sicher schnell zum Abschied sagen konnte: »Ich glaube, für die Augen deines lieben Gottes bist du genauso reizend und faltenlos wie unser Kind, dein kleiner Urenkel Peter-Klaus, ja, das glaube ich.«

Welches unverhoffte Wunder geschah daraufhin?

Das Gesicht der Großmutter glättete und verjüngte sich unter den hingesprochenen Worten gewaltig. Für einen Moment verschwanden alle Runzeln, ganz so wie einige Zeit nach dessen Geburt bei dem winzigen Säugling Peter-Klaus, dort natürlich für länger.

Wie staunte der Enkel da über seine Macht!

Merkwürdiges Auspacken

Eine junge Frau, Eva Wilkens, begann am 16. November, sobald sie im Zug von Frankfurt nach Berlin an einem Vierertisch Platz genommen hatte, langsam wie ein Zweizehenfaultier, aus einer großen Tasche eine Saftflasche hervorzuholen, eine Tafel Schokolade, ein Buch, zwei Äpfel, eine Packung Müsliriegel, eine Sonnenbrille, eine Piccoloflasche Sekt und so weiter, man mochte schon gar nicht mehr mitzählen. Die Augen aller Umsitzenden, die schweigend staunten, überwachten Evas Treiben. Geduldig und unbeschleunigt packte sie alles nacheinander aus und stellte es auf den Tisch, der ihr von den anderen drei Reisenden ohne Einspruch überlassen wurde. Steckte in der ICE-Handlung mit ihren Einzelheiten nicht eine schöne, wenn auch unklare Feierlichkeit? Als die Tasche leer und der Tisch, Stück für Stück, beladen war, verließ sie, kurz vor Hannover, Platz und Dinge, kehrte aber bald mit einem dicken Stoß des saugfähigen Papiers zurück, das auf den Klos der Züge als Handtuch angeboten wird.

Damit wischte sie nun, geduldig und unbeschleunigt, Saftflasche, Tafel Schokolade, Buch, zwei Äpfel, die Packung Müsliriegel, Sonnenbrille, Piccoloflasche usw. ab und brachte alles wieder in der Tasche unter. Es spielte sich wortlos in tiefem Frieden ab und wurde, wie das Auspacken, von denen, die stumme Zeugen sein durften, in jeder Bewegung gebannt verfolgt.

Etwas täuschte nun allerdings dabei. In »tiefem Frieden« befand sich Eva keineswegs. Sie tat nur so vor sich selbst, wollte es sich nur unbedingt einbilden, denn sie hatte doch am Abend vorher ihre große Liebe wegen überführter Untreue zum Teufel gejagt.

Nebel

Bereits eine ganze Weile, bevor Nachrufe auf ihn in den großen Tageszeitungen stehen würden, spürte Pratz, der noch immer hin und wieder in aller Munde war, bei dichtem Novembernebel, daß sein Herz nicht wie in schlimmen Fällen gegen ihn anwütete, sondern, viel ernster, still schlagend ruhte. Sosehr er die Erinnerungstaschen ausleerte und umstülpte: Keine heiße Liebe, kein göttliches Klavierkonzert, kein markerschütternder Erfolg und keine ehemals aufwühlende Landschaft brachten es mehr zum Erbeben. Er wußte plötzlich, daß selbst dann, wenn jetzt alles vor ihm stände und sich ereignete, sein Herz ungerührt weitermachen und nicht einmal im Schrecken über diese Ungerührtheit zusammenbrechen würde. Still schlagend ruhte es.

Stillstehen würde es, was er noch nicht ahnt, erst später, vermutlich, wenn er neben einem schwarzen Mann auf einem Sofa säße.

Untrost und Glück

Der Sohn von Frau Fendel, der in München wohnt, statt bei ihr hier in der Irenenstraße, was doch ein erheblicher Trost für sie wäre, da er unverheiratet ist und bisher nur lockere Verhältnisse eingeht, verlor durch einen Autounfall seinen Zwillingsbruder. Dieser Verlust traf ihn schwer. Warum widerfährt gerade mir ein so schneidender Schmerz? fragte sich der Mann, der zum ersten Mal bis in den Grund seiner Existenz spürte, daß der Tod ein Klaffen, ein Kläffen, kurz, der meisterlich glatte Schnitt ist, der die Welt trennt von einer Zwillingswelt.

Was er nicht wissen konnte: Drei Häuser weiter erlebte ein anderer Mann, Herr Schwarz nämlich, einen ähnlichen Kummer, mindestens so groß wie der von Herrn Fendel, denn hier handelte es sich um den Tod der sehr geliebten Ehefrau. Diesem Mann jedoch zeigte sich in seinem Leid etwas ganz anderes. Noch während er schluchzend am Grab stand, erkannte er (als alle Trauernden zum Imbiß vorausgegangen waren, ihm aber, während die Friedhofsarbeiter hinter den Gebüschen schon lauerten, die letzten Minuten mit der teuren Verstorbenen gönnten) das Gewebe zwischen Lebenden und Toten, die stille Post, die durch alles Existierende und jemals Existente läuft, unter der Erde und über ihr. Nichts war erklärbar ohne das Wirken und Vibrieren der Gestorbenen, die als feinste Partikel alles durchdrangen in verwandelter, unleugbarer Anwesenheit. Es traf ihn wie ein Blitz, Dolch, Pistolenschuß, packte ihn als rasendes Glück. Warum widerfährt mir nur eine solche Freude, fragte er sich und schenkte der Bettlerin am Friedhofsausgang alles Bargeld, das sich in seiner Brieftasche befand, nämlich vierzig Euro.

Mein Gott, vierzig Euro, dachte er am nächsten Tag, schüttelte den Kopf über sich, lächelte aber, ohne sich die Tränen abzuwischen, vierzig Euro! Hätte ich doch mehr dabeigehabt!

Blick und Kick

Die Krankentherapeutin Elsa, aus dem renovierten Haus am Ende der kurzen Moritzstraße, verabschiedete sich an einem kühlen Novembermorgen von ihrem Freund, der sie wie immer rechts und links von der Nase küßte, um dabei seine eigene bequem für einen Moment in ihre Augenhöhlen zu betten. Als in der Nacht, nachdem sie beide vom Fenster aus eine Weile die aus ihrem Inneren leuchtende Litfaßsäule mit dem Unterwäschenmädchen angesehen hatten, wenig später in der Nachbarwohnung die Toilettenspülung losrauschte, war er nackt aus dem Bett gesprungen, hatte gerufen: »Ein Beischlafhindernis!«, um dann in der Küche allein für sich zu rauchen.

Der zurückgelassenen Elsa aber fiel das wieder jungfräulich gewordene Bett und Schlafzimmer ihrer Mutter ein, nachdem der Mann gestorben und die vier Kinder ausgezogen waren. Wie genügsam und klösterlich adrett es vor ihr stand, als wäre niemals etwas darin vorgefallen! Es rührte sie plötzlich sehr. Aber auch Henri rührte sie, als sie daran dachte, wie sehnlich er immer einen Triumph seiner Fußballmannschaft, Sankt Pauli war's wohl, erhoffte. Monatelang hatte er auf dem Weg zum Stadion jedem zweiten Bettler ein Almosen spendiert, weil er dachte: Dann werden wir siegen! Seine Leute siegten indessen oft trotzdem nicht. Endlich entschloß er sich zur Bestrafung. Er gab nur jedem vierten Bettler Geld.

Sie blieb, nach dem morgendlichen Abschied, noch eine Weile am Fenster stehen und forschte einer Empfindung nach. Schon als Kind wäre sie am liebsten den Leuten, wenn sie abends von der Arbeit nach Hause gingen, heimlich in ihre Wohnungen gefolgt, um dort zu beobachten, wie sie die Einkaufstaschen abstellten, in den Kühlschrank sahen, sich ausgiebig irgendwo kratzten, das alles. In dieser Nacht jedoch hatte sie die Wesen, die in dem Mietshaus schliefen, nicht nur beim Bedienen der Toilettenspülung, sondern beim Atmen gehört. Sie erwiesen sich als klopfende Pulse eines gewaltigen Organismus. Beim allgemeinen Klingeln der Wecker waren sie jedoch in fremde, förmliche, einander sogar feindliche Einzelstücke zersprungen.

Da wanderte ihr Blick zum Körper auf der Litfaßsäule, der mit winzigen Dessous bekleidet war und zu den Vorübergehenden in einer Sprechblase sagte: »Geben Sie Ihrem Leben einen Kick!« Zum ersten Mal wurde ihr bewußt, daß sie sich längst nicht mehr mit den Gesichtern solcher Wundergestalten verglich, nur noch mit deren Schultern, und nun, am hellen Tag, sah sie: Auch das sollte sie in Zukunft besser unterlassen. Wie prunkten die Blutjungen in den Illustrierten mit ihren Entblößungen und präsentierten sich als Opfer, voller Lust in prächtige, ihr Fleisch vergewaltigende Kleider gezwungen!

Schon wandte sie sich ab, als sie ein unförmiges Mädchen bemerkte. Es stand unter dem überlebensgroßen Foto und blickte zu ihm hoch. Elsa sah es von der Seite. Etwa im gleichen Alter hatte sie in ihren Sommerferien Kinder armer Leute drei Wochen lang jeden Tag ins Grüne geführt. Ein Sozialprojekt der Stadt, bei dem sie Geld für zwei Wochen Jugendherberge an der Nordsee verdient und scharf hatte aufpassen müssen, daß sie sich nicht genierte vor denen, die mit den Eltern an südliche Meere flogen.

Das hoffnungslos aufgequollene Mädchen blickte hoch zu den vollkommenen Gliedmaßen, hielt offenbar die Luft an, las den Spruch, nichts weiter. Es brauchte viel Zeit dafür, sehr viel Zeit, und rührte sich nicht von der Stelle, auch Elsa rührte sich nicht.

Und was war das? Fing die Plakatfigur nicht an zu beben und sich zu krümmen unter so schrecklich viel Gefühl?

Diese Person und eine zweite

Diese Person, deren Bruder Alex als Rettungssanitäter beim Roten Kreuz für 5,11 Euro Stundenlohn beschäftigt ist, soll zeitweilig als besonders freundliche Verkäuferin bei einer Süßwarenkette gearbeitet haben, zum Erstaunen der Kundinnen plötzlich verschwunden, dann aber seelenruhig in der gleichen Funktion in einem Bettengeschäft aufgetaucht sein, später in einem kleinen Reformhaus, auch hier als angebliche Fachkraft, dann in der Annahmestelle einer Änderungsschneiderei und Reinigung.

Martha Bauer will sie zwischendurch im offenen weißen Kittel entdeckt haben, in einer schwarz-weiß gekachelten Apotheke, als sie für einen naschhaften alten Herrn die Vor- und Nachteile von Erkältungsdragees abwog. Das zweifeln manche an.

Glauben geschenkt wird dagegen dem Gerücht, man habe sie am 20. November des laufenden Jahres überraschend in einer katholischen Kirche gesichtet, wo sie mirnichts, dirnichts mit dem lustigsten Gesicht lauter Centmünzen Stück für Stück in den zur Opferung herumgereichten Korb geworfen und, als sie feststellte, daß ein sehr unrasierter Mann neben ihr bei der Kommunion sein Butterbrot auspackte und zu essen begann, den Rest des Kleinstgeldes in dessen Manteltasche gestopft habe.

Elsa, die am Vortag durch Alex von dieser Person gehört hatte, wurde in Amsterdam nach Besuch vieler sehenswerter Lokalitäten beim Betreten ihres Hotels, während des Aufziehens der schweren Eingangstür, von hinten räuberisch angegriffen. Ob der Dieb ihr den zierlichen Lederrucksack von den Schultern reißen oder nur von oben in die Öffnung greifen wollte, blieb ungeklärt. Sie konnte behelligt, aber ungeschoren in die Hotelhalle entwischen, verlor auch kein Wort darüber. Am nächsten Morgen, sie wußte nicht, was sie dazu bewog, bettelte sie ganz unerwartet und ohne den Trieb unterdrücken zu können, kaum, daß sie ihr Hotel verlassen hatte, einen Vorübergehenden um einen Euro an. Dabei streckte sie ihm ihre hohle Hand nach uralter Sitte als Opferbehältnis entgegen und hatte Glück.

Wenn, wenn, wenn

Da, wo die Rennerstraße in die Unterführung übergeht, steht rechterhand ein Klinkerhaus, dessen Hochstammrosen schon jetzt, wie jedes Jahr, vorschriftsmäßig in Winterfolie eingewikkelt sind. Herr Fritzle, der dort wohnt, äußerte gegenüber seinem Freund Heinz beim allwöchentlichen Schachspielabend, wenn sie beide im Sommer nur besser aufgepaßt hätten, dann wäre es dem Trübsinn und der Düsternis dieser Tage nicht gelungen, die Oberhand zu gewinnen. Mit ein bißchen mehr Wachsamkeit sei die Entwicklung zu verhindern gewesen. Auch beim Älterwerden müsse man, um es zu stoppen, diesbezüglich die Augen offenhalten. Dann schmunzelte er und zündete sich eine Zigarette an.

»Im Gegenteil«, antwortete Heinz, als er ein bißchen gegrübelt hatte, »ich habe das Anwachsen der Dunkelheit und das Altern wie ein Schießhund belauert und es gerade dadurch heraufbeschworen. Matt!«

Rätsel

Der Schriftsteller Pratz stellt in wechselndem kleinen Kreis zu vorgerückter Stunde gern folgendes Rätsel: »Welcher Kanzler hatte eine Art zu grienen, als würde er den Erinnerungen an ein Sittlichkeitsdelikt nachschmecken?«

»Welcher Kritiker mit demselben Anfangsbuchstaben trug dauerhaft ein Gesicht zur Schau, bei dem man seiner Ausübung des Geschlechtsverkehrs als Rülpsen des Unterleibs beizuwohnen glaubte?«

»In welchem Beruf (wieder derselbe Anfangsbuchstabe) kann es vorkommen, daß man sich tagtäglich die Unmassen der vorbeigeschleusten Waren in einem Riesenbauch vermengt vorstellt samt den anschließenden Stoffwechselprozessen, zuhause aber Gedichte schreibt?«

Liebe Herta!

Frankfurt a.M. Durch beruflichen Zufall hat es sich ergeben, ob Du es glaubst oder nicht: Innerhalb von zehn Tagen habe ich hintereinander im Rahmen der sogenannten professionellen Klimapflege mit drei wirklich wohlhabenden Männern beruflich zu Mittag gegessen, einer reicher als der andere. Große Verwöhnung in Spitzenrestaurants! Maßanzüge! Manieren! Ich habe natürlich trotz der Rückenschmerzen optisch alles aus mir rausgeholt und mich gefragt, ob die Kellner wohl wußten, über wieviel Geld diese Männer regieren. Sie lassen es sich ja nach außen nicht ohne weiteres anmerken. Vielleicht kannst auch Du Dir nicht vorstellen, um welches Ausmaß von Vermögen in nationalem, ja europäischem Maßstab es hier geht.

Aber man selbst ist und bleibt doch eine bescheidene Maus. Einmal habe ich durch eine schnelle Bewegung und ganz ahnungslos ein Zaunkönigspärchen in einer befreundeten, ach was, Gartenbude von Freunden, in Panik versetzt. Was sind die Wichte verzweifelt um mich rumgeflattert und fanden den Ausweg nicht! Beim Mittagessen mit den Männern habe ich nichts Besonderes empfunden, eigentlich gar nichts. Angesichts der Zaunkönige aber viel. Das kommt von den kleinen Verhältnissen.

Deine Ruth

Offenes Fenster

Obwohl es abends schon recht kühl wird, hat Elsas Floristin, seit kurzem Mutter des Säuglings Peter-Klaus, gestern nacht noch eine Weile am offenen Fenster gestanden, es war ja Vollmond. Schrecklich gut gefielen ihr nämlich die verrückten Schatten der Buchenäste auf dem hellen Boden. Da kam plötzlich aus der Dunkelheit ein grauenhaftes Knirschen, ein Kreischen, ein mehrfacher eisiger Schrei. Niemand war in der Nähe, den sie fragen konnte. Vielleicht hat nur sie die Laute gehört? Für sich allein? Für sie bestimmt?

Und wenn das Geräusch nicht von Mensch oder Tier herrührte, sondern von Wesen, die noch keiner, die niemand bisher kennt?

Trost von unverhoffter Seite

Ein Mann, Erwin, schwarzhaarig, ein Westfale im Grunde, äußerlich ein südländischer Typ, den man leicht für einen Römer nehmen könnte, beschwerte sich periodisch bei seiner Frau, daß die Menschen immer unnatürlicher, mechanischer, dümmer würden, es nirgendwo aushielten ohne Laptop, iPod, iPad usw., sich nicht schämten wegen dieser lachhaften Abhängigkeit und auch bei Sport und Gartenarbeit mit Haut und Haar dem technischen Ausrüstungswesen verfallen seien. Daß dagegen die Roboter, die Maschinen in sausender Geschwindigkeit intelligenter, menschenähnlicher würden und ihm ihre, der Frau, warme Nähe in der Nacht der einzige Schutz gegen solcherlei usurpatorische Alpträume sei.

»Seht ihr den Mond dort stehen? Er ist nur halb zu sehen und ist doch rund und schön!« summte die Frau währenddessen leise, ganz leise vor sich hin. Sie selbst konnte nur mit einem Auge sehen. Es wurde nicht bemerkt, aber wenn sie zum Erdtrabanten hochblickte, zeigten sich ihr zwei verschwommene Scheiben. Außerdem hatte man ihr ein neues Herz eingesetzt vor zwei Jahren. Keine Krisen, alles wunderbar mit Hilfe der Medizin gemeistert. Seitdem freute sie sich jeden Tag ihres Lebens, zu jeder Jahreszeit. Das Blitzen der Regentropfen, das Schimmern der Silberbestecke, die neuen Mikrofaserstaubtücher, der Duft der Holunderblüten! Wie schön war der Novembernebel, wenn alles verschwand und gegen Mittag kurz und wie werweißwas auftauchte! Was sollte sie ihrem klagenden Ehemann Erwin, ursprünglich erfolgreicher Unternehmer im Sanitärbereich, bloß antworten?

An diesem Morgen, einem Freitag, wurde ihr bei der Zeitschriftenlektüre in Elsas Wartezimmer ein Trost in die Hände gespielt, den sie auf der Stelle als solchen erkannte. Sie wußte nicht weshalb, aber sie war sich seiner wenigstens temporären Wirkung sicher.

»Erwin«, sagte sie, hochzufrieden mit ihrem Fund. »Hör dir das an! Man hat erforscht, daß Krähen, die ja intelligent wie alle Rabenvögel sind, bisher unvermutete Fähigkeiten besitzen. Sie nehmen die genaue Physiognomie menschlicher Gesichter wahr, vor allem: Sie merken sie sich! Noch nach Jahren identifizieren sie mit den kleinen schwarzen Knopfaugen Freund und Feind. Unsere guten und bösen Handlungen gegen sie sind aufgeschrieben, abrufbar im kleinen Vogelhirn.«

Da der Mann keine Miene verzog, fügte sie hinzu: »Besiegelt ist unser Untergang also, Erwin, begreif das doch, keineswegs.«

Ob Erwin das tatsächlich freute?

Herbert Wind

Als die Koffer gepackt sind, macht Herbert Wind wegen der Vorfreude und zur Beruhigung das Fernsehen an. Düstere Wirtschaftsprognose für das kommende Jahr, Ehrung zum Gedächtnis der Kriegstoten. Schön und gut! Aber die schnellen Schritte der jungen Frau draußen, tack tack, diese akustische Wonne, sich nähernd, nah, sich entfernend, in diesem Augenblick, wer achtet darauf? Wir sind betrogen um die winzige Spanne der Gegenwart, sagt sich Herbert, doch, das sind wir. Immer wird vorausgeeilt oder zurückgeblickt.

Morgen geht's los. Herbert Wind besitzt eine kleine Wohnung in den Bergen. Ob sie, die Wohnung, schon ein bißchen zittert in Erwartung von Herbert? Ob sie spürt, wie er ihr entgegenwächst und -rast, über Brücken, durch Tunnel? Wie der Zug sich unaufhaltsam auf dem letzten, kurvenreichen Abschnitt höherschraubt? Wind stellt sich vor, daß sie schließlich erregt auf seine Schritte horcht. Zum Spaß ruft er am frühen Morgen dort an. Die menschenleere Wohnung geht nicht ans Telefon, soll aber in Vorlust durch das Klingeln zum Beben gebracht werden.

Wenn er wieder zurück ins Flachland fährt, wird sie ihm lange, lange nachträumen, auch ein wenig nachtrauern, bis sie ihn aus den Augen und Herbert sich in der Mannheimer Ebene verliert.

Nimmersatt Pratz

Der ohnehin verdammt Hochgeehrte soll, als er schon unter der Last seiner Orden und Verdienstkreuze fast zusammenbrach, so will ein Gerücht, um auch nach seinem Tod für Publikum und Wissenschaft lebendig zu bleiben, »geheime« Briefe, indiskrete Tagebuchnotizen überall in seiner Wohnung und seinen Ferienniederlassungen, auch bei angeblichen »Geliebten«, versteckt haben, und zwar mit dem schriftlichen Befehl: »Erst 20 Jahre nach meinem Ableben veröffentlichen!«, »Erst in 50 Jahren für die Öffentlichkeit bestimmt«, »Erst in 108 Jahren zugänglich machen!« In seinen reiferen Lebensjahren hat er offenbar ausschließlich an der vorsorglichen Konstruktion einer posthumen Enthüllungsgeschichte, seine Biographie und sein Wirken betreffend, gearbeitet, immer hinter verschlossenen Türen. Selten die Ehefrau, öfter die »Geliebten« hörten ihn manchmal jovial lachen und »köstlich!« rufen, durch die Wände hindurch. Auch anwesende Katzen spitzten anfangs die Ohren, waren es aber noch schneller als die anderen leid.

Unverstand

Die Studentin Katja, die mal brünett, mal blond, auch schwarzhaarig in Erscheinung tritt und über einen patzigen kleinen Mund und hübsche, leicht ins Glubschige gehende Augen verfügt, erfreut die Welt mit einem meist freizügigen Dekolleté, das zu den Brustspitzen hin milchweiß wird. Einmal war sie sechs Wochen in Kenia in der Entwicklungshilfe tätig, vielleicht gegen Aids, man weiß es nicht genau. Diese Katja rühmte vor vierzehn Tagen ihre Mutter, die eine schöne Frau gewesen sei, schon jetzt aber, reichlich früh, immer krummer werde. Anstatt darüber zu weinen, habe die Mutter fröhlich gesagt: »Es ist mein Schicksal, einen Buckel zu kriegen. Man kann nichts dagegen machen. Also gut, dann: Bückelchen, ich werde dich tragen und ertragen!«

Das, so Katja, sei doch ein anderes Format als das jener Weiber, denen ständig die Botschaft ins harte Gesicht geschrieben stehe: Ich habe noch das Anrecht, mich auszutoben! Oder diese andere Sorte, von denen ihr neulich eine im Warenhaus bei der Anprobe eines BHs sehr zwiespältig lachend ruckzuck in den Büstenhalter gegriffen habe, eine ältere Verkäuferin, die meinte, sie müsse ihr, Katja, zeigen, wie man solche Dinger trägt und die Brüste in den Körbchen wirkungsvoll plaziert. Auch gebe es ja diese Alten, die nach allzu sparsamem Leben immerwährend die fatale Parole auf den Lippen hätten: In den paar Jahren bis zum Tod wird gepraßt, was das Zeug hält!

Tief enttäuscht äußerte sich Katja nun aber darüber, daß ihre Mutter, eine allein lebende Witwe, ihr den letzten Sonntag telefonisch etwa so geschildert habe: »Vom frühen Morgen an, gleich nach dem Aufwachen, habe ich auf eine Meldung aus der Außenwelt gewartet. Einmal ging das Telefon. Ich schaffte es nicht rechtzeitig bis dorthin. Den ganzen Resttag bereute ich meine Langsamkeit und überlegte: Wer könnte es gewesen sein? Bei wem kann ich riskieren, ihn anzurufen und nachzufragen, einfach, um eine menschliche Stimme zu hören? Immer ging es in meinem Kopf: Wer mochte das gewesen sein? Am Abend läutete wieder das Telefon. Diesmal war ich schnell. Und was stellte sich heraus, Katja? Simple Nummernverwechslung! Es meldete sich ein unbekannter Mann, und zwar der, den ich am Morgen verpaßt hatte. Selbst das war also nichts, ich meine, nichts für mich. Und doch war es ein Glück. Immerhin hatte ich durch den Irrtum über den langen, langen Sonntag hinweg eine Aufregung und was zum Zergrübeln, Kind.«

»Hätte sie sich nicht aber«, meinte die Studentin ärgerlich, »über das Versehen amüsieren müssen, statt so sehr mit der Stimme zu zittern? Was jammert sie plötzlich? Spürt sie denn nicht, wie auch die stumme Luft voll geheimer Botschaften ist, auch voll sexueller Absprachen, und das nicht nur auf elektronischem Weg?«

Man muß ihr ein bißchen zugute halten, daß für Katja eine Liedzeile wie diese: »... bis an das kühle Grab« noch nichts weiter als die Vorstellung eines Erfrischungsgetränks an einem heißen Sommertag weckt. Auch steht ihrer Jugend die Überraschung, daß das ehern Unerbittliche des Todes ausgerechnet dasjenige irreal macht, was sie bis jetzt unbezweifelt für die Wirklichkeit hält, erst bevor.

Wien

»Im Mai«, erinnert sich Clemens Dillburg, der ein demütiger Mensch und Priester ist, »bin ich von Potsdam aus, wo es überall, besonders aber um die russische Kirche herum nach Akazien duftete, über Prag, das unter einer Wolke von Fliedergerüchen lag, nach Wien gefahren, um dort endlich und zum ersten Mal meinen Bruder zu besuchen, der mich durch den dort ansässigen, ich meine, hochberühmten Stephansdom führen sollte.

Wie, fragte ich mich unterwegs neugierig, so nebenbei, würde es wohl in Wien riechen?

Welche Überraschung: nach Moschus! Jedenfalls in der Wohnung meines Bruders, auch in den Straßen, denn ich spazierte ja immer neben ihm. Außerdem stellte sich heraus, daß ich den Dom viel besser kannte als er, obwohl ich nur in Büchern darüber gelesen hatte. Er war wohl noch niemals darin gewesen. Warum auch! Wien besitzt viele Kirchen. Allerdings lag der Fall bei ihm speziell. Er galt als Profi, als King in Wiener Zuhälterkreisen. Das entging mir bereits nach wenigen Tagen nicht. Als junger Mann, nachdem er ein frommes Kind gewesen war, ist er als Feuerschlucker aufgetreten. Damit war Schluß, als ihm einmal in einer fränkischen Stadt ein Jugendlicher fortlaufend die Fackeln mit Bierspritzern gelöscht hat. Es kam zu einer Rangelei, bei der mein Bruder schließlich dem anderen feuerspuckend das Gesicht verbrannte. »Ich selbst aber«, so der treue Priester, »frage und erforsche mich: Wieso, um Himmels willen, habe ich den Moschusgeruch, den seine Damen an ihm hinterlassen hatten, so sicher erkannt?«

Eine Weile später sagt er sich: »Weihrauch und Moschus! Das ist wieder so ein Fall. Vielleicht kommt es in unserem irdischen Leben vor allem darauf an, ob wir in den Erscheinungen eine Vorform, einen, und sei er noch so erbärmlich, Abglanz des Göttlichen erkennen oder ob wir in dem, was wir das Göttliche nennen, nur eine Sonderform unserer vulgären Triebe, Halluzinationen, Machenschaften sehen.«

Und noch etwas später fällt ihm wieder das Drehen der Windräder ein, das er vom Zug aus gesehen hat. In trägem Refrain wiesen die Flügel abwechselnd steil in die Unendlichkeit. Den Anfang der Erinnerungen hat er Frau Fendel erzählt, den Rest, ab Wien, nur teilweise.

Des Rätsels Lösung

Die Gesellschaft macht denjenigen, die ihren Hunden, Katzen, Pferden, die Tieren überhaupt sehr zugeneigt sind, sie mit großer Aufmerksamkeit in ihren Gemütsregungen beobachten und voll Hingabe zu beschützen suchen, schwere, auch höhnische Vorwürfe, als wären jene Zeitgenossen zwangsläufig durch ihre Tierliebe entartet und Menschenfeinde.

Dabei, durchfuhr es heute Herrn Brück anläßlich eines Besuchs in Berlin, ist es doch so, daß in den Tieren im Vergleich zu den Menschen das allgemeine Entwicklungsschicksal gestoppt wurde. Mitten im Zeitstrom hielt die Evolution sie damals an. Sie sind erstarrt – auch wenn sie rennen, auch wenn sie leiden – zu paradiesischen, in sich kreisenden Geheimnissen, als entkämen sie, ausgerechnet sie, der biologischen Tragik und der philosophischen Spekulation, jawohl!

Und trotzig führte Herr Brück seinen halblahmen und fast blinden Hund Rex Brück in den Zoo. Sie kehrten erst zurück, als die kompletten Passanten mit Tüten, Aktenkoffern und Sorgen auf den Straßen im Moorbraun des Abends versanken.

Ein ganzer Tag

Die Frau, die im gelben Eckhaus Schubertstraße/Beethovenstraße wohnt, eine Fotografin im 3. Stock, erinnerte sich, am Fenster stehend, noch vor dem Frühstück, mit den nackten Platanen vor Augen, an ihre verstorbenen Eltern, die sich so oft gestritten hatten. Wenigstens einmal in ihrer Ehe aber waren sie nach beider Auskunft glücklich gewesen, so richtig selig. Das passierte an jenem unvergleichlichen Abend in Berchtesgaden, als sie hoch über dem Tal zu kühlem Weißwein frische Forellen gegessen hatten. Noch jetzt freute sich die Tochter, mit Blick auf die Bäume, von Herzen daran. Wie es den Eltern geschmeckt hatte!

Während des Frühstücks allerdings las sie, daß einer der Chefplaner von Al-Qaida im Gefängnis von Guantanamo im März 2003 180mal durch simuliertes Ertränken gefoltert worden sein soll. Sechsmal am Tag Todesangst? Handelte es sich um einen Druckfehler? Und wer würde jene monströse Frau, die damalige Außenministerin C. Rice strafen, die in ihren pastellfarbenen Schneiderkostümen mit ungetümem Gebiß grimassierend, stets als Dame behandelt, schwere und schwerste Folter befürwortet hatte?

Am Abend aber spürte die Frau wieder, tief am Grund ihrer Empfindungen, daß es jemanden gab und daß er sie, die Fotografin, ins Herz geschlossen hatte. Er kratzte an ihr, er schnitt ihr erbarmungslos in Fleisch und Seele, und doch schien der vorläufig Unsichtbare sie insgeheim zu lieben, trotz seiner grausamen Streiche. Dabei wollte sie es fürs erste belassen. Ein schönes Gefühl, allerdings verging es dann wieder.

Diese Fotografin, die wie viele auf Elsas Künste schwört, heißt Roeland, Frau Roeland, genannt Babs.

Der Haken

Ich könnte, sagte sich der noch wenig erfolgreiche Komponist Hannes (eigentlich Hans) Keller am 20. November, als er die typischen Naßrasurgrimassen schnitt, viele sehr verschiedene Formen annehmen, beziehungsweise diverse Leben führen und Charaktere glaubwürdig darstellen. Jawohl, sehr viel Unterschiedliches an Tugend und Laster fühle ich in mir als Möglichkeit. Ich könnte, könnte sehr wohl, wenn ich nur wollte.

Früher hat er woanders gewohnt, mit einem in der dortigen Moritzstraße gut therapierten Rückenleiden. Hieß der rettende Engel von damals nicht Elsa? Haha, die bildschöne Elsa mit den roten Haaren! Man hatte unter ihren Händen gar kein Interesse, gesund zu werden.

»Tugend, vor allem Laster: Ich könnte, wenn ich wollte, Elsa, herrliches Weib, kein Problem. Nur habe ich, das ist der Haken, dafür keine Zeit, keine Zeit, selbst für dich nicht. Keine Ausnahme! Unerbittlich ruft die Musik.«

So macht er sich Mut.

Das Geheimnis der Jagdhütte

Herbert Wind lernte, so erzählte er es Elsa nach deren Arbeitsschluß, bei einem novemberlichen Aufenthalt in Graubünden einmal einen Mann kennen, der ihn, wenige Tage bevor man mit den ersten kräftigen Schneefällen rechnen mußte, in seine Jagdhütte hoch oben in der Bergwildnis einlud. Nach beschwerlicher, streckenweise gefährlicher Wanderung fand der nicht schwindelfreie Herbert tatsächlich die von dem Jäger gut beschriebene Hütte. Er wurde dort bereits von dem Mann und, zu seiner Überraschung, von zwei weiteren Gästen erwartet. Alle vier Männer konnten mit einer bescheidenen Schlafstelle rechnen und richteten sich gutgelaunt ein auf einen gemütlichen Abend mit Hirschgulasch, Wein und Kaminfeuer, umgeben von Abgründen und Einöde.

Pfeife, Zigarren, auch Zigaretten kamen nach dem Essen zum Einsatz. So plaudernd und tapfer rauchend in der felsigen Einsamkeit dazusitzen, empfanden sie als Streich gegen die Ehefrauen und den Rest der Welt. Ob sie in dieser Umgebung nicht Interesse hätten, etwas Volkstümliches, auch Volkskundliches, nämlich einige Sagen aus der Region zu hören, fragte der Jäger unmittelbar nach beendeter Mahlzeit. Kaum nickten die Gäste, begann er schon. Wobei er seltsamerweise, wie es schien, etwas nervös auf seine Armbanduhr sah, sie vom Handgelenk nahm und ohne Erklärung vor sich hinlegte.

»Mann und Frau«, begann er.
»In Litzirüti, nicht weit von Arosa, etwas unterhalb nur, lebten in einem Haus mit steiler Katzentreppe ein Mann und eine Frau. Von ihr sagten die Leute, während der hübsche Mund der Frau ganz arglos lachte, hinter ihrem Rücken immer öfter, sie könne wohl ein Gewisses mehr als bloß spinnen. Das betrübte den Mann und ängstigte ihn. Aus einem solchen Gerücht mochte leicht Schlimmes erwachsen! Er bemühte sich, den Verdacht der Dorfbewohner wenigstens vor der Frau zu verheimlichen. Denn was sonst sollte der Furchtsame tun?

Das Haus wird jetzt zum Verkauf angeboten.

Genauso ging es in einem anderen Fall in der Nähe von Peist zu, plessurabwärts, etwas näher dem alten Bischofssitz Chur. Nur war es dort so, daß der Mann, wenn er seine Frau besonders liebte, seine Zungenspitze in ihr linkes Ohr zu dem schwarzen Muttermal dort steckte und wenig später zufrieden flüsterte: ›Hexe!‹«

Hier holte der Jäger einen Stift hervor und ein Papier, auf das er einen Strich machte. Dann fuhr er ohne Pause fort:

»Die kleinen Gäste
Ein Mann aus dem Ruhrgebiet in Deutschland, wo es früher die kohlschwarzen Bergleute mit ihren Grubenlampen und ihrer Si-

likose gab, saß im Wartestübchen einer Bahnstation im Schanfigg. Saß dort am runden Tisch und sah auf die braunen Fußbodenkacheln und die Spitzendecke auf dem runden Tisch, trank einen Kaffee, den ihm die Kioskwirtin gebracht hatte und lachte mit ihr über einen etwas schütteren Clown namens Gottschalk im Fernsehen. Da ging die Tür auf, und herein kam ein schon recht gebrechliches, aber wohl noch immer treu verliebtes Pärchen, das wie in besonders teuren Erinnerungen vor sich hinlächelte. Die Wirtin berechnete ihnen den Wein, den sie munter tranken, nicht. Erst als die beiden gegangen waren, sagte sie vergnügt zu dem Deutschen: ›Das waren die Pestleutchen. Früher richteten sie großes Unheil in der Gegend an. Heute sind sie harmlos. Sie haben ihr Pulver verschossen.‹

Der Mann aus dem Ruhrgebiet aber fuhr mit einem plötzlich aufgetretenen, widerlichen Ekzem an geheimer Körperstelle nach Hause und ist es bis heute nicht losgeworden!«

Der Jäger machte nun wieder einen Strich auf den Zettel, nahm einen Schluck Wein, sah auf seine Uhr und fuhr fort:

»Frau Eggli

Die Frau Eggli, eine Frau, die die Gabe besaß, alle zu trösten, Frau Berta Eggli, deren beide Söhne in der Hauptstadt studiert und geheiratet hatten, diese Frau Eggli, die sich seit jeher weder vor den Tobelgeistern noch vor dem Totenvölkchen ängstigte und genau wußte, wo man das schwarze Kohlröschen, das Wintergrün und den schwarzroten Sitter findet, stieg, als ihr Mann zur Jagd auf Murmeltiere, Gemsen und Hirsche war, bis auf eine Höhe von 2004 Metern zu einer steinernen Schutzhütte auf, ganz allein. 2004 hieß auch das Jahr des Geschehens. Da kam ein Nebel, der alles auslöschte und schluckte. Es war die Stelle, wo sich einst der Hotelier Haldimann mitten im Juli im Schneesturm verirrte und auf allen vieren nach Hause kriechen mußte.

Sie kannte sich gut aus, aber nun war ja nichts mehr zum Erkennen da. Kein Wahrzeichen, überhaupt kein festes Ding. Frau Eggli sagte sich, obschon alle Gegenstände im Grau verschwunden waren, kalten Blutes: ›Das ist nicht für immer! Steh still und warte nur, es wird alles wieder auftauchen!‹ Und tatsächlich, Berta stand still, wartete, der Nebel wich, würgte nicht länger, und sie setzte kühn den Weg noch um 300 Höhenmeter fort, mitten hinein in die Verlassenheit von Geröll und Schutt. Das geschah im September.

Im November aber zerfiel ihr beim Wenden die Apfeltarte, die sie für ihre beiden großstädtischen Schwiegertöchter gebacken hatte. Das war Berta Eggli noch nie passiert. Bekümmert stand sie vor der Bescherung, und auch beim Kaffeetrinken angesichts des in letzter Minute noch glücklich reparierten Kuchens dachte sie insgeheim an nichts anderes als an ihr Mißgeschick.«

»Ja, ja, so sind die Frauen«, riefen die Zuhörer. Der Jäger schenkte nach, machte den Strich und fuhr fort:

»Der Berg
Ein ehemals frommer Mann aus Bergün, etwas oberhalb wohnhaft, der wie viele seinen Glauben an Gott verloren hatte, da er sich ihm nirgendwo zeigte, freute sich jeden Morgen an einem Berg, Piz Ela, der dicht vor dem Fenster seines Schlafzimmers auf ihn wartete. Leuchtend in Schnee und Eis, in dröhnendem Schweigen nach Sonnenuntergang, schwebend beim Morgengrauen unter dem verbleichenden Vollmond stand er da in Macht und Zartheit, dicht vor seinen Augen, immer derselbe und zu jeder Stunde wechselnd. Da sagte er sich, und es war an einem Donnerstag: Warum sollte ich nicht in ihm einfach Gott sehen, Gott wie das Wort ›Gott‹, als Bild, abgekürzt?

Aber es funktionierte dann doch nicht.«

Dem Jäger war die Pfeife ausgegangen. Er entzündete sie neu, machte seinen Strich, vergaß nicht den Blick auf die Uhr und setzte seine Erzählungen lächelnd fort:

»Die Tochter des Gesanges
In Tschiertschen, wo erst vor einigen Jahren die Straße nach Chur den Hang runterrutschte und zwei junge Burschen in ihrem Auto getötet hat, lebte vor langer Zeit, allein und für sich, eine schöne Frau, die den Leuten aber letzten Endes nicht geheuer war. Die Männer freuten sich, wenn sie durchs Dorf ging, und ereiferten sich, weil sie keinen von ihnen für ein Stündchen erhören wollte. Sie zu heiraten hätte sich niemand zugetraut. ›Die kann mehr als recht‹, flüsterten die Frauen, und: ›Die bringt uns Unglück!‹

Schließlich sagten sie es lauter und lauter, und am Ende wußten alle sicher, um was es sich hier handelte. Sie versammelten sich im Gemeindesaal, beschlossen Schreckliches und stürmten los zu der Frau, die, kein Wunder, meergrüne Augen und Sommersprossen hatte. Schon sahen sie das Zucken und Flackern und Flammen vor sich als etwas Köstliches und Süßes.

Man weiß nicht, um was es sich handelte, aber irgend etwas zwang sie, als sie vor dem Haus der Frau anlangten, leise zu sein, sich anzuschleichen für ihre Mordtat, nach der sie verlangten, Männer wie Frauen. Vielleicht verführte sie der sanfte Schein aus den Fenstern des Häuschens?

Erstaunlicherweise war die Haustür nicht verschlossen, nur angelehnt, als würden sie erwartet. Aus dem Inneren aber drang eine alte Musik, so herrlich, wie sie noch nie von ihnen gehört worden war, vielleicht aus dem Radio? Sie rührten sich nicht, sie drängten sich heran und lauschten den himmlischen Klängen. Da begriffen sie, daß kein Teufelsliebchen eine solche Schönheit ertragen würde. Wie gut war die Welt doch in Wirklichkeit! Einer von ihnen, der einige Semester in der Hauptstadt studiert hatte, sagte: ›Es ist die Cäcilienode, ich täusche mich nicht, die Cäcilienode, ganz gewiß!‹ Sie standen still und horchten. Dann gingen sie, ohne weitere Verständigung, nach Hause, jeder für sich, wo er hinmußte.

Am nächsten Tag zeigte sich, daß die Frau aus der Gegend verschwunden war. Sie kehrte nie wieder zurück. Die Leute von Tschiertschen aber dankten ihrem Gott, daß er sie davor bewahrt hatte, ein großes Verbrechen zu begehen.«

Wieder machte der Jäger seinen Strich und warf einen Blick auf die Uhr:

»Der gute Geist
Im Dorf Arosa hatte sich ein Mensch niedergelassen, über den sich schnell das Gerücht verbreitete, er wolle der Gegend Gutes tun, weil er sie wegen ihres Liebreizes (besonders dort, wo die Plessur durch den Müliboda fließt und wo, auf den Schwelli-See zu, die Kühe einander, wie er meinte, mit ihren Hälsen und Schwänzen so gutmütig wie anmutig umschmeicheln) sehr ins Herz geschlossen hatte. Auch hieß es, daß er über geheimnisvolle Mächte und Geldquellen verfüge. Im Gemeinderat rieb man sich die Hände, die Taxifahrer, die Skilehrer, die Hoteliers, die Busfahrer und die Burschen, die mit den schweren Pistenfahrzeugen im Winter umgehen, selbst die, die das Eis von den Straßen loshacken, sie alle erhofften sich ungeahnte Wohltaten. Der Mensch schritt auch bald zur Tat, und was er anpackte, war vielversprechend. Wie würde es zügig mit allem aufwärtsgehen!

Da erzählte ein dösiger Waldarbeiter eines Tages dem guten Geist, daß man den Bahnhof ursprünglich im Müliboda habe anlegen wollen. Wieso es dann nicht dazu gekommen sei, wisse er nicht, aber es sei einmütig beschlossene Sache gewesen. ›Einen Bahnhof mit Gebäuden, Lagerhallen, Schuppen und Zufahrtswegen, hier, in diesem kleinen Tal? Das haben die Einwohner geplant und gebilligt?‹ soll der Mensch erbleichend zurückgefragt und sich sofort bei amtlichen Stellen erkundigt haben. Das schon, wurde ihm diensteifrig mitgeteilt, aber es sei nun mal aus irgendwelchen Gründen nicht dazu gekommen, wie er sehe.

Man weiß nun nicht mit Sicherheit, was den Menschen bewogen hat, sofort abzureisen auf Nimmerwiedersehen. Kluge können es sich denken.«

Der Jäger machte den sechsten Strich und fragte seine Gäste noch immer nicht, ob sie eine Fortsetzung wünschten. Er redete einfach weiter:

»Esch bisch unkel

Ein Mann aus Molinis hatte ein Geheimnis. Er verriet es keinem. Da setzte man ihm Wein vor und lockte ihn, es auszuplaudern. Endlich, als er viel Gutes, ja Bestes getrunken hatte, sagte er: ›Esch bisch unkel, gront nit jet bissu.‹ Da war die Not groß, denn keiner verstand die Sprache.«

Der Jäger machte den siebten Strich und sah auf die Uhr:

»Hans Flasch

Damals ging Hans Flasch um. Man sah ihn bei schönem Winterwetter mal hier, mal da auf den Spitzen und Graten. Mit Riesenschritten turnte er in der Gegend herum, benutzte an einem einzigen Tag mehrfach Bergbahn, Zug, Skier, um sich damit gipfelauf und -abwärts zu schwingen. Manche sagen, er tat es aus eigener Kraft. Manche haben das Sausen seiner Bretter gehört, plötzlich kurz hinter ihnen in der vollkommenen Stille. Daß er irgendwo Schaden angerichtet hätte, ist nicht bekannt. Im Gegenteil, er soll hin und wieder zum Schutz der Heimat gewirkt haben, was aber nicht allen paßte, nicht denen, die aus der Fremde kamen, hier viel Geld verdienen wollten und wieder verschwanden. Wie eine Schwalbe mit aufgerissenem Schnabel die Insekten in den Schlund saugt, so hat Hans Flasch gierig den Raum verschlungen, durch Schluchten und Tobel fegend wie das Nachtvolk.

Auswärtigen ist er häufig als regulärer Skilehrer begegnet, anderen im dämonisch wandernden Licht auf den weißen Kuppeln in der Höhe. Er trat, falls leidlich hübsche Frauen bei den Fremden waren, zu ihnen, schnallte seine Felle ab, rollte sie sorgsam auf, zog seine Jacken aus bis auf ein weißes Hemdchen über golden glänzendem Oberkörper, den er kostenlos zur Schau stellte. Geschmückt war er mit Sternchen im Ohr und bestickter Mütze. ›Keine langen Pausen machen, wenig essen, ein bißchen Schokolade dann und wann‹, rief er den unkundigen Wanderern zu. Wie gemächlich war sein Rauf- und Runterziehen der glitzernden Reißverschlüsse! Dazwischen biß er in ein Butterbrot. Manche, die ihn so erlebten, behaupteten, er habe ihnen sehr eigentümliche Angebote gemacht. Andere sichteten ihn nur von weitem, nur von hinten. Wieder andere sehen ihn bis auf den heutigen Tag.

Frauen bringt er auf geheimnisvolle Weise Glück. Wenn deren Männer nur wüßten, wie! Die Frauen aber, die verraten es nicht und vergessen es nie. So leibt und lebt, falls nicht gestorben, noch heute: Hans Flasch.«

Der Jäger prüfte das Feuer, schenkte den Gästen nach, arbeitete an seiner Pfeife und begann die nächste Sage, nachdem er gewissenhaft einen Strich gemacht hatte:

»Der Hotelier

Der Hotelier Haldimann aus Davos, das war nun ein besonders furchtloser, saftiger Mann. Wenn den einer warnte: ›Achtung, nimm bloß nicht diese Richtung, da kommt einer einem in den Weg‹, da lachte er nur und ließ sich nicht beirren, nicht Haldimann, nicht er, da kannte man ihn schlecht! Stolz war er auf seine vielen Konkurrenten und Feinde und bot ihnen eine starke, gut gepanzerte Brust, an deren Prunken ihre Pfeile abprallten.

Einmal aber ging, gerade an seinem Geburtstag, die Tür auf. Herein kamen seine Gegner, diesmal allerdings, ach, wie schmerzlich, mit sanften Mienen. Als er in ihre Gesichter hineinblickte, die jetzt so ganz ohne Angriffslust und Neid waren, erschrak der kernige, gerissene Mann wie noch nie im Leben. Er forschte in ihnen, nein, kein Fünkchen Mißgunst stöberte er auf und hätte es so gern getan! In diesem Augenblick wußte er, daß er sterben mußte, ja schon im Sterben lag. Anders konnte es nicht sein, er erkannte die Zeichen.

So ging es in Erfüllung und kam so.«

Der Jäger machte den neunten Strich, sah, den Kopf hin- und herwiegend, auf die Uhr und rüstete sich sogleich, ohne Blick und Rücksicht auf seine Zuhörer, für seine nächste Geschichte:

»Von der törichten Lebensmittelhändlerin

Eine Frau, die in der Nähe von Klosters einen kleinen Lebensmittelladen unterhielt, eine empfindliche Person, die oftmals ihrem dann tröstlich brummelnden Mann gegenüber klagte, daß man gegen all die Butter und Käse kaufenden Menschen wie gegen Wände rede, unternahm an einem Morgen kurz vor Weihnachten eine Wanderung in den Schnee. Das Licht des späten Mondes und der halb verhüllten Sonne gespensterte über die Flanken, die Landschaft wurde ihr, als sie so allein ausschritt, als wunderbarer Frostpalast gezeigt. Geisterhaft zart, wie nur bei großer Eisigkeit, warf man ihr einzelne Schneeflocken, nein, Diamantstaub, einen glitzernden Funkenflug, entgegen. Immer ging es hin und her, das Licht schweifte, wehte und schwankte über die Bergkuppen, sie sah den Himmel dicht aufliegen in wildem Blau, sah ihn schwinden und sich wölben. Die dreimal verzauberten Eistücher traten in Falten aus den Felsen und hingen starr herab.

Sie aber dachte plötzlich an die Spiegeleier, die sie sich zuhause braten würde, dachte immer inständiger daran.

Es wurde ihr nicht angekreidet.

Auf einmal entdeckte sie an ihrem Zeigefinger einen gespaltenen Nagel. Nun konnte sie sich mit nichts anderem mehr beschäftigen.

Auch das wurde ihr verziehen.

Als sie aber zuhause ihrem Ehemann erzählte, einen herrlichen Kitsch habe sie da draußen erlebt, da wurde ihr das nicht vergeben. Nie wieder im Leben offenbarte sich ihr die Schönheit dieses einen, gekränkten Morgens. Sosehr sie auch, wenn sie eine Woche, ein Jahr mit Butter und Käse hinter sich gebracht hatte, danach Ausschau hielt: Es war umsonst.«

Der Jäger blinzelte, stocherte im Feuer, reichte die Flasche mit Hochprozentigem herum und fuhr fort, nachdem er den zehnten Strich gemacht und auf seine Uhr gesehen hatte:

»Die Puppe auf der Alp

Eine Frau in Maladers wurde alt. Sie hatte immer gedacht, zwischen den Dingen würden leere Zwischenräume sein, und hatte darauf vertraut und gebaut. Jetzt spürte sie, wie alles in Wahrheit angefüllt war mit Botschaften, verbunden durch Wellen, Schwingung, Strömungen. Es verwirrte ihr den Kopf. Mann und Kindern sagte sie besser nichts davon.

Gab es einen Schaden an den Hausmauern, an der Dachrinne, fühlte sie es neuerdings als Schmerz in den Zähnen, in den Haarspitzen, im Herzen. Am schlimmsten suchte sie aber ein anderes Gefühl heim, nämlich das: der Küchenstuhl, auf dem sie eben noch gesessen hatte, wäre, sobald sie draußen stand, nicht mehr vorhanden, und der Mensch, der ihr eben noch beim Holzhacken geholfen hatte, wäre, sobald er außer Sicht geriet, nicht mehr lebendig, es vielleicht auch nie gewesen. Andererseits empfand sie das Tote mächtig in seiner Wirklichkeit. An all dem erkannte sie: Es ist soweit. Ich werde alt.

Früher galt sie als eine sogenannte Interessante. Sie war eines Tages aufgetaucht und hatte den Männern den Sinn verdreht. Nur gut, daß jemand sie schnell heiratete und pünktlich die Kinder kamen, jedes Jahr gebar sie dem Mann eins, ohne Widerspruch, insgesamt siebenmal. Dafür quälte er sie nicht mit Fragen und beschützte sie gut.

Was hätte sie ihm auch über ihre Herkunft erzählen sollen? Sie erinnerte sich nicht mehr daran. Ihr erschien die Vergangenheit wie ausgelöscht. Ganz dunkel dämmerte ihr: Es war auch besser so!

Eines Tages, als sie über ihr Altwerden und die Merkmale grübelte, über das Rascheln und Knistern, über das Knacken und eigentümliche Verholzen in ihrem Körper und das Rucken in den Gelenken, hörte sie in der Kirche, als der Priester auf sich warten ließ, wie eine noch viel ältere Frau als sie selbst, vielleicht nur zum Zeitvertreib, flüsternd behauptete, oben auf der Alp habe im Sommer einmal ein Senner gehaust, dort mit seinen zwei Gehilfen aus Langeweile Stroh in einen Sack gefüllt und aus dem Balg eine Puppe geformt. Dieser Puppe schmierten sie Milch ums Maul und nahmen sie mit in ihr Bett, weil sie keine Frau da oben hatten. Als der Senn schließlich in seinem Übermut auf die Idee kam, das Geschöpf zu taufen und also Wasser über sie goß und dazu die heiligen Worte sprach, riß die Puppe die Augen auf! Sie befahl den Gehilfen, sogleich mit den Tieren die Alp zu verlassen und sich erst unten umzudrehen. Sie gehorchten schreckensbleich. Erst unten wandten sie sich um, wisperte die Greisin und schielte geduckt nach allen Seiten: Da hätten sie gesehen, wie die Puppe die blutige Haut des Senners auf dem Hüttendach zum Trocknen aufspannte.

Die Frau erkannte voller Entsetzen ihr altes Verbrechen. Sie sah ihm ins Auge. Niemand wußte etwas davon, kein Mensch würde sich rächen an ihr, aber ihr war nun die furchtbare Untat aufgeladen. Wie sollte sie sich davon befreien? Keine Sorge! Sie wurde erlöst. Wegen ihres geduldigen Lebens als Ehefrau wurde sie gerettet. Überall in ihrem Leib spürte sie die Verwandlung, nun noch viel stärker als in den letzten Monaten und Wochen.

Es ging schnell, jetzt, als sie wußte, worauf es hinauslaufen würde. Sie verkroch sich in einer Ecke der Scheune. Das Fleisch schwand ihr unter der runzligen Haut und von den Knochen. Die Knochen wurden dürr und splitterten. Als der Mann hinzukam, schlitzte er ahnungslos den dort liegenden, zerschlissenen Sack auf und verstreute das Stroh im Stall. Obwohl er und Männer des Dorfes überall nach der Frau suchten, fanden sie keine Spur von ihr, nur viel später in der Scheune den Ring.«

Der Jäger zog den elften Strich, setzte sich gerade hin, nahm nun die Uhr in die Hand und wandte keinen Blick von ihr, auch klang seine Stimme erregter als zuvor:

»Das Geheimnis der Jagdhütte
Ein Mann aus Graubünden, ein Arzt und Jäger, beobachtete, wie das ehemalige Haus seiner Familie aus dem 17. Jahrhundert, das älteste Wohnhaus des Ortes und Zeugnis seiner bäuerlich-armen Vergangenheit, in dem schon lange keiner mehr wohnte, immer mehr verfiel und jetzt sogar abgerissen werden sollte, weil der neue Eigentümer den Grund bebauen wollte. Nun war der große Wunsch dieses Mannes, das Haus zu retten, indem er es auf das eigene Land versetzte. Aber wie sollte das geschehen? Alle Fachleute meinten, die alte Wohnstatt, nicht viel mehr als eine brüchige Bauernholzhütte, sei, historisch wertvoll oder nicht, unmöglich zu restaurieren. Sie würde den Transport nicht überstehen und nie wieder bewohnbar sein.

Da ging eines Tages ein Wesen neben dem betrübten Mann und sagte, er solle sich nur trauen, ihm würde Hilfe zuteil. Nur dürfe er niemals, bei keiner der zu erwartenden Schwierigkeiten den Satz ›Das geht nicht‹ sagen.

Erfreut stimmte der Mann zu. Das Wesen nahm die Gestalt eines Architekten an. Jeder Balken wurde numeriert, ein Keller wurde an der neuen Stelle ausgehoben, das mußte sein, man besserte aus, reparierte, ergänzte, vergaß auch eine neuzeitliche Wärmedämmung nicht, und das Werk wurde vollendet, ohne daß jener verbotene Satz gefallen war.

Der Mann zog mit seiner Frau und den zwei Söhnen ein. Das Glück war groß.

Nun hatte der Mann aber eine große Leidenschaft für das Jagen, und wenn er davon sprach, wurden seine Augen wild. Hoch oben in den Bergen besaß er unter einem Felsvorsprung eine winzige Baracke, eine etwas größere Holzkiste nur, die ihm eines Tages ein Sturm völlig zerstörte. Das bekümmerte ihn, denn oft hatte er dort oben die Nächte zugebracht und konnte dann mit stolzer Jagdbeute zurückkehren. Als er so in Gedanken ging, befand sich plötzlich wieder das Wesen neben ihm und sagte, es habe ihm bei seinem Haus geholfen, weil er sich als guter Sohn der Gegend und ihrer Geschichte erwiesen habe. Hier nun liege der Fall etwas anders. Er wolle ihm auch bei seinem privaten Vergnügen helfen, aber die Bedingung sei härter. Der Jäger hörte sich alles an, erwog es und schlug dann ein. Und wahrhaftig: In kurzer Zeit stand eine stabile, an den Balken schön geschnitzte Jagdhütte an noch günstigerer Stelle als die alte!«

Der Jäger packte, so kam es den Gästen vor, in diesem Moment seine Uhr fester und richtete den Blick unverwandt auf die Zeiger: »Die Bedingung aber ist folgende: Immer wenn ich einen Gast bewirte und beherberge, müssen sich noch zwei weitere dazugesellen. Immer müssen es, falls ich nicht allein hier bin, also drei Besucher sein. Außerdem gilt es, ihnen bis Mitternacht, es darf am Ende der letzten weder ein bißchen früher noch ein wenig später werden, zwölf Sagen aus der Gegend zu erzählen, sonst nämlich« – der Jäger starrte die Uhr an und machte eine kleine Pause – »ist meine Seele« – er lächelte, als der Sekundenzeiger sich der Zwölf näherte – »im selben Augenblick« – er räusperte sich, er lachte – »verkauft.«

Abstieg

Beim Abstieg im leichten Regen, aus dem jeden Moment hätte Schnee werden können, da freilich wäre Wind beinahe von einem schmalen Schotterweg abgerutscht und den steilen Hang hinuntergerollt. Das ist nun, dachte er, schon der dritte Unglücksweg, den ich ab sofort nicht mehr gehen darf, um das Schicksal nicht herauszufordern. Allmählich versperrt sich mir die ganze Gegend. In allen Himmelsrichtungen stellt sie Verbotsschilder für mich auf.

So, dachte er heiter, würde ich denken, wenn ich, was ich nicht bin, furchtsam, wenn ich ein bißchen ängstlich wäre und abergläubisch zwischen den Felsen.

Die dreizehnte Sage

Was Wind nie erfahren wird: Im folgenden Juni lud der Jäger drei andere Gäste in seine Hütte und erzählte ihnen in gemütlicher Runde, wie gewohnt und wie er mußte, pünktlich die zwölf Sagen. Diesmal jedoch trank er ein Glas zuviel. Es gelang ihm nicht, sich rechtzeitig zu beherrschen. Nach Mitternacht hängte er, wär doch gelacht, eine dreizehnte an. Was würde geschehen?

Natürlich nichts! Es passierte nicht das Geringste. Das Feuer flackerte friedlich, kein Flämmchen zuckte stärker als sonst. Wie wurde da mit den Augen gezwinkert, vernünftig geschmunzelt ringsum und noch eine Flasche und noch eine geöffnet! Alles gutgegangen.

Der Jäger indessen spürte, bei prächtiger Gesundheit, fortan einen kleinen Hohlraum in sich, eine winzige unvergängliche Leere.

Familiäres

Eine junge Frau, Eva Wilkens, die erst vor zwei Wochen ihrem Freund Klaus den Laufpaß gegeben hatte, traf sich im Berliner Hauptbahnhof in einer Kamps-Filiale mit ihren Eltern zu einem Kaffee. Sie wirkte ungeduldig, fast schon gereizt, denn am nächsten Morgen wollte sie von ihrem durch große Bedürfnislosigkeit ersparten Geld für drei Monate, so behauptete sie, nach

Amerika. Da, während sie noch einmal die wichtigsten Punkte von Reise und Aufenthalt durchgingen, überfiel das Mädchen ganz unerwartet das heiße Bedürfnis, statt den beiden ihr so freundlich Gegenübersitzenden davonzufliegen, sich mit ihnen inbrünstig zu verbinden, unauflöslich, und so mit ihnen zu ... verschweben für alle Zeit.

Orchideen

In Berlin, im Gewächshaus D des Botanischen Gartens, als draußen alles kalt und kahl war, saßen zwei Botanikstudenten mit ihren Kleinen bei den Orchideen. Sie fotografierten die einander übertrumpfenden Rachen und Schlünde, und man hörte sie abwechselnd lateinische Blumennamen, dann wieder Wörter in Kindersprache rufen. Der mit dem Kinnbärtchen meinte, manche der Blüten schnitten regelrechte Fratzen vor Ausgelassenheit. Der mit dem Zopf sagte, als er dachte, kein anderer würde ihnen zuhören, seine Großmutter habe, apropos Übermut, eines Tages Besuch vom Tiefseeforscher Hans Hass bekommen, der auf ihrer blütenweißen Tischdecke ein paar Tropfen Rotwein verschüttete, was ihn sehr beschämt habe. Daraufhin sei die Großmutter, um ihm jede Peinlichkeit zu ersparen, in Gelächter ausgebrochen: »Und das soll schlimm sein?«, und habe den gesamten restlichen Flascheninhalt unter dem Ausruf: »Macht doch überhaupt nichts!«, über der Tischdecke ausgeleert.

Der mit dem Kinnbärtchen antwortete daraufhin gutgelaunt, ein Nachbar habe versehentlich den Hund seiner Schwester überfahren, was den Mann sehr schmerzte. Daraufhin habe die Schwester, die Ute, auch noch ihre Katze verstoßen, nur um den unglücklichen Bruder mit seiner Tat nicht allein zu lassen.

Nun konnte es die schon mehr als matronenhafte, normalerweise höchst ehrenwerte Frau Knochendöppel, Mutter eines gewissen Graf Otto und in Berlin auf Besuch, die hinter einem Gebüsch gefüllte Schokolade gegessen und alles mit angehört hatte, nicht lassen, es überfiel sie einfach, es mußte raus aus ihr. Sie mischte sich ein: »Herr Moßmann hat im Zorn meinen Vater umgebracht durch Fahrlässigkeit. Danach war er der unseligste Mann der Welt. Da ging ich hin und sagte ihm: ›Nehmen Sie es nicht zu schwer, Sie sind nicht der einzige schuldhaft Verstrickte auf dieser Welt‹, und habe, ihm zum Trost, seine Mutter die Treppe runtergestürzt.«

Später schämte sich die redliche Frau des Schlossermeisters sehr wegen ihrer Lüge und begriff sich selbst nicht.

Wie aber kam es zu solchen Geschichten? Es lag bestimmt an der schwülen Treibhausluft und den flunkernden Grimassen der Orchideen. Auch waren die Kinderchen der Studenten gottlob noch viel zu klein, um Schaden zu nehmen.

Künstliches Frühstücken

Dem Botanischen Garten in Berlin ist ein Museum mit Dioramen und Schautafeln angeschlossen. Gut und schön. Aber es gibt dort auch einen Frühstückstisch für vier Personen, mit allem, was normalerweise dazugehört, jedenfalls in einer ordentlichen Familie mit Vater, Mutter, Sohn und Tochter, auch wenn sie hier fehlen, wie die Zwerge bei Schneewittchen. Jeder der Abwesenden hat etwas anderes verlangt, und alle Wünsche wurden auf bunten Streifensets reichlich erfüllt. Vier kleine Reiche mit jeweils eigenen Statuten. Man will seitens des Museums damit zeigen, aus wie vielen Regionen der Erde wir bei einem alltäglichen Frühstück Rohstoffe usw. beziehen. Natürlich ist alles imitiert, Schokoladenpaste, Kokosflocken, Trockenfrüchte, Spiegelei, Bananen, Tee, alles aus Gips oder Plastik, aber täuschend echt, wenn auch etwas staubig.

Elsa, zu Besuch in der Hauptstadt, hatte es mit eigenen Augen angesehen und fing an sich zu wundern, warum sie es so lange, so versunken tat, viel länger als bei den Fotos von den exotischen Herkunftsländern. Plötzlich fiel ihr ein, wie ungern sie als Heranwachsende ausgerechnet den Frühstückstisch deckte, wie leidenschaftlich sie aber doch, im Gegensatz dazu, schon als Kind das morgendliche Tischdecken nachgeahmt, ja, wie sie es sich allein am Nachmittag für vier eingebildete Personen vorgespielt und das feine Klingeln der Löffelchen dabei angehört hat.

Wer weiß die Lösung?

Glatteis

Ein Mann, der, da ihm Frau und einziger Sohn gestorben waren, allein leben mußte, soll öfter im Kreis der ihm verbliebenen Freunde betont haben, wie stolz er auf seine tapfer aufrechterhaltene Selbständigkeit sei. Auch zu diesem Winteranfang war es nicht anders. Er saß, sagte man, mit dem Vogelbestimmungsbuch am Küchenfenster und verfolgte das Treiben der kleinen Gäste so interessiert wie das ängstliche Vorantasten besonders der alten Menschen bei Glatteis da draußen. Mit einer Hand sah er sie die Leine eines großen oder kleinen Hundes halten, mit der anderen umklammerten sie den Briefkasten oder stützten sich gegen die Müllcontainer auf dem gegenüberliegenden Bürgersteig. »Hier ist mein Platz, solange ich noch die fünf Eingangstore habe für die Welt, damit sie bei mir eintreffen kann!« soll er oftmals zu dem deutlich jüngeren Herrn Fritzle gesagt haben.

Und doch, so heißt es, hat er sich im Dezember entschlossen, die Waffen zu strecken und sich um Aufnahme in einem Heim zu bemühen. Von einem zum anderen Tag! Als nämlich das Eis auf der vierstufigen Außentreppe seines Häuschens zwischenzeitlich geschmolzen war, gab es plötzlich ein Loch frei, etwa so groß wie ein Normalbrot.

War das so schlimm? Beim Rauf- und Runtersteigen hatte er doch nie auf diese Stelle getreten.

Doch, es soll verheerend gewesen sein für ihn. Warum aber? Weil er durch die Öffnung im Beton in die reine Schwärze sah, in eine bodenlose Finsternis. Dieser Hohlraum soll ihn, Herrn D., ehemals Pressefotograf, so verdutzt haben, daß er, ohne sich erst bei einem Maurer nach einer möglichen Reparatur zu erkundigen, prompt den Schutz eines Altersheims suchte.

»Dieser Karl!« sagten Wilhelm und Piko, die ihn dort erfreut und zugleich betrübt erwarteten. Nun war, da sie Fritzle und dessen Freunde nicht kannten, ihr letzter Streiter draußen in der Welt dahin.

Filmriß

Als »Filmriß« bezeichnete ein 46jähriger Gelegenheitsarbeiter aus Düsseldorf, daß er einem etwa gleichaltrigen Freund mit bloßen Händen die Hoden abgerissen hat. Das stark blutende Opfer flüchtete sich nach dem irreparablen Eingriff zu seinen Eltern. Alex erzählt es beim Abendessen seiner Schwester, die mit vollem Mund ruft: »Ich versteh die Welt nicht mehr!«

Es ist schon merkwürdig, sich vorzustellen, daß ununterbrochen in einer der vielen Sparten gerade ein Weltbild untergeht.

Der Freund des Düsseldorfers dagegen, der immerhin seine Zeugungsfähigkeit bei dem Überfall einbüßte, zeigte bei der Verhandlung Verständnis, indem er meinte, das ihm Widerfahrene »passiere schon mal«.

Hosenriß

Der Komponist Hannes Keller, der schon als Kind bei mancher Musik das Gefühl hatte, er würde aus einem Kasten herausexplodieren und das Herz wolle den Körper sprengen, saß an seinem ärmlichen Frühstückstisch. Er las bewegt von einem schweren Erdbeben in einem fernen Weltteil. Kurz darauf jedoch beugte er sich hinunter zu seinem vielfach mit Patex geklebten Hosenriß am Knie, sprach mit ihm, untersuchte ihn und sagte abschließend: »Keiner von uns beiden läßt locker!« Ganz verbissen stieß er es hervor, entschlossen, sich nicht von dem immer wieder über der Kniescheibe aufbrechenden Spalt besiegen zu lassen.

Über den Wolken

Schon hoch über den Wolken, auf dem Flug nach Chicago, fiel Eva Wilkens ein, daß sie ja auch mit dem kürzlich von ihr verlassenen Freund Klaus (oder doch andersherum?) am liebsten eng umschlungen im Bett gelegen und sich dabei vorgestellt hatte, sie würden, ohne sich je wieder zu trennen, in dieser Haltung das Ende der Welt abwarten.

War es aber mit den Eltern gestern etwas anderes gewesen, bei Kamps im Hauptbahnhof, als sie Abschied nahmen? Hatte sie nicht in beiden Fällen ihren wilden Wunsch verschwiegen, weil er zu wüst war, um in seiner Unersättlichkeit richtig verstanden zu werden?

Da gab es nur eines: Weglaufen! Ausreißen! Fort mit Schaden!

Verbesserung

Alex, der eine Weile als Rettungssanitäter arbeitete, hat sich beruflich verbessert. Er verdient nun, als Pauschalkraft in einer Filiale für Drogerieartikel, 6,50 Euro. Allerdings muß er oft nach Feierabend noch Ware einräumen, wenn es während des Tages wegen der knappen Zahl der Angestellten (meist ist er allein) nicht zu schaffen war. Zum Heiraten langen auch 6,50 Euro nicht. Da läßt er die Suche nach einer Frau lieber von vornherein. Eins aber hat er sich geschworen. Nie will er den tief gekränkten Gesichtsausdruck der Arbeitslosen kriegen, ein, zwei Jahre bevor es dann ein gleichgültiger wird.

Die Entschlossenheit von Herbert Wind

Herbert Wind, der manchmal nach Graubünden fährt und dort schon viel Seltsames erlebt und gehört hat, ist auch ein leidenschaftlicher Briefschreiber. Er schreibt richtige Briefe auf Papier! Heute, als er wieder Einschlägiges in der Zeitung lesen mußte, sagte er laut vor sich hin: »Wenn sie mir auch noch die Ausrufezeichen wegnehmen, nein, dann will ich nicht mehr hier leben!

Dann bleibe ich für immer in den Bergen. Die steilen Ausrufezeichen dort, aus Stein, Dolomit, Granit, die herrlich hohe Reliefenergie dort, die reformieren mir die Lumpen nicht so schnell weg.«

Gartenträume

Das Ehepaar Gadow, das ganz in der Nähe des kleinen hiesigen Botanischen Gartens wohnt, träumt neuerdings von den Gärten im Norden Irlands. Sie gelten als die schönsten der Grünen Insel, im Mai voller Azaleen, Mohnblumen, Clematis, und es kostet eine Woche pro Person alles inklusive 1790 Euro. Einzelzimmerzuschlag erübrigt sich ja für sie. Ob es sich machen läßt, und ob es was wird damit?

Erwin denkt

Der Westfale Erwin, dem niemand was vormacht, da paßt er schon auf, sagte sich gestern vorm Einschlafen, da seine Frau in Geschäften unterwegs war: Sobald man die Straße betritt, herrscht der große Ungemüt. Alles Betrug und Wegelagerei, Augentäuschung, Geldabpressung und Verführung mit jeder Zigarette und Gartenschere, mit jeder Tube Klebstoff, um beim Kleinen anzufangen.

Wie unbegreiflich, daß jemand einem anderen Geld in die Mütze wirft, sich einen Ruck gibt und ihm den Vortritt läßt, freiwillig, unbemerkt, ohne weltlichen Nutzen daraus zu ziehen!

Die Schönheiten der Demonstration

Der Geistliche Clemens Dillburg ist ein treuer Diener Gottes, dem es aber manchmal so vorkommt, als gäbe es gar nicht mehr ihn, den ihm so wohlbekannten Clemens, sondern an dessen Stelle ein Schwammwesen, etwas mit tausend Tentakeln nach außen und Gräben tief in die eigene, stark erodierte Zentralmaterie hinein, ein Organismus, durchhallt von ununterbrochenen, nicht sortierbaren Signalen und ohne größere Ruhezonen, wo in althergebrachter Weise früher einmal das Bewußtsein versorgt werden und gedeihen konnte. Ja, manchmal läßt sich gar nicht recht feststellen, was er noch selbst und was schon die eindringende Außenwelt ist. »Herr, steh mir bei!« betet er dann, betet lange, um sich zu beruhigen.

Ab und zu, wenn er sich den Gesichtern seiner Pfarrkinder und anderer Menschen freundlich zuwenden will, überfällt ihn ein unchristliches Grauen vor ihren Figuren, Mienen, auch Geräuschen. Ist es nicht pures Kasperletheater, was Meßdiener und Gemeindereferentin, wenn ihnen wieder was Kreatives einfällt, mit seiner Billigung treiben? Hilflos erkennt er seine Niederlage. Was soll er dagegen tun? »Meine Brüder und Schwestern!« sagen? Nein, der Tod! Der Tod ist der Retter. Er eint uns. Das Sterben, ganz allein, jeder für sich, das ist der tiefste Ernst. Der reißt uns raus.

Einmal aber erlebte er am späten Abend, als er von einer Reise zu seiner erkrankten Schwester zurückkam, die irgendwoher vom anstößigen Beruf des zweiten Bruders in Wien erfahren hatte, in der Innenstadt etwas Gutes. Vorher, im Zug, hatte er seinen Widerwillen bekämpfen müssen, als die Person, die ihm gegenübersaß, halb Mann, halb Frau, beim Umblättern unter der Brille ein ochsenzungenartiges Organ vorstreckte und den Finger, an dem sie jedesmal vorher mißbilligend roch, damit beleckte. Eine für ihn, Dillburg, errichtete, diabolische Prüfung seiner fundamentalen, aber nicht ungefährdeten Menschenfreundlichkeit.

Bei dem ihm widerfahrenen Guten handelte es sich am Bahnhof um eine Doppeldemonstration, einerseits, soviel verstand er, gegen Rechtsextremismus, andererseits gegen Immobilienprojekte. Es überschnitt sich. Keiner wußte Genaues und wie die Linien verliefen, aber es gab viel Polizei und »Präsenz staatlicher

Gewalt«. Blutjunge Paare und gemischte Gruppen standen festlich mit Bierdosen in den Händen rauchend im Dunkel beisammen, sporadisch angestrahlt. Aus den Lautsprechern kam, wie tagsüber, unentwegt klassische Musik.

Ja, es war ein zeremonielles Fest geworden, die Jugendlichen sprachen mit den jungen Polizisten, alle in imponierender Uniform und Aufmachung. Die verschiedenen Parteien schienen das aneinander zu schätzen, sogar zu bewundern. Schwarzes Leder war auf beiden Seiten bevorzugt. Der Krawall mußte sich woanders befinden. Hier gab es nur glänzende Augen und erregendes Ornament. Mancher Ältere, auch der Geistliche Clemens, wurde wieder jung darüber, hätte sich gern dazugesellt und berauscht am Rebellentum. Wie diese Kinder mit fiebrigen Gesichtern aus der Nacht auftauchten, sich lächelnd hervortrauten, tänzelnd mit der Staatsgewalt sprachen, dann in finster triumphierendem, kindlichem Behagen erneut mit ihren Gruppen verschmolzen!

Über Dillburg, dem sein Beruf manchmal fast zu schwer erscheint, senkte sich, von der Seite her, eine Art Zuversicht und Stille. Auch hier: Man weiß nicht genau, warum.

In der Nähe der Affen

Eine Frau namens Herta, die im Leipziger Zoo eine gute Anstellung gefunden hat, auch wenn sie nicht gerade viel Geld dort verdient, im Grunde sogar nur ehrenamtlich tätig, aber zufrieden ist, auch, weil sie ganz in der Nähe der schon in Kindertagen so geliebten Affen arbeiten darf, nämlich in einem der Zoohäuser, die nach heutigen Erkenntnissen nicht mehr zur Tierhaltung geeignet sind, aber unter Denkmalschutz stehen und in denen Informationsmaterial ausgestellt ist über die Verbreitung bestimmter Tierarten rund um den Globus, beklagt ihrer Freundin Ruth gegenüber brieflich nur eine einzige Sache: Es komme wegen des Tierthemas oft zu »so wunderbaren Gesprächen und so unglaublich menschlicher Nähe« und dann sei es wieder vorbei, und die Leute verschwänden für Monate oder für immer.

Man könne sie ja nicht anketten.

Rätsel

Welcher berühmte weibliche Filmstar sagte im Dezember letzten Jahres, er wolle noch ein viertes leibliches Kind, dazu vier adoptierte aus verschiedenen Erdteilen und trinke lieber Kaffee als Tee?

Das Geheimnis des Paares

In der nur im Winter verständlichen Gemütlichkeit, die man im Norden ab November im Handumdrehen herstellen kann, saß der Fotografin Babs Roeland ein Paar gegenüber. Beide waren Mitte vierzig. Sie kannte die unternehmungslustigen, nomadischen Weltbürger, immer treulich in schwarzes Leder gekleidet, schon eine Ewigkeit. Und nun? Noch nie hatten sie Babs mit so bedeutungsvollem Blick angesehen. Was mochten sie auf dem Herzen haben? Die Fotografin begriff im festlichen Kerzenschein nichts von der Feier, zu der man sie geladen hatte.

Bis sie schließlich damit herausrückten und die ihnen aufgegangene Ungeheuerlichkeit bekannten: »Wir werden älter!«, so der Mann mit Grabesstimme zu dem exklusiven Umsturz. »Älter, Babs, älter!« bestätigte die Frau jene himmelschreiende Fatalität.

Babs war ein feiner Kerl und rief: »O nein!«

Ein Brief aus Amerika

»Hier in Amerika«, schrieb Eva Wilkens ihren Eltern, die sie im Berliner Hauptbahnhof zurückgelassen hatte, »gibt es vor allem spazierstockartige Zuckerstangen, weiß-rosa, die nach Pfefferminz schmecken. Das hätte ich nie vermutet: weiß-rosa und dann nach Pfefferminz!«

Da wunderten sich die Eltern, denn sie kannten solche Süßigkeiten bereits aus ihrer Jugend in Bochum. Wonach sollten die Dinger denn sonst schmecken, selbst in Amerika? Aber schön, daß ihre kleine Familie so zusammenhielt!

Neues aus der Irenenstraße

Sie sei doch sehr allein, da ihr einziger noch lebender Sohn in München wohne, sagte Frau Fendel dem Geistlichen Clemens Dillburg, als er sie wieder besuchte. Die Kraft ihres Glaubens schwanke wie draußen die Anzahl der Vorübergehenden: Manchmal sei schon das Knirschen der Joggersohlen auf dem Streugut eine Sensation, dann wieder kämen dicht hintereinander sieben Leute im Sturmschritt vorbei, so daß sie denke: Was spielt sich wohl ab, was versäumst du da irgendwo? Und ob er, Hochwürden Dillburg, begreifen könne, daß sie tatsächlich an ihrem Fenster gestern beobachtet habe, wie die Mutter von gegenüber mit sehr energischen Schritten auf die Mülltonne zugegangen sei und betont schwungvoll einen gelben Ball hineingesteckt habe, dann aber, kaum, daß sie im Haus verschwunden, von der anderen Seite ihr zehnjähriger Sohn herbeigelaufen sei, den Ball ohne Zögern wieder aus der Tonne geholt habe und ebenfalls, allerdings durch die Hintertür, mit ihm ins Haus entwichen sei. Und nun habe sie, Frau Fendel, tatsächlich über eine Stunde gewartet, ob da noch was passierte, ob die Mutter beim Ausleeren von Abfall das Fehlen des Balles bemerken, oder ob der Junge zur Täuschung der Mutter irgendwelches Zeugs in die Tonne stopfen würde. Habe über eine Stunde samt ihrer unsterblichen Seele gewartet.

Da lächelte der gute Mann Clemens Dillburg, der wußte, wie sehr der Glauben bei den meisten eine Sache von Stimmungen ist, dem seine Kirche nachsichtig mit Glocken, Weihrauch und Kerzen zu Hilfe kommt. Er hätte beinahe ihre alte, zitternde Hand gestreichelt, tat es aber lieber nicht und verschwieg ihr auch, wie sehr sie ihn an die eigene, lang verstorbene Mutter erinnerte.

Frau Fendel dagegen dachte, nachdem er gegangen war: Jetzt ist der Raum, in dem er gestanden hat, wieder leer. Zuerst habe ich mir vorgestellt, er würde von einem Menschen gefüllt, dann war einer da, jetzt ist er nicht mehr da, und ich stelle mir wieder vor, er würde ihn füllen.

Bei anderen kommt es dahin, daß die Gegenstände, die sie einmal freuten, noch alle da sind, nur freuen sie sich nicht mehr daran.

Wohnzimmer

Madrid. Eine mehrköpfige Familie aus Taiwan hauste über drei Wochen in aller Vollständigkeit zusammen, obschon drei der Angehörigen, nämlich der Vater und zwei Töchter, zu diesem Zeitpunkt bereits Leichen waren. Die Mutter hat mit ihren stark unterernährten drei lebenden Kindern die Wohnung offenbar kaum verlassen, nur ratlos bei den an einer Viruserkrankung Gestorbenen ausgeharrt und nicht gewußt, was sie tun sollte, in Madrid, in Spanien, wo alles, sobald sie sich aus der Wohnung traute, ganz anders war als zuhause. Vermutlich hat die Frau gehofft, auch der Rest der Familie würde bald innerhalb der vier Wände sterben, und alle Probleme wären auf diese Weise, ohne Vorwürfe von irgend jemandem, für immer aus der Welt geschafft und von ihr genommen. Sie wurde aber, bevor sie mit ihren Kindern sterben konnte, hinter den zugezogenen Vorhängen entdeckt.

Es ist auch nicht sicher, ob sie den Namen der Stadt wußte, in der sie sich befand. Sie soll von »Europa« gesprochen haben.

Biologie

Berlin. »In den Uferbereichen des Bracks typisch vorkommende Pflanzen sind Röhrichte und Großseggen. Manchmal werden sie von Gelber Schwertlilie, Schwanenblume und Sumpfcalla begleitet. Außerdem gibt es größerer Bestände von Teich- und Seerosen, und in den Erlenbruchwäldern findet man Bittersüßen Nachtschatten, Sumpfvergißmeinnicht und Weidenröschen«, erzählt der Orchideenliebhaber mit dem Zopf, der mit seiner Familie über Katja wohnt, der zur Zeit blonden Studentin im Treppenhaus.

Und wenn du, sagt sich Katja und beginnt sich ein wenig vor seinen Augen zu räkeln, auch eine Frau und ein kleines Kind hast und so treuherzig sachlich aus der Wäsche kuckst, ich kriege dich! Und wenn ich dafür zeitweilig auf Biologie umsatteln muß, ich fresse dich! Nimm Gift drauf!

Jan Sykowa

Ein Mann namens Jan Sykowa rührt seine Frau wegen seiner Herzensgüte, ja, wegen seines Herzens großer Güte unter den Menschen, deren Schlechtigkeit sich doch dem etwas schärferen Blick leicht offenbart. Rührt sie so sehr, daß sie manchmal wünscht, er wäre schon gestorben, damit ihm nichts mehr zustoßen kann in der so andersartigen Welt. Kürzlich ging er auf einem Waldweg in einem kleinen Naturschutzgebiet neben ihr und lächelte glücklich vor sich hin. »Woran denkst du?« fragte die Frau.

»Ich habe mir vorgestellt, wie ich Dich mit bloßen Händen gegen einen Mann mit einem Messer verteidige«, sagte Jan.

Zwei Nachgedanken

Als der geistliche Herr Dillburg Frau Fendel, die so gern Lakritz nascht, längst verlassen hatte, lobte sie noch immer den Umstand, daß sie sich während seines Besuchs beherrscht und ihn nicht mit einer Sache belästigt hatte, die ihr aber doch auf dem Herzen lag. Den gesamten Vormittag über war ihr eine durchsichtige kleine Plastikhaube auf der Anrichte neben der nie benutzten Spülmaschine ein Dorn im Auge gewesen. Da stand allerhand auf dem Spiel. Die Frage war nämlich: Wo gehört sie hin? Kein Hinweis. Nur sie selbst aber, Frau Fendel, konnte sie benutzt haben. Das Problem schien größer zu sein als die Suche nach einer verschwundenen Brille. Sie hätte beinahe geweint. Auch vom Tröster Lakritz war weit und breit nichts zu sehen.

Und endlich, zehn Minuten vor Mittag, war ihr eine Idee gekommen, und zwar die einzig richtige, die Erlösung, wie sie sogleich überprüfen konnte. Es handelte sich um die Verschlußkappe der Süßstofflasche! Ganz allein war sie darauf gekommen, aus eigener Kraft!

Warum das Herrn Dillburg erzählen?

Der jedoch, auf dem Nachhauseweg in Gedanken versunken über die Beschwerlichkeiten des Alters und, da er ein kluger Mann war, auch in die nicht geringeren der Jugend, sagte sich, leicht nach Atem ringend: Glaube, Hoffnung, Liebe, die Kardinaltugenden, reißen sich alle drei stürmisch von der vernünftigen wie von der biologischen Welt los. Sie wenden ihr den Rücken zu und errichten eine andere, eine ungleich herrlichere.

Für diesen Abend getröstet, stieg er die Treppe zu seiner einsamen Wohnung hoch.

Elsa im Warmen

Elsa, die rothaarige Krankentherapeutin aus der Moritzstraße, lag an einem sehr kalten Winternachmittag zuhause allein im Bett, im Frotteeschlafanzug ihres Freundes, an den Füßen Henris Frotteesocken. Die Wärme lieferte Wonneschauer, wie erhofft. Sie sah vom Bett aus die frostige Schneepracht draußen und genoß das Licht aus den Häusern, das darauf fiel.

Sie dachte an freundliche und gute Menschen, an eine Patientin, die ihre, Elsas, Wohnung aus Dankbarkeit für erfolgreiche Massagen mit gebastelten Nadelkissen in Gestalt kleiner Hüte anfüllte, an eine alte Tänzerin, die Grundschülern unentgeltlich Tanzunterricht erteilte, an die Witwe eines Staatsanwalts, die Obdachlose jeden Sonntagmorgen mit Duschmöglichkeit, Kleidung und erstklassigem Frühstück versorgte, an einen Mann, der ein vierzig Jahre altes Pferd pflegte und dessen Stellplatz bezahlte. Wie große, sanfte Schneeflocken senkten sich die Erinnerungen auf sie herab.

Und war ihr eigener Beitrag, war ihre, Elsas, Aufgabe nicht durch dieses dankbare Vergegenwärtigen ohne Rest erfüllt?

Vielleicht wurde das an geheimer Stelle sogar lobender vermerkt als die Tätigkeit jener Seelenärzte, die ihren Klienten nach jahrelangen Sitzungen den segens- und kostenreich ermittelten Lebensschlüssel mitgaben:

»Alles kommt daher, daß Sie ein Flüchtlingskind waren!«

»Alles kommt daher, daß Ihr Onkel Ihnen als Kind zwischen die Beine gegriffen hat!«

»Alles kommt daher, daß Ihre Mutter Sie zu lange bei sich im Bett hat schlafen lassen!«

Gadows

»Natürlich könnten wir auch nach Cornwall und Kent in die englischen Gartenparadiese fahren, eine Woche für 1649 Euro pro Person, auf den Spuren der schrägen Vita Sackville-West, Sissinghurst usw.« sagte Herr Gadow zu seiner Frau, »nicht billig, aber schließlich ...«

Schließlich wurden sie beide manchmal von einem großen Zittern befallen, das sie nicht voreinander aussprachen, da es gar nicht nötig war. Aber diese Furcht, die ganz »grundlose«, durchfurchte und durchpflügte sie wie ein Orkan, bis sie für diesmal vorüber war.

»Was ich sagen wollte, wo war ich stehengeblieben: haushohe Rhododendren, phantastische Staudengärten.«

Dicke Frau

Während der Zugfahrt von Frankfurt nach Hamburg-Altona saß Herrn Brück, dem der treue, von den Jahren ramponierte Hund Rex Brück gehört, eine junge, von vornherein beleidigt wirkende Frau gegenüber. Sie war so dick, daß sie überall anstieß. Mit Spannung hatte er schon verfolgt, ob die Unförmige überhaupt mit beiden Schenkeln nebeneinander auf ihren reservierten Platz paßte. Kaum war das geschafft, begann sie, wobei sie rastlos aus einer Einkaufstasche auf ihrem Schoß krachende Chips futterte, in die Tasche hineinzuflüstern. Schließlich hob sich das Köpfchen eines winzigen Hundes daraus hervor. Von da an blieben die beiden in ununterbrochenem Augenkontakt. Sie schienen sich wechselseitig zu vergöttern. Die Welt, die um sie herum lärmend auf- und abschwoll, nahmen sie nicht wahr, der Klitzekleine und die Dicke. Mein Gott, dachte Herr Brück, was für Kobolde! Aber es gelingt ihr, das Taschentierchen nicht zu zermalmen. Wie kleine Schiffe auf großem Meer, so schwimmen ihre kindlichen Patschhände auf der riesigen Körpermasse und zarter als Schäfchenwolken über dem Tier.

Rätsel

Was ist ein Kar, eine Kartreppe, ein Karling, eine Karschwelle? Wo am besten zu besichtigen? Allgäu? Dhaulagiri? Kilikischer Taurus?

Rätsel

Was hat Herr Brück, der sich inzwischen den TV-Nachrichten unerbittlich verweigert, nicht erfahren, wenn ihm am 1. März 2010 seine Tageszeitung nicht zugestellt wurde (sein Radio nutzt er nur für Begleitmusik)?

Und Herrn Gadow, dem Biochemiker, nebenberuflich Kammerjäger (im Scherz nennt er sich fälschlich »Stadtkämmerer«): Kann jemand sagen, was ihm entgangen sein wird, wenn er vom

14.2. bis 1.3.2015 mit seiner Frau die tropische Vegetation Singapurs und Malaysias besucht und sich in der Zeit nicht um internationale Nachrichten kümmert?

Liebe Herta,

Dir darf ich das ja schreiben. Mir ist heute so komisch. Ich habe auf einem Zeitungskalender die Namen Jodokus (13.12.) und Sturmius (16.12.) gelesen und sehr gelacht, erst recht, als ich blätterte und Trudpert (16.4.) und Opportuna (22.4.) entdeckte. Aber dann fiel mir ein, daß sie ja in Wirklichkeit selbst das Glokkenläuten abschaffen wollen wegen Störung der Anrainer. Ich höre es doch so gern, es ist wie das Wehen von großen und kleinen Glockenblumen im Wind. Und ihre Kinder stecken sie, sobald sie auf der Welt sind, in gepanzerte Anzüge, in Stiefel und Sturzhelme.

Mir ist plötzlich ganz komisch geworden.

Deine Ruth

P.S. Gestern um 21 Uhr bin ich auf dem Fahrrad in meine Lieblingskneipe gefahren. Ich kenne nur die eine, aber ich nenne sie Lieblingskneipe. Es überkam mich so. Nach nur einem Glas Wein und drei Oliven fühlte ich mich schon betrunken und bin nur mit Mühe nach Hause gekommen. Ist das wohl schlimm? Ob mir jemand was reingeschüttet hat?

D.R.

Kummer in Sankt Petersburg

Ein einziges Mal hatte der junge Komponist Hannes Keller (ein großer Verehrer der Opern *Boris Godunow* und *Chowantschina* des russischen Komponisten Modest Petrowitsch Mussorgsky, dessen Familie durch die Aufhebung der Leibeigenschaft ihr Vermögen verloren hatte, so daß der Musiker zu seinem Unglück zum Militär mußte, erzählt Keller gern) auf Einladung des Goethe-Instituts in Petersburg zu tun. Bunt standen Kirchen und zum

Anstrich ausgewählte Paläste im Vorfrühlingsstaub. Zusammen mit einigen anderen Künstlern wurde ihm ein kleiner, auffallend bleicher Führer zugeteilt, noch sehr jung und überaus eifrig. Fast, als ginge es um sein Leben, so ausgiebig und schnell redete er zu den Objekten, die sie ansahen. Das erregte bei einigen der Künstler Unwillen. »Es schränkt unsere Freiheit ein«, sagten sie erbost untereinander.

Der schmächtige Führer wandte sich am dritten Tag leise an Keller und fragte ihn, ob er etwas falsch mache. Er sei erst vor wenigen Tagen ohne finanzielle Rücklagen aus dem fernsten Sibirien gekommen, ganz neu in Sankt Petersburg. Dies hier sei seine Chance und Bewährungsprobe. Was er wisse, habe er in großer Eile aus Büchern, ohne es vorher in der Wirklichkeit gesehen zu haben, auswendig gelernt. Ob er, Herr Keller, merke, daß er, der Führer, genauso verblüfft über die Sehenswürdigkeiten sei wie die Gruppe?

Freude in Moskau

Auf dem Triumphplatz in Moskau kam es dagegen zu einem Augenblick, in dem zwei Polizisten einen Demonstranten (für die Einhaltung der Verfassung) erst zu Boden drückten, dann aber mit einem Ruck hochrissen, um ihn mit dem Schlagstock zu verprügeln. Der junge Mann sieht, anders als wir auf dem Zeitungsfoto, noch nicht das Gesicht über ihm, nicht die tiefe, erwartungsvolle Wonne im Gesicht desjenigen, der gerade mit dem Stock gegen seinen gebeugten Kopf ausholt.

Katja gibt nicht auf

Berlin. Die Studentin Katja, die bei der geplanten Eroberung des Biologiestudenten, der mit seinem Zopf in ihrem Haus wohnt und schon Familienvater ist, auf unerwartete Schwierigkeiten stößt, hat es zunächst mit noch fixer als gewöhnlich wechselnder Haarfarbe versucht und ihren bisherigen Freund, einen jungen Anwalt, der wegen Zeitknappheit sowieso oftmals in der Kanzlei übernachten muß, eine Weile auf Eis gelegt.

Jetzt ist ihr eine apartere Idee gekommen. Sie wird sich, da sich der Student offenbar außerhalb seiner Familie für nichts anderes als Pflanzen interessiert, sobald er im Anmarsch ist, als lebensgroße Orchidee ins Treppenhaus stellen, grell und schamlos, aber ohne Regung.

Das ist probater, vermutet sie, als ihre Unterwäsche wie Orchideenblätter auf dem letzten Treppenstück bis hin zu ihrer Wohnungstür zu verteilen. Auch keine schlechte Idee natürlich. Mal sehen!

Grand Hotel

War es die Aussicht auf das berühmte Gourmetrestaurant, den internationalen Lifestyle, das Versprechen einer konsequenten Verwöhnung mit den Ressourcen der Natur? Was hat Egon Pratz bloß bewogen, das High Alpine SPA & Resort, fünf Sterne, im Engadin aufzusuchen? War aber Pratz nicht trotz seines Ruhmes eben doch immer noch in seinem Herzen durch und durch Schriftsteller, daß er nun in all der Schönheit dumm rumsaß und sich vorstellte, wie die Weibchen einer bestimmten Mistkäferart aus Kuhdung Kotkugeln rollen, um ihre Eier hineinzulegen, und manchmal sogar einander die fertig gedrehten Bällchen stehlen, um ein möglichst günstiges, futterreiches Bett für den eigenen Nachwuchs, die geschlüpfte Larve, zu erzielen?

Liebe Herta,

Du wunderst Dich sicher, daß ich schon wieder schreibe. Aber manchmal ist mir, als führe der Himmel wie eine Nudelwalze über mich weg. Dann wieder kommt es mir vor, als würde ich mit Riesenhänden da oben nach einem Riß tasten, um nicht zu ersticken. Wie schön wäre es, wenn wir wieder einmal wie früher zusammen Geschirr abwaschen und abtrocknen würden, nebeneinander, und uns dabei die Spülgeschichten erzählten!

Deine Ruth

Verschlechterung

Alex ist wegen Aufsässigkeit als Pauschalkraft in einer Drogeriekette gekündigt worden. Dort bekam er 6,50 Euro Stundenlohn. Rettungssanitäter wie früher will er nicht sein. Er hält die schrecklichen Anblicke der zerrissenen Menschen nicht mehr aus. Jetzt ist er Angestellter bei einem Sicherheitsdienst. Hinten auf seiner Jacke steht *Security*, aber er bekommt nur 4,76 Euro. Immer öfter sagt er zum Spaß: »Wenn mich nur jemand bestechen würde!« Und doch geht es ihm besser, findet Alex, als den Arbeitnehmern aus Osteuropa, die für 5,10 Euro Stundenlohn in unseren Schlachthöfen schuften, untertariflich, weil sie, durch legale Tricks, nicht dem deutschen Arbeitsrecht unterliegen.

»Verdammt noch mal«, sagt Alex, »da hört der Spaß endgültig auf.«

Sehr alt

Die Augen einer sehr alten Frau, Mutter des Schriftstellers Pratz, waren schwach geworden. Mit letzter Kraft und Gier sahen sie in die Außenwelt. Da dachte sie an die sechs Männer ihres Lebens. Von allen wußte sie noch Vor- und Nachnamen. Dazwischen aber, in den schwarzen Zwischenräumen, waren ihre wüsten Träume, ihre geträumten Ausschweifungen zusammengeschmolzen und unvorstellbar geworden. Dann wieder umgekehrt: Ihre Liebe zu den sechs wirklichen Männern wurde ihr unbegreiflich, nur ihre schlimmen Phantasien standen da, weich und dunkel, ungealterte Museumsstücke.

Zwischendurch dann schon ab und zu der Gedanke: Diese Lebenden! Nichts ist komischer und befremdlicher als die Lebendigen!

Liebe Herta,
keine Angst, ich werde Dich jetzt nicht mit Briefen bombardieren. Es ist nur ein Nachtrag zu meiner letzten Bemerkung. Ich verspreche, daß ich dann lange Zeit schweigen werde. Aber vielleicht interessiert es ja auch Dich. Gestern dachte ich nämlich wahrhaftig, als ich nach Hause kam: So, jetzt gehe ich in dieses putzige Reihenhaus, und die Maschine in mir, die keiner sieht, der Reißwolf, der alles vernichtet, worauf mein Blick fällt, der ist pausenlos am Werk. Dabei verschwinde ich ganz normal durch die Tür, und die Nachbarfamilien rechts und links sind zwei altertümliche, geflochtene Haarschnecken, wie die Politikerin aus der Ukraine sie trägt oder trug, und dazwischen ist mein genauso biederes Gesicht, das von den Haarschnecken beziehungsweise Nachbarn im Gleichgewicht gehalten wird.

Deine Ruth

PS: Was lese ich da? In Rio de Janeiro herrschen 28 Grad um diese Jahreszeit, wo uns hier beinahe doch die Zehen abfrieren! Allerdings: Schauer dort!

Was Alex alles weiß
Alex (zur Zeit 4,76 Euro) ist einer, der sich nichts vormachen läßt! Das wissen die Kumpel vom Sicherheitsdienst nicht weniger als die Mitglieder des Chores, in dem er neuerdings singt. »Das jährliche Finanzloch der Bahn beträgt 500 Millionen Euro«, sagt er. Und: »In Deutschland gibt es 463 Umsatzmilliardäre«, und: »Die Deutsche Bank ist herabgestuft worden, weil sie zu abhängig vom Investment Banking ist.«

Flüchtendes Rudel
Tristanweg. Frau Wäns erzählt Elsa, die gelegentlich zu ihr zum Wandern ins Naturschutzgebiet kommt, was Alfred Brehm über die ungeheure Sprungkraft des flüchtenden Rudels der Arabischen Gazelle schreibt: »... selbst wenn die Gefahr ihm nahe

kommt, scheint es noch mit seiner Befähigung zu spielen.« Sie weiß es vom Kiebitz-verliebten Nachbarn Holterhoff. Das sei ein ganz und gar abgründiger Satz, habe der wunderliche, aber sehr redliche Mann gemeint, Biologie! Philosophie! Poesie! So zu ihr der stets von Kopf bis Fuß grasgrün gekleidete Herr.

Sehr jung

Der kleinen Ilse, die ein schüchternes, nur beim Theaterspielen merkwürdig grausames Kind ist, tut kein Mensch was. Sie ist einfach zu dünn.

Sie hat aber durch ein Schlüsselloch gekuckt, was streng verboten ist. Es war hinter der Tür so still gewesen. Und was entdeckt sie da? Ihre Mutter, die am Tisch neben dem Besuch sitzt. Es ist ein Mann, den Ilse für einen Priester hält, wegen des schwarzen Anzugs. Er küßt das Gesicht der Mutter, ihre Augenlider, alles, nur nicht den Mund, und beide sehen dabei tieftraurig aus. Die kleine Ilse spürt, wie plötzlich die Temperatur umschlägt. Sie fängt an, fürchterlich zu schwitzen, und steckt sich die Faust in den Mund, um nicht zu schreien. Ohne Mantel rennt sie in die dunkle Kälte nach draußen, dort heult sie los, wie ein Wolf, heult um den Vater, viel mehr noch um sich selbst. Als sie wiederkommt, hat niemand ihr Fehlen bemerkt. Der Mann und die Mutter verlassen mit ihren betrübten Gesichtern gerade das Zimmer. Man will sie streicheln, sie wendet sich ab.

Nur die Mutter sieht sie eine Sekunde erschrocken an. Ilse, so klein sie ist, wird den Schmerz für alle Zeit beschämt in sich verschließen. Denn hat nicht sie, Ilse, das Bild erst hervorgebracht durch ihren verbotenen Blick?

In der darauffolgenden Nacht allerdings, als die Eltern noch zusammen im Wohnzimmer sitzen, hören sie ein Geräusch im Flur. Es ist die Kleine. Sie versucht, die Haustür zu öffnen, im Nachthemd, aber mit den Straßenschuhen an den Füßen und der aufgerollten Zudecke unterm Arm. Ilse spricht in unverständlichem Dialekt, will unbedingt fort und erkennt Vater und Mutter nicht. Durch sanftes Zureden lenkt man sie zurück ins Bett.

Die Mutter fängt an zu weinen, und doch ist sie noch viel bestürzter, als sie sich anmerken läßt, sagt aber zu ihrem Mann, Ilse habe schließlich schon einmal als Zweijährige um zwei Uhr nachts das Haus verlassen, noch dazu im strömenden Regen, und nach 300 Metern irgendwo bei Fremden geschellt. Erst die Polizei habe die Adresse herausgekriegt, Ilse selbst konnte damals nur ihren Vornamen sagen.

Auch dies hier sei also kein ungewöhnlicher Vorfall.

Der Sinn des Rostes

»Wie sich die Signale, die schönen Muster der Vögel und Fische ganz speziell füreinander entfaltet haben«, sagt der Geistliche Clemens Dillburg zu Frau Fendel bei einem Hausbesuch, »so sieht, ebenfalls zu seiner Freude, Gott vielleicht die Kunstwerke, die Bilder, Schlösser, Romanwelten der Menschen an, vor allem ihre guten Taten und die unsichtbaren guten Gedanken. Die schlechten Taten sind dagegen der Rost, die Verwitterung. Vielleicht aber«, fügt er leise, beinahe nur für sich, hinzu, Frau Fendel hört jedoch noch sehr genau, »sind auch die Korrosionserscheinungen, die Schatten, Ruinen und Kriege für ihn Formen, Gestalten, die wir bloß nicht als das erkennen können, weil wir sie nicht als Läuterungen, als Prüfungen auf dem Weg zum Unbegreiflichen auffassen. Tiefe Verzweiflung, Schrecken und Qual, um uns an den Abgrund zu führen, aus dem sich Gott erhebt, damit wir nackt aus der völligen Armut der Seele in ihn stürzen?«

Herr Dillburg, der einsame Mann bei der einsamen Frau, fährt sich wie aufwachend übers Haar und murmelt: »Verzeihung, liebe Frau Fendel, bitte, entschuldigen Sie!«

Scharfes Auge

Den Jockey a.D. Hermi Meier, Freund des Kiebitzfreundes Holterhoff, den kennen alle in seinem Quartier als einen, der jeden Vormittag mit Schirmmütze draußen am Stehtisch im Rollstuhl sitzt. Er verfügt nach wie vor über ein scharfes Auge. Der kleine Hutladen, den er im Visier hat, ist ihm vertraut als Lieferant der exklusiven Modelle, die von Damen der Gesellschaft bei Derbys getragen werden. Das sowieso, versteht sich. Aber er weiß auch, wer ins Reformhaus, in den türkischen Gemüseladen, zum italienischen Frisör und zur griechischen Reinigung und Änderungsschneiderei geht. Er hat seine Favoriten unter den Kundinnen, was das Reinigen und Ändern betrifft, er bemerkt sehr wohl, wie oft die eine und die andere und auch die dritte und vierte junge Mutter zu dem hübschen jungen Griechen, der offenbar Fitnesskurse belegt (Mann, was ein Oberkörper, was für Schenkel, und beides nicht gerade versteckt!), mal eben reinhuscht, auf einen Sprung oder länger, auf ein Täßchen Kaffee oder eine komplizierte Saumabmessung, hoho. Man müsse nicht in der großen Welt zuhause sein wie er, Jockey Hermi, nur zwei und zwei zusammenzählen, schon wisse man, was sich in dem Kabuff mit den drei spanischen Wänden abspiele.

Es sei, meint Hermi im Vertrauen zu Holterhoff, dem jungen Kerl in der ungesunden Luft da drinnen und fern der griechischen Bläue gegönnt! Er, Hermi Meier, verstehe Spaß und halte in aller Stille Wache, »damit der sympathische Bursche nicht in Schwierigkeiten kommt«, behalte alles im Auge, werde notfalls die Hübschen da drinnen in ihrem ihm, Hermi Meier, vertrauten Leichtsinn vor eifersüchtigen Ehemännern zu warnen wissen, das schon.

Den Griechen aber vor ihnen, den schlüpfrigen feinen Damen, warnen, was viel dringender sei, das könne er nicht. Nicht mal er, Hermi Meier, sei dazu in der Lage, oha.

Sind so die Frauen in Osnabrück?

Martha Bauer besucht ihre Freundin Fränzi in Osnabrück. Fränzi führt die neuen Kleider vor, die sie seit dem letzten Treffen gekauft hat. Ziemlich schnell konstatiert Martha bei Fränzi einen verstärkten Zug ins Prächtige, eine Neigung zum Cocktailartigen, wenn nicht gar Staatsempfang.

Beim Anprobieren sagt Fränzi: »Meine Mutter war eine Heilige, eine Heldin, das Glück meiner Kindheit. Ach, meine Kindheit, welche Wonne, und darinnen meine wunderbare Mutter, eine einzigartige Frau, und das bei fünf Kindern.«

Aber Martha erinnert sich doch genau, daß Fränzi letztes Mal behauptet hat: »Man hat sich nie um mich gekümmert. Ein vereinsamtes Kind war ich, einer Vergewaltigung knapp entronnen. Wen interessierte es? Einem Ersticken, einem Sturz vom Dach bin ich nur so gerade entgangen. Wen erschreckte es? Meine Eltern? Immer im Streit, immer mit sich selbst beschäftigt.«

Heute heißt es: »Mein Vater, ein Generaldirektor, ein stattlicher Mann mit Weste und Zigarre, diskreter Lavendelduft, ein Herr durch und durch.«

Früher: »Unsere ewig bescheidenen Verhältnisse! Immer das Erwähnen der Preise, das Geldzählen, die Angst vor Ausgaben, das Brot ohne Wurst, die tränenreichen Träume von üppigen Schulbroten, und das in eiskalten Betten!«

Stellte sich Fränzi nicht bisher als menschenscheues, wählerisches Mädchen dar?

Jetzt erfährt Martha: »Wie toll ich es getrieben habe, Gott verzeih mir! Bei Kostümfesten ließ ich mich von einer Umarmung in die andere fallen. Ich sah gar nicht mehr hin, was das für Arme waren. Und gerade das war das Schönste!«

Da sagt Martha, der vor Wut allmählich die Knie zu zittern anfangen: »Deine neuen Kleider spannen gewaltig, Fränzi, du kannst das nicht sehen, überm Arsch!«

Alpträume im Grand Hotel

St. Moritz. Es sei zweifellos eine Gemeinheit, schreibt der Schriftsteller Egon Pratz an seinen Verleger, daß er in dieser hinreißenden Umgebung so widerlich träume. Jede Nacht sei er umringt von enttäuschten, verbitterten Künstlern, denen die Welt die Resonanz verweigere, Verweigerung seitens Stadt, Staat und Gesellschaft, Jahrhundert und Menschheit. Träume er aber nicht dies, dann todsicher das: Übermächtig werde plötzlich die Frage gestellt, wer von der zukünftigen Generation die großen Kunstwerke, die Bücher, Bilder, Kompositionen in sich aufnehmen solle. Was aus ihnen werde, wenn sie nur da seien, aber vergessen würden. Ihn, Pratz, packe eine fürchterliche Angst, alles werde untergehen, er sehe die Meisterwerke schweigend in tiefer Trauer und frierend im Dunkeln vergeblich ihre Erlösung durch ein Herz und Gehirn erhoffen. Erst gestern habe er mit einem jungen Kulturwissenschaftler (»Strukturalität der Struktur«, »Abwesenheit eines transzendentalen Signifikats«, »Codes und Narrative«, dieser Typ) gesprochen, der den Namen Heißenbüttel, der doch jahrzehntelang der Papst des Avantgardismus praktisch in allen künstlerischen Gattungen gewesen sei, noch nie gehört habe. Ob er, Pratz, etwa jetzt in das Alter komme, wo diese Erfahrung sein täglich Brot werde und sein Erstaunen, ja seine Erschütterung über die Furie des Verschwindens den unbekümmert Nachwachsenden auf den Wecker gehe? Immerhin habe er sich als junger Mensch, wenn er beim Nichtwissen ertappt wurde, geschämt und nicht dem anderen den Schwarzen Peter zugeschoben.

Gottlob sei der Anti-Aging-Effekt der süßen Bibi zuverlässig, sobald er wach werde, zur Hand. Sie beide stellten sich vor – ihm als seinem erprobten Verleger dürfe er das doch gestehen? – sie würden im Bett von einer Videokamera zu Erpressungszwecken gefilmt. Enorme Beflügelung! Bibi habe ihm auch erzählt, wenn sie allein sei beim An- und Ausziehen, denke sie sich immer einen versteckten Beobachter dazu. Dann mache es sofort Spaß. So ein liebes Ding! Die alte Susanna-im-Bade-Chose, und die Kleine wisse es nicht mal!

Übrigens habe er zu seiner großen Überraschung F. L. hier getroffen. Ausgerechnet den läppischen F. L., links wie Luzifer, der sich offenbar geniere, hier aufgestöbert worden zu sein und nun ostentativ als Magenbitter in all dem Luxus einen Bericht über russische Straflager zur Stalinzeit lese. Beim Frühstück sehe er kurz vorm Zubiß sein Brötchen mit gebleckten Zähnen an wie ein Gorilla beim Angstdrohen. Dazwischen schenke er seine geistige Magermilch aus. An wen? An seine Dulcinea, die ein 5-Sterne-Grottenolm sei mit vermutlich säuerlichem Innenleben unterm konturlosen Busen. Er, Pratz, habe sich mittlerweile so gesetzt, daß er das Pärchen im Rücken habe.

Ansonsten seien sie hier kuriose Individua, Insekten, die sich kurz in die Sichtbarkeit schwängen, Bonmotisten und Koryphäen des rhetorischen Ziergesangs.

Gestern die Schwingen herrlicher Nachtkühle von den Bergen herab. Dann sei die aber, von einer Sekunde zur anderen, derart niederträchtig symbolisch geworden, daß seine ganze bisherige Erholung dahin sei.

Auf der Autobahn

Alles macht mit im Schwung der Arien. Die Lastwagen, winterliche Äcker rechts und links im Vorüberfliegen, nach der Abfahrt die Mütter beim Schieben der Kinderkarren, die schaufelnden Straßenarbeiter: prunkend, federnd, schnurrend, springend. Sie alle tun mit und wissen es nicht, denn nur Jan Sykowa und seine Frau hören die Musik.

Die Liebenden Sykowa wechseln ab und zu einen Satz über die Tonfolgen. Der eine sagt es, der andere fühlt es, dann umgekehrt. Ein Aufglühen, ein Lichtbogen, ganz kurz. Früher hätten sie geflüstert: »Wenn wir doch jetzt sterben würden!« Heute sagen sie:

»Wenn wir doch niemals stürben!« Heute wie damals fällt das Wort vom Sterben, weil sie der Augenblick versengt.

Der wunderliche Straßenmusikant

Den ganzen Tag hat Werner G., ein alter Spezi von Alex, vor dem Supermarkt gehockt und gefroren. Alles umsonst. Plötzlich kommen Passanten, immer neue. Sie werfen, nachdem einer damit begonnen hat, Scheine in seine Kiste. Er kann es nicht fassen, spielt und spielt auf seiner Geige, wie der Teufel, wie noch nie. Dabei hatte er doch viele Stunden lang immer den Satz gemurmelt. »Nicht der Gewählte, nicht der Wähler, das Kapital hat die Macht!«

Jans Kopf

Eigentlich, sagt sich Frau Sykowa, ist Jans Kopf zu groß, aber es sind lauter Wörter und Töne, Geschichten und Gewässer darinnen, ich weiß es. Alles ist hinter diesen Zügen schwelend und melancholisch verstaut. Könnte ich diesen Kopf doch immer bei mir tragen! Vielleicht verkleinert?

Rätsel

»Was soll ich nur machen«, nuschelt sich Pratz beim Rasieren zu, »die Welt zeigt sich mit jedem Tag ordentlich überraschend, aber wenn ich daraus überraschende Gedanken machen will, sehen mich aus allen Ecken meine längst gedachten Gedanken an, als sollte sich das Neue bloß hinter den alten Erkenntnissen stapeln.«

Wie kann dem Mann geholfen werden?

Rätsel

Wie heißt der Vogel, der aus seinem Winterquartier in Neuseeland zu seinem Brutplatz in Alaska durchstartet?

Rätsel

Eine Person, vermutlich wieder Pratz, bemerkt, wie schon kürzlich einmal an einem Mittwochabend: »Er freut sich nicht mehr mit beschleunigtem Herzschlag! Was man ihm auch schenkt, er denkt: Wie hübsch, wie nett, wie aufmerksam! Sein Gefühl bleibt höflich.«

Wie lautet die Auflösung?

Katja verliert die Geduld

Berlin. Die Studentin Katja, heute weißblond, hat drei Tage lang versucht, als lebensgroße Orchidee im Treppenhaus den Biologiestudenten, der sich ihr widersetzt, doch noch zu verführen. Er nimmt sie nicht wahr, grüßt zerstreut, ist mit dem kleinen Nachwuchs beschäftigt. Dabei hat sie ihm vom Fenster aus aufgelauert und dann ihren Posten bezogen. Aus ihren sekundären Geschlechtsmerkmalen macht sie keinen Hehl. Heute stutzt der Biologe zum ersten Mal: »Kuck mal, das Ding in der Ecke, ganz kunterbunt«, sagt er zu seinem noch unverständigen Kind.

Das reicht Katja. »Was ist los mit Ihnen? Mann, sind Sie schwul?« Sie faucht es so böse, daß die oder der Kleine weint. »Brauchen Sie Hilfe?« fragt kühl der Student und geht vorbei.

Katja lacht insgeheim. Jetzt hat sie einen Fuß in der Tür: Krieg!

Das doppelte t

Das Kind Ilse liebt vier Dinge: die Mutter, die Butter, den Gott, den Mond.

Paßt denn der Mond in die Reihe? Ja, aber nur auf einem Umweg. Die Großmutter hat ihr von den Fässern erzählt, aus denen zu ihrer Zeit die Butter lose verkauft wurde. Golden und rund wie Mutter und Gott lachte die Butter vollmondgleich.

Überraschungsbesuch

Bad Driburg. Ein Mann, der erfolgreiche Schriftsteller Egon Pratz, hatte lange Zeit seine Mutter nicht besucht. Am 17. Dezember fiel ihm ein: Sie müßte heute ja 92 werden! Also auf nach Bad Driburg, Driburg, eine Stadt, in der man überall mit dem Kopf anstößt. Er kaufte einen großen Rosenstrauß und klingelte an ihrer Tür. »Mutter, zum 92. Geburtstag!« rief er herzlich. Der Strauß verdeckte die kleine Frau. Sie sagte mit fester Stimme: »Ich habe heute nicht Geburtstag, lieber Mann, und ich bin nicht Ihre Mutter. Mein guter Sohn lebt schon lange nicht mehr. Außerdem bin ich sicher längst 100.«

Hinter dem Strauß erkannte Pratz seine Mutter haarscharf, sie jedoch erkannte ihn nicht, ließ sich auch nicht die Knöchelchen der Hände küssen. Kein Zureden half. Da weinte er an ihrem Küchentisch bitterlich, benutzte auch dieses Wort für sich: »bitterlich«.

Elsa in der Badewanne

Noch eben hatte sie von den harten, teilweise trostlosen Schicksalen ihrer Patienten gehört, mitfühlend, wie es ihre Art ist. Jetzt lag die Krankentherapeutin mi einer Illustrierten in der Badewanne. Die Rückenbürste schaukelte zwischen ihren Unterschenkeln. Nach den kummervollen Einkrümmungen dehnte sich Elsa wohlig aus. Ihr Blick fiel auf eine Kühlschrankreklame. So sah man in ihrer Kindheit Querschnitte von Pariser Wohnhäusern, vom Keller bis zur Mansarde, deutlich abgestuft bevölkert von Leuten verschiedenen Standes. Nun handelte es sich um andere, sorgsam gestapelte Einwohner, die sie durch die weit geöffnete Tür des Kühlschranks zur Kenntnis nahm: Gemüse im Souterrain, dann Wurst als Concierge, Käse in der Bel Etage, darüber die bürgerliche Marmeladenfamilie, Wasserflaschen schliefen beengt in der Dienstbotenstube, ganz oben in der Poetenkammer kleine Gläser mit Chutney vielleicht. Was konnte heilender sein, als die wohlgefüllten Fächer anzusehen und daneben zu lesen »Bio Fresh und No Frost cool kombiniert«, vom Badewasser heiß umplätschert?

Alex, der Kleinunternehmer

Er hat inzwischen die Security-Jacke an den Nagel gehängt. Jetzt steht er als Zeitungsverkäufer mit breitgefächertem Angebot im zugigen S-Bahnhof Rennerstraße, von 7.00–8.30 Uhr. Danach läuft hier nichts mehr, dann wechselt er zu anderen Stellen. Alte Bekannte von der Reeperbahn stützen ihn, je nach Stadtteil, durch Käufe. Alex hat sich aufgerappelt in die Selbständigkeit und ist fröhlich dabei. Nur die, die vorbeigehen, ohne zu grüßen, »die tun mir weh, das tut weh. Bin ich niemand? Sehen die mich nicht? Dabei rufe ich doch schon von weitem: ›Guten Tag, guten Morgen.‹ Dann kneifen die extra die Lippen zusammen: Was will der von mir? Ich lache bloß und wette mit mir, ob ich sie kleinkriege für ein Grüßen oder für BILD. Früher war ich mal Gemüseverkäufer. Da kamen die Schlaumeier an den Stand, sagten: ›Thymian‹, sonst nichts. ›Was, Thymian?‹ habe ich dann gefragt. ›Was ist damit, mit Thymian?‹

So nämlich kriegt man mich nicht klein.«

Das Zucken der Amerikaner

Sie habe, schreibt Eva aus Amerika an ihre Eltern, gestern einem Mann in der U-Bahn gegenübergesessen, der immer gezuckt habe, im Gesicht und mit den Händen. Zuerst habe sie gedacht, er wolle sie auf etwas aufmerksam oder sich über sie lustig machen. Dann sei ihr der Mann daneben aufgefallen, der in die Tüte auf seinem Schoß gelacht, richtig laut gelacht, dann fieberhaft in seiner Hemdentasche gekramt habe, dann wieder das Lachen, dann das Kramen. Sie habe daraufhin andere Leute angesehen, um Verbündete zu finden. Aber die hätten alle ebenfalls solche Ticks gehabt, gezuckt, gelacht, gezittert, gekramt.

Soviel für heute aus Amerika, wo es zusätzlich riesige Kakerlaken gebe.

Herr Gadow erschrickt

Herr Gadow, Biochemiker und Kammerjäger, der mit seiner Frau doch so wunderschöne Gartenreisen plant, hat einem früheren Kollegen eine unerwartet aufgetauchte Sorge gestanden. Die Frau habe neuerdings die Welt der Ratgeber entdeckt und verlange eine ganz neue Lebensführung. »Ich bin Gott«, sage sie und: »Jede Pflanze ist Gott«. Er sei ziemlich erschrocken über diese Besessenheit, hinzu komme plötzlich auch noch Yoga. Er fürchte fast, sie könne von ihm wegtreiben. Ob ein Flug zu den mediterranen Pflanzenschätzen Siziliens hier Abhilfe schaffen könne im Sinne der Vernunft?

Rätsel

Wie heißt der Mann, dem die Ehefrau, die mit einem fremden Herzen lebt, zu seinem Trost von bisher unbekannten Fähigkeiten der Rabenvögel erzählt hat? Und warum fliegt die Pfuhlschnepfe den weiten Weg von Neuseeland nach Alaska?

Wer wohl?

Ein Mensch wurde seit seiner Kindheit von Hochmutsanfällen heimgesucht und gestand Elsa voll geheimem Stolz diese gewaltigen Aufblähungen und Gipfelbesetzungen. Nur das völlig unvorhersehbare Auf und Ab der Depressionen, der Kleinmutsschübe, seit früher Jugend zu jeder Zeit möglich, gaben ihm treulich die Fastenkuren der Demut zurück. Elsa weiß nicht mehr, wer es war.

Heidegger

Erwin, der schwarzhaarige Westfale, hat einen schönen Spruch entdeckt, den er gleich seiner Frau, die gerade Reibekuchen backt (»Rotkehlchen hackt«, schmunzelt er in sich hinein), mitteilen muß: »›Die Natur wird zu einer einzigen riesenhaften Tankstelle.‹« Erst als sie seelenruhig weitermacht, wirft er den Hammer hinterher: »Heidegger«. Da blickt sie denn doch einen Moment lang erschrocken auf von dem Gezische und sagt: »Um Gottes willen! Heidegger! So was!«

»Neuerdings schleusen sie technische Fette, Abfallprodukte bei der Herstellung von Biodiesel in den Futterkreislauf für Hühner-, Puter-, Schweinemast ein. Das Dioxin im Futter kommt bei uns auf den Teller. Das meinte Heidegger, konnte es nur noch nicht besser ausdrücken!«

Freund und Feind

Lemberg. Ukrainische Freunde hatten den noch nicht sehr bekannten Hannes Keller zur Aufführung seiner Kammermusik nach Lemberg eingeladen. Kein großer Erfolg, kaum Zuhörer, aber eine liebenswürdige Geste von ihnen. Und hatte ihn nicht beim Applaus, der eben doch mehr war als die Addition der klatschenden Hände, kurz der geheimnisvolle Schauer des Überpersönlichen gepackt? Vor dem Abflug besuchte er das Nationalmuseum dort. Steile Treppen, feuchte Kälte. Er war der einzige Besucher, seine Schritte knarrten schrecklich einsam durch das klamme Haus. Keller konnte weder die russische noch die ukrainische Beschriftung lesen und wußte bei den Fotos nie, ob die Massakrierten und zur Exekution Geführten Opfer oder Täter, Freund oder Feind waren. Welche Miene erwarteten die Wärterinnen, die ihn scharf unter staubigen Lidern beäugten? Mit jedem Stockwerk wurden sie in der ausufernden Einöde zugänglicher, ja ausgehungert nach einem Grüßen, an ihren Plätzen auf Küchenstühlen zu ewigem Frösteln verdammt.

Sie bewachten die Trachten und Waffen, Urkunden und Orden wie das Schicksal selbst, urteilten nicht, jederzeit darauf gefaßt, daß Wertung und Witterung umspringen könnten von böse zu gut und wieder zurück.

Doch nicht

Lima. Als Irrtum, als von den großen Tageszeitungen verbreitete Falschmeldung, stellte sich jetzt heraus, daß in Peru eine Gangsterbande von fünf Leuten sechzig arme Bauern ermordet, ihr Fett abgesaugt und in Limonadenflaschen an europäische Kosmetikfirmen verkauft habe.

Der Handel mit Gliedmaßen von Menschen, die man zu medizinischen, kosmetischen oder schamanischen Zwecken umbringt, hat allerdings, so scheint es, eher zu- als abgenommen.

In Europa freilich neigt man dazu, unerwünschte Neugeborene in den Müll zu entsorgen oder einzufrieren, in der Hoffnung auf eine spätere spurlose Beseitigung. Auch muß damit gerechnet werden, daß hier die Dunkelziffer, wie die bei der Tötung sehr alter Menschen in Heimen und Privathaushalten, hoch ist.

Die Gesellschaft insgesamt vertraut darauf, daß der Bürger die verschwiegenen Müllcontainer wie vorgeschrieben nutzt.

Leider doch

München. Bewahrheitet hat sich dagegen der Verdacht, daß es zwei erst dreizehnjährige Jungen waren, die eine über achtzigjährige, demente Frau in deren Wohnung mehrere Stunden lang, um sich Unterhaltung zu verschaffen, schikaniert, herzlos gequält und verwundet haben. Es scheint, als hätten sie in ihr gar kein Lebewesen, erst recht kein menschliches gesehen, sondern eine Art Stoffteddy, an dem man ausprobiert, was einem einfällt.

Das macht es wirklich gefährlich. Vor allem, wenn man bedenkt, daß der Anführer der beiden die alte Frau mehrere Monate lang spazierengefahren und für sie eingekauft hat. Beruhigend wäre als Motiv die langanhaltende Wut über eine verweigerte Geldherausgabe gewesen. Es hilft aber nichts: Sie muß in das Abreagieren eines Spieltriebs übergegangen sein.

Rätsel

Werden diese beiden Jungen, die dem Jugendamt einschlägig bekannt waren – die Frage stellte sich der am Ort des Geschehens lebende Zwillingssohn von Frau Fendel – noch zu retten sein für ein Leben in freier Sozietät?

Berufe für sie gäbe es schon, nämlich Firmen, Privatunternehmen, die sich für die Empathiedefizite der beiden, als besonderer Begabung und Eignung zu geheimen Verhören etwa, interessieren könnten.

Hier muß freilich das Leben selbst die Lösung verraten.

Das Passende

Der Schriftsteller Pratz fuhr aus Süddeutschland an die Nordseeküste durch eine Landschaft mit Tieren und kahlen Bäumen, eine Gegend, so samtig braun wie sein Traum in der letzten Nacht. Die Pferderücken fügten sich vollkommen der struppigen Landschaft, schöne, diskrete Einlegearbeiten, Ton in Ton, aus weichem, grau-braun getrübtem Stein geschnitten, auch wie die »Augen« im Arvenholz.

Im Abteil schlief ein Junge, ungefähr acht Jahre alt, sehr rot der Mund, schneeweiß die Haut.

Ein Meßdiener? fragte sich Pratz.

Als sein Vater ihn wecken wollte, gelang ihm das nicht. Selbst die Schuhe ließ sich der Kleine anziehen, ohne aufzuwachen. Der Vater stellte ihn mit einiger Mühe vor sich hin, hielt ihn mit beiden Armen fest und redete ihn mit seinem Namen an. Dieser Name lautete »Sebastian«. Der Junge öffnete die Augen nicht. Seine Lider waren auffällig groß, von vornherein zum Schlafen geschaffene Augendeckel. Er sank auf den Schoß des Vaters und schlief. Er fiel, nachdem ihm der Vater den Anorak übergestreift hatte, auf einen freien Sitz und schlief mit seitlich geneigtem Kopf in widersetzlicher Unschuld. Dem erschlafften Kind mußten Knochen und Muskeln im Träumen abhanden gekommen sein. Übrig war ein taumelndes Tier, eine schwankende Pflanze. Fast graute den Schriftsteller da vor dem so schamlos im Fleische erschienenen kleinen Tod.

Wie wär's mit einer Ohrfeige? fragte sich Pratz.

Am Meer herrschte dann das, was er unbedenklich »das Wesenlose« nannte, eine trostlose Weite der Welt. Plötzlich hörte er einen Menschen, der vor sich hinsagte: »Heute endet das Kirchenjahr.« Ach herrje, dachte Pratz, Teufel auch, das Kirchenjahr! Gilt so etwas denn in dieser kahlen Landschaft? Aber, wer sagt's denn, eventuell wird das ja gerade hier gebraucht, so unsichtbar das Datumsgitter auch über der Fläche liegt, Fastenzeit, Ostern, Pfingsten, das alles, die Feste Maria dies, Maria das.

Etwas später befand er sich unter fahlem Vollmond, einem verwischten, nur kurze Zeit rundum erkennbaren, dann halb verdeckten. Die Bäume? Schon ohne Laub. Der Gespenstermond spendete ein Totenlicht mit direkter, dringender Ansprache an den wandernden Pratz. Der aber suchte nach einer passenden Gedichtzeile. Er spürte die Wörter ungefähr. Nur nicht genau. Diese Zeile wäre die einzige Möglichkeit, den Mond zufriedenzustellen. Sie lag Pratz auf der Zunge, aber fiel ihm nicht ein. Schließlich schloß er, damit Frieden herrschte, basta, von innen die Pensionstür ab.

Draußen stand der Mond, hungrig Ausschau haltend, ob ihm ein Satz, ein Wort, ein Brosamen zugeworfen würde. »Nein!« sagte von innen Pratz. »Warten wir's ab!« antwortete der Totenmond.

Taubendank

Herr Brück, der seinem alten Hund Rex Brück treu zur Seite steht, sah gestern, wie einige andere Passanten auch, daß eine Taube irrtümlich durch die weit geöffnete Tür einer Bäckerei flog und in den vorweihnachtlichen Kunstschnee des Schaufensters geriet, wobei das Tier im Bemühen, den Weg durch die Scheibe hindurch nach draußen zu finden, in Panik dagegen prallte und ein wildes Gestöber erzeugte, das sich auf Brote und Kuchenstücke senkte. Die Angestellte in der Tiefe des Ladens war mit anderem beschäftigt und bemerkte weder das entstehende Chaos noch die Kopflosigkeit des verzweifelten Vogels. Da trat Herr Brück kurzentschlossen in die Bäckerei, preßte der Taube die Flügel an den Körper, kehrte mit ihr ins Freie zurück und warf sie hoch in ihr Element.

Einige Tage vorher hatte er komplett sein Kurzzeitgedächtnis verloren. Fünf Stunden dauerte es, bis sich die Vorgänge wieder in ihm zu speichern begannen und alles doch noch gut wurde. So war der Dank für die Rettung des Vogels im voraus erstattet worden. Oder hatte Herr Brück das Bild seiner Verwirrung und Rettung im nachhinein mittels der Taube produziert?

Streiche

Nein, kein Mensch würde der kleinen Ilse was zuleide tun. Sie dagegen umgekehrt den anderen erst recht! Weil sie klein und mager ist, muß sie der Welt einen Tritt versetzen. Sie schneidet der Übermacht Grimassen. Niemand ist neuerdings sicher vor ihren Streichen, die keineswegs immer zum Lachen sind. Das Schönste: Nicht einer rechnet damit bei dem dünnen Kind, und keiner weiß, wovon es sich mit Vorliebe in kleinen Portionen ernährt: von Kaffeesatz, von den ersten Austrieben der Fichtenzweige und von Lippenstift.

Wünsche am Fenster

Hamburg. Frau Fendel, deren einer Sohn in München wohnt, und deren anderer gestorben ist, malt sich aus, wenn sie am Fenster sitzt, man könnte ihr, falls sie wegen irgendwas im Sommer ins Gefängnis gesperrt würde, vielleicht zum Trost eine kleine Pflanze in die Zelle stellen, und sei es ein Topf mit Schnittlauch, und ihr um die Weihnachtszeit wenigstens ein Stück goldenes Band spenden.

Aber warum ins Gefängnis, liebe Frau Fendel?

Ach, nur so.

Wünsche im Krankenhaus

Hamburg. Frau Fendel ist bisher nicht ins Gefängnis gekommen, aber immerhin ins Krankenhaus. Wie nüchtern es dort ist und wie vereinsamt Frau Fendel! Plötzlich erkennt sie, ja sicher, natürlich, in den Maschinen an ihrem Bett Maria und Josef, die Krippe, das Kind, auch Ochs und Esel. Da schießt eine Kraft in ihre Seele, die niemand ahnt. »Die Infusionen schlagen gut an«, sagt die eilige Schwester.

Frau Sykowas Geständnisse

21. Dezember. Ihr Mann Jan sei in seinem ganzen Wesen ein Menschenfreund, gerade bei den instinktiven Handlungen verrate er sich. Sie selbst sei im Reflex immer menschenfeindlich. Nur um ihn, Jan, nicht zu betrüben, bemühe sie sich um ein gutmütiges Gesicht gegenüber der Welt, was ihr sauer werde. Es gebe auch Pannen. Doch wenn sie Musik höre, dann sei es, als dampften die Klänge aus ihr heraus wie ihr bestes Selbst und es verschwende und verströme sich. Auch schmelze die Musik in sie hinein als das einzig Wirkliche.

Niemandem jedoch gesteht sie, daß sie in ihrer mit der Zeit noch wachsenden Liebe zu Jan der glücklichen Gegenwart grollt. Denn erhöht nicht jede Stunde mit ihm die kommende Trauer, wenn er ihr einmal genommen würde?

Reisende

Kurios, daß der Mann, der vor Elsa im Zug sitzt, ausgerechnet auf das Wort »Murmeln«, jedenfalls »Murmeltier« gekommen ist! »Herrgott«, sagt er gerade, »ist das ein Stoßen und Drängeln. Wie die Leute nach dem Einsteigen schieben und miteinander ringen, nicht zu glauben. Dann plötzlich verschwinden sie, genau wie die Murmeltiere beim Wächterpfiff, nicht gerade in Löchern, aber weg aus dem Gang. So schnell hatte man uns früher nicht verstaut. Mag ein Fortschritt sein. Halleluja. Nur: Wie wird die Neuerung enden für uns? Wir sitzen doch alle im selben Boot.« Eindeutig schwäbischer Akzent.

Auch die Stimme, damals bräunlich vermischt mit dem schläfrigen Brummen der Waggons zu einem einzigen rostigen, tabakkrümeligen Murmeln, hatte eine, vielleicht sogar etwas stärkere schwäbische Einfärbung gehabt. Ja, damals: Damals murmelte eine wohlige Sicherheit um Elsa herum, es murmelte wie in Abrahams Schoß. Sie fuhr in einem leeren Abteil an einem warmen Spätnachmittag durch Sommer und Welt. Langsam bewegte sich der Zug auf seiner Nebenstrecke mit heruntergedrehten Scheiben im Licht und ließ Zeit für die glühende, wie mit zersplitterten Kirchenfenstern bedeckte Dahliengegend, glühend, wie sich Elsa gern ihre Haare vorstellte.

Im Mittelgrund gab es Waldränder, aus denen gemächliche Bäche kamen und in die, genauso gekrümmt und hellgrau, kleine Wege eindrangen. Blau geschwungen wölbte sich am Horizont die Erde gegen den erreichbaren Himmel. Es roch nach Eisen, das lange unter Sonne liegt. Zwischen manchen Gleisen wuchs Kraut, solches, von dem sicher keiner den Namen wußte, und es blühten dort auch Königskerzen oder Goldruten, prunkten staubig durcheinander, wie ihnen der Sinn stand. Niemanden kümmerte es. Bald war Feierabend, warum sollte es nicht kreuz und quer gehen? Durfte nicht alles ein bißchen einnicken in diesem Tuckern und sanften Ruckeln, drinnen wie womöglich auch draußen? Keiner widersprach. Alles war tiefgolden, altgolden, drinnen wie draußen. Rostiggolden murmelte der Spätsommer.

Sie war hochgeschossen, als der alte Schaffner die Tür aufgeschoben hatte, stieß dazu sogar einen leisen Schrei aus. Der anscheinend einzige Mensch im gedankenverloren, aber pünktlich vor sich hintrudelnden Zug außer Elsa winkte sofort ab, wollte keine Karte sehen, nichts, er sagte nur und ging ein wenig in die Knie wegen der Aussicht: »Ein sagenhafter Nachmittag!« Da wußte sie gleich: ein Schwabe! »Feierabend«, flüsterte er weiter und setzte sich ihr gegenüber: »Schluß. Schluß für immer.« War ihm deshalb egal, ob sie mit gültigem Fahrausweis reiste? »Die letzte Fahrt. Habe in meinem Leben davon mehr gemacht, als Sie denken.« Tatsächlich, er sah nicht nur freundlich, er sah auch müde aus, die treue Uniform mit ihm. Bestimmt war es ein schwerer Abschied von diesem beständigen Dasein, wohlbegrenzt durch die Städte Flensburg und München samt dem Kleinkram nördlich und südlich davon, immer nah bei den Schienen und dem Geruch nach Rost und Schotter. »Ich bin froh, daß es soweit ist. Ich schwör's Ihnen, bin heilfroh.«

Das hörte Elsa seinetwegen gern. Er ergänzte dann aber, als verriete er ihr ein Geheimnis: »Früher hatte ich Angst vor dem Dienstende. Das ist vorbei. Viel Unheilvolles kommt auf uns zu. Das hier ist Vergangenheit, wie ich selbst es bin. Gezählte Tage.« Der Mann blickte sie aus einem Gesicht, das viel gelacht haben mochte, gramvoll an.

Der Zug gondelte ohne Sorgen durch die Landschaft, eine kindliche Eisenbahn mit ihrem schnurrenden Gelärme. Der Mann, dessen Arbeitsstätte sein Leben lang eine solche Waggonreihe gewesen war, murmelte in Betrübnis, weil das alles demnächst verkauft, verschachert, gewissenlos und unehrenhaft verhökert würde an den Meistbietenden: »Und haben wir nicht die, die das erlauben, gutgläubig gewählt? Was hier verkommt, war doch unser Eigentum, unsere Heimat!« Er seufzte nicht. Sie hörte etwas anderes, ein Aufschluchzen ohne Tränen. »Mein Glück, daß es vorbei für mich ist. Nicht, daß mir das Herz bricht. Ich sehe nur schwere Unglücke kommen. Schreckliche Unfälle. Leichtsinn und Bereicherungssucht statt Präzision und Solidität. Es geht um Menschenleben. Das kümmert sie nicht.«

Der Zug schwankte damals ahnungslos durch den braungoldenen Sommerabend.

»Alles ist unbequemer mittlerweile«, sagt jetzt die gegenwärtige, ebenfalls schwäbische Stimme vor ihr zur vermutlichen

Ehefrau, »die Kopfstützen fehlen, die Fußstützen sind weg, die Sitze härter, die Abstände geringer. Und das nach all der Großspurigkeit, bei laufenden Preiserhöhungen und Serviceschwindel. Einsparungen allenthalben in die eigene Tasche. Man höre sich bloß das Rattern an. Die nehmen sich nicht mal die Zeit, die Schrauben festzudrehen.«

Sieht auch dieser Mann und Schwabe, ein normaler Fahrgast, kein Bahnbeamter, in denselben, seit damals noch viel weiter aufgerissenen Abgrund der Gier? Außerdem hat er recht. Es klappert in der Nähe, irgendwo von der Seite her. Solche Defekte haben in den letzten Jahren viele Menschenopfer gefordert. Ein winziger dramatischer Sonnenuntergang schwebt in der Scheibe neben dem Sitz unmittelbar vor ihr. Es ist das spiegelnde Bild auf dem Display des Laptops, der vor der bisher wortlosen Ehefrau steht. Links in den Fenstern, das gesamte Großraumabteil entlang, geht unbeachtet die echte Sonne zwischen wirklichen Wolken, dem Vorwärtsrasen entrückt, feierlich, als wär's ihr Lebensabend, zum Schein zugrunde.

Manche Passagiere heben den Kopf, sie legen ihn schräg, sie horchen. »Nur keine Angst«, sagt der Mann vor ihr, »es klingt verdächtig, ist es aber diesmal nicht. Sehen Sie, da oben, die Schnalle des Gepäckstücks schlägt gegen die Wand. Keine Angst, liebe Frau.« Ach so, dann ist seine schweigsame Zuhörerin doch nicht mit ihm verheiratet! »Ich bringe das in Ordnung, Moment.« Er springt auf und ist ein tiefschwarzer Mensch. Eine Haut aus dem dunkelsten Afrika. Ein schwarzer Schwabe, ein schöner schwäbischer Schwarzer, dieser Landsmann des alten Bahners von früher.

Als er wieder sitzt, klärt er die Frau neben sich weiter auf: »Von allen Positionen, in denen sich der Staat vertrauenerweckend, gemütlich, sogar liebenswert zeigen konnte, hat er sich zurückgezogen. Denken Sie an die gute alte Post! Denken Sie an die gute alte Bahn. Verbürgte Qualität in beiden Fällen. Geblieben sind noch das Technische Hilfswerk und die Feuerwehr. Aber was ist das schon, verglichen mit Bahn und Post, diesen Säulen des guten Staatlichen, die man uns gegen unseren Willen genommen, jawohl, gegen den Willen des Volkes privatisiert hat!« Die Leute ringsum lauschen. Das Schlagen und Hämmern ist wieder da. Sie nicken dem nachtschwarzen Mann grimmig zu. »Und was ist dabei rausgekommen? Man kann nicht mal lesen, weil sie auf Sparbeleuchtung geschaltet haben. Der ganze Affenluxus der Ausstattung ist Heuchelei.«

Manchmal schwankt jemand mit Rückenproblemen oder Senkfuß durch den Gang. »Patienten in Hülle und Fülle!« flüstert Elsa in sich hinein. Sie haben es schwer und müssen sich an die Lehnen klammern, dermaßen schleudert der Zug. Vielleicht ist der Lokomotivführer wütend auf seinen obersten Chef? »Wir werden ausgenommen«, ruft jemand. »Ausgeraubt vom Staat, geplündert von denen da oben. Nun lassen sie auch schon die Türen abfallen und schämen sich nicht.«

»Schwerste Zugunglücke in den nächsten fünf Jahren prognostiziert die Katastrophenforschung. Nach der jetzigen Sicherheitslage sind sie unvermeidlich. Die ist nämlich miserabel. Wartung der Züge, Wartung des Gleiskörpers? Warten Sie ab! Eine Wahl hat man nicht, man muß ja trotzdem fahren«, sagt der Schwabe, gar nicht laut, eigentlich nur zu der Frau neben sich. »Besonders die Passagen in den langen Tunneln sind sündgefährlich. Wir fahren ja gerade in einen rein. Merken Sie, wie es sich hinzieht in diesem unsicheren Bau? Draußen Nacht und hier die kümmerlichen Lichter. Aber nach außen ist alles auf scheinheilige Eleganz und erbärmliche Mehrsprachigkeit bedacht. Es wird uns wohl nicht gerade jetzt was zustoßen, doch wappnen muß man sich. Denn es wird schrecklich werden. Die Fahrgäste sind in der Falle wie die Murmeltiere oder meinetwegen Maulwürfe. Können nicht davonlaufen. Die Retter kommen mit ihren Löscharbeiten gar nicht an die Verletzten ran, Schafherden blockieren die Ein- und Ausfahrten, Flammen, sage ich, Rauch, Hilflosigkeit. Warten Sie ab. Aber keine Panik. Ich rede nicht von heute, nein, von dieser, von unserer Fahrt hier nicht, um Himmels willen.«

»Schluß damit und Mund halten! Kein Bedarf. Ich fürchte mich nicht, brauche keinen Beistand, Sie ... Schwarzseher!« zischt da auf einmal die falsche Ehefrau und erhebt sich. Elsa sieht sie halb von vorn. Stark verkrampfte Schulterpartie. Das ist keine Überraschung. Etwas anderes schon: Es handelt sich um eine Muslima, die aus ihren Verschleierungen heraus ein akzentfreies, wenn auch verblüffenderweise leicht schnoddriges Deutsch spricht. Der schwarze Mann, der ja die ums Gesicht gewickelten Tücher die ganze Zeit gesehen und zu deuten gewußt hat, lacht leise. Unter ihnen klappert es hartnäckig, lauter, stoppt, schon geht es wieder los.

Er hat überhaupt die ganze Zeit seine düsteren Botschaften in unpassend vergnügtem Ton gesprochen. Ob er glaubt, daß solche Katastrophen Dunkelhäutige wie ihn nicht treffen werden, nur die weißen Ureinwohner der Industriekontinente? Als die Frau an ihm vorbei ist, dreht sie sich fauchend zu ihm um: »Mir ist das schnuppe, guter Mann.« Es zeigt sich, daß die Muslima ohne Zweifel eine zum Islam übergetretene Deutsche ist.

Jetzt horchen alle, da sie in der schlechten Beleuchtung nicht mal Zeitungsschlagzeilen entziffern können, einhellig auf das Geräusch. Kommt nicht ein technisches Keifen, geradezu entsetzliches Knirschen dazu? Zugpersonal, das sie fragen könnten, taucht nicht auf. Nur die Muslima ist wieder da. Sie taumelt im Gang, wird hin- und hergeworfen vom rücksichtslosen Geschaukel.

Gerade als sie bei ihrem schwarzen Propheten ankommt, erfolgt ein solcher Stoß, daß sie, platsch, wie von höherer Hand gezielt, auf seinem Schoß landet.

Der Mann rührt sich angesichts ihrer Demütigung nicht. Groß ist aber die Empörung der eventuell sogar schwangeren Schleierfrau. Sie fährt hoch von dem schändlichen afrikanischen Schoß, als wäre er es, der schwäbische Schwarze, der sie belästigt, der sie unanständig in diese Lage gezwungen hat, sackt allerdings, vom Gerüttel des Zugs gezwungen, auf seine Knie zurück. Oder gefällt es der halbvermummten Deutschen auf den nichteuropäischen Schenkeln so sehr, daß sie bleiben und ein Weilchen verdeckt erotisch schaukeln möchte? Der Mann, der beide Hände zum Zeichen seiner Unschuld hochhebt, lacht nun frei heraus. Ein afrikanisch glutvolles, menschenfreundliches Gelächter, das die Frau eigentlich nicht erbosen müßte. Es hört jedoch gar nicht mehr auf, steigert sich, beherrscht schließlich das ganze Abteil und will nicht enden.

Vielleicht doch nicht menschenfreundlich, durchaus nicht? fragt sich Elsa mit plötzlich stark klopfendem Herzen. Es vermischt sich so eigentümlich, beinahe höhnisch, fast schon rachsüchtig mit dem immer rasenderen Klappern, dem mechanischen Kreischen! Trotz der afrikanischen Warnung verläßt kein einziger Passagier, er kann es ja nicht, ist ja eingeschweißt in die Hochgeschwindigkeitsfolie, in den eisern, den wie von unwiderruflichem Urteil panisch zur Verderbnisvollstreckung vorwärtsgetriebenen Zug.

Elsa zwingt sich mit großer Mühe, nicht aufzuspringen. Könnte sie sich nur durch Flucht in Sicherheit bringen! Aber Glück gehabt! Denn jetzt, als sie kaum mehr mit einem so glimpflichen Ausgang rechnet, meldet der Zugführer, er habe von oben Befehl erhalten, die Reisenden umgehend aufzufordern, ohne Zögern den Zug, der so schnell wie möglich halten werde, zu verlassen, ihn schleunigst zu wechseln. An diesem hätten sich zu seinem Bedauern die Räder gelockert. Probleme mit den Stellmuttern wohl, wofür er, Zugführer und Teamchef, um Verständnis bitte.

Die weiße Muslima flucht. Der schwarze Mann wiehert. Die stumme Elsa schämt sich ihrer vorauseilenden, nun verflogenen Todesangst. »Drei Gefühle«, sagt Henri, der Mathematiker, in der Nacht, »›Todesangst‹ nicht mitgezählt.«

Elsa hört die Anführungsstriche. Wie gut er tut, der vertraute, alteuropäische Spott!

Gespräch zwischen zwei Schachpartien

(nach einer Grimmschen Sage)

Fritzle: »Was? Nicht nur bei den Jesuiten in Berlin und im Kloster Ettal?«

Freund 1: »Die Spitze des Eisbergs, sage ich. Jetzt geht ein großes Zittern durchs Land.«

Freund 2: »Und ihr selbst?«

Fritzle und Freund 1: »Wenn wir es recht überlegen: Wir auch!«

Freund 2: »Opfer oder Täter?«

Herr Fritzle und Freund 1, gespielt zitternd: »Wir wissen es nicht.«

Beruhigung

Sonnabend. Heute haben die Eltern von Eva Wilkens per E-Mail aus Chicago erfahren, daß ihre Tochter wohl doch nicht den ursprünglich geplanten Zeitraum in Amerika verbringen wird. Sie sollen sich keine Sorgen machen, wenn sie ab jetzt eine Weile keine Nachricht von ihr bekommen und Funkstille auf allen Ebenen herrscht. Alles sei trotzdem okay. Also: Keine dummen Gedanken bitte! Darunter: »Love, Eva«.

Angebot zur Güte

Berlin. Die Studentin Katja, die gar nicht sehr verliebt ist, aber ihren Willen kriegen will aus Gründen des Selbstbewußtseins, hat sich überlegt, ob sie einfach vor dem Botaniker langsam die Treppe hochsteigen soll, natürlich in ihrem kürzesten Röckchen, oder wäre ein langer raffinierter? Verflixt, sie kennt seinen Geschmack so wenig! Seine Frau jedenfalls ist eine womöglich ihr zweites Kind stillende Mutter, mehr läßt sich momentan nicht dazu sagen. Also: Langsam vor ihm her und plötzlich nach hinten fallen, wenn er mal ohne Anhang ist, direkt in seine Arme! Dann könnte sie in sein Ohr flüstern: »Warum erzählst du nicht weiter von den Uferbereichen des Bracks? Das mit dem Schwulsein war doch ein Scherz!«

Statt dessen hat sie etwas anderes gemacht. Wenn er in seine Wohnung will, muß er an ihrer Tür vorbei. Da äugt neben der Klingel seit heute morgen in einem Topf die exzentrischste Orchidee, die sie hat kaufen können. Sie steht in der Zugluft. Das wird sie nicht lange ohne Schaden ertragen. Höchste Zeit, der Pflanze beizustehen! Die stummen Leidensproteste der Orchidee werden dem Biologen in den Ohren hallen, jedenfalls sofort in die Augen springen und ihn um Beistand anbetteln. In einer Stunde kommt er mit dem noch dummen Kindchen nach Hause, stapf stapf, die Treppe hoch. Seine Frau ist zum Jobben oder Joggen, irgendwas. Wie wird er den Kopf aus der Schlinge ziehen? Gar nicht, ihn drinlassen!

Pratzens Zorn

Immenstadt im Allgäu. Nein, rief der Schriftsteller Pratz ins Hoteltelefon. Selbst ihm, seinem geschätzten Verleger gegenüber, bleibe er in diesem Fall hart. Keine Silbe über die Kindheit, keine übers Alter! Zwar sei es albern, Unbelehrbarkeit bereits für Charakter zu halten, aber hier gebe er nicht nach. Die Leute und vor allem die Kollegen täten immer so, als handelte es sich bei diesen Lebensstationen um einen Freifahrtschein für Idiotien oder surreale Schrägheiten, um weit entrückte Zustände, denen man aus der Ferne einfach alles aufbürden dürfe. Er, Pratz, sei Kind und alter Mann, sei Frau und Tier und alles dazwischen gleichzeitig. Auch ekle er sich mittlerweile vor den in seinem Fach üblichen

Übertreibungen. Ihn reue, daß er so oft und leichthin von »Schönheit« und »Schmerz« geschrieben habe, statt von »Hübschheit« und »Zahnweh« zu reden.

Übrigens, um auf die Gegenwart zu kommen, habe er gestern zufällig beobachtet, wie ein junges Mädchen am Vormittag ihren Freund mit Küssen aus der Haustür gedrängt, dann blitzschnell ihre Hand auf sein Glied gelegt und sofort in offenbar postkoitaler Heimtücke die Tür vor ihm zugeknallt habe. Eine nette kleine Szene für eine Erzählung? Schon! Nur sei ihm unmittelbar darauf der Gedanke gekommen, die Kleine habe da bloß irgendwas aus einer TV-Serie zitiert. Könne man natürlich so bringen. Schon. Und doch sei damit für ihn die Luft raus.

War unser Pratz so ungnädig, weil er die süße, intelligenzfliehende Bibi wegen Quengelei entlassen mußte oder eher weil ihn der Verleger (und also die Welt) ausgerechnet in Immenstadt im Allgäu telefonisch erwischt hatte?

Deutlichkeiten

»Eigentlich schade«, sagt einer der Schachfreunde von Franz Fritzle, Heinz, ehemaliger Irrenarzt. Er dreht einen schön geschnitzten schwarzen König, dann einen weißen Läufer in der Hand, »eigentlich sehr schade, daß heute alles mit Tabletten und Spritzen runtergedimmt wird. Zu meiner Lehrzeit gab es noch die spektakulären Krankheitsbilder, das Erlebnis des großen epileptischen Anfalls etwa, Tobsucht, Erstarrungen, Ausbrüche und Explosionen wie aus dem Bilderbuch, die schrecklichen Fratzen der Leiden, die jetzt alle medikamentös weggeschminkt werden.«

»Ein Schulfreund, international tätiger Bauingenieur, Ägypten, Indonesien, Brasilien«, antwortet Fritzle, »erkennt keine Leute mehr. Sein Name bedeutet ihm nichts. Seine Familie, seine Vergangenheit: nichts! Seine Freunde sind für ihn Meisen und Rotkehlchen, die Futterkörner aufpicken. Die Vögel die

Freunde, die Freunde die Vögel. Das ist ein Fall von heute, und ist das etwa nichts?«

»Was glaubt ihr denn«, sagt Freund Hans, »weshalb wir hier zusammenkommen und mit den Figuren rummachen? Feste Körper, strategische Züge!«

Wovon? Wer da?

Frau Fendel predigt manchmal der Katze, aber nur, wenn die Katze damit anfängt. Sie hört dem Tier gut zu. Danach sagt sie irgendwann: »Ohne den Glanz blieben nur Öde und Asche zurück. Probier es, Emily. Ohne ihn ist nichts als Asche und Öde übrig, das heulende Elend. Du kennst das ja. So werden wir in die Enge getrieben. Aber wovon?«

Jetzt lauscht Frau Fendel dem Schnurren des Beifalls. Ist es nicht übertrieben, wie inbrünstig sie das Tierchen streichelt? Ach, das tun ihre Hände ja ganz von selbst. Außerdem glaubt Frau Fendel an einen geheimnisvollen Stoffwechsel. Die Zartheit, mit der sie sich der Katze zuwendet, die sammelt und verwandelt sich in Emily zu großer Kraft, die sie an die Welt verströmt, durch alle Hindernisse, durch Fleisch, Bein, Stahl und Stein hindurch.

Aber, Frau Fendel erschrickt, drückt da nicht jemand sachte von außen die Türklinke runter? Nein, das war nur ein Ton, der aus der Gurgel der Katze kam.

An anderen Abenden, kurz bevor Frau Fendel das Licht anknipst, fragt sie sich, beinahe in Panik: Ob es wirklich diesmal angehen und aufglühen wird?

Letzte Nachricht

Berlin. Das Ehepaar Wilkens erhält noch eine Mail aus Chicago. Nun sei es heraus. Sie werde sich nach Tadschikistan machen, Zentralasien. Sie habe ein günstiges Angebot. Bis dann mal von dort. Love E.

Liebe Herta,
ich weiß, was ich versprochen habe. Doch, das weiß ich noch genau. Aber wie lange werde ich es wissen? Gestern habe ich auf die Uhr gesehen: genau 10.00 Uhr. Ich wußte, da war immer was. Irgendwas Bestimmtes habe ich jeden Tag um diese Zeit gemacht. Was bloß? Ob alles daher kommt, daß ich seit kurzem nicht mehr berufstätig bin? Tränen fließen bei jeder Kleinigkeit. Vor einigen Monaten oder so hatte ich Dir noch von den drei Geschäftsessen mit den drei Männern geschrieben!

Ich habe freiwillig von mir aus versprochen, für längere Zeit keine Briefe mehr an Dich zu schicken. Das ist doch richtig? Vergiß mich trotzdem nicht, auf keinen Fall!

Deine Ruth

Liebe Ruth,
Leipzig. Ich besuche Dich, die Fahrkarte nach Frankfurt habe ich gleich nach Deinem Brief gekauft. Die Schimpansen müssen mir freigeben. Nicht vergessen: Ich bin's, die morgen, am Samstagnachmittag, an Deiner Tür klingelt. Und dann wird zusammen gespült, was das Zeug hält.

Deine Herta

Frühling
Wenn nur erst wieder Frühling ist, der schöne Frühling, so fröhlich, so frisch!

Die Zerbeulten
Herr Dillburg wird es sicher nie Frau Fendel erzählen. Es könnte sie beunruhigen, vielleicht sogar betrüben. Im letzten Urlaub ist er in den mittelitalienischen Bergen ein bißchen gewandert, so für sich. Gegen Ende, am frühen Nachmittag, hörte er das Glockengeläut, nein, nur immer denselben Ton, der durch Mark und Bein ging. Da wußte er es: Die Totenglocke!

Nach einer Viertelstunde sah er die Prozession. Keine Musik, keine einzige Blume, nur murmelnde ungeschmückte Menschen. Auf den mürrischen Lippen hatten sie Gebete oder geflüsterten Klatsch. Wie vom Essenstisch eilig weggeholt sie alle. Verblühte wie verbrühte Gesichter, die Frauen in ihren Küchenkleidern, in fettig schwarzer Jacke alle Männer, in Turnschuhen sogar der Priester.

Ein Zug zerbeulter, vielbenutzter Küchengeräte, auf denen längst kein Glanz mehr liegt, dachte Dillburg, erleichtert, wenigstens den Vergleich zu haben. Kurz danach sagte er sich betreten, von sich selbst befremdet: Ich verstehe sie sicher nur nicht, erkenne nicht ihre verstohlene Frömmigkeit!

Erdbeben

Anatolien/Hamburg. Das mit dem letzten Erdbeben in Verbindung stehende Unglück in der Türkei tut Herrn Brück sehr leid. Aber was ihm besonders vor Augen kommt, gerade, wenn er seinen Hund Rex ansieht, das sind die verschütteten Tiere in den Ställen. Sind nicht auch sie den Menschen, erst recht den für die Schäden durch leichtsinniges Bauen zuständigen, dringend anvertraut?

Rätsel

Wie aber nennt man die Entladung starker Zugbeanspruchungen, die an konvexen Gefällsbrüchen oder infolge von Kriechbewegungen der Schneedecke auftreten? Lawine? Schneebrett? Gleitschneerutsch? Und welche Rolle können dabei langhalmige Gräser spielen?

Vermittlungshemmnisse

»Die Hauptsache?« Alex kommt gerade von einem Freund, der am Elbstrand täglich Hunde verschiedener Eigentümer in ganzen Rudeln, ja Herden mit großem Geschick ausführt. Er erklärt seiner Schwester: »Die Hauptsache ist, daß wir beide nicht zu einem arbeitsmarktfernen Personenkreis gehören! Diese Langzeitarbeitslosen, oft mit Schulden, krank, ohne Berufsausbildung usw., denen man neben Hartz IV mit 1-Euro-Jobs und sehr kleinem Entgelt ein Zubrot ermöglichen will, verdrängen natürlich die regulären Beschäftigungsverhältnisse.«

»Alex, Alex«, ruft sie, »Wenn dich Mutter noch so reden hören könnte, so wunderschön all die Ausdrücke! Und wie du die Dinge beim Namen nennst! Wie ständen wir da, sofern du bloß mit deinem Talent in die Politik gegangen wärst.« »Sofern« sagt sie nur sonntags.

»Ich könnte schon, vom Können her! Aber charakterlich? Eine so ehrliche Haut wie ich?« Der Zeitungsverkäufer Alex schüttelt behaglich den Kopf.

So ein Reinfall!

Berlin. Die Studentin Katja mit sicherheitshalber zur Hälfte schwarz, zur Hälfte blond gefärbtem Haar, hat, extra schutzbedürftig im dünnen Hemdchen, frierend wie ihre Orchidee im Treppenhaus, hinter der Wohnungstür spioniert. Vom Fenster aus konnte sie den Botaniker auf der Straße kommen sehen. Nun hofft sie, daß er verblüfft bei der spektakulären Lockblume anhält und, zunächst aus Liebe zu der von Zugluft bedrohten Pflanze, bei ihr klingelt. Es könnte doch sein, daß sie gar nichts weiß von dem für sie abgestellten Geschenk? Dann wird sie ihn bitten, ihr die Blume ins Zimmer zu tragen. Gesiegt! Anders kann es nicht sein, falls es so läuft.

Er stutzt aber nur, hält kurz an, begutachtet knapp, so scheint es, den Köder, und ist schon weiter hochgestiegen, mit dem Kind auf dem Arm. »So eine Flasche«, erzählt Katja einer besten Freundin, »glaubt wahrhaftig, ich würde aufgeben. Da lache ich mich doch zähneknirschend tot! Habe mir also was übergeworfen, bin großartig empört zu ihm hochgerannt, habe Sturm geläutet und ihn angeschnauzt, was er sich denke, mir so einen Pott vor die Tür zu packen! Der Idiot hat mich, schon wieder mit dem Balg auf dem Arm, bloß angestarrt, und dann kam, wie ein absichtlicher Bosheitsakt, das ganze Essen, so ein leichenbleicher Brei aus dem Dingelchen raus, ihm über die Schulter der ganze Segen. Ich glaube, jetzt hat der zwei Wochen Ruhe vor mir. Vielleicht auch drei.

Das wiegt ihn bestimmt in Sicherheit.«

Enttäuschte Hoffnung

Der Westfale Erwin berichtet seiner geduldigen Frau Anita (die manchmal allerdings heimlich denkt: Mein Gott, ist doch wurscht!), durch die industrielle Meerwasserentsalzung der Golfstaaten – er sage nur: Dubai mit seinem riesigen Süßwasserbedarf für die Luxusanlagen –, würden täglich 24 Tonnen Chlor, 200 Kilogramm Kupfer und 65 Tonnen andere chemische Substanzen ins Meer gespült. Das schädige, man wisse es, auf immense Weise die Mikroorganismen und Korallenbänke. Vermutlich hingen auch die Verbreitung der Roten Alge und das Delphinsterben damit zusammen.

Heute ist die Frau aber gut vorbereitet und schlägt umgehend zurück: Beim europäischen Luftfahrtkonzern EADS herrschten berechtigt Zorn, Enttäuschung, Sorge, daß er bei der Ausschreibung für ein Tankflugzeug für Militärmaschinen (ein Auftrag, auf den man größte Hoffnungen gesetzt habe und bei dem es insgesamt um 35 Milliarden Dollar gehe) vom Pentagon ausgebootet werde. Die Amerikaner begünstigten rücksichtslos bei den Vorgaben die eigene Rüstungsindustrie, gegen die nicht mal Obama ankomme, wie inzwischen gegen vieles, wie gegen das meiste nicht mehr. Überhaupt glaube sie, und dabei zieht sie sich im Spiegel ruhig die Lippen nach, daß die Weltgesellschaft ihr fälliges Utopiebesäufnis, das sie alle paar Jahre oder Jahrzehnte stoffwechselmäßig benötige, diesmal eben in Gestalt von

Obama, hinter sich habe und nun der Meinung sei, es reiche und der nüchterne Gang der Unmoral müsse realistischerweise wiederaufgenommen werden.

»Wow!« sagt der Westfale halb erschüttert, halb gekränkt: Seine Frau ist ja der reinste Zauberlehrling!

Rätsel

Von wem stammt die Zeile: »Herzuntergang in gnadenloser Weite«? Wer es nicht weiß, aber dahinterkommt, wird überrascht sein.

Herzbrechen

Nein, sagt sich Frau Pratz in einem ihrer äußerst seltenen schwachen Momente, die leidenschaftliche Liebe, die sogenannte, war nur der Durchsetzungsversuch einer Legende, eines Gerüchts.

Ach Gott, und das Leid danach, das war kein Herzbrechen, sondern der Schmerz über den Entzug einer alles bestimmenden Idée fixe.

Veränderungen

Wien/Hamburg. Herr Dillburg hat nun eine ganz andere Beerdigung als die im italienischen Gebirge erlebt. Es war in Wien diejenige seines Bruders. Der Zuhälter Dillburg ist auf grausige Weise Opfer einer Messerstecherei geworden. Der Trauerzug aber fiel majestätisch aus, Blumenmassen und volles Programm, treuherzige Reden am offenen Grab. Es hätte dem Toten gut gefallen, so die Mehrheit der Trauergäste. Angereist war auch Herrn Dillburgs Schwester, nach längerer Krankheit wieder erstarkt. Tapfer sah sie der Wahrheit ins Gesicht und roch die vorherrschenden Moschusdüfte. Noch in Wien kamen sich die Geschwister nach dem Tod des Bruders unerwartet verwaist vor und beschlossen, in Zukunft zusammenzuwohnen. Der kleine, hoffnungsvolle Kreis, den die Eltern einst mit ihrer Familiengründung in die Unendlichkeit geschlagen hatten, solle nicht völlig zerfleddern.

»Sie wird nach Hamburg ziehen, zu mir«, erzählte der Geistliche Frau Fendel in großer Freude. Sie aber erbleichte, kein Zweifel, erbebte. In ihren Augen las Dillburg eine bange Frage, die sie nicht aussprach.

Da ergriff der Menschenfreund tief gerührt sogleich ihre Hand.

Sie jedoch, Frau Fendel, aß, nachdem er in seinen gottserbärmlichen Schuhen unverändert plattfüßig gegangen war, das, worauf sie sich seit seinem Eintreffen gefreut hatte: eine Lakritzstange, schwarz wie der Tod, aus den Abruzzen, dem geheimen Zentrum der Lakritzherstellung, von Herrn Dillburg zum Trost vorsorglich mitgebracht.

Rätsel

Wenn sie mir die Ausrufezeichen nehmen, dann, nein, dann will ich nicht mehr leben, dachte ein Mensch, der gerne Briefe schrieb. Die Rechtschreibung sollen sie meinetwegen reformieren, die Idioten, aber nicht auch noch die Ausrufezeichen liquidieren.

Wie hieß er noch?

Mord und Totschlag

Bremerhaven. Im August fuhr ein dreißigjähriger ehemaliger Kollege von Alex, jetzt muß er sich vorm Landgericht für Schreckliches verantworten, mit einem Küchenmesser von Bremen zu seiner 27jährigen Ehefrau, um ihr auf dem Campingplatz von Bremerhaven heimlich die Autoreifen aufzuschlitzen, damit sie ihn, den sie schmählich verlassen hatte, um Hilfe bitten müsse. So hatte er es sich ausgedacht.

Als er ihren Wagen sah, unterließ er das Reifenstechen, drang, für ihn ja ein Leichtes, in die Kabine ein, setzte sich ans Bett der sorglos Schlafenden und sah sie an. Als sie aufwachte, gestand er ihr aufs Neue seine Liebe, verbunden mit der flehentlichen Bitte, zu ihm zurückzukehren. In der Hansestadt Bremen könne doch wieder alles gut werden. Da lachte sie ihn aus vollem Herzen aus, denn sie hatte keine Lust dazu.

Nun kannte er kein Halten mehr und wußte keine Rettung vor seiner Wut. Er erstickte sie mit dem Kopfkissen, damit sie nicht mehr lachte. Ebenso brachte er die vom Lärm aufgewachte, aus dem Nebenraum herbeigeeilte Freundin um. Nein, die erstach er, vielleicht aus Pietät vor der toten Liebe, mit dem Messer, das er für die Reifen mitgebracht hatte.

Störung

Berlin. Die in Verfolgung ihrer Verführungswünsche äußerst hartnäckige Studentin Katja beobachtet vom Fenster aus die Leute in ihren dicken Mänteln, mit Kappen und gravitätischen Hüten auf dem Kopf, nicht zu vergessen die bitterernsten Mienen. Gerade merkt sie, wie sehr es sie interessieren würde, die Passanten beim Ablegen ihrer Rüstung zu sehen, wenn sie sich Stück für Stück in Triebwesen verwandeln. Sie will es sich ausmalen, nicht nur beim Orchideenstudenten. Da ruft ihre Mutter an. Sie erkennt es am Atmen, noch bevor sich die Stimme meldet.

»Na!« sagt Katja, »sind wieder irgendwelche Leute an irgendwas gestorben?«

Es entsteht eine fassungslose kleine Pause. Dann wird stumm aufgelegt. Katja ist verdutzt, auch ein bißchen reuevoll: Ob es doch ein anderer war?

Eben noch da, dann nie wieder?

Der türkische Obsthändler hat ein kleines Schild an sein zerbrochenes Schaufenster geheftet. Elsa steht davor, mit leerem Einkaufskorb. Ach, der zuvorkommende Herr! Welche Noblesse beim Präsentieren getrockneter und frischer Feigen! Elsa hat seinen Ernst für eine erlesene Art orientalischen Stils gehalten. Das Sorgenvolle an ihm zwang zu fast unbedingter Treue. Nun aber, erfährt sie aus der Notiz, hat man einen Brandanschlag auf das Geschäft verübt. Es soll in sechs Wochen, behauptet der Zettel, tröstet der Zettel, nach der Renovierung wiedereröffnet werden.

Frühlingsrauschen

Wie es in den Winterbäumen rauscht! Erst in einigen Wochen wird man das gleiche Geräusch »Frühlingsrauschen« nennen dürfen.

Neuigkeit

Alex (»Ich genieße eben mein Leben!«), der früher einmal auf dem Markt Gewürze verkaufte, jetzt, nach vielen anderen Jobs, selbständiger Verkäufer von Presseartikeln, nimmt noch immer jede Woche gewissenhaft an den Chorproben teil. Wer weiß, ob er nicht dort eine tüchtige Frau, vielleicht sogar eine mit solidem Einkommen findet?

Duschanbe

Bin in der Hauptstadt Tadschikistans und habe ein funktionierendes Internetcafé gefunden. Love, Eva

Frau Fendels Katze

Frau Fendel lacht jedesmal leise, leise in sich hinein. Wenn ihre Katze bei einer Unverschämtheit zurückgewiesen wird, etwa beim Lagern auf der weißen Tischdecke, und sie, Frau Fendel, die Beleidigte nach einer Weile aus ihrem Schmollwinkel hervorlockt, zählt die Katze heimlich die Strafpunkte, die sie Frau Fendel erteilt hat, bis sie sich, wenn die Buße Minute für Minute abgeleistet ist, schließlich versöhnlich gibt. Gern erbricht sie sich auch und sieht Frau Fendel kalten Blutes zu, wie sie den Unrat weggräumt, ihn in einem Plastiksäckchen verknotet, das sie zur Aschentonne bringt, und den Teppich desinfiziert.

Dann liegt sie lange neben der Frau, als warteten beide geduldig und träumerisch auf das Ende der Welt, ganz so, wie es sich Eva mit ihren Eltern und ihrem verstoßenen Freund gewünscht hat.

Gewäsch

Frankfurt. Ruth ist Herta an der Tür gleich mit einem kleinen Aufstöhnen um den Hals gefallen. Da wußte Herta, daß ihr Entschluß, nach Ruths letztem, alarmierendem Brief zu der Freundin zu fahren, das einzig Richtige war. »Dabei ist gar nichts, dabei ist doch überhaupt nichts«, schluchzte Ruth von Zeit zu Zeit. Mehr mußte erst mal nicht gesprochen werden. Ruth kochte wie gewohnt ihren erstklassigen Kaffee, rauchte auch immer noch, und zwar immer noch ihre extra langen Zigaretten, damit der Spaß nicht so schnell zu Ende ging.

Nun fand die wechselseitige Spurensuche in den Gesichtern statt. Sie hatten an sich selbst gelernt, wie man Zentimeter für Zentimeter altert. Beide betrachteten das Altern nicht mehr pauschal wie früher bei anderen. Es war jetzt, sogar bei Kummer, eine faszinierende Sache.

Irgendwann hatten die beiden Frauen dann ein bißchen Geschirr zum Spülen beisammen. Es konnte beginnen.

Vorher aber sagte Ruth, die schon imstande war, wieder zu lächeln: »Ich habe eine merkwürdige Entdeckung gemacht, Herta. Es bereitet mir jetzt große Schwierigkeiten, mir Gesichter zu merken. Das ist ganz anders, wenn ich ein Foto von ihnen sehe. Das Zweidimensionale prägt sich mir viel besser ein. Danach ist das Wiedererkennen in der Wirklichkeit leicht. Herta, woran liegt das wohl? Es kommt mir so vor, als würde das leibhaftige Gesicht durch das Foto einen Ruf- und Hausnamen kriegen.«

»Eventuell auch einen Spitznamen«, bestätigte Herta, die das Spülen übernommen und dafür extra ihre Gummihandschuhe mitgenommen hatte.

Ob sie, Ruth, die Filmschauspielerin Cate Blanchett kenne? Die habe gesagt, mit dem Staubsaugen halte sie ihre Seele zusammen, mit diesem Bild, wie der Dreck in die Maschine gesogen werde. Auch ihr, Herta, werde beim Lesen in älteren Büchern oder neueren Kriminalromanen ganz warm ums Herz, wenn sich dort jemand eine saubere Schürze umbinde, den Blumen frisches Wasser gebe, ein Zimmer aufräume oder dusche. Es habe eine unfehlbare Wirkung aufs Gemüt. Erst recht natürlich, wenn sie selbst bei sich Ordnung schaffe. Das alles seien gute Mittel für den Generalhausputz der Seele, falls es um das Bild und nicht um einen Ersatz gehe. Sie, Ruth, halte sich mehr an das Studieren von Paaren, zumal sie selbst ja schon länger ohne Partner lebe.

Rolf Zenker zum Beispiel sei völlig ohne Ironie, er empfinde sie geradezu als Verrat. Seine Frau Ute aber sei in einer Familienironie aufgewachsen und von klein auf dran gewöhnt. Ihm ziehe Ironie den Boden unter den Füßen weg, sie ersticke an dem Dauerernst. Sie hätten sich einander angeglichen, um glücklich zu sein. Aber zweimal habe es in Gesellschaft für sie ein Erkennen und Erschrecken gegeben. Als nämlich Ute ganz wunderbar aufgeblüht sei unter den Ironischen, Rolf unter den Einfältigen. Sie, Ruth, hege seitdem den Verdacht, daß zwischen diesem Ehepaar, genausogut möglich wie ihr offensichtliches Glück, ein unversöhnlicher, unpersönlicher Haß jederzeit ausbrechen könne.

Da könne sie, Herta, auch was beisteuern. Ihre Tochter, die gerade wegen eines Castings beim Fernsehen kahlgeschoren sei und wegen der Kälte auch im Zimmer mit einer Mütze rumlaufe, habe es von der anderen Großmutter, seitens ihres, Hertas, Exmannes erzählt. Die sei immer so perplex gewesen, wie Freunde von ihr im hohen Alter nach langem bürgerlichem Eheleben statt friedlich nebeneinander auf dem Sofa zu sitzen, täglich aufeinander eingedroschen hätten. Aber dann sei dieser Großmutter, weil sie, wie öfter in letzter Zeit, ein Wort nicht parat hatte, in der Nervosität selbst die Hand gegenüber ihrem Ehemann ausgerutscht. Sie habe danach furchtbar geweint aus Angst vor der eigenen Zukunft. Sie, Herta, habe vor circa einem Jahr bei einer alten Frau erlebt, daß sie beim Dessert die Spritzdose mit der Sahne versehentlich aufs Gesicht eines Gastes richtete und herzlich über den mehrfach peinlichen Schaden lachte, verantwortungslos wie ein kleines Kind. Gut, nichts Besonderes. Aber genau dasselbe habe sie acht Jahre vorher mit ihrer eigenen Mutter erlebt, genau diesen Unfall mit der Sahnespritzdose, auch das Lachen über den bekleckerten Gast! Und beide Frauen habe sie danach nicht mehr lebend wiedergesehen.

»Aber uns geht es gut, wir freuen uns unseres Lebens!« ruft da Ruth und schwenkt kämpferisch das Trockentuch. »Wir freuen uns unseres Lebens«, stimmt Herta zu.

Köstlich, ein reines Vergnügen nämlich ein anders Paar! Petra sei eine mittelalterliche Idealfrau, die sticke und musiziere, gärtnere, Gutes tue. Und ihr Mann Tim, der sei der Burgherr, der wehrhaft das Haus gegen alle Wechselfälle sichere, Vorräte anhäufe, Wetterstationen anbringe und Warnsysteme. Alles wie in einer alten Ritterlegende, aber heutzutage! Eine Sehenswürdigkeit, das könne sie, Herta, versichern. Und gleich noch ein weiteres Pärchen hinterher zu ihrer, Ruths, Freude hoffentlich! Wie wohl diese beiden, Manuel und Ilona, zusammengekommen seien? Er ein gesprächiger Mann von mächtigster Körperfülle und strudelndster Lebenslust, sie eine kleine stumme Person, immer im selben Pullover, eine wortkarge Himbeere, die am Busch langsam eintrockne, da niemand sie ernten wolle. Nur manchmal breche ein kindlicher Aufschrei aus dem ältlichen Mund. Offenbar liebe oder wenigstens lobe Manuel sie gerade wegen dieses Wichtelhaften. Das behalte sie, danach verfahre sie. Ob in Wahrheit sexuelle Dämonie dahinterstecke?

Ja, manchmal frage auch sie sich, Ruth, wie die geheimnisvollen erotischen Ströme verliefen zwischen den Paaren und Einzelfiguren, von einem zur anderen, wie es sich beispielsweise erkläre, daß Feodora, diese mürrisch blickende, glanzlose Gestalt, bestimmte Männer für sich begeistere. Ob die ein verborgen in ihr lauerndes Feuer witterten? Und, Moment, damit sie es nicht vergesse: Das Paar Meyer-Weber! Ein Mann und eine Frau, die bestimmt nur unter größten Kompromissen einigermaßen miteinander auskämen und sich, bei ihnen eine Frage der Höflichkeit, des Stils, der Öffentlichkeit nur dann gemeinsam zeigten, wenn sie es mit Grazie und Eleganz schafften. Vielleicht sei es aber eher noch eine Frage der Vorsicht, damit die Welt nicht zerstörerisch in das poröse Gestein ihrer Ehe eindringen könne. Keine Schwächen bieten! Ein feiner Riß sei da eine gefährliche Lebensmarkierung, wie der erste Besuch des Notarztes in der Nacht. Natürlich nur dann, wenn man es selbst so interpretiere.

»Wir aber freuen uns unseres Leben, und es geht uns passabel!« sagen beide, aufstampfend vor Entschiedenheit.

Es sei ja so, meine sie, Herta, daß man sich zwar immer wieder vornehme, nichts Schlechtes über andere zu reden. Nur: Was denn dann noch übrigbleibe, über das man angeregt sprechen könne? Solle man statt dessen singen oder vorlesen? In Schweigen verdummen? Die Leute loben, das Gute herausstellen? Ihr, Herta, komme das nach kurzer Zeit immer wie eine Heuchelei, eine Beschönigung, ja, wie eine Verdämlichung, nicht Verbesserung der Welt vor. Aber etwas ganz schnell zwischendurch und nur, ihr, Ruth, gestanden: Nach furchtbar vielen Jahren habe sie zufällig einen Mann wiedergesehen, er sei angekündigt worden, als sie in einem Wohnzimmer saß. Sie habe ihn mit zwanzig schrecklich geliebt, und jetzt, als weiß Gott doch nun höchst erwachsene Frau, sei sie erst einmal durch eine zweite Tür ins Bad ausgerissen, um nicht rot zu werden! Als dieser erste Augenblick vorbei gewesen sei, habe sie das Treffen ganz normal und zivilisiert absolvieren können. Schade fast! Übrigens habe die Begegnung bei einer Familie stattgefunden, die ebenfalls erwähnenswert sei. Mutter und beide Töchter mit fahler Haut und strengen Eßgewohnheiten, schlank natürlich, in dezentesten Farben. Alles minimalistisch. Nur der Mann traue sich, ein bißchen Genießer zu sein, blühend, rundlich, warm, der einzige, der sich seines Lebens rotwangig freue, auch eine rote Hose besitze.

Sie, Ruth, wolle nun von einer Frau sprechen, die ein vagabundierendes, großzügiges, auch egoistisches Leben geführt habe und, mittlerweile dick, depressiv, das Schicksal zu beherrschen versuche. Ihr Gang sei schwerfällig geworden, sie kleide sich aber noch immer geschmackvoll und strahle die Welt an, mit medikamentöser Nachhilfe. Sie habe viele Bekannte, aber keinen Liebhaber mehr. Vor einigen Monaten habe sie einen aristokratischen Trinker kennengelernt, dessen Kinder in Brasilien, Hongkong, Barcelona lebten, für ihn aber wie gar nicht vorhanden seien. Dagegen trauere er noch immer um seine tote Frau. Ein Freund der Kunst und Literatur, der nur Tütensuppe und Fleischklöße von Lidl äße, dabei in seiner riesigen Wohnung sitze oder in Kneipen. Dort nenne man ihn wegen einer Zitterkrankheit »Wackelkopf«. Der einsame Mann ertrage die kränkende Derbheit, weil er die Atmosphäre liebe. Diese beiden Menschen begännen nun, einander schrittweise tief zu mögen, mit Geduld, ohne erotische Ziele zunächst. Aber wer weiß, was noch kommen könne. Was die Frau am meisten amüsiere, denn sie besitze den rettenden Sinn für Komik: Der seltsame Mann habe noch einen Zwillingsbruder, ein Streich des Schicksals sei das, skurrile Einzelgänger in Verdoppelung. Die Mutter von ihnen sei über neunzig, und in deren Gegenwart buhlten die Zwillinge, offenbar wie eh und je eifersüchtig, um die Gunst der Greisin! Überhaupt zeige sich ja immer wieder, mach was du willst, daß man die Dinge so oder so betrachten könne. Man sehe das schön am Hornklee. In manchen Gegenden nenne man ihn »Hennentatze« in anderen »Herrgottszehe«! Sie, Ruth, kenne einen ehemaligen Arzt, der durch Scheidung verarmt, dem Alkohol verfallen sei. Der lebe nun in einer eigenartigen Zeitverschiebung. Bei der »Tafel« bekomme er das Essen vom Vortag oder nach Verfallsdatum, Kalender kaufe er, wenn sie wegen des neuen Jahres verbilligt würden, einen Tannenbaum hole er Neujahr vom Straßenrand und schmücke ihn dann für sich, eine Jacke erhalte er, wenn ein anderer sie abgelegt habe. So sei es natürlich auch mit den Ostereiern aus Schokolade usw.

»Aber uns geht es gut, wir haben ein warmes Bett, Kleidung, zu essen und zu trinken und ein fröhliches Herz!« rief Herta so leidenschaftlich, daß das Spülwasser aufspritzte. »Wir halten durch und singen dabei«, sagte Ruth.

Da sie nun auch von Einzelwesen sprächen, wolle sie, Herta, einmal auf Josephine kommen. Das sei ja auch so eine Person und ein Fall für sich. Die würde jedes Gespräch, erst recht am Telefon, abschmecken wie eine Mahlzeit. Immer müsse bei der das richtige Gleichgewicht von Selbst- und Fremdlob herrschen. Sogar bei einem Trauerfall sei für sie nicht der Inhalt entscheidend, sondern die Etikette gewinne die Oberhand. Entgleise sie einmal in einem sogenannten »vertraulichen« Gespräch, gar nicht mal so intim wie eheliche Untreue, Hormone, Wechseljahre, mache sie schnell hinterher taktische Komplimente. »Du verstehst mich bestimmt«, »Nur du bist immer so einfühlsam, diskret, so klug« und ähnliche Schmeicheleien, die den Ausgleich schafften.

Ganz anders sei es mit Frau Grün. Sie, Ruth, stelle fest, wie diese einmal so stattliche Person von Jahr zu Jahr grauer und kleiner werde in Anbetung ihres männlichen, strahlenden Sohnes, als zöge und söge er alle Säfte aus ihr für seinen Beruf als angehender ... sie erinnere sich nicht so genau, irgendwas Wichtiges. Es sei aber zugleich in ihr eine Seligkeit, ihm ihre Lebenskräfte darzubringen, die jeden Einwand entwaffne. Man sehe geradezu das geheimnisvolle Hinüberströmen, wenn der Sohn im selben Zimmer mit ihr sei. Erstaunlich auch, wie man hauptsächlich nach wie vor berede und beklage, daß die Ehefrauen von ihren Männern ringsum wegen einer Jüngeren verlassen würden. Auch wenn daran nicht zu rütteln sei, vorerst, so müsse man doch zusätzlich die Sorgen der Mütter konstatieren, weil ihre Schwiegertöchter in erschreckendem Maße, selbst die mehrfachen Mütter kleiner Kinder, ihre Männer, also die Söhne ihrer bekümmerten Schwiegermütter, aus Gründen des Ehrgeizes oder der Abenteuerlust sitzenließen.

Wie es nun aber damit, frage sie, Herta, stehe: nämlich mit dem Ehepaar Schliff! Was Schliff nicht mal ahne, aber sie, Frau Schliff, um so mehr: Das gewisse Etwas, das er an ihr so liebe (wie manche Männer das leicht Angebrannte am Essen ihrer Mutter, das sie dann, jedenfalls in alten Witzen, bei der Ehefrau suchten und mit Glück durch zufälliges Küchenunglück endlich fänden), habe sie für ihn dann, und nur dann, wenn sie in einen anderen verliebt sei! Ob sie, Ruth, frage sie, Herta, einmal zwischendurch und außerhalb des Zusammenhangs, die Neigung vieler Menschen beobachtet habe, die Sensationen, die ein anderer erzählt, insofern einzuebnen, als sie sofort etwas Ähnliches berichten, um die Macht des ersten einzudämmen?

»Aber wir beide, wir halten zusammen, wir heitern uns gegenseitig auf, wir sind glücklich«, rief Ruth mit geröteten Wangen. »Top!« kam von Herta postwendend zurück. »Wenn man sich die Dinge schön ordnet, dann ist man auch selbst in seinem Inneren so.« »Wir sind froh und gesund, uns geht es gut! Tralala«, sang Ruth und ließ das Trockentuch in der Luft kreisen.

Sie, Herta, müsse noch einen Nachtrag zu dieser Josephine liefern. Nie habe man in Wirklichkeit den Eindruck, auch wenn sie einen raunend vertraulichen Tonfall anschlage, sie würde sich einmal entäußern in einem Geständnis. Es seien bei ihr immer Bulletins und Behauptungen. Ob das ein tatsächliches Durchschauen der Verhältnisse sei aufgrund von Josephines übergroßer Klugheit oder eher ein Tick, eine schon fast nervende Macke? Sie sei aber eben eine große Gleichgewichtskünstlerin, die über alles ihre Gesellschaftsrhetorik breite, während Gabriele Klostermann allenfalls ein »Toll« ausstoße, ansonsten schweige, manchmal aus Gedankenlosigkeit versteinere, und während Josephine, nachdem sie mit der Berufstätigkeit aufgehört habe, erst recht aufdrehe im Sozialen, in den Kontakten, verlerne Gabriele, die auch nicht mehr arbeite, mit erschreckender Beschleunigung die sozialen Begleitgeräusche. Sie, Ruth, kenne ja die Gefahr! Was für Gegensätze diese beiden, und doch verstünden sie einander prima. Nur sie, Herta, stecke in der Mitte und müsse in diesem Fall die Balance gewährleisten.

Vielleicht, meine sie, Ruth, würde eines Tages den beiden das passieren, was sie bei zwei Männern festgestellt habe. Der eine sei stets redefroh gewesen, der andere habe nur gestammelt, zwei Freunde, die viel zusammen unternommen hätten. Nach einiger Zeit habe der mit dem Redefluß begonnen, den Stotterer nachzuahmen und umgekehrt. Ohne sich dessen bewußt zu sein, hätten sie die Rollen getauscht.

Gut, dann wolle sie auch gestehen, daß sie als Kind, sobald jemand von einem frischen Tod erzählte, sofort und für Tage geglaubt habe, nun müsse auch sie sterben, parierte Herta, die nicht richtig zugehört hatte. Man stelle sich das vor! Sie habe den Tod für ansteckend gehalten, nicht nur den Tod, sondern bereits die Todesnachricht. Und das Verrückteste, bei hellem Tageslicht besehen: Es widerfahre ihr so bis heute!

So ging es heilkräftig fort mit Herta und Ruth, eine ganze, glückliche Woche lang.

Rätsel

Wie aber lauten die beiden so verschiedenen Wörter für den Wiesenhornklee? Hennent… und Herrg…?

Rätselfrage
Was ist älter: »bejahrt« oder »betagt«?

Trauer des Biochemikers, Schmerz des Kammerjägers
Herrn Gadow, der sich das Leben mit seiner Frau so schön vorgestellt hatte, denn stand ihnen nicht, wenn sie ein bißchen aufs Geld achteten, die ganze Welt offen mit ihren Gärten und malerischen Vegetationszonen?, Herrn Gadow, der so gern seine beiden Berufe ausübt, ein lachlustiger Mensch, hat es kalt erwischt. Seitdem seine Frau einer gefräßigen Ratgeberideologie verfallen und so unherzlich und ganz unansprechbar geworden ist, hat ihn das Glück verlassen. Neuerdings kommt sie außerdem von ihren Yogaübungen oder was das sein soll, mit glänzenden, ins Unheimliche spielenden Augen zurück. Aber was kann er tun, wenn er sie nicht vollständig verlieren will?

Die Polizei rufen? Die Feuerwehr?

Verstehen es die Frauen?
Clemens Dillburg hat manchmal in der Tiefe seines Herzens den Verdacht, der biblische Jesus würde mit der Begriffsstutzigkeit der Jünger und des allgemeinen Volkes jonglieren, würde absichtlich die ununterbrochenen Mißverständnisse provozieren, die Menschen in die Falle des Wörtlichnehmens laufen lassen, wenn er in Bildern redet. Ja, hält er diese nach ihren Möglichkeiten sicher rechtschaffenen Leute nicht geradezu zum Narren?

Ob Dillburg die unfromme Unterstellung und Anfechtung Frau Fendel oder seiner Schwester gestehen darf? Es einmal aussprechen, um seine Seele zu erleichtern? Nein, er wird ihnen zuliebe seinen Mund verschließen, es allein auf sich nehmen, bis für ihn bessere Tage kommen und er wieder denken kann: Die Welt, sofern sie ausschließlich dinglich in unseren Herzen Fuß gefaßt hat, soll entwurzelt werden. Das ist es. Man soll lernen, erinnert sich Dillburg, daß man sie ganz verlieren muß, um sie als ewig zu begreifen.

Aber er, weit entfernt davon, so glaubt er, gemäß der Forderung des Paulus »unvermengt mit dem Bösen« zu sein, vergißt es ja selbst immer wieder! Wirklich glücklich kann Dillburg aber nur sein, wenn es ihm wieder einfällt.

Aus Tadschikistan

Duschanbe. Hi! Es ist unglaublich, wie viele Verkehrspolizisten es hier gibt! Man fragt sich, weshalb. Habe nun drei Internetcafés zur Auswahl. Alles in Ordnung, gute Typen kennengelernt. Wir fahren in die Berge. Eva

Der Esel

Mogadischu. Herr Brück, die Hand auf dem großen Kopf seines Hundes Rex Brück, kann nichts daran ändern und möchte es so gern. Er sieht einen kleinen vorläufig Überlebenden aus dem Bürgerkrieg Somalias, in dem sich nun auch die Islamisten gegenseitig mit schwerem Kriegsgerät bekämpfen, vor einer gewaltig aufgetürmten kompletten Couchgarnitur, die mit Seilen, zusammen mit einem Fernseher und einem Herd, auf einen Karren gebunden ist. Es handelt sich um einen schmächtigen, zusätzlich hochbepackten Esel, der, mit Stricken dem Ganzen vorgespannt, koste es, was es wolle, es voranziehen soll, bis er zusammenbricht.

Pratzens weitere Pläne

Immenstadt, Allgäu. Der immer noch durchweg gefeierte Schriftsteller Pratz teilt seinem Verleger aus seinem geheimen Aufenthaltsort den Entwurf für einen neuen Roman mit. Es soll sich um eine Person drehen, der auch aus den ihr liebsten Anblicken mittlerweile der Niedergang, das Vergehen und Verwesen entgegentrete. »Das Leben hat sein Fett verloren« sage sich die Figur, anfangs verdutzt und begreife sofort, daß sie es niemandem verraten dürfe, sonst wende man sich todsicher von ihr ab, die Familie wie die Geschäftsfreunde.

Autobiographisch sei das natürlich nicht! Er, Pratz, wolle doch annehmen, daß der geschätzte Herr Verleger nicht auf solche dummen Gedanken komme. (»Du, da darf ich doch wohl von ausgehen?«) Im Gegenteil, der Held sei, was dessen Unglück vermehre, Chef eines florierenden Rüstungskonzerns, bei dem ja Lebensoptimismus gewissermaßen eiserne Verpflichtung und Geschäftsprinzip sei, immer zwischen Krieg und Frieden, wie die Pharmaindustrie zwischen Gesundheit und Krankheit, beide zwischen Leben und Tod monströse Gewinne einfahrend. »Niemand ahnt es, niemand kennt mich«, so gehe es dem dazu aufschluchzenden Typen nach zwei Flaschen Wein und getaner Arbeit im Kopf herum. Am nächsten Tag sei der lästige Anfall vergessen, am übernächsten, verflixt und bekloppt, wieder da.

Er, Pratz, freue sich schon sehr, wie er dem Kerl allmählich die komplette Lebenslust unter der rosig geblähten Oberfläche wegsaugen werde. Klar, der Mann sei, (»Ich kann dir altem Hasen ja nicht viel vormachen«) auch ein Stellvertreter, aber ein viel, viel böserer als er, Pratz. Das sei das Wahre, Gute und Schöne daran.

Frühling? Frühling??

München. Im Westen Deutschlands falle im Tagesverlauf immer wieder Regen, überall sonst müsse mit Schnee gerechnet werden, im Nordosten zeige sich anfangs noch kurz die Sonne, dann zögen auch dort zahlreiche Wolken auf. Die Temperaturen bewegten sich zwischen minus 1 und plus 8 Grad.

»Schmerz ist Grundton der Natur«, so Justinus Kerner völlig zu Recht.

Zwang

Herr und Frau Sykowa, die, gelinde gesagt, eine große Zuneigung verbindet, verheimlichen es voreinander: Jeder für sich spürt, daß die Angst, einer könnte den anderen durch den Tod verlieren, sie zwingt, auf eine Art Transzendenz zu spekulieren. Der Ausdruck ist ihnen nicht so wichtig. Oder gibt es noch einen stärkeren Grund? Etwa den heißen Wunsch restloser Annäherung und dann immer und stets die stupide Stirn der Materie, gegen die der eine beim anderen stößt?

Was Jan Sykowa allerdings nicht ahnt: Zu jedem zweiten Satz in den Privatissima, die er seiner Frau regelmäßig über die Etrusker erteilt – sie ist in dieser Beziehung strukturell Schicksalsgenossin der Frau eines gewissen Erwin –, fällt ihr eine Liedzeile ein. Wie es sie anstrengt, um ihn nicht in seiner Erklärungsinbrunst zu verletzen, ihr Singen zu bekämpfen, es nur in sich drin stattfinden zu lassen!

Dort aber dann schmetternd.

Rätsel

Was hat die Frau des Rheinfischers Hermann H., eine Opernsängerin (besonders beliebt in der Rolle der Liu aus Puccinis »Turandot«), die aber nicht Loreley heißt, mit ihrem unauffindbaren Mann (71) gemacht, den sie an verschiedenen Stellen durch zurechtgeschminkte Doppelgänger zur Erbringung sie begünstigender Unterschriften vertreten ließ? Was könnte es gewesen sein?

Sie selbst freilich verweigert die Aussage. Hertas Freundin Ruth behauptet, der Sängerin, die etwas Verdächtiges an sich gehabt habe, einmal begegnet zu sein.

Dämmerung

Jemand wünscht sich, mit jedem Tag inständiger, in einer im Wiedererwachen stöhnenden Vorfrühlingsdämmerung kleine

Straßen abzugehen, selbst graue Unterführungen dürfen es sein. Stundenlang soll die Dämmerung dauern. Gar nicht mehr aufhören soll die zwitschernde Dämmerung. Vieles spricht dafür, daß es sich um den Komponisten Hans, auch Hannes, Keller handelt.

Großes Erschrecken

Graubünden. Weshalb fährt Herbert Wind wohl dermaßen begeistert und treu ins Gebirge? Die Schluchten, die Abgründe, die Wände sind große, hingewälzte Körper, die uns um und umdrehen. Deshalb fährt er hin: Er will sich umstülpen lassen von den Ausstülpungen und Räumlichkeiten.

Wenn er nachmittags von einem Gipfel, auf dem er Brot mit seiner selbstgemachten Marmelade gegessen hatte, eilig herunterwanderte, erfaßte ihn eine von keinem, nein keinem anderen Glück zu übertrumpfende Freude. Eine flammende Freude, die er hörte, die ihn brannte. Konnte es oben auf dem Mont Blanc, auf dem Matterhorn etwa schöner sein? Nur ging ihm manchmal das beklemmende Bett im Heimatmuseum durch den Kopf, dieses Bett in der niedrigen, beinahe schwarzen Kammer, ein Kasten für Geburt, Zeugung und Tod, das frühere Bett der Leute, die hier zuhause waren.

Diese Menschen hatten der Flur noch andere Namen als die jetzt gebräuchlichen gegeben: Leidflua und Jammertälli, Bim ussera Egg, Uf dr Höhi, In dr Müli, Muttachöpf und Mittaglugga, Zwüschat da Bäch, Hüüschitöbali. Der Ort, wo ihn in diesem Jahr bei einer Wanderung ein alarmierender Herzschmerz befallen hatte, ein Krampf, der andauerte und ihn nicht verlassen wollte, der hieß früher Tüfelsch Tälli, und in seinem Rücken befand sich der Gälb Fels und ihm gegenüber, auf der anderen Talseite das Tiertälli.

Noch eben hatte er, am Hang liegend, die Berge als strenge Freunde betrachtet. Plötzlich waren sie zurückgewichen, waren die desinteressierten Apparate eines Krankenzimmers geworden und ihm selbst, in Einsamkeit und Todesangst, gelang es nicht, sich auf die Ewigkeit zu sammeln, nicht im geringsten. Nichts Hoheitliches war sie, die Ewigkeit. Nur sture Steinklöße, an Wetterstürze gewöhnt, gab es um ihn herum, während es ärger wurde mit dem Schmerz. Der Tod, ohne Anmeldung vorbeigeschneit? Ob sich die Erde um die Sonne drehte oder doch die Sonne um die Erde, wurde unterdessen völlig gleichgültig.

Bloß nicht bewegen! Er machte sich, so vorsichtig wie möglich, obwohl ihm die Beine zitterten, in gekrümmter Haltung auf den Rückweg, um am Ausgang des Tals ein Taxi zu rufen, daß ihn zu einem Notarzt bringen sollte. Der wäre wohl unvermeidbar. Hier, an Ort und Stelle, wollte er, um die Sache nicht schlimmer zu machen, als sie war, noch nicht durchs Telefon um Hilfe schreien. Um das für sich klarzustellen, lachte er ein paarmal. Metaphysisches empfand er noch immer nicht, obwohl er sich bemühte. Statt dessen dachte er: Mit den Bratkartoffeln wird es heute abend wohl dann doch nichts! Er vermutete auch: Aus der Banalität ist nicht herauszukommen. Warum nicht? Weil ich die Angelegenheit einfach nicht ernstnehme. Obschon ich das Schlottern nicht loswerde.

Es wurde noch viel stärker, als der Arzt, den Herbert beschwor, nicht den Helikopter zu rufen, mit Mitleids-, ja fast Beileidsmiene den Rettungswagen kommen ließ, ihm zum Abschied kondolierend die Hand drückte und Wind, der sich ab sofort nicht mehr rühren durfte, eine Stunde lang wegen Infarktverdacht mit vielen Schläuchen versehen, auf kurvenreicher Strecke zum Spital fahren ließ. Man hatte ihn aus der Natur herausgezerrt und an die Maschinen der Ambulanz angeschlossen. Das ausufernde Wesen Wind von vorhin war abgeschnitten und gestutzt auf sein pures Material. Er erhob keinerlei gekränkten Widerspruch, nicht aus Schwäche, sondern weil ihm nichts anderes einfiel. Er verfolgte, als hätte er keine Seele mehr (wo war sie nur zurückgeblieben?), kommentarlos die Abfolge der Handlungen freundlicher Fremder. Es gab in ihm keine kämpferische Parteilichkeit für den Körper namens Herbert. Welche Instanz sollte das auch bewerkstelligen?

Ob sich, im Fall der Fälle, sein Todeskampf auch so geschäftsmäßig trocken abwickeln würde? Oder käme die Vermißte, die Seele, derart grob herbeizitiert, dann schleunigst aus ihrem Versteck? Er zitterte, ja, aber vor Leere, vor Einfallslosigkeit, gähnte, schwitzte auch etwas wegen unpassender Nüchternheit, beinahe zu verwechseln mit Langeweile, am ganzen Körper.

Andererseits fragte er sich, als er so dalag wie schon tot, mit den Füßen zur Tür, mit dem Kopf voran zu Tal gefahren, ob man das alles nur spielte, um die Angestellten zu trainieren oder weil man nichts zu tun hatte und die Behandlungslücke füllen wollte. Und später, längst mit beruhigender Diagnose entlassen, erwog er noch immer, ob das Ganze nicht reiner Klamauk gewesen war, sympathisch, aber auf seine Kosten und vor allem mit dem Effekt, daß er, Herbert Wind, nun diesen Bergen gegenüber einen Generalverdacht hegte. Sie lockten ihn an, und es konnte sehr leicht einmal sein, daß sie ihn, wenn sie ihn hatten, nicht wieder aus der Klemme herausgaben.

Natürlich war aber das nicht das Schlimmste. Das, was Herbert Wind fortan beunruhigt, ist das durch und durch Steinerne, gnadenlos da oben das Steinerne, das Gebirge, das im Stich läßt gerade dann, wenn es zählt und drauf ankommt.

Gut, aber was hatte er sich denn vorgestellt?

Das gewisse Etwas

Berlin. Dieser Student, fällt Katja ein, die dann plötzlich keine rechte Lust mehr zur Jagd verspürt (allenfalls der drei- oder schon vierköpfigen Familiensippschaft einen Streich spielen will), dieser Botaniker mit seinem Orchideenwahn, wie der schrumpft! Sie hat an der Tür etwas mitgekriegt, als ihm das Kleine so desillusionierend auf die Schulter kötzelte, und weiß es erst jetzt,

Tage später. Fast bringt es ihr alle Liebe um, was sie da oben gerochen hat:

Die süß-saure Ausdünstung milchigster Harmlosigkeit.

Lichtblick

Berlin. Es könnte aber sein, sagt sich die Studentin Katja, die wieder mit ihrem fleißigen Anwalt liebäugelt, daß dieser botanische Kerl sich ausgerechnet und wirkungsvoll hinter dem Wohnungsmuff vor mir versteckt! Inszenierter Familienmodder. Nicht schlecht gedacht und fast gelungen. Aber nur fast. Es gilt: Jetzt gerade und keine Gnade! Selbst wenn sie sich ab sofort beim Gedanken an die biologische Schlafmütze die Nase zuhalten muß.

Rätselscherz oder Naturerscheinung?

Fluvioglaziale und Glazifluviatile Ablagerungen? Schrofen? Gries?

Tückischer Winkeffekt

Duschanbe. Während sie mit ein paar anderen Leuten auf einem Lastwagen in die auffällig bunten Berge fährt, wird der aus Deutschland über Amerika nach Tadschikistan gereisten Eva Wilkens plötzlich klar, warum sie so unerhört oft gegen ihren Willen an die Eltern denkt.

Es war deren paralleles Abschiedswinken, als würden den beiden die Arme durch die Luft trudeln und mitsamt den schwermütigen Körpern auf Nimmerwiedersehen davonwehen.

Warum sollten sie das tun? Aber es sah nun mal so aus, sah unnachsichtigerweise aus der Entfernung so aus.

Nächtlicher Schrecken

Auch Frau Fendel in der Irenenstraße kommt leider mit einer bestimmten Sache nicht zurecht und hütet sich sehr wohl, Herrn Dillburg damit zu belasten, den teuren, geplagten Mann.

Nein, nein, sie würde sich gern Trost holen, aber ausgerechnet ihn will sie unbedingt schonen. Er soll nichts wissen von ihrer Angst, wenn sie mitten in der Nacht hochfährt und die Welt plötzlich mit einem Finger auf sie zeigt: Raus! Weg mit dir! Oder als bräche etwas Lebenswichtiges zusammen und risse sie mit sich in den Untergang. Frau Fendel greift dann zu ihrer einzig erprobten Medizin, einem alten Kinderbuch, das ihre kleinen Söhne, die Zwillinge, damals zu albern fanden, ein Bilderbuch über das Leben der Zwerge im Wurzelreich. Und siehe da: Sie beruhigt sich! Marienkäfer spielen auf Streichinstrumenten, Wichtelzwillinge prügeln sich und tragen die Schleppe der Braut.

Maserungen

Jeden Morgen, sagt sich die Krankentherapeutin Elsa, masert, mustert, zerstückelt mich die verfluchte Zeitung und will für den Resttag mich und meine Patienten erledigen. Und doch lasse ich es geschehen mit mir, weil ich ja weiß: Gleich fährt, unerschütterlich wie die Schlagzeilen, der kastenbrotförmige Bus am Haus entlang, auf und ab und hin und her, und ich springe, wie jeden Morgen, leicht in die Höhe, damit der Reißverschluß der Hose, aufs Neue schneeweiß, besser zugeht, und fasse, Punkt Viertel nach acht, Mut. Bin auf der Hut und fasse Mut, fasse Courage für die Massage.

Am Ende des Arbeitstages ist sie ein bißchen deprimiert. Keiner der Patienten hat sie, wie sonst so oft, für eine junge Frau gehalten. Kopf hoch, Elsa! Vielleicht haben sie es gedacht und sich nur nicht getraut, zum Ausdruck zu bringen, was gerade heute so offensichtlich war? Sie nimmt sich für alle Fälle erschrocken vor, ihren zur Zeit noch geduldigen Freund in der Nacht zu erfreuen und das andere für sich zu behalten.

Fünf gravierende Lüste

Er werde, kündigt der berühmte Pratz auf einer Pressekonferenz am Tag vor einer Preisverleihung an, neben seinem neuen Romanprojekt auch etwas Essayistisches in Angriff nehmen: die Erstellung eines kleinen Gartens der Lüste. Es solle dabei nicht nur 1. um die eine, großmächtige und ehrwürdige Lust am Vögeln gehen, vielmehr auch 2. um die, Gutes zu tun, 3. um die Lust am Bösen, 4. um die Lust, sich zeitweilig dem Schwergewicht einer Masse anzuschließen (»Beachten Sie hier die Schwäche vieler meiner älteren wie auch jüngsten Kollegen, sich fett in einen bestehenden oder imaginierten Sound fallen zu lassen und das für Stil zu halten! Apropos Sound: Helfen Sie mir, aber täusche ich mich? Jetzt machen die jungen Autorinnen in ihrem Outfit offenbar alle auf Flüchtling. Hyänen in einschläfernder Vertrauenstracht.«) und 5. um die Freude, sich Feinde zu machen.

Er hoffe, es werde ihm gelingen, unter diesen Vergnügungen einen Wettstreit um die Siegespalme anzuzetteln.

Dreimal Blut

Die drei Frauen, eine Mutter mit ihren beiden Töchtern, die ein bißchen älter als Ilse sind, standen an der Gartenpforte. Sie schwitzten und lächelten. Ilse sah keine Wunden an ihnen, aber ohne Zweifel rochen alle drei nach Blut. Es ging etwas Überhebliches von den dreien aus, jedoch nicht von dem frechen Dreierlächeln, jedenfalls nicht hauptsächlich. Das Hochmütige kam von ihrem niederschmetternden, wichtigtuerischen Geruch.

Rote Haare

»Ich wundere mich ja längst nicht mehr darüber, daß Ryanair seine nichtsnutzigen Flüge in alle Welt für eine Handvoll Euros anbietet«, sagt Elsa, die Rothaarige, am Telefon zu ihrem Freund, der gerade in Neuseeland zu tun hat, »was mich heute morgen erbost, ist die Impertinenz, mit der diese Leute eine angebliche Wildtierexpertin in der Reklame für Flüge nach Schottland einsetzen. Die wacht da mit Fernglas naturschützend in den Highlands über die Fauna. Wildtierexpertin! Und das ausgerechnet für Ryanair. Die gemeinste Lüge aber ist die eichhörnchenrote angebliche Naturmähne der Frau!«

Und das soll unser Engel Elsa sein?

Die heimliche Angst des Westfalen

Eigentlich sind die Westfalen von Natur aus ein eher furchtloser Stamm, obschon sie manchmal das zweite Gesicht haben. Überhaupt die alte Spökenkiekerei! Auf dem Land hatte man auch öfter Scheintote, deren man sich mit Flaumfedern am Mund zu erwehren suchte. Erwin aber, seine Frau Anita würde es jederzeit Freunden der Familie bescheinigen, ist ein »Westfale« in moderner Version. Er klagt über den Zustand der Welt und beschwert sich zu Frühstück wie Abendbrot über die Weltlage. Ansonsten verbringt er seine Tage träumerisch. Das Geschäft, einen regional sehr gut frequentierten Kiosk mit Imbißstube, schmeißt seine herzkranke (darf man sie überhaupt so nennen, nachdem sie schon zwei Jahre lang mit ausgezeichnet anschlagendem Fremdherzen lebt?) Frau. Dieses Herz ist das eines Menschen, noch nicht also, wovon die Xenotransplantationsforscher schwärmen, das eines Schweins.

Erwins Sorge ist nun die, der oberste Weltgerichtshof könnte am Ende von allem zu ihm sagen: »Erwin, du hast nur genießerisch über die Welt gejammert, auch dein schönes Sanitärunternehmen aufgegeben. Wozu, Erwin, habe ich dich in die schwierige Gegenwart gestellt? Antworte mir!«

Erwin befürchtet, daß es so kommen könnte. Er ändert sich trotzdem nicht, möchte im sanft feuchten Westwind leben, nicht im harten, leuchtenden Ost. Er sehnt sich nach Klarheit, das schon, doch sie verheert die innere Vegetation. Die krümmt sich unter dem scharfen Luftzug. Der ist nicht das Richtige für ihn und würde den Guten böse machen.

Die Blumengärten Siziliens

»Im April«, sagt Herr Gadow vorsichtig zu seiner dem Ratgeberleben verfallenen Frau, »könnten wir ›La Primavera Siciliana‹ erleben, architektonische Zeugnisse der Sarazenen und Normannen, Griechen, Araber, dazu ein Meer von Wildblumen, Lustgärten und Paläste aus schwarzem Lavagestein.«

Die Augen von Frau Gadow glänzen. Sie funkelt ihn geradezu an: »Unmöglich«, sagt sie. »Ich darf nicht die Yogasitzungen schwänzen. Begreif doch endlich: Gott ist in den Pflanzen hier wie dort.«

Herr Gadow stellt sich zum ersten Mal in seinem Leben vor, wie er mit einer Axt alles kurz und klein schlägt, auch die Frau, zum Schluß sich selbst.

Erste Vorfrühlingsdämmerung

Wie gut es tut, dieser Stunde diesen Namen zu geben! Die Hälfte ist damit schon getan. Es gibt ja die echte Vorfrühlingsdämmerung und die Scheinvorfrühlingsdämmerung. Diese ist nur eine Beschwörung, jene die siegreiche, irreparable Wahrheit, die das Herz bestürmt, daß es zerbrechen möchte vor Lust. Nicht nur vor Lust, auch vor der Woge, dem Anbranden der vielen vorausgegangenen Vorfrühlingsdämmerungen, ein Wort, das nicht auf der Zunge, sondern schluchzend in der Kehle vergeht und mehr Erinnerung als Gegenwart meint. Genau das gehört unerläßlich zu ihrem dämmernden, ins Zukünftige äugelnden, ja segelnden Augenblick.

Man hofft, man hofft wie wild drauflos. Auf was? Egal, man hofft, man hofft ohne Sinn und Verstand, weil der Frühling es will, weil die Vorfrühlingsdämmerung es verlangt.

So jedenfalls hat es Nachbar Holterhoff, poetisch beflügelt, Elsas Liebling, der verblüfften Frau Wäns, am kleinen Hochmoor draußen erklärt.

Blick im Vorübergehen

Ein Geschäftsschlußgesicht wie das andere. Nichts als Schematik fleischlicher Wiederholungen. Keine einzige Ausnahme, ob sechzehn oder geschätzte fünfundachtzig. Da hilft keine Jugend, da hilft kein Alter. Was dazwischen liegt, hilft erst recht nicht. Man selbst wirft lieber erst gar keinen Blick in einen der öffentlichen Spiegel.

Aber da, war das nicht eben unser sorgsam gehütetes Liebespaar? Frau Sykowa und Jan Sykowa? Daß man sogar ihnen kein Flimmern ihres schönen Geheimnisses ansieht!

Modeprognose

»Out sind die Farben: Matsch und Dreck. Wir grunzen Zustimmung.

In sind die Farben: Gebrüll und Gekreisch. Wir schreien Beifall wie am Spieß.« Wer sagt's?

Katja stutzt

Berlin. Der Studentin Katja, die ihrem Freund, dem etwas zu sehr beschäftigten jungen Anwalt, inzwischen ihren Tick mit dem botanischen Familienvater gebeichtet hat und auch, daß sie sich ihn ein einziges Mal aus Gründen der Ehre krallen will (dafür hat sie seitens des Juristen, der sehr gelacht hat, bereits die Absolution), geht neuerdings ein Bild nicht aus dem Kopf, sogar überraschenderweise ein bißchen an die Nieren. Wer die Hintergründe nicht kennt, sieht auf dem Foto einen Leoparden, der sich über ein gerissenes Beutetier hermacht und es wegschleppen wird. Ein Stück weiter entfernt sich eine Gepardin vom Ort des Geschehens, wendet aber noch einmal den schön gezeichneten Kopf. Passiert, Katja weiß es, ist dies: Die Gepardin hat nach kräftezehrenden Jagdversuchen ein Impala für die bereits lange hungernden Jungen erlegt. Als sie es forttragen will, erscheint die stärkere Raubkatze, mit der die Mutter einen Streit nicht wagen darf. Sie muß, erschöpft von der Hochgeschwindigkeitsjagd, die Beute opfern und ohne Ergebnis zu ihren darbenden Jungen zurück.

Was nun Katja so stutzig macht, ist der gramvolle Blick des betrogenen Tieres, das keine Wahl hat und sich kampflos fügt. Sie ist heute sogar, ohne aufzusehen, geistesabwesend im Treppenhaus an der Studentenfamilie vorbeigelaufen, nur wegen der bekümmerten Drehung des Gepardenkopfes.

Andererseits hört sie jetzt das biologische Ehepaar lachen, hallend im gekachelten Flur. Lachen die über sie? Über wen denn sonst. Der Kerl hat sie bei seiner Frau verraten!

Katja fällt auf einmal das Lachen des Anwalts ein, ihres Freundes und Beichtvaters. Klang das nicht sehr ähnlich? Ihr ist zum Heulen zumute. Am nächsten Morgen hat sie einen finsteren Entschluß gefaßt: Entweder sie wechselt auf Psychologie, oder sie kehrt eine Weile zu ihrer Mutter zurück.

Rätselfrage oder Elder Statesman

Das sei wieder so eine Sache, beschwert sich Erwin bei seiner Frau Anita, die schon in der Tür steht, um zu ihrem Kiosk aufzubrechen. Ein ehemaliger Bundeskanzler, sehr alt schon, sehr beliebt wegen seiner vornehmen Art, habe klargestellt, was die größte Gefahr für den Frieden, gerade auch für uns sentimentale Deutsche sei, ja, die größte Gefahr von allen Gefahren. Na, was glaube sie, Anita, hm? Private und nationale Wirtschaftsinteressen? Kriegstreiberei, Kriegspropaganda? Die Zunahme von Söldnerheeren? Falsch! Zu kurz gesprungen! Es sei der Pazifismus!

Wie solle er, ein Westfale wie er, Erwin, da nicht hin- und hergeschleudert werden zwischen Scylla und Charybdis! Aber was das strenggenommen eigentlich sei, dieser ominöse »Pazifismus«, rätselt Erwin, gegen den ja auch die Rüstungsindustrie bittere Klage führe?

Frau Anita ist weg zum Kiosk, Erwin legt leicht somnambul die Zeitung beiseite. Er sieht aus dem Fenster, auf die Dächer, in die Wolken. »Man kann einfach nicht dagegen an«, brummt er vor sich hin. »Es steht zu viel drin. Bald ist auch schon morgen, und flugs kommt die nächste mit all dem, was drinsteht.« Dann fährt er mit dem Auto zur Getränkezentrale, um Anita beizustehen. Wie er sich freut, daß er den Wagen mit dem Autoschlüssel durch den Stoff der Hosentasche hindurch öffnen kann!

»Sehr geehrter Herr Brück,
Hinz&Kunzt-Verkäufer Thomas L. bekam vor einem halben Jahr einen 1-Euro-Job zugewiesen. Seine Aufgabe bei einem Beschäftigungsträger war es, für sechs Monate Spielplätze auf ihre Sauberkeit hin zu kontrollieren. Auf Grund des unerwartet harten Winters entfiel diese Tätigkeit – sämtliche Spielplätze waren verschneit und vereist. Thomas mußte sich jeden Morgen um sieben Uhr melden und sollte dann nach Hause gehen. Verlorene Tage, verlorene Zeit. Er schlug daraufhin vor, statt dessen die Wege vom Schnee zu befreien. Dies wurde ihm untersagt. Hierfür seien andere Einrichtungen zuständig. Mit dem einsetzenden Tauwetter dauert die 1-Euro-Maßnahme noch vier Wochen, in dieser Zeit soll Thomas unter Beweis stellen, daß er sich weiterqualifiziert hat. Nach der Maßnahme ist Thomas wieder arbeitslos, eine Anschlußbeschäftigung gibt es nicht.« (Brief des Hamburger Straßenmagazins an Herrn Brück mit der nicht vergeblichen Bitte um eine Spende.)

Fortschritt
Frankfurt a.M. Ruth, die lange Zeit erfolgreich in der Kulturförderung eines großen Industrieunternehmens gewirkt hatte und, obschon großzügig abgefunden, nach Beendigung des Dienst-

verhältnisses natürlicherweise depressiv wurde, geht es wieder richtig gut. Demnächst wird sie ihre Freundin Herta, die gewissermaßen ehrenamtlich im Zoo tätig ist, in Leipzig besuchen. Doch, das wird sie schon schaffen, obschon sie sich noch immer taumelig fühlt in der Arbeitsleere. Trotzdem und jetzt erst recht: Glückliche Reise!

Neues von Eva

Korogh. Hi! Hier läuft alles ganz gut. Mir geht es prima. Auch hier gibt es, wie ihr seht, ein ab und zu funktionierendes Internetcafé. Man muß nur Geduld haben. Love, Eva

Ihre Mutter hat kürzlich aus Versehen auf die Frage einer Nachbarin, warum ihre Tochter sich denn so lange in der asiatischen Ferne aufhalte, geantwortet: »Wegen Internet!« Es ist ihr so rausgerutscht.

Rätsel

Wer war's, der an einem Dornbusch ein Dutzend Heuschrecken, Mäuse und kleine Vögel aufgespießt hat? Die kleine Ilse? Der Raubwürger? Ein Prachtwürger?

Das Wiegenlied

Während sich seine Frau wieder glänzende Augen beim Yogameister holt, nimmt sich Herr Gadow vor, statt zum tödlichen Axtschlag auszuholen, ihr vom Botanischen Garten zu erzählen, wo ein viereckiges Paar vor einer sich zersetzenden Artischockenstaude stand. Ihre Mäntel hatten die Farben des Winterlaubs. Sie wollten sich vor dem Frühling noch tarnen und ducken, aber direkt neben dem verwesenden Strunk und seinen ehemaligen Blättern waren die ersten Adonisröschen aus dem Grau und Braun hervorgeplatzt, mit goldschmetterndem Fanfarenstoß. Herr Gadow war hingegangen, um sich zu beruhigen, sich ein bißchen zu trösten. Er hat also Mut gefaßt und hofft, sein guter Wille möge dem abscheulichen Glanz ihrer Augen standhalten.

Der ist aber gar nicht vorhanden, als sie spät am Abend nach Hause kommt, ist vergangen ohne Überrest. Herr Gadow sitzt neben ihr und fragt nicht. Er erzählt nichts von den Adonisröschen, er tut etwas Zarteres: Er berichtet ihr in allen faszinierenden Einzelheiten, wie sein neuer Rasierapparat funktioniert, berichtet, während sie mit geschlossenen Augen daliegt, einfach vor sich hin.

Schwere Stunde

Der Schriftsteller Pratz lacht der Gesellschaft ins Gesicht, das schon, das war immer Ehrensache. Aber ein gewisses Gift in seinem Herzen wird eher gefährlicher als harmloser. Es ist die Angst, in der öffentlichen Beachtung überrundet zu werden, er kämpft dagegen mittels eleganter Schals und politischer Appelle, schmeichelt einflußreichen Damen und sorgt für kleinere Skandale.

Das funktioniert in Wahrheit nach wie vor. Aber eines Abends, ein würdiger Bibi-Ersatz ließ sich gerade nicht blicken, überfiel ihn eine Erscheinung. Er sah seine Bücher als ledrige Erbstücke im geheizten Keller eines Einfamilienhauses, die Wände holzgetäfelt, der Fußboden gekachelt, er selbst in zwei kompletten Regalreihen, nie mehr berührt, aber oft von außen als Sehenswürdigkeit und Hinterlassenschaft einer lesewütigen alten Dame angestaunt.

Pratz hätte schreien, nein fauchen und kreischen mögen.

War es ein Trost, daß in Wahrheit sein Ansehen in den sogenannten besseren Kreisen nach wie vor das Kennen seiner Werke vom Hörensagen erzwang? Nein, an diesem unseligen Abend nicht! Von ihm blieb nichts übrig als ein zu bewältigender Bildungsmeilenstein. Egon Pratz, ein Hindernis, das genommen werden mußte, beileibe aber kein Abenteuer, keine große Liebe, die anderes auslöschte, womöglich für eine Weile sogar das modrige Leserinnere.

Ach, wo waren sie hin, die Augenblicke, in denen ihn das alles nicht schmerzen konnte und er nichts als eine gehorsame Maschine darstellte im produktiven Zustand mystischer Leere? Er, Pratz, mußte sich dann der übervollen Wirklichkeit nur hinhalten. Seine Hände hatten das, was in ihn eindrang, lediglich notierend nach außen zu transportieren. Es war alles schon Form, so, wie es kam.

Pratz hätte am liebsten nach irgendeiner Frau, auch der eigenen, telefoniert, schrieb dann aber etwas ins gewissenhaft (das war er der Welt schuldig) geführte Tagebuch. Böse Zungen behaupten, er habe dabei geschluchzt.

Ach was, er, Egon selbst war's, der schriftlich sein Schluchzen der Welt gesteckt hat.

Fakten

Montag. Die Sonne, schreibt die Zeitung neben manchem anderen gebieterisch, geht heute schon um 6.13 Uhr auf, und sie wird, steht dort schwarz auf weiß, erst um 18.29 Uhr untergehen. Frau Fendel liest es kopfschüttelnd. Bei vielem, was gedruckt wird, war sie nicht dabei und kann es also nicht auf Wahrheit überprüfen. Es stimmt wahrscheinlich, daß die Politik die Wirtschaft nicht mehr steuern kann, aber muß man gleich von einer globalen Verflechtung legaler und illegaler Märkte, von Wirtschaft als organisierter Kriminalität reden? Im Fall der Sonne käme sie, Frau Fendel, als Augenzeugin zur Bestätigung der Zeitungsmeldung in Frage. Aber bei derart geschlossener Wolkendecke wie heute? Sonne wie Mafia: alles Übertreibung, ja Lüge? Andererseits, sagt sie sich, nimm nur mal Hitler und den dicken Duce! Was für stumpfsinnige Gesichter! Was für ein abgrundhäßlicher Augenschein! Und doch hat das Offensichtliche nichts genutzt.

Rätsel

Wo sind eigentlich Spatzen, Gänseblümchen und Huflattich, wo ist es hin, das liebe Naturprekariat?

Clemens Dillburg und Judas Ischarioth

Dienstag. Der Ritus der Jahreszeiten, das Episodische, Anekdotische der Erde im Weltall: Sind es liturgische Bemühungen vor oder um Gott? Verhält sich die Liturgie zu ihm, wie sich die Sternbilder zum Universum verhalten? »Alle Täler haben sich mit Blau gefüllt!« Dillburg, der gute, heute fast zu erschöpfte Mann und Geistliche, sagt es nach einem aufreibenden Tag ein bißchen voreilig in den Abend hinein. Ist diese Zeile eigentlich wirklich so schön? Er weiß es nicht, vielleicht ist es nur die Glut der Jugend, die man einmal hineingegossen hat und die für keine neueren Verse mehr zur Verfügung steht? Jedoch, jedoch. Später und so auch heute kommt und schlägt der alte, eingefüllte Überschwang aus den Versen wieder auf ihn zurück.

»Mit siebzehn, achtzehn war alles auf mich zurechtgeschnitten, die ganze köstliche Zeit«, hat neulich seine Schwester geseufzt. Er erinnert sich an den schnellen Klang ihrer Absätze damals. Geheiratet hat sie nicht, keine Kinder, kinderlos wie alle drei Geschwister.

Oder sind es doch die Absätze eines anderen Mädchens, die er im Gedächtnis hat, das Lächeln einer Oberprimanerin, ein Jahr älter als er? Für eine kurze Zeit war sie ihm wie ein blasser, nicht allzu schmaler Sichelmond an einem noch hellen Märzhimmel erschienen, ein Abendhimmel, der immer mehr eindunkelt, damit der Mond sich zu seinem vollen Gold steigert, bis er unvermeidlich höher steigt, weißer und kälter wird und schließlich entschwindet. Er weiß noch immer ihren Namen, über den erstaunlicherweise niemand zu lachen wagte: Mariluna Stalljohann.

Ein Frühlingsabend also. Die Vorgärten sind noch ungläubig, aber schon unwillkürlich andächtig. Die schwerfällige Erde sagt:

Nein! Die Schneeglöckchen und Krokusse, die sie nicht länger zurückhalten kann, rufen: Doch! Doch! Die Luft ist voll von kleinem Zwitscherkram. Spänchenzarte Äußerungen der Trauerweiden. In keinem Gesicht sieht Dillburg einen Widerspruch zu diesem Abend, dem einzigen im gesamten Jahr vielleicht, an dem die Blicke auf die Natur bei niemandem flüchtig sind.

Herr Dillburg ist auf dem Weg zu Frau Fendel. Trotz seiner Müdigkeit will er noch kurz bei ihr vorbeischauen. Seine Füße sind angeschwollen, er braucht neue Schuhe für das Sommerhalbjahr. Die Frau trägt schwer an ihrer Einsamkeit, da sind die ersten lauen Abende Gift. Von den besonderen Todesumständen seines Bruders in Wien, die ihm manche Schwierigkeit bereitet haben, erzählt er Frau Fendel selbstverständlich nichts. Auch hofft er immer noch, es könnte sich herausstellen, daß sein Zuhälterbruder eher aus Zufall umgebracht wurde. Allerdings spricht dessen massakriertes Gesicht dagegen.

Nein, Frau Fendel soll nichts davon hören, obschon Dillburg frivol genug ist, bei ihr eine Wonne am Klatsch vorauszusetzen. So kennt er schließlich die allermeisten Menschen, wenn sie schnalzen vor Bedauern. Was sie von seinen Betreuungsbesuchen erwartet, weiß er. Es ist der atmosphärische Anhauch des Sonntäglichen. Dillburg selbst kennt alle Anfechtungen im Glauben, er tastet sich in Zentimetern an Verzweiflung und Wüste vorbei. Gerade weil es so ist, hat er keine andere Wahl, als es mit immer neuem Entschluß zu versuchen. So (Dillburg, Gottes guter und getreuer Knecht, ist kurz verstört über den Einfall, aber leugnet ihn nicht) wie vielleicht gerade der entschiedenste Künstler seine Zweifel am eigenen Werk ... belauert?

Frau Fendel mag den Geistlichen, weil er, und hier würde die alte Frau, sollte sie seine Gedanken wittern, sehr erröten, für ihre empfindliche Nase nach Weihrauch riecht.

Wenn sie ahnte, wie unbedingt er gut sein muß, um nicht ein sehr böser Mensch zu werden! Sobald er während der Messe die ölig-innige Stimme von Knochendöppel, Herrn Knochendöppel, beim Singen hört, überfällt ihn viel zu oft schiere Mordlust. Oder ist es doch eher wieder Rührung, wenn Frau Klapproth, die Zahnarzthelferin, jetzt fünfzig, sobald die Chefin rausgeht, ihm, der den Mund voller Instrumente hat, da sie seinen Beruf kennt, zornig beichtet: »Ich will nicht nachdenken, ich will leben, leben, leben!« Nicht anders bei Frau Rohde, im Alter von Frau Fendel, ebenfalls Witwe, die glaubt, alle, ausnahmslos alle Menschen, die ihr hilfreich beispringen, täten es aus Berechnung. Sie aber spreche sich immer laut vor, ein paarmal am Tag: »Liebe deine Feinde!« Darum lächle sie dauernd alle an, und keiner bemerke, daß sie ihn bis auf den Grund seiner Bosheit durchschaue.

Auch Dillburg lächelt, lächelt in sich hinein. Frau Fendel erschnuppert an ihm ihre fromm glühende Kindheit. Viele Leute suchen in der Kirche ihre vergangenen Kindertage und möchten sich – ohne es anders als für Momente je zu sein –, durch die anderen Besucher bestärkt, als Gläubige fühlen. Andere kommen aus Entsetzen, nachdem sie einige aufschlußreiche Blicke in sich plötzlich auftuende Lebensspalten getan haben.

Einmal hat sie ihm auch gestanden, erst der Glockenklang würde an einem Frühlingsmorgen den Vogelstimmen das Schwermütige nehmen. Mit der Kraft des Geläutes könnten sie viel höher aufsteigen und müßten das Himmelgewölbe nicht suchend abtasten, sondern schössen durch die Decke hindurch. Es seien aber vor allem die Fronleichnamsprozessionen gewesen, die für sie, und das für immer, Gott und Natur zusammengeschmiedet hätten, eins könne nicht ohne das andere sein. Allerdings, bei ungünstigem Wind, höre sich das sonst so gewaltige Läuten wie ein Jammern, sogar Wimmern an.

»Gott! Dein Himmel faßt mich an den Haaren / Deine Erde reißt mich in die Hölle ...« Ist die Brentano-Zeile nicht in der Jugend sein geheimer Wahlspruch gewesen? Damals, wenn er die Gewalt seiner Gefühle nicht meistern konnte, lernte er zur Rettung meist ein Gedicht auswendig. Später hat Dillburg einmal von demselben Dichter gelesen: »die Näscher an Gott«, oder hieß es: »das Naschen an Gott«? Eins scheint ihm seit langem klar: Kunst rettet die Religion vor Sektierertum und die Frömmigkeit vor Bigotterie.

Als Frau Fendel ihm die Tür öffnet, ist ihr Gesicht tränenüberströmt. So hat er sie noch nie gesehen. »Daß sie gerade heute zu mir alten Frau gekommen sind, noch dazu an diesem schönen Abend!« Die Knöchelchen ihrer Schultern zucken. Herr Dillburg tut, als würde er die Nässe auf ihren Wangen nicht bemerken. Sie soll sich auf keinen Fall bei ihm entschuldigen für ihren Kummer, den er nicht kennt. Als er ihr am Tisch gegenübersitzt, stammelt sie: »Weil doch mein Sohn gestorben ist.« Dillburg erschrickt ganz ungeistlich. Ist nun auch der andere Zwilling tot, der Sohn, der ohne Familie in München lebt? Trifft so viel Unglück die arme Frau? Ihn befällt eine schroffe Traurigkeit. Woher soll er jetzt noch Wort und Rat nehmen?

Er senkt den Kopf und fragt schließlich hilflos: »Wie ist es passiert?« »Herr Dillburg! Das wissen Sie doch!« ruft Frau Fendel vorwurfsvoll. »Der Unfall damals, der furchtbare Autounfall.« Sie starrt ihn an in sanfter Empörung über seine Vergeßlichkeit.

Dillburg darf ein bißchen aufatmen. Ihn überkommt eine kleine Heiterkeit, weil er so erleichtert ist. Am Ende dieses langen Seelsorgetages hätte er ja keinen Trost mehr gewußt. »Aber, Frau Fendel«, sagt er nun, »Sie ...« Die Frau beginnt über sich selbst zu staunen: »Ich weiß wohl, es ist lange her, aber eben, gerade eben, vor einer halben Stunde vielleicht, da übermannte es mich ganz schlagartig ohne Anmeldung, wie gerade erst geschehen, wie es mir so vor Augen trat, besonders die zerrissene Jacke auf meinem Schoß. Es war auch, als hätte ich mehr wegen des Anblicks der blutigen Jacke als um den Jungen geweint.« Sie lächelte verwundert: »Wie kann das passieren, nach all der Zeit!«

Dillburg sieht sie freundlich nickend an, aber vor ihm steht ein anderes Bild, und dann wieder ein anderes, als sie fortfährt: »Bei der Beerdigung, Sie müssen es doch noch wissen, bin ich ohnmächtig geworden. Zum Glück fing mich mein zweiter Sohn kurz vor dem Hinfallen auf.« Dillburg sieht zwei sehr alte Darstellungen der ein bißchen abgewandelten Szenen vor sich und nimmt kaum wahr, was Frau Fendel weiter erzählt:

»Er hat damals schrecklich unter dem Tod seines Zwillingsbruders gelitten. Viel mehr als die Frau meines verunglückten Sohnes. Die hat sich mit den Kindern schnell anderswohin gewandt. Ich sehe sie nie, auch die Enkel nicht.«

Jetzt ist Dillburg wieder aufgewacht aus seiner Geistesabwesenheit.

»Mein Sohn in München hat eine wunderschöne Freundin, hat oder vielmehr wohl: hatte. Ich besitze ein Foto von ihr. Eine richtige Magdalena, liebreizend, aber leider, ach Herr Dillburg, leider zu allen Männern liebreizend.«

Da entfährt ihm: »Sicher goldrotes Haar?«

»Wie bitte? Herr Dillburg?« Frau Fendel öffnet den Mund und läßt ihn ein Weilchen ungeschlossen. Er könnte sich einbilden, sie rückte sogar ein bißchen von ihm weg.

»Keine Angst, mir ist nur ein Gemälde in Erinnerung gekommen, nein, gleich mehrere sind es. Immer geben die Künstler Maria Magdalena, der sogenannten ›Sünderin‹, Haare in diesem herrlichen Farbton als Charaktersignal.«

Frau Fendel sagt streng: »Herr Dillburg, Sie wissen diese Dinge besser als ich, aber das, was ich unter Gott verstehe, kann ich nicht mit diesen Anekdoten in Zusammenhang bringen. Verübeln Sie es mir nicht.«

Dillberg ist gerührt, als er in ihrem zarten Gesicht nach dem feuchten Jammer von eben jetzt den geradezu hochmütigen Zug wahrnimmt. Er überlegt, ob er ihr einen Lieblingsgedanken verraten soll. Was wird sie davon verstehen wollen?

»Manchmal glaube ich«, beginnt er vorsichtig, »daß wir selbst und mit uns alles, was sich unterhalb der Unendlichkeit befindet, Anekdoten sind, Anekdoten um einen göttlichen Funken herum. Wir kristallisieren uns um ihn herum in Geschichten und Episoden, versuchen Sie bitte einmal, die Überlegung nachzuvollziehen. Frau Fendel, liebe Freundin, auch wenn das Episodische oft diesen Splitter des Ewigen völlig zuwuchert. Ganz zerstören läßt er sich nicht. Er ist es, der die Lebensszenen letzten Endes bemerkenswert macht, und wir, wir müssen entdecken, daß sie von ihm zeugen.«

Er hört selbst das Bittende in seiner Stimme. Bittet er seine Zuhörerin, ihn zu begreifen, oder eine unfaßbare Wirklichkeit, er möge recht haben?

»Wann zieht ihre Schwester hierher?« fragt Frau Fendel.

Dillburg fährt zusammen. Hat er ihr nun doch zu viel Weihrauch zugemutet?

Dabei würde er so gern über die Weisheit sprechen, die er in den isoliert für sich stehenden Szenen zu erkennen glaubt. Vielleicht sind sie so vereinzelt und unerschöpfbar erst durch die Malerei geworden, wie es dann sicher in einem Plan von langer Hand vorausbestimmt war. Eine Malerei, die an der Schrift weitergearbeitet und der Frömmigkeit sehr geholfen hat. Aber sie hat die Religion auch simplifiziert und das Unendliche eingesperrt.

Liebe Frau Fendel, möchte er fragen, haben Sie einmal beobachtet, wie wir in den Dingen und Personen etwas Größeres lieben und fürchten, nämlich die Legenden, das Ältere, das Allgemeine? Wir brennen und zittern vor etwas Dämonischem. Wir glauben das Wirkliche in den Oberflächen zu sehen, aber spüren eine Macht dahinter, vor der das Menschliche hinfällig wird. Daher oft die Enttäuschungen in der Gegenwart ersehnter Landschaften und Menschen. Viele merken übrigens gar nicht, daß sie nicht Gott, sondern die Bilder von ihm ablehnen.

Früher, als Kind, glaubte er, die so oft gemalten Kreuzwegstationen seien schon immer dagewesen, und die Hauptfigur habe sie wie vierzehn vorgeschriebene Etappen leidend absolviert, so wie er, der noch kindliche Clemens, sich leidenschaftlich in die Stationen während der Karwoche vertieft hatte. Ja, so stellte er sich das Leben des Gekreuzigten vor: Der Strom seines Daseins staute sich in sprechenden, gewissermaßen gerahmten Szenen, kehrte in sie ein, hielt in ihnen still, als müsse das Bild ausreifen, und bewegte sich dann auf die nächste Szene zu.

Wir benötigen, wollte er sagen, für die Unendlichkeit ein Bild. So sei Gott auf den Weihnachtsdarstellungen, etwa bei Matthias Grünewald, eingemündet in ein Kind.

Er hätte Frau Fendel gern von der möglichen Erkenntnis in den Bildtrichtern erzählt und wie sich hier die Verbindung von Poesie und Gott erweise und nicht der hybride Glaube an eine Erkenntnis *über* ihn. Je größer aber das erkundete und vermutete Weltall und das Universum der Mikrostrukturen sei, desto zwingender auch die Notwendigkeit der alten Gemälde, der Liturgie und der geheiligten Räume. Mit Demut, selbstverständlich, habe das allerdings zu tun. Die aber sei ja nicht von vornherein die dümmste Sache der Welt! Im Übrigen konzentriere man sich doch, in Betrachtung des Nachthimmels, auch auf die Sterne, um einen Eindruck zu bekommen, nicht auf die Dunkelheit dazwischen.

Er hätte ihr an diesem Abend so gern von seinem Schmerz erzählt, von seiner Sorge, die tiefen, tiefen Bilder könnten in Vergessenheit geraten. Niemand würde die Figuren, ihre Geschichten und die unvergleichlichen Konstellationen mehr kennen. Man könne in diese Bilder stürzen wie in bodenlose Abgründe und dann wieder, mit ein bißchen lichterem Kopf, daraus auftauchen.

Grundsätzlich ließen sich Botschaft und Werk des Nazareners, der ja nicht, was allzu primitiv wäre, zu verstehen sei als kostümierter Gott – vielleicht aber durfte man sich ein unaufhörliches

Pulsieren zwischen dem Menschensohn und Gottvater vorstellen? –, begreifen als unermüdliche Umwandlung der durch und durch störrischen Welt, als Aufhellung ihrer kompakten Materie zu Gleichnissen und Bildern, Beseelung ihrer Stofflichkeit, ihrer Banalität hin zu Bedeutung. Oder müsse man sagen: Das Bedeutungsvolle wird, unter ihrer scheinbaren Trivialität, als Wirklichkeit und Wahrheit freigelegt? Am stärksten treffe ihn, Dillburg, jedesmal der Kuß des Judas Ischariot, diese unergründliche Konfrontation des göttlichen Gesichts mit den Lippen des Verrats. Sein halbes Leben lang habe er über diesen Augenblick und ihre Darstellungen gegrübelt, über diesen Zusammenprall der Mächte des Himmels und der Geschäfte der Finsternis. Ja, er wolle ihr jetzt gern erzählen, was ihn schon so lange und ungemindert bewege, begeistere und aufwühle an diesem besonderen Moment im nächtlichen Ölgarten. Der andere Verrat, der des Petrus, erzeuge dagegen kein Bild, nur die Formel des dreimaligen Leugnens und den Satz der Reuetränen.

Er hätte ihr sagen können, daß die gewaltigen überlieferten Bilder wie Berge aus der Erde drängen. Und wie die Berge der Erosion ausgeliefert sind, so sind es die Bilder der Zersetzungskraft der Vernunft. Aber die Berge stoßen wie die Bilder ständig von unten nach. Und daß allerdings und andererseits die Bilder den Glauben, Dillburg denkt es ganz leise, in einem Flüstern des Gehirns, nicht ersetzen können, und allein der stets neu erkämpfte Glaube, als Gebot viel schwerer zu halten als das der Liebe, immer wieder frisch in die alten Bilder, die er nun anders liest, einkehren kann und man vielleicht viele, viele zerstörerische Gedanken gehabt haben müsse, um zu den Bilder zurückzufinden.

Dillburg, nach einem langen Arbeitstag und mit noch stärker aufgequollenen Füßen in den engen Schuhen, sagt aber nur, nach einem Blick in ihr vernünftiges Frauengesicht: »Meine Schwester kommt in drei Wochen, Frau Fendel. Sie würden uns helfen, wenn Sie sich ihrer annehmen könnten.«

Dann geht er, schwankend vor Müdigkeit, in seinen Unglücksschuhen nach Haus.

Frau Fendel sieht ihm vom Fenster aus nach. »Ob er ahnt, der liebe, fast schon heilige Mann, daß es eine Pflanze gibt, die nicht nur ›Schwarznessel‹, sondern in meiner Heimatregion ›Gottvergess‹ heißt? Gut, daß bald seine Schwester auf ihn achtet, er hat heute zweimal statt ›Frau Fendel‹ ›Frau Fenchel‹ gesagt«, seufzt sie gegen die Scheibe. »Was wird aber aus meinem Sohn, wenn er ohne mich als Junggeselle in die Jahre kommt? Ein Mann, der sich tagelang nicht rasiert, nur einmal in der Woche die Zähne putzt und mit Löchern in Socken und Pullovern rumläuft! Wenn ein solcher Zustand erreicht ist, werden sogar promovierte Akademiker mit Einser-Examen entlassen.«

In mütterlicher Sorge schüttelt sie trockenen Auges den Kopf. Das Bild der zerrissenen Jacke auf ihrem Schoß verblaßt, hat sich schon verflüchtigt angesichts des Vordringlichen.

Der gute Mann Dillburg aber, der sehr gute Mann, der auf der ganzen Welt nur noch eine Schwester zur Familie hat, steht vor dem Zubettgehen am weit geöffneten Fenster und erinnert sich an ein berühmtes Mailied, in dem der Frühling dreifach herrlich hervorbricht: aus den Zweigen als Blüte, aus dem Gesträuch als Vogelstimme, aus der Brust als Wonne, und alles ist dreifach das gleiche, ja dasselbe.

Volle Gräben

Immer wieder staunt Frau Sykowa über die Freude, die ihrem Mann Jan durch den Anblick der ersten Mückentänze im Frühling, mehr noch aber durch den gut gefüllter Gräben zuteil wird, draußen in der Landschaft, wo ihnen manchmal, immer unerkannt, Frau Wäns mit ihrem Rucksack begegnet und eine Zigarette raucht. Frau Sykowa lacht schon im voraus, weil sie weiß, wie ihr Jan gleich, nach dem starken Regen, bei Ansichtigwerden der kleinen Wasserläufe aus dem Häuschen geraten wird.

Echte Flußbetten aber wünscht er sich sommerlich ausgetrocknet. Nur ein kleines Rinnsal hier und da soll zwischen den Schotterinseln sichtbar sein. Warum das eine so und das andere so, kann er nicht erklären, nicht sich selbst, erst recht nicht seiner Frau.

Es ist das Glück.

Das Verhalten der Menschen

Auch für Ilse ist etwas unerklärlich, nämlich das Verhalten der Menschen um sie herum. Sie spürt, daß sie lauter verkehrte Bewegungen macht. Nun hat sie beschlossen, die Leute, so gut sie irgend kann, einfach in allem nachzuahmen, egal, wie ihr zumute ist und wie wenig ihr deren Benehmen verständlich.

So könnte es klappen.

Rätsel

Warum hat man den Karolinasittich trotz seines langen Schwanzes und des Köpfchens in funkelndem Orangerot ausgerottet, was besonders leicht war, weil sich diese Vögel, wenn man einen ihrer Art geschossen hatte, in Scharen über ihm versammelten?

Der Jako

Samstagabend. Manchmal erzählt Herr Brück seinem treuen, fast blinden Rex Geschichten aus der Jugend. Heute beispielsweise diese: »Als ich elf war, hatte ich einen Freund mit einem Jako, einem Graupapagei. Die Deckflügel waren vornehm grau, ihre Spitzen schwarz, darunter sah das wunderbare Rot des Schwanzes hervor. Der Jako stammt aus Afrika, ist über 30 cm lang und sehr gelehrig. Ich glaube, nur wegen dieses schönen Tieres bin ich der Freund des Jungen geworden. Und weißt du, Rex, was das Merkwürdige ist? Ich kann mich nicht im geringsten an den Burschen erinnern, nicht an den Namen, nicht an sein Aussehen. Nur an den Jako, an den in allen Einzelheiten noch heute.«

Herr Brück beobachtet währenddessen seinen Hund genau. Täuscht er sich, oder lächelt Rex geschmeichelt vor sich hin? Er täuscht sich nicht. Rex Brück legt ihm schmunzelnd die dicke Pfote aufs Knie. »Gestern«, erzählt er daraufhin dem Tier, »habe ich mit einem sehr grobschlächtigen Mann, er wirkte im Gesicht sehr grobschlächtig, meine ich, ein bißchen über seinen Hund gesprochen, eine französische Bulldogge, vier Monate alt und sehr schüchtern. Am Ende hob der ländliche Wirt mit beiden Händen den Kopf des Kleinen an und sagte: ›Sehen Sie nur das Gesichtchen! Ist es nicht wunderschön?‹ Und, Rex? Er war dem Mann, einem Gastwirt und Metzger in weißem Kittel unter der Joppe, wie aus dem Gesicht geschnitten!«

Das Meer und die Lerche

Sonntagmorgen. Hannes Keller, der Komponist, der leider noch auf seinen Durchbruch warten muß, deshalb kärglich lebt und es bisher ohne große Verbitterung tut, hat vor einer Stunde, nach einer gewissermaßen durchkämpften Nacht, seine Lieblingsidee ad acta gelegt.

Er wollte das Gedicht *The sea and the skylark* von Gerard Manley Hopkins vertonen. »On ear and ear two noises ...« Rechts hört das Ohr die steigende Flut des Meeres, links das rückhaltlose Verströmen des Lerchengesangs.

Mein Gott, daß er so viel Zeit brauchte, um zu begreifen, daß dem zu Herzen gehenden Wohlklang der Gedichtlaute keine Note hinzuzufügen ist! Als er, Hans Keller, loslegen wollte, hatte der Dichter doch bereits alles aufs Unübertrefflichste besorgt: »With a flood or a fall, low lull-off or all roar ... In crisps of curl off wild winch whirl ...«

Immerhin war Kellers letzte Anstrengung so groß, daß er sich nun fallenlassen darf, nach äußerster Mühe lerchengleich in die Ackerfurche zurück.

Frau Wäns

»Die Frau ist wirklich nicht mehr jung«, erzählt Elsa ihrem heimlich aufseufzenden Freund in der Nacht, während sie beschwichtigend ausprobiert, welche Fingerkuppe am besten in seinen Bauchnabel paßt, »aber die Tochter macht einen älteren Eindruck als die Mutter. Diese kleine Frau Wäns geht wahrhaftig jeden Tag los zum einsamen Marschieren durch die Heide- und Moorlandschaft da draußen. Irgendwas stimmt dabei nicht. Sie benutzt dauernd die Wörter ›entzückend‹ und ›reizend‹, wenn sie über Menschen spricht. Ich habe das Gefühl, sie würde viel lieber ›Scheusal‹ und ›Ungeheuer‹ sagen. Vielleicht möchte sie sich vorstellen, sie wäre ein guter statt ein boshafter Mensch?«

Englische Rosengärten

In der zweiten Junihälfte wird alles vorbei sein. Dann haben sich die Wellen um Frau Gadows Yogazirkel gelegt. Schon jetzt ist die Polizei zu dem Schluß gekommen, daß der Yogalehrer und Esoterikmeister seine Schülerinnen lediglich mit an Hypnose grenzender Suggestionskraft beeinflußt hat, seinen Drogenhandel aber anderweitig abwickelte.

In der zweiten Junihälfte fährt Herr Gadow mit seiner Frau in die Gegend zwischen Oxford und Coventry. Das ist abgemacht, das ist fest gebucht. Auf dem kalkreichen Boden dieser Region blühen die schönsten Rosen Englands. Auch die international berühmten Rosengärten des Züchters David Austin sollen besichtigt werden. In der zweiten Junihälfte wird aller Kummer über den falschen Augenglanz seiner Frau, weiß der Biochemiker und Kammerjäger, vergessen sein. So analysiert er die Lage und ist ihrer wieder Herr.

Na gut. Geht in Ordnung! Er wird für ein Weilchen recht behalten.

Eva Wilkens Eltern

»Ob sie zurück ist? Das müßte sie doch!«

»Sie müßte zurück sein, wegen der Papiere und wegen des Tickets.«

»Seit genau einer Woche müßte sie wieder in Deutschland sein, mein Gott.«

»Wir versuchen um keinen Preis, uns bei ihr zu melden.«

»Wir bleiben fest.«

»Es muß unbedingt von Eva ausgehen.«

»Obschon, meine Güte, es sind Krisengebiete.«

»Erst, wenn noch eine Woche vergangen ist.«

»Wer weiß, wo sie in Wirklichkeit war? Es gibt keine Poststempel als Beweis.«

»Etwas haben wir falsch gemacht. Unser dauerndes ›Das hat sie von dir, das von mir‹. Sie will selbst jemand sein, aus eigener Kraft.«

»Obschon, recht hatten wir ja. Nur, daß wir es ihr verraten haben!«

Dumme Wandertaube

Berlin. Katja, die sich einbildet, noch immer eine Studentin zu sein, hat aus Zufall und reiner Halsstarrigkeit trotz kränkender Zurückweisungen einen letzten, ziemlich müden Versuch riskiert, den eifrigen Botaniker, der mit Frau und Kind über ihr wohnt, doch noch zu verführen. Als sie ihm im Treppenhaus begegnet, sagt sie ins Blaue hinein: »Hey und hallo! Das wird Sie interessieren: Ich habe heute Morgen auf meinem Fensterbrett eine Wandertaube gesehen.«

Der Mann bleibt stehen. Er lacht sie aus (blendendes Gebiß, verdammt, und sie kann nicht ran): »Eine Wandertaube! Sieh an! Ich bin zwar kein Zoologe, aber meines Wissens ist sie längst ausgestorben und gehört außerdem nach Nordamerika. Hübscher Vogel.«

Also ist sie zu ihrer Mutter gefahren. Die jedenfalls wird sich aufrichtig freuen über den Besuch. Katja hat ihr einen Topf Enzian gekauft. Die Mutter verbrachte ihre frühe Kindheit in Österreich, und seitdem spricht sie begeistert von dem einzigartigen Blau dieser Blume. Eine richtige Legende in der Familie. Wird die Mutter nicht dankbar staunen?

Nein, sie staunt nicht, staunt überhaupt nicht. »Enzian, Mutter. Dein vielgeliebter Enzian!« ruft Katja enttäuscht. »Danke, Kind«, sagt die Mutter. Sie erinnert sich durchaus nicht an die alte Leidenschaft.

Voller Wut behauptet Katja: »Ich habe es eben, gleich als ich aus dem Taxi stieg, gesehen: Auf deiner Aschentonne liegt ein blutiges Stück Katze, die vordere Hälfte.« Die Mutter, die noch ein bißchen krummer geworden ist, fängt an zu zittern: »Ist das wahr?«

»Nein.«

Nun weiß die Frau wenigstens, wen sie im Haus hat.

»Was macht der Auswuchs am Rücken, gebeugtes Mütterchen?«

Ihre Mutter findet das übertrieben. In ihrer Einsamkeit ist sie den Ton nicht mehr gewohnt. Sie beißt aber die Zähne zusammen und lacht feste. Ein Kunststück der Mutterliebe. Ob das Mädchen das Rüde von ihren groben Onkeln Alfons und Heinrich gelernt hat? Beim Schokoladen-Baiserkuchen läßt Katja plötzlich die Gabel in der Luft stehen und sagt: »Wenn man bedenkt, daß gerade jetzt irgendwo auf der Welt jemand aufgehängt oder gehenkt wird!« Dabei steigen ihr echte Tränen in die Augen.

»Du hast dich nicht verändert in Berlin, Katja. Ich freu mich schrecklich, daß du gekommen bist. Nur bin ich heute etwas bedrückt.«

Das paßt dem Mädchen aber wirklich nicht! Nicht einmal hier wird Trost gespendet, wie es Müttern ansteht. Auch die weiche Stimmlage schmeckt ihr nicht. Die Mutter nimmt keine Rücksicht darauf: »Das Haus um die Ecke. Wir haben es immer ›Die neurotische Baracke‹ oder auch ›Die weiße Weste‹ genannt. Das weißt du bestimmt noch, Katja, bitte. Alles kreideweiß, kein Stäubchen und kein Pflänzchen, kompletter Sichtschutz usw. Die Eigentümer kriegte man nie zu Gesicht. Wir waren überzeugt, daß es sehr hygienische und sehr geldgierige Menschen sein müßten. Heute morgen habe ich erfahren, daß alles umgekehrt richtig ist. Die Leute, eine ältere Frau und ihr Sohn, haben den Schein mit äußerster Anstrengung aufrechterhalten. Ihre ganze Kraft ging da drauf. Sie waren bis auf das hochverschuldete Haus praktisch mittellos. Beide sind, sagt man, den ›Tröstungen des Alkohols‹ verfallen, aber nur innerhalb der tadellosen Hausmauern. Der Junge hat sich vor einigen Tagen das Leben genommen.«

Katja schwankt, ob sie sich für den nicht als Mythos identifizierten Enzian rächen soll, indem sie sagt: Keine Ahnung, wovon du sprichst. Ich erinnere mich nicht an das Haus, auch nicht an das Reden davon.

Eine verlockende Gelegenheit. Dann betrachtet sie das schmerzlich verfrühte Bückelchen und beißt sich lieber auf die Lippen, bis auf ein »Ach«, das in den Ohren der Mutter nach Mitgefühl klingt.

In Berlin begegnet sie gleich bei ihrer Rückkehr an der Haustür dem Rentner, der im Parterre wohnt. »He, alter Herr, was reißen Sie denn die Augen auf? Ist mein Rock zu kurz?« erkundigt sie sich. »Nein, nein, mein Fräulein, entschuldigen Sie«, antwortet er freundlich, »aber genauso, wie ihr Jungen uns Alte anstaunt, staunen wir Alten unwillkürlich euch Junge an. Jeweils wie Vögel aus fernen Gegenden.«

Am nächsten Tag wartet eine große Überraschung auf sie. Als sie diesmal auf der Treppe den Studenten trifft, ist er endlich zur Einsicht gekommen. Er versperrt ihr den Weg, er lächelt ihr in die Augen, läßt die überwältigenden Raubtierzähne sehen, sagt nichts, bleibt einfach stehen und breitet nur die Arme aus, was bedeuten soll: Ich gebe mich geschlagen. An meine Brust!

Katja kann ihr Glück nicht fassen.

Nur ist es gar kein Glück. Es ist ihr plötzlich gleichgültig, eigentlich ja schon länger, aber jetzt, wo sich die Beute von selbst anbietet, ekelt die unverhoffte Nachgiebigkeit sie an. »Platz da!« sagt sie barsch und muß sich gar keine Mühe geben, »Sturmfreie Bude? Nutzen Sie die Gelegenheit, Ehebrecher! Nur nicht mit mir. Meine Empfehlung an die Frau Gattin!«

Ihrem juristischen Freund will sie berichten, der Beischlaf habe sich ganz schnell, gewissermaßen pflichtgemäß, zwischen Tür und Angel ergeben, sei vollstreckt und damit basta. Oder auch, er sei ihr aus Liebe zu ihm nicht möglich gewesen. Der Freund würde im einen wie im anderen Fall vermutlich lachen.

Und sie, Katja, hat jetzt unwiderruflich von beiden genug. Von dem ehrgeizigen Anwalt sind ihr wegen dessen Hautglätte Hände und Gefühle abgerutscht. Dabei haben sie früher einmal zusammen artistische Kunststücke geprobt, bei denen sie sich, ohne Bedenken durch die Luft wirbelnd, in seine Arme fallen ließ. Später, als er sie meist während des Joggens anrief, um Zeit zu sparen, hat sie oft die Augen zugemacht und sich vorgestellt, sein Keuchen würde nicht vom Laufen, sondern von einer schönen Stunde im Bett mit ihr herrühren.

Der Orchideenfanatiker konnte ihr Schweifen, ihre Wünsche nach einer feurigen Affäre zwar kurzfristig, wenn auch unwillentlich, auf seine Person lenken (das war schon viel, sagt sich Katja resigniert), aus der Nähe blieb dann jedoch nur ein gebieterisch zurückweisender Geruch übrig.

Ihre Mutter aber, die sich so sehr über Katjas Auftauchen gefreut hatte, erkennt nach der Abreise ihrer ständig erbosten Tochter: Es ist der Blick des Mädchens, der mich alt, uralt macht. Auch habe ich deutlich gespürt, wie sie sich mein Schicksal, meine Zukunft ausmalt, wenn sie mich beobachtet.

Dann beginnt die tatsächlich schon ein wenig gekrümmte Frau, den Inhalt ihres gelben Wertstoffsacks durchzusehen, all die Dinge, die sie in der ganzen Woche angefaßt, geleert und schließlich (sie dachte: auf Nimmerwiedersehen) weggeworfen hat, noch einmal zu prüfen. Vielleicht versteckt sich ihre Brille ja zwischen Katzenfutterdosen, Milchbehältern und den vielen, vielen Erdnußdosen?

Und was findet Katja einen Tag später, beim gestrigen Türöffnen am Morgen von ihr versehentlich in den Winkel gedrückt und also übersehen? Ein Briefchen des Studenten!

Liebe Frau Nachbarin,
hier ein kleiner Nachtrag zur Wandertaube, ausgestorben wie die Blaue Taube von Mauritius. Noch 1819 schätzte der sehr angesehene Ornithologe Alexander Wilson einen vorbeifliegenden Schwarm auf zwei Milliarden. Ihr letztes riesiges Brutgebiet befand sich in Wisconsin und umfaßte über 120 Millionen Tiere. Das war 1878. Man konnte sie bequem an ihren Brut- und Schlafplätzen mit Stöcken erschlagen oder abschießen und gleich in Waggons, denn das Fleisch aller Tauben schmeckt gut, zu den Märkten transportieren. Gleichzeitig hielt man in Pferchen Schweine parat, die sich an den noch lebenden und toten Überresten der Schlachtgelage mästeten. Die Ausrottung ging jetzt sehr schnell. Man hatte sie ja in Massen beisammen. Das letzte Exemplar starb im Zoo von Cincinnati in dem Jahr, in dem der Erste Weltkrieg begann.

Ihr Fluch war die hohe Individuenzahl. Sie kommt häufig vor bei überalterten Arten kurz vor dem Aussterben. Die Wandertaube hatte verlernt, sich in ein Versteck zurückzuziehen und dort allein oder in kleiner Gesellschaft zu brüten. Nur das wäre ihre Chance gewesen ...

Ihr Orchideenfreund.

»Zu spät«, sagt Katja, »zu spät, zu spät!«

Am Abend des folgenden Tages beobachtet sie zufällig, wie ein Papier umständlich unter der Tür hergeschoben wird. Sie schleicht sich heran, und noch während des Vorgangs beginnt sie zu lesen:

Außerdem gibt es auf den Philippinen eine Dolchstichtaube! Blendend weiße Brust mit blutroter Federwunde darauf.

»Mörder«, schreit Katja durchs Schlüsselloch, »lassen Sie gefälligst Ihre Drohungen, Lüstling.«

Die gute Tochter

Berlin. Nun ist es vorbei mit den Sorgen, vorbei! Eva ist wohlbehalten zurück und sitzt ihren Eltern für ein Stündchen im Hauptbahnhof gegenüber. Sie hat drei Cappuccinos von der Theke geholt und sieht gut aus. Nur ein kleines Ekzem an der Schläfe fällt auf, wenn sie sich die Haare nach hinten streicht. Sie hat die Eltern lange und herzlich umarmt und ihnen von sich aus erklärt, daß sie zunächst nach der Ankunft ihre beruflichen Verhältnisse ins Reine bringen wollte. Seit heute besitzt sie wieder einen festen Stundenplan, nach dem sie, wenn auch durchaus nicht fürstlich bezahlt, Deutschunterricht für Ausländer erteilt. Das beruhigt alle drei.

Dann packt sie ihre Geschenke aus. Ein wie Ölschlieren schillerndes Tuch für die Mutter, eine bizarre Mütze für den Vater, zwei winzige Nackedeis aus Jade für beide. Wie haben die Eltern nur je an ihrer Zuneigung zweifeln können! Frau Wilkens ist, sie weiß nicht warum, zum Weinen zumute. Dabei schielt sie heimlich auf die Uhr. Es ist, ungefähr und unerbittlich, leider schon wieder 19.12 Uhr.

Lohnuntergrenze

Alex, der Kleinunternehmer, hält die Stellung. Erst recht, nachdem er weiß, daß sein bester Freund »für einen Hungerlohn« in knalliger Signalweste mit einer langen Zange zwischen dem Schotter an den Bahngeleisen Abfall in Plastiksäcke sammelt. Alex macht weiter, egal wie das Wetter ist und was die Kunden für Gesichter schneiden. Alex beißt sich durch mit seinem ambulanten Zeitschriftenstand an den S- und U-Bahnen, wo kein anderer welche verkauft. Seinen Stundenlohn rechnet er sich erst gar nicht exakt aus. Wie auch? »Demnächst soll es für die Pflegeheimkräfte eine gesetzliche Lohnuntergrenze von 8,50 Euro geben. Das betrifft besonders die privaten Pflegeheime, die reguläre Stellen mit schlecht bezahlten Leiharbeitern besetzen«, erzählt er seiner Schwester.

Alex trifft auf taube Ohren. Die Schwester hört nicht zu.

Die Dumme hat jemanden kennengelernt. Das ist der Unterschied.

Rätsel

Wie heißt der schönste Berg der Welt?

Kleine Hilfe: Er ist nicht mal ein Sechstausender. Dazu fehlen ihm drei Meter. Und was hat die senkrecht herabscheinende Tropensonne mit seiner blendenden Einzigartigkeit zu tun?

Kleine Hilfe: Auch die Feuchtigkeit des Urwalds spielt eine Rolle.

Rätsel

Was aber »studiert« eigentlich die »Studentin« Katja in Berlin?

Unmut

Immenstadt. Der lange »erfolgsverwöhnte« Schriftsteller Pratz – was kann denn schließlich die Welt dazu, daß er nicht mehr jung ist! – läuft seit Tagen mit einem Unmutsgesicht herum, wie man es von den Schleiereulen kennt. Als er nun einen Brief an seinen Verleger schreibt, beginnt er schon bei dem Wort »Immenstadt«, noch bevor er das Datum schreibt, zu lachen. Er fragt sich nämlich plötzlich, ob man sich nach seinem Ableben irgendwann wohl die Mühe macht, hinter das Geheimnis seiner Beziehung zu diesem Städtchen zu kommen. Er lacht über die Literaturwissenschaft, aber auch über sich.

Was steht in dem Brief? Nur die Feststellung, daß er, Pratz, einigermaßen ohne Verlust an Wahrhaftigkeit die Kritiker in zwei Gruppen aufteilt. Es gibt, meint er, diejenigen, die schon in jungen Jahren, und dann immer frecher, andeuten, wie sehr sie eigentlich Bücher über Geologie, Astronomie, Film- und Zeitgeschichte usw. der im Grunde viel zu weitschweifigen, ja zumindest heutzutage überflüssigen Belletristik vorziehen. Das seien die einen. Die anderen markierten bis ins hohe Alter vollorchestriert den fiebrigen Literaturliebhaber, einmal pro Saison vor Begeisterung wie von der Tarantel gestochen.

Da könne er, Pratz, nur flöten: Wer die Wahl hat, hat die Qual. Im übrigen fehle ihm seine Krankentherapeutin, die verführerisch strenge Elsa, an deren schönen Körper er nur als Patient und daher nicht ausreichend rankomme. Ohne ihre laszive Aufsicht nehme er es nicht genau genug mit der Krücken-, beziehungsweise Rückengymnastik.

Witz, Wahn, Wirklichkeit

Schon immer war ja die große Frage, wie sich Bestatter eigentlich privat aufführen, auch, ob sie dazu überhaupt in der Lage sind und ob sie vielleicht nach Dienstschluß erst einmal eine Stunde losprusten oder saufen, je nach Temperament. Auch sie wollen sich ja ihres Lebens (dessen bittere Wahrheit und dessen von ihnen, den Bestattern, aus gutbezahlter Barmherzigkeit gern ein wenig unseriös vernebelter Kern täglich jedermann vor Augen treten müßte) dreist und deftig freuen. Was nutzt es sonst.

Der Fall, kurzum, scheint folgender zu sein: Zwei Bestatter, Hinz H. und Kunz K., seit Kindertagen miteinander befreundet, haben ihren Kollegen am Karsamstag mit einem harten Stück Holz, einem sogenannten Kantholz, erschlagen. Genauer: Kunz K. war es. Wobei Kunz, um aus der Kronzeugenregelung Nutzen zu ziehen, die Tat verraten hat. Hinz, der Chef und erboste Drahtzieher, dagegen behauptet, alles sei Erfindung von Kunz, der sich an ihm rächen wolle (was freilich für Kunz eine für ihn teure Genugtuung, nämlich viele Jahre Gefängnis bedeutet). Das angebliche Opfer Veit V. lebe in Wahrheit untergetaucht im Ausland.

Veit, so die Ermittlung des Gerichts, war von Hinz eine Summe von 10 bis 100 Millionen Dollar (!!!) versprochen worden, als Gegenleistung müsse er eine Weile in den Untergrund. Ein Anwalt aus Wurzelfeld, mit Veit befreundet, sagt aus, Veit habe seine Kanzlei mehrfach besucht und erzählt, er habe ein Dokument bei einem Notar unterschrieben, durch das er verpflichtet sei, sich für mehrere Jahre in nichts aufzulösen. Es gehe um eine ganz große Sache im Geldwäschegeschäft. Ein tolles Ding! Er sei für das Riesenhonorar als Schattenmann engagiert und kriege das Geld demnächst.

Von wegen, nicht mal dereinst! Veit bekam es mitnichten. Eine Weile ließ er es gut sein und glaubte die Begründungen für das Ausbleiben des Geldes, etwa die, daß man das Auto mit den Dollars direkt vor dem Büro des Notars gestohlen habe, dann wieder hieß es, doch doch, alles in Ordnung, der Bote sei bloß nicht zu den verabredeten Übergabeorten erschienen, sei's Rom, sei's Paris. Der gutgläubige Veit muß die Ausreden des Komplizen selbst in unlogischer Reihenfolge akzeptiert haben, bis ihm der Geduldsfaden in seinem schummrigen Abseits riß. Er verlangte den Lohn für das Nicht-Dasein und erhielt statt dessen auf ein Zeichen von Chef Hinz, die endgültige und echte Nicht-Existenz durch das Kantholz von Kunz. Hinz hatte damit die Belohnung gespart, und doch war Kunz, nicht Hinz, der eigentliche Mörder.

In einem den Tathergang nachstellenden Film kann man sehen, wie Kunz mit dem Kantholz aus dem Keller kommt. Hinz gibt nickend von hinten den Hinweis, heftig mit dem Hartholz auf den Hinterkopf von Veit einzuschlagen. Kunz gehorcht ohne Zögern. Veit wird nach der tödlichen Osterüberraschung mit gespaltenem Schädel in Sarg und Leichenauto gepackt und unter falschem Namen im Handumdrehen in einem benachbarten Krematorium zu Asche verbrannt.

Aber ist das die Wirklichkeit? Die Anwältin von Hinz behauptet, das alles sei reine Erfindung. Der kühle Tonfall des geständigen Kunz verrate, daß seine angebliche Beichte Phantasterei sei. Der Richter hingegen fand die Distanziertheit des mutmaßlichen Mörders geradezu exemplarisch für solche Fälle. Die Strafen: lebenslänglich für den Initiator Hinz, 13 Jahre für den Erfüllungsgehilfen Kunz.

Wo mag nun das Opfer Veit, der Dritte im Bunde, sein? Wir wissen es nicht, und die »Täter« sind uneins. Genau so aber, da sieht man's, sind und leben sie »privat«, die Bestatter!

Ob jemand tot ist oder nicht, das wundert sie einfach nicht mehr besonders. Und doch haben Hinz und Kunz einmal mit Elsa dieselbe Grundschulklasse besucht.

Rätsel

Riffelfirn? Und was war noch Xenotransplantation?

Feind und Freund

Die kleine Ilse hat sich beim Radfahren auf komplizierte Weise das Bein gebrochen und muß ein Weilchen im Krankenhaus liegen. Ihre Eltern bringen ihr ein schönes Buch und Schokolade. Das Kind im Nachbarbett hat wie sie 1 Buch und 1 Tafel Schokolade bekommen. Ilse schielt dauernd zu ihm hin. Sie ist wütend. Warum aber? Die Kleine freut sich viel mehr als sie, und Ilse schafft es nicht, im Strahlen mit ihr gleichzuziehen, schafft es nicht ums Verrecken. Das Mädchen hat das gleiche wie sie, allerdings durch die Freude viel mehr davon.

Am nächsten Tag wird Ilse, die gerade, wie oft, ein Buch liest, von einem Kind besucht, das auf derselben Station liegt, aber herumlaufen darf. Es bewundert Ilse, weil sie viel älter ist. Das gefällt ihr natürlich, sie freut sich auf das Wiederkommen. Der Junge tritt ein, geradezu andächtig, und bestaunt sie. Diesmal traut er sich näher heran, patscht sogar auf der Bettdecke herum, Ilse lacht. Einen Tag später nimmt der Kleine die Schokolade von ihrer Bettkonsole und fragt, ob sie mit ihm teile. Zwei Stunden später ist er noch einmal bei ihr, schleicht sich seitlich heran und bricht mit listigem Lächeln ohne zu fragen ein weiteres Stück ab. »Schluß«, schreit Ilse. Der Junge rennt raus. Am nächsten Morgen versucht er, ihr die Decke wegzuziehen. Er hat gemerkt, daß die Ältere ihn nicht verfolgen kann. Sie ist schwach, nicht stark, wie er anfangs dachte.

Ilse wird eines Tages gesund sein, aber wie tot daliegen, und dann, wenn er kommt, fällt sie über ihn her. Er taucht nur nicht mehr auf.

Das ist nicht sehr schlimm. Ilse beschäftigt etwas Neues. Der junge Arzt, deutlich jünger als ihr Vater, muß ab und zu, wenn auch viel zu selten, ihr Bein untersuchen. Beim ersten Mal hätte sie am liebsten zugebissen, als die unbekannte Hand am Ende des weißen Ärmels sie da, wo sie gar nicht recht hinsehen kann, mit so kühlen Fingern berührte. Sein Weiß ist ein anderes als das von Elsa. Wie eigenartig, wenn das Fremde an ihren warmen Bettkörper gerät, was für ein Rieseln an der Haut, wenn das strenge ärztliche Tasten sein muß! Käme er doch öfter!

Rätsel

Wie nennt man die rillenförmige Erscheinung auf steilen vereisten Flanken an Hochgebirgsgipfeln der Tropen und Subtropen, etwa in der Cordillera Blanca Perus?

Hilfe: Hervorgerufen werden die Rillen durch die dort fast senkrecht auftreffenden Strahlen der Sonne, zusammen mit den feucht aufsteigenden Luftmassen der Urwälder.

Vor dem Einschlafen

Dillburg hat noch einen ungefähren Gedanken, bevor er nach langem Arbeitstag die Augen schließt: Auch wir Menschen nehmen manchmal die Gestalt ewiger Bedeutungen an. Es ist ein Mantel aus Gußeisen oder Goldstaub, der sich formend auf unser Leben senkt, stehende Momente im Daseinsfluß ... Nein, er langt nicht mehr weiter, hat seine gymnastischen Übungen vergessen und schläft bereits.

Verwahrlosen

Eva Wilkens, noch so eben rechtzeitig zu Hause eingetroffen? Richtig gefleddert, knapp bevor es für die Passanten schreiend deutlich geworden ist? Und jetzt das Freiheitsfanal, horch, das einzig ersehnte Geräusch: Die Tür fällt ins Schloß. In die Ecke mit den Schuhen. Fort auch mit dem eiskalten Schnütchen. Erst mal die Gesichtszüge zittern und flattern, überhaupt sich selbst wegrutschen lassen, und sei's bis runter auf den Fußboden.

Keine Sorge, jenseits der Haustür war fast alles an der Person prick, nicht gerade überprick, jedoch sauber, stumpfgrau, silbriggrau, nach der Mode von, allerdings, vor zwei Jahren. Man ließ das in der Stadtöffentlichkeit durchgehen, obschon sie vergessen hatte, im eiligen Ausschreiten wenigstens ein-, zweimal laut in die Handhöhlung zu sprechen. Sie trank währenddessen, von der verbindlichen Sitte abweichend, außerdem keinen Tropfen, nichts, nahm weder Wasser noch Kaffee aus den dafür vorgeschriebenen Laufgefäßen zu sich. Zum Glück übersah man auch das. Flottes Geradeausbalancieren fällt ihr nämlich wie das Vermeiden von Zusammenstößen mit Menschen oder Verkehrsschildern schwer, wenn sie dabei trinkt.

Es schien ihr ... fundamentaler zu sein, im zivilen Vorwärtshasten gute Figur zu machen als in den bloß ergänzenden Ornamenten, sagen wir, urbaner Übereinstimmung. So geschäftlich wie nur möglich starrte sie nach vorn, vor lauter Nüchternheit beinahe gläsern. Dabei saugte sie, tief innen, niemand konnte ja in Wirklichkeit durch ihr Wangenfleisch spähen, mit der Zunge fest an der Gaumenhöhle. Eine verstohlene Leibesübung war das, die erstaunlicherweise ihr Gleichgewichtsgefühl stabilisierte.

Als sie kürzlich eine Weile allein, aus Neugier, vor allem aus Kummer und Trotz in Dushanbe, der Hauptstadt Tadschikistans, gelebt hat, im knochentrockenen Sommer, stieg dort in der Sonne das Thermometer auf 48 Grad. Dushanbe, die Stadt mit den unsinnig vielen Verkehrspolizisten auf gemustert gepflasterten und löchrigen Straßen, die Stadt mit den Massen aufgehäufter kleingeschnittener Möhren auf den Basartischen. In der Nähe waren russische, amerikanische und französische Truppen stationiert. Dort hat sie das Draußensein viel weniger angestrengt, nein, überhaupt nicht, im Gegenteil.

Sogar die erhoffte, hm, Vergeßlichkeit, hm hm, stellte sich ein.

Sie ist mit fünf Fremden an den Flüssen entlang in die roten, grünen, braunen Berge gefahren. Das war leicht, auch wenn sie manchmal lange warten mußten wegen der Sperren für chinesische Straßenarbeiter. Alles kam darauf an, ob es gerade Strom gab, selbst die Öffnungszeit der kirgisischen Botschaft hing davon ab. Nicht anders in Khorogh, nahe den Vier- und Fünftausendern des Pamirgebirges. Ein Ort, der kaum mehr als eine große Straße hat, von der, alle mit demselben Namen, wie dünne Zweige die Seitenstraßen wegführen. Aber überall blühten Malven, Lilien, Rosen. Es gab einen Grenzübergang nach Afghanistan. Die Männer trugen erwartbar bunt bestickte Mützen, die wunderschönen Mädchen Perlen in tausend Zöpfen. Sie fand schließlich sogar ein Internetcafé. Auch im sehr hochgelegenen Murghab, ebenfalls in Zentralasien, lebte es sich mühelos, wenn man keine großen Ansprüche stellte.

Hier ist es anders. Hier, seitdem sie zurück ist, muß sie tief Luft holen, bevor sie sich, nicht gerade ins Verderben, aber doch ins Leben stürzt. Sie meint das normale Verkehrswesen um den kasinoartig glitzernden Riesenbahnhof herum, wo es ständig rechtsrum, linksrum geht, rauf, runter, kein störendes Stehenbleiben bitte. Man ist stolz, wenn man keinen Anstoß erregt, wenn es gelingt, metallisch grau mitzugleiten ohne Rempelei, als wäre überhaupt nichts Besonderes dabei und alles jahrzehntelange Gewohnheit, ohne Schwanken, ohne Taumeln, absolviert wie nichts. Blöde Herumtapper aus der Provinz fallen sofort ins Auge, auch den Dieben beim Erwählen ihrer Opfer. Denen natürlich als das Unwiderstehliche schlechthin. Das heißt, wer bestohlen wird, verrät, daß er zu den Stotterern und Stolperern und also nicht hierher gehört, es sei denn, als Kontrast.

Trotzdem, keine Angst! Wenn sie sich von ihrem bißchen Unterrichten nach erbärmlichem Stundenlohn durch die Stadt nach Hause bewegt, hält man sie für ein schuppiges Schwarmteilchen im Wasser. Sie kriegt das eine Weile tadellos hin. Schließlich weiß keiner, wie sehr sie sich dabei zusammenreißt, während sie das routinierte Fischchen unter Tausenden von seinesgleichen mimt.

Nur hegt sie den Verdacht, je länger sie sich im offiziellen Dasein außerhalb ihrer vier gemieteten Wände aufhält, desto kompletter an den städtischen Gegenständen hängenzubleiben. Hier ein Stückchen an der Fließreklame, dort ein Fetzchen am Bankomaten. Zum Schluß ist das meiste von ihr lautlos flötengegangen. Sie hat keine Ahnung, was da, ursprünglich auf ihren Namen getauft, um letzte Contenance kämpfend ins Zimmer trudelt. Macht aber nichts. Jetzt sind die undurchsichtigen Wände um sie herum. Sie kann ausufern, das Zeug von sich runterzerren und fallen lassen, kann sich zu scheußlichen Fratzen die Haare raufen, heulen, irgendwas auf dem Küchentisch verschmieren und ablecken, nackt, aber mit einem da draußen noch so eben tolerierten Käppchen auf dem Kopf ältliche Blumen begießen. »Wüste Wonnen der Verwahrlosung«, knurrt sie, womöglich nach einem Glas Bier, vor sich hin.

Systematisch entgleitet sie ihrer Außenansicht. Die Fassung hatte sie schon verloren, als sie kurz vor der Haustür mit beiden Knien auf die Straßenbahnschienen gestürzt ist. Konnte es wohl nicht abwarten, sich in Sicherheit zu bringen? Sie entgleist, um sich, hofft sie schon ein bißchen benebelt, allmählich wieder in der Verborgenheit rundlich zusammenzusetzen. Ein Schatten huscht innen am früh zugezogenen Vorhang entlang. Er muß von einem flatternden Tier herrühren, ein Wesen, mindestens so groß wie ein Spatz. Oder ist es der nachhinkende Schatten der in hohem Bogen weggefeuerten Schuhe? Gilt ein Spatz in ihrem Schlafzimmer als Tier oder bloß als Vogel? Sie ist zu träge, sich prüfend nach dem Original umzudrehen.

Horch! Jemand klingelt an der Tür. Sie stellt sich, um ihr heftig beschleunigtes Herzklopfen herum, tot. Obschon es doch das Signal kurz / kurz kurz / kurz kurz kurz ist. In diesem Zustand darf sie sich niemandem zeigen, versteht sich, keine Ausnahme. »Dushanbe«, murmelt sie. Sie stammelt: »Khorogh, Murghab« und kann machen, was sie will, völlig unbeaufsichtigt. Sogar umbringen könnte sie sich in dieser ungerührten Umgebung. Nach einer Stunde wabert sie sehr und hat doch nur ein unschuldiges Gläschen, ein Bierchen, getrunken. »Gut, daß ich wenigstens ins Bett gewatet bin«, nuschelt sie etwas bang vor so viel Freiheit und Zügellosigkeit ins lauwarme Kissen. Tut das gut! Aber gibt es denn kein Verbot, nicht irgendein noch so bescheidenes, zum Festhalten? Begeht sie nicht einen klitzekleinen Verstoß gegen dies oder das? Wirklich alles egal? Etwas überschwemmt sie in der totenstillen Wohnung, was sie zu ängstigen beginnt. Wie soll sie sich wehren gegen das Fluten, Wegfluten bis zum Schwachsinn, gedehnt ins Unendliche? Verführerische Aufweichung, allergefährlichste Medizin in der Einsamkeit.

Das Telefon ruft. Läßt sie sich darauf ein? Warum denn nicht, die Leute sehen sie doch nicht!

Ein Institut? Jawohl, ein Befragungsinstitut. Man verlangt mit quäkender Stimme Auskunft von ihr zur Person. Eine Umfrage, streng vertrauliches Persönlichkeitsprofil. Ihre Größe bitte? »Einhundertsiebzig Zentimeter.« Ihr Gewicht? »Fünfundfünfzig Kilo.« Was verbinden Sie mit dem Begriff DDR? »Grillen und Spionieren.« Sie ist überrascht von ihrer Geistesgegenwart, sitzt nun auch aufrecht und angelt nach den Schuhen. Die Fragen, ein Segen, sind schwärzester Kaffee für ihren Geist.

Sie wundert sich aber ein bißchen. Wieso ist sie nicht mehr nackt? Beim Sprechen hat sie versehentlich die noble Frotteejacke angezogen, ein Geschenk, das sie widerwillig von einer guten Tante angenommen hat. »Todschick«, sagt sie überrascht vor dem Spiegel. Wie bitte? Die zentrale Frage laute, noch einmal, was für sie besonders tragisch sei. Man bitte um eine schnelle und auch nur einzige Antwort hierzu, mit anderen Worten: Was sie als das Allertraurigste empfinde?

Das Allertraurigste? Sie beginnt sich zu freuen. Man erbittet tatsächlich eine Auskunft von ihr über die düsterste Angelegenheit ihres Lebens? Sie reckt sich, hebt das Kinn. Ob sie tatsächlich die Wahrheit ausplaudern soll? Vielleicht legen die dann gleich auf. Sie denkt scharf nach, riskiert es: »Der Weltuntergang.« Nun wartet sie, ob man ihr das Wort abschneidet. Nein. »Die größte Tragik besteht darin, daß man das schnelle Ende der Erde nicht aufhalten kann. Es ist entschieden, es dauert nicht mehr lange. Die Apokalypse nähert sich völlig zu Recht von allen Seiten. Vermutlich metallisch. Um was es mir einzig leid tut, das ist das Verschwinden der Klammeraffen mit ihrem Ganovengang und das Verstummen des Gesangs der Tenöre, der Sopranistinnen, der Bässe.«

»Interessant«, lautet die Antwort. Es hat sie tatsächlich niemand unterbrochen. Ihre Laune steigt, ihre Stimme wird fester. Hält man sie für eine verrückte oder gewichtige Persönlichkeit? Tadellose Streckung der Wirbelsäule. Sie überprüft es im Spiegel. Fast schade, daß man sie nicht sieht. Man nimmt sie offenbar ernst, und es ist ein Gefühl, als würde sie jemand im Nacken kraulen.

Nächste Frage: Die zwei größten Irrtümer ihres Lebens? Auch ein folgenreiches Verhören, eine verhängnisvolle Augentäuschung, irgendein Mißverständnis, an das sie sich noch immer erinnere, all das werde man hier unter Umständen gelten lassen und beide Augen zudrücken. Wichtig sei das Spontane, kein langes Nachdenken bitte. Es verfälsche das Ergebnis der Untersuchung.

Daß man ausgerechnet sie für den Unsinn ausgewählt hat! Zählt sie denn? Ist sie, Eva Wilkens, etwa dermaßen repräsentativ? Und wie recht ihr das auf einmal ist, wie ihr das gefällt und schmeichelt. Ein aufgescheuchter Nachtschmetterling flattert durch den Raum, die Flügel wie von einer Rinde abgeblättert. Auf die Wellen des Vorhangs wirft er übertrieben nervöse Schatten. »Aha, der Bekannte von eben«, sagt sie und würde ihn am liebsten sofort mit Glas und festem Papier aus seiner Panik retten. Der Bekannte? Man bitte um Erläuterung, so die Stimme, plötzlich befremdet und streng. Welcher Bekannte bitte?

»Meine größten und dümmsten zwei Irrtümer sind folgende. Sie wiederholen sich seit meiner Kindheit bis auf den heutigen Tag. In einem Konzert schreibe ich den Duft der parfümierten Zuhörer in der Nähe immer den fernen Sängern auf der Bühne zu. Das heißt, halten Sie sich fest, ich rieche die Musik, Ambra, Hölzer, Jasmin, Magnolien. Jedesmal täusche ich mich wider besseres Wissen. Zweitens: Nehmen Sie eine sternklare Sommernacht im Garten. Es riecht nach irgendwas. Aber ich glaube ganz unbelehrbar, daß es die Ausdünstungen großer Sterne hoch über mir sind.«

Donnerwetter! Okayokay, kein Problem! Nun noch rasch drei Beispiele für komische Erlebnisse. Kein kompliziertes Formulieren, bitte. Bitte unverzüglich das, was ihr auf der Stelle in den Sinn komme.

Vorhin wäre ihr wohl kaum gelungen, was sie jetzt, schon hochprozentig aus eigener Kraft profiliert, ohne Umstände aufzählen kann. »In Dushanbe, wo die Männer speziell durch tolle Nasen imponieren, habe ich einen jungen Tadschiken gesehen, dem seine aber völlig fehlte. Eine Straße weiter entdeckte ich den, der sie ihm geraubt hat. Der alte Mann trug auf dem Nasenrücken einen Auswuchs, der in Form und Größe genau in das Gesicht des ersten paßte.« Sie ist nun wirklich in Fahrt und hört auf einmal den Frager atmen.

»Im Ostberliner Tierpark habe ich den Toilettenwärter auf seinem Küchenstuhl neben dem Tisch mit weißem Deckchen und Geldschale beim Telefonieren belauscht. ›Alles tote Hose‹, brüllte der Kerl in sein Liliputgerät, ›schon seit heute morgen geht hier keine Sau aufs Klo. Und du hast sie statt dessen bei dir in Schlangen stehen? Was läuft da aus dem Ruder? Was läuft hier falsch?‹«

Der Frager hustet. Sie ist nicht zu bremsen.

»Nummer drei: Gestern habe ich von meinem gepachteten Gärtchen aus beobachtet, wie fünf schwarzgekleidete Männer, zwei vorn, drei hinten, auf einer Karre mit Gummirädern ein Hyclo-Häuschen, so ein mobiles Klo für Bauarbeiter, äußerst vorsichtig in einen Hof bugsierten. Und was höre ich im selben Moment zur Begleitung? Von der nahen Kirche das Totenglöckchen, hahaha, das Totenglöckchen! Hm? Geht das wohl? Nehmen Sie das?«

»Soso«, meint die quäkende Stimme, »sieh an! Wir danken für die freimütigen Antworten. Eine letzte Frage: Wie groß sind Sie?«

»Inzwischen mindestens einseinundsiebzig!« schmettert sie frech zurück. Fühlt sich die von der Außenwelt derart Wichtiggenommene nicht panzerstark, kerzengerade und wunderbar? Jetzt, ja jetzt bereut sie, vorhin nicht geöffnet zu haben. Aber es dauert kaum eine Viertelstunde und, horch, da ist er wieder, der Klingelton: kurz / kurz kurz / kurz kurz kurz! Sie rennt, sie ruft, nein, jauchzt: »Der Nikolaus!« Keine Bange, in diesem einen, einzigen Fall darf sie trotz ihres Aufzugs die Türe öffnen.

Da steht er, hält sich etwas im Dunkeln. »Klaus!« sagt sie leise, wird auch sehr blaß. »Falsch«, antwortet der Mann mit quäkend verstellter Stimme. Er lächelt, nicht ohne unergründliche Zartheit, ihre frisch zerschrammten Knie unterhalb der Frotteejacke an. »Ich bin's, ich« – und als sie es hört, horch, will ihr endlich schluchzend vor Freude das Herz im Leibe zerspringen – »der Weltuntergang!«

Einerseits und andererseits

Oostende. Hannes, gelegentlich auch Hans Keller, der in seiner Musik so gern mit Kontrasten arbeitet, ist wieder eingeladen worden. Es handelt sich um die Aufführung eines von ihm komponierten Kammerkonzerts und ist dasselbe, das man auch in Lemberg in seiner Gegenwart gespielt hat, dort wie hier vor schütterem, aber herzlichem Publikum.

Nun marschiert er auf dem Seedeich ein Stück Richtung Süden. Eins muß er sagen: Das Meer ist gewaltig, aber gewaltig ist auch die offengelegte Maschinerie der Kabel und Rohre, die normalerweise unter den gelben Platten des Deichs verborgen sind. Gewaltig das Stählerne und Steinerne gegen das viele Flüssige. Aufgewühlter Boden überall. Sollen die alten Schlachtfelder nachgeahmt werden? In einer Kirche überträgt man, vermutlich rund um die Uhr, zu einer Art frommem Slow Fox als Diashow die Kreuzwegstationen. Rechts im Ohr hat er die Nordseebrandung, laut Hopkins »mit Schwall oder Fall, leis lullend hin oder all ein Brüllen«, links im Ohr aber kein Lerchenlied, das klänge wie »Kräusellocken von wilder Haspel wirbelnd«. Dafür sehen links die Augen Gelocktes, das sich wälzt und räkelt auf dem Balkon einer der letzten alten Jahrhundertwendevillen. Es sind zwei dicke, fast nackte und offenbar betrunkene Frauen. Das Meer übertönt ihren grölenden Gesang.

Ob das hier, falls es ein Gedicht dazu gäbe, leichter für ihn zu vertonen wäre als »Das Meer und die Lerche« des Engländers?

In Brüssel, wo er die Rückfahrt unterbricht, bleibt er lange vor einer schmutzigen Fensterscheibe ganz in der Nähe des Rathauses und der Touristenumzüge stehen. Er sieht in eine kleine Gaststätte, die in Staub und Düsternis liegt. Hier brennt keine Fackel verheißungsvoll aus dem Dunkel des Inneren wie in allen übrigen Restaurants. Die Tische sind gedeckt, aber seit Jahren in Schlaf versetzt. Alles liegt in vergilbter, verwunschener Reglosigkeit. Auch Hannes Keller rührt sich, wie angesteckt von dem Zauber, nicht vom Fleck.

In seinem Rücken und in allen Straßen dagegen auf riesigen Plakaten die jungen Frauen in geblümten Sommerfähnchen. Die Kleider bedecken kaum den Schenkelansatz. Genauso hat er die Reklame in den großen Städten Deutschlands gesehen, ein Gestöber von Blüten, das den vergilbten Spätwinter, nein, den noch grauen Frühling durchfegt.

Und was fällt ihm dann, bei einem Spaziergang an der deutsch-niederländischen Grenze – er weiß gar nicht, ob er hier oder dort ist – in den Schoß? Ein Terzett, eine Kammermusik, ein betörend ungestörter Zusammenklang, den er sich, ganz für sich allein, einmal gestatten will: Drei tiefschwarze Rinder stehen glänzend gelockt beieinander und reißen wie Träumer, wie Schlafwandler, auch wie Fließbandarbeiter und mechanische Naturkräfte Heu aus einem Futterballen. Keller hört die Zeit rascheln in ihren Mäulern. Er schließt die Augen und lauscht den Geräuschen, dem knisternden Klang.

Das passierte an einem Montag, am frühen Abend, und der Komponist stand, ohne es zu bemerken, mit seinen leichten Reiseschuhen in Matsch und Mist.

Ihm fiel dann aber ein, daß er einmal zufällig, durch das malerisch bäuerliche Gehöft verführt, in einen leeren Schafstall geraten war, mit einem wunderschönen Kalb darinnen. »Unsere Eva«, sagte ein junger Mann, der hinzutrat, »extra gezüchtet für unsere Versuche.«

»Wird man ihr Schmerzen zufügen?« fragte Keller.

»Das ist unvermeidlich. Warum? Damit Sie, lieber Mann, ein bißchen weniger leiden im Zweifelsfall. Wir müssen an kompletten Organismen forschen. Unseren Tieren geht es gut. Passen Sie auf. Ich hole die Versuchsschafe von der Weide!« Der Mann ging zu einem Gatter und öffnete es. Schon rannten die dort wartenden Schafe los, stürmten, ohne nach rechts und links zu sehen, in den Stall und stürzten sich auf das dort ausgebreitete frische Heu. »Was sagen Sie nun? Ist das etwa kein Glück?«

Hätte ich nicht die Musik, dachte Keller im Weggehen, würde es mir wohl nicht gefallen auf der Welt.

Rätsel

In welchem Frühlingsgedicht aus 17 Vierzeilern kommt sechsmal das Wort »bitter« und nur zweimal das Wort »süß« vor?

Hilfe: Es ist eins der Lieblingsgedichte von Clemens Dillburg.

Rätsel

Manche beschreiben den Duft des Mädesüß als berauschend, beispielsweise der Schriftsteller Arthur Machen (Sohn eines Geistlichen aus Caerleon-in-Usk in Monmouthshire, Wales). Andere nennen ihn »unangenehm süßlich«, beispielsweise Christopher Lloyd in einem Buch über seinen Garten Great Dixter (East Sussex).

Welches Mädesüß aber ist gemeint? Das Echte Mädesüß (Filipendula ulmaria), das Rosige Mädesüß (F. rubra »Venusta«), das Japanische Mädesüß (F. purpurea), das Kleine Mädesüß (F. vulgaris)? Oder betrifft es alle?

Hilfe: Katjas Botanikstudent müßte es wissen.

Gedankensträuße

Irenenstraße. »Emily«, ruft Frau Fendel. »Emily, meine kleine Emily.« Sie freut sich, wie die industriellen Tulpen aus dem Blumenkettenladen, noch knirschend vor Frische, wenn sie sich aneinanderreiben, in ihrer Wohnung immer persönlicher aufblühen. »Wie meine allgemeinen Altersmaleste«, erzählt sie dem Tier, »ein ganzer Strauß davon erblüht, mit jedem Tag eine neue Knospe am eigenen Leib. Wo sind sie nur hin, die Zeiten, wo ich in Gesellschaft mit extra gedankenverlorenem Gesicht eine Vorliebe äußerte, für einen bestimmten Wein, für Wildorchideen zum Beispiel, und sicher sein konnte, daß man sie mir demnächst ins Haus bringen würde!«

Sie lacht leise: »Aber warum trauern, weil die Tage vergehen? Schließlich lauere ich doch an jedem Monatsende darauf, daß ich endlich das Kalenderblatt umwenden kann.«

Seit einigen Monaten hat sie ihre Katze umbenannt. Der Katze gefällt der Name. Emily dreht, falls sie Lust hat, sofort die Ohren, wenn Frau Fendel »Emily« ruft und also beweist, daß sie endlich begriffen hat, wie sie, die Katze, schon immer heimlich hieß. Auch jetzt wendet Emily, nach einer angemessenen Frist, wohlwollend den Kopf, bis ein elektrisierender Gedanke in sie fährt, ein Entschluß, der den Körper von Barthaar bis Schwanzende durchbebt. Was könnte das sein?

Frau Fendel ist gespannt, sagen wir: halbwegs gespannt. Wahrscheinlich macht das Tier das Theater, um dann doch bloß auf ihren Schoß zu springen. Richtig, genau so kommt es am Ende. Alles ganz typisch.

Dann sollte auch ich mich typisch verhalten, sagt sich Frau Fendel, als Mutter eines verunglückten Sohnes, egal, wie lange das her ist. Sie beginnt zu weinen, es fällt ihr seit kurzem wieder leichter. Sie weint unter der Überschrift: Trauer um den toten Sohn. Aber sie ahnt, daß die Tränen tatsächlich um etwas Aktuelleres und zugleich Ferneres fließen. Es sind Szenen vom Tage, die ihr schmerzlich durch den Kopf gehen. Fünf Tote bei einem Lawinenunglück im Karakorum, ein brennendes Flugzeug über dem Atlantik, noch in der Luft in zwei Teile gebrochen, die panischen Augen eines dunkelhäutigen Kindes. Die Bilder entfalten sich, gespeist aus Frau Fendels kummervollem persönlichem Grund.

Nach den englischen Gärten

Das Ehepaar Gadow hat nach gefährlicher Ehekrise einen heilenden Gartenurlaub in England erlebt. Heute ist Herr Gadow wieder zum Schachabend bei Herrn Fritzle, dessen Hochstammrosen er so bewundert. Gerade erst haben Fritzle und die beiden anderen erfahren, daß Gadow nicht nur Biochemiker ist (deshalb erklärt er ihnen ja auch so gern das Universum und was die Sterne in ihrem Inneren ausbrüten), sondern auch Kammerjäger. Die alten Knaben lachen sich voller Wohlwollen halb tot. Zum letzten Mal so amüsiert hat man sich um die Bretter herum auf Kosten von Herrn Fritzle, als er erzählte, wie er, Rekrut bei der jungen Bundeswehr, mangels besseren Geräts, auf einem wohl vom Vorgesetzten gebastelten grün gestrichenen Sperrholzpanzer Krieg spielen mußte. Erst als Fritzle vom nächtlichen Nato-Alarm während der Kubakrise sprach und daß man sie aus den Betten heraus auf Lastwagen Richtung Osten verfrachtete, zum ersten Mal in akuter Kriegsangst, trat unter den Freunden Ruhe ein.

Frau Gadow aber war im Botanischen Garten und hat lange das Grün angesehen, wie es so lautlos wächst und wächst. Jetzt besucht sie im angrenzenden Botanischen Institut einen Vortrag über den traurigen Niedergang des Sumpfläusekrauts. Läusekraut! Plötzlich ist ihr zum Lachen zumute. Jagdbeute für ihren Herrn Kammerjäger? Es fliegt sie so an. Gott und Yoga fallen ihr nur noch selten ein. Aber bei dem geschmeidig vortragenden und vorne so biegsam auf- und abgehenden jugendlichen Professor, das erkennt sie an diesem Abend auf Anhieb, wäre sie nur zu gern Studentin, o ja, das schon!

Die Kleine wird krabenzig

Was ist nur aus unserer kleinen Ilse geworden? Gut, sie will momentan nicht zur Zehengymnastik bei Elsa, das versteht man ja. Jeder Wunsch wird Ilse doch beinahe erfüllt, aber kaum ist das Glück eingetreten, fängt sie an zu weinen oder schlägt sogar um sich.

So ist es eben, auch das Kindsein schützt nicht davor: Die Vorfreude ist immer größer als die Freude. Keiner ist schuld daran. Ob sie es später auch dem, den sie liebt, ankreiden wird? Dann ist der arme Kerl nicht zu beneiden um das unerbittliche kleine Aas.

Weihrauch

Herr Dillburg hält eine schwarze Socke in der Hand und rührt sich nicht. Es hat ihn plötzlich mit allen Schrecken gepackt. Er steht mitten im Zimmer, ganz ohne Beistand. Die Frommen flüchten sich in den Weihrauch, um Schutz und Schirm zu suchen vor dem Grauen der Stofflichkeit. Gegen die Schrecken der Öde gibt es für den, der sie vollständig erlebt, nur einen Trost, denkt er mühsam, nichts anderes hilft, unter allem kommt doch die Fratze hervor.

»Es ist allein unsere verzweifelte Bedürftigkeit, die Gott erzwingt.« Diesen Satz sagt er, immer noch mit dem Socken in der Hand, dreimal vor sich hin. Dann schafft er es, vorsichtig zu lächeln und Mut zu fassen. »... den Glauben an ...«, korrigiert er sich.

Das Geheimnis der Literatur

Es besteht darin, schreibt Pratz an seinen Verleger, daß es sich um einen umgekehrten Stoffwechsel handelt. Wir Schriftsteller überführen das Chaos in Ordnung, eine Prozedur wie der Stuhlgang, nur andersherum. Das Vergnügen, wenn es klappt, ist in beiden Fällen gleich groß.

Das Geheimnis der Liebe

Und doch gibt es bei aller Liebe Momente, in denen Frau Sykowas Mann Jan vor ihren Augen zu schrumpfen beginnt. Er taumelt dann lose in seinen Umrissen. Liebt sie ihn selbst dann? Früher war es nicht so, jetzt hält sie dem stand.

Der Dreisatz des Verführens

»Bei unserem bildhübschen gelegentlichen Schwarzarbeiter Goran«, weckt Elsa in der Nacht ihren Freund, »kann man das Einmaleins der Annäherung in böser Absicht ganz schulmäßig studieren. Erst weist er mich darauf hin, daß ich den Pullover verkehrt rum anhabe, dann behauptet er, ich hätte ein Insekt im Haar und greift danach, dann flüstert er mir in deiner Gegenwart von der Seite mit Lippenberührung ins Ohr, dir würde ein Knopf an der Jacke fehlen.

Ich allerdings habe eher eine Schwäche für die frostigen Morgen vor Sonnenaufgang in den Augen der Männer, die mich betreffen.« Henri spielt ungerührt weiterhin Tiefschlaf.

Mysterium einer Ehe

Die reizende, aber sehr boshafte Galeristin Iris Steinert, erzählt Frau Wäns der Krankentherapeutin Elsa beim Wandern durch Heide- und Moorminiaturen – nicht aber dem treuherzigen Nachbarn Holterhoff –, behaupte von einer gewissen Jeanette, der Frau des Gynäkologen Herzer, ein Ehemann sei dieser klirrenden Dame nur dann nützlich, wenn er die beschützende Vaterrolle übernehme. Daneben aber träume die heikle Frau von temporären Liebhabern, die sie, die Gattin Jeanette, zwischendurch völlig zunichtemachten. So solle das, da sei sie sicher, stets abwechselnd hin- und hergehen im Leben dieser Frau Gemahlin, sage, so Frau Wäns, die boshafte, aber sehr reizende Iris.

Britische Wissenschaft

Newcastle. Britische Wissenschaftler haben einen Embryo aus dem Erbmaterial zweier Frauen und eines Mannes geschaffen oder auch erschaffen. Sie entfernten beide Zellkerne aus befruchteten Eizellen und pflanzten sie in eine andere Eizelle, der sie ebenfalls den Zellkern entnommen hatten, ein. Hier blieben allerdings die funktionierenden Mitochondrien erhalten. Es soll letzten Endes gegen Taubheit, Herzversagen und Blindheit helfen.

Rätsel

Ob es tatsächlich einen Menschen gibt, der nicht weiß, was Mitochondrien sind?

Hilfe für die Dummen: Es hat mit DNS zu tun.

Zeitvertreib

Frau Fendel hat Bekanntschaft mit der Schwester von Herrn Dillburg gemacht, deren erstes Erlebnis in Hamburg darin bestand, daß sie neunzig Minuten im Tunnel in der S-Bahn festsaß, wegen »Personenschaden«. Und das an einem so schönen Tag! Schon haben die beiden Frauen außerdem ein lebhaftes Gespräch über Gärten und Rezepte führen können, auch über die Korruption bei Apothekern und Ärzten, sehr gern über all das Bestechen, Erpressen, Hinterziehen, Mißbrauchen. Alles furchtbar, das schon. Aber wird Frau Fendel jemals dieser Fremden davon erzählen, wie sie am Fenster sitzt und staunt, bis in den Grund ihres Herzens begierig staunt, daß ein Grauhaariger in rotem Pullover, ein Kind mit gesenktem Kopf und Schulranzen auf dem Rücken, ein Hund, zwei junge Mädchen in schlechter Haltung von hier nach dort und von dort nach hier am Haus, in dem Frau Fendel wohnt, Auftritt für Auftritt vorübergehen?

Vielleicht wäre auch alles ganz anders mit mir, sagt sie sich und nicht dieser Frau Dillburg, weniger vage und viel stabiler, wenn ich die geologischen Fakten genauer im Kopf behalten hätte, ja, die geologischen und historischen Fakten! Am nächsten Tag, als sie ihren kleinen Spaziergang macht, gibt sie sich in gedämpfter Lautstärke beim kräftigen Ausschreiten am Stock Rechenschaft über ihren Weg: »Ich gehe jetzt auf der Irenenstraße ein Stück in nordöstlicher Richtung, dann biege ich links nach Nordwesten in die Moritzstraße ein, danach rechts am Haus mit Fritzles Hochstammrosen bei der Unterführung in die gegen Norden führende Rennerstraße, die mich in einer weiten Kurve ein Stück nach Osten führt, bis ich links die Blücherstraße nehme, um in einem nordöstlich, dann südwestlich verlaufenden Bogen wieder in die Irenenstraße zurückzukommen.« Sie hat es sich vorher auf einem Zettelchen notiert.

Immerhin, ein Anfang ist gemacht.

Allerdings ist sie dann doch erleichtert, als sie tatsächlich bei einer Tür anlangt, in die ihr Schlüssel paßt. Das Haus könnte ja (niemandem verrät die Gewitzte diese Sorge) inzwischen wegtransportiert worden sein, verschwunden für ihre Augen ins Nichts.

Familiäre Balance

Die Eltern von Eva Wilkens haben ihre eigene Reiselust längst zu den Akten gelegt. Sie wissen, und machen sich nichts Gegenteiliges vor, daß keine Ferne den Hoffnungen, die man auf sie setzt, wirklich standhält. In diesem Augenblick starren sie aber gebannt auf eine tadschikische Braut, die an einem Tisch mit roter Wachstuchdecke und einfachen Tellern sitzt. Sie selbst ist in glitzernde Schleier gehüllt. Darunter sieht man das bildhübsche Gesichtchen mit angeklebten Wimpern zur plustrigen Glamourpuppe geschminkt. Noch besser gefällt ihnen, den zarten Körper ihrer eigenen Tochter furchtlos in der zentralasiatischen Geröllandschaft zu sehen, mutterseelenallein mit strahlenden Augen. Diese Art von Reise auf ihrem großen Fernsehschirm, die behagt ihnen, ganz wider Erwarten.

Eva Wilkens wiederum kann wegen der mitgebrachten Bilder in der Enge des Wohnzimmers atmen. Die Freiheit fährt als Luftzug in den elterlichen Raum.

Aber, sagt sich die Mutter insgeheim, hütete sich jedoch zu fragen, irgendjemand, den sie uns verschweigt, muß die Fotos von Eva doch geknipst haben!

Schöner Morgen

Aus irgendeinem Grund fliegen heute die Flugzeuge nicht, kein einziges ist zu hören. Dafür scheint die Luft mit schwirrenden Botschaften gefüllt zu sein. Die drei Geräuscharten, die Frau Fendel an diesem Aprilmorgen bei weit geöffneter Küchentür wahrnimmt sind: Glockenläuten, Meisenläuten, still vergnügtes Kühlschranksummen.

»Dieses tröstliche Glockenläuten«, flüstert Frau Fendel, »als würde man von einer guten Riesenhand unter die blaue Kuppel einer, ach, ich weiß nicht, einer Glockenblume, groß wie ein Dom, geschoben. Wenn ich heute meinen Gang von kürzlich wiederholen würde, könnte ich auch altertümlich sagen: ›Ich gehe zuerst gegen frühen Morgen, dann gegen späten Abend, dann gegen Mitternacht, von da gegen Morgen, dann gegen frühen Morgen, darauf wieder gegen späten Nachmittag.‹ Aber würde ich in einem solchen Tagesablauf nicht erst recht konfus? Es ist doch gut, daß sie modernisiert haben.«

Rätsel

Welche zweite Frau hängt, wie Frau Fendel, aus alten Zeiten ganz ähnlich wie sie am Glockenläuten?

Rex Brück hört zu

»Zu ihrem großen Unglück«, berichtet Herr Brück seinem Hund auf dem Abendspaziergang nach glänzendem Apriltag, »haben die Schweine einen dem Menschen sehr ähnlichen Verdauungstrakt und wie er eine verletzliche, unbepelzte Haut. Sie kriegen auch vergleichbare arteriosklerotische Erkrankungen. Man kann sie dressieren wie euch Hunde. Sie sind uns hochgradig genetisch verwandt. Wie gesagt, diese Anmaßung bringt ihnen keine Vorteile, sondern rächt sich bitter. Wir sehen sie ja deshalb durchaus nicht als unsere Brüder im Rohzustand an.«

Rex nickt mißvergnügt, er hört das nicht gern. »Sie werden nicht nur in Massen von uns Menschen beinahe kannibalisch aufgefressen. Man läßt sie zu Forschungszwecken ersticken und erfrieren, amputiert ihnen die Pfoten, beschießt sie mit Schrot, läßt sie in Autos verunglücken und jagt sie mit Sprengladungen in die Luft. Nicht nur die medizinische, auch die industrielle und militärische Forschung benutzt sie als Standardversuchstiere. Sie werden genetisch standardisiert.«

Rex versteht, gibt aber keinen Kommentar ab. Er zieht es vor, an einem frischen Kothaufen zu schnüffeln und einen eigenen in der Nähe abzusetzen. Als er Herrn Brück dann aber ansieht, kommt es dem vor, als wären die Augen des Hundes naß.

Wandern

Tristanweg. Frau Wäns hat Elsa mit Blick auf die Wanderschuhe der beiden gefragt: »Gestern fand ich in einem vergessenen Karton meine schönsten Pumps von früher, High Heels, würde Iris Steinert sagen. Ach Frau Gundlach, was habe ich die Dinger ehrfürchtig angestaunt! Gibt es wohl einen einzigen Maler, der das Gesicht einer alten Frau beim Betrachten ihrer ehemaligen hochhackigen Schuhe gemalt hat?«

Was soll das denn?

Berlin. Die Studentin Katja rennt mit einem Brief in der Hand die Treppe hoch. Beim letzten Absatz vor ihrer Wohnung setzt sie sich auf die unterste Stufe und wirft sich dann auf den Rükken, so daß sie die Stufenkanten nicht nur deutlich, sondern schmerzhaft spürt. Macht nichts. Sie streckt beide Arme aus und bleibt, den Kopf im Nacken, mit einem Lächeln im Gesicht liegen, bis sie Geräusche hört. Was hat das nun wieder zu bedeuten? Eine Dehnübung? Neue Liebe?

Lästige Mitmenschen

Immenstadt. Ein Problem, mit dem ich immer wieder zu kämpfen habe, schreibt Pratz in sein Tagebuch, ist das vermeintliche Darstellen und Ausbeuten von Freunden. Dabei lasse ich schon die Dicken dünn und die Dünnen dick werden, die Braunen blond und die Schwarzhaarigen grau. Trotzdem muß ich nur den kleinsten Tick eines Bekannten übernehmen und für eine Charakterfigur verwerten: Schon beschwert man sich über das entstellende »Porträt«! Natürlich ist Wieheißtsienoch ein Engel, wer wagte das zu bezweifeln, aber ich benötige nun mal den sehr speziell von ihr eingesetzten Silberblick für eine Furie. Lesen die mich etwa bloß, um mich diesbezüglich auf frischer Tat zu ertappen?

Schach!

Manchmal muß sich Herr Fritzle mitten beim Schachspielen mächtig zusammenreißen. Noch eben hat er friedlich zu einem Gläschen Genever und einigen Zigaretten mit den Freunden und einem Gast am Tisch gesessen, tut es immer noch, aber seine Gelassenheit ist dahin.

Fritzle hat plötzlich den Eindruck, daß jemand draußen steht und durch die Scheiben beäugt, wie sie vier sich behaglich fühlen vor den Brettern im warmen Licht. Der Jemand tut ihnen nichts, aber er starrt sie schändlich an. Fritzle, das ist das Unheimliche, sieht auf einmal sich, die beiden Freunde und den Gast (beispielsweise den redlichen Gadow, Remberg nicht mehr, der weigert sich, ein Gebiß zu tragen, bildet sich ein, mit seinen harten Kiefern alles beißen zu können, aber wie sieht das aus!

Kein Wunder, daß ihn nun das dreifache große D erwischt hat, Depression, Diabetes, Darmkrebs!) mit den hungrigen Augenlöchern des Beobachters draußen und wie grausig sie drinnen entblößt sind von jedem wohligen Schmelz. Das gemütliche Licht scheint die lästige Motte anzulocken. Kaum sind sie zusammen, stellt sie sich ein. Fritzle wird diesen Jemand, diesen Schädling, das steht für ihn fest, niemals einlassen, und wenn der sich die Nase am Fenster blutig drückt.

Natürlich hütet sich Fritzle, eine Silbe davon zu verraten. Er atmet nur tief auf, wenn die Musterung aus der Nacht für diesmal vorüber ist.

Vor zwei Wochen saß er wieder mit den Freunden beisammen. Da ging es, wie meist, richtig fröhlich zu. Ein junger Mann brachte Gerichte für die Tiefkühltruhe und schwätzte einen Augenblick mit den alten Knaben.

Als er gegangen war, sagte der eine Freund: »Netter Bursche!« Daraufhin fing der andere an zu quengeln. »Laßt mich ein bißchen misanthropisch sein. Ich habe bei ihm die typische Gönnerhaftigkeit der Jugend entdeckt, und die gefällt mir nicht. Die sollen sich nichts einbilden! Kürzlich mußte ich im Zug durch drei Waggonabteile, drei lange Wagen lang. Alles Halbwüchsige im Hormonrausch, die Mädchen ausnahmslos mit nackten Bäuchen. Alle leicht entgleist vom Biertrinken, dazwischen jedesmal intensiver Abortgeruch. Abstoßend, sage ich euch, diese ihre kreischende Geschlechtlichkeit ausdünstende Jugend. Behauptet ruhig das Gegenteil, ich bleibe dabei.«

»Aber damals, als ich endlich die elterliche Zweizimmerflüchtlingswohnung verlassen konnte und Kellner lernte in Paris, wo mich prompt die reizende Marion verführte, Marion Smith aus Amerika und echte Millionärstochter! Zum ersten Mal in meinem Leben nahm sich ein Mädchen meiner rundum an ... April, Paris, Dachstube ... alles vorhanden.« Herr Fritzle breitete weit die Arme aus: »Soll das nichts gewesen sein? Und vorher auch nichts, als es in Heidelberg von der Hotelfachschule aus auf eine Tanzerei ging, wo es ältere Mädchen zum Abschleppen gab, solche, von denen man lernen konnte? Die Herrlichkeit war das! Ich hatte mir bei der Tanzschule Krasemann gegen Voreinsendung von 6,– DM den ›Leichtfaßlichen Leitfaden für den Selbstunterricht‹ schicken lassen: Walzer, Tango, Foxtrott, Rumba, Samba, Swing, du meine Güte. Damals, ach ja, damals, damals! Jetzt habe ich bloß eine hübsche Krankentherapeutin mit feuerrotem Haar, die mich streng sachlich malträtiert. Millionärsgatte oder Oberkellner wurde ich nicht, mußte aber auch nie den Gästen Fleisch und Gemüse aus Analogmaterie servieren.«

»Du lügst«, schrie der erste Freund, »wie willst du es mit so einer Vergangenheit in den Ratzeburger Goldachter geschafft haben?«

»Pfennigfuchser, Erbsenzähler!« brüllte Fritzle freudig erregt, »schleudere ich nicht noch heute jeden Morgen meine Pillendose mit den Tabletten gegen Bluthochdruck quer über die Konsole, genauso wie man im Western die Whiskyflasche über die Theke fegt?«

»Andererseits«, sagte der zweite Freund, »ist bei meinem letzten Besuch in Rom eine komische Sache passiert. Wirklich verrückt. Ich habe von ziemlich weit oben auf die antiken Trümmer gesehen und mir nicht gesagt wie bisher jedesmal: ›Gott ja, total zerdeppert. Was für eine bröselige Vergangenheit!‹ Was ich, und zwar hochzufrieden, gedacht habe, ehrlich gestanden, war: ›O mein Gott, die Zukunft der Zukunft!‹ Warum hochzufrieden? Was glaubt ihr? Weil ich die heutige Zukunft nicht leiden kann und die skurrilen Brocken immer noch besser sind als ein asphaltierter Planet.«

Herr Fritzle legte den Kopf schief: »Gut, da wir dabei sind, will auch ich mich beschweren: Seit einiger Zeit sprechen die Leute zu leise, schreiben die Preise zu klein, stehen so abrupt vor einem, daß man sie im ersten Moment gar nicht erkennt. Was für blöde Streiche!« Da lachten die beiden anderen schallend, schlugen, wie man's so macht, mit der Faust auf den Tisch und mit der flachen Hand aufs Knie.

»Schön war es schon, als man noch oft in den Süden fuhr! Grelles Licht, altmodische Samstagnachmittagshitze, Verona, Livorno, Genua. Dazu Kaffeegeruch, Benzingeruch, träges Sitzen im teuren Schatten. Dann, gegen Abend lauter und lauter, das teuflische Klappern der Pfennigabsätze. O Mann, war das gut! Ist alles nicht mehr.« Wer hatte das gesagt?

»Wie auch immer«, rief der erste Freund dazwischen, »einen großen Vorzug haben wir drei durch unsere Namen, Namen wie Steine. Franz, Hans, Heinz. Namen der Beständigkeit! Die lassen wir uns nicht nehmen, auch nicht vom Muskelspiel der neuen und nächsten und scheußlich anderen Zeit. Unser Schachfreund Gadow sollte wegen der trotzigen Einsilbigkeit eigentlich Horst heißen. Heißt er so? Was wissen die jungen Bürschchen vom Winter 45/46, dem ersten nach dem Krieg? Das war ich acht und lebte noch in Schlesien. Wir hungerten. Ein schöner großer Pole, den alle aber ›Schacherjude‹ nannten, tauschte in der Gegend, auch bei uns, Kleidung und Silberbestecke gegen Nahrungsmittel. Er kam zweimal im Monat. Zum Schluß waren alle Wohnungen kahl. Ich brachte sein Gepäck auf einem Schlitten nach Anbruch der Dunkelheit zu einer Stelle, wo der Zug wegen einer Steigung langsam fuhr. Dort sprang er mit seinen Koffern auf. Anschließend durfte ich in seiner Wohnung die halb aufgegessenen Eßwaren ausräumen. Das war mein Verdienst bei der Sache.«

»Überblicke jeden Bereich deines Lebens. Dieser beeindruckende und intuitive Organizer koordiniert deine To-do-Listen mit deinem Kalender und hilft dir, schnell Prioritäten zu sehen: Schon eingetroffen, und weiter im Kommen sind Gier, Überwachung, Hygienewahn!« schrie der zweite Freund.

»Da beginnt unsereins zu fremdeln. Statt des warmen Pfusches kalter Fake. Das Zeitalter von Fälschung und Attrappe im Globalstil bricht an. Die kolumbianische Armee tötet junge Straßenbettler und gibt sie als Rebellen aus, um die Kampfstatistiken hochzujubeln. Das nur als Beispiel im Kleinen. Konzerne regieren mit Lobbyisten und Kanzleien unter der Maske der Demokratie. Im Gesundheitswesen werden Betrugsskandale zum Gewohnheitsrecht. Alles infernalische Signale des Epochenwechsels. Und was ist der Clou? Die, die uns davon auf dem Bildschirm berichten! Die lächelnden Direktricen der Weltkatastrophen. Die sind die eisige Pointe. Die geben den Vorgeschmack kommender Lustigkeit in menschenleeren Räumen als Vorwegnahme elitärer Scheinzukunft für alle. An kahlen Nachrichtentheken beschenken sie uns mit sortierten Schreckensbotschaften aus den Bezirken der Überbevölkerung. Nee, nix da, wir nicht, mit uns nicht mehr. Adieu und ab zu den Hochstammrosen.«

Franz Fritzle war vor Eifer aufgesprungen.

Sie warteten noch auf den Gast dieses Abends. Es würde der Sohn von Frau Fendel aus der Irenenstraße sein. Dieser Sohn wohnte in München, und die Männer wußten, daß er den Unfalltod seines Zwillingsbruders noch immer nicht verkraftet und seine bildschöne Freundin ihm vor kurzem den Laufpaß gegeben hatte. Nur wegen dieses zweiten Unglücks besuchte er nach sehr langer Zeit seine Mutter, die Fritzle informiert und um die Einladung zum Aufmuntern ihres Sohnes, eines tüchtigen Turnierspielers, gebeten hatte. Ob der Bursche wohl einen von ihnen, Hans, Franz oder Heinz, durch seine noch frische, geschmeidigere Intelligenz besiegen würde? Remis? Fast spürten die drei Freunde einen Hauch von jugendlichem Lampenfieber.

Als sie Fendel dann leibhaftig sahen, waren sie sofort sicher, einem Verlierer gegenüberzustehen. Im Grunde hatte man es an der Art seines irgendwie bleichen Klingelns gehört. »Fendel«, sagte er flüsternd, eigentlich röchelnd. »Ich danke für die Freundlichkeit und weiß im übrigen Bescheid. Meine Mutter ist ausgezeichnet. Sie hat vermutlich von ›Stimmungsschwankungen‹

gesprochen, von ›Niedergeschlagenheit‹? Ich selbst nenne das Kind lieber beim richtigen Namen. Der lautet leider ›Depression‹. Verzeihen Sie die Offenheit, meine Herren. Aber mit der Indiskretion wurde ja schon der Anfang gemacht.«

Schade, meinte da Franz Fritzle zu sich selbst, der gemütliche Teil des Abends liegt hinter uns. Er fühlte eine Müdigkeit, für die es doch noch viel zu früh war.

Fendel studierte die Figuren auf den beiden Brettern. Ein Gläschen Genever lehnte er ab, wobei er erklärend seine Hand auf den Magen preßte. »Bitte um Nachsehen wegen der Verspätung«, stieß er mühsam hervor. »Mich quält das viele Licht im Frühjahr, besonders das am Ende der immer längeren Tage. Normalerweise lebe ich zur Anpassung von März bis Mai bei runtergezogenen Jalousien.« Fritzle hätte nun gern gerufen: »Fangen wir an! Und Sie, gebrechlicher junger Dachs, heben Sie sich Ihre schwachen Kräfte für ein anständiges Spiel auf!«

Davon konnte keine Rede sein. Der junge Mann stand vor den Schachfiguren und fuhr fort: »Nun beginnt wieder alles von vorn, die ewige alte Leier fängt an und hat nichts dazugelernt, mit Glück ein paar unerhebliche Paraphrasen allenfalls.«

»Wie belieben?« fragte Heinz gereizt.

»Den sogenannten schönen Lenz meine ich«, antwortete der Gast ohne Zögern. »Das Elend mit der zunehmenden Helligkeit, die das Kreuz der Wiederholungen so höllisch beleuchtet. Alles geht, für immer auswendig gelernt, von vorn los. Zum Heulen und Zähneknirschen. Ein paar Variationen der Wetterlage können nicht täuschen. ›Nichts Neues unter der Sonne‹, meint der Volksmund dazu.« Er stützte sich mit beiden Händen auf die Stuhllehne und prüfte nebenbei die Situation auf dem linken Brett. »›Was geschehen ist, eben das wird hernach sein. Was man getan hat, eben das tut man hernach wieder, und es geschieht nichts Neues unter der Sonne.‹ Tortur der Repetition.«

»Was hat uns deine Frau Fendel nur für ein Früchtchen geschickt?« murmelte Hans, unangenehm berührt und gar nicht besonders verstohlen, zu Fritzle hin.

»Und Sie? Sagen Sie bloß, Sie hoffen noch auf Überraschungen, erst recht nach so massenhafter Erfahrung mit Jahreszeiten und Co., mit der abgedroschenen Melodie, mit dieser Drehorgel und Mechanik bei klein und groß, reich und gering.«

Wegen seiner aktuellen Vorgeschichte wagten die drei nicht, nein, nicht mal aus Bosheit, Fendel nach dem Köder des Lebens, nach den Frauen zu fragen. Nicht ohne Mühe versöhnlich, erkundigte sich Heinz: »Ich dachte, wenigstens der Homo sapiens sei unendlich variabel. Ist er es nicht?«

»Immer das gleiche Grüßen und Grinsen«, keuchte Frau Fendels Früchtchen und Sohn. »Immer dieselbe Zerstörungslust, immer derselbe Trieb, optimistisch zu sein. Wie ertragen Sie frohgemut, was doch jedesmal quälend erwartbar ist? Wie halten Sie die tautologische Fortsetzung aus? Ich spreche nicht vom Streß des Auf und Ab an sich. Ich rede vom Streß seiner Schematik, von der Einfallslosigkeit der Abläufe. Perpetuierung in Permanenz. Statistisch gesehen werde ich länger leben als Sie, aber nichts wirklich Überraschendes wird mir passieren, ob Sie das hoffen oder fürchten. Die Abweichungen sind Firlefanz zur Augentäuschung, Bagatellen.«

Beim vorletzten Wort identifizierte Fritzle den Eindringling, der sich trotz seelischer Hinfälligkeit mit jedem Atemzug fürstlicher gebärdete, erkannte ihn am Sog der tödlich schwarzen Pupillen. Doch da war es schon zu spät: Er hatte keinem anderen als dem nächtlichen Unhold an den Scheiben die Tür geöffnet.

»Oben im Weltraum nichts anderes, nichts als da capo und Refrain. Ewige Öde von Sternentod und Sternengeburt. Man schminkt uns die Teleskop-Rohdaten barmherzig bunt, damit wir ein bißchen zum Staunen haben. Gehen Sie mir bloß ab mit dem Universum. Großartigkeit? Da lachen die Hühner! Leider dauert es noch vier Milliarden Jahre bis zum Wärmetod.«

Fendel schlug die Freunde dann rasch nacheinander, eins, zwei, drei. Mit nicht nachlassender Konzentration setzte er sie ruckzuck matt, Franz, Heinz, Hans. Fritzle aber dämmerte, daß sie von dem leichenblassen Spielverderber schon besiegt waren, bevor der die erste Figur in die Hand genommen hatte.

Sein entscheidender Schachzug? Die Introduktion.

Rätsel

Eine männliche Stimme sagt: »Wer weiß, ob der Odem der Menschen aufwärts fahre und der Odem des Viehs hinab unter die Erde fahre?« War das nun Dillburg zu Frau Fendels schlafender Katze oder Herr Brück zu seinem lahm und fast blind wachenden Hund Rex?

Nur die Stimme

Frau Fendel betrachtet jedesmal gedankenvoll die roten Haare ihrer Krankentherapeutin. Wie üppig diese Frau damit prunkt! Sie selbst, Frau Fendel, hat vor vielen Jahren ebenfalls so brennendes Haar gehabt, aber dessen Farbe durch ein mittleres Blond lieber unter Verschluß gehalten. Das reut sie jetzt, im Alter, während sie nach Anweisung die Fäuste rhythmisch um Hartgummibälle krampft. Zu spät!

Gestern immerhin, als sie Brot kaufte und die Hand danach ausstreckte, fragte von hinten eine männliche Stimme: »Sehen Sie nur, Sie haben sich am Arm verletzt!« Es handelte sich lediglich um eine kleine Schramme, wer weiß woher, aber an den Klang dieses Satzes erinnert sie sich auch heute noch und wird es morgen und übermorgen tun. Seit langer Zeit war es die erste ihr widerfahrene Zärtlichkeit, und sie hat sich extra nicht umgedreht zu dem Mann, der sie sicher von hinten, der gewissen, von ihr ein Jahrtausend lang nicht gehörten Melodie seiner Frage nach zu schließen, für viel jünger hielt.

Drei junggeglühte Männlein

Als die beiden Freunde kommen, sagt sich Fritzle noch schnell: Unser Problem besteht darin, daß wir akzeptieren müssen, Zeit zu haben. Wir dürfen diesen schönen, aber erschreckenden Umstand nicht als täglichen Sturz ins Bodenlose empfinden. Auch hier kommt es, wie beinahe immer im Leben, auf die mannhafte Interpretation an.

Bevor Gadow bei ihnen eintrifft, beschweren sich Heinz (den sie bei guter Laune »Irrenarzt« nennen, weil er früher eine psychiatrische Klinik leitete), Hans (»Kerkermeister«, weil er Gefängnisdirektor war) und Franz Fritzle noch einmal über Frau Fendels Sohn, der ihnen den letzten Abend vermasselt hat. »Er soll uns nicht für blöd halten«, sagt Fritzle, der ihnen die geheime und wahre Identität des Mannes weiterhin verschweigt, »wenn er schon, um uns zu imponieren, den ›Prediger‹ zitiert, dann schreibe er sich gefälligst den folgenden Satz hinter die Ohren: ›Einer mag überwältigt werden, aber zwei können widerstehen, und eine dreifache Schnur reißt nicht leicht entzwei.‹«

»Und wißt ihr denn noch«, schreit Heinz, »wie früher die Reklame für die Margarine Sanella hieß? ›Wer das Gute will, muß es beim Namen nennen.‹«

»Und die für die Firma Vogeley?« ruft Fritzle.

Hans (selig): »›Nach vielen gründlichen Versuchen, nehm ich nur Backfroh für den Kuchen‹«

Fritzle: »Und dann gab es noch: ›Man sieht, wie alle sind bewegt, weil Mutter in die Stube trägt: Schram's Pudding.‹ Mir kommen fast die Tränen.«

»Und die Parole von Camelia?« brüllt wieder Heinz.

»›Wen mag Ilse erwarten?‹« rufen alle drei im Chor.

Nun sieht die Welt wieder viel, viel besser aus. Heinz erzählt, wie er in seiner Jugend zwei Wetten gewonnen hat: Erstens ist er in einem Tag von Aachen nach Köln marschiert, zweitens hat er in einer Stunde einen Sack Zement quer durch Aachen geschleppt!

Schach, Fendel! Matt, Fendel!

Und was ruft Fritzle, aus dem die Lebenslust wieder mit grünen Blättern hervortreibt, sektbesäuselt spät in der Nacht den glücklich schwankenden Freunden nach? »›Ich bin Citrox, der vielgewandte Küchenhelfer! Ich mache Salat: delikat!‹«

»›Ich mache alte Kartoffeln: neu!‹« kommt von den beiden wie aus der Pistole geschossen aus dem Dunkeln zurück.

Aprilnacht

Riesige Überraschung für die Fotografin Babs, Babs Roeland! Während einer Party trat sie für eine Zigarettenlänge in den nächtlichen Garten der Gastgeber, in dem gerade ein Kirschbaum blühte und blendete. Durch die Dämpfe der Blüten hindurch sah sie den Vollmond, ein Mond, wie gerade auf die Welt gekommen. Diese Konstellation, das begriff sie sofort, gab es, und das nur mit Glück, bloß einmal pro Jahr, und sie glitt lautlos und nahezu unbemerkt vorbei. Sicher war Babs die einzige Person von all den Beschwipsten und Angetrunkenen drinnen (manche saßen auch in einem Extrazimmer vor Bildschirmen), die wußte, daß der Mond heute ganz rund war.

Das Merkwürdige bestand aber darin, daß er plötzlich pulsierte. Zwischen vollkommener Helligkeit und vollkommenem Verlöschen ebbte er vor und zurück, für ein kurzes Intervall während seines Steigens eingefaßt von weißpelzigen Zweigen.

Das liegt bestimmt an den Wolkenschleiern, die regelmäßig an ihm vorüberziehen, sagte sie sich schließlich, aber erst nach einer Weile. Drinnen sprach sie zu niemandem davon. Wie der Augenblick der Zeit, so war sie ihrerseits dem Augenblick entschlüpft.

Jedenfalls wollte sie es am nächsten Tag so von sich selbst verstanden wissen. Warum nicht ein wenig philosophieren, sagte sie sich, bevor sie an ihre Arbeit ging: Nur im Augenblick ist die Wahrheit offenbar. Alles Davor und Danach verunstaltet sie. Alles wollen wir einspeicheln und passabel machen. So wie wir die Hölle scheuen, scheuen wir in Wirklichkeit auch den Himmel. Dann packte Babs ohne Seufzer die schwere Fototasche, die, wie Elsa immer predigte, Gift für ihren Rücken war.

Der Klavierlehrer

Berlin. Wer kommt denn da, ausgerechnet am 1. Mai, als alle Fernsehsender den zu erwartenden Ausschreitungen entgegenfiebern, die Treppe runtergestiefelt? Nicht gestiefelt, nicht stolziert, sondern aggressiv getrippelt. Angriffslustig, ja, aber gleichzeitig selbstvergnügt. Es ist eine aufrechte Spindelmuschel, lebensgroß und auf zwei Beinen. Es ist, noch genauer, die Studentin Katja, die heute alle Haare, nach oben straff und spitz zulaufend gekämmt, grau gefärbt trägt und ein graues Kleid, das sich an den Schultern verwegen bauscht. Die Wölbung verringert sich dann kontinuierlich bis hin zu den Knien. Grau schimmernd die dünnen Strümpfe, mattgrau die sehr hochhackigen Pumps.

Ob Katja wirklich noch Studentin ist? Jemand hat gehört, wie sie bilanzierend gesagt hat: »Ich weiß jetzt, wie die Männer schmecken.« Man sah sie in letzter Zeit ausschließlich neben einem großen, dicken, zuckerkranken Klavierlehrer. Nein, doch noch bei einer anderen Gelegenheit. In einem Schaufenster hat man sie erkannt. Da stand sie in schwarzem, lachhaft kurzem Abendkleid, ganz still zwischen lauter Kosmetikartikeln. Nur manchmal bewegte sie die Lider ein bißchen. Dann wurde sie abgelöst von einer anderen jungen Frau, die, während Katja wieder zum Leben erwachte, nun ihrerseits aus Reklamegründen in Topfblumenstarre verfiel. Man hat beobachtet, daß Katja der Lohn gleich ausgezahlt wurde, worauf sie unverzüglich Partituren kaufte.

Jenseits von Afrika

Leipzig. Ruth ist zu ihrer Freundin Herta gefahren. Ein Erwiderungsbesuch, denn schließlich war Herta doch auch bei Ruth in Frankfurt a. M. Die beiden Frauen sitzen am warmen Frühlingsnachmittag auf der hölzernen Terrasse des Zoorestaurants, das von vielen Einheimischen als großzügiges Plantagengebäude zum Beispiel aus dem alten Kenia empfunden wird, wo man auf der Veranda seinen Tee nimmt und dazu die Laute der wilden Tiere hört, aber ohne sie demnächst erschießen zu wollen.

Allerdings erzählt Herta gerade von weniger exotischen Vierbeinern. »Wußtest du«, fragt sie die Freundin, die wieder seelisch stabil genug ist, um solche Sachen zu verkraften, »daß man in den Fünfzigern bei den Nukleartests vor allem Schweine als Opfer benutzt hat wegen ihrer Menschenähnlichkeit? Als es darum ging, Brandwunden zu untersuchen, hat man sie in Uniformen gesteckt und ihnen teilweise Offiziersabzeichen aufgenäht, bevor man die Todeskandidaten in der Nähe des Explosionsorts zusammentrieb.«

Ruth hört nur halb zu. Sie will etwas loswerden, das spürt Herta jetzt und ermuntert sie selbstlos zum Reden. Ruth beginnt unverzüglich: »Du erinnerst dich an meine Kusine mit den problematischen Familienumständen?«

»Stephanie?«

»Die doch nicht! Der drahtigen Stephanie geht's prima. Aufsteigerin. Ihre Mutter hatte noch den Putzwahn in den vier Wänden. Dagegen Steffi, mit eigenem Haus in der höheren Liga, muß immer das Bohren, Hämmern, Zersplittern von Handwerkern um sich haben. Das Schöne für sie: Sie kann sich's leisten. Vor ein paar Monaten war sie zum ersten Mal in Paris, leider mit Dauerdurchfall. Ich meine, in einer der Hauptstädte der Ostblockstaaten wäre es viel weniger peinlich gewesen. Aber so, praktisch unterm Eiffelturm, ich bitte dich!«

»Irmi?«

»Keine Angst! Die hagere Irmi kommt immer zurecht. Sogar der Tod und die Bestattung ihres eigenen Mannes stellten vor kurzem für Irmi in erster Linie eine logistische Herausforderung angesichts der weitverzweigten Familie dar. Hat sie alles mit Schwung absolviert. Mir selbst ist so etwas nur in der Firma gelungen. Ich glaube, sogar mit Bravour, aber nicht innerhalb des engsten Familienkreises!«

»Marlies?«

»Die Schmalzbacke schwebt im siebten Himmel. Sie hat sich einen neuen Liebhaber geangelt. Nein, ich spreche von der Katastrophen-Ulrike. Geht putzen, dabei hat sie Abitur. Machte aber seit Beginn ihres Liebeslebens immer nur mit Alkoholikern rum. Auch der jetzige: Busfahrer und außerdienstlich dauernd betrunken. Ihr Sohn ist Polizist, kriegt Krach, weil er zu laut beim Sex wird. Die Nachbarn beschweren sich. Nur ein emeritierter Professor für Niederländisch freut sich daran. Dem fährt die Vitalität des Ordnungshüters belebend in die Knochen. Ulrike selbst ist auch nicht ohne. Wenn sie aus dem Fenster kuckt, spürt sie den Drang, den Passanten was auf den Kopf zu werfen. Das ging schon ein paarmal fast ins Auge. Sie behauptet dann natürlich, es sei ein Versehen gewesen. Manchmal denke ich, bei uns liegt die Macke in der Familie.«

Herta horcht auf die Stimmen der Tiere und schließt halb die Augen. Sie weiß, daß sie sich nicht mehr um die Unterhaltung kümmern muß. Früher, als sie noch Altenpflegerin war, wog sie viele Kilos mehr als heute und brauchte das, um durchzuhalten. Auf dem Weg nach Hause hörte sie im Auto Popmusik, so laut wie möglich, um den Tag loszuwerden. Sie kann es sich kaum noch vorstellen.

»Was ich nicht weiß: Sollte ich bei dieser Affäre ein gutes oder schlechtes Gefühl haben? Ich meine, was meine Rolle betrifft. Urteile du, Herta! Ich mag Ulrike ja, aber schon wenn sie, kaum setze ich ihr ein Essen vor, jeden Bissen zum Mund führt, als stände ihre Existenz auf dem Spiel! Ich könnte platzen. Darf gar nicht in ihre Richtung sehen. Da helfen alle guten Vorsätze nicht. Außerdem hat sie so eine Art, wenn ihr der Sinn danach steht, durchaus nicht zu sprechen. Sie hält stur den Mund, läßt einen quatschen und lächelt erpresserisch in die Luft. Schweigt wie ein Loch. Vielleicht hat sie sich die Taktik beim Kloputzen ausgedacht. Irgendwie soll sich ein schlechtes Gewissen einstellen. Ist das vorbei, geht das Geplapper zur Entschädigung los wie ein Gebirgsbach im Frühling, ohne Gnade. Dann holt sie auf!

Das nur, damit du informiert bist.

Natürlich ist Geld bei ihr notorisch Mangelware. Was anderes als Aldi, dm, H&M, Ikea kennt die gar nicht. Ich hatte aber noch ein tolles Oberteil von meiner Mutter, schwere Seide. Ein Lila, daß es einem die Schuhe auszieht. Klar, man muß dazu die richtige Haarfarbe haben. Hat Ulrike: kastanienbraun, rote Reflexe reingefärbt. Knöpfe, wie du sie bestimmt noch nie gesehen hast, vierfarbige Halbedelsteine oder so. Das machen sie nur bei sehr teueren Sachen. Man hätte jeden Knopf als Ring tragen können. So etwas darf man, versteht sich ja wohl, nicht waschen. Ist was für die Reinigung. Meine Mutter hatte in ihrem hohen Alter nicht mehr die Augen, um Schmutzränder am Kragen zu erkennen. Habe ich Ulrike gleich offen gezeigt und gefragt, ob es sie stört. Sie könne die Bluse dafür gleich mitnehmen. Für mich kam sie nicht in Frage, habe authentisch Größe 38. Das bildet sich Ulrike zwar auch ein, aber Größe 42, wie in diesem Fall, ist tatsächlich exakt das Richtige für sie, wegen der Fülligkeit obenrum.«

Herta bemerkt, daß die Tiere die kommende Nacht ahnen. Stemmen sie sich dagegen, oder rufen sie die menschenleere Dunkelheit herbei? Manchmal glaubt Herta, die Laute hätten einen Geruch, der sich je nach Tageszeit ändert und jetzt benebelnd, fast betäubend wird.

»Du hättest beobachten müssen, wie begeistert Ulrike war, als sie das Ding sah und anfaßte! Sie hat zwar erst der Form halber ihr skeptisches Schnütchen gezogen, aber die Augen haben ihr verräterisch gefunkelt. ›Ach ich weiß nicht, es ist ein Erbstück, und eigentlich für dich. Von der Figur her würde es dir genau wie mir passen, wir haben doch dieselbe Größe, trage du die Bluse nur. Ich bin ja nicht die Tochter.‹ Dazu sind ihr die Augen vor Gier beinahe aus dem Kopf gesprungen.

›Also nicht‹, habe ich, schon ein bißchen ärgerlich, gesagt und die Bluse weggenommen.

›Nein, nein, Ruth, sie ist wunderschön. Ich würde sie gern tragen, bin aber nicht der Mensch dafür. Meine Lebensumstände sind doch so schlicht.‹

Ich: ›Herrgott Ulrike, du bist eine attraktive Frau. Und die Farbe? Großartig zu deinen Haaren.‹

Sie: ›Machst du dich lustig über mich, bloß weil ich putzen gehe?‹

Ich: ›Mir reicht's. Her mit dem Lappen, kein Wort mehr davon!‹

Ulrike: ›Ach Ruth, Ruth, jetzt bist du gekränkt. Gib mir die Bluse, ich würde mich schrecklich darüber freuen.‹

Ich: ›Nur, wenn du sie trägst. In die Ecke schmeißen kann ich sie selbst.‹

Sie: ›Das traust du mir zu? Soll ich denn noch mehr jubilieren? Bist du nicht unverschämt jetzt, Ruth, so ein ganz klein bißchen?‹

Ich: ›Ich möchte Klartext, sonst nichts.‹

Sie: ›Gib schon her! Der schwarze Fettrand am Kragen macht mir nichts aus.‹

Ich: ›Er stört dich also?‹

Ulrike: ›Um Gottes willen, bei einer so edlen Bluse doch nicht, dazu von der greisen, fast blinden Mutter, Gott habe sie selig, die Tante Helene! Schmuddelkindern wie mir macht's nichts aus.‹

Ich: ›Dein Busfahrer jedenfalls wird entzückt sein, wenn du ihn derart in Lila empfängst! Oder steht er mehr auf kornblumenblau‹?

War das so schlimm? Auf diesen freundlichen Satz hin, im Grunde eine Versöhnungsgeste, hat sie die Bluse auf den Tisch geknallt. Sofort war klar: Die berührt sie nie wieder.

Sie: ›Gut, daß du ihn erwähnst, Ruth. Das klärt es endlich auf einen Schlag. Der lacht sich halb tot über das Kardinalsgewand. Behalte die Kostbarkeit für dich. Wünsche Spaß beim pietätvollen Tragen.‹

Ich konnte ihr nur noch einen feuchtfröhlichen Abend mit dem Geliebten wünschen. Und was tut sie daraufhin? Sie bricht zur Strafe in Tränen aus!

Männer sind nicht weniger kompliziert, machen aber nicht solche Umstände. Und ich sage dir, Herta, das ist ein Segen! Vor zwei Jahren lädt unser oberster Chef zu einem Essen ein, Spitzenrestaurant, kleiner Kreis, eine Art Belohnung für irgendwas. Bei der Wahl des Weins schwillt ja vielen Männern der Kamm, hier kam es zu einer richtigen Panne. Der Chef nennt einen Namen und fügt hinzu: ›Französischen Wein nicht so gern, den trinke ich oft genug an der Riviera.‹ Darauf sagt der Oberkellner oder Kellermeister, was weiß ich: ›Das wird jetzt aber schwierig. Wie soll ich Ihnen‹ – und erwähnt die vom Chef gewünschte Sorte – ›anbieten, aber gleichzeitig keinen französischen Wein?‹ Der Chef wird rot. Er hatte offenbar einen Wein genannt, der spanisch klang, französisch war und dem Fachmann Unkenntnis bewies.

Beim Probieren der dann folgenden Empfehlung schweigt der Chef lange, starrt nur geradeaus. Alle warten. Schließlich brummt er: ›Der sagt mir nichts, sagt mir überhaupt nichts.‹ Heftiges Verfärben seitens des Kellners. Ein neu gewählter Wein wird vom Chef akzeptiert, und zwar mit diesem Na-es-geht-doch-Lächeln. Ich habe noch nie gesehen, daß ein Glas daraufhin dem Gast so gekonnt hingeknallt wurde. Hätte sich der Kellner mit Wissen um Macht und Vermögen seines Gastes wohl besser beherrscht, auch wenn der seine Jacke unschicklich über die Stuhllehne hängte und sie partout von niemandem fortragen ließ?

Aber Herta, nicht wahr, zwischen uns beiden darf es nie, niemals so heikel werden!«

»Auf keinen Fall. Ruth, das schwören wir uns!« Herta antwortet geistesabwesend durch das Geräusch der animalischen Stimmen hindurch.

Meisterhand

Alex tun die Muskeln weh, auch die Knochen. Er hat zu oft Mühe gehabt, nach den Verkrampfungen und Krümmungen tagsüber, sich zuhause in seine ursprüngliche Form zurechtzustrecken. Seine alten Gymnastikübungen sind vergessen. Wegen des sehr harten, zugigen Winters in den Eingängen der S-Bahnhöfe und U-Bahnschächte beginnt er zu zweifeln, ob er seinen selbständigen Zeitschriftenverkauf auf Dauer wird halten können.

Und jetzt, im Frühjahr, ist er fassungslos. Der Freund seiner verliebten Schwester hat einen leicht ramponierten Gasthof gepachtet. Nun werben die beiden wahrhaftig mit gepflegter Gastlichkeit in einem historischen Ambiente! »Das Angebot«, so behauptet das Pärchen, »umfaßt hausgemachte Eintöpfe – von Meisterhand gekocht – sowie verschiedene regionale Brotzeiten.« Alex verschlägt es die Sprache. Hat er nicht doch sein Leben verpfuscht? Auch solle man sich von »kulinarischen Schnitzelgerichten überraschen« lassen.

Ihm selbst hat das Chorsingen bisher noch keine Frau beschert, schon gar nicht eine mollige, wie er doch erträumt, mit recht dicklichen Brüsten unter weicher Wolle. Warum und von wem fühlt er sich hintergangen?

Winds Verdächtigungen

Herbert Wind geht die Sache mit dem eventuellen Infarkt im einsamen Alpental nicht so schnell aus dem Kopf. Einerseits haben ihn die Berge irregeführt oder durch Unpersönlichkeit hängenlassen. Aber immer stärker wird in ihm andererseits die Vermutung, die Ärzte hätten ihn zum Narren gehalten und ihn, da gerade Flaute war in der Klinik, nur dazu benutzt, ihre Maschinen und jungen Leute für alle möglichen Untersuchungen und Fragenkataloge auszuprobieren. Es war wie bei seinem letzten Kirchenbesuch vor vielen Jahren, als er plötzlich den Verdacht hatte, der Priester vorne machte alles nur zum Schein, weil er an nichts mehr von dem, was er tun und sagen mußte, glaubte, würde sogar heimlich lachen über die dumme Gemeinde, sich das Lachen verkneifen über die Einfalt in den Bänken, die seine liturgischen Späße bitterernst nahm und dafür, es ließ sich nicht leugnen, schließlich Steuern bezahlte.

War es nun auch mit dem zutraulich frommen Wandern in den Bergen aus, und blieb nichts übrig für den fröhlichen Wind?

Der andere Pratz

Das breite (und das durchaus im Sinne von: besoffene, träge, dumme) Publikum, schrieb Pratz in sein Tagebuch und dann doch auch gleich an seinen Verleger, wolle unbedingt, und deshalb solle es sie kriegen, sogenannte richtige Geschichten, verlange sie um jeden Preis, vor allem um den der Erkenntnis. Er, Pratz, schreibe sie außerdem, um einer allzeit auf dem Sprung liegenden Verrücktheit zu entgehen. Denn er werde in Wirklichkeit überschwemmt, umschwärmt, zersplittert von tausend Figuren und Geistern, die es zu bändigen gelte in der alten, verlogenen Form.

Kurios aber: Viel eher fresse der gemeine Leser die Absurdität, daß sich jemand hundert Seiten lang mit jedem Schatten und Lächeln und Gedankenanflug an Ereignisse seiner Jugend erinnert (und halte das für natürlicher) als den Gewittersturm sporadischer Epiphanien.

Was denn daran »kurios« sei, schrieb der Verleger prompt zurück. Pratz antwortete nicht, notierte aber in sein Tagebuch: Habe ich nicht etwa versucht, die Sentenzen des ausformulierten Tiefsinns in meinen Romanen zu eliminieren, denn die Kunst besteht ja darin, den Sinn durch die Oberfläche scheinen zu lassen, ohne diese im geringsten zu verletzen? Doch nein, das Publikum will alles feuilletonistisch ausgesprochen haben. Sie wollen es – wenn schon nicht das Reißerische, sondern ausdrücklich »Kultur« an der Reihe ist – philosophisch, soziologisch, psychoanalytisch parfümiert.

Also gehorche ich den Eseln und ihrer Kaufkraft.

Elsas Rätsel

Quatsch, nicht Elsas Rätsel! Elsas Rat: »Ich bin zwar nicht zuständig für solche Probleme, aber wenn es Sie wieder überfällt«, sagt sie zu jemandem, dessen Schulterbereich elend verspannt, manchmal beinahe gelähmt ist, »daß Sie, besonders im Zustand der Müdigkeit, in Menschenmengen diesen, sagen wir nicht: Ekel, sagen wir lieber: Überdruß bekommen, nein, Sie sollten es gar nicht erst als Menschenhaß bezeichnen, dann sehen Sie einfach eins der Gesichter genau an, nur ein einziges, aber das genau! Sagen Sie unter irgendeinem Vorwand einen Satz! Richten Sie eine Frage an die Person, zum Beispiel die nach einer Straße, kann eine erfundene sein oder ihre eigene. Ist egal und völlig unverfänglich: ›Bitte, wo ist die Goethestraße? Gibt es in dieser Stadt vielleicht mehrere davon? Ich finde mich nicht zurecht!‹ Usw. Das Gesicht wird sich bewegen, sich zuerst zusammenziehen, dann glätten. Es wird vermutlich lächeln oder die Stirn in Falten legen, auf jeden Fall den Mund öffnen, eventuell auch geniert die Lippen krümmen, weil es keine verläßliche Auskunft geben kann. Macht ja nichts. Ihnen aber, Sie werden sehen, Ihnen ist fürs erste geholfen. Wenn das nicht reicht, versuchen Sie es ein paar Schritte weiter noch einmal. Und natürlich das Bedanken nicht vergessen! Auch wenn es schwerfällt. Freundlich, nicht nur höflich bedanken! Dankbares Lächeln bitte, auch wenn Sie mit den Zähnen knirschen!«

Dabei umkreist sie die liegende Gestalt und kontrolliert in ihrem kalkweißen Kittel, ob die Schmerzgrenze erreicht ist bei der Dehnübung, senkt die Ellenbogen des Patienten mit zartem Druck ganz unbarmherzig auf die Matratze, bis er eine Grimasse schneidet und schreit. Dann faltete sie ihn mildtätig zusammen, lobt ihn mit kühler Stimme für seine Tapferkeit. Ihr Kittel berührt seine Füße, die sie ein wenig massiert und für einen neuen, noch brutaleren Angang arrangiert.

»Für heute das letzte Mal«, ruft sie fröhlich zum Schluß. »Zuhause üben, üben, üben, jeden Tag zwanzig Minuten, sonst müssen wir die Sehnen operativ strecken lassen. Postoperativ eine harte Sache! Sie haben keine Wahl.«

Sie lacht ihn an, sie scheint vergessen zu haben, daß sie dem noch stöhnenden Graf Otto eben ein ganz anderes Medikament vorgeschlagen hat. Gescheite Elsa!

Komm, lieber Mai, und mache

5. Mai, kalt, windig, trocken, Nachtfrostgefahr. Schlechte Zeiten für Waldgaststätten, Sommerkleider, Gärtnereien. Der Komponist Hannes Keller arbeitet an vier kurzen Klavierstücken, kleine Balladen sollen es werden. Am liebsten würde er sich aber an eine Oper trauen, selbst wenn ihm das niemand finanziert. Die schöne, große, weltbehauptende Geste der alten Giganten (und ihrer Epigonen)!

Er selbst kann nur zaghafte Stege ins Unbekannte, eng begrenzte Scheinwerferkegel ins Dunkle fabrizieren. Keller sieht nirgendwo die Skizze eines Kontinents, den er glaubhaft errichten könnte. Immer hackt ein Vogel mit spitzem Schnabel nach ihm und schreit, sobald er es einmal versucht: »Du lügst!« Ihm bleibt allein, in hochmütiger Bescheidung, zu zitieren. Ein schlechter Trost, erst recht im derart verkehrten Mai.

Was Jan verschweigt

Natürlich besitzt auch Jan, der männliche Teil des Liebes- und Ehepaars Sykowa, ein Geheimnis, das er nicht mit seiner Frau teilt, und da das Faktum von Monat zu Monat anschwillt, wird auch das Geheimnis immer dicker. Durch Anstrengung kann er einen hellen Horizontkreis um sich verbreiten, der ihn lächeln läßt. Er kann sich in ihm voranbewegen, ganz frei. Immer aber spürt er die Schwärze, die an der Grenze spioniert und seelenruhig darauf wartet, daß der Kreis durch eine Unaufmerksamkeit zusammenbricht. Dann wird es einströmen, das Lichtlose.

Hier aber doch!

Ein junger Mann aus Oldenburg, der sich bei ihm am Zeitungsstand rumdrückte, hat Alex erzählt, daß er jetzt arbeitslos ist, aber eine Weile, viel zu lange, in einem Ketten-Blumengeschäft als Aushilfskraft Vollzeit gearbeitet hat. Das klappte nur, weil seine Eltern alles für ihn bezahlt haben. Er mußte die Drecksarbeit und die schwersten Sachen machen, für die Frauen zu schwach sind. Boxen säubern, Kübel schleppen und so, drei Jahre lang, immer in der Hoffnung auf einen Ausbildungsplatz. Und was hat er verdient? 1,13 Euro, jawohl, 192 Euro im Monat! Schließlich hat er den Job geschmissen und ist zur Arbeitsagentur gegangen. Dort riet man ihn, den Chef zu verklagen. »Das Arbeitsgericht gab mir recht. Jetzt kriege ich 20000 Euro nachgezahlt. Nur: Das Urteil ist noch nicht rechtskräftig.«

Alex, noch immer baff wegen des frechen Glücks seiner verliebten Schwester und frischen Gastwirtin, will sich über nichts mehr wundern. Im vorliegenden Fall einer tatsächlichen Auszahlung der Entschädigungssumme täte er es aber doch.

Der dunkle Fahrgast

Dem frommen Mann Dillburg sitzt in der S-Bahn ein dunkelhäutiger Mensch mit schönen Gesichtszügen gegenüber. Aus welchem Land mag der Zeitgenosse zu uns hergereist sein? Indien? Pakistan? Vom tiefbraun glänzenden Teint hebt sich eindrucksvoll aufschäumend das bereits weiße Haar ab.

Der Fremde strahlt etwas aus.

Vielleicht wäre es nicht unbedingt als Güte, aber um so sicherer als bestechende Version einer fast ausgestorbenen Noblesse zu bezeichnen? Als er aufsteht, sieht Dillburg, daß die Ärmel des schwarzen Mantels deutlich zu kurz sind. Die Manschetten des blendend weißen Oberhemdes ragen weit darunter hervor. Und doch wirkt dieser in sich gekehrte Mann mondän. Der kleine Makel könnte Absicht sein und er selbst die konkrete Erscheinung dessen abgeben, was der Prediger, Dillburgs Lieblingsautor in der Bibel, rät.

Ja, endlich hat Dillburg jemanden gefunden, der den Vorschlag in geziemend edler Weise, wie es scheint, befolgt: »So geh hin, und iß dein Brot mit Freuden, trink deinen Wein mit gutem Mut; denn dies Tun hat Gott schon längst gefallen. Laß deine Kleider immer weiß sein, und laß deinem Haupte Salbe nicht mangeln.«

Dann spürt er, schon im Treppenhaus, ein Absterben der Lippen, einen Schweißausbruch, seine Hände beginnen zu zittern. Dillburg kennt die Anzeichen aus dem Effeff. »Einundfünfzig«, schätzt er und lacht, als ihn die Messung des Blutzuckerwertes exakt bestätigt.

Rätsel aus längst vergangener Zeit

Das ist nun wirklich ein Spaziergang: Unter der CDU/FDP-Koalition ist gegen den Widerstand der Opposition beschlossen worden, die eine Energie gegen den Beschluß der früheren Regierung wieder massiv zu fördern und die andere durch Kürzungen massiv zu benachteiligen. Wovon ist hier die Rede?

Hilfe: Nichts könnte logischer sein (bei ein bißchen, wirklich nur ein bißchen Nachdenken). Siehe im Umfeld auch unter »Finanzierung von Gutachten«.

Dilemma

Eva Wilkens stellt an sich fest (immer wieder neu, sie kennt das Faktum ja längst), daß auf ein einziges Wort, eine Grimasse, eine Information hin, alle Gefühle und Argumentationen in eine Strömung geraten, unter eine schräge Beleuchtung, der sie sich schlüssig und ohne Widerstand mit jedem Schattenwurf fügen.

Deshalb versucht sie, der Neigung entgegenzusteuern, unerregt objektiv zu sein, eine Welt in starrem Mittagslicht wahrzunehmen. Aber da kommt es ihr vor, als säße sie plötzlich unter einem dicken Speckmantel, als lebte sie gar nicht mehr. Auch Klaus hilft da nicht.

Am Deich

Rex Brück ist gestorben! Er mußte nun doch aus Barmherzigkeit eingeschläfert werden. Der einsame Herr Brück geht, still weinend, es beobachtet ihn ja keiner, auf dem Elbdeich geradeaus. Irgendwann kehrt er um und taumelt zurück. Wie schwer, schrecklich schwer und untröstlich sein Herz ist, er kann es keinem sagen, niemand würde seinen großen Schmerz begreifen. Ja, wenn es um seine Frau ginge, um ein totes Kind, ja dann! Dann schon! Aber so?

Als er das letzte Gatter hinter den weidenden Schafen schließt, sieht er bei dem kleinen Ziegenstall und Gehege, wie ein Bauer in Arbeitskleidung eine winzige weiße Ziege mit einer Flasche füttert, wie sie saugt und sich stemmt. Das dauert eine ganze Weile. Beide beachten ihn nicht. Dann hebt der Mann das offenbar verwaiste Tierchen auf seine Arme, streichelt und »herzt« es, drückt es und spricht mit ihm. »Ach«, dringt es unwillkürlich aus Herrn

Brück heraus, »ach«. Schließlich setzt der Bauer das Zicklein ins Gehege zurück. Das Tier klagt mit hellen Schreien. Ohne sich umzudrehen, entfernt sich indessen der kluge Mann und Freund zu den Wirtschaftsgebäuden. Er wird noch hören, daß die Rufe verstummen, wird dann zufrieden lächeln, denkt Brück und bemerkt ungläubig, daß auch er ein paar Augenblicke zufrieden war.

Dann natürlich spürt er wieder das vorerst unheilbar schmerzliche Herz.

Die Freuden des Botanischen

Frau Gadow hat seit dem frühen Frühjahr verfolgt, wie die unterschiedlichen Blumenwellen über ihren Garten hinweggegangen sind, Schneeglöckchen und Krokusse, Scharbockskraut und Lerchensporn, Traubenhyazinthen, Veilchen, Vergißmeinnicht. Sie sind in Scharen gekommen und verschwunden. Jetzt rüsten sich die Maiglöckchen.

»Wenn ich daran denke, wie leicht mich die asiatische Weisheit, die Welt für nichtig zu halten, zur Unmenschlichkeit hätte verführen können«, sagt sie heiter. »Geh du nur zu Fritzle und seinen Freunden. Spielt ihr euer Schach. Ich höre mir einen Vortrag an im Botanischen Garten. Es war ja letztes Mal so schön. Man sprach faszinierend über das Sumpfläusekraut.«

»Wer hat referiert?« fragt Herr Gadow trocken.

»Wie soll ich das noch wissen«, flunkert Frau Gadow vorwurfsvoll.

»Über was ging der Vortrag heute«, fragt Gadow später gutgelaunt. Zwei Siege, ein Remis beim Schach.

»Florale Diversität, glaube ich.«

»Wieder derselbe Referent?«

»War wohl ein anderer. Er redete nicht so gut wie der kürzlich.«

Gadow ist kein Dummkopf: Lieber ein Botaniker aus der Ferne als ein Guru aus der Nähe, wenn sie unbedingt was zum Anschwärmen braucht. Aber verflixt noch mal, wodurch ist sie bloß auf den Geschmack gekommen?

Ob die beiden tatsächlich im Jahr 2015 gemeinsam die tropische Vegetation Singapurs und Malaysias bestaunen? Werden die Anfälle des großen Zitterns, die jeder für sich meist in den dunklen Nachtstunden durchstehen muß, sie zusammenhalten?

Jedenfalls blättert Herr Gadow am nächsten Tag in einem neuen Prospekt, der dringend dazu auffordert, »das entweihte Grab von Echnaton zu besuchen« und die »packende Faszination längst vergangener Welten« zu erleben. Ist dieses optimistische Auf-und-davon, so fern allem geisterhaften Erschauern, nicht der schönste, wohltätigste Zug am touristischen Weglaufen?

So ein Zufall!

Anders als von Herrn Dillburg erhofft, haben Frau Fendel und seine kürzlich zugezogene Schwester nicht recht Freundschaft geschlossen. So leicht ist das eben nicht mit den Frauen, zumal Frau Fendel deutlich älter ist als seine Schwester, die neuerdings Probleme mit dem Zehenballen hat. Dillburg empfiehlt ihr die Krankentherapeutin Elsa. Sie wohnt ganz in der Nähe.

Obschon es selten geschieht, daß zwei Leute länger gleichzeitig in Elsas Wartezimmer sitzen: diesmal passiert es. Die Schwester des Geistlichen begegnet dort Herrn Brück, der nach dem Tod seines Hundes besonders starke Rückenschmerzen spürt.

Wie leicht die beiden ins Gespräch kommen, wie stark sie eine Verwandtschaft empfinden, als würden sie einander Jahrzehnte kennen! Herr Brück wird der Ortsunkundigen die Wege zeigen, die er mit Rex täglich gegangen ist.

Auch wenn es nicht sein sollte!

»Man sollte wohl kein Mitleid mit ihnen haben«, sagt Elsa in der Nacht zu ihrem Freund. Er fragt nicht nach, weil er zu müde ist.

»Nein, jedes Mitgefühl ist falsch am Platze«, sagt sie wieder. Der Mann rührt sich nicht.

»Auch wenn es nicht sein sollte«, sagt sie nach einiger Zeit, »aber wenn ich die Fotos der Burschen sehe, die man nach Anschlägen gefaßt hat und abführt, frage ich mich sofort, was man, wenn die Öffentlichkeit nicht zusieht, hinter fensterlosen Mauern Unbeweisbares mit ihnen anstellen wird. Es ist ein unheilverkündender, ich meine, herzzerreißender Anblick und so, als geschähe trotz allem ein großes Unrecht an diesen von allen verlassenen Gestalten.«

Eigentlich ist Elsa froh, daß Henri einfach weiterschläft. Man weiß ja keinen Rat. Ob unzivilisierte Empathie eine Krankheit ist, und zwar vor allem ihre?

Sollte es sein?

In der folgenden Nacht liegt Elsa wieder eine Weile wach. Als hätte sie mit ihren Kunden nicht schon genug! Jetzt wird sie nämlich von drei anderen Dingen heimgesucht. Sie gehen nicht weg, und sie weiß nicht, was sie dazu fühlen soll:

Heute, am späten Nachmittag, schoben zwei junge Frauen ein Kleinkind in seinem Wägelchen. Plötzlich blieben sie stehen und küßten einander lange und brutal auf den Mund. Einsam starrte das vergessene Kind.

Im Taxi grinste der Fahrer an der Ampel sein Handy an und fragte sie: »Wollen Sie sehen? Pornos aus Brasilien, gerade bei mir angekommen. Ich selbst hatte noch nie eine Rothaarige.«

Schon seit dem Frühstück geht ihr ein Satzanfang im Kopf herum: »Im Labor gehaltene Zugvögel ...«

Wenn sie, Elsa, nur wüßte, ob es zwischen diesen Sachen einen Zusammenhang gibt! Dann könnte sie das bündeln und viel leichter wieder einschlafen.

Tuttelig

Bevor Frau Fendels bleicher Sohn wieder nach München gefahren ist, hat er ihr erklärt, warum seine Schwägerin, Frau Fendels Schwiegertochter, nach dem Tod seines Zwillingsbruders nichts von sich hören läßt: »Sie macht Politik gegen uns. Die gesamte Familienvergangenheit liegt unwidersprochen in ihrer Deutungshoheit, jetzt noch stärker als früher. Das Handwerk der Frauen!«

Und was hat er seiner Mutter zum Abschied geschenkt? Einen moderneren Wecker! Wenn sie aus ihrem oft schönen Morgenschlaf gerüttelt wird, dann nicht mehr durch ein simples Geklingel. Es sind die neuesten Katastrophen aus aller Welt, die sie sogleich in geziemender Strenge zu hören kriegt. »Hör ruhig hin, Mutter! Bloß nicht tuttelig werden!«

Dabei hat Frau Fendel in ihrem weit fortgeschrittenen Alter mit Hilfe eines Hausbewohners noch den einfachen Umgang mit dem Computer erlernt. Nur kommt es ihr gelegentlich vor, als schriebe die Maschine ihre Gedanken auf, bevor sie selbst sie bemerkt hat. Husch! Heute steht sie am Fenster und sagt zu der Scheibe: »Ach, wenn man doch bald bei der technischen Entwicklung einen Punkt machen würde! Wenn man doch gar nicht mehr weiterforschte!«

Außerdem hat sie errechnet, daß sie acht alleinlebende Frauen kennt, von jeher allein oder inzwischen allein oder verwitwet. Zufriedener wäre sie, wenn sie auf zehn käme. Einfach, weil es so eine runde Zahl ist. Dabei, fällt ihr ein, ist es ganz einfach. Sie muß sich selbst bloß dazunehmen und statt »Frau« »Person« sagen oder »Mensch«. Dann paßt ihr Sohn mit in die Gruppe. Haha! Zehn! Jetzt zuckt sie aber zusammen: »Werde ich etwa wunderlich?« Denn es gibt noch etwas anderes. Wenn auf ihrem Kalender irgendein Termin erscheint, lebt sie strikt und streng, fast kopflos vor Inbrunst, richtig berauscht darauf zu, wird ein Wasser, das mit immer stärkerer Strömung auf die Felsenschwelle zufließt. Dabei richtet sich doch diese Ungeduld gegen sie selbst und schneidet ihr Minute um Minute vom Leben unwiederbringlich ab.

»Trotzdem! Besser als nichts!«

Beschenkte

Die Fotografin Roeland (Aprilvollmond!) ist stolz auf ihre Idee für eine Porträtserie. Sie beschenkt ihre Bekannten mit kleinen Präsenten und fotografiert sie im Moment der »spontanen« Entgegennahme. Toll! Sie hat nämlich beobachtet, daß es zwei Gruppen gibt: Die einen spielen aus Verlegenheit Riesenbegeisterung (Ute, Sven, Michaela), die zweiten tun aus Schamhaftigkeit so, als würde die Gabe sie beleidigen (Klaus, Fritz, Marie-Luise). Beide Parteien, aus lauter grundhöflichen Menschen bestehend, verstellen sich. Sie können nicht anders. Hoffentlich bildet sich das auf den Fotos ab.

Toi toi toi, Babs Roeland, beim psychologischen Knipsen! Das wird bestimmt toll.

Rätsel

Die Sonne geht heute um 05.44 Uhr auf, um 20.37 Uhr unter, es wird Schauer geben bei einer Tageshöchsttemperatur von 16 Grad.

Datum und Ort?

Noch was aus der Rätselecke

Warum werden in Thailand Kühe und Ziegen vor dankbarem Publikum in Gehege mit hungrigen Tigern getrieben?

Und: Wo auf Gottes schöner Welt bietet man in Bordellen männlichen Menschen kahlrasierte Orang-Utan-Weibchen zur Begattung an?

Und: Mit welcher Begründung darf in Deutschland eine Witwe, deren Eizellen der Samen ihres (kurz darauf!) verunglückten Mannes zunächst ohne Befruchtungserfolg injiziert wurde, vom toten Ehemann posthum geschwängert werden?

Rätsel

Und: Welcher hübsche Watvogel aus Mittel- und Südamerika, der an den bewaldeten Ufern tropischer Regenwälder lebt, pfeift kläglich, auch wenn es ihm gutgeht, pirscht sich vorsichtig an die Beute heran und schießt urplötzlich vor, um die Fische und Strandtiere mit spitzem Schnabel aufzuspießen?

Hilfe: Seine Bewegungen beim Ausschauhalten nach freßbarer Fauna sind von großer Anmut.

Gut! Was aber ist zu sagen über den raffinierten Bestäubungsmechanismus der Osterluzei?

Keine Hilfe. Man kann es irgendwo nachlesen. Übrigens: Osterluzei ist eine interessante Verballhornung des Namens Aristolochia clematitis, falls es stimmt!

Erstaunliche Siege der Vernunft

Graubünden. Verteidigung und Sieg des Guten, der Rechtmäßigkeit, der Schönheit! Der Schweizer, der Herbert Wind und zwei weiteren Leuten in seiner Jagdhütte die zwölf Sagen aus der Gegend erzählt hatte, konnte jetzt, nach langem Kampf gegen Gemeinderat, Investoren und Bauunternehmer, zum Schluß auch gegen den Volksentscheid, vor dem Bundesgericht durch zähe Mitstreiter, hart, wie die luftgetrockneten Landjäger, seiner Sache zum Erfolg verhelfen: Die von den Gegnern durch vorsätzliche Irreführung im Bebauungsplan zunächst ertrickste Erlaubnis zur Errichtung eines vermaledeiten Hotelprojekts außerhalb des Ortes auf naturgeschütztem Gebiet wurde endgültig annulliert.

Herbert Wind freute sich, als er die Nachricht erhielt. Aber es steckt ihm noch immer etwas anderes in den Knochen, wenn er an die Gegend da oben denkt. Eine Art Schneewehe war es, die im August letzten Jahres in einsamer Höhe den ohnehin schmalen Weg durch die Geröllflanke vollständig zudeckte und also versperrte. Lange stand er davor in seinen sommerlichen Bergwanderschuhen und sah den steilen, wartenden Hang, der sich rüstete für seinen, Winds, Absturz. Es war sehr still und grau um ihn herum gewesen. Er spürte, daß man ringsum den Atem anhielt und sich in Gestalt aus der Höhe rollender Steinchen räusperte. So lauerte alles.

Wind gab sich am Ende geschlagen und kehrte um. Wie er sich bis heute dafür lobt! Wie es ihn bis heute wurmt! Wie ihn nach wie vor plötzlich in der Nacht die Stelle ansieht, böse, weil er ihr entkommen ist! Das alles ist im letzten Sommer gewesen. Und was haben sich die Berge diesmal ausgedacht, um ihn zum Narren zu halten?

Gar nicht leicht zu sagen, weil es so unglaubwürdig klingt. Wind wanderte, durch schöne Stunden in der Natur wieder arglos geworden, auf einer Straße, die er hier nicht vermutet hatte, die ihm noch ganz unbekannt war. Eine breite Wirtschaftsstraße, asphaltiert und schnurgerade durch tropfenden, jetzt aber golden gesprenkelten Bergwald hindurch, durch das bebende Verkehrssystem kleinster Wesen hindurch. Er wußte gar nicht, wie er dahin geraten war. Kein Auto kam ihm entgegen, kein Fußgänger. Rechts stieg der Wald steil in die Höhe, links fiel er schroff ab. Dort dampfte es auch ein bißchen vom Tal herauf. Wind hätte nicht sagen können, wohin es ihn verschlagen hatte. Hohe Bäume verdeckten die Sonne, er mußte sich auf seine Ahnung verlassen und schritt unverdrossen aus. Er konnte ja nur vorwärts oder rückwärts gehen, keine andere Möglichkeit. Die Richtung, die er gewählt hatte, als er sich auf der Straße wiederfand, entsprach allen vernünftigen Überlegungen. Natürlich! So verhielt es sich. Rückwärts gehen? Er meinte selbstverständlich umdrehen.

Und da war, zur Belohnung, endlich doch noch ein Schild, auf dem »Molinis 2 km« stand. Herbert Wind marschierte nun erst recht beflügelt, atmete auch kräftig die gut riechende Bergluft ein. War das gesund! Zwei Kilometer, die schaffte er doch spielend in zwanzig Minuten, da es keine Höhenunterschiede zu überwinden galt. Nach einiger Zeit entdeckte er wieder ein Schild. Auf dem stand »Molinis 3 km«.

Wind sah an der grünen Bergflanke hoch und auch nach unten, sah dorthin, wo er hergekommen war, und auch, wo er hinwollte. Bei schlechterem Wetter wäre das eine ärgerliche Sache. Entweder die guten Hiesigen hatten sich mit der ersten oder der zweiten Tafel vertan, oder sie machten sich, diese Bergschlitzohren, diese Hochgebirgskäuze, einen Ulk mit unkundigen Wanderern. Er jedoch ließ es sich nicht verdrießen. Vielleicht hatte er sich allerdings beim ersten Schild ja auch verlesen? Er, Wind, zog pfeifend seine Bahn, erspähte schließlich einen neuen Wegweiser und näherte sich ihm auf Zehenspitzen. Was würde sich nun herausstellen? »Molinis 4 km« witzelte es dort deutlich schwarz auf gelb, ohne Zweifel.

Um den Fall zu bereinigen, mußte er wohl umdrehen, mußte Klarheit gewinnen, indem er die früheren Maßangaben überprüfte. Hatte er nicht Zeit genug, sangen die Vögel nicht in den Fichten, huschten nicht Eichhörnchen rot und schwarz und dann und wann über die Straße, hörte er nicht unbekümmert seine Schritte und sonst nichts Menschliches? Glanzvoll grüne Einsamkeit, feucht kupferne Einsamkeit mit einer vereinzelten Walderdbeere darinnen. Wind sang laut vor sich hin, er übte den Affengang von früher, aus der Kindheit. Das erforderte Gelenkigkeit und Albernsein. Es klappte noch ganz passabel. Die Bäume, die Fliegenpilze und der graurosa Alpendost, die würden sich wohl kaum daran stören.

Aha, sieh an, das Schild von eben! Dann konnte er ja vorhersagen, was darauf stehen würde. Es genügte, einen Seitenblick darauf zu werfen, falls er sich doch hatte täuschen lassen. »Molinis 5 km« las er. Die Angabe ließ kein Deuteln zu. »Nerven bewahren«, sagte Wind. Er versuchte zu lachen, er marschierte einfach weiter, er wollte wenigstens die Tafel, auf der er vorhin die Angabe »Molinis 2 km« vorgefunden und geglaubt hatte, wiedersehen. Wem sollte er trauen, wenn nicht seinen eigenen Augen? Als er aus der Entfernung das gewisse Gelb erkannte, begann sein Herz zu rumoren. Er kam auf den Einfall, sich rückwärts dem Schild zu nähern. Auch das hatte er in Kindertagen oft geübt, sogar rennend. Wind hoffte auf die Zwei, er fürchtete eine andere Zahl. »Molinis 6 km« stand dort prompt in der hier überall gewohnten Weise.

Herbert Wind mußte sich ein Weilchen am Pfosten des Wegweisers festhalten. Er schlug sich mit der Faust auf den Kopf, um ihn geradezurücken, er horchte. Es fiel ihm nichts Besseres ein und nutzte nichts, Geräusche änderten nichts an den Zahlen. Oder doch? Hörte er nicht das Schlagen einer Turmuhr? Dumm! Dumm! Dumm! Er trug eine Armbanduhr bei sich, aber dieser Glockenklang war nun etwas vollkommen anderes. Er half Herbert beim Mitzählen auf die Sprünge. Obschon er zu spät angefangen hatte, ahnte er ja auf einmal, was hier getrieben wurde.

Ob man, vielleicht an jedem Sonntag, vielleicht für jeden einsamen, verwirrbaren Wanderer, nicht den zurückgelegten Raum verzeichnete, sondern das Zählen an die gewissenhaft buchführende Zeit delegierte? Vor- oder Zurückgehen war egal, unbeirrbar addierte sie die Stunden. Das hielt niemand auf, da konnte er im Sturmschritt oder im Affengang auf Molinis oder Sinilom zulaufen. »Molinis 2 km« würde er nie wieder antreffen, ob er zwischen den Anzeigen hin- und herpendelte, mäuschenstill wie angewurzelt auf dem Fleck stand oder sich über die bisherigen Positionen nach vorn, nach hinten hinaus traute. Das Zählwerk würde arbeiten, bis ein Auto käme und ihn mit sich nähme.

Am besten solange totstellen!

Es erschien dann auch. Ein Mann, dem ein Goldzahn aus dem Mund funkelte und der ihn fragte, ob er nicht preiswerte Teppiche, wenigstens eine der im Auto mitgeführten kleinen Brücken kaufen wolle, fuhr mit ihm mühelos zu den Häusern, und man merkte nichts mehr. Wind, als er zum Bier, zwei Brücken mit Phantasiemustern neben sich, seine Bratkartoffeln aß, schmunzelte mit aller Kraft: »Ein Scherz.«

Das Übermächtige

Die kleine Ilse gibt ihrer Umgebung zunehmend Rätsel auf. Jetzt ist noch ein merkwürdig abwesender Blick hinzugekommen, nein, man müßte wohl sagen, er ist derart zudringlich, daß er über das Maß und den Gegenstand hinausschießt. Man möchte das lieber erst gar nicht weiter ernstnehmen. Es wird etwas Vorübergehendes, eine neue Entwicklungsphase der Kleinen sein, die man erträgt, die man, so gut es geht, übersieht und bei der man sie am besten nicht stört, schon gar nicht durch dummes Nachfragen. Man weiß ja inzwischen, wie kratzig das Mädchen werden kann.

Dabei ist ihr selbst ein Rätsel, was sie seit einiger Zeit wahrnimmt. Vielleicht war dieses Wahrnehmen auch bereits viel früher der Fall, aber erst jetzt beginnt sie sich zu wundern, weil sie eine Kluft spürt und deshalb vergleichen kann. Es ist, als würden hinter dem Vater, der Mutter, auch hinter dem Hund aus der Nachbarschaft, mit dem sie befreundet ist, dunkle Riesengestalten stehen.

Hat sie mit denen womöglich schon immer zu tun gehabt und bloß die kleinen Figuren davor mit ihnen verwechselt? Und ein einziger Satz, ein paar dösige Wörter: wie die hallen und dröhnen in ihr! Da muß sie achtgeben, daß sie nicht mit gleicher Lautstärke zurückbrüllt. Die anderen haben ja schließlich den Höllenlärm nicht gehört.

Nicht anders ist es, wenn sich manche der erwachsenen Männer ahnungslos lächelnd hinabbeugen zu Ilse, dem Kind.

Preise

Der preisverwöhnte Schriftsteller Pratz kennt das Gemauschel, das Blendwerk und die Zuschiebereien um geldbestückte Auszeichnungen in- und auswendig. Er weiß auch, daß sich ausgerechnet die Kollegen und Kolleginnen, die am überschwenglichsten kassiert haben, unverdrossen als von Schicksal, Gesellschaft und Staat Gebeutelte hinstellen. Ihn amüsiert das Tremolo preisgekrönten Jammers, aber auch er selbst greift, wenn ihm, wie heute, was geboten wird, stets gerne zu.

»Ablehnung«, spricht er, unterwegs zu einer neuen Freundin (»Seine Geliebten werden von Mal zu Mal jünger und immer schneller gewechselt«, behauptet, erfreut übers Klischee, eine von mehreren Buchhändlerinnen), seinem Verleger aufs Handy, »und sei es aus bestem Motiv, wird zuverlässig als Beleidigung der Jury und des Geldgebers verbucht. Also versuche ich das erst gar nicht, lasse den Preis fein mit meinem Namen für sich werben und – bereichere mich. Geschäft auf beiden Seiten. So läuft der Laden nun mal. Außerdem: Was schluckt man nicht alles! Unter anderem die Unfähigkeit der Kritiker wie des Publikums, zwei Dinge parallel zu denken. Die intellektuelle Wahrhaftigkeit des Relativierens verwechseln sie mit Kälte und Leichtfertigkeit. Das schmerzt auf Dauer. Ich nehme also die Entschädigung, diesmal den Matthias-Oreis-Preis, wie gewohnt schamlos, an.«

Maienlust

Auch wenn uns Schuberts »Lied im Grünen«, vom Sopran »wie geschmolzenes Silber« gesungen und fünfmal hintereinander angehört, akustisch zu Wandern, Picknick, Freundes- und Waldeslust verführen will: Die optische Lust des aufspringenden Grüns, so hell in tausendfacher Gestalt, sie lockt uns nicht in die taktil noch eisige Kälte hinaus.

Die ewige Leier

Erwin, der grundsympathische Westfale, schüttelt erschrocken den Kopf über sich. Beinahe hätte er mit dem Kalenderblatt vom 8. Mai schon das vom 9. abgerissen! Seine Frau, auf dem Sprung zur Arbeit im Kiosk, zieht den ihren vorsorglich ein, denn ihr schwant, was folgt: »Nun also unser Finanzsenator, Weggenosse des Oberbürgermeisters! Sieh an, sieh an! Razzia in seiner Privatwohnung wegen illegaler Parteienfinanzierung!« Bevor er aber richtig loslegen kann, steht Anita schon im Mantel bereit für den Abschied.

Da schreit er noch schnell durchs Treppenhaus, damit auch das einmal in die Welt gestemmt ist: »Und daß jahrelang mit Billigung der Regierung die Immobilienspekulanten dieses unselige Land da unten in Flammen gesetzt haben, das hat keinen ernstlich stutzig gemacht. Da spielte man offiziell wider besseres Wissen ›Naturkatastrophe‹. Korrupte Bande, hier wie dort. Im Grunde läuft alles auf die Frage hinaus: Wann bricht die Zivilisation global zusammen, und jeder fällt über jeden her? In Jahrzehnten? Viel früher? Sie komme nur, die Katastrophe schneie nur herein! Bitte sehr, hereinspaziert! Her mit der Apokalypse! Hallo und willkommen! Für einen Neubeginn ist das Zeitalter der Barbarei unerläßlich. Ich sage nur: Borkenau!«

»Komm am Mittag vorbei«, ruft Anita gehetzt. Schon fällt, in Erwins Ohren ein eherner Laut, die schwere (»gesetzesschwere« denkt Erwin verlassen) Haustür ins Schloß. »Bitte, laß mich nicht im Stich, Anita. Eigentlich zeige ich nämlich«, flüstert er vor sich hin, »das typische Erscheinungsbild des jahrelangen Serienmörders oder auch plötzlichen Amokläufers: zurückhaltend, zuvorkommend, hilfsbereit.«

Elsas Fehltritt

Da steht sie, geduscht, blitzblank, schneeweiß! Sie kontrolliert den Strauß rosiger Levkojen und ordnet die sauber geschichteten

Zeitschriften zu zwei noch exakteren Stapeln. Elsa ist keineswegs penibel, das sieht man am feurigen Haarschweif, aber morgens, bevor die Verkrampften, Krummen, Hinkenden kommen, muß ihr aufgeräumt ums Herz sein. Sie benötigt dafür den kleinen – den größeren besorgt eine tüchtige Frau Elli, früher tat es die heikle Ulrike, die ihr Abitur nicht vergessen kann – Hausputz der Gegenstände.

Die Leute dürfen mit ihren Beschwerden nicht in sie einstürzen. Sie, Elsa, optimistisch aus reiner Notwehr, muß von Zuneigung bauschig gefüllt sein, nicht aus Nächstenliebe, sondern damit sie abprallen an ihrem stählernen Weiß.

»Herr Pratz«, hat sie allerdings früher einmal gesagt, ihrem stark klopfenden Herzen einen Stoß gebend, als er schnurrend unter ihren Händen lag, »ich sehe so viele Menschen hier. Kaum studiere ich ihr Gesicht, kommt mir eine Idee dazu. Dann folgt ein Satz, eine kleine, verräterische Bewegung: Schon reimt sich etwas zusammen. Ich ...«

Der Schriftsteller Pratz ist elektrisiert hochgefahren von seiner Liege: »Elsa, Heilkräftige mit den kühlen Händen, wohltätiges Weib, wer hat Ihnen den Floh ins Ohr gesetzt? Unterstehen Sie sich! Ich befehle Ihnen: Nicht auch Sie, Sie doch nicht! Genügt denn der pure Hautkontakt, um alle, alle zu infizieren mit der elend nichtsnutzigen Schriftstellerei? Ach, ach, es tobt der Mensch unvernünftig in seinem Daseinskäfig wie das gefangene Insekt in der Osterluzei!«

Was überkam Elsa da mit Wollust und Macht? Das, was sie bei sich das »archaisch Weibliche« nennt. Sie meint den reflexhaften Drang, sich zu verflüssigen, um den so herrlich ganz auf sie gerichteten männlichen Trotz und Widerstand nachgiebig zu umfließen, die granitene Härte spielerisch zu umspülen, demütig zu beschmiegen mit den zerstörerischen Mitteln sanfter Erosion. Sie schweigt also wie beschämt, aber Pratz wird sich im Verlauf der Massage noch wundern!

Etwas wundert sie selbst. Ihren Freunden und den Patienten soll es, wenn es ihnen schlechtgeht, mit ihrer Hilfe unbedingt besser, ja gutgehen. Und doch, wenn sie allzu frech erblühen durch Wohlbefinden, wünscht Elsa, die beliebte Krankentherapeutin, ihnen ein winziges läuterndes Unglück an den Hals, und sei es eine kleine physische Qual von ihrer, Elsas – geduschter, blitzblanker, schneeweißer – Hand.

Echos

Ilse hat von ihrer Krankentherapeutin, zu der sie nun doch wieder nach einigem Sträuben gegangen ist, weil die so schöne Haare hat, einen Tip bekommen. Sie beginnt mit einem Tagebuch (Elsa weiß von einer Ärztin, daß diese ihre Patienten »Schmerztagebücher« führen läßt). Dabei passiert etwas, was Ilse in Atem hält. Sie schreibt doch nur die Kleinigkeiten auf, die sie gesehen hat, ein schwarzgeflecktes Hündchen mit einem Kragen um den Hals, einen Glassplitter, in den Hermi Meier, der alte Jockey, gefaßt hat, auch wie die Mutter Tränen lachte über einen Schlagerrefrain aus ihrem, Ilses, Mund und wie ihr beim Mittagessen gleichzeitig ein Kämmchen aus den hochgesteckten Locken fiel und ein Stückchen Schnitzel von der Zunge. Und gestern war Besuch da, ein grauhaariger krummer Tischgast, der die Muscheln nicht in den Mund kriegte und wohl deshalb zuerst sagte: »Es gibt kein Jenseits«, und kurz darauf: »Ich bin Atheist!«

Ilse schreibt das alles auf und spürt, kaum, daß die Notiz auf dem Papier steht, wie die Wörter horchen, fühlt, wie sie beginnen, ein gewaltiges Echo zu fordern, sie weiß nicht, von wem.

Hochfahrende Ansprüche

Die erwachsene, angeblich im Ruhrgebiet geborene Person Ruth, wohnhaft in Frankfurt a. M., befreundet mit Herta vom Leipziger Zoo, staunt, daß sie immer wieder vergißt, wie zerstreut die Außenwelt ist, wie gleichgültig die Umgebung, wie abgelenkt und beschäftigt, getreu dem allgemeinen Existenzzustand. Sie aber, Ruth, geschwollen von Bedeutungsvermutung gegenüber allem, was mit ihr selbst zu tun hat, glaubt unbelehrbar, durch ihren Urteilsspruch über die Welt endgültig Gutes und Böses bewirkt zu haben. Und das nimmt noch zu!

Maienunlust

In der sonnenlosen Frostigkeit dieser Maientage haben sogar die Pflanzen aufgehört zu wachsen, auch zu welken. Den Vögeln ist die Freude am Singen vergangen. Die einigermaßen glücklichen Menschen essen, um die Stimmung zu retten, große Kuchenstücke im Warmen, die verzweifelten jeden Alters werfen sich vor Züge.

Mißtrauen

Moritzstraße. Elsa in der Nacht zu ihrem Freund: »Ich traue Frau Wäns nicht über den Weg. Da geht diese kleine, kluge Frau durch den Wald, begeistert sich wie ein Kind an den Massen von Sternmieren, auch wie rechts die junge Maissaat in schnurgerade Linien zum Horizont schießt, aber links die Wiesen schon voller Greisenhäuptchen sind, bleibt oft stehen, kann sich nicht sattsehen, lacht vor Glück und spricht davon, wie im Juni Holunder und Wildrosen, Giersch und Wiesenkerbel an den Wegrändern blühen: ›Alles weiß wie in ihrem Wartezimmer, Frau Elsa.‹

Gleichzeitig sehe ich, wie sie sich heimlich Tränen abwischt. Immer neu laufen sie nach.«

Die liebste Patientin

»Deine Daphne«, nennt Elsas im Augenblick seelenruhig (das Bett ist noch voll vom vielsagenden Duft blühender Eßkastanien) vor sich hinträumender Freund gelegentlich die fast schmächtige Wandererin Wäns, ohne sie persönlich zu kennen.

»Einspruch«, hat Elsa gesagt. »Frau Wäns flieht weder vor göttlichen noch irdischen Anträgen. Du müßtest sie einmal mit all deiner Schläue belauschen, wenn sie, so rührend indirekt, von ihrer glühenden Liebe zu einem gewissen Hans Scheffer erzählt! Sie glaubt felsenfest, ich ließe mich täuschen. Ansonsten stapft sie unersättlich, stapft ganz besessen herum zwischen Heidekraut und Brennesseln, zwischen Tümpeln und Pilzen. Die läuft in ihren derben Schuhen vor niemandem weg, vor keiner Menschenseele, und keine jagt ihr nach. Die pilgert bloß für sich wie verrückt im braunen Abendlicht an den Wiesen entlang.«

Daphne? Schnapsidee! Der Freund liegt diesmal vollkommen schief.

Drei Nächte später sagt Elsa, nachdem sie eine Haarsträhne unter seinem Arm weggezerrt hat: »Die damals fast zu flott wiederhergestellte Frau Wäns, Luise Wäns, war mir doch von allen Klienten am liebsten. Ich wüßte zu gern, warum! Ist das der Grund, weshalb ich manchmal draußen bei ihr bin? Eine Landschaft, in der man nichts ahnt von den Baumärkten und Discounterhallen, die sich gleich daran anschließen. Ein Stück weiter folgen die Deichwiesen mit der besonderen Stille voller Schafblöken und leisem Fahrradklingeln. Danach, und schon am Horizont, die Kraftwerke. In dieser unechten Wildnis, in der sie herumstreicht und manchmal den Nachbarn Holterhoff trifft, wandere ich mit ihr, falls ich kann und sie will, wandere mit dieser kleinen, beinahe schon alten Person, die nicht zuverlässig Lust hat, in meiner Gesellschaft zu marschieren. Was meinst du, rate, was ist an ihr das Besondere?

Oder gibt es da gar nichts, außer, daß man sie jetzt dort draußen heimtückisch beraubt hat? He, Faulpelz, Henri, bist du noch da? Hörst du? Und so roh in den Dreck gestoßen, daß ihr die Knochen gebrochen sind?«

Keine Antwort. Wer weiß, vielleicht ein anderes Mal.

Zweiter Teil

Luise Wäns

1. Wanderung

Mein Zittern, ganz leicht nur, mein verstohlenes Zittern vor einem Jahr gegen Mitternacht, an seinem ersten Abend bei uns im Tristanweg, an dem Sabine fast geweint hat vor Aufregung, bevor all die sympathischen Leute eintrafen, auch Essen und Getränke mitbrachten! Es gab gegen Ende ein Duett, ein Mann und eine Frau sangen. Herr Scheffer nahm es leider wieder mit. Ich hatte noch nie so etwas gehört, Musik, als könnte man danach nicht weiterleben. Jedenfalls war es der Moment, in dem ich mich endlich im Herzen besänftigte, selbst mein Gehirn besänftigte sich.

Jeder hier liebte Herrn Scheffer.

Wie heute auf den Tag schimmerten damals zwischen dreizehn und fünfzehn Uhr draußen alle Wasserflächen. Winzige Tropfen an den kleinsten Gewächsen. Das alte Gras, was war's? Segge, Binsen, Simsen, Schilfröhricht, Riedgras, Reitgras? Es loderte regelrecht zwischen Pferdeäpfeln und verdorrter Heide, alles genau wie jetzt. Das welke Kraut wirkte, es ist ja immer so im Dezember, so mürrisch, daß ich lachen mußte.

Noch am Morgen hatte ich etwas von Herrn Holterhoff erfahren, vom Nachbarn Holterhoff, der unentgeltlich überwacht, ob sich im Schutzgebiet die Kiebitze gegen die Krähen durchsetzen. In unserem Viertel, rief mir der Mann schon von weitem zu, seien im November eine Alexia, eine Cassandra, ein Bennie und ein Noah geboren worden. Für immer verlassen aber hätten unsere Erde ein Klaus, eine Thekla, ein Hugo, eine Maria.

»So was«, habe ich sehr verbindlich gestaunt.

»Sehen Sie, liebe Frau Wäns, hier nicht deutlich das Gepreßte unseres Daseins? Gepreßt zwischen zwei Finsternisse? So trennen sich sprechend anhand der Namen Vergangenheit und Zukunft«, sagte Holterhoff, der von morgens bis abends einen Feldstecher um den Hals trägt und ohne beruflichen Zwang tagaus tagein grün gekleidet ist. Es klang betrübt, wenn nicht sogar anklagend. Er steckte mir zum Überprüfen ein Faltblatt zu. Ich tat das gern, aber nur aus Gefälligkeit, es lag ihm so sehr an dem Kram. Allerdings entdeckte ich etwas Überraschendes. Der dort erwähnte Hugo war trotz seines Namens kein Großvater, sondern ein Einjähriger und erst kürzlich gestorben. Dadurch gab es eine Verwirrung im zeitlichen Absondern. Holterhoff nach, glaube ich, durfte dieses Lebewesen entweder noch nicht sterben oder eben nicht »Hugo« heißen. Ob er das denn gar nicht bemerkt hat?

Dann, am Abend desselben Tages, lernte ich jemanden kennen mit dem Namen Hans Scheffer.

Hans, was für ein alter, treuer Klang! Ich zehrte von dem Gefühl die ganze restliche Nacht, im Dunkeln, im Wachliegen. Auch wenn es nur eine Art Verwechslung sein konnte, daß Herr Hans meine Schulterblätter so ... herzlich berührt, meine Schultern so wohlig umarmt hat. Es kitzelte in den Zehen, auch in den Zähnen wie schon lange nicht mehr. Alles unverdient, denn er war ein betörender, sehr betörender Mann. Das ist er immer noch, egal, was man jetzt sagt und nicht erkennt. Tat er den Mund auf, schwiegen alle, trotz seiner leisen Stimme, sofort still.

Jeder hier liebte ihn.

Ich selbst bin keine Schönheit und war es schon vor einem Jahr nicht, als Herr Hans noch nicht wankte. Damals ging es mir plötzlich, bei seiner Berührung, gut bis in alle Glieder hinein. Ich freute mich an Hans Scheffer, dabei hatte ich ihn doch vor ein paar Stunden überhaupt erstmals gesehen und erlebt. Trotzdem, das Durchrieseltwerden: auf Anhieb unvergeßlich.

Heute Morgen aber sind mir, hopp hopp hopp, direkt nach dem Aufwachen drei Szenen aus den vergangenen zwölf Monaten jeweils mit einem Satz vor die Augen gesprungen. Sofort bin ich sicher gewesen, daß sie bedeutsam zusammengehören. Ob ich je dahinterkommen werde, wieso? Es gelingt mir leider nicht, mich an die Reihenfolge zu erinnern. Vielleicht wäre das aber das Wichtigste, wenn man sich daranmacht, den versteckten Sinn zu ermitteln. Abergläubisch bin ich eigentlich nicht, bin ich trotzdem doch nur kaum.

Was fiel mir zuerst ein? Das Mädchen? Der Metzger? Die Jäger?

Das Mädchen Anada Aki, was bei den Indianern, sagte Herr Hans immer ein bißchen stolz, soviel heißt wie »Schöne Frau«, hatte ganz versunken, ohne ein Wörtchen, bei uns am Tisch gesessen und auf ihren Schoß niedergelächelt. Es passierte, bevor sie unseren Herrn Hans so unglücklich machte.

Als er noch glücklich war, an dem bewußten Abend vor einem Jahr, da ging es lustig zu. Viel guter Wein wurde getrunken. Zum Beispiel haben die Leute, nachdem ich von Herrn Holterhoff erzählt hatte, ihre eigenen Namen mit viel Getöse spaßeshalber nach Neugeborenen und Verstorbenen aufgeteilt, sogar nach Ausgestorbenen: die kugelrunde Magdalena, die reizende Iris, der die Kleider, muß ich zugeben, von meiner berühmten Großmutter Anna Hornberg gut gestanden hätten, Bruno der Dürre, Detlef mit den Medizinerhänden, die nervöse Jeanette, natürlich Sabine, die gute Sabine, Wilhelm Hehe, noch ohne Ahnung, was so bald über ihn hereinbrechen sollte, der blutjunge Boris und wie sie alle heißen und hießen. Ach, was waren sie fröhlich, die reinsten Kinder, sobald sie die Mäntel ausgezogen hatten. Dabei besuchten uns diese zutraulichen Menschen doch zum ersten Mal! Allerdings gehörte meine Sabine schon vorher zu ihnen. Ich sah das Mädchen bis dahin immer bloß in versteckter Aufregung weggehen, das arme Kind, unregelmäßig, wer kennt sie denn besser als ich? Beim Wiederkommen spät in der Nacht war es nicht anders. Sie hat nichts erzählt von den Zusammenkünften, und ich habe nicht gefragt.

Bis dahin trafen sich die Leute um Hans nämlich mal hier, mal da, aber nie im Tristanweg.

Von jenem Abend an versammelten sie sich nur noch bei uns, weil Herr Hans es strikt so wollte. Was er wünschte, was er befahl, das wurde ohne Widerrede befolgt. Die Lage unseres Hauses, das vierte auf dieser Straßenseite und auch schon das letzte, Nr. 8, zwischen der Schnellstraße und dem Naturschutzgebiet, die gefiel ihm eben, da fühlte er sich zu Hause. Uns wachsen sein Bruchwald, seine Besenheide, selbst seine standortfremden Kiefern, begleitet von Rotrandbär und Vierflecklibelle schließlich fast in die Zimmer, und von seinen Wiedervernässungsmaßnahmen in unserer Wandergegend hätten wir ein grämliches Liedchen zu singen gewußt, schwiegen aber still, um ihn nicht zu erzürnen. Wie groß und rot sein Kopf nämlich vor Ärger werden konnte! Auch das gefiel mir, hinten in meinem Eckchen. Ich blieb ja ungeschoren, ich mußte mich nicht mal ducken, wenn was zum Ausbruch kam. Wie hat Herr Hans mit uns die richtigen Naturbezeichnungen geübt, die ein Frauenarzt und ein Metzger, eine Galeristin, eine vierfache Mutter und so weiter doch überhaupt nicht kennen müssen und in ihrem Leben nicht benötigen. Aber da verstand er keinen Spaß, da niemals, der liebenswürdige, mäkelnde, tobende Mann. Was für ein prunkendes Selbstbewußtsein, damals.

Anada Aki mit den weißen Armen, auf denen ein stumpfer Schimmer lag, ein Schein von irgendwoher, aus unsichtbarer Quelle, aber so, wie ihn die gespiegelten Birken jetzt auf gefrorene Weiher werfen, wohnte im letzten Sommer einige Wochen in unserem Haus. Hans hatte darum gebeten, und Sabine, meine liebe, unbeholfene, so gar nicht ein wenig hübsche Tochter stimmte, sogleich Feuer und Flamme, zu.

Wenn Anada zum Frühstück an unserem Küchentisch saß,

war ihr Gesicht zuerst vom tiefen Schlaf geschwollen, die Augen ein bißchen blutunterlaufen, bis das Kinderfrätzchen mit jedem Schluck Kaffee straffer wurde. Unter den Augen gab es jeweils einen halbmondförmigen Wulst, ja, einen Sichelmond, der auf dem Rücken lag, eine glänzendfeuchte, gebogene Rinne. Ich habe das Mädchen immer ansehen müssen. An der linken Hand trug es nebeneinander zwei Silberringe, an diesen unglaublich biegsamen Fingern, mit denen es manchmal kleine Kunststücke vorführte, als wären die Gliedmaßen aus knochenlosem Stoff. Wenn Anada auf etwas hinwies, tat sie es nicht mit dem Zeigefinger, sondern stets mit dem kleinsten, sehr niedlich, selbst wenn es um Unappetitliches ging. Vielleicht eine indianische Eigentümlichkeit. Ich bin ja nie dort drüben gewesen, bei ihnen, bei diesen, ich glaube, Black-Foot-Leuten.

Sanftmütiger als sie konnte ein Mensch nicht sein. Sie saß da und schwieg und lächelte auf ihren Schoß hinunter, während sie in großer Langsamkeit ein Stück Brot zum Mund führte und mit der anderen Hand unsere Streifenkatze auf ihren Oberschenkeln streichelte. Anada schien im Grunde unaufhörlich nach unten zu sehen. Es war bei ihr normal, daß sie die Lider gesenkt hielt. Das wirkte ganz besonders mild, gesammelt und zu Recht unschuldig auf mich. Um so mehr freute man sich natürlich, wenn sie einmal die Wimpern hob und man ihrem Blick begegnete. Denn eigentlich blickte sie nur dann auf und nicht nach innen, wenn sie strahlte. Vielleicht strahlte sie auch bei niedergeschlagenen Augen vor sich hin? Sie half uns ohne Aufforderung, wo sie nur konnte im Haus, machte nicht die geringsten Umstände und war mit allem einverstanden.

Herr Hans kam damals oft vorbei, um einen Blick auf sie zu werfen, »aus Verantwortungsgefühl«. Dadurch sahen wir auch ihn öfter als sonst. Es ergab sich eben so.

Was mir aber heute zusammen mit den beiden anderen Sachen eingefallen ist, das passierte an einem Augustmorgen, als sie wieder still vor sich hinlächelnd die Katze streichelte, mit den weißen Fingern sicher fünfzigmal vom Nasenrücken den schwarzen Linien des Fells ganz verhext zwischen den Ohren hindurch folgte bis zum Hals, und plötzlich das Tier, ohne die leiseste Vorankündigung, mitten in die Versonnenheit hinein fauchend das dunkel geränderte Maul aufriß. Das Geräusch stand heiß in der Luft. Mit den Krallen, von einer Sekunde zur anderen, zeichnete die Katze blitzschnell eine rote Spur auf Anadas weißen Arm.

Besaß sie eigentlich keine Uhr? Ich habe nie eine an ihrem Handgelenk gesehen, auch bei der Ankunft und Abreise nicht. Wofür hätte sie die auch bei uns gebraucht?

Wir, Sabine und ich, wissen, daß solche Wunden nicht sehr schmerzen. Man zuckt zusammen und desinfiziert die Stelle. Sonst nichts. Das Mädchen aber, das doch, wie wir nach und nach erfuhren, bereits aus Abenteuerlust mutterseelenallein durch fremde Länder gereist war, veränderte seinen gesamten Gesichtsausdruck. Anfangs wurden nur die beiden Rinnen unter den Augen etwas feuchter. Es überraschte mich, und ich dachte noch, ich würde mich täuschen. Dann aber, wobei sie immer weiter zu lächeln versuchte, waren ihre rundlichen Wangen schlagartig naß, überströmt, als wäre die Tränenfeuchtigkeit gar nicht aus den Augen geschossen, sondern aus der Haut gesprungen. Das Bild erinnerte mich an etwas, ich weiß nicht recht, an was, etwas Berühmtes, als sie da erst so entgeistert und dann feierlich trauernd auf das Wesen in ihren Schoß hinuntersah. Niemand, nicht sie, nicht Sabine, nicht ich, hat ein Wort darüber verloren. Das durfte wohl nicht sein. Der Anblick wäre was für Herrn Hans gewesen. Ich frage mich aber, ob er in seiner damaligen Verfassung etwas derartig Schönes ruhig ertragen hätte.

Da, gefrorene, breitgetretene Pferdeäpfel im Schatten. Die Sonne kommt den ganzen Tag nicht dorthin. Der Boden, wie hart und abwehrend! Die Schritte knallen in der Kälte und Trockenheit. Das ist was für meine Ohren, ein Wintergeräusch. Direkt daneben wieder die Lichtflut und grelles Moos auf Baumstämmen, die bald kippen werden. Es wechselt sich heute dauernd ab. Du, meine dicke Jacke, hörst mir zu, Frau Jacke, gutes Ding, du.

Das böse Mädchen, das Herrn Hans später so unglücklich gemacht hat, rührte sich nicht vom Fleck, und jetzt sahen auch wir beide, Sabine und ich, still auf unseren eigenen Schoß, um ihr Zeit zu geben, in der sie sich fassen konnte. Die Katze aber blieb einfach liegen, wie sie gelegen hatte. Sie gähnte. Es sah aus wie das Fauchen, nur war es geräuschlos.

»Wenn der Geschlechtsverkehr ein kleiner Tod ist, dann will ich doch hoffen, daß der große Tod ein Orgasmus mit Pauken, Trompeten und Posaunen ist.« Das war die Sache mit dem Metzger, im April, als Anada hier noch gar nicht aufgetaucht und Hans noch immer nicht von seiner Reise zurück war.

Daß mir ausgerechnet dieser Satz des schnauzbärtigen Schlachters Wilhelm, unseres großzügigen Wurstspenders Wilhelm Hehe mit der Lebenslust zu jeder Jahreszeit, so vollständig im Gedächtnis haftengeblieben ist! Heute morgen, zusammen mit seinem dröhnenden Gelächter, fiel er mir wieder ein. Damals, im Frühling war's. Hehe hatte uns einen der Abende ohne unseren Herrn Hans in seiner frischen, o doch, man muß sagen, kernigen Art aufgeheitert. Und jeder der Anwesenden dachte bestimmt, dieser nette Tröster würde uns noch lange sicher sein.

Sie saßen um unseren großen Tisch herum. Iris Steinert, die Galeristin mit dem charmanten Silberblick, in ihrem grünen, glänzenden Kleid, bei dem der Ausschnitt, behauptet Sabine, nie aus reinem Zufall verrutscht, diese Iris hatte von einem Bekannten gesprochen, der gelegentlich nachts eindringende, ahnungslose Gäste mit pikant gewürztem Hundefutter bewirtet. Der gute Fleischermeister und Tierfreund Hehe, dessen Würste gerade gegessen wurden, sagte, als alle zu Ende gelacht hatten, das sei strenggenommen kein Spaß. Dann hat er schauerliche

Dinge erzählt. In der Gegenwart von Herrn Hans, der duldete so etwas nämlich nicht, wäre das nie passiert. Vielleicht auch nicht, wenn Ilona, Hehes slawische Freundin, auf ihn hätte aufpassen können. Sie fehlte aber an dem Abend wegen Grippe.

Ob sie, Iris, vergessen habe, daß es zu einer gewissen BSE-Krise durch die Verfütterung von Tiermehl an Schlachttiere gekommen sei? So laut, daß sogar ich es in meiner Ecke verstehen konnte, murmelte Iris zu ihrem Freund Boris hin: »BSE! In dieser Runde kommt der uns mit BSE! Geschmacklos, dreifach degoutant, das ausgerechnet hier aufs Tapet zu bringen!« Hehe fuhr unbeirrt fort, auch nach dem Verbot gebe es Fleischfirmen, die illegal Schlachtreste importierten und Tiermehl, beispielsweise aus Deutschland, an Nutztiere verfütterten, es also nicht nur als Hunde-, Katzenfutter und Dünger verarbeiteten. »Wir düngen mit Tieren?« hat Iris da gekichert und sich geschüttelt und gezuckt, vielleicht, weil sie zuviel getrunken hatte. Hehe antwortete, glaube ich, wir alle seien letztlich Dünger, aber die Frau Steinert kicherte und kicherte immer weiter zu ihrem Freund: »Verwilderung der Sitten!« Da hat Hehe in freundlichem Ton von den Tiertransporten, die aus Geldgier quer durch Europa gehen, und von der Kategorie EINS berichtet, deren Reste verbrannt werden: Hirn, Augen, Rückenmark, Kategorie DREI: Knochen mit Muskelfasern, Häute, Ausfuhr nur in Länder mit bilateralen Verträgen, Kategorie ZWEI aber ... ach, ich weiß nicht mehr, jedenfalls erzählte er noch Fürchterliches von Sauimitation für die Absamung von Ebern, von Zitzenimitation und von der Arbeit mit Bolzenschußapparat, Betäubungszange und Rückenmarkszerstörer auf den Schlachthöfen. Warum denn nur?

Iris hat nicht aufgehört zu schielen, von einem zum anderen im Kreis herum, und zu kichern: »Kein Stil, der Mann! Abgeschmackt!« Ganz zusammengekrümmt war zwischendurch der dünne Körper, sie konnte nicht anders. Aber Hehe, unser ökologischer Metzger, der ursprünglich sein Handwerk in den Schlachthöfen Chicagos gelernt hat und später, so Sabine, vor seiner Umkehr ein bedeutendes Fleischereiunternehmen besaß, auch er konnte seinerseits nicht anders. Er mußte von diesen groben Dingen sprechen.

Höchste Zeit, daß Herr Hans zu uns zurückkehrte!

Das spürten alle. Am meisten vielleicht Herr Hehe selbst. Auf einmal begann er zu stöhnen. Er röchelte wie einer, der im Handumdrehen ersticken wird, stieß den Stuhl weg, den Bäder noch gerade festhalten konnte, und riß ein Fenster auf. Wir sahen an seinem starken Rücken, wie er seufzte und kämpfte und nach Luft rang im schweißnassen Hemd. Er hopste beinahe dabei wie ausgelassen. Durch die deutlichen Muskeln wirkte es katastrophal. Sie nutzten ihm ja kein bißchen. Sabine rannte nach einem Glas Wasser, aber er wies sie strikt ab. Nur der Frauenarzt durfte zu ihm, und dem gelang, wir sahen es von hinten, den keuchenden Hehe zu besänftigen. Wer weiß, wodurch. Gut, daß wir das entsetzliche Geräusch, das aus Hehe herausgedrungen war, nicht mehr hören mußten.

Danach fuhr der totenbleiche Schlachter, dieser herzensgute Mensch, vom offenen Fenster zurück. Man sah im Dunkeln die blühenden Kirschbäume wunderschön im Mondlicht als Hintergrund, und er schmunzelte nun ohne Übergang. Von einem Ohr zum anderen schien der Schnauzbart zu reichen. Er blutete ein bißchen im Gesicht, ob aus Nase oder Mund, ich weiß es nicht, vielleicht war es nur eine Verletzung durch das heftige Fensteraufreißen? Er hielt sich an Herzer fest, dann rief er mit einer Stimme, die noch ein bißchen heiser vom Husten war: »Wenn der Geschlechtsverkehr ein kleiner Tod ist« – aber vorher, vorher hat er etwas geflüstert. Ich verstand, hinten in meiner Ecke: »Das war die Strafe!« –, »dann will ich doch hoffen, daß der große Tod ein Orgasmus mit Pauken, Trompeten und Posaunen ist. Und mit Streichern zwischendurch!« Richtig, das hat er in Wirklichkeit ja noch hinzugefügt und wieder so polternd ansteckend gelacht, wie wir es von ihm kannten und wie es uns so unentbehrlich war in den trüben Wochen ohne unseren Herrn Hans. Und klärte uns nicht Dr. Herzer darüber auf, daß es bei nicht mehr ganz jungen Menschen nach dem Geschlechtsverkehr gelegentlich zu temporärem Verlust des Kurzzeitgedächtnisses komme, daß also in einem solchen Fall nach dem eingebildeten kleinen Tod noch ein zweiter, weniger amüsanter folge? Aber keiner aus der Runde nickte, keiner wollte damit etwas zu schaffen haben.

Nein, keiner, vielleicht nicht er, nicht mal der Frauenarzt Herzer, der Mann der empfindlichen Jeanette, die so schutzbedürftig ist und die von Hehe spendierte kleine Schlachtplatte zurückgeschoben hatte, weit von sich weg bis zur Mitte des Tisches, niemand kann damals Schlimmes geahnt haben. Ich selbst dachte, Hehe hätte sich bloß böse verschluckt, denn er machte danach doch schnell wieder Witze zur Entschuldigung und zeigte seinen warmen Lebensmut. Er erinnerte sich, was mich sehr erstaunte, an den Nachbarn und moosgrünen Kiebitz-Krähen-Wächter Holterhoff, den mit den Geburts- und Sterbenamen vom ersten Abend bei uns, an meinen guten Holterhoff, und meinte, wenn der einen ordentlichen Antrag auf Beitritt stellen würde, sollte man ihn, natürlich nur mit dem Einverständnis des leider fortgesetzt abwesenden Herrn Scheffer, in unseren glanzvollen Kreis aufnehmen. Ich fühlte mich richtig geehrt.

Aber inwiefern war der Anfall eine Strafe gewesen? Sabine vermutete, die Züchtigung sei nach Meinung Hehes aus der Ferne von Hans geschickt worden, weil der Metzger uns gegen unsere Abendsitte mit so derbem Zeug gekommen ist: »Wenn die Katze aus dem Haus ist, tanzen die Mäuse auf dem Tisch. Ein klarer Regelverstoß. Schließlich«, sagte sie, »unterhalten wir uns hier doch aus gutem Grund nicht über solche Geschichten.«

Dabei steht gerade meiner Sabine etwas sehr Schmerzliches ins Gesicht geschrieben. Ach, das liebe Mädchen weiß nicht, wie schlecht sie es verbergen kann. Sie ist aus dem Alter heraus, wo Leiden schöner macht. Sie lächelt tapfer darüber weg. Es ist nett, daß keiner sie danach fragt. Nur manchmal, manchmal, sie weiß nicht, daß sie sich dann verrät, ist seit einiger Zeit die Kümmernis verflogen, einfach weggeweht. Keiner darf es sehen. Und wer beobachtet sie schon außer mir? In manchen Augenblicken tut es noch ein anderer, auf den es in allem ankommt. Mehr dazu will ich gar nicht erst aussprechen.

Das Mädchen, der Metzger.

Die Jäger! Die Jäger erst kürzlich, im Herbst war's. Sabine, der höfliche, bis zum Schluß übriggebliebene Fotograf Finnland und ich, wir haben es erlebt, wir allein. Merkwürdig, die zwei umarmten sich manchmal wie zum Scherz, seitdem ihnen Hehes Ilona so vorlaut die Zukunft aus der Hand gelesen hatte. Finnland ist ein hochanständiger Kerl, im Brotberuf kaufmännische Kraft einer Baufirma, ständig in Ost- und Norddeutschland unterwegs, lebt wochentags zwischen Arbeiterbaracken, Betriebsunfällen, Bier, Buletten, Zahlen und transportablen Klos in seiner Bürobude auf riesigen matschigen Arbeitsstellen. Hier, bei den Mooren, erholt er sich. Er liebte den Herrn Hans fast genauso wie der Schlachter, nur hat er es tief verborgen getan, hoffte, er könnte es verbergen, der brave Kerl.

Auf Finnlands Fotos erkenne ich die Landschaft nicht wieder, nicht im Geringsten. Ich hörte notgedrungen, was er zu Sabine an dem bewußten Tag gesagt hat, als ich hinter ihnen ging auf dem schmalen Weg. Geschrien hat er es fast: »Strukturen. Dort die Gitter, die Netze, die Spalten, Löchriges, Geflecktes, nichts als Schwarz und Weiß, Risse, Adern, Verzweigungen, Wirbel, Strudel im beißenden Licht.«

Das wunderte mich, »im beißenden Licht«?

So drückte er sich aus und meinte zu meiner Verblüffung insgesamt die Fußabdrücke und Traktorspuren, den Schlamm aus verwesenden Blättern, den modrigen Boden, die Kuhfladen und Zäune und die kleinen Wellen auf den Tümpeln. Sabine sagte mir, daß er an diesem Tag besonders gesprächig gewesen sei. Auf seinen Fotos, die er uns ab und zu vorzeigte, gibt es nicht die Pfiffe und Schreie der Vögel und keinen Geruch nach Morast und Heidekraut. Bei ihm ist alles unnachsichtig und messerscharf. So verlangt er es, so tut es dem vom Beruf sicherlich erschöpften, vielleicht sogar bisweilen abgestoßenen Menschen gut. Ich gönne es ihm herzlich, auch wenn mir echte Tannenzapfen, Fliegenpilze und die geborstenen Rinden der Birken mehr zusagen. Der Fotograf sieht nicht das andauernde Fluten zwischen allem hier, das nicht.

Waren wir zu diesem Zeitpunkt nicht sehr betrübt wegen Hehe? Manches behalte ich nicht genau. Mußten wir schon weinen wegen Hehe? Ja. Bekümmerte uns schon der Herr Hans? Ach ja, das sehr. Ich durfte dabeisein und hörte die beiden sprechen, kriegte auch durchaus mit, daß der Fotograf meine Sabine einmal am Zaun, als sie Pferde mit alten Äpfeln fütterten, von hinten auffing und ordentlich an den Hüften zupackte wie ein gesunder Mann, und daß sie beide unbeteiligt lachten, als nähmen sie das überhaupt nicht ernst. Dabei hatte Ilona, die lustige Freundin des Schlachters, verglichen mit Hehe ist sie ja sehr, sehr jung gewesen, beim Handlesen den beiden doch eine Liebschaft miteinander in Aussicht gestellt.

Wann war das? Täusche ich mich? Die Jäger! Kann es wirklich erst vor wenigen Wochen gewesen sein? Etwas außerhalb des Kerngeländes, das unter der Schirmherrschaft von Herrn Hans steht, sahen wir dort, wo es landwirtschaftlich wird, auf einer Wiese eine Schafherde locker hingestreut weiden. Es waren vergrößerte, wollige Gänseblümchen. In der Nähe fuhren kleine grüne Lastwagen, mit Tannenzweigen geschmückt und mit rotbackigen Männern darinnen. Wir beachteten sie nicht, wir dachten nicht über sie nach. Es konnten Forstarbeiter sein, Leute vom Naturschutzamt bei einem fröhlichen Ausflug und Wandertag.

Auf dem Rückweg erkannten wir sie wieder. Da trugen sie über den grünen Anzügen rote Signalwesten, um sich nicht gegenseitig tödlich zu treffen. Die friedlichen Schafe von eben waren nun in einer Ecke quadratisch zusammengedrängt, die Köpfe von einer unsichtbaren Gewalt in eine einzige Richtung gezwungen, zu den Männern hingewandt, die von den beiden Stirnseiten mit gesenkten Gewehren in zwei Treiberketten auf die Mitte der scheinbar vollständig leeren Wiese zuschritten, in der sich aber tief geduckt zum Vergnügen der Jäger eine gewaltige Todesangst ohne Hoffnung auf Entrinnen ausbreitete. Wie wünschte ich mir da vom Himmel, die Männer würden sich gegenseitig totschießen! Aber nein, schon entdeckten wir hinter den Gebüschen die Fahrzeuge mit dem festlichen Tannenschmuck. Es gab dort Eisengestänge auf den Ladeflächen, wo man bereits die ersten Hasen, die noch vor so kurzer Zeit im Gras gesprungen waren, langgestreckt aufgehängt hatte. Die hellen Bäuche zeigten nach außen. Zwei Männer, die Gesichter flammendrot und lachend, die Leiber dampfend wie das Leben selbst, hielten bei der Beute Wache.

Schnell trat der Fotograf zur Seite, dorthin, wo die alten Entwässerungsgräben sind, und beugte sich vornüber. Auch wenn er diskret sein wollte, so sahen wir doch, daß er sich mehrfach erbrach.

»In Frankfurt«, sagte da, während wir auf ihn warteten, Sabine im Flüsterton, als sollte es der abwesende Hans nicht hören, »wird für den Flughafen ein Bannwald gerodet. Weil die Stadt verpflichtet ist, die dort lebenden Tiere zu entfernen, hat sie die Wildschweine, das Rotwild und das Muffelwild einfach zusammentreiben und erschießen lassen.« Aus ihrem Mund klingt es viel amtlicher, behördlicher, fast denke ich für mich: unmenschlicher, als wenn es andere erzählen. Sie hat ja ursprünglich Journalistin werden wollen, war aber zu schüchtern. Frech muß man da sein, ungeniert. Das ist die Voraussetzung.

Als Finnland wieder zu uns kam, versuchten wir, ohne weitere Worte, ihn tröstend anzulächeln. Zuhause erfuhren wir dann eventuell vom Schicksal Hehes.

Das ist mir heute beinahe gleichzeitig eingefallen. Die Jäger, das Mädchen, der Metzger. Ich müßte nur stehenbleiben und mich mit Anstrengung darein versenken, dann würde sich das Gemeinsame schon zeigen und was es bedeutet. Aber da, schön im Licht das filzige, wüste Gestrüpp! Noch viel lieber als damals, in der Zeit vor Hans Scheffer, gehe ich hier herum und bin glücklich.

Damals, vor einem Jahr, fing es an für mich. Es war von vornherein ein besonderer Tag. Herr Hans, den ich an diesem Abend zum ersten Mal in meinem Leben sah, wußte es natürlich, sonst keiner: Der größte und hellste Vollmond des Jahres stand am Himmel. Nur er, Herr Scheffer, hatte es am späten Nachmittag, als es am deutlichsten war, beobachtet. Wir anderen mußten uns bescheiden. Als nämlich die Mondscheibe höher stieg, fiel der Unterschied zu den normalen Vollmonden nicht mehr sehr auf. Niemals in all den zwölf Monaten ist er der Erde näher gekommen als in dieser Nacht. Es gab dann leider auch Wolken. Man erkannte nicht viel vom Fenster aus, aber wir glaubten Herrn Hans alle gern.

Das hier ist ja sein Reich. Er bestimmt. Hans Scheffer befiehlt, wo ein Tümpel sein soll und wo eine Kiefer stehenbleiben darf. Seitdem ich ihn kenne, ärgere ich mich nicht mehr, daß er unsere Wege überschwemmt und versperrt. Er war lange für mich ein Unsichtbarer gewesen und ein Tyrann. Seit dem Abend damals aber bin ich hier unter seiner Obhut. Ich sehe jetzt, mit seiner Anleitung, ja den Sinn ein.

Es sollte ihn nicht so schmerzen, daß sich manches in der letzten Zeit gegen seinen Willen geändert hat. Ist es denn nicht herrlich, so oder so? Die gelben Gräser im Frost, die frierenden

Wasserspiegel, die Schatten von allen Dingen, auch den klammheimlichsten, die Moose auf den Rinden, wie in Brand geraten, und die robusten Pferde, wenn ihre Beine, selbst bei Minusgraden noch, hier draußen ins hohe Kraut übergehen. Und wie man so gerne winzig wird unter dem riesigen Himmelsbogen.

Eins der Tiere, weiß mit schwarzer Gespenstermaske, hat mir einmal den Kopf entgegengehoben. Hat mich angestarrt, sicher aus beiden Augen, aber ich nahm nur das linke wahr. Die Augäpfel waren schräg eingesetzt und doppelt gefaßt, darüber erkannte ich wie noch nie die dunkel eingeritzten, geschwungenen Linien der Stirnfalten. Während es mich ansah, begann es zu schwitzen, Nässe überzog silbrig das Fell, eigentlich eine Haut, deren Poren sich deutlich zeigten. Unter dem Reif oder Glasfluß, unter dem Glanz des Bronzekopfes konnte es natürlich auch ein anschwellendes Flimmern sein, unter der Glasur festgehalten, damit es nicht ausbrach. Von seinem freundlichen und drohenden Auge wurde die Umgebung eingesogen, statt gespiegelt zu werden. Am erstaunlichsten war, wie die herrliche Mähne im Hinsehen ergraute, als würde das Tier in Sekunden altern. In langen Wellen fiel das Haar über die Stirn, gleißend graumeliert, in Strähnen, wobei die einzelnen Haare scharfe Schatten auf die Wange warfen, die von Tau oder Schweiß feucht war. Ich wußte nicht, was das Tierauge sah, aber es starrte noch immer, gebannt, ohne Regung, ohne Geräusch. Da merkte ich: Es blickte mich gar nicht an, nicht direkt. In Wirklichkeit sah es leicht an mir vorbei, halb durch mich durch, halb an mir entlang. Es änderte nicht die Richtung, der Blick hatte von Anfang an nicht mir gegolten, nicht ganz mir.

Es war genauso, wie auch der Herr Hans mich und uns alle ansieht!

Am ersten Abend bei uns im Tristanweg, an dem Sabine fast geweint hat vor Aufregung, bevor all diese im Grunde doch sympathischen Leute eintrafen, kannten die Besucher, die vielen Fremden, einander schon. Das Ehepaar Zock, er so dünn, sie so rund wie aus einem Kinderbuch, Herzers, er so vornehm und sie so nervös, Iris Steinert, in irisierendem Stoff bestimmt wegen ihres Namens, die sich um ihren Boris schlängelte und so entzückend dabei schielte, der gemütliche Metzger und der Fotograf Jörg Finnland, damals noch linkischer als jetzt, er war ja ziemlich neu. Nur mich kannten sie nicht, mich in meiner Ecke und unser Haus, das ein bißchen vierschrötig, aber stattlich am westlichen Gehölzrand steht, das auch nicht. Ich wußte gar nicht, wie ich meine Sabine unauffällig vorher beruhigen sollte. Zwischendurch, wenn sie bei ihren Vorbereitungen dachte, ich sähe es nicht, tanzte sie auf ihre schwerfällige Art leise summend mit sich selbst. Das überraschte mich. Meine Sabine! Das liebe, trostlose Bärchen! Allerdings hätte ich mir eher die Zungenspitze abgebissen, als mich dazu zu äußern.

Was anschließend in den nächsten Stunden vor sich ging, machte mich ganz baff. Sie befanden sich ja alle längst im Erwachsenenalter. Selbst der blutjunge Mann, den die Galeristin mitbrachte, war doch schon volljährig.

In der Nacht aber dachte ich endlich nicht mehr daran, wie lange ich wohl noch zu leben hätte. Ein Wunder, größer als ein Riesenrad. Wie lange ich noch zu leben hätte, war mir egal, weil ich zitterte. Ich zitterte damals, vor einem Jahr, wie die Oberflächen der vielen Tümpel zwischen dem Todholz, besonders, wenn es viel geregnet hat. Zitternde Gewässer, die Hans vertraglich bewilligt wurden, damit er sie nie wieder hergeben muß. Ich könnte meine Tage damit zubringen, sie anzusehen, bis mir die Augen zufallen.

Schon am Nachmittag war ständig telefoniert worden. Es ging immer:

»Ich hoffe, aber ich weiß nicht.«

»Ich bin sicher, aber darf man das bei ihm jemals sein?«

»O nein, nun etwa doch?«

»Ach, immer im letzten Moment!«

»Ach, immer bis zum letzten Moment!«

»Gott sei Dank! Ich verlasse mich darauf!«

»Ach ja? Endgültig?«

»Nun doch nicht? Ach so, nun doch?«

Ich hörte nur Sabines Antworten und sah ihren wechselnden Gesichtsausdruck. »Man weiß nie«, sagte sie schließlich, um sich Luft zu machen, dann am Ende zu mir, »ob Herr Scheffer, auf den wir uns alle freuen, erscheinen wird.«

»Hat er so viel zu tun?« fragte ich, durch all diese Umstände andächtig geworden.

Sabine war meine Frage bereits zuviel. Obschon es sonst fast ein bißchen zu geduldig ist, das schwermütige Kind. Aber dann antwortete sie, mehr sich selbst als mir, mit einem ungewohnt listigen Mund: »Niemand weiß es. Man vermutet und rätselt bis zum Schluß.«

Eine innere Stimme, ein sechster Sinn, der mein bester Freund ist, riet mir, mich lieber nicht zu erkundigen, warum sie Herrn Scheffer nicht selbst direkt anriefe. Die Luft war inzwischen derart verzaubert, daß ich diese naheliegende Frage als taktlos empfunden hätte. Aber ich begriff wenigstens, daß die Unruhe meiner Kleinen nicht dem gedeckten Tisch oder der Suppe galt, sondern der unumschränkten Hauptperson.

Auf einmal sagte sie zornig, als ich sie versehentlich etwas zu nachdenklich beobachtete: »Mir selbst ist es nicht wichtig. Aber das Gelingen des Abends, der zum ersten Mal in unseren vier Wänden stattfindet, hängt von diesem besonderen Gast ab. Das ist allen bekannt. Man sollte das Treffen, wenn man vorher weiß, daß er nicht kommen wird, gleich lassen.«

Und dann das Verblüffendste: »Das ist allerdings noch nie geschehen. Bisher ist er immer dabeigewesen. Nur kann es jederzeit schiefgehen«. Sie sagte tatsächlich: »Bisher hat es zu guter Letzt immer geklappt, nur sicher ist es vorher nie.« Wie sollte ich da meine liebe gramvolle Kleine, die schon wieder die Mundwinkel hängenließ, beschwichtigen?

Daß der Fotograf durch einen Unfall beinahe verhindert gewesen wäre und die slawische Ilona des Metzgers, Sprechstundenhilfe beim Frauenarzt Herzer, aus der Praxis anrief, ihr Chef könne vielleicht nicht teilnehmen, fiel überhaupt nicht ins Gewicht. Sabine hörte zerstreut hin und sagte ins Telefon: »Gut!« »Schön!« Es interessierte sie bei diesem Austausch von Botschaften nur eine einzige.

Und so ging es weiter, noch als es an der Tür mit dem Läuten anfing. Sofort, bevor ich einen der Gäste zu Gesicht gekriegt hatte, kam die Frage:

»Ist Scheffer da?«

»Kommt Hans?«

»Wie sieht's aus?«

»Was macht unser Sorgenkind?«

Später erfuhr ich, daß Herr Hans stets entweder als erster oder als letzter auftritt.

Bei der Begrüßung flüsterte Frau Herzer nicht allzu leise Sabine ins Ohr: »Detlef ist völlig erledigt.« Warum blieb er dann nicht zuhause? Ich hatte mich sowieso gefragt, was diese Fremden bei uns wollten und was Sabine, wenn sie sich mit ihnen traf, umgekehrt von ihnen erwartete.

Als Hans, ein kompakter Mann mit mächtigem Kopf, lächelnd in der Tür stand, da wußte ich es.

Bis in mein Eckchen rein spürte ich es. Alles begann zu lächeln im Widerschein, beruhigt und frisch, niemand konnte es unterdrücken. Und das bloß, weil ihr Herr Hans nun endlich gekommen war. Auch wenn Jeanette und Iris absichtlich, wohl um einen Scherz zu machen, wild in ihren Taschen kramten und nicht aufsahen.

Seine Verbeugung, wie galant, noch von der Tür aus, bevor er ihnen einzeln die Hand gab, aus den Hüften heraus: Ach, ich hätte es am liebsten fünfmal hintereinander gesehen. Aber Frau Steinert und Frau Herzer, die störte er nicht beim Wühlen in den Taschen. Als sie hochkuckten, war es zu spät. Er winkte ihnen freundlich zu, grüßte bloß andeutungsweise in ihre Richtung. Seine Hand kriegten sie nicht mehr zu fassen. Ein so aufmerksamer Herr war und ist unser Hans Scheffer! Alle bewundern ihn, trotzdem trumpft er nicht auf. Manchmal macht er sich beinahe unsichtbar.

Die Frauen hatten alle rote Wangen. Aber, wie eigenartig, das war schon so, bevor Herr Scheffer eintrat. Sie kamen bereits mit hochroten Bäckchen an. Selbst meine Sabine machte da keine Ausnahme. Sie zauberte sich im letzten Moment richtige Schwindsuchtrosen zu beiden Seiten der Nase ins Gesicht. Es war ein komischer Wettstreit unter ihnen.

Im Laufe des Abends lobte Herr Scheffer zweimal den schönen, erregten Wangenton der Frauen. Sie wußten natürlich längst, wie sehr er ihm gefiel. Hans freute sich wohlweislich am blühenden Teint der Ehefrauen und Freundinnen: Es war ein verdienter Beifall, persönlich für ihn, gerade weil es sich größtenteils um Schminke handelte. Und die anderen Männer? Jetzt, nach all der Zeit, glaube ich, sie wären gekränkt gewesen, wenn Hans ihr jeweiliges weibliches Mitbringsel verschmäht hätte bei seiner Tändelei. Vielleicht ahnten sie nicht, wie sehr die Frauen sie, die Ehemänner, einfach vergaßen. Mein sechster Sinn, aus meiner stillen Ecke heraus, hat mich, wie sich noch zeigte, nicht getrogen.

Was für ein eindrucksvoller, eindrucksvoll gefurchter Mann! Ich begreife es bis heute nicht: Gerade die schuljungenhafte Schmalheit der Hüften an diesem wuchtigen Menschen erzeugte sofort Zuneigung.

Sogar der müde Frauenarzt Herzer legte einmal zwischendurch seine Hand auf den Lockenkopf von Hans. Nur sehr kurz, eine Liebkosung, mit der er, der erschöpfte Arzt, sich Trost holte. Das war vielleicht die schönste Huldigung an diesem Abend. Die zweitschönste ging an den Mond, der uns so nahe war. Die drittschönste ging an mich, von Hans erbracht.

Auch daß ich in diesen Ordnungen denke, liegt an ihm. Wir haben es uns von ihm angewöhnt. Er wollte immer den Rang festsetzen, alles sollte Wettstreit sein. Nur dann machte es ihm Spaß. Er mußte seine Zensuren und Punkte vergeben, damit Konkurrenz herrschte und Olympiade und spielerischer Kampf im Kleinen.

Erst im Fortgehen sprach er sie aus, die dritte Huldigung, und ich zitterte in meiner Ecke vor Freude und Gefühl.

Nach dem Essen, bei dem er zulangte wie ein hungriger Halbwüchsiger, aber ganz unvermittelt aufhörte und zu nichts mehr zu bewegen war, ich vermute, weil ihn der begeisterte mütterliche Blick der Frauen zu stören anfing, begannen sie ein Würfelspiel. Der einzige, der es wirklich mit echtem Eifer betrieb, war er. Die anderen taten es vielleicht nur ihm zuliebe, um sich an ihm zu ergötzen, auch um sich vielleicht noch einmal wieder so ernstlich freuen zu können wie er, wie als Kind. Er siegte meist. Den großen Kopf beugte er über die Tischplatte und glänzte nach dem Schütteln und schwungvollen Aufsetzen die glückbringenden Würfel an, wenn er den Lederbecher hob. Für ihn waren sie ein günstiges Zeichen des Schicksals, persönlich und unmittelbar an ihn gerichtet. Er vergaß die Umgebung oder sogar die Welt darüber, sah mitten in das liebe Gesicht seiner Kindheit und versank darin.

Früher ist er sicher Meßdiener gewesen. Aber ich traute mich bisher nicht, ihn zu fragen. Er kann ja, wenn man ihn unwillkommen unterbricht, furchtbar finster werden. Rasend schnell zieht das auf. Man hört schon das Grollen im voraus und fürchtet sich, genießt jedoch auch das Schauspiel, wenn man ungeschoren abseits sitzt wie bei Gewitter in den Bergen hinter Fensterscheiben.

Was ist damals bloß in mich gefahren, daß ich gleich am ersten Abend frech von Herrn Holterhoffs Namensliste erzählte? Währenddessen schabte die fast ein bißchen dicke Magdalena Zock, die viel stämmiger ist als meine melancholische Sabine, ein paarmal mit ihren Brüsten sehr nahe an unserm Herrn Hans vorbei. Ihr Mann, ein sehr ritterlicher Herr trotz seiner Dürre, »Ritter Zock, ehrbar und ehrenfest«, hat Hans gern gesagt, besitzt einen überall bekannten Baumarkt mit Gartencenter. Von ihren vier Kindern hatte sie sicherheitshalber das Kleinste mitgebracht und bei uns, es gibt immer wieder solche Frauen, das haushälterische Regiment für den Abend ohne Gegenwehr Sabines übernommen. Jawohl! Sie drängte ein paarmal mit ihren Brüsten sehr nah an Hans vorbei. Er ist Junggeselle, ein lediger Mann. Meine Holterhoff-Einmischung war gegen die Verabredung mit Sabine. Ich wollte ja stillbleiben in meinem Winkel. Nun war es aber rausgeplatzt aus mir. Und schon griff Herr Hans es auf, sah kurz, damals, vor einem Jahr, zu mir herüber und verlangte, man solle, wie der eigene Vorname es entschied, sich selbst und die anderen aufteilen nach Säuglingen und Greisen.

Ich weiß sonst nichts mehr davon. Boris, Iris und Ilona waren jedenfalls bei den Zukünftigen, da gab es keinerlei Protest. »Hieße ich Johannes«, meinte Hans schmunzelnd, »wäre ich jung wie die Gegenwart. Als Hans bin ich es nicht. Aber auch du, Wilhelm, hast schlechte Karten. Hans und Wilhelm! Wir beide sind im Grunde schon ausgestorben.« Lediglich er und der Metzger Hehe duzten sich. Obschon gerade die netten, aufgeregten Frauen an den folgenden Abenden mehrmals getrennt einen Vorstoß auf ein »Du« hin unternahmen, ist es doch immer beim »Sie« geblieben. Hans wollte es so. Mir gefiel das über die Maßen. Sie »versprachen« sich zu vorgerückter Stunde um die Wette, und besonders die grün schillernde Galeristin Steinert schleuste sicher fünfmal ein »Du« ein. Manchmal habe ich das Gefühl, sie würde, um uns zu bezirzen, mit einem ausländischen Akzent reden, dabei liegt es in Wirklichkeit nur am Silberblick. Bei Hans verfing das nicht in diesem Fall, er blieb hart.

Hier aber, wo ich in seinem eiszeitlichen Reich aus Moor und Dünen herumgehe, ist jetzt das Licht das Allerschönste. Es wird von Ding zu Ding weitergereicht, von den Baumstämmen und dem Gras unter Rauhreif in den Sümpfen. Es kann alle Gestalten annehmen, auch in den Schattengebieten, wo es sich verbirgt. Der Waldboden ist das Geheimnisvollste, denn wo beginnt er über der Erde mit seinen obersten Bestandteilen, wo endet er in ihr mit den Wurzelausläufern? Auf den Wiesen stehen die Pferde zwischen blendender Bleichwäsche. Das denkt man zuerst, es sind aber die gefrorenen Pfützen in der Sonne, und wenn sie auftaucht mit ihrem Licht, denkt man es immer wieder im ersten Moment. Ab und zu gehen Leute neben Tieren, die gebrechlich geworden sind, die alten Wege ab.

Damals, nach dem Kennenlernen, war ich oft erschrocken, wenn hinten, wo die Wegränder zusammenlaufen im Dunst, ein Mann auftauchte. Ob das wohl Herr Scheffer selbst sein konnte? Herr Scheffer, der hier herumging, um nach den Widersetzlichkeiten der angrenzenden Bauern zu sehen, die weiterhin, sagte er, ihre Entwässerungsgräben verlangen. »Aber diesmal haben wir die Politiker auf unserer Seite.«

Ich bekam Herzklopfen beim Näherkommen. Immer umsonst, immer für die falsche Figur. Er war es nie. Ich lachte dann vor mich hin. Denn mein Herz schlug manchmal sogar irrtümlich schneller aus der Ferne für den steifen Fotografen Finnland, der hier an den Wochenenden nicht nur wegen der Motive für seine Fotos herumlungerte, sondern mehr noch, um ganz zufällig Herrn Hans zu treffen. Und es klopfte auch, nur durch Augentäuschung und Verwechslung, für den guten Nachbarn Holterhoff! Nicht schlimm. Er hat nur nach seinen Kiebitzen und den feindlichen Krähen Ausschau gehalten und nichts pochen gehört.

Mein eigener Vorname ist ja Luise. Wer weiß das schon.

»Der Verfall der Städte hat eingesetzt«, sagt Holterhoff gern, »unberührt davon blinken nagelneue Bürohäuser. Man läßt Warenhäuser leerstehen, für deren Bau man zwei Jahrzehnte oder zwei Jahre vorher Teile der Altstädte liquidiert hat. Gesetze darf man ändern, gewisse Verträge offenbar nicht. Ob aus Ratlosigkeit oder Schläue, das wissen die Passanten nie. Fragen sie die dubiose Baubehörde unserer Stadt. Die Passanten sehen nur die zugeklebten Schaufensterreihen und reißen Schlitze zum Hindurchsehen ins Papier. Da ist aber nichts, nur leere Schachtelräume hinter den Scheiben. Ein vergessener Eimer, eine umgefallene Flasche Bier. Spätabends bringen Vorübergehende das Glas zum Splittern, bloß, um einmal lachen zu können.« Dann späht er wieder durch sein Fernglas, atmet tief den Geruch nach Sand und Kiefern ein, und ich sehe, wie glücklich er in Wahrheit ist. Er ist ja hier draußen.

Hans kennt ihn, kannte ihn wohl schon damals, als ich die Kuriosität mit den Namen vortrug. Er sagt über ihn: »Ein braver Kerl, der Herr Holterhoff, sehr brav!« Wie lobt er Herrn Holterhoff von Angesicht zu Angesicht? So: »Wenn ich Sie nicht hätte, Holterhoff!« Holterhoff hat es mir erzählt. Es haben sich inzwischen genug Kiebitze angesiedelt, um gemeinsam räuberische Krähen von ihrer Brut zu vertreiben. Holterhoff, der die Kiebitze »Taschentücher« nennt wegen ihres komischen Fluges: »Hoffentlich ist es im kommenden Frühjahr nicht anders und schon wieder vorbei damit.«

Auch er weiß vielleicht nicht, daß ich Luise heiße. Und nicht mal Sabine müßte es unbedingt wissen. Sie sagt ja: »Mutter«. Gehöre ich nun zu den Greisen oder zu den Säuglingen? Meinem sechsten Sinn nach zu beiden.

Das Hauptspiel an diesem ersten Abend konnte ich nicht verstehen, ich war wohl mittendrin in meinem etwas dämmrigen Eckchen kurz eingeschlafen. Der Wein, von Ehepaar Zock gestiftet, schmeckte mir zu gut. Als ich die Augen wieder öffnete wegen des Gelächters, trug der Fotograf gerade sehr verlegen einen gekochten Fisch, der übriggeblieben war, aus der Küche einmal rund um den Tisch. Daraufhin stand der Frauenarzt auf. Er atmete heftig, hob Krüge vom Kaminsims und fuhr sich pfeifend, aber heimlich wohl ein bißchen wütend, mit den Handflächen am Jackett entlang. »Was ist das denn, um Gottes willen!« rief Jeanette, seine Frau. Sie schluchzte vor Freude, Freude mit einem Beigeschmack, ihren müden Mann jetzt, ob er wollte oder nicht, so lustig zu sehen. Dann ging Iris mit dem Silberblick, nachdem sie ein bißchen gekreischt hatte, vor uns auf und ab, wie von Gott und der Welt verlassen, immer verlassener, verzweifelter ging sie, weil die anderen einfach nicht erraten konnten, was sie darstellen wollte, trotz der gerungenen Hände, trotz erbärmlich hängender Schultern. Sie kicherte ja auch immer zwischendurch wirklich unpassend zu dem Bild, das sie präsentieren mußte, und schämte sich dann deshalb ganz reizend. Das half aber nichts. Ich glaube, ein Filmtitel sollte erkannt werden. Es war ein Spiel in zwei Mannschaften. »Neugeborene« gegen »Greise«?

Alle kamen an die Reihe, ich natürlich nicht in meinem bequemen Erker. Ich hatte es gut. Aber was für eine Rolle mußte Herr Hans schauspielern? Unbegreiflich, ich erinnere mich nicht mehr. Jemanden mit einer Tarnkappe? Dann ist es ihm wohl gelungen. Sie lachten teilweise wie wahnsinnig, der Fleischer, der Frauenarzt, die kleine Ilona, der blutjunge Boris Bäder, sie alle. Hans nicht, er lächelte nur in das Rumoren hinein, er amüsierte sich, ich mich auch. Es war sehr heiß im Wohnzimmer. Ein Glas zerbrach. Die Katze kratzte, als er versuchte, sie von seinem Stuhl zu kippen, Herrn Hans die Unterarme auf. Ilona verarztete ihn, so zärtlich sie nur konnte. »Seien Sie nicht zimperlich!« sagte sie. Hans sah Ilona an, als wollte er sie zur Strafe ganz wild auf den Mund küssen. Die anderen Frauen, so kam es mir in meinem Winkel vor, hielten solange den Atem an. Hehe verschluckte sich stark, fast unheimlich. Das machte er später noch oft, wenn er von ganzem Herzen lachte. Ach ja, anschließend die Sache mit dem Kind.

Hans war eine Weile verschwunden gewesen. Sie bemerkten es alle, vermißten ihn auf der Stelle, wollten sich das aber lange nicht eingestehen. Endlich begann der junge Bäder ihn zu suchen. Als er zurückkam, schnitt er ein äußerst vergnügtes Gesicht und winkte uns. Alle sollten ihm auf Zehenspitzen nachschleichen, auch ich konnte nicht widerstehen und schloß mich an. Der Reihe nach mußten wir durch die Küchentür spionieren, denn sie stand einen Spalt offen. In der Küche sahen wir Hans an unserem Tisch mit dem roten Wachstuch und den aufgedruckten Zipfelmützen, merkwürdig hingekauert, nach unten geduckt in ulkiger Verdrehung. Er wandte uns den Rücken zu. Wie kraftvoll und wohlgeraten dieser Rücken war! Besonders Jeanette Herzer und Magdalena Zock konnten sich kaum vom Ausguck trennen, um den anderen Platz zu machen.

Hans beugte sich nämlich nicht nur nach unten, er bemühte sich auch, mit seitlich gelegtem Kopf, der Katze, die er mit gekochten grünen Bohnen Stück für Stück fütterte, beim Zubeißen der spitzen Zähnen zuzusehen. Neben ihm stand splitternackt der Kleinste von Zocks auf dem Kachelboden und wurde von Hans in genau derselben Weise mit den Bohnen versorgt, immer abwechselnd. Eine für das Tier, eine für das Kind, eine für das Tier, eine für das Kind. Alle wünschten, ich spürte es, dieser lautlose Augenblick, der uns so überglänzte, in dem keiner von uns sich zu rühren wagte, würde nie vorübergehen. Schließlich sagte Hans, ohne sich umzudrehen, ohne sich vom Platz zu rühren: »Kommt ruhig rein!« Da besann sich Magdalena auf die Mutterliebe und rief: »Didi! O Gott! Mein Didi!« Schleunigst trug sie den Jungen, in ihren vom Hals gerissenen Seidenschal gewickelt, davon. Es wunderte mich nicht, daß Sabine den Kopf senkte. Ich wußte ja, was sie dachte.

Jeder hier liebte Hans.

»Didi! O Gott! Mein Didi!« sagte er etwas boshaft zu unserer manchmal tückischen Katze. Ich hörte aber, wie Iris Steinert zu Boris Bäder hin wisperte: »Meint er einen Körperteil von sich selbst?« Bäder antwortete nicht. Ihr häufiges Glucksen wirkte auf mich wie ein Silberblick, den man mit den Ohren wahrnimmt. Er ist das Lustigste an der ausgelassenen Person.

Zwei Stunden später gab es das Bild, wo drei Lebewesen so wunderschön zusammenpaßten, noch einmal, als nämlich der Metzger links neben sich Ilona sitzen hatte und rechts den vielleicht etwas betrunkenen Hans. Er schlief beinahe, sein großes Haupt war auf die Schulter des schnauzbärtigen Hehe gesunken. Hehe rührte sich kein winziges bißchen. Um Hans an seiner breiten Brust gut und sicher zu verwahren, hielt er vollkommen still. Von der anderen Seite rutschte Ilonas Köpfchen dem Schlachter unters Kinn, hätte auch fast das graumelierte Haar von Herrn Hans berührt. Die anderen taten, als sähen sie das gar nicht. Ich dagegen glaube, es sprangen Funken hin und her, und ich konnte mir kaum vorstellen, daß die beiden die Verästelung nicht spürten und daß sie ihnen unbekannt war. Hehe aber lächelte zufrieden vor sich hin. Er schenkte zum Schluß Hans einen Wurstring, den er aus einer gelben Plastiktüte mit einem »Hehe« lachenden Metzger holte. Hans hielt die Mettwurst in der Hand wie eine Kinderrassel und schmunzelte sie an.

Danach legte er die herrliche Musik auf, ein Gesang, der wie unter dem wegtauenden Rauhreif hier draußen zu uns drang und bei dem mir Tränen in die Augen traten. Ich dachte an das Weltall mit dem Mond und einem Schluchzen darinnen. Schluchzen? Ja, so war es in Wirklichkeit, so empfand ich es am stärksten. Es erregte mich mehr als Kinderstimmen in der Dämmerung und Vogelstimmen vor dem Regen. Als die verwöhnte Iris Steinert sich von Hans verabschiedete, von Hans, der uns fast nie direkt in die Augen schaut, so, wie mich einmal ein Pferd angesehen hat, sagte sie befehlend und allzu gierig: »Anblicken!«

Dabei stampfte sie sogar andeutend mit dem Fuß auf. »Unerhört!« flüsterte Jeanette Herzer. Hans ließ seinen Blick ruhig schweifen, zog seine ausgestreckte Hand zurück, verbeugte sich nur ganz leicht, fast gar nicht und winkte ihr mit der Mettwurst zu. Das war die Strafe.

Dann endlich das Einzigartige. Hans kam in mein Eckchen. Er berührte meine Strickjacke, meine Schulter durch die Strickjacke hindurch so, daß ich es nie vergessen werde. Dazu sagte er, er sagte es nur zu mir: »Niemand hat wie Sie die Musik angehört, Frau Wäns, ich habe es an Ihrem Gesicht gesehen.« Es war, vor allen verborgen, in Wahrheit der strahlendste Moment des Abends, stand heimlich an erster Stelle.

Als alle fort waren und wir beide, Sabine und ich, noch einmal vergeblich nach dem erdnahen Vollmond Ausschau hielten, antwortete sie auf meine Frage nach der Musik, bei der sie etwas zusammenzuckte: »Das Duettchen stammt aus einer italienischen Oper. Es heißt ungefähr: ›Wenn ich Dir teuer bin‹, oder auch: ›... lieb bin‹, oder einfach: ›Wenn Du mich liebst‹.«

Es war ein Zittern in mir entstanden, und in dieser Nacht hatten die stockfinsteren, bodenlosen Räume, die man nur durch die Elektrizität in den Lampen besiegt, keine Macht über mich.

Jetzt schnell nach Hause. Das Licht zieht sich in Schüben, man kann ihm dabei zusehen, eilig von allem, was steht und liegt, zurück. Ich will außerdem meinen Rucksack mit dem Schatz darinnen, den ich wieder einmal durch die Gegend getragen habe, an seinen Platz stellen.

2. Wanderung

Auch heute sage ich mir: Die Jäger? Der Metzger? Das Mädchen? Es geht mir im Kopf herum, als hätte man mir die Karten gelegt.

Sabine hegt vor mir weniger Geheimnisse, als sie ahnt. Schon vor Monaten, als sie so eifrig über Rattenskelette und verbotene Bauerngülle sprach, über lästige, standortfremde Birkenschößlinge und Rodungsvorhaben, die für selten gewordene Tiere und Pflanzen zusammenhängende Flächen schaffen sollen: alles Wörter, die man früher nie von ihr hörte.

Jetzt aber, gerade jetzt müßte sie Hans beweisen, daß sein altes Reich und Werk noch immer ein Wunder ist. Selbst heute, wo kleine Flocken wider Erwarten waagerecht durch die Luft stöbern. Trotzdem bricht ab und zu die Sonne aus den Wolken wie wild. Das Wetter wechselt von Tag zu Tag, stürmisch macht die Landschaft mit, die Jahreszeiten springen hin und her zwischen Licht und Schatten. Wer könnte uns das zerstören? Darf ein Oberkellner oder Oberbürgermeister oder Oberförster uns das rauben mit seinem wöchentlichen Vorrücken gegen uns?

Ich bin dem guten Holterhoff eben absichtlich ausgewichen, weil er bei Witterungen wie dieser so verbittert ist. Selbst innerlich kann man doch nicht für jeden Schrecken der Erde geradestehen. Er weiß das selbst. Aber bei kaltem Wind, erst recht bei Schneegestöber, da weiß er es nicht. Also wird heute ein Bogen um ihn gemacht. Ich könnte ihn ja nicht mal mit seinen Kiebitzen ablenken, sondern nur sagen. »Da, Ihre Krähen!« und das wäre bereits Wasser auf seine Mühlen.

Damals wunderte ich mich, wie schnell die Verabredung für das nächste Treffen folgte. Auf Bitte und Anordnung von Hans fand es wegen der Nähe unseres Hauses zu der Landschaft, die nach seinem Plan weiterhin gedieh, wieder im Tristanweg statt. Für die Verpflegung sorgte mehr als alle anderen die reiche und kinderreiche Magdalena Zock. Ich kannte das ja schon: Sabines Nervosität, die Telefonate:

»Doch nicht?«

»Vielleicht doch noch?«

Eine Neuigkeit an mir selbst aber verblüffte mich. Ich war nicht weniger aufgeregt als Hehe, Iris, Jeanette, Finnland usw. Und ich erkannte, daß die Spannung, ob Hans kommen würde, etwas Angenehmes, etwas Schlaues, ja klug Angezetteltes war.

Diesmal traf er als erster ein. Seine Stimme hörte ich schon ein Weilchen draußen. Als ich ihn endlich im Zimmer stehen sah, die Gestalt, athletisch, mir freundlich zugewandt, etwas breitbeinig, mit den Händen in den Hosentaschen, da hätte diesen Mann nichts umstoßen können. Ich nahm mir vor, mich am Schluß zu erkundigen, ob er die Musik mitgebracht hätte. Aber während ich es mir noch ausdachte, hatte mein Mund schon angefangen zu fragen.

Herr Hans schüttelte den Kopf, wieder mit dem netten Einkerben der Mundwinkel wie bei einem noch rundlichen Kind, das fest entschlossen ist, Kaiser zu werden: »Das wohl nicht, Frau Wäns.« Die Nähe seines mächtigen, warmen Körpers überströmte mich, verformte mich beinahe. Ich sehe nicht besonders gut, erwittere allerdings wie die Reptilien sofort eine Wärmequelle, so daß ich die Augen schloß und vielleicht einen kleinen Teich vor mir sah wie diesen hier, bei dem das Wasser über der abgesunkenen Eisdecke steht. »Aber ich will mir sehr wohl merken, daß Sie sich daran erinnern. Diese Freude habe ich selten.«

Ob er so etwas wirklich glaubte? Bestimmt war das Duett allen, nicht nur mir, unvergeßlich geblieben. Anders kann es nicht sein. Gedämpft gefiel mir seine Stimme sehr, sie tat es aber auch, wenn er schimpfte. Sein Zorn war schrecklich, purpurn schon beim stummen Stirnrunzeln, aber immer nur kurz. Später habe ich gesehen, daß er sich gelegentlich dicht neben die Frauen stellte. Dabei fiel mir etwas Eigentümliches auf: Sobald sie ihm ihr verändertes, nachgiebiges Gesicht zuwandten, zog er sich zurück. Er hatte nur etwas ausprobiert und verfolgte es dann nicht weiter.

Man merkte Hans seinen Ärger an, wenn der Frauenarzt Herzer, der oft nach anstrengender Praxisarbeit nicht pünktlich eintraf, dann eine Weile stumm vor sich hinstarrte und sich nicht schnell genug der Leichtigkeit unserer Treffen anglich. Herr Hans war sich dieses einen Mannes, denke ich mir, nicht ganz sicher. Kam Herzer vielleicht nur wegen seiner Frau Jeanette her? Damals aber pries er, solange die Abwesenheit des Arztes dauerte, dessen Heldenhaftigkeit vor »Freund Hein und Feind Tod«, machte auch keinen Hehl aus seiner Bewunderung dafür, daß der Tapfere, der den von seiner Diagnose am Boden zerstörten Frauen auf eine Weise beistehe, zu der er, Scheffer, diesen unverzichtbaren Wesen gegenüber niemals fähig sei, trotzdem unserer Runde prinzipiell mit Grazie, wenn auch einer wortkargen, beiwohne.

Kaum war der erschöpfte Herzer eingetroffen, musterte Hans ihn dagegen argwöhnisch. Er überlegte wahrscheinlich, ob der Arzt sich nicht doch verstellte und die Schönheit unserer Abende gar nicht begriffe. Er lachte auch einmal lange in sich hinein, als Herzer, der ein Ratespiel einfach nicht verstehen wollte, statt dessen verdrossen bei mir am Fernsehapparat Platz nahm und dort dummerweise auf einen blondgelockten Komiker stieß, der sich an einem Haken in ein riesiges Senffaß tunken und wieder herausholen ließ. Und das, wie man sagte, vor Millionen sich totlachender Zuschauer aus allen sechzehn Bundesländern, gelb tropfend in der Luft mit Armen und Beinen rudernd.

Beide, Herr Herzer und Herr Scheffer, meinten es aber gut miteinander, und das taten doch in Wirklichkeit alle hier.

Nur hätte natürlich der iltisjunge Boris besser aufpassen und immer rechtzeitig zur Stelle sein müssen. In seinem Alter! Was sah er denn überhaupt als seinen Beruf an? Er half seiner Iris ein bißchen in der Galerie, vielleicht bloß beim Ausfüllen der Formulare, beim Auspacken der Bilder und beim Aufhängen. Das war schon alles, dafür mochte es reichen. Ich kriegte auch sehr wohl mit, wie er, als Hans ihn wegen der faulen Ausrede: »Die Arbeit, Herr Scheffer, die Arbeit!« grob verhöhnte, zu Boden sah und sich auf die Lippen biß, um nicht zu verraten, wie geschmeichelt er sich durch so viel Beachtung fühlte: Herr Scheffer persönlich vermißte ihn also, wenn er sich verspätete!

Bäder gefiel mir wegen seiner sorglosen Jugend, auf die er selbst stolz war, und er verehrte Hans ja, obschon er sich mit seiner eleganten, fast schnöselhaften Kleidung von ihm absetzen wollte. Mochten die Frauen denn unseren Hans vom Hochmoor nicht auch deshalb, weil er immer einen fehlenden Knopf, ein Loch unterm Arm, einen Riß im Hemd, ja manchmal sogar einen nicht ganz geschlossenen Hosenschlitz hatte? Wie hübsch ist aber doch ebenfalls der wacklige Hochmut der Jugend.

»Bäder, nehmen Sie sich ein Beispiel an Finnland! Der kommt immer auf die Minute und hat einen richtigen Beruf. Sie kriegen Punkte abgezogen, wenn sich Ihr Bummeln wiederholt«, sagte Herr Hans und zog den Mund schräg. Ihn ärgere, erzählte er Sabine, daß dieser kaum flügge gewordene Bursche, der sich bereits eine schillernde Iris angeschafft hatte, die man ihm als Geliebte, so Hans, wie seinen Bartflaum nicht recht glaube, die Rangfolgen nicht lupenrein beherrsche. Und hatte Herr Hans da nicht vollkommen recht? Nur bildete das Bürschchen sich natürlich ein, man würde ihn für unverzichtbar halten wegen des bezaubernd Blutjungen.

Finnland wurde, ich konnte es aus meinem Winkel gut erkennen, etwas rot, als Hans ihn erwähnte. Er ist so ein anständiger Kerl! Fotografiert unser Naturschutzgebiet, schwarz-weiße Strukturen, um den Matsch seiner Baugrubenwelt zu vergessen. An diesem Abend hat er mit Hans im Flur gestanden, weil er direkt nach ihm eintraf. Ich hörte ihr Gespräch. Nichts als: »Vier zu drei«, »Null null«, »Zwei eins«. Dazwischen seufzten sie.

So habe ich Herrn Hans erst vor wenigen Tagen an derselben Stelle seufzen und stöhnen gehört, wohl aus völlig anderem Grund, so daß mir fast das Herz brechen wollte. Aber damals, vor einem Jahr, da kam Herr Hans ja in bester Laune einen Moment extra zu mir und stand bei mir.

Kapuze ab! Das Flockengestöber hat aufgehört. Das Schöne am Schnee? Er beweist uns, daß die Welt völlig anders sein kann, als wir eben noch dachten. Schon erscheint das erste Licht auf den Birkenstämmen, bleich, wie auf den weißen Pferdeleibern, die man hier oft sieht. Ich würde die Gegend mit verbundenen Augen am Geruch erkennen, gemischt aus den besten Wald- und Heidegewürzen. Sofort hätte ich nämlich vor mir die Stämme, die aus den Tümpeln ragen, und die abgestorbenen Bäume in ihrer Schiefe, wenn sie in die Brombeergebüsche kippen. Ja, gerade probiere ich es wieder. Augen geschlossen, Luft tief, tief eingeatmet. Es ist doch eigentlich das Glück.

Aber vielleicht nur deshalb, weil ich an Herrn Hans denken muß, wenn ich durchs Gestrüpp stapfe? Fehlt er mir? Nein, hier nicht. Er ist ja da, für mich immer noch. Noch immer nach wie vor, wie früher und einstmals da und um mich herum.

An diesem zweiten Abend im Tristanweg 8 sollten sie alle irgendwas aus einer selbst erlebten Liebesgeschichte erzählen. Ich sah sofort, als ich das hörte, Sabine an. Ob das gutgehen würde?

Ilona, Hehes Freundin mit dem sanften slawischen Gesicht, die früher einmal Verkäuferin in einer Bäckerei, auch Fußpflegerin und was nicht alles war, machte den Anfang: »Woran merkt man absolut sicher den Blitzeinschlag? Ganz einfach: Es ist das Gefühl, man würde den ganzen Tag mit Metallabsätzen oder genagelten Schuhen auf hartem Pflaster gehen!« Daraufhin brach Hehe, der Gemütsmensch, in sein donnerndes Gelächter aus. Es erstaunte mich, wie Herr Hans, unsere Sonne und unser Mondlicht, nun seinerseits andächtig den Metzger betrachtete und sich an dessen Erheiterung gar nicht sattsehen konnte. Ich wiederum, das war ja nur natürlich, sättigte mich aus meinem Winkel heraus am Anblick von meinem Herrn Scheffer.

Gut, daß ich nicht mitspielte und gefragt wurde. Denn hätte ich irgendeinem Menschen von meinem Zittern erzählen dürfen, meinem Zittern von damals, am ersten Abend, bis in die Nacht hinein, nach der schönen Musik, nach dem italienischen Gesang? Obschon, wenn man darauf bestanden hätte, wäre mein allererstes Verliebtsein zu erzählen gewesen, das auf der Nordseeinsel. Man brach den Aufenthalt ja ab, hat mir jungem Kind die Liebe abgebrochen von einem Tag auf den anderen. In alle Richtungen schickte man uns zu den Eltern zurück. Schuld daran war die Währungsreform, die Unsicherheit des neuen Geldes, der völlig veränderten Kosten wegen.

Ilona, die ein feurig rotes, allerdings sehr kurzes Kleid trug, bei dem eine Schulter nackt und die andere von einer riesigen Schleife besetzt war, als hätte sie sich schon ahnungsvoll für ihre festlichen Auskünfte über die Leidenschaft gekleidet, fügte noch hinzu: »Und wenn man einen Raum mit Leuten betritt, und der, den man meint, spürt es mit dem Rücken und dreht sich sofort um, dann weiß man, daß es auch ihn gepackt hat.«

Den Rucksack habe ich heute nicht bei mir. Er ist ja nur ein geheimes Zeichen für mich, und das muß nicht jeden Tag gegeben werden. Aber die kleinen Tümpel, ganz und halb und gar nicht gefroren, die sehe ich tagtäglich an. Ich kann sie umblättern, ich lese immer Neues, wenn mein Blick in die Schichten einsinkt, obschon diese Gewässer doch meist nicht tief sind. Es ist das Glück, denke ich manchmal, mit Krötenhaut und goldenen Augen, das auf dem Grund hockt, hier, im Renaturierungsgebiet von Herrn Scheffer, o doch, so nenne ich es nach wie vor, unverzagt.

Während dieses Spiels habe ich vorsichtig Sabine bewacht. Ich hatte Angst um sie. Magdalena Zock, die in einem Internat die feine Küche gelernt und das Vermögen in die Familie gebracht hat, weil ihr Vater Bierbrauer und Brauereidirektor war, kümmerte sich gerade draußen ums Essen, als ihr Mann, der noble und ritterliche Bruno Zock vom Baumarkt oder Gartencenter, ganz hektisch sagte, ich habe versucht, es mir wörtlich zu merken: »Bei solchen Blitzeinschlägen, liebe Ilona, kommt die reine Biologie zum Zuge. Und ich will Ihnen sagen, genau das ist das Leben! Aber man sollte wissen: Wer sich unter das Gesetz der puren Biologie stellt, muß auch auf deren Gnadenlosigkeit gefaßt sein. Größte Lust, größte Qual.«

Alle starrten den dürren Herrn Bruno an. Besaß er nicht vier Kinder? Das wußte doch selbst ich an diesem zweiten Abend schon.

Gerade da brachte seine Ehefrau den flambierten Nachtisch ins Zimmer. Wahrscheinlich dachte sie, die noch spürbare Verdutztheit der anderen gälte den Flammen. Sie strahlte uns an in ihrem entzückenden Irrtum. Der Schlachter riß die anderen gewaltsam in sein Gelächter hinein. So schön war unsere Stimmung damals.

Mir fällt dann noch ein, was die Galeristin erzählte. Sie habe vor Jahren mit einem Mann auf Felsen an einem italienischen Meeresstrand gelegen. Ein merkwürdiger Mensch, sie wisse gar nicht mehr, wie sie an den geraten sei. Er habe behauptet, sein unerfüllbarer Traum sei eigentlich, ein Schwarzer zu sein, der sich von einer Erotikagentur an sehnsüchtige Damen in guten Vierteln vermieten lasse. Die Frauen aber dürften bei der Bestellung nicht wissen, daß ein echter »Neger« ins Haus komme. Ja, und dann das Erschrecken in ihren Augen beim Öffnen der Tür! Und wie er, noch auf der Schwelle stehend, in ihren Augen, das sei ihm mehr wert als die Bezahlung, den Umschwung lesen würde, vom Ablehnen zur Vorahnung der doppelt unkeuschen Lust, sich einem Pechschwarzen hinzugeben. Später hätten sie mit der Uhr gemessen, wie lange die Sonne brauchte vom ersten Berühren des Wasserspiegels bis zum völligen Verschwinden. Der Mann, ein Schweizer, habe nun seinen Ehrgeiz darin gesehen, am nächsten Tag »das Vögeln«, so sagte sie beim Aufessen der flambierten Früchte, »punktgenau mit der Sonne zu beenden«. Wie dachte ich da sofort an Rotkehlchen und Dompfaff, die an Frau Zocks alkoholisierten Pfirsichspalten pickten! Es habe zum Schrecken des Schweizers auf eine unerwartete Weise geklappt. Gerade in diesem Moment sei nämlich außerdem einen

Meter von ihnen entfernt ein kindskopfgroßer Stein oben aus den Felsen neben ihnen aufgeprallt und dann mit der Sonne ins Meer gesunken. »Mörderisch!« habe er ständig gerufen. Nach dem ersten Schock immer begeisterter, weil er den Vorfall offenbar seinen männlichen Kräften zugeschrieben habe. Schon am folgenden, regnerischen Tag sei ihm, ohne Sonnenuntergang und Steinschlag, jede Liebeslust vergangen. »Aus! Finito per sempre!«

»Endlich eine Art Anekdote«, lobte Hans und fragte Bäder, was er dazu meine. In diesem Moment aber sah ich Sabines stets etwas wehes Gesicht, hier, an diesem Tisch, und gleichzeitig ihr wutverzerrtes, als sie vor zehn Jahren am Spülstein gestanden und schluchzend, mit dem Messer in der Hand geschrien hatte: »Ich wünsche ihr den Tod!« Damit meinte das liebe Kind die römische Freundin ihres Sohnes, unseres Mirko, oder besser: die ehemalige, das war's ja, die ehemalige! Das Mädchen hieß Tonia und der Junge Mirko. Deshalb nannten sich die beiden Kinder, als es mit ihrer Liebe noch gutging, gemeinsam »Mito«, ein italienisches Wort. Es bedeutet »Mythos«.

Weil ich bei diesem Thema auf Sabine wegen der Vergangenheit aufpassen mußte, hörte ich von demjenigen, der mich am meisten interessierte, von meinem Herrn Hans nämlich, nur den Satz: »Ich als Lebemann weiß nicht, wo ich mit dem Berichten und Flunkern anfangen soll.« Das gefiel allen. Sabine hielt sich wider Erwarten ausgezeichnet. Die Gefahr war vorüber, ich saß in meinem dämmrigen Sessel und unser Haus Tristanweg 8 beschützte uns.

Bis dahin und noch ein Weilchen weiter ist es nämlich ein sehr fröhlicher Abend gewesen.

Herr Herzer, der, sicher aus Müdigkeit, noch stumm geblieben war, sagte nun, seine einzige große Liebe sei seine Frau Jeanette, und da würde der Kavalier eben genießen und schweigen. Aber etwas Kurioses könne er doch beisteuern. Er hielt uns daraufhin zu unserer Überraschung einen regelrechten Vortrag über einen

Luftkurort in den Schweizer Bergen, wo man, laut Beschluß einer Strategiesitzung aller führenden Köpfe der Gemeinde, einen gewissen Dr. Schutzbach als Lachexperten unter Vertrag genommen habe, der durch einen Stab von Lachinstrukteuren wetterfeste Lachinvestitionen einrichten wolle. Ich habe nicht alles behalten, aber auf kleinen Bühnen sollten Touristen lachen und dafür Kaffee und Kuchen umsonst bekommen, zu den Springbrunnen im Ort solle Gelächter ertönen, in den Wartezimmern der Ärzte, in Post und Supermarkt solle man auf großen Bildschirmen lachende Gemeinderatsmitglieder sehen, Lachliegestühle würden beim Hineinlegen anfangen zu kichern. Warteschleifen am Telefon wolle man mit Gackern und Gelächter in sämtlichen Tonlagen füllen, und die Leute vom Bauamt, im Tourismusbüro, bei den Bergbahnen zu Laien-Lachinstrukteuren schulen. Für dreißig Sekunden Lachen in einen Automaten dürfe man dreißig Minuten umsonst parken. Da Lachen gesund mache, seien für diese Hölle bereits 150 000 Euro bewilligt. Die Bevölkerung habe zwar im letzten Moment dagegen gestimmt, lasse sich aber nur zu gern die verschwiegensten Hochgebirgspfade von anderen Narren, den Bikern, zerstören.

Der ernste Mann erzählte etwas langatmig im Vergleich zu den anderen Gästen. Ich selbst fand seinen Beitrag originell. Hatte der von Krankengeschichten geplagte Arzt sich nicht ehrlich Mühe gegeben? Vielleicht hoffte er, wir würden damit anfangen, uns weitere Lachvorschläge auszudenken. Als er fertig war, sah er nicht nur als einziger richtig zufrieden aus, ihm liefen vor Vergnügen sogar Tränen aus den Augen.

Er spürte nicht, was alle anderen längst gemerkt hatten. Hans, der ja ein wunderbarer Causeur, so nennt es Sabine, Causeur der alten Schule ist, wurde durch die Umständlichkeit des Arztes, die an solchen Abenden nichts zu suchen hatte, von Minute zu Minute gereizter. Es gefiel ihm auch nicht, nehme ich an, daß ein anderer sein eigenes Spiel durch ein neues Thema zerstörte. Bis in meinen Winkel hinein sah ich das böse Flackern in seiner Miene. Herzer war eigentlich noch nicht ganz ans Ende gelangt, als Hans ihn plötzlich sehr laut unterbrach: »Nicht wahr, Jeanette, geben Sie es zu, ein achteckiges Gartenhäuschen mit acht Fenstern zum Reinkucken und zum Rauskucken in den Garten und zum Verhängen, wir erinnern uns, das ist es, was den Zocks noch fehlt. Die Kastanie, die Magdalena mir sehr huldreich zur Geburt von Didi hat pflanzen lassen, die würde dadurch trefflich ergänzt.«

Es wurde stiller, als es in einem menschenleeren Zimmer jemals sein könnte. Herzers Frau, mit ihrer hellen, fast übertrieben gepflegten Haut, errötete schrecklich.

Das geschah wohl vor Entsetzen. Sie richtete die Augen ein bißchen glotzend auf unsern Herrn Hans, der sich sofort erschrocken an die Lippen fuhr. Dann wurde sie totenblaß und, ich weiß nicht, ganz mager im Gesicht. Da, erst da erkannte auch ihr Mann durch seine immer noch nicht getrockneten Lachtränen hindurch, wie mühsam sie sich beherrschte. Während er versuchte, dem nachzuhorchen, was Hans gesagt hatte, machte Jeanette plötzlich einen Fluchtversuch. Hehe jedoch, der neben ihr saß, hielt sie mit eiserner Klaue fest, mit seinen starken Schlachterhänden unerbittlich. Erhob sich nun nicht aber der Frauenarzt und näherte sich hoch aufgerichtet dem sitzenden Hans, der schon wieder eine Unschuldsmiene machte, näherte sich ruhig, wie angeschwollen, in einer furchteinflößenden Haltung, die ich ihm nicht zugetraut hätte? Er stützte sich dabei mit der Hand auf alle Stuhllehnen und berührte dabei alle Rücken, an denen er vorbeikam.

Sabine hat mir, spät in derselben Nacht, mitgeteilt, Hans werde der Jeanette nicht so schnell verzeihen, daß sie durch ihre Hysterie sein frivoles Spielchen so katastrophal verdorben habe. Mehr Erklärungen zu dem Vorfall habe ich nicht bekommen. Das wollte ich auch gar nicht. Trotzdem hörte ich das Zögern und leichte Beben in Sabines Stimme, als sie sagte »frivoles Spielchen«. Ich sah nur, daß selbst diese freundlichen und fast herzlichen Menschen, wenn sie nicht achtgeben, einander ohne Not im Handumdrehen unglücklich machen können.

Schon wollte ich damals in meiner Angst aufschreien, um unseren Herrn Hans vor dem Angreifer Herzer zu warnen, als uns der ökologische Fleischermeister Hehe, der beste Freund von Hans, rettete durch einen wirklichen Schrecken und Ernst, auch wenn es vermutlich, Sabine ist da meiner Meinung, strenggenommen zum Teil gespielt war. Es ging nicht so schlimm zu wie bei dem Anfall später, zu der Zeit, in der Hans uns allen so fehlte, und doch kommt es mir jetzt vor, als sollten wir schon an etwas gewöhnt werden.

Hehe brach im letzten Moment, bevor Herzer bei Hans anlangte und womöglich etwas Furchtbares passiert wäre, in ein Geheul aus. Er sprang auf, offenbar von Krämpfen geschüttelt, und versuchte, ganz grau im Gesicht, durch einen Laufschritt dem Schmerz zu entkommen. Dabei stieß er gleichzeitig stöhnende Beschwichtigungslaute aus, bat wahrhaftig bei uns um Entschuldigung für das, was ihm widerfuhr, und ließ sich ächzend auf den Fußboden nieder. Er hatte die Zähne zusammengebissen, aber das Wimmern ging uns durch Mark und Bein.

Ilona in ihrem knallroten Kleidchen war schneller als der Arzt. Sie hatte sofort ein Glas Wasser in Auftrag gegeben, in das sie eine Tablette aus Hehes Jackentasche warf, und drückte, mit hochgezogenem Rock vor dem sich windenden Metzger kniend, den vorderen Teil von dessen Füßen mit aller Kraft nach oben. Hehe sträubten sich die Barthaare. Er trank aber schon. Sie standen um ihn herum, ich konnte ihn nicht mehr sehen von meinem Platz aus. Und so wie es ihm nach wenigen Minuten besserging, erging es auch uns.

Der Schrecken hatte bis in alle Ecken des Zimmers gereicht, jetzt war die Atmosphäre gereinigt, das spürte ich sogar in meinem Sessel. Ilona waren von der Anstrengung blonde Strähnen aus dem Haarknoten gerutscht.

Hans, der die ganze Zeit mit geballten Fäusten und fast so fahl wie der Metzger dagestanden hatte, betrachtete sie mit Zärtlichkeit. Als sie irgendwann alle aufbrachen, sagte er zu ihr. »Mamsellchen! Ihr habt heute den ersten Preis verdient!« Mir selbst winkte er diesmal nur zu, aber Sabine, die sich neben Ilona befand, stellte er die Frage: »Wieso sind Ihre Augen nur so schön, Frau Wäns?« Ihre Augen sind tatsächlich schön, da hat er recht, nur merkt es sonst keiner.

Es wurde in den nächsten Tagen viel telefoniert. Iris Steinert, die Füchsin, die immer das Komplizierte der Verhältnisse aufdeckt, meinte zu mir am Telefon, so, als wäre ich eine Vertrauensperson, Herzer habe uns die alberne Gebirgsgeschichte aufgetischt, um uns zu verspotten, und Hans habe mit den »schlüpfrigen« Andeutungen zu einer Liebesstunde in einem gewissen Pavillon, man kenne ja seine Vorliebe für die Operette, den Arzt bloß bestrafen und zur Eifersucht reizen wollen, denn diese »fade« Jeanette könne unmöglich nach seinem erotischen Geschmack sein. So denke auch ihr Freund Boris. Interessant sei jedoch die Sache mit der Zockschen Kastanie und Didi: »Hochinteressant! Da wirkt was im Verborgenen. Da verrät sich was! Darüber werde ich mal nachdenken.«

Es hörte sich ziemlich zornig, beinahe bedrohlich an. Vielleicht verwechselte sie mich mit Sabine wegen der Ähnlichkeit unserer Stimmen? Sabine und Finnland hielten Hehes Muskelkrämpfe für einen Freundschaftsdienst an Hans. Ach, ich weiß nicht, ich kenne diese im Grunde so sympathischen Leute doch alle viel zu wenig, auch heute noch, wo sie andere Seiten von sich gezeigt haben. Jedenfalls machte den meisten das Geraune und Munkeln und Unken Spaß.

Allerdings erzählte Ilona Sabine bei einem Anruf, daß Herzer, dieser nette, zurückhaltende Gynäkologe und Ehemann, aus der

Praxis am nächsten Tag mit seiner Frau telefoniert und dabei immer »Jeanette, bitte, Jeanette!« gestammelt habe. Man könne nur auf die Schwerhörigkeit der Patientin im Nebenzimmer hoffen. Jetzt sei nämlich er, ihr verehrter Chef, es gewesen, der zwischendurch laut geschluchzt habe.

Irgendwann später kriegte ich einmal mit, wie Herr Herzer im Vorübergehen vor sich hinmurmelte: »Diese insektenhafte Fröhlichkeit!« Es gab mir einen Stich, denn war das nicht gegen unseren Herrn Hans und seine Gesellschaftsspiele gerichtet?

Wieder beginnt das Schneegestöber, und mittendrin kommt jemand, bestimmt Herr Holterhoff, auf mich zu. Da nehme ich, bevor er mich erkennt, lieber Reißaus. Wieso sollte es ausgerechnet diesmal Herr Hans, Hans Hochmoor, Hans vom kleinen Hochmoor sein? Das Herz rollt sich wie ein junger Hund im frischen Schnee. Nichts anderes gibt es in diesem Moment als Flokken, Flocken, nur Flocken auf der Welt, nur Flocken in meinem Leben. Herrlich und endlich! Dazwischen nichts, nichts in den Zwischenräumen. Immer mehr Flocken an meinen Wimpern. Knarrt da der Specht? Ob es Sabine, Holterhoff oder Herrn Hans erschrecken würde, wenn sie mich zugeschneit fänden wie einen Zaunpfosten? Dabei gab es vorhin noch die gelbe Rispensegge in der Sonne, wie im Sommer. Ein Hitzegefühl ging von dem Gold aus, man hörte beinahe die Insekten summen. Um die Büschel herum natürlich in flachen Spänen das Eis.

Plötzlich reitet vor mir ein sehr gerade sitzendes Mädchen mit zwei ungesattelten Ponys, einem an jeder Seite. Nein, Anada ist es nicht, das wäre ja unmöglich. Aber jetzt fliegt, riesig gegen den Himmel, dicht über meinen Kopf weg, ein Bussard. Da, gleichzeitig legt sich von hinten eine Hand auf meine Schulter. »Hallo Frau Wäns!« sagt jemand lachend. »Sie telefonieren ja gar nicht. Mit wem reden Sie denn dann?« Herr Holterhoff! Schon ist er weiter.

Die Jäger? Das Mädchen? Der Metzger? Zusammen wohl doch ein Hirngespinst ohne Bedeutung. Die Bilder wirkten bloß so, als hätten sie eine. Am nächsten Tag hörte ich einen Satz von Sabine, als sie vor dem Schlafzimmerspiegel stand. »Wieso sind Ihre Augen nur so schön, Frau Wäns?« Sie hat ihn bestimmt zehnmal vor sich hin geflüstert und gelächelt wie nach dem Tod unseres Mirko nie mehr. Mein liebes, ungetröstetes Mädchen! Es spricht so sehr für den Herrn Hans, daß er ihre Augenschönheit erkannte.

Und doch wohl auch momentan ein wenig erkennt.

Wir besaßen nun beide einen Satz von ihm, den wir uns aufsagen konnten, sooft wir wollten: »Wieso sind Ihre Augen nur so schön, Frau Wäns?« und: »Niemand hat wie Sie die Musik angehört, Frau Wäns, ich habe es an Ihrem Gesicht gesehen.« Einer für Sabine, einer für mich. Jede hat ihn heimlich für sich.

Wie viele Stunden an einem Stück solche Flocken wohl fallen können? Hätte doch meine Mutter, die im Alter so sehr an den Waden fror, noch die modernen Thermostrumpfhosen kennengelernt. Sabines toter Mirko wäre, wenn sie beide, meine Mutter und der arme Junge, noch lebten, ihr Urenkel, tatsächlich, wäre schon ihr Urenkel!

Alles will strahlend einschlafen. Schnell vorher nach Hause, um Gottes willen. Zum Kuckuck, ich finde kaum noch den Weg im Gewirbel. Wäre doch Herr Hans auf Kontrollgang und könnte mir helfen. Ist dort Elsa, unsichtbar geworden, so weiß im Weißen? Oder wenigstens Holterhoff. Wenn ich mich jetzt hinsetze und dann wieder aufstehen will, bleiben bestimmt Teile von mir liegen. Kommt da Nizami-Pascha? Sind Sie es, Herr Scheffer, Herr Hans im dichten Schneefall, der mich rettet? Sie?

3. Wanderung

»Endlich, Frau Wäns! Von den Toten auferstanden!« Daß sich der wald- und wiesengrüne Nachbar Holterhoff mit seinem schweren Feldstecher dermaßen daran begeistert, mich wiederzusehen! Durch meine Krankheit habe ich den Winter hier draußen überschlagen. Sabine wollte mich in meinem elenden Zustand nicht aus dem Haus lassen, und Holterhoff ahnt nicht, was sich im Tristanweg 8 in der Zwischenzeit geändert hat. Zum Guten? Zum Schlechten?

Ich weiß nicht.

Holterhoff sagt: »Man hat in den acht Wochen, in denen Sie hier nicht aufgepaßt haben, in unserem Viertel die wilden Wäldchen beseitigt, alles Gehölz, das in den Lücken zwischen den Häusern stand. Wo eben noch Bäume waren, im vorigen Frühjahr mit vielen Vogelnestern, sieht man jetzt nichts als Bagger und Betonmischmaschinen. Unser Oberbürgermeister ... Schwamm drüber. Sie bauen, sie pflastern, sie kacheln und versiegeln. Werden die uns wenigstens das hier lassen?«

Holterhoff lacht und schlägt sich auf die Schenkel. Er wollte mich lediglich ins Bockshorn jagen, der gutmütige Klotz. »Die Hauptsache, Sie sind wieder auf dem Damm.« Ein roher Kauz! Sagte Hans nicht kürzlich, als Holterhoffs Name im Tristanweg fiel: »Es wird zu viel und zu gerne schwarzgesehen. Ob der liebe Gott das gewollt hat?«

Holterhoff bedenkt nicht, daß er durch solche Reden mein Bild von der Welt einschlägt und zerhackt. Jedenfalls besteht die Gefahr. Wo soll sich, wenn ich für mich »Die lauen Lüfte sind erwacht« singe, das kleine Lied noch niederlassen? Auf Pflastersteinen?

Was gestern war, muß der erste Vorfrühlingsabend gewesen sein. Es lag an den Vogelstimmen, an ihrem Klingeln und Geklirre in der Dämmerung. Wo hält man sich fest in einer so wehrlosen Stunde, nein, wehrlos in einer solchen Stunde? Nicht im Tag und nicht in der Nacht kann man Anker werfen. Man treibt unter dem Gezwitscher dahin. Das alles ist aus der Vergangenheit vollständig aufgetaucht. Dann die große Mondmilde darüber, ein Halbmond fast in seinem Scheinen. Ich behaupte: Es ist eine andere Welt, die in unserem alten Mondlicht schwebt.

Unberührbar kreist sie in derjenigen, die sie mit den Teleskopen erforschen.

Sabine hat mir zur Genesung etwas geschenkt. Wir waren im Planetarium. Gezeigt wurde die »junge Erde«. Aus dem Weltall sah man auf uns herab. Wie dampfende Zapfen und wehende Bärte standen die Nordlichter von der Erdkugel ab. Es hat aber keiner gelacht außer mir. Dem Herrn Hans, wenn er es gesehen hätte, dem wäre genauso lustig zumute geworden wie mir. Dann das kraftstrotzende Universum! Der gehämmerte, donnernde Sternenhimmel! Aus den Liegestühlen war das alles bequem zu betrachten. Man mußte keinen Finger rühren, schon sausten die Planeten und Meteore herbei und davon.

Und ich wußte, draußen im Park wachen die Schneeglöckchen. Nur wenn sich die Sterne vernebelten und verkleinert verlorengingen in einer Gräue, dann fehlte mir plötzlich Gott, als würde er mit ihnen davontreiben, dahin, wo nichts mehr ist und nie sein kann. Auch unser Herr Hans liebt die Sternbilder wie ich, obwohl wir nicht viele aus dem Gewirr herauskennen, aber doch wenigstens die Namen und manchmal die Geschichten, wie es zu ihnen gekommen ist.

Den Vollmond habe ich immer als eine besondere Annäherung erlebt. Wenn jemand fragt: »Annäherung wovon?« könnte ich nur antworten: »Weiß ich nicht, eine Annäherung von etwas Dringendem, durch eine kreisrunde Öffnung hindurchgezwängt.«

Zum ersten Mal nach zwei Monaten darf ich wieder allein losgehen. Alles wirft einzelne Schatten auf den Boden im blattlosen Wald. Es braust in den Kiefern. Die Teiche sind zum Teil aufgetaut und viele Bäume in die Sümpfe gestürzt, wie Hans es will. Ich muß singen, es bricht aus mir heraus, ein scheußliches Krähengekrächze, aber ich kann es nicht zurückhalten. Anna Hornberg würde sich ihrer Enkelin schämen. Alles ist matschig, es macht nichts, ich gehe in meinen Gummistiefeln zwischen den tiefen Spuren der Pferdehufe. Nach dem verrückt langen Ausgehverbot ist man zu Tränen gerührt.

Die Chinesen, zu denen, wie vor achtzig Jahren meine verwegene Großtante Isa, unglücklicherweise Anada aufgebrochen ist, können jetzt in ein paar Minuten den Wein reifen lassen, damit er sein Aroma kriegt. Ich habe es gelesen, als ich krank war, und es war keine Medizin für mich. Sabine wollte damals, als ihr Sohn noch lebte, den Jungen nach Amerika und Hongkong schicken, damit in ihm gar nicht erst unser veraltetes Weltbild entstünde. Ausgerechnet in Mirko nicht, dem doch die Ornithologie über alles ging. Dann kam das italienische Mädchen, und das war für ihn zu Anfang ein Wunder. Als sie sich »Mito« nannten, hatten sie nichts mit denen zu schaffen, die sich die Augen zuhalten, mit einer Nadel im Atlas irgendwo hinstechen und dann zu Spottpreisen an diese zufällige Stelle fliegen. »Zum Kotzen!« hat Mirko gesagt. In meinen Ohren war es Engelsmusik, gerade weil es eine so junge Stimme aussprach.

Mir selbst genügt es, diese Wege zu gehen. Wenn ich nur immerzu gehen kann! Das ist nämlich meine Unendlichkeit. Von allen Seiten schießt sie in unser kleines Naturschutzgebiet und reckt es auseinander ins Riesige. Es wird auch noch stärker. Ich habe, durch die Krankheit abgeschnitten von der Landschaft hier draußen, oft nachgedacht über die Abende vor einem Jahr, konnte aber in den vier Wänden nicht davon reden. Ging es nicht auf den Abend los, als der große Einschnitt kam, nach dem nichts mehr war wie davor?

Es war ein deutliches Zeichen, auch wenn wir es nicht sofort begriffen, daß Ilona bei diesem Treffen mit Herrn Hans zusammen als letzte eintraf. Aber sie lächelte nicht. Im Hellen sahen alle, wie zerzaust sich die immer so muntere Freundin Hehes diesmal zeigte. Von süßer slawischer Verschlafenheit keine Spur. Herr Hehe nahm ohne zu fragen das kleine Nervenbündel eine Weile in die Arme und verzog keine Miene, als sie schluchzte. Ein kluger, unverfälschter Menschenfreund, dieser Schlachter. Dem sonst so tapferen Mädchen war ja zugestoßen, was ich, die nicht legal dem Kreis dieser Leute angehört, als einzige noch aus der Kindheit, aus der Kriegszeit als das Normale kenne, was mir bis heute jedes noch so lustige Feuerwerk vergällt und was ich niemals vergesse: Als sie frohgemut, bestimmt in Vorfreude auf unseren Herrn Hans, aus der Praxis von Herzer nachhause gelaufen war, hatte sie von der Straße aus und schon von weitem in ihr halbiertes Badezimmer gesehen. Wanne, Klo, alles an die Öffentlichkeit gezerrt und ohne Zudecke und vierte Wand.

Den übrigen Bewohnern des Mietshauses ging es genauso. Halbe Schlafzimmer, halbe Wohnzimmer, halbe Küchen, das andere weggerissen, Einblick für alle ins Private. Hier gewöhnlicher Fußboden, zehn Zentimeter weiter der Abgrund. Eine Hundestaffel suchte in den Trümmern nach Verschütteten. Die Ursache war eine Rauchgasexplosion, vermutlich durch Schwelbrand. Ilona hatte sich zu uns aufgemacht, sobald die Polizei es ihr nach Hinterlassen unserer Adresse gestattete. Man wußte noch nicht, ob es Tote geben würde. Niemand versagte ihr die Bewunderung.

Hans aber, der sie so gern sprechen hörte wegen des leicht Fremdländischen und melancholisch Weichen, egal, um was es sich drehte, ließ sich den Vorfall gleich ein paarmal schildern. Es gelang ihm, Ilona zu immer besseren Pointen anzustacheln. Er strahlte wie beim Würfelspiel und meinte sogar: »Tot? Unsinn! Wenn jetzt jemand vermißt wird, stellt sich morgen heraus, daß der Mann irgendwo gezecht hat. Seine Wohnung im Freien wird er bei der Heimkehr für eine Täuschung durch Spätfolgen des Rausches halten.«

Nach einigen Tagen erfuhren wir, daß es sich tatsächlich ungefähr so verhielt.

Ilona erzählte von Mal zu Mal leidenschaftlicher. Zum Schluß hatten wir den Eindruck, sie wäre Zeugin der Explosion gewesen, mit Staubfahnen und Qualmwolken, fliegenden Steinen und stürzenden Möbeln. Was mich verblüffte: Das, was bei ihr so hübsch wirkt, das leicht Verweinte, was aber nur an ihrem östlichen Typ liegt, nicht an einem Kummer, das tauchte erst da in ihrem Gesicht wieder auf, als sich die Kleine, das »Mamsellchen«, durch das viele Ausmalen des Ereignisses erholt hatte und uns anlachte. Sie war durch das Anfeuern von Hans neu erblüht. Hehe aber rief: »Ich war's, der den Brand gelegt hat, damit sie endlich eine Weile regelmäßig bei mir übernachten muß!«

Das Kummergesicht meiner armen Sabine ist dagegen nichts Zufälliges. Ihr jetziges Aussehen ist schon ein gewaltiger, ganz gewaltiger Fortschritt, verglichen mit der Zeit nach Mirkos Tod, als sie eine Weile Arme und Schultern nicht mehr bewegen konnte, so halb versteinert war sie. Da fällt mir wieder ein, wie ich sie einen Tag nach dem zweiten Abend vor dem Schlafzimmerspiegel versehentlich hörte: »Wieso sind Ihre Augen nur so schön, Frau Wäns?« Ich wurde dann ja auch noch, ohne mich rechtzeitig abwenden zu können – ein Kartoffelverkäufer stand an der Tür, ich wollte wissen, ob ich einen Sack kaufen sollte –, Zeugin der Fortsetzung: Sabine hob ganz langsam ihren Handrücken und hat ihn dann lange, lange geküßt, immer wieder.

Ich durfte nicht atmen, ich mußte warten, bis sie ein Geräusch machte, damit ich mich fortschleichen konnte, ohne sie in Verlegenheit zu bringen. Nein, das wäre für sie zu furchtbar gewesen, wenn sie mich bemerkt hätte. Ich ließ den Händler seine Kartoffeln in den Keller schleppen.

Das Ehepaar Herzer hatte sich für diesen Abend entschuldigt. Ich weiß nicht, ob darüber ein Wort verloren wurde. Und dann traf das heikle Paar eben doch noch ein, gerade als Magdalena Zock ihre Suppe servierte. Die beiden versuchten auszusehen, als wäre beim letzten Treffen nichts Dramatisches vorgefallen. Das war wegen der allgemeinen Unbeschwertheit auch das Beste. Besonders Herr Hans fühlte sich erleichtert, er machte den ganzen Abend über Jeanette und Herzer Komplimente. Es ist ja der Vorteil meines Fernseheckchens, daß ich nicht beteiligt bin und daher alles beobachten kann, wenn auch nicht überblicken, erst recht nicht durchschauen. Zwischendurch sah ich dort, wie ein Mann vor zahlreichem Publikum, ein Verteidigungsminister vielleicht, in einem Sack hüpfte für einen guten Zweck, bis er umfiel. Auf diese Weise wurden Aids-Kranke gerettet.

Aus der Küche hörte ich dazu gleichzeitig die Galeristin, die Magdalena Zock ein bißchen zur Hand ging, vermutlich war es nur ein Vorwand, etwas loszuwerden: Jeanette gebe sich ja größte Mühe zu lächeln, aber man habe immer das Gefühl, sie zöge bloß die Augen zusammen, als hätte sie zu saure Drops im Mund. Sie, Iris, glaube außerdem, Jeanette sei älter als ihr Mann, wolle es aber um jeden Preis verheimlichen. In diesem Gartenhäuschen des Botanischen Gartens, in diesem, nun ja, berüchtigten Pavillon, habe Jeanette vermutlich nur wegen der Hitze ihre Perücke, wenigstens ein Haarteil, gelüftet, zunächst ohne zu ahnen, daß Hans, aus beruflichen Gründen dort unterwegs, die Bloßstellung bei einem flüchtigen Blick durch eins der acht niedlichen Fensterchen mitgekriegt habe. Doch dann sei es, vielleicht gerade durch sein schockiertes Zurückfahren, unseligerweise doch von ihr entdeckt worden. Von erotischen Geheimnissen zwischen den beiden könne also gar keine Rede sein! Einfach undenkbar und ganz im Gegenteil.

Magdalena Zock hat daraufhin bloß gesagt: »Verdammt, der Braten!«

Ich würde jetzt so gerne Leberblümchen im braunen Laub entdecken. Hans sagt: »Leberblümchen? Niemals! Ist nicht der Boden dafür. Die wollen Kalk.« Was klopft da? Der Specht? Oder sind es, von den Lichtungen außerhalb des Schutzgebietes her, Geräusche der Reparaturarbeiten an den Schießständen? Oben in den Kiefern braust es fürchterlich, herrlich. Da überschlägt sich schon der Frühling. Natürlich muß man, wenn man schlau ist, oft den Blick senken auf das, was sich direkt vor den Füßen befindet, so wie Anada es tat. Bei ihr weiß ich nicht den Beweggrund, hier tut man es, um nicht durch die Baukräne des Industriegebiets am Horizont ständig aufgeschreckt zu werden.

Den Schrecken, wenn man das, was man für sein Eigentum hält, verliert, hat auch Mirko erfahren und bald darauf Sabine. Im weiteren Verlauf dieses Abends erlebten wir es dann leider alle. Wir hätten es uns nicht träumen lassen, als wir Magdalenas Braten aßen.

Ich setzte mich solange mit an den Tisch. Hans, der ja große Stücke auf ihre Kochkünste hielt und auch darauf bestand, daß zwar bei uns getagt wurde, aber nur, weil Magdalena für hervorragendes Essen sorgte, fühlte sich verantwortlich für das Gelingen des Abends. Wohl deshalb fragte er, noch während ein großes Fleischstück, das Hehe an seine treue Kundin Zock geliefert hatte, auf seinem Teller lag, ob denn auch mit Nachtisch gerechnet werden dürfe.

Er sagte es sehr schmeichlerisch. Magdalena glühte auch sofort vor Freude. Sie breche beim Dessert ein Tabu, meinte sie, Rote Grütze um diese Jahreszeit! Nichts für Orthodoxe, die auf frischen Früchten beständen. Hans bekam sein unwiderstehliches Kindergesicht. Es war ja seine Lieblingsspeise. Nein, nein, sagte er, wir seien durchaus keine Puristen. Da werde er bestimmt nichts übriglassen und noch die Schüssel mit langer Zunge auslecken, könne auch auf die Damen und ihre guten Tischsitten in diesem Fall keine Rücksicht nehmen.

Aber nun fing die entzückte Magdalena in ihrem Triumph an, das Rezept schon vorab bekanntzugeben. Man benötige gefrorene Waldfrüchte, dazu noch zwei Drittel Himbeeren extra. Die müsse man in Zucker wälzen und zugedeckt über Nacht an einem nicht zu warmen Ort auftauen lassen und solle für alle Fälle Himbeersirup und ein Glas Rotwein bereitstellen, um am nächsten Tag den aufgefangenen Saft eventuell verlängern zu können. Während man auf einer Schaumkelle die Früchte sehr, sehr vorsichtig in die möglichst gläserne Servierschüssel gleiten lasse ...

Hans unterbrach sie, obschon ihn ihre im Eifer geröteten Wangen hätten beschwichtigen sollen, auf einmal heftig, richtig böse: »Herrgott noch mal, Magdalena Zock! Was sollen uns die erbsenzählerischen Angaben. Schmecken soll's. Mehr wollen wir nicht.«

Die Frauen waren geschult. Sie kannten unseren Herrn Hans, für den sie damals alle durchs Feuer gegangen wären, sobald er auf seine spezielle Art in ihre Richtung und gleichzeitig an ihnen vorbeikuckte. Sie begannen sofort, um die Pause zu überbrücken, durcheinander zu schnattern. Ich glaube, sie schnatterten absichtlich auf diese Art, sie spielten Hühnerhof, gackerten irgendein Zeug, und der prachtvolle Gockel bereute seine Grobheit, beruhigte sich und sagte zu Magdalena ein versöhnliches Sätzchen, das es ihr schwermachte, beleidigt zu sein. Ihr Mann kannte die unvermittelten Ausbrüche seines Freundes Hans und nahm sie nicht ernst. Er mischte sich gar nicht erst ein, dieser aristokratische Herr vom Baumarkt, freute sich vielmehr durchweg an der glänzenden Rolle, die seine Frau in unserer Runde kraft ihrer Fülligkeit, ihrer Kochkünste und Mutterschaft spielen durfte.

Obschon mir gerade wieder einfällt, wie Herr Zock doch, zu unserem Erstaunen, am zweiten Abend, als Magdalena in der Küche wirtschaftete, von der ganz anderen, dämonischen Liebe gesprochen hatte. Ob das nur so Träume von ihm waren? Oder wußte er irgendwas Zuverlässiges darüber, dieser dürre Herr Bruno, der so ein tüchtiger Unternehmer und auch Vater ist?

Man mußte sie damals einfach alle gern haben, selbst die füchsische Iris Steinert mit ihrem vorwitzigen Boris und Jeanette Herzer auf ihre verkrampfte Art, wie sie gebannt und gezähmt um Herrn Hans kreisten. Einmal hörte ich, wie er, halb zu sich und halb zu Herzer, sagte: »Da haben wir's. Die Leute sind nichts weiter als aus dem Zusammenhang gerissene, daher unverständliche Zitate!« Der ewig erschöpfte Frauenarzt aber antwortete zu meiner Überraschung: »Mag sein, Scheffer, mag sein. Immerhin sind dann jedenfalls Sie trotz der Unverständlichkeit eine oft und gefühlvoll zitierte Passage!«

Aber ich muß nun, obschon ich so froh bin, wieder hier herumstapfen zu können im Reich von Hans, und auf diese Art in seinen mächtigen Arm genommen, obwohl ich nicht fertig geworden bin mit dem Abend und seinem verwirrenden Endeffekt, schleunigst nach Haus, darf nicht wieder umkippen wie im Dezember. Sonst läßt mich Sabine nicht mehr allein losgehen, und dann, dann wäre doch alles aus.

4. Wanderung

Sabine ist damals in ihrem Schmerz merkwürdig fromm geworden. Sie kennt sich aus mit der Liturgie. Irgend etwas daran tröstet die Gute, und ich lache mein armes Mädchen nicht mal unter der Bettdecke aus. Ich habe es besser, ich habe statt dessen die täglichen Gänge. Da, Wildkrokusse! Und sind das schon erste Austriebe vom Lerchensporn?

»Die Kirche«, sagt sie, »wie sie alles durch das Jahr hindurch wiederholt, die Feste, Weihnachten, Ostern, jedesmal, als wären Pfarrer, Pastor und Kaplan aufs Neue überrascht und begeistert! Dabei ist es doch immer dasselbe.« Andererseits erfahre sie, die Kirche, jeden Tag die grausamen Witterungen der Zeit, Sturm, Hagel, Dürre, und müsse ihre ganze Kraft darauf richten, nicht davon zermürbt und weggeweht zu werden. Auch seien da die halbwegs Gläubigen, die alle Jahreszeiten hindurch denselben Altar, dasselbe Kreuz oder Marienbild anstarrten und ihre wechselnden Sorgen mit Hypotheken, räuberischen Nachbarn, Geschäftskonkurrenz und dem kleinen Hautkrebs auf der Stirn da hineinmünden ließen.

Sabine ist ja Bankangestellte.

Es kam an dem Abend dann das Spiel an die Reihe, wo sie uns alle mit dem Wort: »Tiger!« ganz baff machte. Hatte sie wirklich »Tiger« gesagt? »Tiger?« wiederholte Hans als der zuständige Fachmann, »Amurtiger etwa, die größte Raubkatze von allen, schwarz-weiß gestreift, der herrliche Kopf mit goldenem Nasenrücken, bald ausgestorben bis auf den halbwegs soliden Bestand im Osten Rußlands, zur Zeit aber immer noch stark genug, um ausgewachsene Kragenbären zu töten?«

»Eigentlich ein Tiger, Tiger überhaupt«, sagte meine Kleine unbeirrt, und sie hatte mit ihrer Antwort auch viel weniger lange gezögert als die anderen. Ich bemerkte sehr wohl, daß sogar ihr knapp angedeutetes Nachdenken nur vorgetäuscht war. Sie imitierte, um keine Spielverderberin zu sein, wenigstens ein bißchen die Koketterie ihrer Vorgänger bei deren Geständnissen, in welches Tier sie in einem zweiten Leben verwandelt werden wollten. In Wirklichkeit hatte sie keine Sekunde überlegen müssen.

Sie liegt ihr ja nicht im geringsten, die Koketterie.

»Aha«, sagte Herr Hans und sah sie gespannt an. Es war ein Augenblick, in dem ich ihn in seiner dickköpfigen Männlichkeit so schön fand, daß es mich fast wegfegte. Und wieder spürte ich das Zittern in mir. »Sie, Frau Wäns, beabsichtigen, in einem Tigerfell, um ein echtes Tigergemüt herum, irgendwann auf Erden zu wandeln. Amurtiger! Donnerwetter, Frau Sabine! Springt extrem weit, springt sogar noch mit einer Kugel im Herzen.« Er lehnte sich dabei extra zurück, um sie zu betrachten. Es durchfuhr mich. Denn seit dem ersten Abend bei uns hatte er sie noch nie so studiert, mit einem solchen Blick. Da kuckten auch die anderen. Natürlich aber nicht so wie Hans. Ich weiß nicht, ob die Eigentümlichkeit seines Blicks jemandem außer mir aufgefallen ist, vielleicht nicht mal meiner unansehnlichen Tochter selbst. Die Tatsache, daß die trostlose Kleine überhaupt etwas länger von Herrn Hans, von dem doch alle gerne beachtet werden wollen, direkt angeschaut wurde, genügte schon, um die anderen zu verblüffen.

Man achtet ja sonst nicht besonders auf das, was Sabine von sich gibt, höchstens in der Garderobe, wenn sich die Männer bei ihr nach einem Tip für eine Geldanlage erkundigen. Sie ist das gewohnt. Es geschieht nicht aus Unfreundlichkeit. Ein unauffälliger, trauriger Mensch, unauffällig schon immer, traurig erst geworden. Und jetzt: »Tiger«?

Daß sie nun aber von allen derart beäugt wurde, und so ungläubig dazu, machte sie zu meinem Erstaunen und Stolz nicht im mindesten unsicher. Auch Hans schaffte das nicht, obschon sie doch vor dem Spiegel ihre eigene Hand geküßt hatte zu dem geflüsterten Satz. Statt dessen wiederholte sie ohne jedes Zwinkern, wie zu sich selbst, in sich versunken, so ruhig, in solcher Zuversicht, wie Leute sonst ein Ferienziel oder ihren Geburtsort angeben: Ja, wenn sie wählen dürfe, dann wolle sie ein Tiger sein. Dabei lichtete und glättete sich ihr Gesicht, das man sich sonst gut als eins erklären könnte, das von einem Prankenschlag verunstaltet wurde, auf erstaunliche Weise durch das funkelnde, wie sprungbereite Wort. Denn so sah sie uns einen Moment lang an, funkelnd und sprungbereit.

Ich hätte beinahe aus meinem Winkel heraus, wo gerade ein Minister im Nachthemd eine Rede vor Menschen mit Pappnasen hielt und dafür einen Orden bekam: »Hurra!« gerufen.

Iris Steinert schielte in ihrem leichten Irrsinn in alle Richtungen, während Hans nun mit einem, ich täusche mich nicht, entzückten Lächeln seine Augen senkte. Wenn er nicht zornig ist, ist er eben ein äußerst diskreter Mensch. Deshalb lenkte er auch, um alle Nachfragen, die Sabine Auftritt zerstört hätten, zuvorzukommen, schnell die Frage an den nächsten.

Ach, unser Herr Hans! Der vor lauter Überarbeitung finstere Frauenarzt verstand den liebenswürdigen Mann und seine Klugheit einfach nicht, auch wenn er sich gewiß, schon Jeanettes wegen, Mühe gab. Als ich einmal so still in meinem Fernseheckchen saß, trat Herr Scheffer plötzlich zu mir und sah mir ins Gesicht. Es kam mir über die Lippen, ich konnte es nicht zurückhalten: »Ach Herr Hans, wozu bin ich hier eigentlich nütze!« Da hat er gelächelt und mir geantwortet: »Sie, Frau Wäns? Wozu Sie nütze sind? Sie, Frau Wäns, Sie lieben mich doch!«

Was mir wohl der Frauenarzt statt dessen geantwortet hätte?

Wer war der nächste mit den Tieren?

Da, das sind nicht Äste, die sich aneinander reiben, das ist der Specht, da, jetzt fliegt er in Schwüngen ein paar Bäume weiter. Ob sie eines Tages auch die Vogelstimmen und die Klopfgeräusche auslöschen werden?

Wer war der nächste mit den Tieren?

Tapir? Flamingo? Erdferkel? Der Fleischer Hehe, Boris Bäder? Finnland? Ich weiß es nicht mehr, die Stimmung war großartig. »Verhüllung und Entblößung durch das Wunschtier!« schrie die tolle Iris, vielleicht schon ein wenig berauscht. Nur Jeanette, die doch wohl ein bißchen humorlos ist, offenbarte uns: »Ich will überhaupt kein Tier sein, Herr Scheffer!« Ich spürte ganz genau, wie gut es ihr trotzdem tat, seinen Namen auszusprechen. Ein rührendes Lächeln unter patziger Miene! Hätte Herr Hans sie aber daraufhin so drohend, wie er es ja konnte, angeblitzt, dann wäre aus ihrem Mund unverzüglich irgendein Tiername aus unserem Zoo zu vernehmen gewesen. Hans kam ihr jedoch nicht in dieser Weise entgegen, es zuckte bloß über sein Gesicht, und ich fürchtete schon, er würde ihr etwas in der Art wie: »Wanze? Laus? Floh?« vorschlagen.

Denn so konnte er natürlich auch sein, unser Herr Hans.

Da fällt es mir ein: Die Galeristin Steinert war es, die, statt ein Tier zu nennen, »Atheistin« sagte, und das in einem Ton, als wollte sie Hans damit reizen. Der feixte in sich hinein und kommentierte: »Schon gut, Gnädigste. Nun haben Sie es also an die große Glocke gehängt.« Herzer meinte streng, als er, ich will mal sagen, eine unverfängliche Pferdesorte für sein zweites Leben genannt hatte, ohne Übergang: »Die neue Kriegsform ist jetzt also Cyberwar, den digitalen Kriegen gehört die Zukunft!« Er war eben immer ein bißchen um das Niveau besorgt. Und deshalb antwortete ihm Hans genauso streng, er interessiere sich, Cyberwar hin oder her, mehr für Modelleisenbahnen.

Ja, ich erinnere mich, daß sofort, ohne besonderen Grund, es war ja daraufhin etwas still geworden, der gutherzige Schlachter Hehe in sein krachendes Gelächter ausbrach. Er riß alle mit. Danach legte Hans kurz seine Hand auf Hehes Arm und drückte ihn wohl auch sacht.

Was waren sie damals für Kinder!

Gerade da klingelte Jeanettes Telefon. Sie gab es gleich an ihren Mann weiter: »Dein Sohn!« Der Frauenarzt Herzer ist der einzige, der in unserer Runde das Handy anlassen darf. Er ging mit dem Apparat in die Garderobe. Ich hörte, wie er sagte: »Dann nimm irgendeine Frau in den Arm, und mach dir einen schönen Abend.« Das hätte ich nicht gedacht, daß es bei Herzers einen Sohn gab. Es fragte auch niemand nach. Man lachte, als er zurückkam, gerade über einen Witz, der von Leidcreme oder Gleitcreme handelte. Er aber, Herzer, lachte der Einfachheit halber und aus Bequemlichkeit auf gut Glück mit, ein bißchen zerstreut allerdings und ohne zu wissen, um was es ging. Selbst in einem solch unechten Fall sah er lachend sofort viel jünger aus. Oder empfand ich das bloß so, weil ich ihm nicht nur den Sohn, der offenbar gar nicht von seiner Frau war, sondern auch so einen Garderobensatz nicht zugetraut hatte?

Cyberwar kenne ich nicht, aber in der versinkenden Stadt, nachdem die Luftminen alle Fenster zerstört hatten und so den Weg freimachten für die Wirkung der Brandbomben, die Flammen in den Häusern, den brennenden Asphalt mit den fliehenden Einwohnern und die lodernden Kirchtürme, das schon. Später die Panzerkolonnen, die über und unter uns die restliche Welt niederschlugen und einstürzen ließen, mit einem Donnern, das hoch zum Himmel fuhr und am Himmelsgewölbe wieder herunterbrach. Habe ich nicht, wenn die Eltern außer Haus waren, noch Jahre danach kleine Kartons, in die ich Fenster und Türen geschnitten hatte, auf die glühenden Kaminkohlen gestellt, um sie von innen leuchten und zugrunde gehen zu sehen, voller Entsetzen und immer und immer wieder?

Mirkos italienische Freundin wollte dann eines Tages nicht mehr mit ihm zusammen »Mito« sein. Sie hatte einen jungen Söldner kennengelernt. Seine Geschichten haben ihr den Kopf verdreht. Plötzlich prahlte sie vor dem Jungen damit, daß der andere Phosphorwunden gesehen hatte, die im Fleisch qualmen und brennen, ohne daß man sie löschen kann. »Er gehört zu einem Privatunternehmen, das in Krisengebieten für den Ausbruch von Feindseligkeiten sorgt«, behauptete Mirko. Ob ich das aber richtig verstanden habe? Söldner ist doch schon schlimm genug. Vielleicht hat es sich der unglückliche Junge bloß ausgedacht in seiner Verzweiflung, in seinem schrecklichen Kummer, aus dem ihm weder Sabine noch ich helfen konnten. Wir alle drei mußten ohnmächtig zusehen, wie sich das Mädchen durch Grausamkeit bezaubern ließ.

Es ist mir eingefallen wegen Finnlands Liedchen, bevor der Wendepunkt des Abends, und nicht nur das, eintrat. Auch so ein sympathischer Mensch, der Fotograf! Er erzählte, ich weiß nicht weshalb, von seiner frühesten Begegnung mit Blut, nämlich im Gesicht des Großvaters, der sich beim Rasieren regelmäßig geschnitten, die Wunden mit Alaunstein behandelt und dazu immer laut ein bestimmtes Volkslied von einer Exekution gesungen habe. Finnland wußte nur noch die erste und die letzte Strophe, und ich, ich kannte sie auch noch, erkannte sie wieder.

»Es geht bei gedämpfter Trommel Klang:
Wie weit noch die Stätte! Der Weg wie lang!

O wär' er zur Ruh und alles vorbei!

Ich glaub', es bricht mir das Herz entzwei!« sagte der eigentlich schüchterne, nun wohl auch schon sacht betrunkene Fotograf halb singend und fuhr fort:

»Es haben dann neun wohl angelegt;

Acht Kugeln haben vorbeigefegt.

Sie zitterten alle vor Jammer und Schmerz –

Ich, aber ich traf ihn mitten ins Herz.«

»Bravo«, rief Herr Zock, »aber ein Volkslied ist es nicht, sondern eine Komposition von Robert Schumann. Ehre wem Ehre gebührt!«

Daraufhin streckte Magdalena Zock den Daumen in die Luft, wie es beim Wettraten im Fernsehen die siegreichen Kandidaten machen, und stellte fest: »Mein Bruno weiß einfach alles. Und der Marzenino, den ihr trinkt, der wird schon in der Oper ›Don Giovanni‹ besungen. Auch das hat Bruno rausgekriegt.«

Herr Hans aber, der während des Vortrags übers ganze Gesicht gestrahlt hatte, sagte in seiner wetterleuchtenden Art: »So! So? Und wer hat den Text zum Schumann-Lied geschrieben? Keiner weiß es? Keiner? Bruno Zock? Nein? Da duckt ihr euch alle weg! Hausaufgabe bis zum nächsten Mal!«

Ich fing schon an, mich darauf zu freuen. Als ich wieder aufwachte, wurde sehr herzhaft gelacht. Doch nicht etwa über mich, weil man mich beim Schlafen erwischt hatte? Schnell lachte ich blindlings mit, wie Herzer, als er vom Telefonieren kam. Im Fernsehen stand ein Erwachsener mit Brille und ohne Haare vom Tisch auf und schlug, während geklatscht wurde, ein Rad nach dem anderen.

Ach, dieses »nächste Mal«!

Aber wer den Text geschrieben hat, das kriegte Sabine noch in derselben Nacht heraus. »Andersen / Chamisso!« rief sie vom Bücherregal her, als alle fort waren. Dann haben wir beide, sie und ich, beim Aufräumen immerzu das düstere Liedchen gesungen, immerzu, bis Sabine stutzte, als hörte sie erst jetzt den Text wirklich, mit ihrem Verstand oder Herzen. Da setzte sie sich hin und fing mitten in der Küche an zu weinen, bitter und bitterlich wie in Volksliedern. Ich hätte es wissen müssen. Was ich nicht weiß: Weinte sie wegen Mirkos Tod oder wegen der Abreise von Hans?

Bei der Zeitangabe »das nächste Mal« hatten wir alle an einen Abend in zwei oder allerhöchstens vier Wochen gedacht. Hans nicht. Seine Pläne waren andere. Wir fühlten uns alle gerade so wohl nach Magdalenas gutem Essen und Bruno Zocks Don-Giovanni-Wein, nach Ilonas Schrecken und dem Auftauen des kühlen Ehepaars Herzer im warmen Schein unserer Sonne Hans vom Hochmoor.

Da plötzlich erhob er sich, gerade, als Hehe einen seiner stets wirkungsvollen Witze zum besten gab, und sah, als wäre der Witz das Signal gewesen, alle blitzschnell der Reihe nach mit seinen, wenn er wollte, niederzwingenden Augen an. Dann verkündete er in einschmeichelndem Tonfall, als sollte etwas Schönes folgen, er müsse jetzt weg, müsse sich jetzt sofort zurückziehen von uns, diesmal für einen längeren Zeitraum, für eine unbestimmte Weile. Ein Flugzeug warte bekanntermaßen nicht, nicht mal auf ihn.

Das Gepäck, falls er nicht scherze, sei wohl schon am Flughafen? erkundigte sich Magdalena Zock mit wackliger Stimme. Ob er ihn fahren solle, fragte der Metzger hoffnungsvoll. Er war doch sein Freund! Keine Umstände, einen schönen Abend weiterhin wünsche er, sagte Herr Hans jedoch förmlich, ohne Erbarmen. Er sah auf die Uhr. Waren wir denn Fremde geworden?

Und dann fing ich an zu schwitzen, ich wußte gar nicht, daß ich noch so schwitzen kann. Ich hörte nicht mehr, ob die anderen fragten und ihn bestürmten, wie lange man denn mit seiner Abwesenheit rechnen müsse, nur so in etwa, wenigstens ungefähr? Der Schweißausbruch rührte von einer schrecklichen Angst her. Angst in den Ohren, Angst in den Kniekehlen, es gab nichts anderes mehr von mir. Was sollte es denn auch sein? Die Hitze wallte mir bis unter die Augen. Niemand sah meine Lippen einschrumpfen, so daß ich dauernd mit der Zunge drüber hinwischen mußte. Ich habe jede kleinste Bewegung von Hans verfolgt und gehofft, daß er darin steckenbleiben würde, daß ihn die Tischdecke einwickeln, daß er stolpern, daß ein abgerissener Knopf ihn hindern, daß die Stehlampe ihn verletzen würde mit ihren dämlichen Spießen, daß die Zeit gelähmt, irgendwie zum Stoppen gebracht würde durch seine allerletzten Gesten und er sich verhaspelte und uns allen und dem Tristanweg, erst recht nicht Sabine und mir, entkommen würde. Ich rührte mich ja nicht vom Fleck. Darum hat es niemand gemerkt. Und doch fürchtete ich, Hans selbst könnte meine Angst bis zu sich hin hören, so dröhnte sie, und sie würde ihn belustigen.

Passierte das Magdalena, dem Metzger, Jeanette und all den anderen auch? Ich sah schlecht, ich mußte mir dauernd die Augen reiben. Da spürte ich, wie eisig meine dünnen Finger waren. Ob er noch ein einziges Mal, davon hing alles ab, zu mir in mein Eckchen käme? Was würde er zu meinen Frostpfoten im stark geheizten Zimmer sagen, unser Herr Hans, der meist wegsah, um uns das Gefühl zu ersparen, von ihm bis auf die Seelenknöchelchen durchschaut zu werden?

Schon war er uns, glatter als ein Fisch, höflich entschlüpft, hatte uns einfach abgeschüttelt, und ich dachte entsetzt: Er ist uns leid und kehrt nicht mehr zu uns und seinem Schutzgebiet zurück. Mir brach, ganz für mich, in meiner kleinen Abgeschiedenheit fast der Brustkorb zusammen.

Im Moment bin ich natürlich hochzufrieden, weil ich hier nach Herzenslust marschieren kann, heute sogar ohne Stiefel. Endlich ist wieder alles vermengt, ich mit dabei. Wie es strömt und dampft zwischen Erdgeruch und Gezwitscher! Als ich krank im Bett lag, schabte im trockenen Wind eine Woche lang der Rhododendron von außen an den Scheiben, von morgens bis abends, kratzte scheußlich mit den harten Blättern am Glas und kein Ende war abzusehen.

Ein bestelltes Taxi wartete auf Hans. Er war fort, hatte uns nicht mal in der Eile die Hand gegeben. Keiner sagte was, keiner bewegte sich. Nur Herr Zock schüttete allen zur Schmerzbetäubung kräftig seinen Don-Giovanni-Wein nach. Da klingelte es stürmisch an der Haustür, die eben hinter Hans ins Schloß gefallen war.

Sabine lief, und unser Hans stand wieder im Zimmer!

Die Begeisterung war riesig. Noch keiner hatte sich ja vom Schrecken erholt, aber nun ging vor Erleichterung ein großes Lärmen los. Hans hatte nur einen Jux gemacht.

So verhielt es sich dann aber doch nicht. Er vermißte lediglich seinen Schirm, und während Iris, wie sie später bekannte, noch überlegte, ob sie ihn, um Hans festzuhalten, verstecken solle, war meine gute Sabine schon losgesprungen, um das Ding, einen karierten Kinderschirm, herbeizuschaffen. Er war ihm sicher bei irgendeiner Verlegenheit geschenkt worden. Hans nahm sich die Zeit, Sabine mit einem angedeuteten Handkuß, den sie sich durch ihre Redlichkeit verdient hatte, zu danken, verschwand zum zweiten Mal und nun, zumindest für länger, unwiederbringlich. Eigentlich hätte er unseren Abschiedsschmerz in seinem Rücken wie eine Zugluft oder besser als ein Reißen spüren müssen. Wer sollte uns jetzt so schön durchschauen wie er, wenn er den Blick schonungsvoll von uns wegwandte?

Stille! Iris tat als erste den Mund auf und fragte Sabine, ob sie wisse, daß der Tristanweg früher »Schweinestieg« geheißen habe. Dann wandte sie sich zu Magdalena und erkundigte sich, was eigentlich mit diesem Hans gewidmeten Kastanienbaum sei. Die entzückende Ilona, das »Mamsellchen«, das sich gut von dem vor ein paar Stunden erlebten Schock erholt hatte, flüsterte daraufhin, nicht weit von meinem Eckchen weg, zu Hehe, der noch immer, seit uns Hans entschwunden war, wie vom Donner gerührt dastand: »Das hätte sie in der Gegenwart von Herrn Scheffer nicht riskiert!«

Der Abend war noch nicht zu Ende, ich kann ihn aber heute nicht mehr fertig kriegen. Dann eben morgen der große Auftritt von Boris Bäder. Mir zittern die Beine jämmerlich. Sofort nach Haus also! Ich komme einfach nicht zum Schluß mit diesem speziellen Abend. Es muß die Winterschwäche sein, dieses blödsinnige Gliederschlottern. »Schweinestieg«! Woher wollte die glitzernde Frau, wie heißt sie noch, Steinert, ja Steinhart, das denn wissen? Vielleicht hatte sie es nur aus Eifersucht auf meine grämliche, von Herrn Hans durch Luftkuß geehrte Sabine erfunden.

Da winkt mir schon recht freundlich unser Haus zu, nein, eigentlich gierig, das liegt an den vielen Krokusschlünden in diesem Jahr. Es ist diesmal die reinste Blühraserei, genauso wie sich die Vögel vor Freude die Seele aus dem Federbrüstchen schreien. Daß mir der Frühling jetzt noch einmal, wie früher doch immer, in einer leibhaftigen Menschengestalt zusammengefaßt ist!

Zum »Tiger« von Sabine kommt mir gerade in den Sinn, daß sie mir in einer sehr vertraulichen Stunde gesagt hat, es tue ihr leid, Mirko einen solchen Taugenichts als Vater verschafft zu haben. Daß er von ihr schnell in die Wüste geschickt worden sei, solle ich als Versuch der Wiedergutmachung ihres Fehlgriffs ansehen. Immerhin aber habe sie ihren Sohn im Stehen an einer Mauer empfangen, »nicht in der üblichen Unterwerfungshaltung im Bett, Mutter.«

5. Wanderung

Wie unsere Katze manchmal lange ihren leeren Futternapf anstarrt! Genau so habe ich wochenlang vom Bett aus im leeren Himmel nach dem Naturschutzgebiet Ausschau gehalten. Und so, wie sie Marienkäfer auf der Stuhllehne beobachtet, um sich abzulenken, so hatte ich Ersatz durch den Narzissentopf auf dem Fensterbrett.

Dieser Narzissentopf, der hier eines Tages aufgetaucht ist, der war es doch, der mich gesund gemacht hat.

Als ich immer drinnen sein mußte, unerbittlich in den vier Wänden wegen der Lungenentzündung, da ist mir das Dreigestirn wieder eingefallen. Metzger, Mädchen, Jäger. Es wird am Ende gar nichts bedeuten, ich komme ja nicht dahinter. Und doch! Am stärksten sind mir die Glühköpfe der Jäger erschienen, wie sie das fröhliche Durcheinander der Natur beendet und Ordnung geschaffen haben, so daß die lebendigen Schafe, alle wie von einem Sturm geblasen, in eine einzige Richtung sahen und die erschossenen Hasen in Reih und Glied aufgehängt waren. Gerade das hat die Jäger selbst so brodelnd lustig gemacht. Sie rochen stark nach einem Sekret. Vermutlich hat sich der korrekte Herr Finnland nicht wegen der Hasen, sondern wegen dieses drüsigen Geruchs übergeben müssen.

Hans ließ uns an jenem Abend als kalte Asche ohne irgendein Fünkchen zurück. Ach mein Gott, wie aufgedreht versuchten diese großen Kinder, ich durfte mich ja totstellen im Winkel, das zu vertuschen!

Wo war er hin? Mußte er andere Projekte besichtigen, Vorträge halten? Ging es um eine Frau? Ich weiß nicht mehr, wer welche Vermutung äußerte, wir waren alle gelähmt, auch in unserer Phantasie, wohl besonders wegen der Brüskheit, mit der sich Hans entzogen hatte. Zählten wir überhaupt nicht für ihn?

Ausgerechnet Jeanette Herzer wollte verhindern, daß alle gleich aufbrachen. Sie verlangte wahrhaftig, man solle die Berufe der Großväter nennen und erzählte auch sofort auf ihre stoßweise Art, die mich jedesmal beklommen machte, ihrer sei Sprengmeister gewesen – vielleicht war Ilonas Unglück an dem Einfall schuld – und habe oft davon geschwärmt, wie Bauwerke wunderbar senkrecht gefallen seien und wie man später die Technik mit Wasserwerfern und Hydroschilden zur Staubvermeidung bei Sprengung von Hochhäusern elegant vervollkommnet habe. Da fuhr ihr Magdalena in die Parade und schrie: »Meiner war Braumeister, haha! Der hat den Staub, den Ihrer, Jeanette, verursachte, mit Bier gelöscht!« Iris Steinert – immer noch besser, als wenn sie, ein neues Spielchen, eine Reihenfolge aufgestellt hätten, wer denn wohl über die Abreise am unglücklichsten und wer vielleicht sogar ein bißchen glücklich (Herzer?) darüber sei – übertrumpfte sie beide: »Meiner war Kerkermeister!«

Damit ging das auch schon vorbei. Sie erinnerten sich mürrisch, daß die meisten am nächsten Morgen früh zur Arbeit mußten und wehrlos in den Straßenverkehr, teilweise in die öffentlichen Verkehrsmittel mit der unerwünschten Nähe zu den Leuten. Doch jetzt kam Bäders große Stunde, der Auftritt von Boris, der als Geliebter der Galeristin galt, sich aber auch als Favorit von Hans fühlte wegen seiner hübschen, knabenhaften Jugend. Wie hätte unserem Hans aber erst Sabines schöner Sohn gefallen!

»Herr Scheffer«, so Bäder etwa, »freut sich über nichts so sehr, als wenn sich erweist, wie alles und jedes auf der Welt zusammenhängt, wie sich alles letztlich fügt und ineinanderwirkt. Diese Lust an der Vernetzung geht nicht auf seinen Beruf als, Verzeihung, höherer Gärtner zurück, sondern der Beruf auf diese Neigung.« Ich glaube, Bäder errötete vor Stolz über seinen Scharfsinn. War er nicht jung und altväterlich zugleich?

Hans sei, so ungefähr fuhr er fort, halbwegs und großzügig geurteilt, ein Indianer.

Alle glotzten ihn an. Auch den Männern, den Herren Herzer, Hehe, Zock und Finnland gelang es nicht, ihre Verblüffung zu verbergen. Vor Ergötzen sprang der Junge auf, setzte sich aber gleich wieder hin.

Hans ein Indianer? Hans mit Federn auf dem Kopf?

Und nun holte dieses Knäbchen, dem unser Herr Scheffer die Geschichte einmal, wohl angetan von seinem Jungensgesicht, erzählt haben muß, tatsächlich die Ferne des Landes Alaska in unser Zimmer und in unseren Trübsinn.

Vor zwei, drei Jahren war der uns nun so sehr und doch erst vor einer halben Stunde entschwundene Hans, um sich einen Kindheitstraum zu erfüllen, in die kanadisch-nordamerikanische Grenzregion gefahren und ins eisige Alaska, in das alte Goldgräbergebiet am Yukon, von dem er so viel gelesen hatte. Er wollte irgendeiner hiesigen Auserwählten einen echten Nugget kaufen und ein Schmuckstück daraus machen lassen. Herr Hans vom Hochmoor in Alaska, wo vor weit über hundert Jahren die Goldsucher aus aller Welt in endlosen Trecks über die mörderischen Pässe gezogen waren, klein und schwarz, einer hinter dem anderen die weißen Bergflanken hoch!

Lag auf Bäders Gesicht nicht ein Abglanz unseres Lieblings, ein Widerschein unserer ausgerissenen Sonne?

Ich sah es vor mir. Hans fand in keinem der Souvenirshops etwas Geeignetes. Bei einem letzten Versuch in einem abgelegenen Geschäft entdeckte er schließlich dann doch noch ein passendes Stück. Eine junge Indianerin bot es ihm lächelnd an, drüben, auf dem amerikanischen Kontinent, im wüsten Alaska, am Ende der Welt. Hocherfreut war unser Herr Hans, aber das Mädchen gab sich noch nicht zufrieden. Es bestand darauf, ihm ein Zertifikat anzufertigen, daß es sich um echtes Gold handele, falls er einmal an einen Weiterverkauf dächte. Dafür mußte sie seinen Namen wissen. Hans sagte also: »Scheffer, Johannes« und begann, für die Urkunde zu buchstabieren. Das Mädchen wies die Hilfe jedoch liebenswürdig zurück. Der Name sei kein Problem für sie, sie heiße ja selbst so.

Kein Wunder natürlich, daß sich das Bürschchen Boris nun an unserem Erstaunen weidete. Und wir, noch verdutzt, stellten uns die ungläubige, eventuell gereizte Miene des Herrn Scheffer vor, der einen Moment nicht souveräner Beherrscher der Situation war. Er mochte das nicht, das wußte auch ich mittlerweile.

Um die Angelegenheit zu klären, holte die Indianerin den Urgroßvater aus einem Hinterstübchen hervor. Der hat ja zwei völlig verschiedene Augen, habe Herr Hans gedacht, und: So sehen also die Hochbetagten bei den Indianern in Wirklichkeit aus. Er habe noch nie einen so alten Mann gesehen. Es sei dann aber noch besser gekommen. Der freundliche, sicher bald hundertjährige Greis war, so legte er Hans sehr umständlich dar, vor schätzungsweise achtzig Jahren aus einem Land namens Schlesien, wo jetzt lauter Russen wohnten, ausgewandert. Sein Vater sei Tagelöhner gewesen und habe insgesamt dreizehn Kinder gezeugt. Er sei der drittälteste gewesen, nämlich der Ernst, und er habe hier in Alaska eine Indianerin geheiratet, deren Sohn wieder eine Indianerin und so fort. Kurzum, Herr Hans stand in einem winzigen Kaff, im Grunde nicht weit weg vom Nordpol, vor seinem Großonkel, und das reizend fremdartige Mädchen war noch in einem Ausmaß verwandt mit ihm, daß er sie ungestraft lange und herzlich an seine Brust drücken durfte, was sie, wiederum lächelnd, geschehen ließ unter den Augen des Urgroßvaters. Allerdings habe er leider ihren Vornamen nicht behalten.

»Im Flugzeug ist man fix in Amerika«, meldete sich Finnland, für seine Verhältnisse ziemlich frech, »warum sollte er nicht gerade jetzt auf dem Weg dorthin sein, um sich den Namen ein für alle Mal aufschreiben zu lassen?«

Alle tranken. Sie mußten die klaffende Lücke vertuschen. Ich horchte heimlich die ganze Zeit auf ein weiteres Klingeln an der Tür. Es sah ja keiner, wie sehr, ach, ich muß mir eingestehen, wie flehentlich ich lauschte. Auch Herr Herzer langte beim Alkohol zu, er vielleicht aus anderen Gründen. Möglich, daß Hans dem heiklen Paar entfliehen wollte, bis sich die Sache zwischen ihm und Jeanette beruhigt hatte, egal, was vorgefallen war. Sie malten sich die Szene in Alaska aus und wie Hans sich demnächst durch den Schnee noch einmal dorthin kämpfen würde, um sich den Vornamen der Verwandten zu notieren. Im Hundeschlitten? Von Bären verfolgt? Würde uns die Arktis mit ihrem schneeigen Schlund Herrn Hans für immer wegsaugen?

Sie waren eben weit mehr als beschwipst und brauchten Trost. Wie merkwürdig aber die Frauen Steinert, Zock und Herzer gerade jetzt darüber lachten, daß Hans den Kinderschirm so ungeschickt gehalten hatte. »Dieser Meßdiener!« sagte die Galeristin und meinte zum Schluß, Alaska sei Quatsch. Hans habe irgendwo auf dem Land eine verheimlichte Ehefrau sitzen. Sie wittere so was, womöglich in einem Ort ganz in der Nähe unserer Stadt. Sabine mischte sich nicht ein. Sie drehte den Kopf weg. Dann brachen sie auf in ihr Erwachsenenleben, verabredeten aber trotzig das nächste Treffen für bald.

Nur der bleiche Hehe sagte kein Wort, nichts. Sein Schnauzbart schien ein Stück von ihm abgerückt zu sein. Kann er denn geahnt haben, daß sein bester Freund in sein Verderben fuhr?

Boris Bäder dagegen entließ die Leute wie der Gastgeber eines gelungenen Abends, wie ein leutseliger Statthalter. Im Fernsehen wurden junge Männer in Straßenanzügen von fast nackten Frauen ins Wasser gestoßen und wehrten sich nicht, oder ein Thronfolger torkelte mit nassem Gesicht und feuchtem Anzug in ein Taxi. Etwas in der Art.

Es klingelte. So spät noch? Hehe stand vor der Tür. Ahmte er, nach seinem betrübten Dastehen eben, jetzt spaßeshalber Herrn Hans nach? »Ihr Schirm?« wollte ich schon rufen, aber Ilona neben ihm sah Hehe, bei ihr ganz ungewohnt, hilflos an. »Wie will er das denn beruflich regeln, wenn er hier länger wegbleibt?« fragte der Metzger mühsam und erstaunlicherweise mich. Mich! Die Reise geschehe ja sicher gerade aus beruflichen Gründen, habe ich geantwortet, oder Sabine war es, oder wir beide taten es wie aus einem bangen Munde.

Holterhoff! Diesmal besteht der grasgrüne Mann darauf, mich nach Hause zu begleiten, dabei will ich gar nicht. Ein richtiger Pfadfinder! Wirke ich noch immer so angeschlagen? Ob ihm Sabine einen Wink gegeben hat? »Das Jahr schreitet voran, Frau Wäns, im Einkaufszentrum haben sie schon wieder die große Häschenschule aus Holz hervorgeholt. Mit richtigen alten Schulbänken ist alles in der Kreuzung der vier Gänge, in einer Art Lichtung also, aufgebaut, die Häschen in Schulkleidung, der Häschenlehrer mit Brille und Stock, dazu aus Düsen, nehme ich an, Blumenduft.«

»Und, Herr Holterhoff, freuen sich die Leute? Bleiben sie stehen und sehen es an?«

»Ansehen schon, stehenbleiben nicht«, sagt er und nimmt mich, um seine gute Tat zu tun, einfach mit sich fort. Er ist ja nach Körperkräften der Stärkere. Wie alt mag er sein?

6. Wanderung

Schon Anfang März. So war auch damals dann März. Aber jetzt herrscht glühender Vorfrühling, damals gab es nichts als Schnee und Graupelschauer. Ich kann die folgenden Abende im Tristanweg nicht recht auseinanderhalten. Am liebsten lag ich in der Badewanne und hätte so gern das italienische Lied vom ersten Abend wieder gehört. Vielleicht ist Sabine gar nicht fromm, vielleicht will sie in der Kirche nur die Gläubigen ansehen und erhofft sich was davon. Daß es auf sie überspringt? Der Pastor spricht zu ihnen, sagt sie, wie zu Patienten mit Knochenbrüchen und Brandwunden.

Meinen Platz im Eckchen hatte ich natürlich beibehalten, schon aus Treue zu Herrn Scheffer, obschon sein Stuhl nun frei geworden war. Die anderen sagten: »Aber Frau Wäns, Sie sind doch längst eine von uns. Her zu uns!« »Nein, junges Volk«, antwortete ich dann mir zuliebe, »ich weiß, wo ich hingehöre!« Da lachten sie und fühlten sich wohl einen Augenblick lang im Kontrast zu mir wieder so jung, wie sie es vor Wochen gewesen waren mit unserm Herrn Hans. Und ich, ich lachte auch, lachte mir ins Fäustchen in meinem gemütlichen Winkel. Denn von meinem Zittern am ersten Abend, von dem ahnten sie nichts.

Wie gefährlich es war, aus meiner Höhle hervorzukommen, das habe ich gemerkt, als mich die schielende Füchsin, die schillernde Iris ansprach, vielleicht sogar an dem Abend, als der unglückliche Metzger Hehe seinen Zusammenbruch hatte und den Satz mit dem Geschlechtsverkehr und dem Jüngsten Gericht, ich meine, mit dem echten großen Tod, sagte. Ich weiß bis heute nicht, was in mich gefahren war, so fahrlässig zu antworten und dann ausgerechnet dieser reizenden, aber, wenn Herr Hans ihr nicht über den Schnabel fährt, boshaften Frau.

Jetzt natürlich ließe sie sich das von Hans nicht mehr bieten. Alles ändert sich eben, nur der Tristanweg ist treu.

Sie war mit dem jungen Boris, dessen blutrote, wahrscheinlich zerbissene Lippen mir gleich auffielen, von einer Ausstellungseröffnung gekommen und hatte, wie sie schon an der Tür verkündete, viel Sekt getrunken. »Natürlich«, rief sie, »verstehe ich diesen komischen Scheffer nicht. Aber es reizt mich, ihn immer wieder anders mißzuverstehen. Das ist ja das Schöne!« Dann kam sie ein bißchen schwankend in meine Ecke. Sabine war gerade mit Magdalena Zock in der Küche beschäftigt. »Frau Wäns«, sagte sie, »warum kuckt Ihre Tochter bloß immer so freudlos aus der Wäsche? Immer und ewig diese unfrohe Miene, warum?«

Freudlos? Unfroh? Ich wurde auf einmal derart zornig, daß ich der fahrigen Libelle die Wahrheit, über die wir, Sabine und ich, doch sonst nie zu anderen sprechen, horizontal ins Gesicht flüsterte: »Der Grund dafür ist einfach und zehn Jahre alt, Frau Steinert. Sabines schöner Sohn, mein einziger Enkel, hat sich mit fünfzehn Jahren aus Liebeskummer vor den Zug geworfen. Sie wollen es genauer wissen? Er hat sich den Kopf abfahren lassen.«

Ich begreife nicht, warum mir dabei nicht die Tränen gekommen sind. Und wenn meine Erbitterung nur daher rührte, daß ich ihre Entgleisung als Verrat an Herrn Scheffers Gesetzen empfand?

Die leichtsinnige Person hörte vor Schreck für wenigstens zwei Sekunden auf zu schielen. Dann ist sie, tadellos nüchtern, zu Bäder gegangen, wahrscheinlich, um die Neuigkeit gleich weiterzutragen. Ich hätte das nicht ausplaudern, hätte das Sabine niemals antun dürfen. Auch mir nicht, und noch immer beschämt es mich. Aber jetzt kommt mir der Gedanke, daß Mirko, dieser verlorene Junge, durch seinen schrecklichen Tod die treulose Italienerin für ihr ganzes Leben bestrafen und den Söldner an Grausamkeit übertrumpfen wollte. Lebenslang gestraft hat er in Wirklichkeit seine Mutter und seine Großmutter.

Mirko würde im Alter gut zu Anada passen, 25 Jahre, 22 Jahre. Etwas ist verrückt: Seine Ur-Urgroßmutter, Anna Hornberg, die damals berühmte Opernsängerin, eine Altistin, lernte bei einem Gastspiel in Amerika auch eine Indianerin kennen, Susanne McDaniel! Sie war mit einem Weißen verheiratet. Großmutter Anna hat deren Talent als Sängerin entdeckt und die Ausbildung übernommen. Jawohl, am Konservatorium in Dresden! Sabines Urgroßmutter, meine Großmutter!

Anna Hornberg ist die Legende unserer Familie. Ihr Vater war der Geheime Medizinalrat Prof. Dr. Oskar Fischer und Anna das älteste von sechzehn Kindern. Ihre beste Freundin, Hedwig Prescher, wurde der erste weibliche Schneidermeister in Deutschland. Noch immer weiß ich, daß sie sich 1908 mit dem Bataillonschirurgen Hornberg verlobt hat, der gerade vom Kaisermanöver im Elsaß kam. Sechs Jahre später erlebte er dann den Ernstfall und hatte rund um die Uhr mit dem blutigen Ab- und Aufschneiden zu tun. Was hätte der Schlachter Hehe gestaunt! Dieser spätere Großvater stellte seine Frau auch dem neuen türkischen Gesandten in Berlin vor, Nizami-Pascha, und dem neuen chinesischen Gesandten Nin-Tschang, dem sein Kaiser die hohe Auszeichnung der »Gelben Jacke« verliehen hat. Sie ist uns aus der Operette »Das Land des Lächelns« geläufig, von Léhar. Auch den blendend aussehenden französischen Botschafter Constans lernte sie kennen, der aus Konstantinopel abberufen werden mußte, weil er vom früheren Sultan Abdul Hamid eine monatliche Gehaltsaufbesserung von 2000 Pfund angenommen hatte. Es war das Jahr, in dem der Wiener Operettentenor Fritz Werner für ein Jahresgehalt von 70 000 Mark nach Mannheim verpflichtet wurde.

Das waren die Fakten, das alles vergaß man, Großmutter Annas wegen, in unserer Familie niemals.

Bei der Internationalen Gartenbauausstellung in Berlin konnte die junge Anna den deutschen Kronprinzen und die Kronprinzessin Cecilie aus nächster Nähe lächeln sehen. Bis dahin kannte sie von den beiden nur Fotos, auf denen ihnen erschossene Gemsen zu Füßen lagen. Großmutter Anna war erst achtzehn und heiratete noch im selben Jahr, kurz nachdem der herrliche spanische Geigenkünstler Sarasate gestorben war.

Die Damen trugen halbe Vögel auf dem Kopf. Das Schönste an ihr muß das berühmte Kleid aus Paris gewesen sein. Alle Frauen in unserer Familie gaben das Gerücht weiter. Ein Kleid vom Hörensagen. Das bodenlange Obergewand im Empirestil war aus weißem Satin, das Unterkleid aus altgoldfarbenem Chiffon gearbeitet. Goldstickerei am Rockrand und an der Schleppe, Spitzenstoffbordüren an den tiefen Ausschnitten vorn und hinten, kleine Chiffonärmel. Das Überkleid bestand aus zwei Teilen, die vorn auseinandertraten und hinten schärpenähnlich geknotet wurden.

Ach, dieser Aufputz Anfang des letzten Jahrhunderts! Knopfgarnituren, Einsätze aus Gold-, Silber- und Stahlfaden, Atlas, Taft und Seidenvoile. Drapierungen, Transparenz und Verschleiern durch speziell arrangierte Falten. Die täglich gewechselten Korsette kamen nachts in eine parfümierte Hülle aus doppelt liegender Seide, fest zusammengerollt, damit sich das Fischbein wieder streckte. Hundert Jahre ist es her, daß die Großmutter Anna, die stolze Altistin, ihre Metallfadengespinste trug, die den Körper glänzend und glatt wie Fischhaut umschlossen.

Wenn man bedenkt, wie furchtsam die Eleganz von Jeanette Herzer dagegen wirkt! Sie will doch bloß von ihrem Körper ablenken. Und wie anders als diese Großmutter stehe auch ich in meinen Wanderschuhen da, von meiner traurigen Sabine ganz zu schweigen.

Die Linie führt abwärts, mit unserem schönen Mirko hätte sie neu aufsteigen können. Meine Mutter war nicht mehr so prächtig wie meine Großmutter, aber sie klapperte, obschon sie hungerte, wegen des Geräusches auf hohen Absätzen in ihrem einzigen Kostüm an den Trümmerhäusern entlang. Jemand hatte es ihr aus dem Anzug des gefallenen Vetters geschneidert. Ist denn zu glauben, daß diese Mutter auch die spätere war, daß man sie nicht ausgetauscht hat, als ich dreizehn wurde?

Ich selbst gehe so gern auf dem Waldboden, besonders, wenn es wieder mit den Gerüchen anfängt, wenn mir allenfalls der kiebitznärrische Holterhoff begegnet und ich an Herrn Hans denken kann, dessen altes Reich ich durchwandere, bis ich umfalle.

Ich habe Mirko ab und zu ein bißchen von Anna Hornberg vorgeschwätzt. Was sie, die Opernsängerin, wohl zu ihrem Ur-Urenkel, der unbedingt Ornithologe werden wollte, gesagt hätte und zu seinem gottverlassenen Tod? Die Ur-Urenkelkinder von Mirko aber, falls er nicht so früh gestorben wäre, würden, sagt Herr Hans, in Deutschland Kuckuck und Kormoran nicht mehr zu Gesicht kriegen, dafür den Bienenfresser und den Orpheusspötter.

Auch heute nacht habe ich wieder sehr ängstlich gedacht: Wenn sie doch alle bloß weiterleben und bestehen, damit das Menschengespinst um mich herum, obschon alles so anders geworden ist innerhalb des einen Jahres, in der zugigen Welt aufrechterhalten bleibt! Vielleicht wären sie in der Fröhlichkeit vom Anfang, hier, im Tristanweg 8, sogar ein Bollwerk gegen den Oberbürgermeister gewesen? Ach, daß sie alle so matt geworden sind, so ... ältlich! Aus der Abfolge der Jahre kommt natürlich auch der Oberbürgermeister nicht heraus. Da kann er noch so wüten und asphaltieren, der Halbschlaue. Nach dem Dezember muß er rein in den Januar und nach dem Herbst in den Winter. Kann niemals da raus, bis zum Lebensende nicht, und wenn er noch so rollt mit den milchig blauen Augen. Kann seine Bürger lächelnd bestechen und täuschen, kann grinsend fällen und pflastern, die Jahre betrügt er nicht! Aber wenn er uns zwischen die Zähne nimmt, dann sind die knirschenden, dröhnenden Baugeräusche, das Grauen der Betonmischmaschinen von allen Seiten um uns herum.

Das Mädchen Anada kommt mir wieder in den Sinn, wie ihr unter der Haut das Blut bis zur Stirn hochstieg, als die Katze nach ihr geschlagen hatte. Ich sah, erkannte es aber nicht gleich, einer weißen, geöffneten Apfelblüte zu, die sich blitzschnell zu einer kindlichen Knospe zurückentwickelte und dabei, so fest geballt, wieder rosig wurde, wie ursprünglich.

Lange Zeit glaubten wir nicht, im Frühling vor einem Jahr, daß Herr Scheffer tatsächlich, wie Bäder im Scherz vermutet hatte, in die arktische Grenzregion gefahren war. Gar nichts wußten wir, nichts. Er ließ uns im Dunkeln tappen, wir litten sehr darunter. Sein Fehlen bekam uns und den von keinem anderen als ihm selbst ins Leben gerufenen Abenden nicht. Kein Zufall, zum Beispiel: Als wir uns am letzten März trafen, erinnerte Ilona, ich glaube Ilona, zwei Stunden nach Magdalenas von Mal zu Mal lustloser serviertem Abendessen daran, daß man sich doch ab Mitternacht »in den April schicken« müsse. Sie dachte laut darüber nach, anstatt es sofort praktisch auszuführen. In Gegenwart von Herrn Hans wäre eine solche Witzlosigkeit undenkbar gewesen.

Es ist ihr dann aber noch die nette Handleserei eingefallen, nett bis zu einem bestimmten Zeitpunkt. Sie ließen natürlich alle gern mit sich machen, daß Ilona ihnen auf der Handfläche herumkitzelte und irgendwas Hübsches prophezeite. Aus der Ferne winkende Liebesbegegnungen vor allem. Da dachte sicher jeder insgeheim an Alaska. Nur hat sie sich beim Fotografen Finnland etwas zu weit vorgewagt, als sie ihm weissagte, ein Insekt, genauer, eine gewisse Biene sei im Anflug auf sein einsames Herz, und dabei zum Überfluß auch noch Sabine anzwinkerte.

Es paßte den beiden überhaupt nicht. Ein schlechter Einfall für so spröde Menschen. Meine gramvolle Tochter und der steife Finnland als Liebespaar! Ringsum wurde je nachdem verlegen oder schadenfroh gekichert. Iris Steinert spielte einen Lachanfall wegen der Peinlichkeit. Die zwei waren für den restlichen Abend verärgert über die »Zumutung«, den »Erpressungsversuch«, wie Sabine es nannte. Sie führten sich auch prompt gegeneinander richtig feindselig auf. Es stand jetzt im Raum, und sie fühlten sich wohl von den anderen zu einem Beweis oder einer Erklärung gedrängt. Eine solche Taktlosigkeit wäre der gutmütigen Ilona angesichts von Hans niemals unterlaufen.

Bei der nächsten Zusammenkunft hatte sie Grippe. Und gerade da passierte der schwere Zusammenbruch oder Anfall ihres herzhaften Freundes und Schlachters Hehe.

Die Frauen, alle ohne Ausnahme, lachten nicht mehr auf die Art, wie sie es unter den Augen von Herrn Hans getan hatten. Das wunderte mich nicht. Sie waren ja auch nicht mehr so rotwangig. Aber bei den Männern verhielt es sich mit dem Lachen genauso! Das erstaunte mich, wenn auch nicht über die Maßen.

»Wir sind jetzt entweder hysterisch aufgekratzt oder vollkommen nüchtern«, sagte Sabine schon bald. »Warum kommen wir überhaupt noch zusammen?« Darauf mußte ich nicht antworten. Sie wußte es selbst. Trotzdem darf man durchaus nicht verdammen, nein, keiner darf es, daß Hans dieses eine Mal an sich selbst dachte und alles andere vernachlässigte. Obschon es ihm, wie man jetzt sieht, so sehr zum Schaden reicht.

Warum er mir wohl zu meiner Krankheit den Riesentopf Narzissen geschenkt hat? Es war das reinste afrikanische Zaubermittel für mich. Ganz im stillen habe ich vom Bett aus überlegt, und dabei über mich gelacht und mich an dem mitlachenden Gelb geweidet, daß Herr Hans altersmäßig zu dem Mädchen Anada etwa den Abstand hat, wie auf der anderen Seite zu mir. Wenn er sie ansah, mußte er dieselbe Entfernung überbrücken wie bei meinem Anblick, nur in die andere Richtung. Aber, ich möchte darauf wetten, das ist ihm keine Sekunde klargeworden.

Gestern war er wieder bei uns. Er kommt jetzt immer öfter, öfter und öfter, aber anstatt mich darüber zu freuen, beunruhigt es mich. Es wachsen ihm ja auch in letzter Zeit einzelne Augenbrauenhaare bis zu den Lidern runter. Sabine hat ihm die Sache mit den Jägern erzählt. Seine Antwort: »Wissen Sie, Frau Wäns, wie viele von diesen Feldhasen hier bei uns auf einem Quadratkilometer leben? Im Durchschnitt vierzehn, etwas weiter westlich sogar bis zu neunundzwanzig.« Was wollte er damit sagen? Und dann kam noch: »So ist es eben. Viele Jäger sind des Hasen Tod.« Das sagte schon mein Großvater, und so klang es auch aus seinem Mund: nach Großvater.

Die auffällige Stille zwischen ihm und Sabine wurde immer peinlicher. Schließlich habe ich mir ein Herz gefaßt und das Liedchen »Die lauen Lüfte sind erwacht« gesungen, ganz leise nur, auch die zweite Strophe, die anfängt: »Die Welt wird schöner mit jedem Tag«. Da hat er meine Hand sehr freundlich genommen und gesagt: »Meine liebe Frau Wäns, das glauben Sie doch selbst nicht.«

Daraufhin ich: »Wissen Sie, Herr Scheffer, denn nicht, daß die schönen Anblicke aufbewahrt werden? Irgendwo sind sie aufgehoben und vergehen nie. Wäre es anders, gäbe es keinen Trost. Man müßte sofort vor Gram sterben, und das Nichts käme über uns und hätte für immer und ewig gesiegt. Es zählt nur, daß es das Schöne wenigstens einmal, und sei es ein Jahr, sei es eine Minute, Herr Hans, gegeben hat.« Ich habe allen Mut zusammengenommen, um so zu diesem Mann zu sprechen und ihm derart mein Herz auszuschütten.

Und was meinte er dazu? Lächelnd und leise: »Nun gut. Sie haben damit Ihre Erfahrungen. Aber was ist mit dem Nicht-Schönen? Auch ewig?« Ich habe nichts mehr gesagt, er hätte mir ja doch widersprochen aus dieser Stimmung heraus. Ich genierte mich, überhaupt mit so Privatem in die Stille reingefahren zu sein. Es ist nur so, daß ich es manchmal nicht mehr ertragen kann.

Dabei hört man doch längst die Lerchen hoch im Himmel. Es ist ein Gesprudel und Jauchzen dort oben, und die Graugänse fliegen zu Paaren aus dem Schilfröhricht auf. Man würde aus Rechthaberei und Verbiesterung lügen, wenn man sich da todunglücklich nennen wollte.

Herr Hans hat sich gestern einmal vertan! Er sagte zu Sabine »Du« statt »Sie«. Es ist ihm ausgerechnet bei meiner unwirschen Tochter passiert. Wenn das die reizende Iris Steinert gehört hätte! Die, an Sabines Stelle, hätte ihn, jedenfalls damals, sofort auf das »Du« festgenagelt. Und doch wäre der arme Mann der Füchsin entschlüpft! Meine Sabine, die liebe Einfalt, kriegte den Versprecher gar nicht mit, nach außen hin.

Die Galeristin verlor am schnellsten die Fassung. Etwas betrüblich Scharfes trat an der entzückenden Frau zutage. Der junge Boris ist nicht der Mann, sie zu bändigen. Den schleppt sie doch am Genick mit sich herum. Mir kam es in meinem Eckchen so vor, als würde die glitzernde Person platzen vor Angriffslust und als wollte sie unseren Herrn Hans, egal, wo er steckte, damit zu einer Erwiderung reizen, bei der er ihr direkt in die Augen sehen müßte. Nur ließ er sie einfach vor die Wand rennen, indem er nicht da war.

Es ist ein großes Glück, jeden Tag, wenn das Wetter es nur gestattet, wandern zu dürfen, geradeaus und hakenschlagend. Manchmal trage ich den Rucksack mit dem vielen Geld auf dem

Rücken. Trage ihn, er ist ja leicht, marschiere vor mich hin und zeige mir meine eigene Sorglosigkeit. Ich höre jetzt auch die Pferde, ganz außer sich, über die Koppeln donnern. Wenn sie sich erst an die Freiheit gewöhnt haben, stehen sie meist nur noch still.

Erst vor ein paar Tagen hat Sabine mir erzählt, daß damals, nach der Handleserei, als sie hier draußen alte Äpfel an die Tiere verfütterte, plötzlich Finnland neben ihr aufgetaucht sei. Zuerst haben sie ziemlich gereizt miteinander geredet, richtig mürrisch wegen der gegenseitigen Störung durch das zufällige Treffen. Dann half er ihr beim Verteilen der Apfelhälften, damit sich die Pferde nicht gegenseitig so eifersüchtig wegstießen. Als Sabine dabei um ein Haar im Mist ausrutschte, fing er sie von hinten auf und ließ sie so schnell nicht wieder los. »Ihr Gesicht, Sabine, müßte einen Bildhauer reizen«, hat Finnland gesagt. Und was antwortete dieses ruppige, aufrichtige Wesen? »Ich kapiere. Es ist wulstig und gefurcht, nicht fein gezeichnet für den Liebhaber von Strukturen.«

An dem versteckt gelegenen alten Feuerteich, zu dem Hans ausdrücklich den Zutritt verboten und ihn mit Reisighaufen hat verbarrikadieren lassen, haben sie ausprobiert, ob es wohl wirklich was werden könnte mit ihnen. Es ist aber schiefgegangen. Sabine meint, gerade wegen Ilonas Spruch! Im entscheidenden Moment mußten sie husten, weil ihnen beiden, der Störrischen und dem Steifen, Hehes vorwitzige Slawin einfiel. Ob das wirklich der Grund ist?

Seitdem gehen sie hier aber öfter an den Wochenenden zusammen herum. Er hat ihr von den großen Bauvorhaben seiner Firma erzählt und wie die Kunden bei der Abnahme des fertigen Baus versuchen, die Preise zu drücken. Dabei forschen sie mit der Lupe überall nach Unkorrektheiten. Natürlich bemühe seine Firma sich dann, die Reklamationen an die Subunternehmen weiterzugeben. Seine Mutter sei Putzfrau gewesen. Als sehr kleiner Junge mußte er oft wegen der Beaufsichtigung mit und sah dann stundenlang von ihr nichts anderes als ihren geblümten Hintern, wenn sie in die Ecken fremder Wohnungen kroch. Es sei die Haupterinnerung an seine Mutter geblieben. Das könne er der Welt kaum verzeihen. Seitdem liebe er das Karge, eigentlich Spartanische. Zweimal seien ihm die Freundinnen ausgegangen. Da habe er sich in seiner Verzweiflung die Haare zu Locken rollen lassen und sinnenfrohe Farben getragen. Tatsächlich seien sogenannte Bienen darauf gelandet. Inzwischen lebe er gern allein. Was Sabine umgekehrt Finnland verraten hat, weiß ich nicht.

Manchmal spielen sie, wenn sie an die gewisse Stelle bei den Pferden kommen, noch immer das Auffangen und Festhalten nach. Sie tun so, erst recht, weil es ein Unding ist, für einen Augenblick, als wären sie ein Liebespaar. Ich weiß, warum es in Wahrheit nicht klappen konnte. Sie liebten ja beide inbrünstig Herrn Hans und wanderten hier auch bloß, weil sie hofften, genau wie Holterhoff, ihm einmal zu begegnen. Obschon er doch abgereist war!

Sabines Gesicht hat sich nie durch die Gegenwart des Fotografen verändert. Diese Macht besaß er nicht. Ihre trostlosen Gesichtszüge erinnerten von fern an die wochenlange Geistesabwesenheit von Mirko, als sich die Italienerin unerbittlich wegen des Söldners von ihm losgesagt hatte. Nur, daß der Schmerz Mirko noch immer schöner machte. Sabine, die ihn wie gebannt und in hilfloser Wut auf das Mädchen ansah, nicht. Ich selbst war von meinem eigenen Enkel wie verhext. Sein magerer Körper, von Kopf bis Fuß angespannt und in einer ständigen Alarmbereitschaft, wirkte wie ein ununterbrochener Vorwurf an die träge Welt. Man dachte: Gleich wird er ein Messer werfen! Auch ich mußte aufpassen, daß ich ihn nicht zu lange anstarrte.

Am Abend vor dem Tag, als er zu den Bahngleisen ging, hat Sabine die Nerven verloren. Ich war im Zimmer, aber ich hörte im

che, wie sie Schälmesser und Gemüsereiben ausprobierte, um damit einen reichen Greis, der sie aus sexuellen Gründen dafür bezahlte, aufs Blut zu quälen. Dann schälte sie wirkliche Kartoffeln und hatte auch eine Schürze umgebunden. »Ich bin nun mal sein Ideal«, sagte sie und fing an, Möhren zu raspeln.

Die Gespräche, die jetzt nicht nur in der Garderobe geführt wurden, drehten sich um Wörter, die bisher im Tristanweg nie gefallen waren. Herzer und Zock sprachen über das »instabile Konsumklima«. Sie machten besorgte Mienen. Sabine flüsterte warnend dazwischen: »Auf Baisse spekulieren? Vor allem Gold! Um Gottes willen! Wenigstens einen Teil in Gold!« Nur der junge Boris lachte unbeschwert, juxte richtig rum. Der machte offenbar weiterhin gute Geschäfte. »Auch der Index für Reise- und Freizeitwerte gibt deutlich nach, die Aktien der Fluggesellschaften verlieren an Wert«, meinte Bruno Zock so kummervoll, daß ich glaube, die Verluste auf diesem Gebiet betrafen ihn selbst. Wie trübsinnig waren wir geworden, wie überflüssig unsere Treffen! Alle merkten es, konnten es aber nicht ändern aus eigener Kraft. Es fehlte das Brenzlige, das Flirren. »Zwölf Prozent unserer Rücklagen sind futsch! Die Reserven für unsere Kinder!« murmelte eines Abends Magdalena, einen Moment lang wie gebrochen, bei einem Blutorangen-Nachtisch in meiner Nähe, ich weiß nicht mehr in welche Richtung.

Ich sagte mir in meinem Eckchen: Wenn er noch lange ausbleibt, fängt es bei mir wieder nachts mit der Todesangst an. Es war ja nicht die Länge seiner Abwesenheit, nein, das nicht. Das Schlimme bestand darin, daß wir nicht wußten, wann er wiederkommen würde, ich meine, ob überhaupt jemals. Und immer gingen die Blicke in den ersten Minuten zum Schlachter, dem allertreuesten Freund, zu Hehe, der doch am ehesten eine Nachricht von Hans erhalten würde und auch ein Recht dazu hatte. Aber der schüttelte nur den Kopf mit dem fidelen Schnauzbart, so, als würde ihn die Anwesenheit seiner blonden Slawin gar nicht trösten. Nichts, nicht den bescheidensten Kartengruß konnte er vorweisen. Er sah krank aus und hatte dann ja auch irgendwann den schweren Anfall. Da ließ es sich nicht mehr leugnen, daß was mit ihm war. »Nicht die kleinste Ansichtskarte schickt ihm dieser Unmensch!« sagte Ilona beim Abschied zu mir. Sie mochten sich alle gegenseitig nicht mehr leiden und würden nur noch kurze Zeit zusammenhalten.

Der Tristanweg 8 war überflüssig geworden, wenn dort leere Säcke und Aschehäufchen, die eigentlich gar keine Zeit für den Spaß hatten, beisammensaßen.

Und dann fing die Galeristin eines Abends an, von einem Erlebnis zu erzählen, das mit der öffentlichen Toilette in einem Park begann, wo in ihrem Kabinett alles mit rosa Kirschblüten bedeckt gewesen sei, auch die Klobrille. Sie waren nämlich durch das offene Fenster hereingeweht.

Mir mußte in meinem Abseits natürlich auffallen, wie sehr sie alle sich zunächst tapfer gehütet hatten, Hans zu erwähnen. Wir fürchteten, wenn das erst einmal losginge, dann würde es kein Halten mehr geben. Nun aber rückte Iris mit ihrer heiklen Geschichte heraus, die eigentlich nur aus einer Luftblase bestand. Es ließ sich doch gar nichts beweisen! Dabei beobachtete ich sehr wohl, wie sie ganz verschiedene Gesichter schnitten, mißtrauische und zornige, angewiderte und traurige. Trotzdem lachten zum Schluß alle ohne Grund, wie mir schien, lachten einfach so in die Runde, weil es das beste Versteck für unsere Gefühle war.

Viel verstand ich hinten in meinem Sessel nicht, denn diese Frau Steinert redete in einem Verschwörerton, um alles noch ein bißchen spannender zu machen. Aber selbst dann, wenn meine Ohren überhaupt nichts mitgekriegt hätten, wäre meinen Augen nicht entgangen, daß es Iris mit ihren Anspielungen schaffte, zu denen sie kaum die Lippen bewegte, dafür aber viele andeutende Gesten mit den Händen, sogar den Armen vollführte, auf einen Schlag diese Leute in kleine oder größere Erregung zu versetzen:

Meine gute Sabine ließ mal wieder, mehr noch als sonst, geschmerzt die Mundwinkel hängen.

Jeanette Herzer, unser Nervenbündel, verfärbte sich so deutlich, daß man es fast hören konnte. Sie kämpfte mit den Tränen. Ich sah, wie gerade das die spitzige Iris anspornte. Jeanettes Mund war ein zuckendes Würmchen, bis sie ihn mit der zitternden Hand verdeckte.

In ihrem Mann jedoch, der sie scharf beobachtete, schien bedenklich eine alte Wut aufzusteigen. Sie qualmte richtig aus ihm heraus.

Boris Bäder brachte laufend Grimassen zustande. Mal diese, mal jene. Ich hatte das Gefühl, er bemühte sich, den Eifersüchtigen zu spielen, weil man es von ihm erwartete. Er war es aber nicht, war es in Wirklichkeit gar nicht, wußte nicht mal, wie das mit der Eifersucht geht, das Kerlchen.

Magdalene Zock, das erstaunte mich am meisten, hätte wohl am liebsten mit ihrem Messer nach der boshaften Frau Steinert geworfen, nein, das nicht, mit der Gabel auf sie eingestochen hätte sie gern. Jedenfalls umklammerte sie beides, Messer und Gabel, so fest sie konnte. Auch das freute die Galeristin unbändig. Eigentlich redete sie nur für Jeanette und Magdalena, schielte sie auch gleichzeitig an. Das zu können, ist ja die Spezialität der entzückenden Person. Wir anderen zählten hier nicht so recht für sie.

Bruno Zock ging es ähnlich wie dem Frauenarzt. Die Sache selbst berührte ihn kaum, nur die überaus heftige Reaktion seiner Frau, die machte ihn, trotz der vier Kinder, die sie ihm doch wohl mit Freude geboren hatte, stutzig. Er starrte zu ihr hin. So habe ich ihn noch nie starren sehen.

Finnland, der korrekte Verehrer von Hans? Der fehlte aus irgendeinem Grund entschuldigt.

Ilona und ihr Metzger aber lächelten die Galeristin ungläubig und spöttisch an, lächelten noch eher aber in sich hinein. Hehe vielleicht ein bißchen erzürnt, das Mädchen so, als besäße es viel, viel bessere und ganz andere Informationen über den Fall. Das hätte Iris ärgern müssen, sie kuckte wohl aber nicht dorthin. Ich sehe ja sonst nicht viele Menschen, nur Holterhoff und manchmal diese Elsa mit dem Haar wie junges Blutbuchenlaub. Deshalb fiel mir das Merken leicht, ganz unwillkürlich.

Nein, sehr Genaues verstand ich nicht von der Geschichte, sicher auch, weil ich mir eine Weile das Klokabinettchen, gesprenkelt und übersät von den vielen rosa Kirschblüten, vorstellen mußte. Eigentlich war ich der schillernden Frau dankbar für das Bild. Sie behauptete, es hätte sie poetisch eingestimmt für ihr Treffen mit jenem Herrn, der uns nur allzu bekannt sei. Sollte sie etwa geglaubt haben, Herr Hans hätte das Klo extra und vorsorglich für sie ausgeschmückt? Das wäre diesem phantastisches Dingelchen zuzutrauen. Obendrein habe er draußen furchtbar feierlich unter einem gewaltig blühenden roten Magnolienbaum gestanden. Direkt zum Lachen, denn da er ihr seinen beachtlichen Rücken zugewandt habe, sei ihr sofort unter den Riesenblüten, deren Blätter auf seine Schultern segelten, das Riesenloch in der Jacke aufgefallen. Wie es zu der Verabredung gekommen war, davon habe ich keine Ahnung. Ich hörte es einfach nicht. Sparte sie das aus? Sagte sie es leise und nebenbei? Ihren geschmeidigen Oberkörper, wie immer in glänzendem Stoff natürlich, den bog die kleine Schlange die ganze Zeit hin und her zur Behexung des Publikums. Und wirklich, alle folgten den Verrenkungen mit den Augen.

Windig und kühl sei es gewesen, Mittagszeit, keine Menschenseele weit und breit. Hier blickte Iris besonders, wie nennt man es am besten, besonders foppend in die Runde. Sie seien niemandem begegnet an diesem Tag vor bald schon einem Jahr. Sie sagte das so seltsam, daß Dr. Herzer möglicherweise dachte: Ein Kind ist immerhin nicht dabei herausgesprungen.

»Ah, er ist ein wunderbarer Mann. Sagen wir besser so: Er kann so wunderbar männlich sein!« schnurrte dieses Persönchen plötzlich, ich muß zugeben, richtig impertinent, gurrte regelrecht unflätig. Sie solle gefälligst nicht so pornographisch sein, wenn sie schon unbedingt indiskret sein müsse! fuhr Hehe sie da böse an. Iris kicherte nur und ruckte mit ihrem Köpfchen trotzig hin und her. »Der wunderbarste Mann, wenn er sich ein bißchen müht, den ich je kennengelernt habe.« Und wieder gab sie einen kleinen, irgendwie unzüchtigen Seufzer von sich, doch, ich bin sicher, denn Hehe schlug mit der Faust auf den Tisch, daß die Gläser hochsprangen und wieder sicher landeten. Als er das bemerkte, lenkte es ihn ab von seinem Zorn, und seine Geschicklichkeit freute ihn.

»Da gebe ich Iris recht«, sagte verblüffenderweise Bäder. Ich begriff dieses Pärchen nicht im geringsten. Und redeten die wirklich von Hans? Von unserm einmaligen Herrn Scheffer, meinem Herrn Hans?

Eins aber stand nun fest. Der Bann war endgültig gebrochen. Den restlichen Abend über wurde nur noch von ihm geredet, von diesem »unverzichtbaren«, »jähzornigen«, »hinreißenden«, »kindlichen« Menschen, so nannten sie ihn, als hätte sich sehr viel angestaut. Dort, wo ein bißchen an ihm herumgenörgelt wurde, geschah es zärtlich und um zu verheimlichen, wie heftig wir ihn vermißten und wie stark wir unsere Gräue und unser Alter empfanden. Alle Lust und Liebe war, nachdem wir seine Gegenwart genossen hatten, aus unserem Leben gewichen. Ich konnte von diesen Sätzen nicht genug kriegen.

Und so habe ich es mir später mit Hilfe einer etwas mürrischen Sabine zusammengereimt: Wegen des unfreundlichen Wetters zeigte Herr Hans der stets spritzigen Frau, der er nicht den rauhen Wind zumuten wollte, das Treibhäuschen. Ursprünglich hatte es zu einer herrschaftlichen Villa gehört und war vor einigen Jahren, bestimmt auch auf sein energisches Betreiben hin, vor dem Abriß gerettet worden. Es gab dort ein paar exotische Gewächse mit fremdartig gemaserten Blättern und roch herrlich nach besprengter warmer Erde. Hinter großen Hibiskusgebüschen stand eine weiße Bank, daneben gab es einen Miniaturteich mit Goldfischen. Wer kam schon hierher? Wer wußte davon? Was kann die Galeristin überhaupt in diesen Park geführt haben, wirklich der Zufall? Einer von beiden trug immerhin ein Picknick bei sich. Der Rest bestand offenbar aus Schweigen und, falls Iris mit ihren Andeutungen nicht gelogen hat, körperlichen Annäherungen.

Egal. Mich, in meinem Winkel, beunruhigte nur der eine Satz von ihr: »Zum ersten und einzigen Mal hat mir der Kerl richtig und lange in die Augen gesehen.« Wie gut, daß mich niemand gerade in diesen vier, fünf Sekunden in meiner Ecke beachtete.

Sie erzählte das, wenn man es glauben wollte, unbefangen, als harmlosen Scherz aus der Wirklichkeit zur Unterhaltung, behauptete auch, daß eine alte Blumenliebhaberin plötzlich vor ihnen erschienen sei, »gerade im allerunpassendsten Augenblick«, und wie sich Herr Hans ohne Verlegenheit erhoben habe in voller Breite und sich einfach galant vor der konsternierten Dame verneigt und sie, Iris, dabei taktvoll vor deren Augen verdeckt, sich selbst aber an strategischer Stelle vor lauter Kavalierstum verraten habe. Die wackere Besucherin habe fasziniert von Hans zu den blühenden Anturien mit ihren aufrecht ragenden Griffeln und wieder zu Hans zurückgestarrt und sich schließlich mit einem »Donnerwetter« entfernt.

Seitdem will ich mir Iris nie wieder in den Kleidern meiner eleganten Großmutter vorstellen, vorstellen kann ich mir nicht, daß sie, die Galeristin, es uns, wenn es tatsächlich passiert wäre, preisgegeben hätte. Sicher war alles bloß unkontrollierbar ins Blaue hineinphantasiert, um für ein bißchen Zündstoff zu sorgen. Die Betroffenheit der anderen bemerkte sie ohne Zweifel mit höchstem, auch ein bißchen tückischem Vergnügen. Endlich flimmerte die Stimmung wieder wie zur Zeit von Herrn Scheffers Anwesenheit. Ich glaube, dafür war man ihr dankbar und trug ihr die Schamlosigkeit, da Hans ja nichts davon erfuhr, nicht lange nach. Herr Hans, wenn er sich uns schon nicht zeigte und uns keine Zeichen gab, war doch endlich, zwar etwas verunstaltet von dieser unzuverlässigen Libelle, durch ihre Geschichte zu uns heimgekehrt. Man lächelte wieder! Das hat mich noch am selben Abend auf eine Idee gebracht. Ob ich die Tischrunde dafür erwärmen könnte?

Nun muß ich mich erst beruhigen. Langsam, langsam! Nichts passiert.

Ich bin wohl auf dieser Bank etwas eingenickt, zur Seite gekippt, und habe bis eben noch von einer graublau geschwungenen Ferne geträumt. Ein Dunst lag über der Erde. Sie hatte ihre bäuerliche Schwermut und auch Schwerfälligkeit abgeworfen. Es kam mir bekannt vor von den alten Bildern aus Holland, von den Hintergründen dort. Aber als ich die Augen aufschlage, sehe ich in drei stockdunkle Gesichter, sehr nahe bei meinem eigenen. Da ist mir ein Schrei entfahren, vor Überraschung, aber auch vor Entsetzen, denn es waren doch zwei schwarze, keuchende Dobermänner, die mich anglühten und etwas dahinter eine Afrikanerin, vorgedrungen bis hierher, ins alte Eiszeitgebiet!

Wie soll man da nicht erschrecken! Ihre starken Hunde waren nicht angeleint, was Hans strengstens wegen der Wildtiere verboten und auf Schilder geschrieben hat. Die pechschwarze Frau begann sehr langsam den Mund zu öffnen, ich verfolgte, wie die gewaltigen Zähne, einer nach dem anderen, zum Vorschein kamen. Ich wollte mich nicht rühren, aber innerlich ließ sie mich wohlweislich zappeln. Am Ende war das vollständige Gebiß bis zum letzten Backenzahn sichtbar. Ein richtiges Waffenarsenal. Ich saß ganz steif in meiner Angst. Dann endlich packte sie die Tiere an den Halsbändern und sagte träge: »Ist es so besser?« Sie sah ein gemütliches Weilchen zu, wie ich zitterte und nicht antwortete.

Ja, ich muß mich beruhigen.

Mir fallen nämlich, nach vielen Jahren und Jahrzehnten zum ersten Mal wieder die gefürchteten Hartmann-Brüder ein. Nicht von ungefähr! Die drei wurden »Peitsche«, »Kacker« und »Tschocklett« genannt. Sie waren die gefürchteten Könige der Trümmerlandschaft. Wir Kinder liefen weg, wenn sie auftauchten. Sie herrschten in ihrem Revier wie Gewitterwolken, sobald das Gerücht entstand, sie seien im Anzug. Man roch ihre Gewalttätigkeit aus der Ferne und konnte die Bedrohung einatmen, obschon man sie meist gar nicht zu Gesicht bekam in seinem Versteck. Und doch! Was fühlten wir insgeheim gegenüber diesen Gefährlichen? Welche Tage wären denen vergleichbar gewesen, an denen sie ihr Reich in vollem Ornat betraten, trotz der ärmlichen Zeit so gut es ging schwarz gekleidet von Kopf bis Fuß? Wo ihnen schwarzer Stoff fehlte, malten sie einfach die Haut schwarz an. Ein Kleiner rief einmal aus dem Fenster, oben, in Sicherheit vor ihnen: »Schornsteinfeger!« Das wurde nicht verziehen. »Wir richten dich hin!« rief Peitsche zu ihm hoch. Und wirklich, sie fingen ihn ein paar Tage später ein und erwürgten ihn beinahe in ihrer Rachsucht. Wir erfuhren nicht, ob man sie zur Rechenschaft zog. Der Wicht aber war für uns ein Held. Wochenlang mußte er uns seinen Hals zeigen.

Einmal hörte ich, wie »Peitsche«, der ab und zu schon eine Zigarette rauchte, sagte: »Die kosten zehn Pfennig das Stück, und sie haben Duft und Süße Virginias.« Ein paar Tage später las ich den Spruch in einer Illustrierten, die auf dem Klo lag. Das letzte Wort, das ich nicht verstanden hatte, hieß also »Virginia's«. So schrieb man es damals und man sprach es, wie man es schrieb.

Er hatte noch etwas Merkwürdiges gesagt. Es erregte große Bewunderung bei seinen Dienern und sicherte seine Herrschaft. Er erzählte, dort drüben in Amerika würden Cowboys auf zwei Pferden stehen und mit ihnen über ein Auto springen. Seine Meinung dazu sei diese: »Das Gestern springt über das Heute.« Auch diesen Satz und das Bild dazu entdeckte ich in der Kloillustrierten. Sofort ahnte ich, wie gefährlich meine Mitwisserschaft war. Wenn er davon erführe, würde er mich ja wahrscheinlich töten.

Das Grausame ist etwas Bodenloses wegen der großen Anfälligkeit dafür. Sollte ich nicht die Schwarze, die nun mit den Hunden verschwunden ist, und Mirkos Italienerin Antonia, die dem Söldner verfiel, der ihr von der Legion Condor und deren Verbrechen in Francos Spanien vorschwärmte, und die Sabine so verhaßt war, an verborgener Stelle schändlicherweise verstehen und sogar entschuldigen?

Heute werde ich früh nach Hause gehen. Gestern abend ist Sabine im Gespräch mit Hans ein »Du« entschlüpft. Sie hat sich schnell verbessert, und Hans schmunzelte daraufhin in sich hinein. Ich sah von ihm zu Sabine und von ihr zurück zu Herrn Hans, natürlich unauffällig, um das Mädchen nicht zu ärgern.

Aber damals dachte ich oft, daß Hans uns, wenn er jeden einzelnen bezauberte, als gemischtes Gehölz, als Wildwiese betrachtete, die im Gleichgewicht gehalten werden mußte, ohne direktes Interesse an irgendeinem. Ich sah ihn außerdem nachts, beim Wachliegen in meinem Bett, wie er den großen, ja dicken Kopf auf dem starken Hals über uns, die kleinen Spielfiguren beugte, sie sacht berührte, manche zum Spaß umwarf und wieder aufstellte zu seinem Vergnügen und so jeden Aufruhr in Grenzen hielt, auch alles Komplizierte, selbst bei den nervösesten von uns Frauen.

Beim nächsten Treffen schob Ilona ihren Pony über der niedlichen Stirn beiseite und zeigte uns die Narbe einer Operation. Man hatte ihr dort einen Hautkrebs im Anfangsstadium weggeschnitten. Da begannen auf einen Schlag alle anderen mit ähnlichen Verhängnissen aufzuwarten. Keiner wollte mehr gesund sein. Sie entblößten alle irgendwelche Flecken, Verfärbungen,

Wucherungen. Dann versuchten sie, Spiele zu erfinden, um Hans herbeizuzwingen. Man sollte Gedichtzeilen vervollständigen und Filmtitel raten, die Vornamen historischer Persönlichkeiten, die Erfindungen von Erfindern oder umgekehrt, ich weiß nicht mehr. »Idiotisch!« sagte Herzer mit einem Stoßseufzer in der Garderobe. Aber sie fuhren fort damit. Bis Sabine den Blödsinn fast unhöflich unterbrach: »Laßt uns lieber von kleinen Tieren reden!«

Habe ich den Satz, hier auf meiner Waldbank, laut gesprochen? Denn nun setzt sich Holterhoff neben mich, nicht schwarz wie die Hartmann-Brüder, dafür grün, wo es nur möglich ist. Er behauptet: »Richtig, Frau Wäns. Ich war in meinem Leben eine Weile sehr verzweifelt. Schließlich habe ich mich aus der Verschüttung freigebuddelt zu den Tieren. Wenn ich mir vor dem Einschlafen etwas Schönes vorstellen will, denke ich mir einen Pferde- oder Hundekopf in den Arm.«

An jenem Abend faßte ich mir ein Herz, denn ich hatte plötzlich Grund dazu. Man würde auf mich hören. Ich machte meinen Vorschlag und fügte, bevor sie antworten konnten, hinzu: »Heute habe ich eine Postkarte von Herrn Scheffer bekommen.«

Das saß! Und der Satz von eben reicht bis zum Tristanweg: »Freigebuddelt zu den Tieren«! Viel zu kurz fällt heute die Wanderung aus. Aber noch immer sind mir von eben wegen der Dobermänner die Knie weich.

8. Wanderung

Was war das gestern? »Freigebuddelt zu den Tieren«? Dieser Herr Holterhoff, man muß ihn gern haben. Nur, daß er mir eben, kaum war ich hier draußen, schon wieder begegnete und erzählte, die großen Treibhäuser im Süden vor der Stadt, in denen man Pflanzen, auch einjährige Blumen vorzieht, würden immer mehr verfallen. Viele ständen schon verlassen mit zertrümmerten Scheiben da, weil die Großabnehmer, die öffentlichen Stellen, sparen und lieber bei den billigen holländischen Händlern Massenware kaufen oder die Rabatten nur noch mit Immergrün bepflanzen oder die Beete gleich zupflastern. So platzte er mir in die gute Stimmung, vielleicht auch in die eigenen Sorgen. Ich fürchte den grünen Holterhoff manchmal beinahe so wie früher die schwarzen Hartmann-Brüder. Denn dann folgte noch das hier: »Fallen Ihnen gar nicht die vielen Birkenschößlinge auf? Die wachsen inzwischen, wo sie wollen. Kein gutes Zeichen, meine liebe Frau Wäns, ist kein gutes Zeichen. Es geht hier seit langem drunter und drüber. Wenn ich nur mal den Herrn Scheffer treffen würde!«

Er weiß nicht, wie leicht ich Hans fragen könnte. Im Augenblick fast jeden Tag. Vielleicht hätte ich Holterhoff erzählen sollen, was ich durch Sabine weiß. In den Warenhäusern werden in den Abteilungen für Damenbekleidung fast nur noch Unterwäsche, Sportkleidung und Abendkleider geführt, das aber in Unmengen. Wäre das nun für ihn die Bestätigung, daß sich alles verschlechtert oder, im Gegenteil, ein Einspruch?

Damals jedoch, damals, ja, da war es eine Sensation, daß ich, ausgerechnet ich Zaungast in meinem Winkel, Post von ihm hatte. Ich holte nach der Ankündigung die Karte hervor, von der selbst Sabine nichts wußte. Die Verblüffung über die Vorderseite, noch bevor ich vorlas, war enorm. Zeigte sich irgend jemand empört über die Bevorzugung? Nein. Ich galt wohl einfach als die neutralste Person. Die Ansicht ließ besonders Bäder die Brust schwellen. Denn es handelte sich um einen Gruß aus Alaska. Er hatte sich nicht getäuscht! Iris Steinert blähte sich mit ihm. War Bäder denn ihr Rennpferd, das gerade einen Preis gewonnen hatte?

Die Karte mit dem Gebirge darauf wurde herumgereicht. Keiner drehte sie um. Als sie wieder bei mir ankam, obschon niemand sie gern aus den Händen ließ, das merkte ich wohl, las ich den einen Satz vor, der hinten draufstand: »Sie heißt Anada!« Sofort erhob sich Hehe, kramte in seiner Innentasche, während die Galeristin sagte: »Das schreibt Scheffer nur, um uns zu ärgern«, und holte die gleiche Karte hervor. Er las: »Lieber Hehe, bin bald zurück.« Wahrscheinlich fragten sich nun alle, ob sich noch ein anderer verstellt hatte, um effektvoll mit einer Botschaft von Hans rauszurücken. Alle sahen einander prüfend an. Es folgten aber keine Offenbarungen mehr. Wir konnten Luft schöpfen und uns der elektrisierenden Neuigkeit zuwenden.

Heute morgen habe ich Sabine telefonieren gehört, mit Hans. Ich wunderte mich, was für ein eigenartiges Lachen sie sich ihm gegenüber herausnahm. Ich wunderte mich sehr. Damals jedenfalls hatte sie richtig zornig darauf bestanden, daß meine Postkarte noch um Mitternacht, als alle weg waren, in Augenhöhe auf das Wohnzimmerregal gestellt wurde. Da ich nicht einschlafen konnte, holte ich mir etwas später ein Buch. Die Karte war verschwunden! Am nächsten Morgen lehnte sie natürlich wieder scheinheilig an ihrem Platz. Ich sagte keinen Ton und gönne dem Kind doch alles, alles. Ich glaube, vor mehr als zehn Jahren, da hat sie angesichts ihres schönen Sohnes und seiner tiefen Liebe zu Antonia ungläubig gestaunt, wie etwas so Großartiges ihrer geringfügigen, eigentlich zerstreuten Verbindung mit Mirkos Vater entspringen konnte. Was sie selbst nie erlebt hatte, passierte nun so wunderbar vor ihren Augen am eigenen Fleisch und Blut. Um so schrecklicher der Verrat des Mädchens und seine Folgen. Doch wenn sich die Gelegenheit geboten hätte, dann wäre Tonia in manchen Momenten von Sabine umgebracht worden. Sie wünschte sich nicht umsonst, ein Tiger zu sein, nein, das war nicht einfach dahingesagt. Sie riecht auch manchmal so, so wie in den Gärten die Kaiserkrone, und die Raubtiere im Zoo riechen auch so, schon von weitem. Sabine tut es gottlob nur aus der Nähe. Vielleicht hat das am Feuerwehrteich Finnland erschreckt?

Ob auch Hans es schon bemerkt hat? Wenn ja, scheint es ihn nicht zu stören. Ich begreife aber nicht recht, was zwischen den beiden eigentlich vorfällt. Auch ist er immer noch so gutaussehend und sie so wenig. Wenn sie nur öfter lächeln würde, so, wie in dem Augenblick, als sie flüsternd vor dem Schlafzimmerspiegel stand. Sie weiß ja nicht, wie es ist, wenn man vor lauter Liebe anschwillt, daß es unmöglich wird, noch richtig geradeaus zu gehen. Man schwankt oder man stampft auf wie im Herbst die Hirsche, obschon man doch eine Frau ist. O mein Gott, wie ich das noch weiß, wie gestern weiß ich's noch.

Mein Vorschlag wurde angenommen. Der Vorschlag aus meinem Winkel heraus, als Vorbereitung zur endlichen Heimkehr unseres Herrn Scheffer, eine gemeinsame Wanderung zu machen mit schöner Rast am von Hans streng verbotenen Feuerwehrteich, also zusammen und schon in Vorfreude durch sein Reich zu gehen, wo alles nach seinen Befehlen wächst und stürzt, überflutet wird oder austrocknet, so daß man in gewisser Weise immer von seiner Person umgeben ist und durch seinen Kopf marschiert. So versuchte ich sie zu überzeugen, bemerkte aber, daß ich nahe daran war, zu viel über mich selbst auszuplaudern, denn Magdalena und die wachsame Iris hoben schon witternd die Nasen. Nur war es nicht vor Mitte Mai möglich. Herzer und Zock hatten vorher Wichtiges zu tun, Berufliches. Selbstverständlich. Ich wunderte mich ja ohnehin, wie eigensinnig diese seriösen Herren sich Zeit nahmen für die Kindereien.

Ich hatte ursprünglich an den 1. Mai gedacht, ein heimlicher Gedenktag für mich, 1.5.! Ein einziges Mal in meinem Leben habe ich mich vor vielen Jahren, nicht lange bevor ich Witwe wurde, lächelnd an diesem Datum zu einem Ehebruch aufgemacht. So war es geplant, so hat es sich erfüllt. Und ich erinnere mich noch immer gern daran, auch wenn mir damals auf dem Heimweg eine fast zahnlose, hochschwangere Stadtstreicherin in die eben noch vielmals geküßte Halskuhle spuckte. Sie hatte wohl mein Gesicht treffen wollen, weil ich so glücklich aussah.

Nicht 1. Mai also, wenn pünktlich die Seitenwege locken, beinahe schon fauchen aus grün-goldenen Rachen und die Frösche an Gräben und Teichen mit ihrer lauten Raserei beginnen, nicht mehr wie Faustkämpfer den Schlag des anderen abwarten und dann voll Kraft, Ton um Ton, zurückschlagen, sondern stöhnend, donnernd, rasselnd, alle gegen alle, lückenlos auf einen Streich. Ich hoffte auf Kuckuck und Nachtigall und in den flachen Mulden auf die Wollgrasmeere, reflektierte auf eine einzige Stelle, an der es kleine Blumensterne gibt wie sonst nirgendwo. Ich kenne den Namen nicht. Die Gänsehaut auf den Teichen, im Abendlicht wie beschlagenes Glas, wenn ihnen der Wind über die Oberflächen läuft und sie etwas durchrieselt bis auf den Grund: Das wollte ich ihnen vorführen.

Ich wollte einmal beobachten, wie diese, wenn Hans sie nicht beaufsichtigte, bitterernsten Arbeits- und Weltmenschen, die beruflich zum Teil in Hongkong, Chicago, Rio ein- und ausgingen, wie diese unechten, aber so sympathischen Kinder damit fertig würden. Nein, nein, nur nebenbei wollte ich das, nur seitlich. Ich wollte ihnen zeigen, wie sorgsam Hans durch hohe Holzzäune Wildruhezonen ermöglichte, um brütende Vögel und Jungtiere vor verbotenerweise frei laufenden Hunden zu schützen, wie gelb weiter draußen die Wiesen waren von Hahnenfuß und Löwenzahn. Fragen wollte ich sie, ob sie noch genau wüßten, welches die Kuh- und welches die Butterblumen sind. Sie sollten sehen, wie weiß getupft der Boden ist von Bärlauchblüten und gesprenkelt von Waldmeistersternen oder andersherum. Auch sollte es sich dann später um das Barbarische handeln, um das schräge, wuchtige Abendlicht, das ganz zerknirscht macht und zermalmt.

Dann, am 16. Mai, war es soweit.

Eins konnte ich voraussagen. Magdalena Zock würde sich ein Kochbuch übers Picknicken kaufen und die Galeristin einen Tropenanzug. Wie recht ich damit hatte! Die reizende, gelegentlich über die Stränge schlagende Iris trug um den Hals ein Tüchlein mit Leopardenmuster und einen Leinenhelm. Ich hörte, wie sie, gerade als der Weißdorn- und Ebereschengeruch mächtig über uns hereinbrach, Sabine ausführlich von einer Frau Müllmann erzählte, einer Parfümerieinhaberin, die irrsinnig teure Kosmetika verkaufe, für jeden Zentimeter des Körpers eine andere Essenz, im Schaufenster dazu Reklametafeln von fünfzehnjährigen Schönheiten. Sie selbst, Frau Müllmann aber, Gott sei's geklagt, welke an allen Fronten dahin. Jeder frage sich natürlich: Warum nutzt das Zeug nicht wenigstens ein klein bißchen bei ihr selbst? »Sie hat sich operieren lassen. Davon ist es nur schlimmer geworden. Sabine, tun Sie so etwas niemals, und wenn Sie noch so viele Gründe haben. Die Müllmann, die Arme, ist durch die Entstellung richtig scheu geworden, dreht sich beim Verkaufen immer halb weg!«

So etwa die Galeristin, alle Büsche und Greisenhäuptchen am Wegesrand haben es mitgehört.

Sabine schien gekränkt zu sein. Ich sah, wie sie sich steif machte. Sie solle das nicht persönlich nehmen, meinte die Libelle. Sie hatte Sabine von der Seite gemustert und feixte vor sich hin. Es gehe ihr mehr um Jeanette. Endlich habe sie der entlockt, wie alt sie sei. Na? Wie bitte? Ach was!: Dreiundfünfzig! Es sei ihr so rausgerutscht, obschon es niemand merken solle. Schon dreiundfünfzig! Blattschuß! Keinen Tag jünger. Genau das habe sie Bäder gegenüber kürzlich geschätzt. Es erkläre nämlich vieles an dieser seltsamen Person. Wie gut, daß man nun viel mehr Verständnis für sie aufbringen könne. Es sei ein schwieriges Alter, und dann der Mann Frauenarzt und jünger als sie und sie ohne Kinder von ihm! Es werde ganz sicher nicht mehr lange gutgehen mit den beiden. Hoffentlich kämen sie ohne Katastrophe davon. Dieser Jeanette sei jede Kurzschlußhandlung zuzutrauen. Sie sei ja völlig aufgekratzt, jetzt, wo sich Hans angekündigt habe! Sabine starrte zornig auf die Wollgrasmeere und blieb dann einfach stehen.

Die tolle Frau Iris! Einmal hat sie bei uns geholfen, den Tisch zu decken. Da sah es aus, als würden uns Messer und Gabeln Fratzen schneiden.

Es war trocken, wolkig, ab und zu traf mich ein winziger Regentropfen im Augenwinkel. Jetzt kam schon die Zeit der gelben Sumpfiris. Ein Pferd lag tot auf der Seite. Da stand es plötzlich auf, war gescheckt und jung. Ich merkte bald, daß ich den leichtesten Schritt hatte. Ich bin ja das Wandern gewohnt. Aber ich verstellte mich, stellte mich gebrechlich. Mit diesen Leuten hier kannte ich die Gegend gar nicht richtig wieder.

»Was gibt es dazu zu sagen? Ein Picknick im Naturschutzgebiet von Herrn Scheffer! Eine hübsche Idee Ihrer Frau Mutter! Und was war? Die Zockschen Kinder – den Ältesten haben sie ja wohl, wie es sich gehört, für ein Jahr eisern nach Nordamerika geschickt – liefen mit viereckigen Mützen auf dem Kopf herum, wie sie die alten Männer in chinesischen Bergregionen tragen. Der Vater hat sie von einer Geschäftsreise mitgebracht. Eins stieß manchmal Pfeiftöne auf seiner Blockflöte aus, das Kind Sylvchen ritt zwischendurch auf einem niedrigen Pferd vorbei. Kurz, wir lebten, mit den unerläßlich lichtsteigernden, kleinen dramatischen Verfinsterungen weiter auf unserer Insel der Seligen. Nur fehlte allen schmerzlich der Wichtigste. Ihnen, Sabine, nicht weniger als den anderen. Mich täuschen Sie nicht. Sind wir nicht aber, seiner gedenkend, dem entkommen, was wir den zu Paaren, in Schwärmen, Fahrrad Fahrenden, Rennenden, mit Stöcken im gesunden Gehrhythmus Ausschreitenden anmerkten? Wie soll man es nennen? Wir sind der Ernüchterung entronnen, nach wie vor der glanzlosen Vernunft, die den Schein und Widerschein auf den Gesichtern ersterben läßt.«

Sabine und ich waren platt, als wir zwei Tage nach dem Ausflug diesen Brief von Finnland erhielten. Richtiger muß es heißen: Sabine bekam ihn. Dieser Finnland! Was in diesem höflichen Umstandskrämer alles vorging! Was mochte ihn zu den Zeilen getrieben haben? Vielleicht nichts anderes als die reine Freude auf Herrn Hans. Es brachte mich auf eine Idee. »Sabine«, sagte ich, »dieser Brief ist wie ein Gruß aus vergangener Zeit. Mein Großonkel könnte ihn geschrieben haben. Er gefällt mir. Laß uns tauschen. Du bekommst dafür die Karte aus Alaska.« Ich sah anschließend aus Zartgefühl sofort zum Fenster raus. »Gut«, sagte sie, »einverstanden. Die stummen Berge auf der Karte sind mir tatsächlich wichtiger als Finnlands redseliger Aufsatz.« Ach, wie gönnte ich meiner traurigen Kleinen die glückliche Phantasie!

Wir wanderten, wir waren ein insgesamt fröhlicher Trupp. Wie eine schnelle Folge von Schüssen hallte das Knallen eines Pferdegalopps, von uns durch ein Wäldchen getrennt, vorbei. Der junge Bäder hatte seine Brille vergessen, er wußte nicht, ob er helle Baumstämme, helle Pferdeleiber oder Menschen in hellbraunen Anoraks sah. Außerdem trug er die falschen Schuhe. Als Bruno Zock ihm eine einzelne Kiefer zeigte, die Hans ausdrücklich auf einer weiten, sonst nur von Birkenschößlingen, schwarz vertrockneter Erika und dunklen Tümpeln gemaserten, leicht hügeligen Ebene wegen der malerischen Wirkung hatte stehenlassen, rutschte er auf dem feuchten Boden aus. Zock rettete ihn vor dem Schlimmsten, aber Bäders Hosen waren nun verdreckt. Ausgerechnet! »Will der hier alles unter Wasser setzen?« fragte unser Lackäffchen beleidigt in die Welt hinein. »Dieser Scheffer! Dem Mann sitzt ja ein Biber im Leib.«

Ganz unrecht hatte er nicht. An manchen Stellen durchschaute man ohne weiteres die Strategie unseres Herrn Hans. Die restlichen Wanderwege, die mitten durchs Gelände führten, wurden von beiden Seiten in die Zange genommen. Rechts und links überschwemmte Fluren, bis sie irgendwann unbegehbar in Pfützen und Schlamm untergingen, um eine andere Natur, eine viel ältere, aus den sumpfigen Gewässern auftauchen zu lassen, über der sich auch der Himmel und sein Licht, samt seinen Bewohnern, den Vögeln, ändern und in den Wanderern dieser

Breiten unvermutete Gefühle auslösen würde. Ich, ich wußte das doch schließlich alles mit Haut und Haar.

»Uns diesen Matsch hier zuzumuten!« sagte Magdalena mit einem Lächeln, das Hans sofort verteidigte. Sie machte sich Sorgen um ihr ausgeklügeltes Picknick in den Truhen, die von den Männern geschleppt wurden. Es war bestimmt als Probe für ein späteres mit Hans gedacht. Er fehlte uns, doch er umschwamm uns, wir atmeten ihn ein mit dem Geruch der Heidelandschaft. Er bewegte sich durch uns hindurch. Wäre er bei uns gewesen, dann hätte er sich verantwortlich gefühlt für unser Wohlbefinden, wäre plötzlich neben jemandem gegangen, der kurzfristig vereinsamt war. Er hätte zwischen uns das Netz geknüpft und repariert. Jeder hätte darauf gewartet, daß Hans sich irgendwann zu ihm gesellen würde. Dann wäre die Temperatur des Gewebes an dieser Stelle leicht angestiegen, um sofort, wenn er sich entfernte, wieder abzufallen. Weil das, was er sagte, interessanter klang als das von Herzer, Hehe, Zock? Das wohl nicht. Es war eher etwas Körperliches, ein Kraftschub, ein Lebensfeuer. So erkläre ich es mir, als Zaungast allenfalls, denn das bin ich nun mal, und so gefällt es mir.

Hehe schlug sich mal eben in die Büsche. Zock sah ihm nach und sagte dann, Hans stelle sich überall, nur in der Innenstadt nicht, ungeniert an den Wegesrand, um die Gegend zu bewässern. Von hinten wirke es auf ihn wie die Männer an den Bankautomaten. »Wie die Männer auf den Breughelbildern, man sieht die Rücken und weiß gleich, womit die Hände in der betreffenden Höhe vorn beschäftigt sind«, ergänzte die Libelle allzugern.

Ich bin erst vor einigen Tagen mit Hans und Sabine gewandert. Da war sie es, die kurz ins Dickicht mußte. Ich beobachtete etwas. Sie lehnte, bevor sie uns verließ, ihre Handtasche sehr behutsam an die Schuhe von Hans. Nun mußte er auf sie warten und stand regungslos wie ein Zinnsoldat, damit die ihm anvertraute Tasche nicht umfiele. Seitdem weiß ich was von den beiden, so unwahrscheinlich es sein mag. Denn sieht Hans nicht trotz allem noch immer so aus, daß ich zu zittern anfange, wenn er mich, wohl zufällig, berührt?

Als uns damals bei der Picknickwanderung ein großer gefleckter Hund entgegenlief, kicherte Bäder trotz der verschmutzten Hosen. Er behauptete, dieser selbe Hund sei ihm hier einmal mit Hans zusammen begegnet, aber auf einem schnurgeraden Weg, bei dem einzigen Spaziergang, den er je mit Hans gemacht habe. An dem Paar dahinten sei das Tier leicht zu erkennen. Die Art, wie Hans stehengeblieben sei und mit schief gelegtem Kopf gegrüßt und zu flüstern begonnen habe, sei ein schlechtes Zeichen gewesen. Ein uns allen wohlbekanntes, verhaltenes Grollen seiner Stimme: Im Schutzgebiet sei das Freilaufen des guten Freundes Hund aus bestimmten Gründen nicht erlaubt, genauer, verboten. Man könne es überall auf den Schildern lesen. Ob es so schwierig sei, die Notwendigkeit einer solchen Maßnahme zu begreifen? Ob sie glaubten, das geschehe aus Jux und Dollerei oder gar Schikane? Ein Spleen von Idioten und Hundeverächtern?

Der getadelte Mann habe nicht Scheffer, sondern nur die den Tränen nahe Frau an seiner Seite angesehen, die, sobald Hans fertig gewesen sei, mit einer geschmeidigen Gestikulation vor den überaus aufmerksamen Augen des Mannes begonnen habe. Kein Wort sei gefallen. Hans habe bloß, mit Verlaub, geglotzt. Wollte man ihn zum Narren halten? Auch seien die Blicke der beiden dann in bekümmerter Hilflosigkeit zu Hans, an dessen Knie der gewaltige Hund längst zärtlich den Kopf gerieben habe, hinübergewandert. Erst dann habe er begriffen. Nun sei er es gewesen, der beschämt das große Haupt senken mußte. Gleichzeitig habe er, Bäder, ihm die Empörung angesehen über die Zumutung, daß ihm, dem legalen Hüter der Region, die beiden mit ihrer kränkenden, ihn ins Unrecht setzenden Taubstummensprache gekommen seien. »Trotzdem«, habe Scheffer gesagt,

»das nächste Mal anleinen!« Das habe aber viel eher nach einer Entschuldigung als nach einem Befehl geklungen. Und noch im Weiterstapfen habe er wahrhaftig immer wieder »Trotzdem!« »Und trotzdem!« zwischen Reue über seine Worte und Wut über die Ungerechtigkeit, die ihm widerfahren sei, vor sich hingemurmelt. In seiner Verwirrung sei er nicht mal auf die Idee gekommen, diese offensichtlich ja nicht blinden Menschen auf die selbst für Analphabeten eine klare Sprache sprechende Verbots- und Erinnerungstafel direkt neben ihnen am Wegesrand hinzuweisen.

Der Kampf unseres Herrn Hans gegen die rücksichtslosen Hundebesitzer war erbittert. Scharfe Jagdhunde, auch Tiere, die nicht den Kommandos ihrer Eigentümer folgten, wurden gelegentlich ohne Leine in die ehrgeizigen Schutz- und Brutgefilde entlassen und vernichteten seine geduldige Ansiedlungsarbeit seltener Fauna. Auch jetzt war der Hund in Widersetzlichkeit gegenüber Hans, der sich damals offenbar in seiner amtlichen Autorität dem Paar gar nicht erst vorgestellt hatte, nicht angeleint. Sabine machte der Frau mit zornigen Bewegungen klar, was sie zu tun habe. Handelte sie für die Tiere oder für Hans? Über uns schrien Raubvögel. Zwischen den Stämmen bewegten sich, noch bleicher als die Birken, in den schwarzen Zwischenräumen ein schneeweißes Pferd und eine Reiterin: eine Erscheinung, nur ich entdeckte sie wohl, die sich im Hinsehen sogleich auflöste. »›Trotzdem‹! Dieses köstliche ›Trotzdem‹!« wiederholte Bäder mit seinem hohen Gackern, ich fand, ein bißchen zu selbstgefällig in seiner altklugen Jugend.

Plötzlich, schon beim Weitergehen, drehte sich der taubstumme Mann um und rief: »Der Hund geht Sie einen Dreck an!« Bäder stand der ein wenig schnullerartige Mund offen, er wirkte richtig schwachsinnig in diesem Moment. Unglaublich! Die beiden hatten sich damals also doch über sie beide, vor allem über Hans, lustig gemacht!

Aber keiner, kein einziger bemerkte, wie von einem Atemzug zum nächsten die Landschaft vom fahlen Gold zum schäumenden Grün übergewechselt war. Wie sollten sie das auch! Sie kannten sie ja nicht vom Winterhalbjahr her und ahnten nicht, wie ich es weiß, ich, die jetzt mit ihrem Strohhut, aushilfsweise mit ihrem kleinen Herrn Strohhut redet, daß hier manchmal die Unvergänglichkeit herrscht, für eine Stunde vielleicht. Die Räume fallen in Glanz und Starre. Ich aber gehe darin herum, wie ich will, wunschlos und unersättlich, und man denkt: Nicht daran rühren, bloß das nicht! In einem anderen Augenblick dann das Entsetzen, unerklärliche Beklemmungen, wenn mir die Pracht plötzlich die Luft absperrt. Darüber zu Zock, Steinert, Herzer, Hehe kein Wort, selbstverständlich, um Himmels willen nicht. Das Geheimnis: Man muß immer, wenn es drauf ankommt, etwas von sich selbst dazutun. Nein, keine Silbe darüber, auch zu dieser Elsa, der mit den vielen Patientengeschichten, lieber nicht.

Iris Steinert hatte, als wir kurz das Schutzgebiet verließen, merkwürdigerweise zu Hehe gesagt: »Sehen Sie doch nur die butterguten Rinder rechts und links auf den Wiesen. Das schöne alte Bild!« Und prompt ging ihr der Schlachter auf den Leim. Genau wie damals kurz vor seinem Anfall. Und wieder war Ilona nicht dabei, um ihn zu zügeln. Ob er dachte, es sei die letzte Möglichkeit, so etwas loszuwerden, weil Hans es ja nicht in seiner Gegenwart erlaubte? Der Frieden täusche leider, antwortete er schwermütig, die Klimaschädlichkeit der Viehhaltung sei beträchtlich. Bei den Fermentationsprozessen würden circa vierzig Prozent des Methans in Deutschland entstehen. Die Kühe würden alle 40 Sekunden rülpsen und dabei bis zu 230 Liter davon ausstoßen. Und dann das große Problem des Lachgases! Er könne nur sagen: Eßt weniger Fleisch und dafür gutes, nämlich aus Weide- nicht aus Massentierhaltung. Damit sei schon viel, sehr viel gewonnen.

Iris lachte. »Ist Lachgas so schlimm?« fragte sie und ließ bei »schlimm«, als genügte ihr das Schielen nicht, das ch weg.

»Das Slimme, wie Sie es nennen, ist der Stickstoffdünger.« Hehe war nicht aufzuhalten. Er sprach mit gesträubtem Schnurrbart. »Je höher der Stickstoffüberschuß, desto gewaltiger die Lachgasemission. Auf den Treibhauseffekt wirkt sich das dreihundertmal stärker aus als Kohlendioxid. Wer Mist und Kompost verwendet, bindet Gase. Das ist viel besser als die Flüssiggülle konventioneller Bauern.«

Herr Zock war dann so freundlich, mir Gesellschaft zu leisten. Herzer trat hinzu und meinte, hier sei es fast wie in den Hautes Fagnes. Als er einmal Ende März dort gewesen sei, habe man wegen der hohen Brandgefahr, da das frische Gras noch nicht nachgewachsen war unter dem trockenen, honigbraunen, überall die roten Verbotsfahnen aufgestellt. »Herr Herzer, Herr Herzer«, sagte ich als erstes, »wie bin ich froh, Sie zu sehen, zu erkennen, vor allem. Sie haben sich ja einen Bart wachsen lassen. Wie wird Herr Scheffer sich wundern!« »Ich habe es ja nicht seinetwegen getan«, brummte der Gynäkologe. Aber warum dann, gerade jetzt? Bei diesem Mann hatte man stets trotz seiner untadeligen Manieren das Gefühl, ihn in seinen Berufsgedanken zu stören. Und jetzt dieser Bart bis zu den Ohren hoch. Herr Hans jedenfalls, das weiß ich, lehnt solche Bärte ab. Nur bei Hehe nicht. Nein, bei diesem guten Freund nicht. Wuchs bei Herzer der Bart, weil seine Frau sich in einer Art Lampenfieber schon auf Hans zu freuen begann? Wollte er sie damit an sich fesseln? Und was war mit Hautes Fagnes gemeint? Schon half mir der gute Bruno Zock aus meiner Unwissenheit: »Ja, ein kleines Hohes Venn ist das hier, mit anderen Ursprüngen freilich.«

Als ich wieder in die Nähe von Hehe und der Galeristin kam, hatte sie ihm gerade ein Bild mit einer blutigen Schlachtung darauf verkauft, ich meine, die Gelegenheit beim Schwanz gepackt. Sie brauchte keine Einwände von Ilona zu befürchten.

»Ich muß es jetzt nur noch sehen!« rief der Ökometzger fröhlich. Er war es aber nicht. Als ich ihn fragte, warum Ilona nicht mit uns wandere, sagte er, sie fühle sich nicht wohl. Das sei normal. Sie sei schwanger. Dabei sah er mich plötzlich so tieftraurig an, als hätte er die Vorfreude auf Hans, seinen besten Freund, auf einmal ganz vergessen. Auch stolperte er kurz darauf über eine Baumwurzel, er als einziger. Er sagte dazu ein paarmal: »Na! Na! So was!«, bestimmt fünfmal, als würde es was bedeuten, gegen seinen Willen. Am liebsten hätte ich ihn getröstet. Aber ich wußte ja nicht, weswegen. Er ist ein so sympathischer Mensch und der gute und insgesamt beste Freund von Hans. Da war mir ein Verdacht gekommen, über den ich mich sofort sehr schämte. Ob Hehe vermutete, das Kind könnte von Ilonas Chef, von Herrn Herzer sein? Warum? Herzer liebt doch seine Jeanette eifersüchtig. Ja, aber Ilona ist so ein süßes Gegenstück zu dieser Frau!

Der Pfad zum alten Feuerwehrteich war mit Reisigbarrieren versperrt. Wir überkletterten das Hindernis, und alle grienten, als würden wir Hans hier persönlich einen Streich spielen. Ein Ungehorsam, bevor er wieder die Aufsicht übernahm. Der Unterschied zu den Zockschen Kindern und den Erwachsenen fiel hier kaum ins Gewicht. Magdalena lieferte ein komplettes kaltes Essen, samt Vorspeisen und Kuchen, und servierte es auf karierter Decke in ländlicher Umstandslosigkeit. Sie hatte bei Hans gelernt und sich zu Herzen genommen, daß die Speisen gern erlesen sein dürfen, aber wie nebenbei gegessen werden müssen, auch wenn man lange daran gekocht hat. Um uns herum blühten in Massen die blauen Lupinen.

Finnland schrie: »Verdammtes Biest!« Er schlug sich auf den nackten Unterarm. »Ist Ilonas Liebesbiene gelandet?« fragte Iris. »Wespe«, brummte Finnland verschmitzt zu Sabine rüber. »Die hat sich zum Stechen die richtige Stelle ausgesucht, eine Doppelstrafe, hier, an diesem Teich«, kam erstaunlich fidel von ihr zurück. Finnland leuchtete Sabines öffentliche und geheime Antwort offensichtlich ein. Ich wußte ja Bescheid.

Einmal hörten wir von weit her Glockenläuten. Wenn ich mich nicht täusche, sagte Herzer: »Ah, das ferne Summen der Frömmigkeit!«

Magdalena: »Das gilt bestimmt einer Taufe.«

Iris Steinert: »Ach was, die bimmeln zur Beerdigung!«

Herzer: »Wir sind nun mal von Gott abgeschnitten, und diese ganze schöne Landschaft ist es auch.«

Iris: »Höllisch!« Dazu tippte sie sich hinter dem Rücken des Frauenarztes an die Stirn.

Hehe ächzte nur »Oh«, und seufzte: »Ach Gott!«

Herzer legte den Arm um seine Frau. Da wurde ich Zeugin, wie sie sich mit einer gut geübten Hüftdrehung entzog, indem sie auf irgendein Kraut verwies. Er senkte den Kopf, er sah gar nicht erst hin. Dann tat er was Verblüffendes. Er wandte sich an den Metzger und sagte laut: »Ihrer Ilona wird es schon bald wieder bessergehen. Ganz sicher, keine Sorgen bitte.« Dazu nahm er ein Stöckchen in die Hand, ließ es aber sofort fallen, weil es wohl in der Nässe der Nacht weich geworden war. Er muß es für ein Tierchen gehalten haben. Ob den beiden, Herzer und Jeanette, zu helfen wäre, wenn sie, Jeanette, sich ihre Augenbrauen weniger hart nachzeichnen würde?

Es war ein Augenblick, in dem ich der ganzen netten Gesellschaft am liebsten die Zunge rausgestreckt hätte.

Ich habe nicht viel Abwechslung, was Menschen betrifft. Ich nenne es aber nicht Einsamkeit. Macht ja auch nichts. Deshalb prägt sich mir doch so vieles ein. Irgendwann, auf unserer Gemeinschaftsdecke, kam es zu einem Wortwechsel. Jeanette verkündete: »Karin besitzt überhaupt nicht die Gabe der Intuition!« Sie sagte es laut, aber nur zu ihrem Mann hin. Die anderen beachteten es nicht, eine Karin war bei uns unbekannt, außerdem sprachen sie über die Galeriegeschäfte der Libelle Steinert.

»Stimmt!« antwortete Herzer, höflich, aber mehr nicht. »So? So? Wirklich? Stimmt?« fauchte seine Frau so bitter, daß ich nun genau hinhörte. Oder klang es triumphierend? »Immerhin kennen wir zwei Frauen, die so heißen. Und du fragst nicht nach. Du willst nicht mal wissen, welche ich meine!« Daraufhin habe ich ihren Mann lieber nicht angesehen.

War es denkbar, daß sie nach langen Ehejahren angesichts von Hans ein Gefühl spürte, das sich einfach nicht zurückdämmen ließ, das aus ihr herausbrach auf Gedeih und Verderb und ans Licht wollte? Früher, wenn ich mich richtig erinnere, lebte ich doch immer in einer Verliebtheit. Immer gab es jemanden, zu dem alles hinströmte, der Himmel, die Vogelstimmen in ihren Räumen, die kupfernen Abendwiesen. Immer tiefer wollte ich das gleichzeitig einsaugen in mich, sogar den Horizont in mich hereinkrümmen. Wie vernarrt man war, wie irrsinnig! Alle unbarmherzigen Gedanken, auf die man kommen kann, wurden barmherzig durch die Liebe verschleiert. Und jetzt?

Auch bei meiner einzigen Tochter habe ich mich oft gefragt, ob sie wenigstens ahnt, daß es unterhalb des Kopfes eine Verständigung gibt. Es muß nur ein bestimmter Mann in die Nähe kommen, und das eigene Blut unterhält sich sofort ungeniert mit seinem, kümmert sich um nichts anderes mehr. Man kann solchen Unanständigkeiten nur ohnmächtig von oben zusehen. Wie sollte es mit Finnland was werden? Er sucht, außer seiner Schwäche für Hans, in Wahrheit eine Teufelin, die sein hölzernes Wesen anzündet. Das erkenne ich doch auf Anhieb. Es liegt auf der Hand. Und meine trübsinnige Sabine selbst? Sie rennt in die Kirche, wenn es sie treibt, bloß weil sie eine Anbetung, ein Tabernakel braucht. Gibt es einen, der weltlich dafür geeignet ist? Ja!

Mir fällt gerade jetzt aber ein, daß Hans vor nicht allzu langer Zeit, vor einigen Monaten noch, in der Garderobe zu Jeanette einen Satz mit den Worten begann: »Ihr Ihnen anvertrauter

Mann ...« Sie kam dann schnell allein ins Zimmer zurück und war ganz elend im Gesicht.

Es folgte doch auch, ja richtig, an diesem Nachmittag, als wir, so gut es ging, vor Magdalenas Speisen saßen, noch eine weitere kleine Szene mit Jeanette. Boris Bäder wies nämlich plötzlich auf ihren etwas ungeschickt freigelegten, hochgestemmten Innenschenkel. Er zeigte auf eine Reihe unterschiedlich langer Laufmaschen, die deshalb besonders auffielen, weil ihre Strümpfe schwarz waren. »New York!« schrie Bäder, »Die Wolkenkratzer, kuckt mal, die Türme, die Skyline von New York!« Herzer sah das Bürschchen zusammen mit seiner Frau böse an. Hätte er in Wirklichkeit nicht viel lieber schadenfroh wie wir anderen alle gelacht?

Der Kuckuck rief. Einige hatten ihn seit Jahren nicht mehr gehört. Nun wurde ein bißchen mitgezählt. Zock wollte darin eine Prognose für seine Geldgeschäfte sehen, Herzer für seine zu erwartenden Lebensjahre, die Galeristin künftige Liebhaber. Das waren keine Überraschungen. Hehe aber zählte bis zum Schluß, bis der Vogel verstummte, beinahe ängstlich konzentriert, sagte allerdings keine Silbe.

Wir tranken gekühlten Prosecco, hoben, an verbotener Stelle lagernd, die Gläser auf das Wohl von Hans, und es begann ein Spiel, bei dem jeder von einer unsinnigen, unbegründeten Angst erzählen sollte. Wer würde uns am meisten überzeugen? Magdalena berichtete von ihrem Pullover nach einer zu langen Autofahrt in ein abgelegenes Alpental. Es war ihr eigener gewesen, den sie, steif und fest und hilflos vor Entsetzen, für einen in der Ecke ihres Zimmers schlafenden Rottweiler gehalten habe.

Boris Bäder fürchtete sich als kleiner Junge davor, er würde eines Tages eine Alkoholikerin zur Frau kriegen. Vermutlich stellte er sich vor, er müsse das Wort heiraten, das ihm unsympathisch war: Al-ko-ho-li-ke-rin. Ja, ich glaube, so äußerten sie sich. Vielleicht verwechsle ich aber die Angst des einen mit der des anderen?

Finnland erzählte, er habe einmal in der Schlange eines Supermarkts gestanden mit einem Korb, der gefüllt gewesen sei mit lauter Sachen für einen Herrenabend, Getränken und Chips. Im Näherrücken auf die Kassiererin zu habe er ihr Gesicht studieren können, wie sie angeekelt die Sachen weitergeschoben habe, fast so, als müßte sie sich gleich erbrechen. Ihre Haut sei immer gelber geworden angesichts der vielen Eßsachen, die die Leute alle so wichtig nahmen und die ihr längst zum Hals raushingen, ja, das sagte er: zum Hals raushingen! Da sei in ihm eine Bedrängnis entstanden, eine Angst, gerade über seinem Sekt und seinen Crackern, die er eben noch so gutgelaunt ausgewählt hatte, würde sie gleich ihren Magen entleeren. »Entschuldigung«, sagte er anschließend erschrocken, als sein Blick auf die Decke mit Magdalenas Pasteten fiel.

»Was glaubt ihr, wer von uns hat sich wohl vor dem Ausflug ins Grüne mit Antizeckenmittel eingerieben?« schrie die Galeristin zum Zeitvertreib. Alle wiesen auf den jungen Boris und Finnland, der noch verlegener wurde. Dem Metzger rutschte beim Ausstrecken des Arms das Hemd ein Stück hoch, und ich sah, als wäre es ein Auge, das uns bedrohlich anstarrte, einen großen lila Fleck auf seiner Haut. »Ist bloß von einer Infusion«, sagte er leise, damit nur ich es hörte. Als er den Bluterguß schnell zudeckte, wurde an seinem anderen Arm ein noch größerer sichtbar. »Nur von der Blutentnahme«, flüsterte er.

Da rief eine Stimme in mir, der ich kein bißchen erlaubte, meinem Mund zu entwischen: Ihr Idioten, wir Idioten! Um uns toben gewaltige Mächte, Gier, Stolz, Leben, Tod, entsetzliche Leiden, riesenhaftes Glück. Und hören wir zu? Nicht im geringsten! Wir stümpern vor uns hin. Schnell widerrief eine zweite Stimme: Liebe Menschen! Reizende Gesellschaft!

Aber hat nicht Herr Hans erst vor wenigen Tagen, als ich mich aus der Erinnerung genauso gutherzig äußerte, streng gesagt: »Warum loben Sie diese entschwundenen Leute? Sie, Frau Wäns, wollen sie sich doch nicht nachträglich auf diese billige Tour gefügig machen? Oder was kommt da bei Ihnen zum Vorschein?« Ich war ziemlich erschrocken. Was stellt er sich unter mir vor, was weiß er von mir?

Eine von uns fiel bei der Sache mit der Angst aus der Rolle. Jeanette behauptete, ihr machten der Hochfrequenzhandel und die Spekulationen mit der Verschuldung armer Länder Alpträume sowie in der Folge die Milliardengeschäfte mit Hilfe käuflicher Anwaltskanzleien zu Lasten ...

Wir trauten unseren Ohren nicht. Ausgerechnet Jeanette! Alle sahen auf ihren Mund, wie er auf- und zuging beim Sprechen. Ihr Mann, der noble Dr. Herzer, fing an, sich im ersten Schrekken fanatisch in den Ohren zu bohren. Dann verbarg er sein Gesicht wie in Andacht, aber ich erkannte genau, daß seine Schultern vor Lachen zuckten.

Und wenn man mich, am Rand der Decke, gedrängt hätte, ein Beispiel zu nennen? War die Furcht vor Peitsche, Kacker und Tschocklett unsinnig gewesen? Jedenfalls hatte ich als Kind alle Furcht auf die Hartmann-Brüder geworfen. Meine Angst war wohl tatsächlich viel größer gewesen als die drei, wenn man sie von ihnen abgezogen hätte.

Wir alle fürchteten in Wirklichkeit besonders eines, alle wußten es, keiner gab es am Feuerwehrteich zu, nämlich daß Hans vielleicht doch nicht kommen oder überhaupt zu spät kommen könnte. Ach, wie haben sich alle heimlich die Finger nach ihm geleckt! Ich nahm mir vor, zu seiner Ankunft Pflanzennamen auswendig zu lernen. Seggen, Binsen, Simsen, Schilfröhricht, Riedgras. Das sage ich auch jetzt noch ohne weiteres daher.

Das Spielen klappte nicht ohne ihn. Alle hatten vergessen, daß man die Kümmernisse und Wichtigtuereien der offiziellen Vorkommnisse wegsperren muß, weil die sich viel schwerer machen als die Freude. Als wir uns trennten, entschied Herzer kategorisch: »Wir sehen uns nach seiner Rückkehr wieder, erst dann.« Dann, wenn Hans uns wieder nach seiner Art schräg anlächelte, könnten wir einander wie früher unsere guten Seiten zuwenden. Und was würden sich die Frauen rote Bäckchen anmalen! Über allem aber schwebte ein einziges Wort. Es wurde von diesem und jenem ab und zu freundlich fragend, auch spöttisch ausgesprochen: »Anada! Höhö!« »Anada? Hm!« Wer sollte das sonst sein als die Indianerin mit dem Goldnugget. Daran zweifelte niemand. Anada Scheffer, die junge Verwandte von Hans, mußte es sein. Und nun wußte er also ihren Namen! Aha!

Wir standen schon und klopften uns die Kleider ab. Da rückte Herr Zock einen offenbar sehr teuren Champagner aus der Kühltruhe heraus, drei Flaschen. »Zock«, schrie Herr Herzer ganz aufgekratzt, »haben Sie denn nicht beträchtliche Verluste zu verkraften?« Bruno Zock lächelte verträumt Frau und Kinder an: »Wir haben so viele Freiheiten und nehmen sie uns nicht.« Sein Haar stand etwas wirr vom Kopf ab. Sofort begann der bleiche Metzger ein Rad zu schlagen zum Dank, und Finnland leerte seine Geldbörse auf die Decke, Bäder die seine, um ihn zu übertrumpfen an Verwegenheit, auf den Waldboden. Die Kinder starrten uns verächtlich an. Eins fragte seine Mutter: »Warum grinst du so?« »Kuck den Ast dahinten an, der grinst ja auch«, sagte Magdalena, »und nun sammle schnell das Geld auf, das Herrn Bäder ins Moos gerollt ist!« »Genauso sieht nun unsere Freiheit aus«, seufzte der Vater, billigte aber wohl die Rede seiner Frau.

Die Freiheit war im Grunde sehr groß, wenn man nämlich bedenkt, was sich um uns herum tat, Geräuschfeinheiten, Luftströmungen, zarteste Gerüche, die wir nicht wahrnahmen, obschon sie uns doch umtosten.

Vertrug Sabine den Champagner nicht? Sie rief plötzlich: »Da, seht her, Hängende Segge, da drüben Wollgras und hier die Kugelbinse!« Alles verkehrt, sie zeigte auf das Falsche. Niemand merkte es.

Was sagte Iris zum Abschied? »Ihr Haus, Sabine, ist kreideweiß, die Fensterhöhlen kohlschwarz. Ich weiß genau, daß es in Wahrheit das Gesicht einer sehr alten Frau ist.« Man darf sie trotzdem nicht eigentlich bösartig nennen. Sie kann sich nur nicht bezähmen mit ihren Einfällen. Sie sprang dann auch komisch herum und schielte und glitzerte dazu wie wild. Irgendein Insekt hatte sich unter ihren Tropenanzug verlaufen: »Jetzt reicht's mir für alle Zeiten mit Scheffers Spielwiese, und wenn er sie noch so großartig ›Naturschutzgebiet‹ nennt. Ich falle bestimmt nicht mehr auf den Etikettenschwindel rein.«

Eben, als ich an Mirko dachte, hat es mir einen Stich versetzt. Am Tag bevor er zu den Eisenbahnschienen ging, bin ich es gewesen, die ihm die schreckliche leere Stelle zeigte, dort, wo früher ein Wäldchen stand. Das alte kleine Waldleben war gerodet und über Nacht zu einem baumlosen Platz geworden. Ratzekahl wie eine Ladentheke. Nicht mal ein Unkraut mit einem winzigen Käfer am Stengel hatte sich retten können. Die Grube in der Mitte der Ödnis stand voller Baumaschinen. Hatte ich ihm nicht, als ich ihn noch auf dem Schoß halten konnte, versprochen, das Wäldchen später für ihn zu kaufen? Zum Spaß! Zum Spaß! Aber er achtete so tiefernst auf jedes Wort von mir. Wie oft schlich sich das Kind aus dem Haus in sein Versteck und zukünftiges Eigentum! Als er nun sah, daß man ihm alles ausradiert hatte, sagte er keinen Ton. Und er war doch in dem Alter, in dem man für einige Jahre vor lauter Jugend ziemlich geisteskrank ist.

Kein Tropfen Blut war in seinem Gesicht. Ich habe das nie bedacht: Sabines verhängnisvollen Satz, den ich am Abend desselben Tages, dem Abend vor seiner letzten Verzweiflung, im Treppenhaus zufällig mitbekam, hat er vielleicht auf das ausgemerzte Wäldchen bezogen. Warum mußte ich ihm in seinem großen Schmerz auch noch diesen zufügen? Oder hat der arme

Junge vor lauter Liebe und Liebesschmerz gar nicht zugehört, hat gar nichts gesehen von der Vernichtung? Hoffentlich. Ich muß es hoffen um meiner Seelenruhe willen.

Mir ist ganz schwindlig geworden vor Schrecken.

Ich habe mich deshalb etwas auf der Bank ausgestreckt und den Kopf auf den Rucksack gebettet. Plötzlich steht Holterhoff vor mir. Er sieht mich besorgt an, als wäre es in meinem Alter unschicklich, auf einer Bank zu liegen, denn ich bin ja weder eine Alexia noch eine Cassandra. Da packt es mich, und ich sage. »Herr Holterhoff, ich will Ihnen mal was zeigen. Das wird sie überraschen, nämlich einen Schatz!« Ich öffne den Rucksack, um alles vorzuführen, Geld und Schmuckstücke, die ich, in seinem Inneren versteckt, wegen meiner eigenen Freiheit hier manchmal extra leichtsinnig durch die Gegend befördere.

Aber was für eine Entgeisterung!

Holterhoff denkt, ich hielte ihn zum Narren und lacht recht gemütlich. Ich kann nicht mitlachen, nicht mal zur klugen Tarnung: Der Schatz hat sich in Obst verwandelt! Meine Tochter, meine eigene Tochter muß gestern, ohne ein Wort darüber zu verlieren, meine Reichtümer herausgenommen haben. Das geschah sicher zu meinem Schutz. Aber was für eine böse Zauberei! Sie hat, damit ich es beim Tragen nicht gleich am Gewicht merke, als Ersatz ein paar Äpfel reingepackt. Holterhoff wünscht mir zum Abschied einen »Schönen Abend«. Das sagt er so ins Blaue hinein. Was stellt er sich, genaugenommen, darunter vor?

Wenn man bedenkt, wie viele Verbrechen und Scheußlichkeiten an den Tieren im Namen der Verlängerung des Menschenlebens begangen werden und wie dann das menschliche Alter in Wahrheit verachtet wird! Es ist doch eine große Heuchelei.

Nie wieder werde ich mich hier, in diesem grünen und goldenen Beben, auf einer Bank mit geschlossenen Augen ausstrekken. Schon zweimal gab es ein schlimmes Erwachen. Das soll mir nicht ein drittes Mal passieren. Dabei gehen mir die drei Wörter, ohne daß ich mir irgendwas dabei denke, kein Bild, kein Ereignis, nur die Silben wie zum Trost, wie ein heilendes Abrakadabra, im Kopf herum: Jäger, Metzger, Mädchen, ganz von selbst, ein sinnloses Gemurmel.

9. Wanderung

Ich werde in den nächsten Tagen aus bestimmten Gründen möglichst viele Stunden von zu Hause wegbleiben. Gestern abend erst begleitete Sabine Herrn Hans durch den Vorgarten zur Straße. Plötzlich drückte sie ihm schnell die Hand und lief, als hätte sie einen Hilferuf aus dem Haus gehört, womöglich von mir, zurück. Hans stand noch eine Weile ganz perplex da, so, wie es nur Männer fertigbringen. Und ich? Ich sah vom oberen Treppengeländer aus, wo auch das Fensterchen zur Straße ist, daß Sabine ihn, ohne sich zu rühren, durch den Haustürspalt beobachtete. Es ist, ich ahne es schon eine Weile, etwas Neckisches im Gange im Tristanweg, und mir, mir könnte nicht wohler als hier draußen sein, ob ich mein Strohhütchen auf dem Kopf trage oder in der Hand halte.

Manchmal stecke ich mir ein Büschel Weißdornblüten unter das Band, nur so für mich. Alle Wegränder außerhalb der Schutzzone riechen jetzt danach. Was hätte wohl Anna Hornberg dazu gesagt? Vielleicht wäre ihr eine romantische Arie eingefallen, so sind die Künstler. In ein paar Wochen nehme ich Holunder oder Heckenrosen. Denn bald schlüpft der Sommer in die großen Bäume und wohnt in ihnen, sacht auf der Stelle schwankend an tausend Orten gleichzeitig. Ob es noch irgend jemanden auf der Welt so freut wie mich? Denn es freut mich bis zur Raserei, freut mich, daß ich pfeifen und schreien könnte wie die Tiere in der Luft. Aber eigenartig, warum tut es mir erst richtig gut, wenn ich dazu eine Zigarette in der Hand halte? Weil dann die Freude schwelgend ruht.

Über den geplünderten Rucksack habe ich kein Wort verloren, nur in der Nacht sind mir ein paar Tränen aus den Augen gequollen, als wäre ich bestohlen worden wie damals, in der Fußgängerzone. Ich nehme ihn allerdings auch nicht mehr mit, das wäre doch etwas zu viel Nachsicht gegenüber Sabine. Wir haben den Vorfall stumm miteinander verhandelt. Ich sage mir nämlich: Nein, eine Bevormundung ist es nicht, nur die Sorge um die unvernünftige Mutter. Den wertvollen Inhalt hat das Kind ordentlich auf meine Kommode gepackt. Dann soll er eben dort bleiben. Es war ja nur wegen der Freiheit und des Lebenssinns. Ich rege mich deshalb nicht auf, und sie, das eigentlich gute Mädchen, ist im Augenblick so sehr mit anderem beschäftigt, ist nervös und kann keinen Streit gebrauchen. Immerhin lächelt sie viel öfter als früher, ein Lächeln, das ein bißchen ungläubig ist, ein Glühen beinahe. Ich lasse mir davon nichts anmerken, aber man lächelt doch unwillkürlich zurück, selbst wenn der Gesichtsausdruck anderem gilt. Verzeihung, meine Kleine, sage ich, ohne den Mund zu bewegen, und kichere ein bißchen in mich hinein, ganz wenig ja nur.

Die Nerven flattern ihr. Finanzielle Sorgen sind es nicht, nicht neue Erinnerungen an Mirko oder Streitigkeiten im Beruf. Ein einziges Mal habe ich mir ihre Arbeitsstelle angesehen, ohne meinen Namen zu nennen. Ich konnte das machen, Sabine war an dem Tag zu einem Seminar. Die Bank ist ein riesiges Gebäude in der Innenstadt, ein Palast. Was fiel mir auf? Das Automatische, das Katzenfreundliche, das Spiegelglatte. Man wird zum Narren gehalten, vom Teich im Foyer mit Fischen und Schildkröten im Krawattenmuster nicht weniger als durch die Ausstellung mit Ausgrabungen aus der Wikingerzeit. Es liegt alles zu sehr auf der Lauer. Ich wollte dann ein bißchen Geld wechseln. Etwas fuhr plötzlich in mich. Ich sagte: »Ich wünsche einen kleinen Kredit.« Dazu legte ich ganz treuherzig meine Hände auf die Schaltertheke. Die Dame sah schwarze Ränder unter meinen

Fingernägeln, die stammten von der Gartenarbeit. Sie starrte stumm. War der Arbeitsdreck denn ein Schuldbeweis? Am liebsten hätte sie den Alarmknopf gedrückt. »Was glauben Sie, was ich in meinem Rucksack mit mir rumschleppe!« habe ich hervorgestoßen, mich zornig gestellt und bin weggegangen. Dabei spürte ich, und es verletzte mich zu meiner Überraschung in meiner Ehre, wie eine Laufmasche an meinem Bein hochkletterte. Sofort fielen mir die »Wolkenkratzer« von Jeanette ein. Ich blieb gekränkt bei den Fischen stehen, damit es für die Angestellte, falls sie mir nachblickte, nicht nach einer Flucht aussah und sie triumphieren konnte.

Bei Sabine handelt es sich jetzt um anderes. Erst gestern fiel mir auf, daß sie fast so groß ist wie mein Herr Hans. Er aber ist so stark, daß er sie mit Überschlag in die Luft werfen könnte, das brave, bittere Mädchen. Und tatsächlich sah es schon einmal so aus, als hätte er Lust dazu.

Nirgendwo sonst als hier, bei seinen Tümpeln und Mooren, habe ich das Gefühl, es müsse auf der Erde noch anderes geben, als bloß geboren zu werden und zu sterben. Warum aber immer mein Quasseln in der Einsamkeit? Ich habe das doch schon als Kind so gemacht! Bevor ich sie ausspreche, gibt es die Sache gar nicht recht, alles schießt mir weg nach hierhin, nach dorthin. Ich muß etwas davon festnageln. Wenn das Spruchband aus mir herausflattert, dann erst ist entschieden, was sein soll.

Bald erscheinen wieder die Bilder vom Sommeranfang. Da frage ich mich: Ist das schon die Platterbse, die Zaunwicke, und da drüben, sollte das Wiesensalbei oder Natternkopf sein? Dann, wenn man ihn nur ließe, an den Feldrändern, wer? Der Mohn, der inständige Mohn! Es sieht mich ja keiner, ich muß mir die Tränen abwischen. Weshalb aber? Weil sie alle so treu, treu wie sonst kaum jemand wiederkommen, sicher bis in alle Ewigkeit.

Erst heute Morgen wachte ich mit einem großen Liebesschmerz auf. Ja, ich war jung und schlug glücklich in diesem

Schmerz die Augen auf. Nur: Welches Gesicht sollte ich dafür einsetzen? Jetzt aber, Achtung, alte Frau, das Gezwitscher! Man denkt an Rüschen aus starrem Stoff, wenn er geschüttelt wird und rauscht. Es könnte einer von den Tagen werden, wo du in die Landschaft gleitest wie die Großmutter in ihre schimmernden Kleider. Kein anderer als du paßt da hinein, und nichts kann zwischen sie und dich.

Ach so, Finnlands zweites Briefchen, das Sabine sofort, beinahe ungelesen, an mich verschenkte! Sie hatten sich ja doch noch einmal alle getroffen, ohne mich, ich gehe nicht außer Haus zu solchen Sachen. Magdalena wollte unbedingt ihr frisch fertiggestelltes Gartenhäuschen mit den acht Fenstern vorführen, das Hans ihr, zum Schrecken Jeanettes, vielleicht nur im Scherz und nebenbei, ans Herz gelegt hatte. Es wurde dort ein Aperitif mit ein paar Häppchen gereicht.

»Frau Zock, die Herrn Scheffer überraschen wollte, hat es einfach vor Stolz nicht mehr ausgehalten. Also wurden wir hinbestellt. Alle waren aufgedreht und zeigten ihre Karten aus Alaska vor. Das wissen Sie ja selbst, Sabine. Was Sie aber kaum wissen werden: Ich bin einmal raus ins Dunkle gegangen und habe durch die Fenster nach drinnen gesehen. Da wurde mir richtig gruselig. Wie einsam, künstlich, gespenstisch! Obwohl sie lachten, sogar schrien vor Lachen. Ich dachte, gleich drückt die Nacht die Scheiben ein. Auch schienen sie zu frieren, auch Sie, Sabine. Am liebsten hätte ich Sie da rausgeholt. Ohne Scheffer ist es ein Elend. In Vorfreude, Finnland.«

Was er da schrieb, der feine Kerl, über die Blicke von draußen ins Innere, das kam mir bekannt vor. Daß aber dieser Gute brieflich solche Verräterblicke auf die Kongregation warf! Und nun schon zum zweiten Mal. Nur geschah es bei Finnland damals bloß, um die Bedeutung von Hans zu betonen. Ich habe diese achteckigen Häuschen, weder das eine noch das andere, nie zu Gesicht gekriegt. Es wird mir aber noch immer ganz kalt ums Herz, wenn ich daran denke, wie wenig Hans dann diese Gartenlaube beachtet hat, die Magdalena lediglich auf seinen Wunsch hat aufstellen lassen. Er hat sie gar nicht mitgekriegt in seiner damaligen Verwirrung. Vor Enttäuschung hat sie dann später die Kastanie fällen lassen. Manche sagen sogar, ich meine, Iris Steinert und Finnland behaupten es, Magdalena, die doch viermal Mutter ist, hätte sie eigenhändig wutentbrannt umgehauen. Der Baum war ja noch nicht dick, nämlich erst zur Geburt des kleinen Didi gepflanzt. Zu dessen Geburt zwar, aber zu Ehren von Hans! »Mysteriös, dann ist er also zumindest Vater der Kastanie«, lachte Iris sehr schrill. Intelligent ist die Libelle unbedingt, das schon. Sie beharrt auch steif und fest darauf, sagt Sabine, Jeanette sei der Typ der gefrorenen Frau, die in ihrem Kämmerchen durch wilde Träume von Befleckungen heimgesucht werde. Dazwischen, so mein Bärchen, ruft diese Galeristin immer kichernd: »Macht ja nichts! Warum nicht! Soll sie doch. Macht doch überhaupt nichts! Die hat, jede Wette, wüste Halluzinationen, zum Beispiel die, das Opfer von Zwergen und Zentauren zu werden. Und dann? Dann kommt bloß und kein anderer als Herr Herzer im weißen Kittel ins Zimmer! Ich lach mich krank. Jedenfalls hat unsere Magdalena nun ihr Gegenhäuschen zu Jeanette.«

Das war damals. Jetzt sehen wir auch die phantasievolle Frau Iris nicht mehr.

Irgendwann ging es dann also mit den Postkarten los. Jeder von uns bekam Botschaften aus Alaska, meist aus dem Denali National Park. Flache, weitverzweigte Flußläufe mit vielen Sandbänken dazwischen und Bergen, aus denen die Schneerinnen leuchteten. Hans kündigte sich an, nannte schon ein Datum, widerrief es, verlegte es vor und zurück, das ganze schöne, lang vermißte Spiel, das wir von unseren Treffen kannten. Er war also doch der alte geblieben, unser Herr Hans mit seinen Neckereien und seiner Kunst, alles erregend zu machen und festlich, damit das allgemeine Herzklopfen zunähme. Wir sahen einander nicht, aber es wurde ständig telefoniert. Hans verteilte die Neuigkeiten auf den Karten ziemlich gerecht. Man mußte eben sehr genau das Datum, manchmal die Uhrzeit beachten, um den Stand der Dinge zu beurteilen. Eins schien uns sicher. Noch vor Ende Juni würden wir ihn wiederhaben.

Und so kam es dann auch.

Dabei setzte er selbstverständlich voraus, wenn er schrieb: »Auch Anada läßt grüßen«, daß der frettchenjunge Bäder uns über seine erste Begegnung mit ihr dort drüben in der Kältezone informieren würde. Natürlich konnte er aber nicht wissen, wie früh dieser Liebhaber von Iris, oder bloß Scheinliebhaber mit verblüffendem Instinkt, seine Vermutung geäußert hatte. Und wenn man zusätzlich bedenkt, wie es mit dem frettchenfrechen Bürschchen seit diesem Triumph, unmittelbar nach der Abreise von Herrn Scheffer, weitergegangen ist! Mit seinem Selbstbewußtsein und seinem Erfolg als Bilderverkäufer.

Ich aber kann jetzt endlich auf dieser Bank im Sitzen die Augen verschließen für die herrlichste Erinnerung an die Gegenwart um mich herum und an die Sterne, zu denen die Schicksale allesamt verdampfen. Ja, so ist es wohl. Allerdings könnte ich gut eine Zigarette dazu rauchen. Heute morgen, als ich jätete, hörte ich da nicht, wie Hans auf der Terrasse mit leisem Klingen die Tasse auf die Untertasse setzte, und alles Glück schoß in dieses Geklingel wie in die Opernmusik, die er mir am allerersten Abend vorgespielt hat, das Liebesduett?

Und war es denn anders an jenem besonderen Abend, dem nach seiner Ankunft aus Alaska? Noch heute kann ich mich am Klirren der Gläser erwärmen, ein andauerndes Bimmeln von Freudenglöckchen.

Die Leute trafen freudig, freudestrahlend und überpünktlich ein. Manche sprachen aus, was sie immer noch ein klein wenig fürchteten, andere hielten die Frage in ihrem Blick zurück. Sabine und ich nickten nur beruhigend, nickten wohlweislich, niemand ahnte, warum. Alle Frauen kamen mir betont rotwangig vor, auch meine herbe Sabine, die vor lauter verborgener Begeisterung eigentlich blaß war, in Kleidern, von denen sie wußten, daß sie Hans gefallen mußten. Jede war eine Kapuzinerkressenblüte. Kleider von mattweiß über glutrot bis dunkelbraun. Da gab es zwischen Magdalene, Jeanette, Iris, mir usw., keinen Unterschied. Wie gut uns das Erwartungsvolle, endlich wieder, zu Gesicht stand.

Sogar der Frauenarzt sah diesmal nicht erschöpft aus, obschon er direkt von einem Gynäkologenkongreß aus den USA kam. Er hatte sich den Trotzbart abgeschnitten und eine unerhört kesse Krawatte umgebunden, aus reinem Vergnügen, als wäre alle Rivalität vergessen, und ich glaube, sie war es auch, war sowieso nur ein Irrtum gewesen. Mir stellte sich plötzlich sogar die ursprüngliche Idee der Ehe Jeanette-Detlef dar. Er brauchte seine Frau, um nicht einzuschlafen, sie benötigte ihn dringend, um nicht verrückt zu werden. Aber dann hatten sie es nicht richtig ausgehandelt, und es war für beide nur noch schlimmer geworden mit ihrer Eigenart.

Dieses aufgeregte Plaudern, fast schon Schnattern und dröhnende Lachen in der Garderobe! Rosen und Rosenduft. Mußte nicht jeden Augenblick unser Zentrum mit Glanz und Pomp in unserer Mitte an seinem angestammten und allein richtigen Platz eintreffen? Mein Gott, jeder und jede von ihnen freute sich auf spezielle Weise. Natürlich wollten sich die Herren, deren Empfindungen nicht geringer waren als die der Frauen, die Gefühle nicht so anmerken lassen.

Zum Beispiel flötete Bruno Zock, auch er gerade erst zurück von einer Geschäftsreise nach Asien, sinnlos vor sich hin. Bäder führte eine Zigarre mit sich. Hehe hatte sich einen Siegelring, wie gratis aus dem Kaugummiautomaten, an den Finger gesteckt, an einen zweiten einen Goldring, in dem der Brillant fehlte. Nein, das Verbergen ihres wahren Zustands gelang ihnen nicht, und gerade das machte es besonders lustig für mich. Ich habe Männer wegen dieser Dinge gern. Finnland stolperte sogar vor Wiedersehensglück, mit dem er fest rechnen durfte, vom Teppich und mußte von Sabine, diesmal also umgekehrt, so wollte es der Zufall, aufgefangen werden.

Irgendwie hatte es sich ergeben, vielleicht mit Absicht, daß zunächst keiner das Wohnzimmer betrat. Es liegt bei uns im Tristanweg auch an einem hellen Juniabend, wenn man das Licht noch nicht angezündet hat, außerhalb der Kerzen im Dämmern. Sie alle drängten sich in der erleuchteten Garderobe. »Jetzt könnte er kommen!« rief schließlich Magdalene, die ihre Speisen für die Mikrowelle ordnen wollte.

Da erst ging ihnen Hans, der schon die gesamte Zeit im Wohnzimmerschatten gesessen und ihre Auftritte gemächlich studiert hatte, in klatschmohnrotem Hemd mit schnellem Schritt und schnell gesenktem Blick entgegen. Er lächelte angesichts ihrer Überraschung voller Zufriedenheit.

Die reizende Iris Steinert knickste selbstverständlich. Doch einen Versuch, Herrn Hans zu einem direkten Augenkontakt zu zwingen, den unterließ sie klugerweise. Es brach also ein gewaltiges Lärmen und Sich-Freuen aus, das Hans nach der Eingewöhnung im Dunkel gelassen überstand. Aber nicht durchgängig. Als er seinen Freund Hehe in die Arme schließen wollte, zuckte er zusammen. Er hatte vorher schwungvoll Ilona begrüßt, der man die anderen Umstände noch nicht ansah. Wirkte sie nicht schon immer in ihrer slawischen Weichheit ein bißchen schwanger? Vor dem Metzger jedoch wich er einen Schritt zurück.

Er sagte nichts, aber jeder erkannte sein Erschrecken.

Sicher, beide waren bewegt, sie standen sich ja am nächsten, nur kam etwas Befremdliches hinzu. Es wirkte fast so, als würde Hans seinen Freund nicht wiedererkennen, so ungläubig starrte er. Nicht gut für Wilhelm Hehe! Er merkte sofort, und Ilona tat es auch, daß Hans sein Aussehen, an das wir von Treffen zu Treffen gewöhnt waren, nach der langen Zeit entsetzte. »Ist was?« stammelte Hehe wegen der ausgebrochenen Stille, in der mir besonders die plötzliche Wachsamkeit in den Zügen des Dr. Herzer auffiel, der in diesem Moment vielleicht zum ersten Mal am Metzger den Tod entdeckte. Und dann seufzte Hehe, nur ein einziges Mal, doch es klang wie ein Schluchzen, und diesmal war es Hehes Kopf, der an die Schulter meines lieben, hilflosen Herrn Scheffer sank.

Endlich kam Hans der diskrete Einfall, nach dem er offenbar hektisch gesucht hatte: »Ich werd's dir erklären, Hehe, nimm's deinem alten Kumpel nicht krumm. Jetzt bin ich da, bleibe ewig hier, erteile jede gewünschte Auskunft und werde mich sogar von jeder kleinen Dienstreise ordnungsgemäß melden.« Es gelang ihm, derart reuevoll in die Runde zu sehen, daß ihn alle Frauen furchtbar gern an den Ohren genommen und geküßt und lange nicht hergegeben hätten. Unmöglich, schade! Warum sagte er nicht: »Na, altes Haus? Hat dich Ilona schlecht gepflegt?«, etwas in der Art. Er brachte es nicht fertig. Der Schock war zu groß gewesen.

Doch dann ging alles wie vergessen in der schönen Aufregung unter. Nur sah Hans öfter heimlich zu Hehe hin. »Die Explosion zu deiner Abreise«, sagte Hehe, als er einmal so einem Blick begegnete, »hat eine Art Ehe gestiftet. Ilona wohnt jetzt bei mir. Wir erwarten Nachwuchs. Der strengt schon an, bevor er da ist.« Da stellte ich fest, daß seine Haare inzwischen vollständig grau und viel weniger geworden waren. Auch Hans schien aber die Sorge um seinen Freund im Laufe dieses heiteren Abends zu entgleiten. Ich dachte mir, Herr Hans ist glücklich wie wir alle. Spüren wir nicht wieder das Klopfen seines Herzens und werden dadurch jung und lebendig? Nur bleibt er selbst ein bißchen zu geistesabwesend in seiner Freude.

Das änderte sich auf der Stelle, als er, nachdem Magdalena in aller Vorsicht angefragt hatte, das Wort »Anada« aussprach.

»Anada Aki«, sagte er, und es lief dabei ein solches Glänzen über sein großes Gesicht, daß wir alle, ob wir wollten oder nicht, angesteckt wurden und mitlächelten, »das heißt ›pretty woman‹! ›schöne Frau‹.« »Hübsche Frau«, rief Iris, »nicht ›schön‹, leider nur ›hübsch‹. Ich stelle mir überhaupt ein Naturkind unter ihr vor, da oben, in der wilden Eiseskälte, in Fellen von Kopf bis Fuß und abgehärtet von Wind und Wetter. Wie ich mein Alaska kenne, wird dort der Teint nicht gerade verhätschelt.«

Herr Hans wandte sich ihr in Ruhe zu und sah sie eine Weile stumm an. Sie schielte nervös unter seinen Blicken. »Doch, gnädiges Fräulein. Der Urgroßvater, leider kürzlich erfroren, jedenfalls verstorben, hat das Goldgeschöpfchen auf Händen getragen. Und dann kam ja ich! Anada besitzt mindestens zehn Paar Stöckelschuhe. Wenn es kalt ist natürlich eine riesige Bärenfellmütze und Stiefel aus Pelz. Am besten, Sie stellen sich eine Zarin vor, Iris. Und dann ist sie eben sehr, sehr jung.«

Iris griff sich sofort ins Gesicht. Hatte er ihr etwa einen Kirschkern unters Auge gespuckt, hatte ohne Bosheit genau gezielt und getroffen? Wir erschraken ein bißchen mit. Womöglich verglich er uns mit Anada und stellte fest, daß wir in seiner Abwesenheit deutlich gealtert waren. Aber diese Unsicherheit verstärkte nur unsere Erregung, die doch viel besser war als alle Gefühle ohne Herrn Hans und fern von ihm.

Er sprach von ihr, und bald begriffen wir, daß man jede Verstimmung von Hans ruckzuck heilen konnte, wenn man das Gespräch nur rasch auf diese Alaska-Anada brachte. Wir verfuhren danach. Er durchschaute das, aber es störte ihn nicht. Er entwarf das Bild einer zufällig und eher aus einer Laune heraus Nuggets verkaufenden indianischen Prinzessin mit elfenbeinerner Haut und hochgewölbten Brauen, die sich unter die Menschen gemischt hatte. Kein Foto? Durchaus nicht. Besonders niedlich sei es, wenn man »Anada Scheffer« zu dem wieselflinken Mädchen sage. Dann bekomme sie nämlich prompt einen kleinen indianischen Schluckauf. Er könne sich gar nicht satt daran hören.

Ach, wie fühlten wir uns alle endlich wieder wohl! Keiner wünschte, die Zeit solle schneller vergehen. Wie glätteten wir uns von Minute zu Minute. Zu Ehren von Hans hatte ich mich überreden lassen, von Anfang an mit am Tisch zu sitzen. Dabei blieb es dann, bis alles zu Ende war und bis heute.

Erst viele Wochen später erkannten wir, daß er uns schlitzohrig und zu seinem Vergnügen eine ganz falsche Figur präsentiert hatte, und nicht nur das: Auch Anada mußte wohl mit extra verkehrten Vorstellungen von uns gelebt haben. Wahrscheinlich malte sich unser lieber Kindskopf bereits an jenem Abend aus, was das für ein gegenseitiges Verwundern und Mißverstehen geben würde.

Denn er eröffnete uns noch vor dem Essen: »Sie wird herkommen. Doch doch, Anada wird anreisen. Sie hat es felsenfest versprochen.« Mein Gott, wie er versuchte, nicht allzusehr zu jubilieren! Er tat es aber, es ließ sich nicht unterdrücken.

Irgendwann erfuhren wir den offiziellen Grund, den, wie Iris sagte, Vorwand für seine Reise. Er hatte amerikanische Naturschutz- und Renaturierungsgebiete studiert, außerdem Kontakte zu Universitäten geknüpft, die Studenten schicken würden, und verfaßte eine Arbeit darüber. »Die sollen hier vor allem schuften, sollen die Massen von Birkenschößlingen rausreißen«, nuschelte Hans mit gespielter Arglist, runzelte aber doch kurz die Stirn. Außerdem habe er sich an Ort und Stelle über die Fortschritte der synthetischen Biologie informiert. »Ich wollte meine hochbetagte Mutter ein bißchen mit den selbstfabrizierten Lebewesen der Zukunft erschrecken, aber die alte Dame meinte am Telefon nur erfreut: ›Ach was! Sieh an! Fein! Wann ist es soweit?‹ Damit spielt sie mir einen ordentlichen Streich. Schließlich hatte ich gehofft, daß ich sie männlich trösten und über die Wissenschaft beruhigen müßte.« Und schon wieder dieser leicht abwesende Blick!

In der Küche, als wir Frauen Magdalena wegen der vielen Speisen, die sie für das Festessen vorbereitete hatte, zur Hand gingen, sagte die an diesem Abend sehr nett in einen rötlich metallischen Panzer gesteckte Iris ein wenig spitz, ein wenig scharf: »Der kann uns viel vorschwindeln. Hätte er die ganze Zeit in Neuruppin Fische geangelt, sähe er genau so aus wie jetzt, und wäre er Bootsverleiher am Wutzsee oder Kellner auf einem Spree- und Landwehrkanaldampfer gewesen, dann auch.« Wir richteten Salat an, kuckten auf die Teller unter unseren Händen, und alle wußten: Aus Iris sprach die reine Erbitterung. Was half ihr jetzt das Märchen von den unschicklichen Anturien im Gewächshaus? Gerade sie, die neunmalkluge Libelle, mußte die Veränderung als erste bemerkt haben. Nicht zu leugnen, nicht aus der Welt zu schaffen: Unser Herr Hans hatte sich verliebt. Bis in die Küche hörten wir ihn gerade: »So eine kleine, exotische Verwandte! Blut ist eben doch dicker als Wasser und Tinte. Ihr wißt das vielleicht schon lange, ich wußte es bisher nicht.«

Magdalena Zock raunte mir zu, während ihre nackigen Hände sehr fix den Braten aufschnitten: »Nun achten Sie bloß auf die Zärtlichkeit in seiner Stimme! Schierer Honig. Aber keine Angst, das legt sich, das legt sich.« Sie lachte aus ihrem breiten Frauenkörper heraus. Es war das Gurren einer sicheren Gattin und Mutter vieler Kinder. Ja gut, nur damals, einige Monate vorher, als sie auch so in der Küche hantierte und sogar flambierte, da hatte ihr eigener Mann, der stets ritterliche Bruno Zock, bei uns im Wohnzimmer mit leuchtenden Augen von der anderen, der lichtscheuen Liebe gesprochen. Das aber ahnte sie nicht.

Mein Strohhütchen dagegen, an dem heute eine Eichelhäherfeder steckt, das läßt mich nicht im Stich. Es hört mir jetzt ebensogut zu, wie das im Winter die dicke Frau Jacke und manchmal diese Frau Elsa und im Vorfrühling die leichte Frau Jacke taten.

Nach Magdalenas triumphalem Essen, das Hans gottlob nicht zu preisen vergaß als eine irgendwann doch heiß entbehrte »Wohltat der Kultur nach den Beeren und Pilzen der Wildnis« – obschon auch das für meine Ohren etwas halbherzig klang –, legte er in die Mitte des Tisches ein grünes Samttuch, hielt ein Weilchen die geschlossene Faust darüber und ließ erst zehn Sekunden später ein Goldstück darauf fallen, das aussah, als hätte es jemand geduldig von allen Seiten mit warmer Zunge beleckt, so weich gerundet war es, wie lebend.

»Darf man es anfassen?« fragte Hehe. Hans ermunterte ihn sofort: »Du sollst sogar die Beißprobe machen, ganz wie du's im Western von klein auf gelernt hast.« Der Metzger nahm es zwischen die Zähne und legte es nickend zurück. Hans hatte ihn dabei nicht geradeaus angesehen, er ertrug den Anblick des kranken Freundes noch nicht. Statt dessen holte er einen Zettel und einen Stift aus seiner Jackentasche. Wir wußten sofort, er hatte sich ein Spiel ausgedacht, der Nugget war der stattliche Preis. Hans hielt den Zettel hoch, wir sahen, er war vollständig mit seiner Schrift und vielen Zahlen bedeckt.

»Daten zu Alaska. Fragt mich ab, kreuz und quer. Bitte mit einfachen Sachen anfangen, damit es spannend bleibt. Wer mich bei einem Fehler erwischt, kriegt das Gold. Ich hab's bei Anada Scheffer erstanden. Und ob ihr das jetzt glaubt oder nicht, ich höre tatsächlich ihren Schluckauf in diesem Moment.« Was dachten wir nun natürlich? Er zwinkerte in die Runde, er durchschaute uns gerade jetzt. Das beruhigte mich. Es war ihm gleichgültig, daß er sich verriet, vielleicht legte er es sogar darauf an.

Dann ging es los. Gott im Himmel, mit welchem Eifer Hans geprüft werden wollte! Ich bekam hinterher das Papier mit Lösungen von ihm geschenkt und trage es immer bei mir, wie jetzt, habe es nie an Sabine abgetreten. Es ist doch, als hielte ich sein gewaltiges, kindliches Haupt zwischen den Händen. Ich glaube,

Jeanette begann. »Wie viele Einwohner pro Quadratkilometer?« »Noch nicht mal eine halbe Verwandte, nur 0.39!« antwortete Hans ohne Mühe. Meldete sich danach Finnland? »Seit wann US-Bundesstaat und wann den Russen abgekauft?« »Erstens 1959, zweitens 1867.« »Was ist sein Reichtum und seine Gefahr?« las ich vor, es war vermutlich das Leichteste, ich hoffte ja, daß er siegte. »Das Öl!« Wer wollte dann wissen, wie die Winter und die Sommer ausfallen? »Lange, eisige Winter, kurze, erstaunlich warme Sommer.« Auch Sabines gutmütige Frage weiß ich noch: »Wie hoch ist der höchste Punkt?« »Mount McKinley, 6194m.« Einer, wahrscheinlich Herzer, fragte nach den drei Großlandschaften. »Die Gebirgskette an der südlichen Pazifikküste, die Yukon-Niederung, die Küstenebenen am Nordpolarmeer.« Hans zögerte keine Sekunde.

Ich hatte den Eindruck, alle wollten gern das Goldstück haben, aber noch lieber unseren Herrn Hans gewinnen lassen, weil er sich so freute über sein Wissen. Iris fragte, als würde sie im Sitzen knicksen, wie ein Schulkind: »Wo entspringt der größte Fluß, wo mündet er?« »Der Yukon River entspringt in den Rockys, Kanada. Er mündet ins Beringmeer.« Hier schien Hans gerührt zu sein, daß Iris ihm gegen ihre Natur so gar keine Falle stellte. Er griff in ihre Haare und rückte den Kopf leicht nach unten. Durfte er das, angesichts ihres Verlobten? Gehörte sie ihm denn? Und als sie sich wieder aufrichtete, wirkte sie alles andere als unzufrieden.

Bäder konnte es allerdings daraufhin nicht lassen: »Bitte die größten Städte, angefangen bei denen über 6000 Einwohnern.« Auf dem Zettel, der zwischen uns hin- und hergeschoben wurde, fingen sie mit der höchsten Zahl an, Hans mußte die Orte also rückwärts aufsagen. Zum ersten Mal sah man ihm an, wie er sich mit aller Macht konzentrierte. Wie viele von uns hätten ihm wohl gerne vorgeflüstert: »Bethel, Kodiak, Palmer, Ketchikan, Kenai, Wasilla, Sitka, Juneau, die Hauptstadt, Fairbanks, Anchorage?« Je größer die Städte, desto flüssiger sprach er, war aber ein bißchen ins Schwitzen geraten. Bäder feixte geschmeichelt.

Die schönste Antwort handelte sich die zukünftige Mutter Ilona ein: »Alaska kommt vom aleutischen Alaxsxag und bedeutet: Land, in dessen Richtung der Ozean strömt.« Ich sah Hans an, wie gern er der Freundin oder Frau des bleichen Metzgers diese Auskunft gab.

Noch immer lag das Goldstück auf dem grünen Samt. Die letzte Frage ging wieder an mich. Das Spiel sollte sich keinesfalls in die Länge ziehen. Bloß jetzt nichts sagen, was er nicht beantworten kann, dachte ich mir und las vor. »Welches ist das meist benutzte Verkehrsmittel?« Das war das einfachste, da konnte nichts schiefgehen. Herrn Hans aber täuschte ich leider nicht über meine Absicht. Ihn doch nicht! Plötzlich ärgerte er sich über die spielverderberische Schonung. Nicht sehr, nur kurz, aber seine Mundwinkel verrieten es mir. Dann sah er mir lächelnd in die Augen, es tat mir gut, so gut, und sagte: »Die Eisenbahn, Frau Wäns? Ja, ich tippe auf die Bahn. In Alaska alles per Zug und Straßenbahn.«

Gewonnen! Der freundliche Herr Hans hatte mir den Sieg boshaft in die Schuhe geschoben. Meine Strafe: Für mich galten andere Gesetze. Die Jüngsten und die Ältesten, die, die noch nicht oder nicht mehr ganz zurechnungsfähig sind, läßt man siegen. Ich war es, die hier eine rücksichtsvolle Sonderbehandlung erfuhr. Gab es mir einen Stich? Den Nugget immerhin luchste mir Sabine noch in derselben Nacht ab.

Was war da noch beim Rausgehen, als Hans sich verabschiedete und er Iris und Sabine nebeneinanderstehen sah? »Ihr beide mit Euren bezirzenden Blicken«, sagte er, aus seiner Geistesabwesenheit heraus zu ihnen hin. Iris maulte, um ein bißchen ihn, Sabine und sich selbst zu kränken, hinter ihm her: »So hat er für jeden etwas.«

Mir gegenüber aber äußerte er zum Abschied noch Persönlicheres. »Riesige Gletscher, Frau Wäns, aber auch viel, viel Wald!« Ich merkte sofort, wie er es meinte, antwortete jedoch, um zu zeigen, wie verständig ich den Zettel studiert hatte: »Ja, Herr Scheffer« – es gefiel mir so, seinen Namen auszusprechen – »bedeutende Holz- und Papierindustrie.« Ich sah ein winziges Blitzen in seinen Augen, und er beugte sich tief, wie schon einmal, über meine Hand. Ich konnte nicht widerstehen, um mich zu bedanken, um mich noch mehr einzuschmeicheln: »Anada, ein wunderschöner Name!« zu sagen. Da küßte er mich schnell auf den Mund. Ich atmete noch den Geruch seiner Haut ein, als die Frauen schon riefen: »Wir auch! Uns gefällt der Name genauso wie ihr. Wir wollen geküßt werden wie Frau Wäns. Anada, was für ein Klang!« Wieder strahlte er, aber er bezahlte sie nicht. Weil er sich nicht erpressen, weil er sich nicht wiederholen und zum Narren halten lassen wollte? Ich glaube, er vergaß das Küssen einfach.

Ein großer Abend für jeden von uns. Beim Aufräumen, als ich meine Zigarette rauchte, gab sich Sabine einen Ruck und sagte in einem neuartigen Tonfall: »Den Kuß von Hans Scheffer mußt du mit dem Goldstück bezahlen.« Daß mein strenges Mädchen so spät in ihrem Leben doch noch ins Schwärmen geraten ist! Schon hatte sie sich ja auch gefaßt und fuhr streng fort: »Weißt du, daß der Kurs zur Zeit um 1200 Dollar je Feinunze pendelt und immer mehr Leute die Rückkehr zum Goldstandard wünschen? Alle wollen ein neues stabiles Weltwährungssystem, aber mit Gold wird das nicht mehr klappen. Halte ich für ausgeschlossen.«

Die ganze Welt redet mittlerweile über die unendlichen Entfernungen im Kleinen, selbst im Winzigsten. Dort, hier, zwischen den Flügelrändern des kleinen Käfers. Auch über die Distanzen im Atom staunt keiner mehr. Aber ich, ich spüre manchmal die Abstände zwischen den Augenblicken, die wir sonst zu einer Sekunde zusammenziehen. Ich sehe, was für schwarze Tiefen, was für Abgründe sich öffnen zwischen eben und jetzt. Das Auseinanderbersten einer einzigen Sekunde, ich kenne es, anders als die, die so leichtfertig mit »Sekundenbruchteilen« bei der Hand sind. Ich fühle, schon halb eingesogen, die Gefahr, in die Seelenwelt zweiter Wesen zu kippen. Eine Strömung, wer weiß schon, wie riskant sie ist? Psst! Ob mich diese Elsa vielleicht verstehen würde? Das fragt mein sechster Sinn.

Wer weiß von der grausigen Kunst, in allem das Vergehen zu wittern und das lebendige Treiben rechts und links von den Straßen als empfindlichen Spuk zu erkennen, der erst durch Schmerz fest wird wie die Chitinpanzer der Käfer am Luftzug? Wer ahnt schon, wie man sich die Dinge einfach ins Nichts denken kann, alles wie verschluckt, von einem zum anderen Moment, Ding, Mensch, Musik, Jammer. Still, um Gottes willen!

Wer kennt die dünne Tonlosigkeit und dagegen die dicke Stille, die jeden Augenblick umschlagen kann in lautes Donnern? Sie äußert sich plötzlich im Tumult, ja, die gewaltige Stille. Und doch schwillt in mir die Fülle der Pflanzen und Blüten mächtig an, jetzt, wo ich sie sehe und ihre Namen sage, unbesorgt um den Morast, und in den Himmel sehe mit sausenden Wolken darinnen, daß ich mich kaum lassen kann und weiß, daß in Wahrheit nichts vergeht. Nur das Glück und Unglück, wie man es in der Jugend für ewig hält, das schon, das schwindet hin. Aber nicht das Flüstern der Bäume, das Zittern, das auf mich überspringt. Ich schwitze vor Freude, selbst in den Ohrmuscheln schwitze ich.

Wer weiß, daß ein Moment der Todesnähe, wo einem jedes Ding den Rücken zukehrt, wenn er vorüber ist, Macht verleiht über die, die sich noch unsterblich vorkommen in ihrer kleingemusterten Welt?

Still, Frau Wäns, sage ich mir, kein Wort darüber, nichts verraten, verrate dich nicht! Die lieben Leute damals, Herr Zock, Finnland, Doktor Herzer, der arme Hehe und ihre Frauen, der mausjunge Bäder obendrein, diese liebenswürdigen Herrschaften im großen und ganzen: liebenswert, ja, als sie meinen Herrn Hans noch liebten, die Männer wie die Frauen, und ihre Gesichter mir sagten, wie entzückt sie waren, ihn wieder zu besitzen mit seinem Herzschlag und Lächeln und Gebrumm, den großen, zwölfjährigen Mann! Welche Begütigung von ihm auf uns überging! Obschon ich leider einen Tag nach dem Ankunftsabend erfuhr, daß Ilona sehr zornig das von Hehe gekaufte blutige Gemälde an Iris Steinert zurückgegeben hat, weil sie beide es gerade jetzt nicht gebrauchen könnten, ausgerechnet so etwas, das fehle ihnen noch.

Mir ist daraufhin ein Blick aus einer schon länger zurückliegenden Zeit eingefallen. Zuerst hatte ich ihn nicht verstanden. Es war, als Ilona so erschrocken von der Explosion in ihrem Wohnhaus und der Zerstörung ihrer Zimmer berichtete. Da sagte Jeanette Herzer, jetzt höre ich es wieder: »Hahahaha, sicher steckt mein Großvater, der Sprengmeister, hinter der Sache!« Das sollte ein Witz sein, die Berufe kamen dann ja noch später zur Sprache, aber ihre Augen sahen böse aus dem lachenden Gesicht heraus. Und warum? Schon möglich, daß Ilona uns getäuscht hat mit ihrem Bericht von dem weinenden Herrn Herzer, als er aus seiner Praxis, am Tag nach dem Eklat um das achteckige Gartenhäuschen, mit seiner Frau telefonierte. Vielleicht wurde er postwendend von Ilona getröstet? Ich habe beobachtet, ohne es verstehen zu wollen, wie er seine junge slawische, jetzt schwangere Praxishilfe von irgendeinem Zeitpunkt an mit ganz anderen Augen betrachtet hat als die schwierige Ehefrau. Hatte der treue Metzger Hehe alles ziemlich auf einmal, seine Gesundheit, seine Freundin und seinen ohne Begründung abgereisten Freund verloren? Kann alles sein, kann auch nicht sein.

Ach nein, das waren nur dumme Kleinigkeiten angesichts der Freude, der schönen Aufregung, die seit der Ankunft von Hans neu in uns gefahren war, trotz der beträchtlichen Sorgen, die wohl besonders an den Männer nagten, vorübergehende wirtschaftliche Kümmernisse eventuell, mit denen sich jeder gestandene Erwachsene sehen lassen konnte. Weg damit, sie zählten nicht, wir vergaßen sie einfach, waren nämlich wieder jung, waren noch einmal die reinsten Kinder geworden, die nach dem Willen unseres Herrn Hans gespannt der Ankunft Anadas entgegensahen.

Vielleicht interessierte uns die Indianerin gar nicht so sehr, eher schon, wie sich Herr Hans in ihrer Gegenwart verhalten würde. Am Telefon beschwätzte man, wie ungeduldig er auf das Mädchen wartete, um sie uns vorzuzeigen, daß er ganz besessen betonte, sie sei seine Verwandte, das eigene Blut, und daß er sich ein schönes Leinenjackett gekauft hatte. Dabei mußte er sich nach der langen Abwesenheit um sein Naturschutzgebiet kümmern, ich meine, er hätte es tun müssen. »Die Studenten von drüben, die werde ich zum Entkusseln anstellen«, erklärte er uns, »die reißen, wie gesagt, die Birkenschößlinge raus. Bald, bald. Höchste Zeit.«

Er erzählte es, als er kurz nach dem Ankunftsabend überraschend vorbeikam im Tristanweg. Sabine und ich aßen gerade Bratkartoffeln und frischen Salat. Auf einmal sah er durchs offene Fenster auf unseren Tisch. Es machte Sabine so nervös, daß ihr später wie bei einer Betrunkenen das Tablett mit den Gläsern zitterte und ein verräterisches Klingeln entstand, über das sich Hans in seiner Gedankenverlorenheit gar nicht wunderte. Mitten in der Küche stand sie danach, ich kriegte es versehentlich mit, reckte sich wie gerade aufgewacht und lachte stumm, weil sie sich ja den Mund zuhielt. Sie biß sich in die Faust wie eine Kugelstoßerin nach dem Sieg. Herr Hans hatte gefragt, ob Anada bei uns wohnen könne. Es sei ihm lieb, »sie zunächst, für ein Weilchen, in unserer freundlichen Obhut zu wissen.«

Ich glaube, er und Sabine unterhielten sich dann kurz über Anlageschwindler, über den grauen Kapitalmarkt und die unzureichende Gesetzgebung in unserer Bundesrepublik. Da konnte sie natürlich stolz die Führung übernehmen. Herr Hans wußte über die Warenterminszene bestimmt nicht mehr als ich. Bittere Spiele wie das Spekulationsgeschäft liegen unserem Herrn Hans vom Hochmoor doch nie und nimmer! Ich vermute, obschon sich Sabine in ihrer Diskretion nichts von mir entlocken ließ, daß er auf einen Kriminellen hereingefallen und ein – wenn auch nicht erheblich – Geschädigter aus Harmlosigkeit war. Ich kenne sie doch. Sie wirkte entsetzt über das, was er ihr plaudernd gestand. Doch kurz darauf fühlte er sich schon wieder obenauf, rief: »Aha, den anderen ist es auch passiert? Macht nichts, trara. ›Tand, Tand ist das Gebilde von Menschenhand!‹ Von wem? Ihr wißt es nicht?«, und Sabine ließ das Wasserglas fallen und vergaß, darauf könnte ich schwören, über dem Anblick von Hans in der weißen Sommerjacke, als er ihr zum Abschied zerstreut in die Augen sah und die Taschen nach außen stülpte, sogar das Wort »Kapitalanlagebetrug«, das sie so oft gebraucht hatte. Das liebe, ungeschlachte Kind, wie reizend ihr das Gefühl zu Gesicht stand, mit dem sie allmählich Bekanntschaft machte.

»Ob Anada wirklich hier auftauchen wird?« fragte er zum Schluß, wie mir schien, etwas bange. »Aber sagen Sie, von wem? Von wem stammt die Zeile!« »Fontane« flüsterte Sabine. Warum sagte sie das so verschwörerisch? Es war doch kein Geheimnis. Das Gedicht hat womöglich schon ihre schöne Urgroßmutter Anna Hornberg in der Schule gelernt.

Bald kam er wieder, obwohl doch alles, was das Mädchen betraf, abgesprochen war. Niemand ahnte, als Sabine sich so übermäßig freute, daß ich es, im verborgenen, mindestens genauso tat. Wir erzählten Hans vom Zusammenbruch des Metzgers. Sein Gesicht wurde für einen Moment traurig und schuldbewußt. Er hatte sich wohl seit seiner Wiederkehr noch nicht richtig um den Freund gekümmert? Doch, das schon, aber die Auskunft der beiden zur Gesundheit von Hehe ließ ihn im Unklaren.

Vielleicht hatte der ökologische Fleischer, unser guter Wursthersteller Wilhelm Hehe, da schon mehrere Operationen hinter sich und niemandem davon erzählt, der tapfere Mann. Sein spezieller Liebling, sagte Hans, die süße Ilona, habe in der Ecke gesessen, eine Zeitung in kleine Stücke gerissen und dazu dauernd mit ihrem unwiderstehlichen Akzent gesagt: »Weg damit. Wer hält das aus? Schrecken auf Schrecken, rund um die Erde, rund um die Uhr, und dann ein Kind kriegen!« Steckte denn nicht schon alles, was Ilona durch die Zeitungen und anderswoher erfuhr, längst in ihr drin? Hehe aber habe mit ihm Pläne für eine schöne Zechtour geschmiedet. Insofern sehe es prima aus.

Plötzlich fragte unser liebend gern gesehener Gast, wobei er sich räusperte, aber schon wieder mit dem erst kürzlich gehörten wehrlosen Unterton: »Ob sie wirklich kommt? Ich bin froh, der kleinen Verwandten das hier anbieten zu können, praktisch direkt neben meinem externen Arbeitsplatz. Aber hält sie Wort? Was ist eure Meinung? Heraus damit! Mal klingt es nach Ja, dann wieder nach Nein. Wie versteht man das, ihr Frauen und holden Damen?«

Sabine und ich, wir senkten unsere Köpfe und schielten uns von unten verstohlen an. Nun mußte unser Herr Scheffer, der sich selber so gern rar machte, das Hin und Her endlich auch einmal erleiden und ein wenig zappeln! Wir waren uns wohl beide nicht ganz sicher, ob wir es ihm nicht ein bißchen gönnten, riefen aber jedesmal: »Natürlich kommt sie, Herr Scheffer. Die Zocks, Iris Steinert, die Herzers, die Hehes, Finnland, Bäder und wir beide: Niemand zweifelt daran. Wir alle warten auf sie.«

Warum behaupteten wir das? Uns war doch dieses Goldstückchen aus Alaska, ob mit Schlitzaugen oder nicht, völlig gleichgültig. Wir wollten nur sehen, wie unsere Sonne vor unseren Augen rotglänzend aufging. Auch wenn für uns beide ein winziger Schmerz damit verbunden war. Sabine wußte nur von dem, der sie betraf.

Was stößt da, lautlos herangeschlichen, gegen meinen Rükken? Es ist der schwarze Dobermann der schwarzen Frau. Was will er, der Affe? Er steht da riesig und stiert aus mordlustigen Augen. Die Frau lacht in der Ferne. Sehr träge wahrscheinlich verzieht sie die Lippen: »Nicht alle Leute sind Hundebesitzer«, ruft sie ihm zu. Ob sich das zweite Tier von einer anderen Seite nähert? Zu mir sagt sie kein Wort. Ich rühre mich lieber nicht. Grußlos zieht sie schließlich vorüber.

Wieder erscheint da Mirko vor mir, mein unglücklicher Mirko, den keiner retten konnte. Die Gewalt war anziehender als die Liebe. Der Söldner, dem Tonia verfallen ist, hat mit fünfzehn Jahren, um Geld zu bekommen, seine Mutter so lange geschlagen, bis Nachbarn die Streife holten. Er ließ sich nicht bändigen. Schon in Fesseln, trat er der Polizistin mit schweren Stiefeln mitten ins Gesicht. Erst sieben Beamte wurden am Ende seiner Herr. Aber auch diese Geschichte hat dem Mädchen als Wildheit und Wut durch und durch gefallen. Das merkte der Söldner schnell, er kannte schon diese Schwäche der Frauen und wird, um Mirkos Tonia noch mehr für sich zu gewinnen, drauflosgeprahlt haben. Also mußte unser Junge schauerlich untergehen. Die drei Hartmann-Brüder in ihrem schwarzen Zeug saßen dagegen, wurde gesagt, zu Hause brav auf dem Sofa und hielten den Mund, wenn der Vater sprach. Nur draußen, in den Straßen, da waren sie im Triumph die schrecklichen drei.

Hans sah am Mittag vor unserem nächsten Treffen noch einmal bei uns herein. Es gab gerade Dickmilch mit Schwarzbrot, und es schmeckte ihm. Nur kurz verfinsterte sich sein Gesicht, kurz und majestätisch, wie Sabine und ich es so gern sahen, obschon wir den Atem anhielten. Er hatte zärtlich von seiner »capra capricciosa« gesprochen, und Sabine verzog in diesem Augenblick mißtrauisch, in Wahrheit eifersüchtig den großen Mund. Sofort dräute da ein Schefferssches Unwetter. Nein, selbst sachte Vorbehalte gegenüber Anada duldete er nicht.

Damals, gegen Ende Juli, blühten hier der Rainfarn, der Odermennig, das Johanniskraut und der Gilbweiderich, alle gelb. Es gab die lila Distelblüte mit den auf- und niederwehenden Tagpfauenaugen und erstem Mehltau auf den Eichensprößlingen. Ich weiß es, weil ich noch am Morgen des Tages eine lange Wanderung gemacht und überlegt hatte, ob diese Menschen, die uns am Abend besuchen würden, etwas wußten von Tau und Reif und den Nebelstreifen in der Nähe der Tümpel und Waldseen.

Ich weiß es, weil ich plötzlich auf Herrn Hans stieß, der mit sehr sorgenvoller Miene in der Hocke saß. Er überprüfte etwas im Boden. Als er hochsah und mich erkannte, begann er sofort zu lächeln, stand auf und nahm meine Hand. Ich wollte gleich weiter, weil ich so sprachlos und er doch beschäftigt war, aber er sagte, ohne irgendeinen Übergang zu mir: »Frau Wäns, Ihnen kann ich es verraten. Jede Linie in Anadas Gesicht sagt deutlich, daß sie unter dem Tod und der ganzen Sterberei etwas vollkommen anderes versteht als wir Älteren. In ihrer Nähe löst sich der Tod, wie wir ihn begreifen und fürchten, auf. Und noch etwas. Sie fragen sich bestimmt, ob ich verliebt bin in diese Nichte oder Großkusine oder was es ist. Ich will es Ihnen, nur Ihnen, verraten. Ja, es ist mir offenbar gelungen! Ich hatte schon vor der Abreise so eine Idee und auch Hoffnung: Vielleicht gab es ja auch für mich einmal die Chance, es zu versuchen, nach langer Zeit einmal auszuprobieren, ob sich irgendwo noch was rührt.«

Hier legte der Mann wahrhaftig die Hand aufs Herz.

»Wie gesagt, das gestehe ich nur Ihnen allein.« Er ahnte natürlich nicht die kleine Kränkung und wie genau ich ihn begriff. Schon wieder stellte sich heraus, wie wenig ich noch zählte, als wäre ich schon vollständig harmlos geworden. Doch das machte nichts. Denn im Weitergehen überlegte ich sofort: An all den Abenden mit uns sah er das Verliebtsein in unseren Gesichtern und wie es uns guttat und besser machte und bezauberte. Nur war er, unser Herr Hans, ja umgekehrt nicht in uns verliebt. So ist er endlich darauf gekommen, dieser Spur in Alaska nachzuforschen, ob sie ihm das Geschenk zubilligen würde, das er uns mit seiner Gegenwart gewährte.

Wenige Stunden später konnte ich es prompt an uns studieren. Welche Freude und Glättung der Gramesfalten, selbst bei Herzers. Hans erwartete sie alle schon und schmeichelte den Frauen zerstreut, aber eifrig, lobte hier die funkelnden Augen, dort die roten Wangen, Magdalenas Artischockensalat, Bruno Zocks Wein. Etwas belustigte ihn, und er goß zusätzlich Öl ins Feuer. Der iltisjunge Boris Bäder, der sich durch seine frühe Alaskaprognose und die Erfolge als Galerist großes Selbstvertrauen erworben hatte, dessen größter Stolz aber darauf beruhte, daß er von uns allen der Jüngste war und daher mit gutem Recht den Rebellen spielte, beäugte mit einer Eifersucht, die niemandem entgehen konnte, die faszinierende Jugend Anadas. Sie lief ihm in diesem Punkt objektiv den Rang ab, egal, ob man es ihr ansehen würde oder nicht. Hans erfreute diese Leidenschaft am sonst so hochnäsigen Bäder, und also hänselte er ihn: »Es hilft alles nichts. Im Vergleich zu uns ist sie fast noch ein Kind, sogar Sie, Bäder, werden zum Greis.«

»Und Sie glauben wirklich, das Baby kommt her?« rächte sich der schlaue Bäder und hatte sogleich Erfolg. Hans, das große kleine Kind, zog den Mund schief, damit man ihm Bäders Treffer nicht anmerkte. Man tat es trotzdem. Sein schwacher Punkt: Würde sie kommen? Die reizende Iris kicherte in ihre Serviette und schielte gleichzeitig drüber hinweg. Das waren immer ihre Zeichen: Kichern und Schielen, als wäre beides verboten und sie täte es trotzdem. Normalerweise gefiel Hans dieses schulmädchenhafte Treiben. Im vorliegenden Fall aber nicht. Er mußte sich richtig Mühe geben, Spaß zu verstehen.

Aber nein, nein. Alles ging einfach und heiter vor sich an diesem Abend, in dieser heiteren Belebung nach der ersehnten Wiederkehr, so möchte ich es einmal bei mir nennen. Ersehnte

Wiederkehr. Zum Beispiel sah Ilona, die sich nun doch zu runden begann, sehr wohl und kätzchenhaft aus, ein östliches Kätzchen, so lieblich und milde lächelte sie unter den bewundernden, wenn auch etwas abwesenden Blicken von Herrn Hans. Nur ist sie draußen zwischendurch, als sie aus dem Bad kam, mit mir beinahe zusammengestoßen und nahm mich unversehens in den Arm wie eine Vertraute.

Hehe gehe es sehr schlecht, sehr ernst sei die Angelegenheit. Um Gottes willen aber nicht davon sprechen, nein, das dürfe man nicht. Das sei weder in Hehes noch in Scheffers Sinne. Aber sie wolle mir etwas gestehen, mir als einziger. In der Beziehung zu Hehe habe sie, die viel Jüngere, immer gedacht, es fehle ihr etwas, ein Schmerz vielleicht, der doch angeblich zur Leidenschaft gehöre. Die Liebe sei einfach zu bequem gewesen. Nun aber sei er da, ununterbrochen, nämlich als Angst, ihn zu verlieren, tagaus, tagein. Wie in dem Lied, wo es heiße: »Es gibt keine Liebe ohne Schmerz, kein Schmerz ist so stechend wie die Liebe« aus Spanien. Und dazu dieses Kind, das in ihr wachse.

Hatte ich denn die ganze Zeit als alte Eule im Spinnwebwinkel gesessen, jenseits von den Dingen und Schwächen der Welt, so daß sie nun alle bei mir ihr Herz ausschütteten? Mir wurde trotz des Mitgefühls kalt. Ich war doch wie sie ein atmender Mensch. Zitterte ich nicht, wenn Herr Hans in meine Nähe kam? Müßte ich mir in den Finger schneiden, um zu beweisen, daß rotes Blut in mir fließt? Wie früh der Ausdruck »das Leben« fällt! Dann steht es da und verheißt und droht, man läuft ihm entgegen, immer entgegen, bis man merkt, daß man es schon überholt hat.

Ilona gab noch keine Ruhe. Sie hielt mich fest für zwei. Ich hätte mich richtig losreißen müssen, um ihr zu entkommen. Herr Hans denke nur an diese Anada. Aha, ging mir durch den Kopf, nun ahnt das bisher so süße Geschöpf, wie andererseits Bäder auf seine Weise, daß ihre Rolle der jüngsten Frau abgelaufen ist. Daher die Schwermutsanfälle. Scheffer denke in Wirklichkeit an nichts als an diese Indianerin. Sie aber, Ilona, mit ihrer Befürchtung wegen des vielleicht todkranken Hehe und der Sorge um die möglicherweise zerbrechende Ehe ihres Chefs, habe sich außerdem um ihren Bruder zu kümmern, der sich am Fluß ein kleines Unternehmen aufgebaut habe, einen Kiosk, wo die Spaziergänger Kaffee und Eis kaufen könnten, auch dort sitzen und im Freien dann ja ohne weiteres, ohne Klage, rauchen, notfalls unter Wärmelampen. Seit zwei Jahren gehe es ganz gut und immer besser. Er habe erweitern können, ein richtiges, winziges Gartenrestaurant sei daraus geworden, florierend wegen seines freundlichen Wesens, nachdem er im Leben bisher immer Pech gehabt habe und nun aber auch Bodybuilding mache und glücklich geworden sei.

Drinnen, dachte ich, sitzen die anderen bei meinem Herrn Hans und dürfen ihn ansehen und schwätzen mit ihm. Warum gönnt sie mir nicht, dabeizusein?

Sogar eine Freundin, die ihm in ihrer Freizeit helfe, habe sich eingefunden. Der Liebling älterer Kaffeetrinkerinnen mit kleinen Hunden sei er geworden. Man könne sich kaum vorstellen, wie geschickt er seine Sache mache. Auch steuere Hehe die ökologischen Würstchen bei. Nur sei dem Bruder, der sich nach mancherlei Schiffbruch so schön gefangen habe, Neid erwachsen von einem Café in der Nachbarschaft, »Haus Dompfaff« nenne es sich. Alle naselang hetzten sie ihm die Polizei und das Gewerbeaufsichtsamt auf den Hals, weil angeblich was nicht in Ordnung sei mit der Sauberkeit, mit dem Klo da draußen. Kaum sei es verstopft, fast bevor er es selber wisse, stehe die Polizei vor der Tür, und er müsse, bei bestem Sommerwetter und viel aufgetautem Blechkuchen, den Laden schließen, dürfe niemanden mehr bei sich sitzen lassen, höchstens Kaffee im Becher zum Mitnehmen verkaufen. Das stelle man sich vor. All die schöne Kundschaft bei Bombenwetter. Nichts da! Der »Dompfaff« habe seine Spione zum Klo ausgeschickt, ja vielleicht sogar Sabotage betrieben und taue schon lachend das Doppelte an Apfelschnittchen und Schwarzwälderkirschtorte auf. Eine Tragödie, denn es sei nicht sicher, ob der Bruder, der nach außen durch seine vielen Muskeln bärenstark wirke, aber das Herz eines Lämmchens besitze, auf Dauer die Attacken ertrage und durchhalte.

»Außerdem«, vermutete ich »hat der ›Dompfaff‹ sicher die Polizisten bestochen, nicht sehr, aber mit kostenfreier Bewirtung, damit sie besonders streng zu Ihrem Bruder sind.« Es kam so aus mir heraus ohne mein Zutun. Ilona aber stutzte und bedankte sich dann für meinen Verdacht. Ja, das sei eine gute Idee und ein Tip. Sie wolle es morgen sofort dem verzweifelten Bruder mitteilen. »Natürlich bin ich mir nicht sicher. Und was hilft es auch? Wie will man es beweisen?« sagte ich noch. Dann entwischte ich zu Herrn Hans.

»Unser Oberstadtmeister mit den himmelblauen Augen im Kopf ist in diesen Dingen nicht zimperlich«, meinte Herr Zock, als ich ins Wohnzimmer eintrat. »Wahlen im September. Wir sind uns doch einig, daß er, sofern kein Wunder geschieht, dann nicht mal mehr koalieren muß? Das Rudel flüchtet bei wirtschaftlicher Gefahr kopflos zum Leithirschen.« Er sagte es fröhlich, richtig gemütlich, damit es in unsere lustige Runde paßte, so wie: »Morgen wird das Wetter ein bißchen trübe.«

Hans runzelte trotzdem die Stirn, man konnte nicht wissen ob es die Sache selbst war, die ihn verdroß, oder der Umstand, daß Freund Bruno ausgerechnet jetzt mit solchem Zeug aufwartete. Wieder erwies sich der bleiche Hehe mit dem Leidensgesicht hinter dem lebenslustigen, mittlerweile fast unbarmherzig gegen seinen Träger lärmenden Schnauzbart als rettender Engel. Er legte Hans sachte die Hand auf die Schulter, tätschelte ihn mit der nur ihm gestatteten Zartheit: »Unser Herr Scheffer vom Hochmoor, keine Angst, der läßt sich in seinem Eiszeitgebiet schon nicht die Butter vom Brot nehmen.«

In diesem Moment kreischte Iris übertrieben auf. Magdalena war beim Reintragen von der mit Blumen geschmückten Obstschale einiges zu Boden gerollt. »Kalf, Heda, Mignon, alle ab in die Vergänglichkeit«, krächzte die Galeristin ausgelassen. Es handelte sich um Maler, und sie nannte noch mehr, aber nur diese drei habe ich behalten. Maler von Stilleben vor Jahrhunderten. Hans aber murmelte, ohne auf anderes zu achten, ganz in sich versunken: »Wenn die das so wollen, dann setzen sie es auch durch. Das meiste ist schon heimlich in die Wege geleitet. Absprachen hinter verschlossenen Türen, nichts Neues.« Ich stand ihm am nächsten, es hatte sich so ergeben, deshalb war ich vielleicht die einzige Person, die diese Antwort hörte. Was meinte er denn? Er wirkte plötzlich so traurig, daß ich ihn am liebsten gefragt hätte oder zumindest getröstet, traute mich natürlich nicht.

Und da lachte er ja schon wieder, glänzte und funkelte von Herzen, nachdem er bloß den großen, lieben Kopf geschüttelt hatte. Weg mit den Grillen! Jetzt wolle er uns einen Vorschlag machen. »Es gilt«, so ungefähr unser Hans etwas zeremoniell in die nun vollständige Runde, »sich ein wenig auf den Gast aus Alaska vorzubereiten. Man kann die Tage ja bereits zählen.«

Wieder schielte die ruhelose Iris daraufhin nach rechts und links, um Verbündete zu finden für ein Augenverdrehen. Da war diesmal keiner.

»Ich habe der Kleinen viel von euch erzählt, habe sie gewissermaßen hergelockt mit der Schilderung so fesselnder Gestalten wie Bäder und Finnland, so hübscher Frauenspersonen wie ... ach was, ich zähle sie erst gar nicht alle auf.« Er schlug die Augen nieder, man erkannte die schönen Wimpern.

Schon hatte ich nämlich bemerkt, wie meiner Sabine die Mundwinkel sackten, denn wenn er sie zu den Hübschen rechnete, wäre es eine erkennbare Lüge, wenn nicht, eine Schmach für sie.

»Kurzum, Anada ist darauf vorbereitet, hier eine amüsante Gesellschaft anzutreffen. Sind wir das noch? Habt ihr in meiner Abwesenheit geübt? Oder ist alles vergessen und verrostet?« Ich glaube, hier kam ihm ein unverschämter Einfall, vielleicht betraf es nur Herzer oder Zock, vielleicht uns alle. Die Einkerbungen der Mundwinkel! Keiner außer mir beobachtete es. Schon war es aber vorbei damit.

»Irgendwelche Vorschläge? Nein? Ich stelle mir folgendes vor. Schon länger stören mich die stumpfsinnigen Bezeichnungen der Wege im Naturschutzgebiet. Von Namen zu sprechen, ist eine Beschönigung. Es heißt immer nur: Feldweg 88, Feldweg 90 und so weiter. Eine Blamage vor der Tier- und Pflanzenwelt. Für Äcker mag das genügen, wir aber, und sei es nur eine stille Verabredung unter uns, sollten bessere Bezeichnungen finden. Wir wollen sie Anada als die eigentlichen, aus Urzeiten stammenden Namen vorführen, ein bißchen Märchenwelt, Reich der Trolle und so weiter, Gnome des Nordens, diese Richtung, damit sie sich hier heimisch fühlt. Bäder, Sie als Galerist finden vielleicht sogar einen arbeitslosen Maler, der uns für ein paar Tage, das erlauben wir uns, nette Schilder schreibt, die wir über die offiziellen hängen.«

Herzer nickte als erster. Da mache er mit. Es könne der Gegend weder schaden, noch sei es ein Stilbruch, da sie ansonsten so reich gesegnet sei mit Einschlägigem aus der Nazizeit. Er sage nur: Siegfriedweg, Siegmundweg, Friggaweg, Odinstraße, Balderweg.

Ich täuschte mich sicher, aber lachte ihn Hans nicht aus, ohne auch nur ein bißchen die Miene zu verziehen? Nach außen neigte er zustimmend den mächtigen Kopf zu dem wachsamen Frauenarzt hin: »Man beginne also mit dem Konzert!«

»Kwamhuapuhapfad«, sagte Iris ohne zu fackeln, »Kwamhuapuhapfad, spricht sich ganz leicht. Sofort wird Anaconda hier ihre indianischen Ahnen vermuten. Cheyenne oder Sioux oder wie Herr Scheffer befiehlt. Oder, falls das der Ehre nicht genug ist, Kwamhuapuhapromenade?«

Hans hatte sich was anderes gedacht, aber er notierte die Idee der Boshaften ohne Kommentar, fragte auch nicht nach, wie er es schreiben solle. Von irgendeiner ehemaligen Intimität mit dieser Frau oder einer anderen der hier Anwesenden war ihm nichts anzumerken. Er wirkte wie neugeboren, schien sich an nichts zu erinnern, oder die amourösen Gerüchte waren überhaupt bloß Luftgespinste um einen Unschuldigen herum. Iris streckte ihm die Zungenspitze raus, allerdings so, daß er es nicht unbedingt bemerken mußte. Oder doch? Sie stellte es ihm frei. Und wieder war es meine tod- und butterbrave Sabine, die Herrn Scheffers Faden gehorsam aufgriff und meinte: »Wichtelweg«? Iris blickte demonstrativ gequält zum Himmel.

»Hm«, machte Hans gutmütig, »schon recht. Nur ein bißchen akzentuierter vielleicht.« Aber er vergaß es aufzuschreiben. Durchgefallen also! Sabine gelang es, die flüchtige Beschämung rechtzeitig hinter ihren Händen zu verbergen, während Hans einen Plan des gesamten Gebiets auseinanderfaltete.

Ob sie denn Deutsch spreche, es lesen und verstehen könne, erkundigte sich nun Herzer mit einigem Vorbehalt. Ich erkannte es an der Art und Weise, wie er die Oberlippe über den vorlauten Zähnen hochzog. Es machte ihn häßlich und richtig ärztlich. Nein, nein, gab Hans arglos zurück, das sei ja der Witz! Man müsse ihr die Namen dann ins Englische übersetzen, Bruno Zock müsse es, um es genau zu sagen. Er sei der Weitgereiste unter uns, der Feinheiten des Englischen und Amerikanischen am besten kundig. Er, Hans, freue sich jetzt schon unbändig auf die Akrobatik.

Wir hatten inzwischen ziemlich viel getrunken, die meisten von uns jedenfalls. Sicher erklärt das, warum dann doch schließlich alle immer hitziger mittaten, und durcheinander ging es mit:

»Sumpfgrafenabweg«,

»Moormördersteig«,

»Nymphenfingerschlupfwinkel«, ich erinnere mich: von Zock, ausgerechnet das kam von Magdalenas Ehemann!

»Zwergengliedstieg«,

»Moorleichenfurt«,

»Nacht-und-Nebeltreppe«,

»Oberer Försteruntergang«.

Bruno Zock arbeitete schon an den Übersetzungen. Hans trug mit rotem Stift die Namen in seinen Plan ein. Die Gegend sehe jetzt »verteufelt gut aus«, so Hans.

Ich erinnere mich, wie das Unglück von Mirko begann. Tonia wollte nicht mehr Rainfarn und Geißblatt am Morgen auf der Türschwelle finden: »Wir sind doch keine Kinder!« Sie hatte den Geschmack gewechselt. Eines Tages trug sie einen breiten blutigen Streifen in ihrem immer geheimnisloser werdenden Gesicht und war, ohne Erklärung, stolz darauf. Sabine ballte die Fäuste: »Daß eine derart Nullundnichtige, bloß weil unser Junge sie schrecklich liebt, so grausam viel Macht erhält!« Sie hätte dem Mädchen wohl gern das ganze Gesicht zerschnitten.

Die meisten Vorschläge machte Finnland. Er wurde von Hans tüchtig dafür gelobt. Das tat ihm so wohl, daß er plötzlich sagte: »Hans-vom-Hochmoor-Straße«. Da brüllten die anderen wie abgesprochen, wie aus einem Mund: »Anadachaussee«. Das kam vom vielen Weinkonsumieren. Doch, manche waren schon regelrecht besüffelt. Ich selbst äußerte keine einzige Idee, weil ich die Zeit über denken mußte, daß die Sache mit den Waldwesen, den liebenswürdigen und bösartigen und mit denen, die beides abwechselnd sind, eigentlich nicht so versponnen ist, wie in der Nüchternheit getan wird. Man benötigt sie doch, diese Gespensterchen, wenn man hier herumgeht. Wie soll man denn, wenn man die Geistchen, dieses Dunst- und Wurzelvolk mit seinen alten Namen, nicht hat, die einzelnen Stimmungen, die einander so schnell ablösen, je nachdem, wie das Licht einfällt, überhaupt auseinanderhalten?

Manchmal, während des Getöses, an dem sich verblüffenderweise die schwierige Jeanette mit hochroten Wangen beteiligte, und sogar einmal zum Scherz Bäder eine Walnuß vom Vorjahr an den Kopf warf, dann, ehrlich gesagt, sehr charmant, geduckt abwartete, ob er das komisch finden würde, manchmal beobachtete ich unsern Herrn Hans schärfer. Bäder war so beschwipst, daß er den Nußwurf an seine Schläfe gar nicht mitbekam, aber Hans, der viel getrunken hatte, jedoch besser daran gewöhnt war, sah uns mit seinen blitzschnellen Blicken, eher Blitzen, denn schon waren sie wieder vorbei, unauffällig an. Ja, er durchschaute uns auch jetzt. Er erkannte, daß wir noch einmal von Herzen blöde, unbeschwerte Kinder sein wollten und daß es uns nur in seiner Nähe gelang, ohne uns vor uns selbst albern vorzukommen und einer vor dem Angesicht des anderen.

Das Schönste war, daß es sich ja um gescheite Leute handelte, erfolgreich im großen und ganzen, im Leben, wo es zählt, in der rauschenden Gegenwart. Sie spürten, gerade weil sie so stark angeheitert waren, mit der Haut, mit dem Körper, die Blicke von Hans vermutlich nicht weniger als ich. Warum fühlten sie sich so wohl, wenn er sie durchschaute? Weil wir dann etwas Bestimmtes sein durften, etwas Festes, das, was Hans in uns sehen wollte, etwas, zu dem man in dieser glücklichen Stunde sagen konnte: So und nicht anders ist es um euch bestellt!

Alle brachen nach diesem Abend gemeinsam auf. In der Garderobe, im Durchzug, denn die Terrassentür stand weit offen, um den Geruch der gemähten Wiese hereinzulassen, im Kerzenschein, denn niemand wollte sich, erst recht nicht die Frauen, so spät noch im eisigen elektrischen Licht zeigen, sagte Hans zum Baumarktbesitzer Zock laut in vertraulichem Ton: »Finanzielle Einbußen, wirtschaftliche Einbrüche, weniger Gewächshäuser, weniger Obelisken und Rosenbögen, Verluste allenthalben, ich weiß. Aber leben wir nicht in Saus und Braus? Müssen Weib und Kinder etwa hungern?« Dazu hob er, jetzt ohne Jackett, beide Arme, und uns, besonders den Frauen, entging wieder mal nicht die freie Durchsicht auf seine Achselhöhlen, nein, trotz der dämmrigen Beleuchtung nicht.

Wir sahen Magdalena an, keine andere käme in Frage für die delikate Aufgabe, Hans, ohne daß er sich sträubte, zur Übergabe des löchrigen Pullovers an weibliche Hände für eine kurze Zeit zu überreden. Eine doppelt schwierige Sache, denn wir kannten das Muster noch gar nicht. Es waren indianische Ornamente eingewoben oder, ich verstehe nichts davon, eingestrickt. Er hatte ihn wahrscheinlich jeden Tag bei der Arbeit getragen, gedankenlos oder weil er sich nicht davon trennen wollte. Eine Liebesgabe von Anada, und schon so zerschlissen? Mußte sie das nicht ärgern? Mit diesem Argument würde die mütterliche Magdalena ihn verwirren und umgehend Erfolg haben.

Hehe stand etwas seitlich. Er hielt wieder einen Wurstring in der Hand. Als er vortrat, löschten im Wind die Kerzen. Die Terrassentür schlug zu, daß es klirrte. Einen Moment lang herrschte fast vollständige Dunkelheit, dann knipste jemand das Licht an. Wir befanden uns schlagartig im hellen Frost und beäugten einander verlegen. Sofort war niemand mehr betrunken, keiner angeheitert oder heiter. Merkwürdig, wie sogar die Männer versuchten, ihr Gesicht so gut es ging zu verbergen, indem sich der eine an seiner Jacke, der andere betreten an seinen Schnürriemen zu schaffen machte. Finnland putzte sich mit infantiler Gründlichkeit die Nase. Er schien die Welt dabei um sich her zu vergessen, damit sie ihn vergäße, während die Frauen (bis auf die junge Ilona, die sagte: »Wer hat uns denn das eingebrockt?«) schuldbewußt, ja tatsächlich, als hätten sie eine nun aufgedeckte Täuschung begangen, die Schultern hochzogen und sich vornüberbeugten.

Hehe stand noch immer im strengen Licht. Er hielt weiter den Wurstring in der Hand. Es waren ja nun alle mit sich beschäftigt, nur er nicht, nur ich nicht und Hans war es auch nicht. Wir drei erinnerten uns offenbar an einen anderen, fröhlich ausgegangenen Abend von früher, an dem Hans genauso eine ökologische Wurst vor sich hergetragen hatte, als Auszeichnung, als Ehrenbezeugung für ihn, den Hochliebling. Hans bekam ihn damals als Geschenk des lebensprallen Metzgers, des glücksgemütlichen, der jetzt ein anderer war, ein Fleischer noch immer vielleicht, der treueste Freund wie eh und je, jedoch, es trat offen zutage, ein todkranker Mann.

In der ersten Sekunde, als das Licht so bösartig über uns hergefallen war, hatte er noch gelacht, aus alter Herzlichkeit, aus lieber Gewohnheit, das sah ich, das sah auch Herr Hans. Dann aber kam die Erinnerung, durch den Wurstring kam sie schnell herbei, durch das Wiederholen der Geste und den unseligen Vergleich. Ja, wir standen ganz einsam da, ohne daß die anderen es ahnten, und Hans war nun nicht weniger bleich als Hehe in seinem unverhüllten Elend. Ich witterte auf einmal an ihm die Angst vor dem Lebensende. Sie roch schlimmer als meine, früher, in der Nacht, bevor ich Herrn Hans kennenlernte und sie sich dann verloren hat. Hans wollte sprechen, es gelang ihm nur ein Zucken an seinem starken Hals, ein röchelndes Räuspern, offiziell noch immer ein Räuspern. Auch Hehe sagte kein Wort. Die zwei hatten gegen etwas anzukämpfen, und es fiel ihnen schwer, den Feind zu besiegen, der sich ihrer bemächtigen wollte. Beide waren so diskrete Menschen.

Und doch schafften sie es schließlich: Rührung zurückgezwungen, Wurstübergabe, dazu die Tüte mit dem »Hehe« lachenden Schwein. Auch der Metzger stieß sein Gelächter aus, die Lippen dabei hinter dem schütter gewordenen Schnauzbart versteckt.

So kam es, daß Hans sich von Sabine überhaupt nicht verabschiedete. Nun war sie es, die verlassen dastand, im Gesicht wurden die ersten tiefen Furchen sichtbar, ihre ausgestreckte Hand, ohne Gegendruck, pendelte für Sekunden ratlos in der Luft. Um sie zu trösten, ohne ihr dabei zu nahe zu treten, erzählte ich ihr in der Nacht widerwillig von dem kleinen Vorfall zwischen den beiden Freunden. Ich verriet ihn ihr und verabscheute mich deswegen.

Wo bin ich eigentlich?

Die Gegend ist mir unbekannt, alles grün, ziemlich dunkel, obschon es noch nicht auf die Nacht geht. Das ist hier nicht mehr das Schutzgebiet, hier sind Massen von Ranken, Brennesseln, Farn, wenig Licht. Es ist irgendwo im Forstgebiet, wo sie die Bäume für den Nutzholzeinschlag fällen. Schon jetzt so viel Laub, daß es den Himmel verdeckt? Die vielen Fichten, natürlich, die sind's. Ich sollte mich zum Nachdenken wohl auf einen Baumstamm setzen, da, beim Tümpel. Nur dürfen mir in der Düsternis nicht die Augen zufallen, wenn die Nachtkühle aus dem Wasser steigt, ich atme ja schon den feuchten Dunst. Bange ist mir noch nicht, nur weiß ich den Weg nicht. Kein Reiter, kein Wanderer in Sicht. Ein Vogel, das schon, ich folge ihm keinesfalls ins Dickicht, in die unsichtbaren Fallen, die manche Abendvögel hier aufstellen aus Necklust und aus Rachsucht wegen menschlicher Untaten. Ich habe davon gehört. Dann, heißt es, ist Vorsicht geboten.

Wie sich das alles in Unsicherheit zu wiegen beginnt. Kam ich von rechts oder links? Verschlingt sich der Weg in sich selbst? Die Fische zeichnen großartige Pfeile auf die Wasseroberfläche, alle Spuren kreuzen sich, wer weiß, was sich unter dem schlammigen Wasserspiegel alles verbirgt. Schon steigen Dämpfe auf, wallen hoch zu mir hin. Die Molche, die Frösche, die Kröten, alte Freunde von mir. Aber sind sie es auch hier noch, im Gebiet des Försters, der mit Hans verfeindet ist? Mich täuscht nicht die schwarze Spalte, die rings zwischen Land und Wasser um den Teich herum läuft. Die Pflanzenpolster wuchern vom Ufer, um den klaffenden Schrund zu verheimlichen, weit drüber hin. Aber vollständig gelingt's ihnen nicht. Ich bin gewarnt, etwas quillt, noch unsichtbar, aus dem Riß hervor. Das Schattenreich? »Schwaden, die schaden«: Fängt so ein Liedchen an, zu einer Walzermelodie? Will mir was ans Fell?

»Schwaden, die schaden, Schwaden, die schaden, weich wie die Liebe und kalt wie der Tod.« Ich erinnere mich, die Großmutter hat es oft gesungen vor großem Publikum, hieß es, in ihrem legendären Seeköniginnenkleid. Oder war sie, solange sie es trug, des Wassers Erzherzogin? Sie schwimmt heran, sie entschwindet.

Ein junger Riese stapft vorbei, gerade jetzt rülpst er unflätig aus groben Eingeweiden heraus. Und was ist das? Ein Riß läuft über die zitternde Gesäßbacke und teilt sie in zwei Hälften. Bleiches quillt sehr sichtbar hervor. Aber da, er steht still, sieht mich nicht, er wischt sich mit den Handrücken rechts und links ja Tränen ab! Er weint, weint beim einsamen Wandern im Wald. Gibt oder gab es nicht drei Sachen, die mich gefesselt haben, drei Vorkommnisse, die zusammengehören, doch ich weiß nicht warum? Jäger, Mädchen, was noch? Was war's, schon vergessen, denn noch? Ist das hier der schwachsinnige Sohn des Sumpfgrafen? Aber heißt es nicht auch, der Oberbürgermeister hätte einen verheimlichten, geistig beschränkten Sohn? Was hat sein Vater ihm angetan? Irre ich längst, ohne Hinweis darauf, in einem anderen Bundesland umher und herum?

Dahinten, das wird der körnige Moorkönig sein, der sich nähert aus dem Gebüsch heraus, vielleicht der lederhäutige Waldhäuptling, über und über grün? Moorkönigsteg, Waldhäuptlingsviertel. Und wenn er meinen Namen verlangt? »Ich bin eine, die hier herumgeht«, antworte ich ihm dann. Keinesfalls den Namen verraten! Wer weiß, wie er mir gesonnen ist. Einer der grausamen Hartmann-Brüder vielleicht? Nin-Tschang? Nizami-Pascha? Schon spricht er mich an, so schmeichlerisch: »Sieh an, eine Erscheinung, eine Diva in knisterndes Gold gehüllt, schimmernd von Kopf bis Fuß, mitten im Wald, umringt von lauter Holz, dem ältesten und wichtigsten Rohstoff der Menschheit. Nicht erschrecken Frau Wäns! Wer wird denn, wer wird denn! Ein bißchen eingenickt? Ich bin's, Ihr, ich darf wohl sagen, Freund.«

Ach, wieder und nur der ewige Holterhoff! Über den stolpert man wie über Baumwurzeln. Obwohl, obwohl, ich müßte ihm schon wieder dankbar sein. Er wird mir den Weg aus dem Dikkicht zeigen. Verdächtig, wie dieser Retter immer zur Stelle ist.

»Keine Diva, mein lieber Herr Holterhoff«, sage ich. Er soll mir meine Erleichterung nicht anmerken, wer weiß, ob er es nicht ausplaudern würde. Ich vermute nämlich eine gewisse Auftraggeberin und bin nicht dermaßen auf den Kopf gefallen, wie man augenscheinlich denkt. »Mein Umhang ist nichts Besonderes, Sie kennen das doch als Autofahrer, Überlebensfolie, federleicht. Man faltet sie auseinander und macht es sich warm oder kühl, wie man's gerade braucht.«

»Nichts da, Frau Wäns! Eine Goldprinzessin sind Sie, und dann hier in der Gottverlassenheit!«

Hält er mich für kindisch? Ist es Überschwang? »Eine Schutzhaut für Verunglückte, für Leute in Not. Ich aber habe sie Sabine gestohlen, um es mir hier draußen, wenn ich müde bin, mollig und bequem zu machen.«

»So spät noch? Ihre Tochter wird sich sorgen um Sie.«

Holterhoff ist aller Wahrscheinlichkeit nach ein Heuchler. »Achten Sie, Gott vergelt's, lieber Herr Holterhoff, auf meine alte Mutter! Die rennt nach wie vor bei jedem Wetter allein ins Gehölz«, so ähnlich wird mich Sabine Holterhoff ans Messer geliefert haben, das gute Kind, in ihrer andauernden Bangigkeit, irgendwas könnte passieren und einbrechen in ihr Leben.

Er schwätzt mir, bis wir zu Hause sind, eine Menge über den Ruin ringsum und über die Kiebitze vor. Nicht zu verhindern: »Solchen Wald, liebe Frau Wäns, gibt es unter dem neuen Klima bald nicht mehr. Die Fichten vertragen es nicht, die am allerwenigsten.« Und doch stelle ich fest, beim Nicken und Loben und Dankbarsein (»Was täte ich ohne Sie, treuer Herr Holterhoff« und: »Sie sind mein Retter, besser als jede Rettungsfolie, lieber Herr Nachbar«), wie sehr er sich verändert hat. Er ist auch nicht mehr durchgehend grün gekleidet, überrascht statt dessen durch Kariertes und Pfeffer-und-Salz-Muster.

»Sehen Sie nur, Sie Unentbehrlicher – nebenbei: auch Sabine, Sie wissen, meine Tochter Sabine, ist der Meinung, daß Sie ein Unentbehrlicher sind –, sehen Sie nur die feurigen Kupfersäulen mitten in der Heide«, rufe ich wie verblüfft in seine Predigt hinein, »die Stämme der Kiefern, die Herr Scheffer stehengelassen hat, so branstig rot hier draußen, im Freien, im letzten Abendlicht!«

Sie sind so flammend, daß man nur dagegen ansingen kann, unantastbare Blöcke für diesen Moment im reißenden Strom der Vergänglichkeit. Andere sagen statt »Waldrebe« und »Rainfarn« was Imposanteres: »Bismarck«, »Napoleon«. Und? Zählen die etwa mehr? »Sehen Sie bloß das Brennen, auch wenn es nur wenige sind, die Herr Scheffer uns hier, in seinen Urgefilden, der Schönheit zuliebe gönnen kann.«

Holterhoff ging doch früher immer in Tarnung, grüner als Gras und Wald und Waldkönig zusammen. Was ist ihm zugestoßen?

»Man muß gegenüber Neuem offenbleiben, bei aller Konstanz. Geheimnis geglückten Lebens, liebste Frau Wäns.«

»Geglückten Lebens«! Ob der Gute neuerdings bei den Zeugen Jehovas wirkt?

Mir kommt noch eine andere Idee, als er mir nun seine schicke Jacke vorführt. Mitten auf dem Feldweg 88 bleibt er stehen, fragt hartnäckig nach, ob sie mir ernstlich gefällt, und dreht und wendet sich wie ein vom Sumpffieber befallener Sumpfgraf. Nun weht es in den Bäumen und durch mich hindurch und durch Holterhoff und die Büsche, nichts steht mehr steif für sich da.

Plötzlich reißt er sich die Jacke vom Leib, wirft sie hoch in die Luft, wo sie beide Arme ausbreitet, und fängt sie auf. »Der Zusammenhang«, schreit er, »Frau Wäns, alles ist miteinander verbunden durch den geheimen Zusammenhang!« Er strahlt, er ist kaum wiederzuerkennen. Ich werfe mein Strohhütchen einfach Richtung Himmel hinterher. Er fängt es auf mit links und lacht. Holterhoff? Wie könnte ich einen bestimmten Verdacht unterdrücken. Etwas höchst Vertrauliches will er mir mitteilen, das ist klar, bloß riskiert er es noch nicht. Unverhofftes am Ende des verdammt langen Tages.

Zu lang, zu lang der Tag. Die Zeichen mehren sich nämlich mit jedem Schritt, den wir, durch das Naturschutzgebiet hindurch, Richtung Tristanweg machen, ich dabei hübsch hilflos an seinem starken Arm. Kein Zweifel, auch wenn er gottlob noch nicht wagt, zum Kern der abstrusen Sache zu kommen, denn selbst meine ehemals so blanke Halskuhle ist ein Töpfchen voller Falten geworden. Aber ob du, mein armseliges Strohhütchen – wenn ich bedenke, mit welchen Kopfbedeckungen die stolze Anna Hornberg in die tägliche Schlacht um Männerblicke gezogen ist! –, ob du das nun glaubst oder nicht:

Der Kerl wirbt um mich!

10. Wanderung

Was soll ich aber mit dem braven Holterhoff? Ich, Luise Wäns?

Ich wünsche mir in meiner Not, nachdem ich eben kaum gefrühstückt habe, Amerikaner, Schillerlocken, Schweinsöhrchen, Holländer Schnittchen. Die haben mir als Kind geschmeckt, jetzt würden sie es bestimmt wieder tun, würden mir zum Trost schmecken, obschon ich nicht getröstet werden muß. Wieso denn auch? Sabine und Herr Hans sind gestern abend mit ihrer Überraschung herausgerückt.

Sie haben in aller Stille geheiratet. Meine Sabine, mein Herr Hans, gestern morgen auf dem Standesamt.

»Freut es dich so sehr, daß du zu zittern anfängst?« fragte meine Tochter. »Ja, Kinder, so sehr!« habe ich geantwortet und will auch fest daran glauben, mit aller Kraft. »Kinder« habe ich gesagt, um sie zu täuschen und um mir selbst wehzutun. Nur möchte ich eine Weile allein sein, um die neuen Tatsachen zu bedenken. Sabine lauerte mir gestern, als ich vom Verirren und der Sache mit Holterhoff zurückkam, gleich an der Haustür auf. »Hans gehört ab sofort zu unserer Familie«, so der Wortlaut ihres Überfalls. Mein Herr Hans sagte nichts, keine Silbe, biß sich bloß auf die Lippen und blinzelte mich an. Ich hoffe zu Gott, daß er mich nicht, niemals wie ein schrömmeliges Weiblein mit »Mutter« anredet, ich will es nicht. Die Musik, die Hans am ersten Abend mitgebracht hat, die war so, als würden einem alle Tränen abgewischt und flössen gerade deshalb vor Glück um so mehr. Solche sind es jetzt wohl nicht. Ein kalter Tag, zu kühl für den mittleren Frühling. Für mich hier draußen wird es trotzdem wieder ein langer werden. »Wie vom Blitz getroffen«, sagt man. Ich habe mir heute in der Frühe, nach der Nacht, an die ich gar nicht zurückdenken will, nur schnell allein was zu essen gemacht und ein Stück Brot eingesteckt. Dann raus aus dem Haus mit mir, ins Schutzgebiet, ins alte Reich von Herrn Hans.

Auch diesmal werde ich ihn nicht treffen. Er schläft noch in den Armen meiner herben Sabine. Ein Segen! Aber für wen? Wohnen, das haben sie gestern beim Sekt oder von mir aus Champagner erzählt, soll Hans eigentlich nicht bei uns, nur hin und wieder. Er wird vorbeischneien im Tristanweg und seine alte Wohnung behalten. Sehr vernünftig. Ist er nun wirklich noch mein früherer, schöner und dann auch armer Herr Hans geblieben? Die lästige Gesichtsnässe hört nicht auf, schuld ist der Wind.

»Verheiratet!« hat er später am Abend immer wieder gerufen, den Kopf geschüttelt und sich mit der Hand aufs Knie geschlagen, »Verheiratet!« Er kann offenbar selbst nicht glauben, daß er etwas so Schwieriges geschafft hat, und zwinkert mich an: »Ehemann! Das ist ein Streich, was?« »Ich bin völlig sprachlos«, habe ich, wenn ich mich richtig erinnere, geantwortet. Meine wider Erwarten listige Kleine ist in den letzten Wochen von Tag zu Tag hübscher geworden, aufgeplustert wie ein Küken. Ich hab's bemerkt, nichts dazu gesagt, habe mir was gedacht und in meiner Freude darüber geschwiegen. Aber daß es sich dermaßen schroff entwickeln mußte! Während hier draußen, wie Holterhoff sagt, alles verwahrlost, ruht mein Schwiegersohn sein großes, liebes Haupt am lange verwaisten Busen seiner noch vor einiger Zeit so freudlosen »Tigerin« aus. So ein Einfall, ich meine: Glücksfall für den Tristanweg! Es müßte, wenn sie alle noch dawären, eine große Festivität geben. Die Galeristin würde in ihrem Zorn wie ein Unwetter in den Bergen in alle Richtungen funkeln, mit höllischen Echolauten, wegen der Unverzeihlichkeit dieser abrupten Verehelichung.

Und jetzt Schluß! Aus Leibeskräften habe ich ja die Gute gespielt, wollte das welke Mütterchen im Winkel sein und mich bescheiden mit den Zutaten von Weisheit und freundlicher Einfalt. Immer schwerer ist es mir geworden, die sich überschlagenden Hintergedanken wegzusperren. Herr Hans als einziger hat's schon immer geahnt, aber mitgespielt, mir nur manchmal ein Zeichen gemacht, ganz kurz, ich war dann gewarnt. Er traute dem scheuen Weibchen in der Fernsehecke nur halb. Zocks, Herzers, Finnland und so weiter, sie alle, als sie noch kamen, ihr Herz dem unwiderstehlichen Herrn Hans zu Füßen legten, der wohlauf war, obenauf wie sein Reich, die haben mich für alt und blöde gehalten. Alt ist richtig, bloß nicht so sehr, wie sie denken wollten. Alt und boshaft bin ich, obschon fest entschlossen zu entzückender Sanftmut und reizender Güte, bis ich platze.

Weinte nicht die schließlich kaltschnäuzige Tonia, dieses am Schluß so lüsterne Söldnerliebchen, als Mirko ihr früher einmal erzählte, die Kühe würden nächtelang brüllen, wenn man ihnen das Kälbchen zum Schlachten wegnimmt? Was mir heute so in den Sinn kommt! Vermutlich hat sie später mit ihrem Freischärler darüber gelacht.

Vollfrühling, aber heute sehe ich ihn nicht richtig. Ich habe ja nicht mal Gefühle im Augenblick, oder sie sind mir unbekannt. Als Kind wünschte ich vor allem, nicht gestört zu werden. So ist es letzten Endes auch jetzt noch. Würde mir nur nicht die rabenschwarze Todesangst dazwischenfunken, und immer schlagartig, wie sie will. Und was ist das nun für ein Gedanke: Mit zwölf kam Mirko als glänzender Sieger vom Sportfest. Königlich auf der Urkunde die geschwungenen Goldbuchstaben! Am Abend meinte er traurig, nächste Woche schon sei alles vergessen. »Du und ich, wir vergessen es nie. Zwei genügen. Darauf, nur darauf kommt es an!« habe ich wie aus der Pistole geschossen geantwortet, »Wir beide sind zwei Getreue.«

Richtig, wohin man sieht, herrscht Hochfrühling. Sabine, in den vergangenen Tagen natürlich gereizter als sonst, die Redliche, hat mir zwischendurch einen Vorwurf gemacht, hat aus einer Laune heraus eine Anklage gegen mich erhoben, weil ich früher oft unerreichbar sehnsüchtig in die Ferne gestarrt hätte, so daß sie geglaubt habe, sie, Sabine, hindere mich an der Erfüllung meiner Existenz. Diese, nur für mich gesagt, sehr populären tranigen Beschwerden von Töchtern, auch die müssen zu allem Übel ertragen sein. Aber, wieder nur für mich gesagt, habe ich mich tatsächlich so oft nach irgendwas gesehnt? Vor oder zurück? Es ist schwerer Unfug, sich nach irgendwas zurückzusehnen, ja, ist Quatsch. Die Dinge preschen einem entgegen, prasseln einem kurz ins Gesicht und stürmen vorbei. Wenn man sich umdreht nach ihnen, sehen sie schon völlig anders aus.

Die beiden schlafen noch, dafür stolpere ich durch den Vollfrühling. Ich trage nun doch wieder den Rucksack und habe meine Reichtümer reingepackt, warum, weiß ich nicht, ich will es so. Wehe, jemand vergreift sich noch einmal daran nach der

Blamage! Den verfluche ich schon jetzt für alle Fälle. Leider sind mir die Augen verschleiert, ich meine schlierig, ich hätte solider frühstücken müssen. Warte, ein bißchen Traubenzucker wird helfen. Womöglich springt gleich irgendwo Holterhoff aus dem Gebüsch und fragt, ob was passiert sei. Das Glück ist passiert, antworte ich dann. Blödsinniger Kerl. Was mache ich, wenn er wieder aufdreht wie gestern, in seiner verrückten Angelegenheit deutlicher wird und auf ein Doppelglück rauswill? Ich muß ihn, bevor er den Antrag ausspricht, entmutigen. Vorsicht, Frau Wäns, vom Regen sind die Zwischenräume bei den Baumwurzeln ausgespült. Da stürzt es sich leicht.

Am 10. August letzten Jahres hat Herr Hans Anada vom Flughafen abgeholt und das Mädchen mit einem Rucksack, der ihr weit über die Schultern ragte, gleich zu uns hergebracht. Um 14.35 Uhr standen die beiden im Vorgarten, der war extra zur Ankunft von mir frisch gejätet. Vor lauter Freude kriegte Herr Hans beinahe solche Schlitzaugen wie das Mädchen, das blaß war und zierlich gebaut, bis auf die robusten, doch, bis auf die fast schon derben Hüften. Man scheint dort in Alaska, mußte ich sofort gegen meine Absicht denken, zwei völlig verschiedene Menschenteile aufeinandergeschraubt zu haben.

Dann lächelte mich ein Gesicht an, ein Antlitz von einer selbst bei kleinen Kindern seltenen Unschuld.

Anada begann mit dem Lächeln langsam. Feierlich hob sie die Augenlider, und unsere Blicke begegneten sich. Unverkennbar war, daß Hans über uns beide Geschichten in die Welt gesetzt hatte. Nun suchte Anada erstmals, in aller Geruhsamkeit, in meinen Falten danach. Was taten Sabine und Hans währenddessen? Ich weiß es nicht, nur spürte ich seitlich aus seiner Richtung einen gewaltigen, uns alle herzlich umschließenden, männlichen Wärmeschub an diesem kühlen Sommertag.

Anadas Zutraulichkeit enthielt dagegen nichts eigentlich Persönliches. Ich empfand schon damals, in den ersten Minuten, nein, ich irre mich nicht, an dieser biegsamen Porzellangestalt eine zweite Besonderheit. Das Liebenswürdige bezog sich nicht direkt auf uns. Es war ein Ausbruch von Wohlwollen der Welt gegenüber, das in gleichmäßigen Ringen nach allen Richtungen pulsierte, während sie im Mittelpunkt in sich gekehrt blieb, soll ich sagen: schlief, träumte? Das erklärt vielleicht die, für eine doch immerhin über zwanzigjährige Frau seltene, sofort wahrnehmbare Unschuldswolke, die sie umgab. Sie war von einer auf- und abschwellenden Schönheit, die sich öffnete und verschloß. Ich beobachtete das erst später, sie bewegte sich ja meist in unserer Nähe. In meiner Sorge um Hans machte mich aber etwas bereits zu Anfang stutzig.

Sie bestand darauf, den monströsen Rucksack (kein Vergleich mit meinem), selber hoch in das ihr zugedachte Zimmer, das von Mirko, zu schleppen. »Da seht ihr, so ist sie!« rief Hans fröhlich, wenn auch ein bißchen irritiert von Anadas Entschiedenheit gleich während der ersten Momente in einer fremden Familie. Er hätte es doch zu gern für dieses Mädchen mit den rührend schmächtigen Schultern, überhaupt mit dem Oberkörper einer Elfjährigen, oder gleich einer Elfe, getan. Sie gestattete es nicht, und ihm baumelten für drei, vier Sekunden die kräftigen Hände ratlos, bis er sie schnell in die Taschen seines Leinenjacketts steckte, was ich immer so gern an ihm sah, diese festungsartige Haltung der Unabhängigkeit. Sabine stieg die Treppen voraus.

Wir beide hörten unten im Flur das leise Keuchen Anadas. Aus vollem Herzen sagte ich, um ebenfalls ein Geräusch zu erzeugen: »Herr Scheffer, ich weiß, wir werden gut auskommen mit dem lieben Kind. Es kann bleiben, solange Sie wollen. Für Sabine ist es außerdem ein Geschenk, so, als würde sie eine hübsche Freundin ihres verstorbenen Sohnes beherbergen.« Kaum war es mir über die Lippen gegangen, da erschrak ich natürlich und hätte den Satz gern zurückgeholt.

Hans aber achtete gar nicht darauf in seinem Glück, das Mädchen endlich bei uns eingefangen zu wissen, jederzeit anwesend und so dicht an seinem Herrschaftsbereich, den wiederhergestellten Wildnissen und kleinen Hochmooren, die sie alle mit ihm besichtigen würde. Falsch, er hatte mich doch gehört, denn er beugte sich zu mir und küßte mich ein zweites Mal freudeblinkend auf den Mund, so daß ich mich ein wenig an ihm festhalten mußte vor Schwäche. »Sie spricht schon ganz gut Deutsch«, sagte er dann gefaßter, »sie lernt unglaublich schnell.« Ich horchte dem nach. Beunruhigte ihn ihre Geschwindigkeit?

Sie machte wirklich mit großer Fixigkeit Fortschritte. An den paar Wörtern, die sie vom Urgroßvater wußte, von dem hundertjährigen Schlesier, der in Alaska erst im letzten Frühjahr umgefallen war, gestorben auf dem Weg zur Kaffeebar, die er jeden Nachmittag der molligen Wirtin wegen aufsuchte, an denen lag es nicht. Es hing mit ihrer Begierigkeit zusammen. Schon am zweiten Tag in unserem Haus hat sie ihren Zimmerspiegel mit lauter deutschen Vokabeln vollgeklebt. Sich selbst sehen konnte sie darin nicht mehr, nur Fragmente in den Spalten zwischen den Zetteln. Es störte sie nicht. Als ich kurze Zeit darauf entdeckte, daß sie die Papierchen ausgetauscht, nämlich durch solche mit, ich glaube, russischen Wörtern ersetzt hatte, habe ich Herrn Hans nichts davon gesagt. Besäße ich doch bloß nicht diesen verfluchten sechsten Sinn!

Mit meinen Augen ist es jetzt besser geworden, sonst könnte ich nicht den milden Schein auf den Wiesen erkennen, weiße Rücken, Köpfe, Hinterteile, die Pferde blühen wie schimmernde Gewächse daraus hervor, schimmern, meine ich, wie blühende Gewächse aus dem hohen Gras heraus. Das Heidekraut geht unter im Grün, im Schatten faulen die Bänke wegen der Nässe. Das Verwittern tröstet mich auf einmal. Damals, im August, sprenkelten schon erste Birkenblättchen die Wege, und aus dem

Dunklen leuchteten die roten Ebereschenbüschel, am Tag der Ankunft oder einem anderen.

Jetzt aber, kann das denn sein, steht direkt vor mir ein Kinderwagen mit einem schlafenden Säugling darinnen, mutterseelenallein auf weiter Flur im Schutzgebiet. Niemand läßt sich ringsum blicken. Was soll ich anderes machen, als »hallo« zu rufen, leise, damit das kleine, sorglos abgestellte Lebewesen nicht schreit? »Hallo«, flüstere ich nach rechts und links und wehre mich noch gegen den Verdacht, man könnte es hier, im Vollfrühling an einem Werktagmorgen, wo kaum jemand vorbeikommt, ausgesetzt haben. »Hallo, hallo« rufe ich nun lauter gegen das Verbrechen an. Eine junge Frau tritt plötzlich aus dem Gebüsch. Sie sagt: »Ich habe nach alten Kastanien gesucht. Sehen Sie, und auch tatsächlich eine gefunden.« Sie öffnet die Hand, wahrhaftig: Eine graue Kastanie liegt darinnen. Ob sie das nur sagt, weil sie das schrumpelige Beweisstück zufällig in der Hand hält? »Sind Sie die Mutter?« »Aber natürlich, natürlich bin ich das. Ich bin die Mutter, und das ist mein Herzchen, die Nora, ja natürlich, wer sonst, Nora, Nora«, lacht sie und fährt singend den Wagen davon. Nora schläft drinnen wie ein Stein. So, alles in Ordnung.

Und wenn nicht ich, sondern einer der schwarzen Dobermänner mit dem tödlichen Gebiß gekommen wäre und der zweite mit ihm, und die dunkle Frau würde den Tieren aus der Ferne wieder träge zurufen: »Das ist keine Hundebesitzerin«, sonst nichts und sie machen lassen?

Hans legte abends, als alle kamen, gleich zu Beginn die schöne Musik auf, das italienische Duett von seinem ersten Abend im Tristanweg. Damals spielte er es uns am Schluß vor, ich hatte es die ganze Zeit über nicht vergessen. Was ich bei dieser zweiten Gelegenheit empfunden habe, das spreche ich nicht einmal mir selbst vor, lieber nicht. Nur: Ach, wenn er es doch nicht getan hätte!

Ob Anada an ihrem ersten Abend bei uns der Musik so zugehört hat wie ich an dem mit Herrn Scheffer?

Die Frauen hatten alle Stöckelschuhe an, das Mädchen trug seine flachen Reisesandalen. Besonders Iris Steinert, die auf die Schilderung von Hans hereingefallen und dadurch aufgestachelt war, zeigte sich von ihrer elegantesten Seite in moosgrünem, vorn hoch geschlitztem Kleid mit flaschen- oder nilgrünen Strümpfen und Schuhen, sehr hübsch. Sie wollte vermutlich der Indianerin vorführen, was europäische Mode bedeutet. Nun mußte sie feststellen, daß Anada gar nicht hinsah. Sie merkte überhaupt nichts von dem Aufputz der weiblichen Gesellschaft. Unser tückischer Liebling Hans wurde daraufhin seine eingekerbten Mundwinkel fast den gesamten Abend über nicht los. Der Streich mit dem falschen Gerücht war ihm geglückt.

Auch von der anderen Seite? Anada, schweigsam, aber sogleich auskunftsbereit, wenn sie gefragt wurde, ließ unter gesenkten Lidern ihre Blicke schweifen, nicht mißbilligend, das nicht, allerdings erstaunt, ein bißchen ungläubig sogar. Sie hatte sich, nach den Erzählungen von Hans, unsere Gruppe viel jünger vorgestellt, das las man aus ihren verwunderten Zügen ohne Mühe. Auch der blutjunge Boris und die mädchenhafte, wenn auch schwangere Ilona fielen nicht recht ins Gewicht. Für Anada verschmolzen die beiden mit uns anderen und änderten kaum etwas zu unseren Gunsten. Sie warf den fremden Frauen und Männern, von mir war ja ohnehin gottlob nicht die Rede, ihr Alter nicht vor, aber ihre sanfte Höflichkeit ließ keinen Zweifel daran, daß sie fern, am anderen Ufer stand.

»Love«, sagte Iris zu ihr, auch »Darling«, riskierte aber beides nur jeweils ein einziges Mal. Anada hielt offenbar nicht für möglich, daß sie damit gemeint sein könnte.

Ich selbst begann ja schon, die Freunde Herrn Scheffers, uns alle, mit Anadas Augen zu sehen: das angedeutete Bückelchen von Jeanette, das zerquälte Gesicht von Finnland, sobald er dazu ansetzte, einen Gedanken zu fassen, und die hier und da bereits schwankenden Gesichtskonturen. Frisch betaut, Gott weiß, aus welchem Himmel, stand dagegen das von der Reise kaum erschöpfte Mädchen in unserem betagten Wohnzimmerlicht. »Eis hält eben frisch«, murmelte die reizende Iris, die sich am stärksten provoziert fühlte, denn ich hörte, wie sie zu Bäder hin fortfuhr: »Mann, ist das eine harte Nuß.« Der bemühte sich wie alle anwesenden Männer um Anadas Aufmerksamkeit, wenn auch anders als die übrigen, die es mit Esprit versuchten. Sagte nicht Herzer irgendwann zu ihr, die Nervosität von »uns Großstadtmenschen« sei zu vergleichen mit der Schalenverdünnung bei Vogeleiern durch die Anwendung von DDT? Worauf Hans bemerkte: »Auf gestörten Böden wächst oft die interessanteste Wiesenflora.«

Der neuerdings geschäftstüchtige und stark dem gerissenen Gelderwerb zugeneigte Galan der Galeristin legte eine schreckliche Lässigkeit an den Tag. Nur gestattete das in sich gekehrte, zuvorkommende Mädchen eben nicht die geringste Kumpanei, vielleicht sogar ohne das selbst zu wissen. Die Frauen hatten sich dafür gewappnet, einer herausfordernd fremdartigen Schönheit zu begegnen und sie an den ihr gebührenden Platz zu verweisen. Anada jedoch, unbekümmert in ihren Reisejeans, bemerkte nicht einmal, daß sie die Hauptperson war.

Schon bald nahmen Sabine und ich etwas verwirrt zur Kenntnis, daß sich in ihrem gewaltigen Rucksack kaum andere Kleidungsstücke befanden als die, die sie an diesem Abend am Leibe trug. Statt dessen hatte sie lauter Bücher darin, Völkerkundliches, Werke zur Geschichte Osteuropas und Asiens, Märchen, Landkarten. Entdeckte sie irgendwo ein antiquarisches Buch, griff sie unverzüglich, fast unbeherrscht zu. Einmal, nach einigen Wochen, sah sie Hans, wie es ihre Art war, mit ganz allmählich aufstrahlenden, immer leuchtenderen Augen an, ich weiß nicht mehr, weshalb, aber ich dachte:

als sähe sie eine alte Schrift, die sie begeistert, nicht einen Mann und Menschen.

Hans, der die Verwirrung ihres ersten Abends im Tristanweg angerichtet hatte, lacht sich heimlich halbwegs ins Fäustchen, zur anderen Hälfte sprühte er vor Stolz.

Ilona, eventuell unsere liebliche Ilona, doch, sie am ehesten noch, glich der kleinen Indianerin in der leicht melancholischen Verträumtheit und mit den breiten Wangenknochen unter der gepolsterten Haut. Aber war nicht trotzdem auch sie, weniger durch die Schwangerschaft als durch die Krankheit des Metzgers, fortgetrieben aus dem Schutzgebiet, ich darf es doch für mich allein denken, niemand hört mir zu, bis auf meinen Strohhut natürlich, aus dem Reservat der schönen Jugend, die der Tod noch nicht angerührt hat, nicht geritzt die Politur und nicht angehaucht, selbst wenn er ihren Weg kreuzt, weil er ihr nicht einmal einen schattenhaften Schaden zufügen darf? Hans hatte recht, ich sah es auf einen Blick: Der Palisadenwall zwischen Anada und der Sterblichkeit war noch undurchlässig, ihr Wesen noch nicht angefaßt vom Tod, nicht angeweht. Das hatte auch der tote Urgroßvater nicht zu ändern vermocht. Schon deshalb konnte man nicht anders, als sie widerstandslos ins Herz zu schließen.

Sie aß in einer uns ungewohnten Langsamkeit von Magdalenas gefüllten Fleischröllchen, leckte einen schlanken Finger ab, hörte allen, die etwas sagten, mit gleichmäßiger Aufmerksamkeit zu und fragte, zum Entzücken unserer lieben Köchin, die sich auf Bitten von Hans noch mehr als gewöhnlich angestrengt hatte, ausgiebig nach Zutat und Rezept. Das geschah nicht aus Konvention. Es interessierte sie als Besonderheit unseres Volksstammes. Sie verzeichnete die Auskünfte wachsam in ihrem schön geformten Kopf.

Manchmal gab es ein kurzes Mißverständnis den Männern gegenüber, wenn sie rauh, zu diesem Zeitpunkt noch auf Englisch, auf deren Belehrungen hin zurückfragte. »Gibt es ein Buch dazu?« »Was meinen Sie damit genau?« »Worauf fußt Ihr Urteil?« Diese Brüskheit empfanden unsere Herren, selbst der gutmütige Hehe, der uns, was niemand ahnte, zum letzten Mal Gesellschaft leistete mit seinem krachenden Gelächter, wohl zunächst als Kritik. Wieder war es unsere spitzzüngige Iris, die plötzlich von sich gab, offenbar sicher, nicht von Anada verstanden zu werden: »O wunderbare Unbefangenheit des Naturkindes!« Es handelte sich aber, wie fast bei allem in Anadas Fall, um nicht anderes als schlichte, um allerreinste Neugier auf eine ihr bisher unbekannte Welt.

Keiner der Männer und Frauen erlaubte sich, offen eifersüchtig auf sie zu sein, obschon sie uns doch den Herrn Hans so mühelos geraubt hatte. Wo hätte man auch ansetzen sollen bei dem liebenswürdigen, zerstreuten Kind, das in seinem eigenen Zimmer jede Ordnung verabscheute, aber hier so geschickt beim Auf- und Abtragen und Abspülen und Anordnen zur Hand ging und sich sofort ohne die geringste Begriffsstutzigkeit entfernte, wenn es nicht gebraucht wurde? Wir alle rätselten jedoch wohl schon an diesem ersten Abend, jeder für sich, aus welcher Quelle Anada ihre Macht über Hans gewann.

Später sah ich an seinem finsteren Gesicht, daß sich Hans dieselbe Frage in großer Ratlosigkeit stellte. Sie dosierte in aller Unschuld ihr Lächeln, das so wunderschön in ihrem Gesicht aufgehen konnte wie ein Erröten, unbewußt mit der Klugheit eines raffinierten Weibsbildes. Jeder bemühte sich, Anada zu diesem Geschenk, zu dieser Kostbarkeit ihres allmählichen Erstrahlens zu verführen, es zu schaffen vor allen anderen, wenigstens ein einziges Mal an diesem Abend. Nur Iris gelang es ohne sonderliche Anstrengung, sich dem Zauber zu entziehen. Sie beschäftigte allein, das verriet sich durch die flackernden Blicke, wie es um die beiden stand, wie weit Anada und Hans miteinander waren. Es überraschte sie sehr, es gab ihr zu denken, als ich ihr Mitteilung von Anadas gegenwärtigem Aufenthaltsort machte. »Ach so«, sagte sie schließlich, »diese Scheu, die er ihr gegenüber an den Tag legt, ist zweifellos frappierend. Ach so, wohnt nicht bei ihm, gutgut, abwarten.«

Man kann nicht behaupten, Hans hätte seine Freunde zwischen seiner Ankunft und dem Aufbruch an diesem Abend vernachlässigt. Er war sogar verschwenderischer als sonst, er wollte ja unbedingt und einerseits geradezu bittstellerhaft, daß wir Anada durch unseren Charme erfreuten. Aber gerade das war der Haken! Jeder von uns wußte, wo der Ursprung seines üppigen Wohlwollens lag. Bei uns leider nicht. Ach, wie Herr Hans, unsre Sonne, unser Kaiser, damals thronte, eine Burg, ein Schloß, in Glück und Glorie.

Hätte er bloß, wie man es von Festungen erzählt, Fässer mit Wasser oder ein gespanntes Fell mit Erbsen aufgestellt, um am schwachen Beben, am Anzeigen winziger Erschütterungen zu sehen, daß der Feind das Unterminieren versuchte! Doch nun spiele ich vor mir selbst schon wieder das dumme Mütterchen. Ich weiß in Wirklichkeit sehr wohl um seine Wachsamkeit.

Ein einziges Mal, nicht länger als zwei Sekunden, wetterte ein böser Zug über Anadas sanft entrücktes Gesicht. Die Linien waren für diesen Augenblick verzerrt, seitlich verschoben und verschärft. Es machte sie auf einen Schlag häßlich. Vielleicht war niemand außer mir gewarnt. Ich erkannte nicht den Anlaß für die Veränderung, die sie schnell, wie nicht gewesen, verließ. Ist es während des netten, aber unseligen Wünschespiels passiert? Als man sie über Alaska ausfragen wollte?

Da kommt mir die Frau mit dem Kinderwagen entgegen! Sie singt noch immer, das paßt zur Jahreszeit, es ist ein Frühlingsliedchen. Die junge Frau singt das alte Lied, wie Apfelblüten aus knorrigen Zweigen treiben, wie frische Tränen aus einem gefurchten Gesicht. Schon schäme ich mich wegen des Einfalls. Sie rennt. Warum jagt sie nur so dahin über die Unebenheiten, kurvt wie wild um Pferdeäpfel, auch mitten hindurch, und rüttelt gewissenlos ihr Kleines durcheinander? Das darf man nicht mit diesen zarten Zäpfchen. Nora! Merkwürdig, daß sie nicht schreit. Grußlos schießt, verstummt, die unheimliche Mutter an mir vorbei. Kaum ist sie ein Stück weitergehetzt, dreht sie sich nach mir um. Und, erst jetzt frage ich mich, ob der Säugling überhaupt noch im Wagen liegt. Wo dann?

Aus einiger Entfernung sieht das Schilfrohr aus wie ein dampfendes Geisterheer, ein Gespensterchor. Kaum steht man etwas anders, erkennt man, daß es die braunen Reste vom Vorjahr sind. Es lag nur am Licht, als sie so weiß und seidig wirkten.

An die beiden, die glücklich vereint in ihrem Nest im Tristanweg schlummern, an die denke ich lieber nicht. Doch, ich muß unbedingt, koste es, was es wolle, liebend an sie denken. Nur ist das verdammt schwer. Marschieren, einfach draufloswandern ist leichter. Es gibt auch hier Wege und Seitenwege trotz der Verbote von Hans in rauhen Mengen. Über seine Hindernisse aus Zweigen klettern sowieso immer mehr Leute am hellichten Tage. Nein, wenn möglich nicht an sie denken, sich nichts vorstellen.

»Schwiegersohn«! Warum nicht Finderlohn? Siegerhohn?

»Schwiegermutter«! Dann schon lieber Wiegemesser, Ziegenfutter!

Da, verrückter Tag. Ein Körper, kein Kindchen und kein Paar, rollt sich auf dem Weg. Tot ist er nicht, gottlob lebendig, der Kerl, kriecht schluchzend im Dreck am Frühlingsmorgen im Schutzgebiet, tief unten. Hoch oben das Gezwitscher hört er nicht, oder rührt daher der Jammer? Daß er nämlich nicht fröhlich sein kann mit den Fröhlichen? Was hier für Sachen geschehen! Es rechnet eben keiner mit Zeugen in dieser Einsamkeit zu dieser Stunde. Helfen lassen will sich der Betrunkene nicht. Da kann ich mich noch so hinhocken und ihm zureden. »Ich will mich hier rollen, lassen Sie nur! Will mich hier rollen, rollen.« Ein

Stückchen Brot hätte ich für ihn, er will es nicht. »Ich rapple mich schon auf. Gehen Sie nur, Sie guter Geist, hau ab, guter Geist!« lallt er noch, dann fängt er wieder mit dem Klagen an.

Ob ihm denn noch Schlimmeres widerfahren ist als mir? Es fehlte nicht viel, dann würde ich mit ihm da unten rollen und seufzen. Womöglich ist das ein Heilmittel, ein altes Hausmittel und Familienrezept. Rollkur im Matsch. Äußerlich verletzt ist er jedenfalls nicht, also weiter mit mir! Der pfeifende Radfahrer dahinten wird sich um ihn kümmern. Das ist ein starker Mann.

Und was bin ich? Heute ein bitteres, das allerbitterste Mütterchen, ganz aus Bitterkeit gemacht bin ich, jemand, der am liebsten aus sich herausspringen möchte, der sich, wenn das nur möglich wäre, von sich selbst abkapseln würde. Wenn mich doch jetzt die wunderliche treue Elsa ein bißchen tröstete, nur stumm neben mir herstapfend in ihrer Geduld! Die Pferde allerdings, die Pferde, hingestellt zu meinem Trost, damit ich nicht ganz im Stich gelassen bin! Niemals gelangt man dorthin, in den Lichtfleck, wo sie entrückt von allem auf der Weide stehen, ohne das geringste Zucken, nur atmend, sonst nichts. Man erreicht den Ort ja nie, keiner schafft das jemals. Aber vertiefen kann man sich in das Bild, damit es sich einbrennt wie das Stückchen von einem Lied. Es kommt mir gerade so vor, als sähe ich mir dabei zu, in diesem Moment als uralte Frau aus der Zukunft, wie ich mich erinnere an den ersten Abend mit der schönen Musik, die Hans mir mitgebracht hatte, letzten Endes nur für mich. Das stellte sich doch zum Schluß, beim Abschied, heraus.

Wenn ich heute Holterhoff treffe, das ist unumgänglich, will ich mit ihm folgendermaßen flirten: »Guter Herr Holterhoff, ganz im Vertrauen gefragt: Was erschreckt Sie eigentlich mehr? Daß Sie in absehbarer Zeit Kiefer, Simse, Binse und Segge nicht mehr sehen werden, weil der Tod ihnen das alles auslöscht, oder fürchten Sie, lieber Nachbar, daß die kleinen Moore, ihre Kiebitze, die Teiche, Sie ganz im Gegenteil vorerst fröhlich überdauern, während Sie allein davon ausgeschlossen sind?« Danach ist es todsicher vorbei mit der lästigen Brautschau.

Da, ein Entgegenkommender auf schmalem Weg. Eine Art Vierzigjähriger um diese Zeit? Wie verkniffen die Lippen, so eisern entschlossen, mich auf keinen Fall zu grüßen! Fällt diesen gestrengen Leuten gar nicht auf, daß die Schilder am Pfosten durchgefault sind, wie ungültig gemacht, und die großen Informationstafeln grün bemoost, unleserlich, gar nicht mehr zutreffend?

Ohne Zigaretten ist das Leben doch eigentlich sinnlos. Wenn man schon die Landschaft mit den Augen nicht auffressen kann, dann muß man wenigstens ein Butterbrot essen und rauchen. Hat nicht damals, beim Picknick am Feuerwehrteich, als wir in unserer Vorfreude wieder zu Kindern wurden, einer von uns versehentlich beim Essen ein großes Insekt mitten durchgebissen?

Es gab an diesem ersten Abend mit Anada noch das Wünschespiel zu ihren Ehren. Magdalena hatte es mitgebracht. Sie verteilte lauter Papierzylinderchen, die man, einer nach dem anderen, anstecken mußte. Dann erhoben sich die entflammten Röhrchen prächtig in die Luft, und während sie brannten, sollte man sich stumm seinen glühendsten Wunsch dazu denken. Wäre es nicht lustiger, nämlich ein bißchen schamlos gewesen, die anderen hätten jeweils den des gerade Wünschenden zu raten versucht? Nur meinen nicht, um Himmels willen! Anstatt scharf dessen Gesicht zu beobachten, verfolgten wir bloß das kleine Feuer in der Luft, selbst ich beging diese Dummheit. Dann war es zu spät für Verräterisches. Graue Knäuel sanken auf die Tischdecke, und jedesmal entstand eine trostlose Sekunde. Wer hat außer mir bemerkt, wie geschmacklos sich die Hoffnungen ohne Ausnahme in staubige Unglückszeichen verwandelten? Hans, der schon. Er hat mir mit einem schnellen seitlichen Blick angesehen, wie mich die Trübseligkeit von Magdalenas Spiel erschreckte. Wir ertappten uns gegenseitig dabei, und es erboste ihn für kurze Zeit. Ich machte mich sofort klein.

Einige Wochen später stand ich mit Hans und Anada genau dort, wo ich mich jetzt aufhalte, und die Feuerchen in der Luft über dem Wohnzimmertisch tauchten wieder vor mir auf. Diesmal waren es zischende Heißluftballons über den Heideflächen. Hans erklärte dem Mädchen ohne aufzublicken voller Eifer das Prinzip der Wiedervernässung und seine Probleme mit der angrenzenden störrischen Land- und Forstwirtschaft. Anada träumte lächelnd den Ballons nach, die unter rhythmischem Lärmen in die ungezähmte Bläue entschwebten. Hörte sie Hans?

Hörte sie Herrn Hans überhaupt? Hörte sie zu an jenem ersten Abend bei uns im Tristanweg? Manchmal schien sie auch da zu träumen, was vor allem die Galeristin zwickte. Iris hatte sich nun einmal vorgenommen, die von Hans seit Wochen angekündigte Kleine aus der eisigen Wildnis ein bißchen einzuschüchtern. Durch ihr extravagantes Kleid war das nicht gelungen. Also versuchte sie etwas anderes. »Klondike«, rief sie plötzlich mit süfffisantem Mund, nachdem die Flämmchen alle verglüht waren, »okay, okay, wer kennt sie nicht, die alte Legende aus längst vergangener Zeit! Aber was, liebste Anada, sagen Sie zu den Vorhaben in der Nähe der Bristol Bay, wo die schöne Sichel der Aleuten beginnt, die dann das halbe Beringmeer umschließt?« Und wiederholte es knapper auf Englisch.

Wir kannten unsere Iris. Sie wollte das ein wenig ungesellig in sich gekehrte Mädchen aufs Glatteis führen, es zurechtstutzen nötigenfalls. Anada hob den Kopf und langsam, wenn auch nur kurz, die Augenlider. Freundlich fragte sie, ebenfalls auf Englisch, zurück: »Sie haben im Atlas nachgesehen?« Das meinte sie vermutlich gar nicht spöttisch, trotzdem begannen alle, außer Iris, vor sich hin zu grienen. Dann berichtete sie, nun aber nur für Hans, ausdrücklich nur für ihn allein, sanftmütig, jedoch in ratternder Schnelligkeit, als absolvierte sie eine lästige Prüfung und wollte gerade ihn, Hans, nicht enttäuschen, man habe dort oben unter der Tundra riesige Lager von Bodenschätzen entdeckt, Millionen Tonnen Kupfer und fast 3000 Tonnen Gold. Nun liege die Pebble Mine im Streit mit Umweltschützern und Fischern. Dabei gehe es um die Unmengen Wasser, die für den Abbau benötigt würden, um die drohende Zerstörung ganzer Ökosysteme und damit auch der Laichgründe der Lachse, wenn das aus der Mine in die Flüsse zurückgepumpte Wasser zwar sauber, aber im Mineralgehalt oder in der Temperatur gering verändert sei. Wir hörten es doppelt, denn sicherheitshalber übersetzte Herr Zock. Er tat es, das muß man zu seiner Ehre sagen, sehr konzentriert. Sie sagte ihren Situationsbericht auf wie ein braves Schulkind, und so habe ich es behalten. Anada hatte das abverlangte Pensum geliefert oder erledigt, hatte klargestellt, daß sie nicht auf den Kopf gefallen war, und danach nie wieder das Bedürfnis, in dieser Weise von Alaska zu erzählen. Das höfliche, unbedrückte Kind schien das alles, kaum war es von ihm ausgesprochen, zu vergessen.

Mir fiel auf, daß sie Iris für den restlichen Abend keines Blikkes mehr würdigte, sosehr die Libelle Anada auch fixierte. Das machten wir alle, doch keiner tat es so selig und ausschließlich wie Hans, indem er an dem Mädchen vorbeisah, immerzu inständig vorbeisah. Es ärgerte die Frauen diesmal noch nicht allzusehr, aber später. Und die Männer? Sogar die. Die nächsten Veranstaltungen, in rascher Folge und wechselnder Besetzung, vermischen sich. Das merke ich jetzt, wo ich beim Wandern täglich mein Gedächtnis und mein Reden erprobe, als wäre da jemand. Und da ist ja auch einer, nämlich mein Strohhütchen, das kratzige Herrlein.

Von diesem ersten Abend mit Anada hat sich mir für immer eingeprägt, wie sie sich plötzlich ohne Ankündigung erhob.

Wir sahen, auch wegen der Heftigkeit der Bewegung, alle zu ihr hin, auf ihre bleiche, ich dachte für mich ab und zu: mondscheinhafte Stirn, hinter der sich Bilder stapelten, in weißes Seidenpapier gepackt, Bilder, die uns ohne Ausnahme unbekannt waren. Sie verbeugte sich leicht, und dann sagte sie, fehlerlos, auf Deutsch den Satz: »Ich danke Ihnen allen. Es war ein unvergeßlicher Abend.« Schon zog sich die schmächtige Gestalt, während wir sprachlos dasaßen, ohne weiteres zurück, lächelte nur Hans liebenswürdig zu. Dem gelang es jedoch nicht, seine Verblüffung, die fast nach aufsteigendem Zorn aussah, rechtzeitig vor uns zu kaschieren.

Die in ihren besten Momenten mütterliche Magdalena faßte sich als erste mit der Erklärung: »Wir hätten mehr Rücksicht nehmen sollen. Das Kind muß schrecklich müde sein.« Man nickte dazu, erleichtert, besonders Hans. Das änderte jedoch nichts daran, daß der Satz Anadas wie eine Beleidigung gewirkt hatte. Eine kalte Dusche für unsere kleine, gemütliche Geselligkeit im Tristanweg 8. Ein so brüskes Verabschieden hatte bisher nur Hans zugestanden. Als sie gegangen war, fehlte etwas. Alle spürten es. Wir redeten darüber hinweg. Diesmal galt das Frösteln nicht der ausgerissenen Sonne Hans, sondern einem entwichenen Schimmer, einem feinen, entschwundenen Perlmuttglanz. Unsere Sonne fror am meisten.

Es wurde noch kräftig getrunken, man erzählte Witze, wir waren lauter als sonst. Ein letztes Mal sprang uns Hehe mit seinem Gelächter bei. All diese gestandenen Erwachsenen wünschten auf einmal, die kleine Schläferin in ihrem Zimmer mit dem Lärm zu stören. Sie sollte nicht einfach für sich sein und zur Ruhe kommen. Am meisten, fast ein bißchen schonungslos, wollte das unser Herr Hans. Es half aber nicht. Sie hatte sich uns entzogen.

Nun war das Mädchen eingetroffen und gut bei uns in Mirkos Zimmer aufgehoben, aber die Unruhe von Hans nahm zu. Das konnte er doch vor mir nicht verbergen! Ich bemühte mich, so unschuldig wie möglich hinzunehmen, daß er, wenn er später mit Anada in seine Eiszeitwildnis ging, immer meine Anwesenheit verlangte. Andererseits wurden die Frauen bei den Abendtreffen aufgeregter und toller. Die nervöse Geistesabwesenheit von Hans reizte sie zusätzlich. Ich glaube, sogar die schwangere Ilona wäre jederzeit zu einer Affäre mit ihm bereit gewesen. Er hätte nur einer von uns etwas länger in die Augen blicken müssen, schon wäre aller Widerstand dahingewesen. Bloß verhielt es sich ja so, daß Hans zwar keineswegs seinen Zauber und das galante Gehabe abgelegt hatte, aber keiner, erst recht wir Frauen nicht, die in diesen Dingen klüger sind, ließ sich von ihm in dieser Hinsicht was vormachen, auch wenn wir trotzdem, vielleicht auch empört, genossen, wie er uns spielend um den Finger wickelte mit einem beiläufigen Satz oder Lächeln. Er markierte automatisch und wohl halbwegs zur Tarnung den allseits hoffenden Liebhaber, aber nichts lag ihm ferner, als das bei uns einzulösen. Und doch: Solange unser Herr Hans nur lächelte, konnte uns nichts wirklich Schlimmes zustoßen! Er bot die Gewähr und Garantie.

Uns beiden, Sabine und mir, war das Mädchen immerzu sicher. Wir sahen es ja bei jedem Frühstück wieder, ich gebe zu, zu unserer Freude, auch wenn ich nicht weiß, was Sabine wirklich dabei fühlte. Sie stellte unser Unterpfand Hans gegenüber dar, das auf jeden Fall. Wie lange das so gehen würde, wußte keiner. Es war eine liebliche Anwesenheit, das ja.

»Moilliet, Mignon!« rief die Galeristin, merkwürdigerweise in einer weiten weißen Hose, einer rosa Seidenbluse und mit hochhackigen roten Schuhen, wohl schon am nächsten geselligen Abend, als das Mädchen noch oben in seinem Zimmer war. »Ich habe was für unsere kleine Anaconda mitgebracht.« Bei den vorbereitenden Telefongesprächen hörte ich:

»Das tun wir für König Hans, obschon wir mit den Terminen ziemlich rangieren müssen.«

»Wenn er an seiner kleinen Verwandten einen Narren gefressen hat, der arme familienlose Mann, dann wollen wir ihm für die Dauer ihres Besuchs die Freude machen.«

Der Metzger Hehe kam nicht mehr, er schickte Ilona: »Sie verdoppelt sich. Daher kann sie mich prima vertreten.« Einige Male an diesem Abend blickte Hans, wenn er glaubte, unbeobachtet zu sein, schwermütig zum leeren Platz seines Freundes hinüber, der nun gar nicht mehr so herzlich dröhnend lachte für uns und immer, ein zuverlässig feuernder Ofen, seine Wärme verschwendet hatte.

»Er muß dauernd ins Krankenhaus«, flüsterte Ilona, als verriete sie uns etwas Verbotenes. Ihre erschöpfte Blässe unterschied sich von der Anadas. Wie tolpatschig sich aber die roten Bäckchen Bäders, der im Gegensatz zu dem Gynäkologen und dem Baumarktbesitzer treulich erschien, von beiden abhoben! Jetzt stand er mit seiner gehätschelten Jugend dumm da. Das fiebrige Wangenrot der Damen bei unseren Treffen schien langsam aus der Mode zu kommen. Es verblich mit Anadas Eintreffen.

Im Tristanweg wird es sich mittlerweile für heute ausgeschnäbelt haben. Liebe schützt auf Dauer nicht vor Frühstückshunger. Ich will mir keinesfalls vorstellen, wie meine harsche Sabine mich nach dieser ersten gemeinsamen Nacht mit einem neuen Mann unter unserem Dach ansehen wird. Sie weiß nicht, was sie mir genommen hat. Früher allerdings, als sie sehr klein war, da gehörte sie vollständig mir. Gut, dann folgte bald ihr eigenes Leben und bog sich weg. Aber von diesem Früheren, in dem wir beide, sie und ich, so wunderbar eingenistet waren, ist sie längst ausgeschlossen. Ich bin es nicht, ich kann mich erinnern, keiner kann es mir rauben, auch sie nicht. Damals war sie mein Eigentum. Es hat mit meiner erwachsenen Tochter und Sabine von heute nichts zu tun. Hin und wieder fallen mir die drei Hartmann-Brüder ein. Ich ahne nun auch, warum. Wenn ich mich langweilte, hatte ich in ihnen was zum Fürchten. Schon wurden ja die längsten und ödesten Straßen durch die mögliche Nähe der drei bedrohlich, begannen sich zu krümmen und zu buckeln vor Gefahr. Die drei Brüder! Und was ist mit dem Mädchen, dem Metzger und den Jägern? Ach was, nur eine fixe Idee. Nichts ist damit, kein Sinn.

»Mignon, Moilliet? Nein, diesmal keine prächtigen Fruchtschalen, diesmal Spitzenwerke der abendländischen Malerei von Giotto bis Picasso! Ein Kunstquiz für Leute zwischen 8 und 88 Jahren. Sie kann es für sich allein spielen und dabei zur Kunstkennerin werden. Hier, seht euch das an, alles versammelt in der Kunstquiz-Box. Genau das Richtige für jemanden, der am Nordpol beheimatet ist. Und für die kommenden langen Winternächte dort!«

Die Galeristin glitzerte uns an, sie zwinkerte und blitzte vor Schadenfreude, denn sie war sicher, daß Anada all die großen Meister der europäischen Kunstgeschichte unbekannter sein würden als uns die Naturwunder Alaskas. Erstaunlicherweise rief Hans sie nicht zur Ordnung. Er lauschte nach oben, auf die Schritte Anadas, verlor schließlich die Geduld und befahl Sabine beinahe grob, endlich das Mädchen zu holen. Es kam auch sofort, allerdings mit verschlafenem Gesicht. Der Bluse sah man an, daß Anada aus dem Bett gesprungen war. Sie habe uns völlig vergessen, sagte sie in aller Unschuld. Wäre es schlimmer gewesen, wenn sie uns absichtlich hätte warten lassen? Dabei stand ihr das leicht Verquollene, das Sabine und ich jeden Morgen studierten, wieder so reizend zu Gesicht, daß Hans sich nur knurrig erkundigte, ob sie sich auch für die Eisbären so lange schönmache, obschon er sich offenbar etwas ganz anderes vorgenommen hatte, wenigstens eine energische Zurechtweisung.

Auf einer der breiten Fensterbänke, noch bevor wir uns an den gedeckten Tisch setzten, blätterte Iris mit der Fixigkeit eines routinierten Kartenspielers die duftigsten, wildesten Blumenbilder hin, jeweils in einer Gesamtaufnahme und zwei verschiedenen Ausschnitten, wo sie immer zum Stilleben wurden, Mohnfelder und Sonnenblumensträuße, welkende Angebinde und frische Blütenkronen auf jungen Geliebten. Die winzigen Gemälde explodierten in allen Farben und Stilen. »Dort Rembrandt, da Monet, da Böcklin, hier Delacroix, Botticelli, James Ensor, Dieter Asmus«, rief unsere Libelle. Noch nie hatte ich die allzeit spöttische Person so hingerissen gesehen. Daß sie Anada mit den Kulturschätzen in Spielkartengröße eigentlich ducken wollte, war in den Hintergrund gedrängt angesichts der Glut der Bilder, trotz der lächerlichen Verkleinerungen. Die Blumenarrangements steigerten, bekriegten, übertrumpften einander. Anada betrachtete den Kartenteppich. Für sie war es eine Sammlung von Briefmarken aus aller Welt. Kurzfristig lag etwas in der Luft, von dem sie nichts wissen, nach dem sie nicht einfach greifen konnte. Aber dann schrie Magdalena in höchster Not: »Mein Soufflé!«

Die Libelle ließ ihr Bilderreich in Windeseile zusammenschnurren und überreichte den Stapel Anada mit einem Hinweis auf die beigefügten Spielregeln. Das Mädchen neigte wortlos zweimal rituell den Kopf. Sein Lächeln sagte nichts über seine Gedanken. Iris fand wieder zu ihrer Normalverfassung, zunächst nur dem irisierenden Gesichtsausdruck nach.

Es war ein merkwürdiger Kontrast, daß, kaum war durch Abräumen des Desserts etwas Platz geschaffen, ganz andere Karten auf dem Tisch lagen. Anada hatte sie aus ihrem Gepäck geholt und das aus Amerika mitgebrachte Spiel zum Gegengeschenk für Iris deklariert. Ich dachte: Jetzt schlägt sie ruckzuck zurück, weil sie als instinktsicheres Naturwesen die Spende von Iris nicht auf sich sitzenlassen will. Finnland hätte das Spiel, als er sah, worum es ging, wohl am liebsten gleich eingesteckt. Auch hier gab es Farben, rot, grün, lila, aber jeweils nur eine pro Karte, auch immer nur eine Figurensorte, alles schematisch, Salmiakpastillen, Kartoffelchips, Wellen, alle von eins bis drei, entweder kompakt ausgefüllt, nur im Umriß vorhanden oder schraffiert. So schnell wie möglich mußte man versuchen, bei zwölf aufgelegten Karten drei zu finden, die in Form, Farbe und Füllung entweder völlig gleich oder völlig verschieden waren. Ich wurde ganz verrückt davon, aber die Männer vertieften sich von Anfang an leidenschaftlich finster in den Wettkampf. Sie fuchtelten mit den Zeigefingern verbissen zwischen den Symbolen herum. Jedesmal verzog Anada ein klein wenig den Mund und wies ihnen durch schweigendes, blitzschnelles Auftippen nach, daß sie in ihrer ehrgeizigen Voreiligkeit das eine Merkmal verwechselt hatten und das zutreffende übersahen. Dabei legte die Kleine graziös den Kopf schief, wie verzeihend, auch leise feixend. Sie hatte schon vorher gewußt, daß ein gewaltiges Geschrei und eifersüchtiges Wüten am Tisch entstehen würde. Jeder wollte voll Ingrimm der Schnellste sein. Es wurde nicht friedlicher, als die ersten Erfolge eintraten. Was sie wohl angesichts dieser viel älteren, wegen eines gezeichneten Kartoffelchips erregten Erwachsenen überlegen mochte, die sie in diesem Augenblick so leichthändig beherrschte?

Finnland und Bäder lernten am raschesten. Hans schnitt Grimassen. Es handelte sich um ein neues, ihm noch fremdes Terrain, da zog er es vor – der Wachhund Bäder registrierte es unstatthaft grinsend –, sich nicht in Konkurrenz zu begeben. Trotzdem gefiel ihm, wie seine Indianerin aus der Stille heraus so plötzlich für Turbulenz sorgte und mit ihren biegsamen Fingern das Spiel dirigierte. Er wetteiferte also nicht mit den anderen, bewunderte lieber Anada, so wie Iris sich aus anderen Gründen entzog, das Mädchen mißtrauisch observierte und zwischendurch ihre roten Schuhe mit der Serviette putzte. Kaum sagte Hans: »Nun reicht's«, da holte Anada, geschickt wie vorher Iris, die Karten zusammen, stapelte sie und übergab sie der Galeristin, die, genau besehen, mit den Schultern zuckte, ein »Danke« in Anführungsstrichen ausstieß und Finnland halb diskret ein Zeichen machte, daß sie das alberne Spiel noch vor Mitternacht an ihn weiterreichen würde.

Er konnte zufrieden sein, unser Herr Hans, und doch hat er, hier zum ersten Mal, und nur während des Aufruhrs am Tisch, auf mich verlassen gewirkt, ein verwaister Mann inmitten seiner treuen Anhänger. Wie verführerisch schön es ihn machte, wie gut ihm diese kurzfristige Einsamkeit stand! »Frau Wäns, seit Anada weg ist«, sagte er im letzten Herbst, leider ein bißchen gebeugter als früher ausschreitend, zu mir, »kann ich nichts mehr lange ansehen, ohne daß es sich auflöst, einfach verflüchtigt. Früher sah ich nicht gern länger auf eine Stelle, weil alles so bald durchsichtig wurde. Jetzt zersetzt es sich, entschwindet. Das ist was anderes, Frau Wäns.«

Danach hat er natürlich, wie es seine Art ist, sofort dunkelbraun gekichert, ja, tiefbräunlich knisternd gekichert hat er. Das war ein schlimmer Moment für mich, aber ärger ins Herz traf es mich, als er sich gegen Ende eines Gruppenausflugs, noch mit Anada, leise bei mir erkundigte: »Frau Wäns, sagen Sie es mir. Habe ich alle meine Witze und Anekdoten schon einmal in Anwesenheit des Mädchens erzählt? Kennt Anada das alles schon?« Dann lauschte er vermutlich dem Satz nach, merkte erschrokken, wie verzagt er klang, und rief in die warme Sommerabendluft: »Diese Weiber!« Die hörten das, fingen an zu gurren und drehten die Köpfe zu ihm hin. Anada nicht, nein, die Gemeinte natürlich nicht.

Die lächelte nur erstaunt. Sie ließ die Augen in großer Anmut von einem zum anderen wandern. Längst verstand sie unsere Sprache, anderes dagegen nicht, gab sich auch keine Mühe, es zu erforschen. Bald war klar: Es lohnte sich nämlich nicht für sie. Verwundert nahm das schläfrige Kind zur Kenntnis, daß die Männer sie eine Weile umbalzten und die Frauen versuchten, sie aufs Glatteis zu führen. Vielleicht ist ihr sogar das entgangen, das mit dem Glatteis, es klappte ja nicht so recht, und auch, wie

Zock und Herzer, Bäder und Finnland allmählich das Interesse an ihr verloren und ihre störrische Verweigerung der geringsten Koketterie nicht länger für ein exotisches Geheimnis, sondern für arktische Fadheit dieses, bis auf die Hüften, elfischen Wesens hielten. Obschon sie, durch Anadas unberechenbar lodernden Augenaufschlag betört, dann doch von neuem loslegten.

Sabine und ich, wir allerdings blieben bis zum Schluß unsicher, ob sie sich so arglos verträumt und geistesabwesend stellte oder ob sie es wirklich war. Abwechselnd mal das eine, mal das andere. Darauf einigten wir uns. Und ansonsten gab sie eben unseren Köder für Hans ab, der eines Morgens, als er Anada und mich abholte in seine Wildnis, vor sich hinmurmelte, während er das Mädchen beim sorgfältigen Schnüren der Wanderschuhe beobachtete: »Wüßte ich nur, wieviel Zeit mir zur Verfügung steht!«

Am Himmel breiten sich grau glänzende Wesen aus, die nur aus Flügeln und weichem Gefieder bestehen, und doch ist über allem eine Qual, auch wenn sie eine Weile den Atem anhält. Aber ich halte ja ebenfalls an, gerade erst fällt es mir auf! Ich stehe einfach still und rühre mich nicht. Das ist neu. Wie lange schon zur Salzsäule erstarrt? Es gefällt mir, einfach so zu versteinern. Ich ruhe mich in mir selbst aus, indem ich mich vergesse. Es strengt nicht an, sich so zur Leblosigkeit zu versteifen, das passiert von selbst. Im Gegenteil, Mühe kostet es, sich daraus zu lösen und die Glieder wie gewohnt zu regen. Da spürt man plötzlich die Müdigkeit, den Widerwillen. Eigentlich, nur mein Strohhütchen mit dem kleinen Birkenzweig darf es hören, möchte ich so bleiben und mich in den Boden einwurzeln, den Mund offenstehen lassen, damit irgendwann vielleicht ein bißchen Regen reinfällt.

Ja, ich mußte immer mit. Dabei hatte ich das Gefühl, er wäre schrecklich gern mit dem Kind allein gewesen, wenigstens um gewisse grundsätzliche Dinge zu klären. Statt dessen redete er, während wir durchs Gelände stapften, ununterbrochen, jede Pause vermeidend, auf sie ein, um ihr sein großes Projekt, die Wiederherstellung einer historischen Landschaft, nahezubringen: »Das alte Bild, die Weite mit Überblick auf die Moor- und Heidelandschaft und das Mosaik von trockenen und nassen Böden, die hier wiedererstehen, sind gleichzeitig Artenschutz.«

»Die Weite? Wo ist Weite« fragte Anada sanft.

Hans achtete nicht darauf. »Keine isolierten Flächen. Die sind schlecht für Flora und Fauna. Versteht ihr? Wir vernetzen die Restflächen und mußten Gehölze und Humusschichten entfernen. Dadurch werden die nährstoffarmen Böden der Dünenkuppen geschützt. Wichtig und leider sehr aufwendig ist das Beseitigen des Birken- und Kiefernaufwuchses. Habt ihr schon mal was von Sukzession gehört? Lassen wir das! Ich hatte auf deine flinken Finger und deinen biegsamen Rücken gehofft, Anada. Die Ausbreitung des Land-Reitgrases und der Ackerkratzdistel, die wir hier nicht brauchen können, versuchen wir durch Mahd in den Griff zu kriegen.«

Wie anders und fremd das Wort Anada in diesem Vortrag klang! Vielleicht hätte er, wenn es nur irgendwie möglich gewesen wäre, viel lieber immer nur dieses eine Wort gesagt.

»Dünenkuppen? Daumenkuppen« lachte Anada ungläubig.

»Alaskamädchen, wir hatten hier schließlich auch Eiszeiten. Nach der letzten wehte der Wind Sand aus dem Elbeurstromtal ans Stromufer, den Geesthang hinauf und weiter landeinwärts. Daher die Dünen. In den Senken, die keinen Abfluß hatten, entwickelten sich Hochmoore.«

Anada wollte etwas sagen, aber Hans konnte nicht aufhören mit dem Dozieren: »Im Mittelalter wurden große Teile des Waldes gerodet, man brauchte Holz und gewann Heide und Weideland für die Heidschnucken. Heide und Moor waren zehnmal größer als heute, stellt euch das vor, bis Forst- und Landwirtschaft, die sich bis heute vom Naturschutz belästigt fühlen, da drüben, rechts, links, dahinten, im 19. Jahrhundert durch Torfabbau, Aufforstung, Entwässerung die Landschaft in Grund und Boden veränderten. Die natürlichen, nährstoffarmen Böden verschwanden und damit die spezifische Vegetation. Moderner Wirtschaftswald, Hiebreife nach 80 Jahren.«

Wie schlimm wäre es wohl Herzer, Finnland, Bäder, Zock bei Hans ergangen, wenn sie auch nur versucht hätten, sich in solche Erläuterungswut zu steigern, erst recht Zocks Frau mit ihren Rezepten!

Anada hatte angefangen, vor ihrem Lehrer strammzustehen und zu nicken, auf und ab, auf und ab. Verspottete sie ihn etwa? Sie konnte unmöglich alles verstehen, trotz der blendenden Auffassungsgabe beim Erlernen der Sprache. Hans vergaß das vollständig. Ich, das sich blöde stellende Mütterchen, wußte nicht, wie ich ihm ein Zeichen machen sollte.

»Schon gibt es hier wieder die Torfmosaikjungfer und die Hufeisenazurjungfer.«

Sie versuchte, die Namen nachzusprechen. Das klang reizend. Hans lächelte zerstreut, auch entzückt, fuhr aber doch fort: »Und die Vierflecklibelle und den Moorbläuling. Auf den überstauten Flächen konnten sich Schilfröhrichte weiter ausbreiten. Ich habe das austreibende Schilf im Juni per Hand unter der Wasseroberfläche mähen lassen.«

Aber nicht beaufsichtigt, Herr Scheffer. Hans, hast du es wirklich streng kontrolliert? Du warst ja gar nicht da!

Zwischendurch rief er glücklich in die Sommerluft: »Du weißt nicht, was ein Hochmoor ist? Herrgott, was lernt ihr Weibsbilder bloß auf euren Schulen dort links oben in Alaska!«

Anada wollte antworten, aber er setzte, ohne Luft zu holen, den Vortrag fort, und sie unterbrach ihn ja niemals: »Die Halme vergehen dann durch das eintretende Wasser. Natürlich gelingt nicht alles auf Anhieb. Hört euch das an, holde Damen: Gliederbinse, Zwiebelbinse, Flatterbinse, Fadenbinse, Sparrige Binse,

Zarte Binse. Ist hier alles gesichtet worden. Wir haben die Flurstücke in Dauerquadrate zur Beobachtung eingeteilt. Könnt ihr so nicht erkennen, aber seht mal her, ich zeige es euch!«

In diesem Augenblick passierte es wohl, daß der Kopf Anadas, als wir uns über das vorgeführte Stück Erde beugten, sehr dicht an den von Hans geriet. Er legte einen Plan auf den Boden, in dem die Lage der Quadrate eingezeichnet war, mit Symbolen, wie von einem Kind ausgedacht: Einzelbäume, Gebüsch, Wald, Heide, Düne, Weiher, Graben offen, Graben verrohrt. Der arme Mann breitete werbend seine Juwelen zu ihren Füßen aus. Hans muß ihren Atem gespürt haben und dann den Geruch ihrer Achselhöhlen, der rücksichtslos auf ihn eindrang. Er war stärker als seiner. Endlich sagte Hans nichts mehr. Er blieb betäubt einfach so in der Hocke und Anada auch, nicht anders, als ich hier, eben, in meiner Erstarrung oder Versunkenheit. Damals bin ich dann einfach weitergewandert, ohne mich umzudrehen, und wartete lange, lange an der nächsten Bank.

Es ist aber nicht nur Diskretion gewesen, nein, nicht in erster Linie ein verständiges Abwenden von den beiden. Ich hätte es mir gern eingebildet, aber etwas anderes hat mich weggescheucht, von dem bleichen Mädchen mit seinem wilden, räucherigen Nelkenduft und meinem schönen Herrn Hans. Ich kannte ihn ja nun eine Weile und fürchtete, wenn ich geblieben wäre, ach leider, ein schnödes Wegschicken, und sei es durch einen einzigen verärgerten Blick.

So spät schon? Wie lange habe ich denn vorhin bloß stillgestanden? Dabei will alles immer in Bewegung sein. Die eine Hälfte der Menschen reist wie wahnsinnig von Land zu Land zum Vergnügen, die andere ist auf der Flucht aus Not. Und ich, ich gehe hier herum, jeden Tag in derben Wanderschuhen, und halte es anders nicht aus. Dann jetzt neu zwischendurch das Erstarren! Bald kommt womöglich schon die abendliche Frühlingskälte aus der Erde gestiegen.

Es war dann mit den beiden offenbar doch nichts Besonderes geschehen. Ich merkte ihnen nichts an, als sie mich einholten, nicht vereinzelt und nicht entzweit. Ohne verheißungsvolle Befangenheit, nach der ich zwar nicht Ausschau hielt, aber gehorcht habe ich doch darauf, wegen Hans. Verstellten sie sich so gut vor mir? Was sollte ich ihm wünschen? Er machte ihr, wie immer, seine deutlich übertriebenen Komplimente, zog sie auf, zog oft an ihren Haaren. Aber sonst? Von ihren Haaren konnte er kaum die Finger lassen, egal, ob sie die offen trug oder hinten zu einem Schwanz gebunden oder nachlässig mit bunten Kämmchen hochgesteckt. Bis sie ihn einmal unvermittelt dermaßen anfauchte, daß er vor ihr ein Stück zurückwich, verdutzt, neu entzückt und: »Ich tu's nie wieder, Grete!« rief. Er hielt es aber nicht lange aus und nannte sie schon nach dreißig Sekunden wieder »Anada!« Nein, so entwaffnend könnte man die Namen Sabine oder Luise niemals aussprechen. Er betonte, je nach Laune, auf der ersten, zweiten oder dritten Silbe.

»Ich will Ihnen was verraten, Frau Wäns«, sagte er geheimnisvoll, als das Mädchen ein bißchen zurückblieb, »es ist eben so: Frisch gefallener Schnee hat gegenüber dem Sonnenlicht 85 % Rückstrahlungsvermögen, Ackerboden nur 15 %. Darin sehen Sie ziemlich genau das Verhältnis von Anada zu den anderen abgebildet.«

Es folgten, sooft es nur ging, die Ausflüge zu Naturparks in der Nähe, die sich als »letzte Paradiese« anpriesen, an Seen und an der Küste, vom Wattenmeer bis zur Lüneburger Heide, sogar zur Vorpommerschen Boddenlandschaft. Anada kam widerspruchslos mit, Hans bemerkte nicht ihr nachsichtiges Lächeln. Er war zu aufgeregt, zu glücklich, vor allem zu angespannt, der arme, wehrlose Mann. Woher nahm er eigentlich die Zeit für solche Unternehmungen? »Sie soll mit Bildern vollgestopft werden. Im Herbst kommt dann die Oper an die Reihe, Frau Wäns.«

Anada staunte. Ja, aber nicht über die großartige, sondern über diese kleine, mühsam umzäunte Natur, um die so viel Theater gemacht wurde.

Und dann kam das Wochenende, an dem wir vollzählig zur Flachlandfestung Dömitz fuhren, die unter einem blauen Himmel, mit einfachen weißen Wolken darinnen, breit im Grünen lag. Es war das letzte Mal, daß alle, die Frauen wie die Männer, unseren Herrn Hans ganz wie in alten Tagen, ich meine, wie an den ersten Abenden im Tristanweg, so lustig und kindisch und mit den kleinen Bissigkeiten umschwärmten. Nur der Metzger Hehe fehlte. Daran wollten wir diesmal nicht denken. Ich glaube, selbst die sich rundende Ilona war entschlossen, auch wegen ihres wachsenden Kindchens, es einmal zu vergessen. Hans mußte ihnen nur sein liebes Gesicht zuwenden, schon blühten alle auf, alle verjüngten sich. Iris verlor, bevor wir zur Besichtigung der Festung kamen, einen quittengelben Schuh bei der großen Binnenlandwanderdüne, nachdem wir dort Magdalenas verschwenderisches Picknick restlos aufgegessen hatten. Man spielte eifriges Suchen, der Schuh blieb vergraben, Iris humpelte dekorativ und warf dabei Figuren, die den Fotografen Finnland sehr zu interessieren schienen, obschon er sich doch bisher ausdrücklich auf Landschaft mit ihren »Strukturen« verlegt hatte. Zum Schluß holte Bäder das Ding aus seinem Versteck im geschützten Dünensand der Eiszeit.

Anada lief barfuß. »Sehen Sie nur die Füße, Frau Wäns! Ein Wunder, wie schmal und weiß die sind. Wie können Menschenfüße so zart sein! Dabei sind alle zehn Zehen vorhanden, ich habe unauffällig nachgezählt. Unbegreiflich. Vermutlich ist sie eine Außerirdische. Da oben hoch im Norden verliert der Staat die Kontrolle über seine Einwohner, da kann es zu unerlaubten Beimischungen kommen«, raunte mir Hans seitlich zu.

Am schönsten aber war das brennend rote und bräunliche Mauerwerk der mächtigen, viele Jahrhunderte alten Bastionen, die italienische Baumeister auf den Resten einer Burg errichtet hatten. Vielleicht empfand es niemand sonst, weder Anada noch Sabine, niemand. Ich, ich jedoch, ich schon: Die Backsteinfestung hatte genau die Wucht, die Glut, die, kaum geriet man in seine Nähe, vom Körper unseres freudigen, ängstlichen Führers ausging.

Er achtete, nicht anders als gewöhnlich, auf das Wohlbefinden aller. Ich sah ja, daß jeder unternehmungslustiger ausschritt, Mann oder Frau, Zock oder Herzer, Iris oder Jeanette, von Sabine gar nicht zu reden, sobald Hans locker plaudernd auf dem weitläufigen Gelände neben ihm wanderte, mit seinem leise vibrierenden Gemurmel, mit diesem Körper, der seine Wärme und sein Atmen so freigebig austeilte. Nach kurzer Zeit fingen sie in seinem Widerschein an zu leuchten, wie die Bäume gegen Ende Oktober und hier in Horsten, wenn die Zeit dafür kommt, das hohe Gras herbstlich aus sich selbst.

Zwischendurch prüfte er verstohlen die Miene der sanften Anada, die nur redete, wenn man sie fragte. Einmal kam es mir so vor, als hätte sie Hans, während er uns mit einem Glas Sekt in der Hand auf einer Mauer balancierend ein italienisches »Trink-, eigentlich Liebesliedchen« vortrug, einen kurzen heißen Blick zugeworfen, aber dann waren die Lider wieder nach unten geschlagen. Sie steckte mit ihren weißen Händen ein Kämmchen um und versank in sich selbst.

Schnell nach Haus, bevor die beiden Flitterwöchner Nachforschungen anstellen! Dahinten, mitten auf dem Weg, was für ein struppiger Umriß! Kein Auge für die Welt drum herum, es hilft nichts, ich muß Schritt für Schritt drauf zu und kann nicht pfeifen und habe keine Warnklingel dabei: Ein Liebenspaar, das sich nicht voneinander trennen kann. Jetzt endlich tun sie's!

Aber nein, das ist ja der Herr Holterhoff!

Mein braver Nachbar Holterhoff! Der alte Scharwenzler Holterhoff von gestern abend ist das doch! Er lacht, er strahlt, er hat seine Pfeffer-und-Salz-Jacke an und zeigt auf die Person, die er weiterhin im Arm hält, nur etwas abgerückt, eine Mollige im kurzen Sommerkleid, Sabines Alter. Sie kneift mit einer Hand in Holterhoffs Sakko, und er, er gluckst: »Da ist sie, meine Miezel! Sehen Sie nur, Frau Wäns. Endlich habe ich sie herschleppen können. Miezel Terbenzel.«

Miezel Terbenzel! Habe ich den Namen richtig verstanden? Verstanden habe ich jedenfalls, daß sie sofort in meinem Rücken gefragt hat: »Sag bloß, wer ist das denn, du?« »Die Käuzin Wäns, mein Miezelchen«, wurde geantwortet von Holterhoff, dem Verräter.

11. Wanderung

Die beiden Hochzeiter hatten mich gestern durchaus nicht vermißt. Sie beugten ihre Köpfe, als ich in die Küche kam, über die große Schale mit Dickmilch und versuchten, einer dem anderen die schöne goldene Decke unter dem Zimtzucker wegzulöffeln. Man kriegt hier fette Milch, mit der sich das noch machen läßt, vom Bauern. »Ah, Mutter, wir haben dich schon vermißt«, sagte meine herbe Tochter mit einem Lächeln im Gesicht, so schmelzend, daß es mir gegen meinen Willen mütterlich das Herz erwärmte. Kann sie ihr Glück überhaupt fassen? »Frau Wäns, Luise! Ab jetzt Luise, ja?« rief Hans schmunzelnd und sprang auf: »Luise! Die kluge Luise!« Er nahm mich fest in die Arme, um mein Zittern nicht zu fühlen und daß mir die Tränen hochstiegen und aus den Augen springen wollten. Ich putzte mir die Nase mit aller Kraft: »Selbst jetzt sind die Abende draußen noch kühl«, konnte ich danach behaupten, ohne zu lügen. Sabine sagte kein Wort zum Rucksack. Sie achtete gar nicht darauf, erst recht nicht auf sein Gewicht durch die Münzen und den alten Schmuck meiner Großmutter, der Sängerin.

Zu der Dickmilch planten sie am Küchentisch ihre Hochzeitsreise, die selige Sabine und der fröhliche Herr Hans. »Keine Sorgen, Mutter, lange lassen wir dich nicht allein, zehn Tage nur, Wien oder Rom«, sagte meine Tochter mit weichen, rührend geschwollenen Lippen, »ich habe ja Urlaub genommen.« »Höchstens«, rief da schnell mein Herr Hans, »keinesfalls mehr als eine gute Woche, Luise.« Er lachte vor sich hin, ach, die netten Mundwinkel immer noch, und wiederholte: »Kluge Luise, nein nein, nicht mehr als acht bis höchstens zehn Tage.« Hörte sich das nur für meine Ohren an, als hätte er hinzugefügt: Mehr wäre wirklich übertrieben? Sicher weiß Sabine, die doch bei der Bank arbeitet, welchen Beruf ihr Mann jetzt hat, ich meine, welchen Posten mein lieber Schwiegersohn eigentlich beim Naturschutzreferat zur Zeit bekleidet. Man merkt so gar nichts.

Ihr Mann! Mein Schwiegersohn! Ich sage das, weil es extra schmerzen soll, zur Abhärtung nämlich.

Keiner hinderte mich daran, auch heute morgen wieder loszustapfen, mit Strohhütchen, Rucksack und etwas Proviant. Alle haben jemanden, ich habe nur die Landschaft. Nein, nur ich habe die Landschaft! So ist es richtig, auch wenn ich hin und wieder mein Taschentuch brauche, damit niemand was sieht. Sehr grün alles, kein Mensch weit und breit zur frühen Stunde. Hier kann ich fidel ein paar Tränen fließen lassen.

Soll Terbenzel der Hausname sein? Oder war's Tenbenzel?

Schon als Kind spürte ich in manchen Augenblicken Löcher in der Welt, die schwarzen Spalten, oft in der Dämmerung und auf öden Straßen, bis mir dann gottlob zum Trost die bösen Hartmann-Brüder als echte Gefahr einfielen. Aber gerade jetzt, wo noch nicht mal eine Bank in der Nähe ist, stellt sich heraus, daß die Welt ablösbar ist, in ihrer Rundheit vollständig ablösbar von einem dunklen Hintergrund, über den man nichts weiß, nicht, ob er aufhört, ob er sehr kalt ist und vielleicht in endlose Schwärze übergeht oder diese Schwärze schon ist. Es gibt das schöne Tosen der Unendlichkeit und ihr schauriges Klaffen. Ab 12 Uhr beginnt die Stunde der Mittagsteufelin. Vorsicht! Man nennt sie die Geisterstunde des Tages. Da nimm dich in acht, Frau Wäns!

Vielleicht werde ich, wenn sie erst aus Wien oder Rom zurück sind, Hans einmal fragen, ob er sich denken kann, was die Jäger, das Mädchen, der Metzger verbindet. Es ist dann ja sicher genug Zeit vergangen. Vorsicht, nicht stolpern! Ich will es aber eigentlich nicht mehr wissen. Man klammert sich manchmal an Schnapsideen. Und das ist schon der ganze Sinn.

Hans hatte Anadas Blick, so vergänglich er war, damals in Dömitz bei seinem Tanz auf dem Backsteinmäuerchen aber doch aufgefangen! Er ließ sich sein Sektglas noch einmal von Magdalena füllen, trank in einem Zug aus, gab es zurück und legte den Arm um Anada. Nur wer den vorausgegangenen Blickwechsel beobachtet hatte, konnte ahnen, daß es sich nicht um das übliche Getändel handelte. Wer aber wie ich, ob ich es wollte oder nicht, das Gesicht unseres Herrn Hans überwachte, der begriff das Endgültige. Hans war siegesgewiß über den Graben gesprungen!

Nachdem wir das Kasemattengewölbe besichtigt hatten, wollte man bei dem schönen Wetter nicht noch ins Museum im Kommandantenhaus, wollte lieber von einer der fünf Bastionen ins weite, blaugrüne Elbtal sehen. Das ging sicher auch den restlichen Besuchern so. Zu diesem jetzt also vermutlich menschenleeren Gebäude führte Hans das Mädchen energisch hin. Daß er keine weitere Begleitung wünschte, drückte seine Haltung eindeutig aus, und ich glaube, die Kulisse für den geplanten Anschlag freute ihn im voraus. Es war kindisch von mir zu erwarten, die Mauern würden gleich zu glühen beginnen. Ich tat es aber, mir ist jetzt so.

Was wußten Sabine und ich von dieser Fremden, die Mirkos heiliges Zimmerchen bewohnte? Sie hielt sich, obwohl immer freundlich, wenn ihre Hilfe benötigt wurde, viele Stunden dort oben auf, um, wie sie sagte, Briefe zu schreiben, Sprachen zu lernen, zu schlafen, auch am Tage. Natürlich, sie sammelte Kräfte für ihren Verrat an Hans! Von Alaska hat sie wenig erzählt. Sie besaß dort eine kleine Erbschaft des Groß- oder Urgroßvater, ich hab's vergessen, etwas gehortetes Gold, das sie für ein Weilchen unabhängig machte. Und später? Ach später, später!

Hans kam bald mit gesenktem Kopf zurück, Anada ging ein Stück hinter ihm. Sie sah aus wie immer. Sie las ja auch alle Katastrophennachrichten, ließ sich alle gedruckten Unglücke auf der Welt begierig erklären, wenn sie etwas nicht verstand, zeigte aber keine Reaktion, nickte nur bei fast geschlossenen Lidern den Explosionen, Abstürzen, Massakern zu, ohne eine Gemütsbewegung zu verraten, und hatte wieder ein paar Vokabeln gelernt. Sabine und ich, wir kannten das von jedem Frühstück, falls sie rechtzeitig erschien. Das war allerdings nicht regelmäßig der Fall.

Ich hatte Hans noch nie so blaß gesehen. Das liebe listige Gesicht wirkte in den Einkerbungen grau, unter den Augen gelb, genauso war es damals nach dem schweren Anfall bei seinem Freund Hehe gewesen. Von diesem Moment an hörte ich ihn an diesem Tag bis zum Abschied nicht mehr sprechen und könnte nicht sagen, wer die Leitung unseres Ausflugs übernahm. Tat es jemand? Vielleicht hat Hans den Rest durch Zeichen geregelt? Seine Niedergeschlagenheit senkte sich nicht sogleich, nicht plötzlich auf uns herab, sie schlich vom einen zum andern, bloß allmählich rückte die Eintrübung vor. Nur wußte keiner, warum eigentlich, woher die Bekümmerung rührte. Zum Schluß aber, nach mehrfachem Räuspern, bevor sich unser nun so unbegreiflich beklommener Kreis in die verschiedenen Richtungen auflöste, sagte er laut, übertrieben laut einen Satz, der, wenn ich mich recht erinnere, mit »Ich« begann, aber dann mußte er sich wieder räuspern und setzte noch einmal an, wieder mit »Ich«. Es kam nur ein Seufzer heraus. Das hörte ich deutlich, die anderen täuschte er mit einem Husten drüber weg. Beim nächsten Anlauf schaffte er es. Diesmal hieß das Wort »Anada«.

»Anada«, sagte Hans da ganz ruhig im Nachrichtensprecherton, »hat mir in Dömitz, im Kommandantenhaus dort, etwas mitgeteilt. Ihr ist eine Idee gekommen. Sie hat in aller Stille eine Überraschung ausgebrütet. Wahrscheinlich wird sie die schon sehr bald in die Tat umsetzen, auch wenn's aus finanziellen Gründen noch nicht 100 % entschieden ist. Sie will weiterreisen, weiter nach Osten, immer weiter, um schließlich am Ende wieder in Alaska einzutreffen.«

Dann drehte er uns den Rücken zu, ließ uns stehen, ging weg.

Und doch war erst gestern nacht – als ich aufgestanden bin, weil ich an die Anfänge und Enden der Wege dachte, wo es rechts und links wächst und welkt, modert und keimt, und wo von den Anfängen und Enden mir immer die eine, bestimmte Gestalt entgegenzukommen schien –, war erst gestern eine Nacht, in der ich dachte, im Mondschein nämlich: Ob ich überhaupt sterblich bin? Wie schrecklich für die Welt, da ich dann nicht länger an sie denken kann! Schon morgen würden die Apfelbäume sich nicht mehr so blähen mit ihren Blüten, der Mond würde anders dastehen, das Licht anders auftreffen als in der augenblicklichen Raserei. Und doch war der Mond eins der sanften Butterfässer, die in meiner Kindheit über ihr Vollmondgesicht Milde und Glanz verströmten. Er legte allem den schimmernden Pelz über, über alles wuchs ein unberührbarer Flaum. Der Garten dehnte sich senkrecht hoch in die kühle Einsamkeit. Ich konnte mich kaum retten vor dem Ansturm, konnte mich in der Gegenwart kaum fassen und dachte: Morgen erst, wenn ich mich erinnere, wird alles brausend zusammenschießen und wirklich für mich stattfinden. Ich wollte den Anblick mit beiden Fäusten in meine Augen drücken, um es später ganz allmählich im Dunkeln anzusehen. Ach Hans, ich, ich kenne die Liebe, das plötzliche, ruckhafte Stoppen der Tage. Ein totenstiller Ruck oder ein kreischendes Abreißen, kein Rausch: eine Starre, ein Absterben. Aber die Welt verlangt, daß man es übertüncht.

Man durfte doch von dieser reiselustigen Lebensanfängerin Anada nicht erwarten, daß sie unter den Krusten der älteren Gesichter um sie herum deren ewig junge, bewegliche Seelen wahrnehmen würde! Ich darf es ja meinerseits auch nicht von Hans verlangen. Verlangen! Als ich noch mit Mirko, mit dem Jungen an der Hand durch den Wald gehen konnte, da, ja da allerdings war in unserer Einigkeit der Unterschied ausgelöscht, und unser unverdrossenes Vorwärtsgehen ist in die Zeit unvergänglich eingebrannt.

Fängt es an zu regnen? Egal. Ich will noch nicht nach Hause, nein, nach Hause kann ich noch nicht.

Ohne es zu ahnen, brachte Anada uns in eine verheerende, eine alberne Situation. Ab jetzt mußten wir mit unserem tief getroffenen Herrn Hans bangend darauf lauern, wie sich die arktische Prinzessin entscheiden würde, und konnten nichts tun, als seinetwegen inständig zu hoffen, daß sie bei ihm bliebe. Wäre das schlitzäugige Ding doch sang- und klang- und schmerzlos verschwunden, dahin, wo der Pfeffer wächst oder die Eisbären hungrig nach ihr Ausschau halten, dachten wir aber gleichzeitig in großer Erbitterung. Doch, doch, so muß es gewesen sein. Bestimmt empfanden das Finnland und das Ehepaar Zock und Herzers und sogar der schwerkranke Hehe zu Hause nicht anders. Sie waren schließlich keine Unmenschen, Ilona, Iris, Bäder, sie hatten anfänglich alle ein wütendes Herz im Leib angesichts der Hilflosigkeit und Zerrüttung von Hans in der nun folgenden Zeit, in der es nur noch zu unvollständigen, flüchtigen Treffen kam.

»Und diese Unglückskrähe schläft ausgerechnet im Bett meines Sohnes«, sagte Sabine ab jetzt ohne Scheu. Ich hatte das Gefühl, sie rempelte die kleine Kröte extra an und trat ihr im Vorbeigehen auf die Füße, auch wenn sie sich dann entschuldigte. Zu böseren Attacken kam es nur deshalb nicht, weil Sabine befürchten mußte, die Sympathie von Anadas Schutzpatron Hans zu verlieren. Selbstbeherrschung war das kleinere Übel. Anada bemerkte das alles in ihrer rücksichtslosen Aufbruchstimmung nicht. Sie war überzogen von undurchdringlichem Alaska-Rauhreif, der nie wegtaute, schien auch nicht zu ahnen, eigentlich ein netter Zug von Bescheidenheit, daß ihre Abreise für irgendjemanden eine Katastrophe werden könnte. Oder wollte sie es nicht wahrhaben, schlug es frech in den Wind, vergaß es einfach in dämlicher Unschuld? Was hatte Hans ihr bloß über seine Gefühle eröffnet? Niemand wußte es, jeder sah, wie er sich quälte. Nur sie, sie eben nicht. Manchmal waren ihre Augen morgens wieder blutunterlaufen. Sofort hätte ich das einsame Mädchen am liebsten fest in den Arm genommen. Nein, nicht geweint! Die Rötung rührte bloß von der Schläfrigkeit her, die sie lächelnd mit schneeweißen Fingern aus den Höhlen rieb, um dann wieder auf ihre langsame Art ins Butterbrot zu beißen und träge vor sich hin zu kauen. Vielleicht hat sie ihre abenteuerlichen Pläne ad acta gelegt, dachte ich in solchen Momenten. Ein so friedliches Wesen und so verrückte Einfälle?

Alles verkehrt. Sie sammelte einzig und allein ihre Kräfte für Neues und vergeudete kein barmherziges Gramm davon an uns oder Hans.

Ich höre noch die Galeristin Steinert schreien: »Erzählt mir nichts, ihr Kindköpfe! Irgendwo hinter dem Ural, spätestens am Hindukusch lungert ein Boyfriend herum, mit dem sich das Früchtchen per Internet präzise, Kopulieren inbegriffen, abgesprochen hat!«

Mit dem September begann die Zeit der maßlosen Räume über den Weiden und dem hochstehenden Mais hier draußen, gleißend unter finsterem Himmel, der Wind tobt in den Eichen. Es ist ein großer Augenblick, wenn sich unter dem Sommer die nächste Jahreszeit regt. Ich kenne die Signale. Erste Strähnen in den Bäumen und ein dauerhaft goldener Schein, unabhängig vom Licht. Die Dämmerungen schieben sich sachte, sacht nach vorn.

Ein letztes Mal wanderten wir drei, Hans, Anada, ich durch das Schutzgebiet und darüber hinaus in den Wald. Man hatte dort bei einer Bank einen sichelförmig gebogenen, längs durchschnittenen Baumstamm als Tisch hergerichtet. Kaum saßen wir, fing Hans an, die Stirn zu runzeln. Er starrte auf zwei Namen, irgendwelche, die, mit einem durchbohrten Herzen dazwischen, in die Tischfläche geschnitten waren. Ich schob unauffällig meinen Rucksack darüber, er ließ sich nicht ablenken, funkelte mich zornig an, aber es war wohl eher der Blick, der durch den Stoff hindurch dem Schriftzug galt, wischte den Rucksack beiseite und hob den Kopf. Ich mußte das liebe, traurige Gesicht ansehen, ich mußte ohnmächtig anhören, daß er leise sagte: »Sie gute Frau!« Dann sprang er auf, bleich, wie oft in den letzten Tagen, abrupt nach seiner Art, und lud uns zum sogenannten Ponyhof ein, obwohl das dort nicht seine Freunde sind. Aus geschäftlichen Gründen plädieren die Inhaber für immer mehr Reitwege durchs Gelände. Bloß weg von der scheußlichen Inschrift, Hans? Anada, zart und dickfellig, trottete hinter uns her.

Gerade, unter meinem Strohhut im Regen, wünsche ich mir wieder, ich könnte zusehen, wie das Durcheinander der Eisenfeilspänchen von Magneten geordnet wird, ja, wie sie ohne Vertun ihrem rechtmäßigen Platz und Ziel zuströmen. Das würde mir guttun, zehnmal hintereinander möchte ich die Probe machen. Es geht nie schief.

Daß es sich so unselig entwickelte! Was Hans an Anada fesselte, ihre unberührbare Jugend, schüchterte ihn gleichzeitig ein. Dabei wurde er doch von allen anderen Frauen umgaukelt! Ihr gegenüber machte er alles falsch. Aber es gab noch etwas anderes, Unvereinbares zwischen den beiden. Anada glaubte an die Ferne, glaubte an irgendein Werweißwas hinter dem Horizont, Hans dagegen fest entschlossen an seine kleine nacheiszeitliche Länderei. »Sie träumen unversöhnlich in getrennten Räumen.«

Das sagte Sabine, mit der ich in den letzten Tagen vor Anadas Abreise oft spätabends darüber gesprochen hatte, ja, so hat sie es ausgedrückt: »unversöhnlich« und dazu vergnügt in sich hineingelächelt. Ihr war auch aufgefallen, daß Anada manchmal lange vor unseren Tonnen mit der Mülltrennung stand, kichernd den Kopf schüttelte und immer wieder vor sich hin sagte: »Blau, gelb, rot, grün«, als wären es Mensch-ärgere-Dich-nicht-Figuren für Riesenkinder.

Wir saßen damals aber vor unseren redlichen Blechkuchenstücken im Gartencafé in der Septembersonne, und Hans starrte Anada düster an. Er versuchte zu erraten, welchen Zeitplan sie hinter ihrer weißen Kinderstirn ausbrütete, vor allem wollte er noch immer dahinterkommen, was ihr eine derartige Macht über ihn verschaffte. Anada spielte mit den Papierservietten. Was soll ich hier noch? buchstabierten die verblüffend biegsamen Finger, während ihr Gesicht alles freundlich betrachtete. Hans studierte ihre Hände wie seine schlimmsten Feinde, konnte sich nicht davon losreißen. Er hatte kein Auge für die heitere Stimmung ringsum, nicht für die amazonenhaften Kellnerinnen mit den herausgepreßten Brüsten und kaum für den Mann, der jetzt auf pechschwarzem Roß, einem feuriges Barockpferd, mitten in den Kaffeegarten reinritt.

Schon stürmte dem Reiter, während die Gäste perplex den Atem anhielten, auf der Mittelachse zwischen den Tischen die junge Chefserviererin entgegen: »Wollen Sie bitte unseren Eingang räumen!« Der geschniegelte Herr lauschte dem Befehl. Von seiner Höhe, den Kopf erhoben, rief er hinab: »Nur, wenn Sie mir ein Himbeereis bringen!« Er bewegte das Tier etwas zur Seite, nach rechts zum Parkplatz und begann sogleich kerzengerade auf dem Pferderücken sitzend, zu telefonieren. Mit schneidendem »Danke«, es lag am peitschenknallenden »e«, entfernte sich, dem Publikum spöttisch zugewandt, die mindestens ebenso stolze Frau.

Hans, unser sonst so leichtfüßig plaudernder Herr Hans, hatte ohne Unterbrechung über »Pionierbiotope« gesprochen, hörte in seinem traurigen Trotz nicht auf damit. Anada aber drehte sich, um die Szene überblicken zu können, weit vom Tisch weg, wandte ihm also den Rücken zu. Hans redete erbittert weiter, ein bißchen lauter als vorher vielleicht. Es half ihm nicht. Die endlich aufgewachte Anada interessierte, daß die Serviererin mit dem Eishörnchen kam, es dem auf prächtig schnaubendem Roß sich zu ihr neigenden Kavalier hoch aufgereckt reichte, eine Sekunde mit ihm zu einem Bild verschmolz und, ihrer Mimik nach, ein Trinkgeld kassierte, das sie tief überzeugte.

»Die Kreuzkröte etwa ist angewiesen auf solche Biotope«, stieß Hans böse gegen den Rücken Anadas hervor. Sie reagierte nicht. Da konnte sich Hans nicht länger beherrschen, griff quer über den Tisch weg nach ihrem Kinn und drehte es grob herum zu sich. Ach, das Unglück!

Es wurde zwischen uns stiller als vorher während der Cornetto-Szene im Gartenlokal. Die empfindliche Haut Anadas rötete sich durch den Druck sofort. Sie starrte ihn mit plötzlich schwarzen Augen, in die Tränen hochschossen, an. Mir fiel die Situation mit der angreifenden Katze auf ihrem Schoß ein, aber diesmal war ihr Blick haßerfüllt. »Unverschämt«, sagte sie leise und danach etwas in einer Sprache, die ich noch nie gehört habe.

Hans sah sie nicht. Er versank in den Anblick seiner Hand, die ihr Mandelgesicht berührt und malträtiert hatte.

Alles war unrevidierbar entschieden.

Nach einer Weile sagte Anada fast zärtlich: »Wenn er abgestiegen wäre, hätte er es nicht geschafft, wieder auf das Tier zu kommen. Er hatte Angst.«

Mein sechster Sinn verriet mir, daß sie sich damit an Hans rächte. Duckte er sich nicht sogar ein bißchen? Ich erinnere mich noch an zweierlei. Auf dem Rückweg drängte Hans das Mädchen mit wütendem Eifer, ihr Vorhaben so schnell wie möglich auszuführen. Gar keine Ruhe gab er mehr. Er werde das Finanzielle so schnell für sie regeln, daß sie staunen werde. Los, los! Das war nun seine Art von Rache, mit der er sich gleichzeitig geißeln wollte. Als wir aber einen Moment allein gingen, er und ich, seufzte er: »Eine Landschaft, nicht wahr, Frau Wäns, in der man verwesen, pardon, verwesentlichen, Unsinn, verwittern möchte.«

Wir befanden uns neben dem großen See, den Hans hatte anlegen lassen. Er verlandete. Man sah Röhricht, Schilfgras, Sumpfiris, Birken und Pfade von Tieren. Wo sonst Wasser war, konnte man jetzt herumgehen. Wo die Erde freilag, sah sie aus wie riesige, trocknende Kuhfladen. Hans strauchelte zwei-, dreimal, aber ich tat so, als wäre ich es, die unsicher ging. Ich habe die Welt doch immer als ein Echo großer Bedeutsamkeit erlebt.

Vom nächsten Tag weiß ich noch, daß ich allein loswanderte. Anada hatte uns früh am Morgen verlassen, um in die Innenstadt zu fahren. Im Wald fällten Männer, ausgerüstet mit Elektrosägen, gepanzert mit Ohrenschützern, Helmen und Schutzbrillen, die jungen Ebereschen mitsamt den Geißblattranken. An dem Teich, an dem ich mich neulich einmal verirrt habe, ich glaube, der war's wohl, voller Seerosenblätter ohne Blüten, saß eine verschrumpelte Loreley auf einer der verrottenden Picknickbänke. Sie warf dauernd das zerzauste gelbe Haar in die Luft, wie verrückt, wie besessen und biß dabei in eine Laugenbrezel, die sie in der anderen Hand hielt.

Anada kam erst spät am Abend zurück. Sie lächelte uns unbefangen an, als sie hörte, wir hätten uns Sorgen gemacht, senkte den Kopf und dachte lange über eine Antwort nach. »Ich wußte nicht, daß euch meine Pläne wichtig sind«, sagte sie schließlich. »Ihr seid so gut, so freundlich gewesen. Nun fliege ich am 27. fort. Zuerst nach Moskau. Wir werden uns ja nie wiedersehen.« Als Sabine ihr ein kleines Abendessen zubereiten wollte, wehrte sie es mit zwei Wörtern ab: »Schon satt!« Anada, die »schöne Frau«, das bis zur Taille so liebliche Wesen, lebte noch eine Woche bei uns.

Es war die Zeit der Wahlen, die diesmal nicht günstig für die Vorhaben unseres Herrn Hans ausfielen. Die neu zusammengesetzte Koalitionsregierung zog sich verdeckt von den Naturschutzprojekten zurück. Der Fortschritt, die Wirtschaft, das Ordnungsbedürfnis des Bürgers, das alles solle nicht länger behelligt werden. Unser Herr Bürgermeister stellte täglich Überraschendes an.

Auch eine Nachricht zum Zustand Hehes erreichte uns. Es sei nun hoffnungslos, berichtete Ilona mühsam am Telefon und weinte nicht, und wenn, dann jedenfalls unhörbar. Es gab damals viele Anrufe im Tristanweg. Zocks, Herzers, Iris, Finnland: Wir wünschten ohne Ausnahme, es möge fix vonstattengehen mit Anadas Verschwinden. Um so zügiger würde unser Hans zu uns zurückkehren und einigermaßen der alte sein.

Es vollzog sich schnell und pünktlich. Das Mädchen mußte alles bereits eine Weile perfekt geplant und in die Wege geleitet haben. Man ließ sich zu leicht von ihrem kindlichen Äußeren täuschen und meinte, man müsse das weißhäutige Geschöpfchen schützen. In Wirklichkeit war sie eine abgebrühte Weltreisende, die eine unsichere Ferne fest ins Auge gefaßt hatte.

Hans, heldenhaft ein Lächeln erkämpfend, holte sie am Morgen des 27. September bei uns ab. Mit dem Riesenrucksack, nicht anders gekleidet als bei ihrem Einzug, kam sie die Treppe herunter. Da stand sie auf reizende, mühelose Weise, hob ein letztes Mal die Lider, leuchtete mit ihrem ganzen Wesen. Ich sah Hans nicht an, nur das liebe, abenteuerlustige Kind, das nach Jugend duftete und mir, dem braven alten Mütterchen, um den Hals fiel und Sabine bei steif ausgestrecktem Arm die Hand reichte.

Dann fuhren sie los, die beiden zum Flughafen, Sabine in die Innenstadt zu ihrer Bank. Nie tauchte die seltsame Elsa aus der Moritzstraße hier draußen im Tristanweg auf, wenn man sie brauchte! Ich habe mich im ersten Schrecken auf den Boden zur Katze gehockt. Nach kurzer Zeit stand sie auf, ließ mich unten zurück und setzte sich aufs Sofa.

Das Tier wies mich zurecht. Also machte ich mich, und spielte mir selbst das Großmütterchen vor, in meinen ewigen Ferien, in meiner Betrübnis, schleunigst aus der leeren Wohnung auf, dorthin, wo die gelben Blättchen der Birken aus einigem Abstand jetzt aussehen mußten wie die Früchte wilder Mirabellen, und wo der Heide-, Moor-, und Nadelholzgeruch mich manchmal fast betrunken gemacht hat vor Freude. Vielleicht gelänge das an diesem verspäteten Sommertag ebenfalls, an dem alles lau, windstill, säuselnd sein würde und das Schmalblättrige Weidenröschen aber schon graue Locken trug?

Die Heideflächen vertrockneten, da es während Anadas Anwesenheit fast nie geregnet hatte. Es lag eine Erschöpfung über der Landschaft. Die Kräfte schwanden ihr. Es schrumpfte, welkte, verrostete an tausend Stellen. Die Pferde hinterließen lange Staubfahnen, aber am Himmel entstanden kühne Streifen, Pinselstriche von einem Horizont zum anderen. Das da oben hatte nichts mit der Schwäche unten zu tun.

Merkwürdig, ich erinnere mich noch heute, daß ein Mann auf seinem Fahrrad an mir vorbeifuhr. Seine Frau war ein Stück hinter ihm unterwegs, und als wäre es eine Geheimparole rief er dreimal in einigem Abstand nach hinten. »Ich hab's im Römertopf gemacht!« Beim dritten Mal sagte auch ich es leise vor mich hin. »Ich hab's im Römertopf gemacht!« Ich konnte nicht anders, ohne Sinn: »Ich hab's im Römertopf gemacht!« Das war ja das Gute, ohne Sinn und Verstand, aber beinahe zum Trost.

Der feine Spätfrühlingsregen hat längst aufgehört. Mein Strohhütchen, mein treuer Zuhörer, ist naß. Ich muß ihn zum Trocknen in der Hand tragen und schwenken wie ein lustiger Wanderbursche aus vergangenen Tagen. An meinem liebsten, verstohlensten Teich schleichen, das Gebüsch am Wegrand verbirgt es noch nicht ganz, zwei Gestalten hintereinander her. Ach, was, das ist ja schon wieder im Pfeffer-und-Salz-Sakko der Herr Holterhoff! Nicht zu glauben, der verliebte Holterhoff und seine Terbenzel, seine mollige Miezel von gestern! Und was treiben die beiden hier so leisetreterisch und machen sich geheime Zeichen?

Da, nun erkenne ich es. Sie stöbern die grünen Frösche auf, die sich am Teichrand im Sonnenlicht wärmen. Immer neue springen zu zweit, einzeln, zu dritt mit gestreckten Gliedmaßen ins Wasser, sobald das neckische Paar sich auf einen Meter genähert hat. Dann warten die beiden, bis sie nicht nur vorüberfliegende Vögel auf dem Grund des Sees erkennen, sondern die zwei kleinen Glubschaugen der auftauchenden Tierchen, die sie vorsichtig anstarren. Nett ist ja doch, wie sich die beiden Narren dann freuen, aber sie müssen es lautlos tun, nur mit den lächerlichsten stummen Gesten, um nicht die nächsten, noch seelenruhig am Teichrand sich sonnenden Frösche vorzeitig in die Flucht zu jagen. »Was machen Sie da, Herr Holterhoff!« rufe ich, »Spielen Sie etwa Frösche-Erschrecken?«

Das ist nun das kindische Vergnügen meinerseits, an diesem trostlosen Tag: Holterhoff ein bißchen in Verlegenheit zu bringen. Man sieht ihm sein Glück sogar von hinten an, es wundert mich nicht. Daß Miezel seinen Unsinn mitmacht, bedeutet Gutes. Er sagt: »Stellen Sie sich doch nicht so dumm. Die 2000 Jahre sind um, widibum! 2000 Jahre Hochkultur, die uns zustehen, meine ich. Man muß die Zeit bis zum Untergang nutzen.« Dann beschwert er sich scheinheilig: »Miezel will die Bäume in meinem Garten abends von unten anstrahlen lassen. Kein Mitleid mit den Nachtgreifen hat die hartherzige Person. Ich habe sie bei der Wassergymnastik kennengelernt. Sie will, wie als Kind, Miezel genannt werden. Miezel Terbenzel! Ist das nicht Musik?« Und so weiter. Es reicht nun aber, ich lasse die Turteltauben schnell zurück.

Auch ich habe hier einmal beobachtet, Ende Juni wahrscheinlich, wie die feurig-grünen Frösche in hohem Bogen in die Baumkronen des jenseitigen Ufers sprangen, ich meine, in deren Spiegelbild im Weiher, als wären es die Samen des Springkrauts, und habe sehr über diese Ähnlichkeit für mich allein gelacht.

Der arme Mann Hans aber! Wir hörten in den nächsten Tagen nichts von ihm, niemand erfuhr etwas. Bei Hehe nach ihm zu forschen, das traute sich keiner. »Der holt sich Trost bei einer richtigen Frau!« meldete sich die Galeristin, als könnte das sehr gut sie selbst sein. Vielleicht rührte in Wahrheit sein düsteres Gesicht nicht nur von Anada, sondern von der Sorge um den Metzger her, der nur noch Wochen zu leben hatte. Wie sehr traf ihn das beängstigende Wahlergebnis? Wir wußten eigentlich gar nichts über ihn, nicht einmal ich, die so oft mit ihm und dem Mädchen durch die Gegend gelaufen war. Man riskierte nie, ihn etwas Wichtiges zu fragen, so war es schon immer gewesen. Nur Hehe hätte helfen können, aber es war ja zu spät. Er befand sich, sagte Ilona, die sich nicht mehr auf ihr Kind zu freuen schien, nur noch zeitweise bei Bewußtsein. Von allen Seiten kam das Unheil und kreiste unseren Herrn Hans, der sich irgendwo verborgen hielt, ein.

Ich werde jetzt ohne Umweg nach Hause gehen. Kein Blick mehr auf die Landschaft also. Ist das dort bei den Kiefern nicht die schwarze Frau mit den frei laufenden Hunden? Sofort beginnen mir die Knie zu zittern. Aber nein, da ist nichts, ein größerer Baum mit zwei kleinen nur. Die Kleider wollen nicht recht trokken werden, und das Hütchen ist wohl aus dem Leim gegangen und verdorben, wenn es sich nicht über Nacht auf der Heizung noch einmal erholt. Ich hänge doch dran, hänge an dir, du löwenzahnfarbiges Hütchen.

Um diese Zeit wird das Brautpaar mit dem Frühstücken fertig sein, wenn mir die nicht unbescheidene Hoffnung erlaubt ist, der vergnügte Ehemann und seine selige Frau. Meine ehemals mürrische Sabine, mein verdammt gutaussehender Herr Hans. Ich muß es mir noch oft vorsprechen, um daran zu glauben. Unbesehen aber wünsche ich ihnen alles Glück, aus Leibeskräften und von Herzen. Wenn es nur möglich wäre! Es muß! Vergnügt und selig, selig und vergnügt.

12. Wanderung

Mit dem Strohhütchen wird es nichts mehr. Dann muß ich mit dem fahrlässig gefüllten Rucksack reden. Ich kann es so einrichten, daß in meinem Schlafzimmerfenster der gesamte Himmelsausschnitt aus Apfelblüten besteht. Von so einem rauschenden Fest möchte man nie mehr zurück. Dazu schon frühmorgens zusammen mit den Vögeln das Kraftmeiern der Kleinkinder aus der Nachbarschaft. Sie schreien vor Begeisterung oder heulen vor Wut. Gleichzeitig aber ein selterswasserähnliches Zischen und Brausen in der Luft: Aus den aufgeblähten Dingen weicht das Körperliche, daher das Geräusch in meinem Ohr. Aber ist es nicht ein Widerspruch?

Als ich gestern nach Hause kam, hieß es schon an der Tür mit Sabines Stimme: »Wien!« Sie war wild rumorend mit Koffern zugange. Die Entscheidung wegen der Hochzeitsreise, schon übermorgen solle es losgehen, sei für die hundsbeliebte Habsburgerstadt gefallen. »Flittertage!« rief sie und versuchte, es ein bißchen ironisch klingen zu lassen. Das schaffte sie aber nicht. Ganz aufgebracht war sie vor lauter Wonne, fast keine Furchen mehr. Doch, genug Hinweise, doch, doch, es muß das Glück sein! Es macht eben Menschen, die es nicht gewöhnt sind, etwas angespannt. Hans sei heute nicht hier. Man bleibe ja, so Hans, berichtete mir seine Frau, auf der Reise von morgens bis abends zusammen. Deshalb könne ein wenig Abstand und Absenz vorher nicht schaden. Hatte ich in meiner Überraschung unkontrolliert das Gesicht verzogen? Sofort holte Sabine aus zu einer gereizten, flammenden Lobrede auf ihren Mann, und ich, ich mußte mich, um ehrlich zu sein, sehr verstellen, um sie nicht noch zu überbieten dabei.

Damals, in den Tagen nach Anadas Abreise, lebten wir beide, Sabine und ich, in einer unangenehmen Taubheit, weil Hans uns nach den vielen, regelmäßigen Besuchen im Stich ließ, als wären wir nie seine Vertrauten gewesen. Er nahm sich das Recht, wir kannten das ja, Freundschaften nach Gusto eine Weile auszusetzen.

Manchmal kam eine der Frauen vorbei und saß dann, auf Neuigkeiten reflektierend, die wir nicht hatten, bei uns herum. Magdalena Zock wirkte auf mich anders als früher. Ich glaubte ihr das Fleischlich-Frohe nicht mehr so unbeirrbar wie einstmals. Plötzlich hatte ich den Verdacht, sie würde die Üppigkeit nur noch imitieren, damit ihr Mann Reife und schwellende Weiblichkeit an ihr weiterhin schätzte und dabei nicht erkannte, daß sie innerlich ausmergelte wie er selbst. Ob sie noch ihre herrlichen Essen zubereitete? Kaum denkbar. Für wen denn? An dieser immer prallen Person stellte ich auf einmal etwas Schlotterndes fest, sagte aber keine Silbe darüber zu Sabine, nein, lieber nicht. »Mit Jeanette und Detlef Herzer«, unkte Magdalena nicht unzufrieden, »mit denen sieht es nicht gut aus. Ich fürchte, es wird mit einer Trennung, vermutlich mit seiner zweiten Scheidung enden.«

Und was behauptete die Galeristin, unsere ehemalige Libelle mit dem kapriziösen Silberblick? Sie wolle mit dem Grünschnabel Boris Schluß machen, wisse bloß noch nicht wie. Dafür erwog sie aber, während sie auf unserer Küchenbank mit kränkend-kritischer Miene Sabines Kaffee trank, ob es für Hans nun nicht das Beste sei, endlich zu heiraten, verwarf es dann aber wieder in ihrer bissigen Ausdrucksweise: »Soll er an der Seite einer Person leben – und jede Frau an der Seite charismatischer Männer wird zwangsläufig so –, die eifersüchtig über das Fortbestehen seiner Herzensbrecheraura wacht und es sich doch nicht verkneifen kann, den Leuten voll kiebiger Rachsucht aus dem Nähkästchen ihrer ehelichen Desillusionierungen zu erzählen?« Sie lachte richtig bösartig und ließ sich auch nicht durch die hochschwangere Ilona, die hinzukam, nichts sagte, nur immer wieder tapfer mit den Tränen kämpfte, weicher stimmen.

Einen einzigen Satz äußerte die ehemals so niedliche kleine »Slawin« des Metzgers. An ihn erinnere ich mich genau, nicht nur ungefähr, wie an das meiste sonst: »Wäre Hans damals nicht so unverschämt weggefahren, dann wäre Hehe auch nicht so krank geworden.« Aber ist nicht gerade er, der Freund Hehe, es gewesen, der Hans Kraft und Gemütlichkeit des Lebens spendete, und mußte Hans nicht wanken ohne dieses Lachen, den Bart, die Würste, ohne Hehes donnernde Herzlichkeit? Trug der Fleischer mit seinem Sterben nicht die eigentliche Schuld am Untergang des Ganzen?

Wir saßen, auch ich, das gutherzig jenseitige Mütterchen, um den Küchentisch herum, aber in Wirklichkeit um einen Ofen, der nicht mehr feuerte. Jeder spürte es, fröstelte und hoffte, ihn noch einmal anzünden zu können, jetzt, wo der arktische Störenfried verschwunden war. Man mußte nur etwas Geduld haben und warten, bis sich die herumsausenden Teilchen beruhigt hätten. Dabei konnte doch niemandem ernstlich entgehen, daß wir ja gar nicht aufgescheucht wirbelten, sondern uns längst in einem fortreißenden Strom befanden.

Hier draußen, im Spätfrühling, hat jemand den umgefallenen oder gar umgetretenen Pfahl für das dreieckige, grüngeränderte Schild des Naturschutzgebiets mit dem schwarzen Greifvogelflugbild auf weißem Grund und der grünen Gebotstafel darunter mitleidig gegen einen Baum gelehnt. Damals, im Oktober, hoffte ich auf meinen Gängen immerzu, unseren Herrn Scheffer, seine liebe, mächtige Gestalt, unseren Hans vom Hochmoor, der doch unsere Sonne und unser König gewesen war, bei der Inspektion seines Reiches zu treffen. Ich sah aber leider nur die überall hochschießenden Birken. Der Anblick der grazilen Wichte bekümmerte mich, sie waren hier ein so schlechtes Zeichen. Wie gut mir jedoch andererseits die Landschaft in ihrer zunehmenden Verwahrlosung, in ihrem Aufstand gegen Herrn Hans, tief im Grund meines Herzens gefiel! Diese Treulosigkeit gegenüber Hans verschleierte ich sogar hastig vor mir selbst, sobald sich die Empfindung auch nur ein bißchen hervortraute.

Es waren von morgens bis abends schwerfällig rollende Herbstmittage. Einmal stieß sich hoch über mir ein Schwarzspecht von der Baumspitze ab, von einer Fichte, ein schöner Schwarzspecht mit seinem modernen Motorradsturzhelm, auch starrte mich ein weißes Pferd, ein stämmiger Küchentisch, mit runden Kohleaugen an. Zwischen den Ohren standen ihm die Haare steif zu Berge. Es sah mich an, ohne jede Regung, aber unwiderstehlich durch sein Dasein. Das Licht ruhte über Stunden still und wurde nur allmählich rauher. Die Bäume zitterten, als wollten sie sich zerstäuben oder die zerglühten Krusten ihrer Oberflächen aufbrechen wie Brote, wenn sie gar sind. Am Himmel formierten sich die Zugvögel mit lautem Wimmern zu ersten Probeflügen. Ich wußte, weiter flußabwärts versammelten sie sich in den Marschen, hinter dem Deich, und doch packte mich ab und zu eine Eifersucht auf das, was hier draußen nachts in meiner Abwesenheit geschehen mochte, wenn alles unter sich war und sich wechselseitig, ohne eine menschliche Seele zu dulden, beäugte.

Wie doch jedes Mal die alten speziellen Stimmungen für die Jahreszeit letzten Endes zustandegebracht werden!

Eins aber steht fest. Diese reizende Frau und entzückende Mutter Magdalena, bei der selbst ein bißchen Spott, mühevoll und eigens und lediglich Hans zum Gefallen hervorgepreßt, das Glucksen der Glucke nie übertönte, wollte in Wahrheit den schönen, mächtigen Mann als ihr fünftes Kind vereinnahmen und regieren.

Zischte mich damals nicht eine Kreuzotter in einem Sonnenfleck an, zischte in ihrem Zorn und ahnte nicht, daß ihr Dasein in dieser Gegend einen Triumph für Hans darstellte? Hier traf mich, von der Verengung des kleinen Lichtungskreises gebündelt, noch einmal eine Masse von Glutpfeilen, die senkrecht auf die nackte Haut herabschossen. Außerhalb solch später Sommerblitze aber spürte man, abgetrennt mit scharfer Klinge, schon den starken Atem einer bitter riechenden Kühle. Es tat mir in der Seele gut, von schattigen Wegen auf hell angestrahlte Wiesen zu sehen, auf dem die sturen Kühe wiederkäuten, als wäre um sie das Gelobte Land, als wäre für sie die Ewigkeit bereits eingetreten. Eine Farbumwälzung ins robuste Braun hier und da. Das Grün wurde schwärzer, das Rot immer feuriger, in beidem steckten die kommenden Fröste. Es gab Bäume aus Messing, Kupfer, Gold, manchmal als Gespinst, manchmal ziseliert mit großem Druck gegen das harte Himmelsblau. Zerfetzte Brombeerblüten neben Früchten, die nicht mehr dunkeln würden, aus den Dickichten die Ausdünstung von Pilzen und Moder, ach, das verlockende Wurzelreich! Ich schwenkte ab in den Forst und zurück ins Naturschutzgebiet, wo die künstlichen Teiche Kondensstreifen spiegelten und der Uferbereich mit niedrigem und bereits höherem Gestrüpp anrückte und das Verlanden vorantrieb. Ja, so wird es in jenem Oktober nach Anadas Abreise gewesen sein, in dem ich niemals unseren Herrn Hans in seiner Landschaft antraf, statt dessen zunehmend niedergetrampelte Strauchbarrieren, die ursprünglich ehemalige Wege für die Wanderer sperren sollten.

Im Tristanweg ereigneten sich weiterhin dürftige Zufallstreffen, nie vollzählige Versammlungen, aber alle, bis auf den für uns unsichtbar vergehenden Hehe, tauchten gelegentlich einmal auf, wie um zu schnüffeln, ob sich die Atmosphäre in der Zwischenzeit mit Herrn Scheffer gesättigt hätte. Und schließlich erschien er dann auch, stand einfach mit grauem Gesicht und schiefem Lächeln in der Tür.

Nur, so unglaublich es war, man merkte es kaum!

Die Frauen fingen nicht an zu glänzen, schneller und höher zu sprechen, rotwangig zu werden, und sei es, nachdem sie kurz im Badezimmer verschwunden waren. Hans mischte sich in seinem zerknitterten Anzug unter uns, ein müder Mann, der keine Erklärungen abgab, wie gewohnt. Aber sie schienen auch niemandem zu fehlen. Die Zerstreuung war schon zu weit fortgeschritten. Der ausgeplünderte König setzte sich auf den nächstbesten Stuhl, rührte sich nicht von der Stelle und starrte uns erschöpft, vor allem aber ungläubig an, und wir, wir starrten ebenso zurück, vielleicht sogar noch ungläubiger in uns selbst hinein. Wir, bis auf mich, bis auf Sabine.

Auch Herzer kam. Man redete über die neuen politischen Verhältnisse in der Stadt. Plötzlich legte der Frauenarzt mit dem Renommieren los und traf bei Hans auf keinerlei Gegenwehr: Ob wir uns an den Gebirgsort erinnerten, der die Zahl seiner Gäste dadurch zu erhöhen hoffte, daß er sie ununterbrochen zum Lachen brächte? Ja? Dort habe sich nun durch die Zähigkeit eines einzelnen Mannes, der seine, Herzers ganze Bewunderung gewonnen und tapfere Mitstreiter gefunden habe, im Kampf gegen kommunale Intrigenwirtschaft ein beträchtliches Wunder ereignet. Um den gefürchteten Trend zum schleichenden Hotelsterben zu stoppen, habe man dort ein verrücktes Bauprojekt beschlossen. O doch! Auf einer Fläche von 60 000 Quadratmetern, bei der auch ein naturgeschütztes Flachmoor einplaniert werden sollte, in einem Bergwiesengebiet, habe man, ein Fall erstaunlicher Schlußfolgerungen, mit Hilfe deutscher Investoren zwei Hoteltürme mit angegliedertem Hoteldorf errichten wollen. Jawoll! Dafür sei im Bebauungsplan ein schäbiger Trick angewandt worden. Um die Umgebung zu schonen, habe der Gemeinderat im Leitbild für die Planungen eine Intensivierung des Bauens im Ortskern erlaubt und die Kantonsregierung habe dem zugestimmt. Dabei sei aber vorher ein heimliches Abkommen getroffen worden, wär doch gelacht, eine bestimmte Fläche, ein sogenanntes Planungsfenster, offenzulassen, das heiße, aber ja, es zur Freude nicht nur der Bauindustrie, aus der Schonzone herauszunehmen: eben jenes Schutzgebiet! Nach einer langen Auseinandersetzung, warum nicht, bei der man die finanzielle Geduld und Potenz der am Bau Interessierten und ihrer rührigen Lobby nicht unterschätzen dürfe, sei endlich die Entscheidung durch Abstimmung der Gemeinde gefallen. Für das Projekt! Man kenne ja die üblichen, schmierigen Argumentationen, besonders die trügerischen bezüglich entstehender Arbeitsplätze, genau wie in unserer Stadt ja auch. »Und doch!« rief Herzer und warf Hans einen merkwürdigen Blick zu. Mußte es denn wirklich Schadenfreude sein? Warum sollte es sich nicht um eine schamhafte Art der Beschwörung handeln, die der letztlich gute Mensch Herzer bezweckte? »Und doch! Hören Sie nur, Herr Scheffer! Hören Sie, bitte sehr!«

Hans, unser alter Held vom Hochmoor, hob die Augenbrauen, ohne Neugier.

»Dieser Mann, der dem dortigen Gesetz zufolge nach der Abstimmung nicht mehr Einspruch erheben konnte, hat in mühseligen Einzelschritten und durch ein Netzwerk von Freunden erreicht, daß die Sache vors Bundesgericht in Bern gekommen ist. Eine nervenaufreibende, kostspielige Prozedur. Die dort getroffene Entscheidung aber gilt ein für alle Mal. Sie lautet: Ablehnung des Projekts! Als unzulässig und unsinnig von höchster Stelle abgeschmettert.«

Noch nie hatte Detlef Herzer in Gegenwart von Herrn Hans sich derart aufplustern und so lange amtlich reden dürfen. Das war es, was ich dachte, und es erschreckte mich, daß es sich so verhielt. Hans lächelte ein bißchen, nickte ein bißchen, nickte, fast als würde er insgeheim gramvoll kichern, vor sich hin: Er verstand die Attacke des Frauenarztes sofort. In dem seltsamen Gebirgsort da oben oder da unten gab es einen couragierten Kämpfer, während er, Hans Scheffer, den Dingen ihren Lauf ließ und den geänderten Bedingungen, die ihm offenbar bisher verbindlich zugesagte Geldmittel verweigerten, keinerlei Protest, keine Beschwerde, offenbar überhaupt nichts entgegensetzte. Was wir aber wohl alle am schmerzlichsten empfanden, vielleicht sogar der stichelnde Herzer selbst, war die Reaktion von Hans.

Sie fiel nämlich aus. Er antwortete gar nicht.

Etwas später sagte er: »Dann sind die Schakale wohl weitergezogen.« Und noch später fragte er ins Blaue hinein. »Wird unsere kleine Ilona es denn schaffen?«

Ein paar Tage danach war Hehe tot. Es hieß, er sei nach sehr schwerem Leiden sanft eingeschlafen. Ich weiß nicht, wann Hans seinen besten Freund zum letzten Mal gesehen hat. Bei der Beerdigung in ungewöhnlich dichtem Novembernebel sind sie ja alle zum Abschluß zusammengekommen. Hans trug trotz der falschen Witterung sein helles Sommerjackett, das er für Anada angeschafft hatte und, wie eine Witwe, eine Sonnenbrille. Viele Unbekannte, aber auch die aus unserem Kreis, auch die Männer, weinten, und niemand hat anschließend beim Frühstück im Restaurant meines Wissens Witze erzählt, was ja sonst als guter Brauch gilt wegen des Überlebens der Zurückgebliebenen. Ilona stand kurz vor der Niederkunft, zog sich daher bald zurück. Wir fürchteten die ganze Zeit über, die bleiche Gestalt würde umfallen. Der Bruder mit dem Kiosk aber paßte gut auf sie auf, er wich nicht von ihrer Seite und schirmte sie ab, fast auch gegen uns. Wir hörten dann noch, daß sie etwa zwei Wochen später eine gesunde Tochter zu Welt gebracht hat. Wer ihr eine Gratulation schickte, erhielt schriftlichen Dank.

»Freundlich«, meinte Sabine, »aber formuliert hat es ein anderer.«

»Keine Angst«, sagte die immer schlaumeierische Galeristin, »Herr Dr. Herzer wird sie garantiert und begründet unter seine Fittiche nehmen.«

Es gab an diesem sterbensgrauen Tag auch einen Satz von Hans, an den ich mich im Wortlaut erinnere. Er meinte auf dem Rückweg vom Grab, als er trotz seines Schmerzes so treulich neben mir ging und mir seinen lieben Arm bot, so daß es für mich selbst, ich darf es mir ja eingestehen, und für mich allein, doch noch ein schöner Tag wurde: »So ein Tod, Frau Wäns, hat etwas Mitreißendes.« Mir fiel in meiner Aufregung keine Antwort ein, wir wanderten stumm zwischen den anderen auf den Kirchhofwegen, und nach einer Weile flüsterte er, bestimmt, weil er sonst geschluchzt hätte: »Bitte, Frau Wäns, entschuldigen Sie.«

Etwas in seinem Gesicht, ich glaube, um seinen Mund herum, eine unregelmäßige Winzigkeit, wirkte auf mich wie der schnelle, abgrundtiefe Seufzer von Geigen, die Sarasates Zigeunermusik spielen, gegen die es ja auch keinerlei Schutzwall oder Verhärtung gibt.

Im Forstgebiet brach damals die Hölle los. Ich war am nächsten Tag dort wieder unterwegs. Schon von weitem hörte man die Motorsägen. Die weiche Erde mit dem matschigen Laub auf den Wegen war tief gefurcht von den schweren Fahrzeugen der Waldwirtschaft. An den Seiten stapelten sich die gefällten Bäume. Jetzt spürte man, daß man nicht durch den schönen grünen Schein, sondern durch eine Baustelle, durch ein Industriegebiet wanderte. Die Spechte hatten das Nachsehen.

Im Sommer war alles vom Geißblattduft angefüllt und durchschwärmt gewesen. Überall leuchteten Holunderblüten aus dem Dunkel mit sanften Scheinwerfern in die Gegenwart. Wohlriechende Geisterfingerchen kletterten die Bäume hoch, unten faßten Tausende winziger Tierchen ihre Entschlüsse. Jetzt aber hieß es vorsichtig sein. Rot-weiße Bänder grenzten die Bezirke ein. Sie warnten vor der Lebensgefahr wegen Holzfällung. Ganze Wäldchen splitterten, krachten und sanken um bis auf kleine Lebenszellen, Inselchen aus niedrigem Gebüsch. Welche Tiere sich darin wohl in großer Angst versteckt hielten, bei diesem gewaltigen Aufräumen und Jüngsten Gericht? Die Maschinen dröhnten im Heidenspaß. Es wurde Ernst gemacht, man hatte hier nichts verloren, die Tiere nicht, ich nicht. Es handelt sich aber doch um einen Staatsforst, bei dem es mit rechten Dingen und beispielhaft zugehen sollte! Ich, Luise Wäns, das schwache Mütterchen, fragte die gepanzerten Männer lieber nicht, sie waren die Stärkeren und völlig eins, schwelgten in Harmonie mit dem Tosen ihrer Apparate. Schließlich mußte ich umkehren. Am Rand eines Reitweges balancierte ich, einen Tag nach Hehes Beerdigung, vorsichtig ins Schutzgebiet, zurück ins alte Reich von Hans und nach Haus.

Damals hätte ich gern zumindest Herrn Holterhoff getroffen zu meinem Trost. Wer wartete dagegen wie gerufen an der Haustür, um mich zu überraschen? Die gute Elsa, die zufällig in der Nähe zu tun gehabt hatte. Ich will ihr das nicht vergessen! Da sind wir beide gleich noch einmal losgetrabt, denn im Haus hielt es uns nicht. An Hehes Grab hatte ich nicht geweint, aber als wir beide, Elsa und ich, so nebeneinander gingen, da sind mir die Tränen gekommen und gegen meinen ausdrücklichen Willen aus den Augen gequollen. Sie hat überhaupt nichts gemerkt davon, die immer so fröhliche Frau, und mir statt dessen schnell Neues von einer kleinen Patientin erzählt, vom komischen Kind und Mädchen Ilse, so daß ich nach kurzer Zeit den Kopf wiegen und lachen konnte und sogar ein bißchen Rat geben sollte.

Eines nassen Abends klingelte der zutrauliche Finnland bei uns. Es wurde schon früh dunkel, mit jedem Tag und in Sprüngen. Da stand er auf seine hölzerne Art in einem gewaltigen Regencape, wie er es gewiß an seinen ungemütlichen Arbeitsplätzen trägt, hinter ihm kam der Vollmond zum Vorschein. Bevor Finnland vollständig eingetreten war, bedeckten den Mond wieder dünne Wolken. Das sah beinahe noch schöner aus. Finnland ahnte gar nicht, daß sein Auftauchen vor diesem unwillkürlichen Hintergrund dramatisch auf uns wirkte, dabei kündigte der Himmel, vielleicht nur aus Versehen, die Nachricht, die er uns brachte, stimmungsvoll an. Es ergab sich, daß es Finnlands letzter Besuch im Tristanweg war. Auch er machte bei der allgemeinen Zerstreuung mit.

Weder Sabine noch ich konnten hinterher sagen, warum er eigentlich aus Dunkelheit und Nässe noch einmal, als es hier schon stiller und stiller wurde, bei uns aufgetaucht war. »Mir zuliebe weiß Gott nicht!« entfuhr es rauh dem trübsinnigen Wesen, das meine eigene Tochter ist, die mir einerseits noch verhärmter als in den vergangenen Monaten zu sein schien, zwischendurch dann jedoch für Momente heiter, fast ausgelassen, ohne daß ich einen Grund dafür bemerkte. Finnland sah, nachdem er sich gekämmt und das wunderliche Cape abgelegt hatte, ganz manierlich, sogar ein wenig gelenkiger als sonst aus. Er bekam einen Tee, ein Gläschen Rum und ein Wurstbrot. Das machte ihn gesprächig und sollte es auch, denn wir ahnten beide, daß er Aufschlußreiches aus unserem ehemaligen Trupp wußte, es allerdings kavaliersmäßig geheimhalten wollte. Nein, gekommen, um uns das von Magdalena auszuplaudern, war er ursprünglich sicher nicht.

Es hatte sich spätestens nach Anadas Abreise so entwickelt, daß er gelegentlich bei Zocks eingeladen war, dort auch die Galeristin mit und ohne Bäder traf. Aha! Hier warf mir Sabine einen ihrer verletzten Blicke zu, äußerte sich aber glücklicherweise nicht zu der Kränkung, die ihr durch diese Information widerfuhr. Man speiste bei der Frau, meinte Finnland arglos, wie wir wüßten, immer ausgezeichnet. Das konnte einen Junggesellen schon anlocken. So glanzvoll wie einstmals in der Gegenwart des gutgelaunt residierenden Herrn Scheffer habe sie die Essen zwar dann nicht mehr gestaltet, aber Magdalenas Braten und Brunos Wein – ach, die duzten sich jetzt also ohne Hemmungen hinter unserem Rücken! Seit wann? Es war uns bei der Beerdigung nicht aufgefallen – seien doch ein tröstlicher Kontrast gewesen zu dem eher kummervollen Thema ihrer Zusammenkünfte, an denen die Kinder, bekanntermaßen der ganze Stolz des Ehepaars, immer nur zu Beginn teilgenommen hätten, und das offensichtlich auch nur, um sie für den gesellschaftlichen Umgang zu trainieren, so daß man bald ungeniert vom Leder habe ziehen können. Doch, so drückte sich der schüchterne Herr Finnland aus: »vom Leder ziehen«.

Natürlich, es wunderte uns nicht, drehte sich das Gespräch um die Veränderungen von Hans. Nachdem man zunächst verständnisvoll, wenn auch nicht ohne Steinertsche Ironie über die mißglückte Liebesaffäre geredet habe, deren Ausgang sie Herrn Scheffer von vornherein hätte prophezeien können, so Iris – hier plinkerte Finnland auf eine bei ihm sehr ungewohnt vielsagende Weise –, auch über die Vernachlässigung seiner Arbeit und Aufsichtspflicht im Naturschutzgebiet, die Bruno zu Ohren gekommen sei, und die sich unselig kombiniere mit beunruhigenden Plänen der Stadt, habe man sich ausschließlich seinem rücksichtslosen Benehmen gegenüber dem Kreis der Freunde gewidmet.

Finnland senkte geniert den Kopf. Es wird hoch hergegangen sein unter den Rachsüchtigen mit den Anschuldigungen, von Mal zu Mal ungezügelter. Selbst Ritter Zock, selbst der steife Finnland muß zu den Verschwörern und Königsmördern gezählt werden. Darüber gab mir dessen schuldbewußtes Kopfeinziehen laut genug Auskunft.

»Alles Hetzreden aus enttäuschter Liebe«, lachte Sabine in der Nacht, als Finnland gegangen war, ein bißchen zu schrill. In einem ihrer schönen Augen war ein Äderchen geplatzt. Sie hatte ihn gefragt, als wäre sie nur gleichmütig an ein bißchen Klatsch interessiert: »Wer hat Herrn Scheffer denn am stärksten angegriffen?« Finnland mußte nicht lange überlegen: »Magdalena. Und es hat mich verblüfft. Diese so herrlich in sich ruhende, reife Frauensperson! Daß sie sich so erhitzte! Unsere Iris freute sich maßlos darüber, das konnte man leicht an dem hochaktiven Silberblick erkennen. Sie kriegte von Magdalenas Wut gar nicht genug. Vor zwei Tagen ist die Bombe dann auch explodiert.«

Er trug uns ein Ereignis vor, über das sich mancher amüsieren mochte. Mich erschreckte es sehr.

Magdalena hatte Hans aufgefordert, nun endlich Mut zu fassen, wieder der alte Hans Scheffer zu werden und ihn kurzerhand eingeladen, das schöne, achtfenstrige, nach seiner Idee errichtete Gartenhaus zu besichtigen. Hans kam aber nicht, nicht zur festgesetzten Zeit, nicht Stunden später. Da hat die erboste Frau am nächsten Morgen die junge, novemberlich kahle Kastanie, die, wenn ich mich recht erinnere, feierlich zur Geburt des Söhnchens Didi, jedoch merkwürdigerweise – »Hahaha, ist ja dasselbe, sozusagen« hatte die Galeristin das früher einmal kommentiert – zu Ehren von Hans gepflanzt worden war, eigenhändig, so hieß es jedenfalls, mit der Axt umgehauen, hat sie mirnichtsdirnichts spornstreichs weggeschlagen.

»Gewalttätige Mutterarme«, sinnierte Finnland, »besitzt sie ja gewissermaßen in Hülle und Fülle. Daß es in die rundlichen Hände so kleiner Frauchen gelegt ist! Mit ein wenig Gemunkel bewirken sie, daß Riesen und Götter stürzen.« Damit erhob er sich abschiednehmend vom Platz, um sich nie wieder bei uns blicken zu lassen.

Ich dachte sofort: Hoffentlich erfährt mein Herr Scheffer das alles nie!

Als sie uns der Reihe nach verlassen hatten, verging noch etwas Zeit. Ich wurde dann ja einige Wochen krank und kriegte den heilkräftigen Narzissentopf. Es ist wahr: Als sie sich alle zurückgezogen hatten, da kam Hans, kam immer öfter, ja, da kehrte Hans, der schöne Mann, ganz verloren zu uns zurück, war nicht der Herrscher von früher, wollte nichts als in unserer Küche sitzen. Er saß in unserer Küche und still in meiner Nähe. Ich sah ihn an oder horchte mit geschlossenen Augen zu ihm hin. Am

Ende ist es meiner häßlichen Sabine, dem guten Mädchen, gelungen, ihn aufzuheitern und morgen als seine Frau mit ihm nach Wien zu fahren, aber, hat mein Herr Hans mir aus freien Stücken zugesagt, doch höchstens acht Tage nur, vielleicht weniger.

Gerade jetzt kommt mir Elsas türkischer Händler in den Sinn. Was mag aus Elsas tiefernstem und wohl etwas zartem Obsthändler geworden sein? Sie wunderte sich jedesmal beim Wandern, daß seine Scheiben nach der Zerstörung, anders als angekündigt, weiterhin zugeklebt sind. Der Zettel mit dem Versprechen der Neueröffnung sei weg: »Etwas entmutigt, etwas ängstigt den Mann.« Warum denke ich heute daran?

Weil plötzlich Gefahr in der Luft liegt und mich von allen Seiten umgibt. Wer beschützt mich hier noch? Auch Holterhoff ist ja verliebt und paßt nicht mehr auf mich auf. Keiner hält Wache.

Mein sechster Sinn täuscht sich nicht. Jemand schleicht hinter mir her. Wenn ich mich umwende, versteckt er sich blitzschnell. Einmal, zweimal. Er tastet schon verstohlen mit den Augen, wie er dich packen kann, mein widersetzlich gefüllter Rucksack. Wir müssen uns aneinanderklammern, du und ich. Wer greift uns an? Die bösen Hartmann-Brüder, der irre Sumpfgrafsohn mit dem Riß in der Hose, die grausame Tonia und ihr Söldner? Rüttelt und schüttelt mich, jetzt wüst, kein Umdrehen mehr möglich. Stürzen soll ich. Schon alles schwarz ringsum, wogend noch. Ich falle ja. Die Welt geht unter. Niemand hält sie auf. Es wogt. Innen? Außen? Mein eigenes, mein eigen Blut?

Dritter Teil
Gewimmel

Elsas Obsthändler
Nun ist es heraus. Nein, der kleine Mann wird nicht zurückkommen. Man vermutet im Anschlag auf seinen Laden eine Drohung der kurdischen Mafia. Er hat das Signal verstanden und ist lautlos verschwunden, ohne Hilferuf oder Protest. Inzwischen residiert eine Immobilienfirma nach gründlichem Umbau in der ehemaligen Wohnstatt von erstklassigem Mangold und Spitzpaprika. Offenbar muß keiner der Makler, von denen die Gegend, mit jedem Tag ärger, nur so wimmelt, Attacken befürchten. Das läuft wie geschmiert, da passiert nichts. Ach nein, hierher wird er wohl nie mehr zurückkommen, der freundliche, sorgenvolle Mann.

Überfall im Naturschutzgebiet
In einem flußabwärts gelegenen Naturschutzgebiet, dem westlichsten der Stadt, ist es im späten Frühjahr zu einem heimtükkischen Raubüberfall auf eine rüstige und erfahrene Wanderin gekommen. Leider konnte das Verbrechen bis heute nicht aufgeklärt werden. Bei dem Opfer handelt es sich um eine gewisse Luise Wäns.

Frau Wäns, Enkelin der zwischen den beiden Weltkriegen berühmten Sängerin Anna Hornberg, hat dort täglich, meist allein, unerschrocken bei jedem Wetter ihre Runden gezogen. Ihre Tochter Sabine Scheffer äußerte die Ansicht, die Mutter habe die Tat durch das sinnlose Tragen eines mit Geld und Schmuck gefüllten Rucksacks geradezu herausgefordert und Warnungen verstockt in den Wind geschlagen.

Die Frau, die mit gebrochenem Hand- und Fußgelenk, einer Rückenverletzung sowie Blutergüssen am ganzen Körper erst circa zwei Stunden später, nach offenbar längerer Bewußtlosigkeit hilflos am Boden liegend aufgefunden wurde, stand zunächst unter Schock. Später glaubte sie sich an den Tathergang zu erinnern, konnte aber nur von einem groben Rütteln und Niederstoßen berichten. Der Urheber des äußerst brutalen Vorgangs blieb für sie unsichtbar, da er ihr sofort von hinten eine Mütze über den Kopf gezogen hatte. Ein Mann müsse es gewesen sein oder eine muskulöse Frau. Die Vernehmung der Waldarbeiter aus dem nahen Staatsforst sowie eines gewissen Herrn Holterhoff und seiner Verlobten Miezel Terbenzel verlief ergebnislos. Vom Angreifer wie vom Rucksack fehlt nach wie vor jede Spur. Der Täter oder die Täterin hat vermutlich die Frau schon längere Zeit beobachtet, wenn sie den Inhalt des Rucksacks sorglos, beinahe wie einen Köder auf einer Bank vor sich ausbreitete, was, um es noch einmal zu sagen, von großem Leichtsinn des eher gebrechlich gebauten Opfers in einem an Alltagen so einsamen Gebiet zeugt.

Die frisch verheiratete Tochter, die am nächsten Tag mit ihrem Mann, der verantwortlich für das Bemühen um Renaturierung des ursprünglich von der Eiszeit geprägten Areals zeichnet, eine Hochzeitsreise nach Wien antreten wollte, mußte mit Rücksicht auf die Mutter nach eigener Auskunft »schwersten Herzens« die Fahrt aufschieben.

Später scheint das Paar den Plan vergessen, ihn einfach aus den Augen verloren zu haben.

Jener wohl unverdächtige Nachbar Holterhoff aber fand am nächsten Tag in dichter Folge mitten auf dem Weg 1. eine eben angerauchte Filterzigarette, 2. einen verschmutzten Strohhut, 3. einen Euro. Allerdings stellte sich das Geldstück dann als Flaschenverschluß heraus. Auch befand sich der Ort etwas entfernt von dem der Attacke auf Frau Wäns.

Rätsel

Die Krankentherapeutin Elsa ist nun wieder häufig helfender Gast im Tristanweg 8. Sie versucht, Luise Wäns nach den Operationen behutsam auf das Gehen vorzubereiten. »Blühen schon Odermennig und Johanniskraut?« fragt Frau Wäns sie an zuversichtlichen Tagen. »Leuchten im Dunkeln unsere Nachtkerzen noch nicht?« Sie erzählt Elsa wieder von den Jägern, die in auseinandergezogenen Ketten auf die Hasen losmarschierten, von dem Mädchen Anada, dem die Katze blutig den Arm aufgerissen hat und von Metzger Hehes Spruch über den Tod und den Geschlechtsverkehr nach seinem schweren Anfall damals. Sie will von Elsa wissen, wie die drei Szenen zusammenhängen. Es ist ihr noch immer wichtig, dahinterzukommen. Als wäre da was.

Aber was sollte da sein?

»Was macht der Wegesrand? Wie weit sind die Weidenröschen und die Brennesseln?« fragt sie und weigert sich – auf den eigenen Füßen ins Freie zu gehen verlangt ja keiner von ihr –, wenigstens im Rollstuhl nach draußen zu fahren. Sie sagt niemandem, warum. Man begreift's nicht. War die Landschaft da draußen nicht ihre große Liebe? Sie erzählt, wenn Elsa ihr die Beine massiert, von den Leuten, die in ihrem Haus verkehrt haben, und auch ein bißchen, dann immer mehr vom Herrn Hans, König Hans, Hans vom kleinen Hochmoor.

»Sind draußen die Gräben schön gefüllt?« Das verblüfft Elsa. Die Frage könnte genausogut von einem anderen stammen, von Jan Sykowa nämlich.

Fritzles Frage an sich selbst

Gut, daß der kalkbleiche Zuwider Fendel nach München verschwunden ist. Da soll er auch bleiben. Jedoch jetzt, wo niemand mehr beim Schachspielen von außen durch die Scheiben starrt, fragt sich Fritzle was.

Fritzle, der immer ein witziger, legerer Mann sein wollte und heute nachmittag aus seinem Gartenhäuschen eine Menge verlassener Mäusenester ausgeräumt hat, stellt sich die Frage, ohne ein Wort darüber zu den beiden »Strohwitwern«, zu Heinz, dem »Irrenarzt« und Hans, dem »Kerkermeister« zu verlieren, ob das vielleicht die blanke, bleckende Einsicht des Alters ist, fern der berüchtigten »Alterslangeweile«, nämlich zu wissen, nicht nur ein bißchen, sondern bis in Mark und Bein zu begreifen, daß der Tod mit rasend gesteigerter Wahrscheinlichkeit tatsächlich überall zuschlagen kann, am grüngoldenen wie am blaudunstigen Waldrand, im sicheren Haus, beim Kauf einer neuen Wetterstation, beim Wein, in der Bank, im Bad, im Bett. Kann zuschlagen, während man amüsiert im Zugbegleiter liest »... speziell für Paare und Kleingruppen bietet Meropa 3tägige Städtetrips mit nicht alltäglichem Programm« und sich fragt, ob die Anzüglichkeit zufällig oder beabsichtigt ist. Kann zuschlagen, wenn man in den Zügen die sich todfern fühlenden Laptop-Leute in den schwarzen Anzügen ihre Jacken aufknöpfen und die Krawatten ein wenig lockern sieht: Wie sie untereinander das Wort »BILD-Zeitung« aussprechen, als wäre es der Name eines Rabattmädchens, das schon jeder von ihnen mal gehabt hat und bei Bedarf jederzeit bis zum Umfallen wieder kriegt. Kann zuschlagen, während man einem jungen Schachfreund erklärt, daß der »Altersstarrsinn« nur der letzte Haltegriff ist gegen das allgemeine Gleiten und Ausrutschen der Dinge, an denen man früher nur den Stillstand wahrgenommen hatte.

Kann zuschlagen rund um die Uhr? Nimm getrost Gift drauf. Ohne den lächerlichsten Spalt zum Entschlüpfen.

Nur nachts

Gibt es ein größeres Glück, fragt sich rhetorisch Frau Sykowa, als in den Armen dieses Mannes einzuschlafen und vorher an seinen großen Kopf und sein großes Herz zu denken? Wenn nur nicht manchmal die Schlaflosigkeit wäre und dazwischen die schrecklichen Träume. Aber wegen des Glücks im Wachen sind sie ja, sobald Frau Sykowa die Augen aufschlägt, vorbei, sind null und nichtig wegen des Glücks, die Alpträume.

Nur, wie gesagt, das lange Liegen, die Schwärze, die Gedanken, während er schläft. Und dann die halbe, vielleicht auch ganze Stunde am frühen Nachmittag immer, die dürfte strenggenommen auch nicht sein.

Häuser

»Die Schicksale in den Häusern oder umgekehrt«, erzählt die Fotografin Babs bei der Gymnastik, »die so steinern und stabil dastehen, so putzig und prächtig, die werde ich demnächst porträtieren, so daß man die Unfälle und Neurosen der Erwachsenen, die vernachlässigten oder die fehlenden Kinder darinnen ahnt, den Ernst, der durch die Ritzen und über die Zäune dringt, unselige Häuser, die zusammengeschlagen und ausradiert werden. Kein Auge soll trocken bleiben.«

»Da wünsche ich viel Glück«, sagt Elsa, ganz erschossen zur letzten Patientin des langen Tages.

Liebe Herta,

Frankfurt a. M. Das muß ich Dir sagen: Es erbost mich, wenn jemand im gewöhnlichen mitmenschlichen Verkehr über die ihm von mir zugebilligte Position hinausgeht! Ich kann großherzig und demütig sein, aber ich ertrage nicht, wenn sich jemand im Privaten über mich erhebt. Über mich: niemals.

Deine Ruth

Liebe Ruth,

was ist denn jetzt schon wieder los?

Ich sitze hier in meinem Pavillon und lese gerade, daß man in Bangkok die Orang-Utans für Touristen zum Boxen gegeneinander zwingt. Wenn sie nicht wollen, und sie wollen natürlich nicht, setzt man Stimulantien und Prügelstrafen ein. Und wir hier, wir geben uns solche Mühe mit den Tieren! Man könnte die Hoffnung verlieren.

Herta

Liebe Herta,
was haben Deine boxenden Affen mit mir zu tun?

Das ist ja so, als würde ich Dir von einem Staatsminister berichten, den ein Professor genießerisch als seinen ehemaligen Zahnarzt bezeichnet und den ein Buchhändler bei derselben Gelegenheit bewundert, weil er sich in der Buffetschlange ordentlich eingereiht hat wie jedermann.

So, jetzt kannst du Deine Affen wieder boxen lassen!

Ruth

Kinder

Auch Ilse hat eben im Wartezimmer davon gelesen. Elsa weiß gar nicht, wie das nervöse Mädchen zu beruhigen ist, das jetzt im Behandlungsraum mit den Zehen Papier in Streifen reißen soll. Es hat die schmächtigen Schultern eng an den Hals gezogen, es hält die Füße ganz steif, als hätte es alle Übungen, alles, was Elsa so geduldig mit Ilse trainiert hat, verlernt.

»Ist was?« fragt Elsa beiläufig, damit es keinesfalls forschend klingt. In ihrer Hilflosigkeit versucht sie, beschwingt zu lächeln. Ilse schüttelt den Kopf, sie fängt an zu weinen. Halb nackt in ihrem Turnhemdchen duckt sie sich auf dem Boden vor dem Klettergerüst. »Die Affen!« hört Elsa schließlich aus dem Schluchzen heraus. Nein, keine Chance, heute ist an Gymnastik nicht zu denken. Elsa hockt sich neben die Kleine und wird von ihr so böse angesehen, daß sie sich schuldbewußt fühlt. Es ist etwas gegen die Erwachsenen, das ist ihr klar.

Sie muß lange warten, bis sie erfährt, was Ilse nun weiß. Affen sind als Haustiere beliebt. Man muß sie, um sie zahm zu machen, schon als Babys eingewöhnen. Dazu schießt man die Mütter von den Bäumen. Die Kleinen haben sich fest angeklammert und lassen sich häufig nicht lösen von ihren toten Müttern. Man versucht es mit Gewalt. Dabei werden die Äffchen oft schwer verletzt, sterben auch.

Soll Elsa sagen, daß es weit weg ist von hier, oder daß Ilse etwas falsch versteht? Ilse hat alles richtig verstanden. Sie kann dem Kind nur betrübt die verkrampften Füße massieren und schnell Geschichten von guten Menschen erfinden, auch mit Ach und Krach ein paar lustige. Ohne ein winziges Lachen will sie Ilse nicht auf den Heimweg schicken.

»Geht alle zum Teufel, alle!« ruft sie und reißt sich schwitzend den Kittel vom Leib, als Ilse endlich verschwunden ist. Der ist nun nicht mehr schneeweiß.

Das ergrimmte Kind aber wird vielleicht bald oder später, hoffentlich erst später, erfahren, daß es beim Lesen von Nachrichten über Menschen aus aller Welt und nicht weniger beim Lesen in sich selbst noch viel Schlimmeres als Tränen gibt, nämlich das blanke Entsetzen, trockenen Auges.

Im Frühsommer

Elsa wundert sich über Frau Wäns, die heute wie im Fieber sagt: »Am frühen Nachmittag: das Licht, bevor es verschwindet, moorig braun, es platscht auf die Haut herunter und wird schließlich weggesaugt. Die Dunkelheit schlürft das Licht bald weg. Ringsum am Horizont zieht die Ferne auf, hoch die Unendlichkeit, Frau Elsa. Wie habe ich gezittert in meiner Freude! Die Pferde auf den Weiden am nächsten Tag sind alle verschieden, keins gleicht dem anderen in Größe und Fell. Sie stehen zwischen gefrorenen und, gegen Mittag, tauenden Pfützen und dem zähen unentwegten Gestrüpp. Das Kraut ist nicht umzubringen vom Frost. Ihre Mähnenhaare wehen so wunderschön, oder sind es hohe Gräser im Wind? Die Körper aber stehen bewegungslos. Ich dagegen habe gezittert in meinem Glück. Sehen Sie nur, wie ich zittere. Im Tauwetter schlängelt sich der Bach neu in seiner Flüssigkeit, natürlich, das ist doch natürlich. Man verliert trotzdem für Augenblicke darüber den Verstand. Ist denn Frühling? Vier Jahreszeiten auf einem Meter Breite: vereiste Winterwege, schmale Spuren von nassen Herbstblättern, Moos funkelt wie verrückt auf den Baumstämmen. Dann sieht man fünf Bäume im Halbkreis. Fünf starke Schattenstämme. Und ich? Ich sprudle hoch wie ein Springbrunnen von meinem Standort aus bis zum Himmelsgewölbe. Dann fließe ich ringsum am Horizont wieder herab. Das wußten Sie noch nicht von mir. Dabei ist Dezember.«

»Es ist jetzt doch Frühsommer, Frau Wäns, draußen besonders«, sagt Elsa, ein bißchen verlegen, aber sanft.

Ihre Patientin lächelt sanft zurück: »Nicht jetzt, Frühsommer, jetzt nicht. Ich spreche von damals. Jetzt, sagen Sie? Die Jugendlichen heutzutage sind mir fremd wie Steine, fremder als junge Ziegen in den Gehegen. Mein Mirko wäre jetzt Mitte zwanzig und ganz anders. Ich sage damals, extra damals: Habe ich Ihnen denn erzählt, daß meine Mutter Adelgunde hieß, weil meine Großmutter, Mirkos Ururgroßmutter, die Sängerin Anna Hornberg, unbedingt einen Adligen als Ehemann für ihre Tochter wünschte und bei der Taufe mit dem Namen schon die Weichen dafür stellen wollte?«

Was für ein Durcheinander! Ob Frau Wäns nur Fieber hat, oder sind Schäden vom Überfall zurückgeblieben?

Verblüffung

Clemens Dillburg, von schmerzenden Füßen und schwierigen Fällen in seiner Pfarrei ausreichend geplagt, hat sich nach dem Umzug der Schwester Sorgen gemacht. Er kann sich nicht genug um sie kümmern. Sie selbst ist ungeübt, sich Freunde oder auch nur Bekannte zu schaffen. Ihr unzufriedenes Gesicht beim

Abendbrot versetzt ihn beinahe in Zorn. Er hatte es sich so schön vorgestellt. Die Schwester erweist sich als – er denkt mit Mühe: liebe – Last.

Nun aber die Überraschung! Agnes lächelt vor sich hin. Ja, leise, geräuschlos, aber Dillburg kann es trotzdem hören. Er hört es aus der ungewohnten Milde ihrer Bewegungen und der Abruptheit, mit der sie nach ihrem letzten Bissen aufspringt und ihn ohne mit der Wimper zu zucken bei seinem Kartoffelgratin zurückläßt: »Tut mir leid, armes altes Bruderherz, ich muß weg!« Und was ist das? Sie hat sich die Lippen geschminkt!

Dillburg wird es leicht zumute. »›Er küsse sie mit dem Kusse seines Mundes‹«, flüstert er hinter ihr her in das seit heute etwas lauere Wehen, ja schon linde Weben der kommenden Sommernacht, ausgerechnet zu seinem, Dillburgs, Trost vielleicht. Erst heute, erst jetzt rührt ihn auch, daß der in Wien so grausam ermordete Zuhälterbruder, der gegen Ende seiner kurzen Meßdienerzeit das Tabernakel nur noch »Brottrommel« nannte, bis zu seinem Tod nicht davon ablassen konnte, jedes Gehäuse als »Tabernakel« zu bezeichnen.

Bei diesem Gedanken fällt ihm als Zugabe etwas anderes auf. Er, Clemens, hatte immer gedacht, die Bilder der Gotik wären ihm von Kind auf so unentbehrlich gewesen, weil sie das Göttliche vorstellbar machten im Fleische. Plötzlich ahnt er: Die eigentliche Freude war die, daß die ins Gemalte entrückten Gestalten einmal richtig auf der Erde lebendig gewesen waren mit Atem und Herzschlag und allem.

Er lacht leise über sich in die Sommernacht. Sie ist voll faustdicker Sterne, an die sich, wie er kürzlich durch Vermittlung seiner Meßdiener von der Band »Rammstein« gehört hatte, die Engel »krallen, damit sie nicht hinunterfallen«. Die große Versuchung war für ihn nicht die eventuelle Leere des Alls, eher das Eingesperrtsein darinnen. Egal, wie weit man darin vorankam, man würde mit dem Kopf anstoßen, an den Milchstraßen, an den Kleinstpartikeln und Antiuniversen, sosehr man auch dagegen anrannte. Das ging, bis die Anfechtung, von der er sich kaum aus eigener Kraft befreien konnte, von ihm genommen wurde.

Jetzt aber: »Er küsse sie mit dem Kusse seines Mundes.«

Besiegtes Grauen

Herbert Wind kann es nicht lassen. Trotz zaghaft, wenn auch unzuverlässig steigender Temperaturen und vorsichtig unter dem Mond einsetzender Akeleiblüte geht ihm ein Bild aus den Bergen Graubündens durch den Kopf. Gerade jetzt? Das auch, aber vor allem: jetzt gerade!

Er sieht ein von innen erleuchtetes Holzhaus im Schnee. Ein Aufflammen freundlicher Verheißung: So fällt das Licht durchs Fensterchen in die eisige Dunkelheit. Draußen herrschen das Wüste und das Schaurige. Es beginnt direkt neben den Lichtschneisen. Was für ein Triumph rötlicher Wärme für den Abendwanderer. Wie freut er sich später von innen über das Grausige draußen!

Aber wieso »jetzt gerade«? Weil er heute in der nagelneuen, kalkweißen Ortsteilerweiterung nach der für ihn zuständigen Finanzbehörde wegen Abgabe der Steuerunterlagen gesucht hat. Die frisch angelegten Straßen waren baum- und menschenleer, die Fronten der noch immer unvermieteten Häuser blendeten im kahlen Licht. Er kennt das von den Gebissen der Wintersportler. Herbert Wind irrte beschämt zwischen den Zahnreihen umher. Aber auch sie, die Behörde, schien sich zu genieren, denn sie kündigte sich in einem der Bauten nur durch ein lächerliches Schildchen an. Wind entdeckte nicht gleich, in welcher Etage die Zweigstelle residiert.

Er stieg bis ins vierte Obergeschoß und begegnete keiner Menschenseele, sah nur allein, als einziges Lebewesen, in die leeren, noch nicht eingerichteten Fallen, jedenfalls Räume, die Beute, zumindest Benutzer ersehnten. Zwischendrin gab es eine Ausnahme, eine auf Patienten in tiefer Einsamkeit wartende Gynäkologenpraxis. Aber welche Frau würde ihre heikelste Körperzone diesem Frost anvertrauen? Ja, etwas zudringlich Flehentliches, um erlösendes Einnisten Bittendes war in dieser Gräue und Auslegeware. Es schrie zum Himmel. Bloß schnell weg hier! Hier herrschte, anders als in den Alpen, das Schaurige drinnen, draußen die Lebensfreundlichkeit.

Dort aber, draußen, begegnete ihm ein Mann, wie gottverlassen wandelnd. Scheu fragte er Wind, wie ihm denn das Ganze gefalle? Er selbst sei nämlich der Architekt.

Der Architekt selbst in Person! Und schlich hier herum, so verhärmt? Herbert konnte nicht anders, er sagte: »Gut.« Da fing der Mann an, aufzublühen, errötend und plötzlich unverbittert.

Wind log, als er die Freude des anderen sah, immer lauter und frömmer: »Gut! Gratuliere! Schön, wirklich schön! Ist doch großartig, Mensch!« Wie lebte er auf, der Architekt!

»Richtig gelungen!« rief Wind ihm nach, von Nachsicht beschwingt, ja berauscht.

Rätsel

Was bedeutet »Indect«? Virus? Medikament? Umweltschutzorganisation?

Hilfe: Es ist etwas sehr Prekäres, sehr Lukratives.

Lösung: Intelligentes Informationssystem zur Überwachung, Suche, Detektion für die Sicherheit der Bürger in urbaner Umgebung.

Gefühle

Frau Sykowa hat eine Delikatesse, die sie für ihren Mann gekauft hat, hinter seinem Rücken selbst aufgegessen, restlos! Niemand außer ihr weiß davon. Etwas daran ist ihr peinlich. Nicht, daß es geschehen ist, das eigentlich nicht. Nur: Wie kann sie bloß als erwachsene Frau so kindisch sein, darin einen, wenn auch geringfügigen Liebesentzug zu vermuten, viel stärker, als wenn sie bei seinen Vorträgen über Aktuelles aus der Etruskerforschung in Gedanken abschweift?

Liebe Herta,
Du hast meine Zeilen offenbar wirklich nicht verstanden. Schade!
Ruth

Kindische Ruth,
das wollte ich zur Information noch nachliefern: In der Nähe von Bangkok führen Mönche sogenannte »Paradiesgärten«. Dort können, als Ausdruck der Allharmonie oder was weiß ich, Kinder auf chemisch ruhiggestellten oder durch Quälerei gezähmten (ihrer natürlichen Waffen beraubten) Tigern reiten.
Wie immer,
Deine Herta

Erwin in schöner Landschaft
Damals im Mai öffnete sich das Zeitfenster für Bergsteiger, die auf den K2 wollen. Der Jäger freute sich, daß er den ganzen Monat lang das weibliche Schmalreh erschießen durfte. Erwin und seine Frau gingen ausnahmsweise ein Stück flußaufwärts am grasgrünen Ufer spazieren. In der Umgebung überall Löwenzahnwiesen, hinter dem Deich laut blühende Kastanienbäume. Zum ersten Mal rief der Kuckuck. Alter, treuer Frühling! Danach saß Erwin, der Westfale, ein Mensch, der in seinem Leben irgendwann begonnen hatte, viel vor sich hinzustarren, mit Anita in einer kleinen Gaststätte, in der wohl alles von Versteigerungen zusammengekauft war. Lampen und Stühle, Vorhänge und Tischdecken verschmolzen zu einer einzigen, nahezu demütigen Altertümlichkeit. Anita, die ihren Kiosk für heute geschlossen hatte, würdigte gerührt jedes einzelne Stück.

Plötzlich sagte Erwin: »Man muß sich laufend über so vieles ärgern.«

»Es fing schon an, mir zu fehlen. Dann man los: Kapitaldelikte auf dem Finanzmarkt! Destabilisierung ganzer Staaten vom Restauranttisch aus!« Anita wimmerte es beinahe und sah blind auf die dunklen Blumen der ein wenig fettigen Wirtinnenschürze.

»Es hat hier keinen Zweck mit mir. Mich bringt nur noch das Schlechte auf Touren. Mein Gott, ich glaube, ich habe das Freuen verlernt.«

»Stimmt!« flüsterte Anita. Überall suchte sich der Mann die Rosinen des Bitteren raus. Warum redete sie nicht weiter? Nach langer Stille, sie hatte es ja Monate und Jahre zurückgehalten, fuhr sie fort: »Das ist auch der Grund, weshalb uns die Kinder nicht mehr besuchen.«

In der Nacht lag Erwin wach. Schließlich brach es sich Bahn: »Ist es wirklich meine Schuld, Anita?«

»Ach, unsere Kinder«, seufzte sie und kämpfte einen Augenblick einen schweren Kampf mit sich, »die melden sich wieder, irgendwann. Aber du, Erwin, komm!«

Am Morgen hörte sie ihn im Bad alte Schlager singen: Dann ist es gut, dann weißt du dich zu retten, Erwin! Denn singt man nicht auch fröhliche Jagdlieder, ohne Jäger zu sein, und wird trotzdem lustig davon?

Diese herrlichen Vögel

»Wenn diese herrlichen Vögel kreischend und mit schnellem Flügelschlag über dem heimatlichen Urwald dahinfliegen, bieten sie einen viel bewegteren Anblick als ihre zahmen Artgenossen auf den Sitzstangen der Käfige.«

Aber muß es nicht »bewegenderen Anblick« heißen?

Auch Frau Fendel lacht

Da lacht Frau Fendel beim Rätselraten: Wie gut sie noch weiß, daß im Angeliter Platt das Wort für Kastanie »Kastangelboom« lautet! Wie hätte sie das je vergessen können!

Herr Dillburg hat ihr heute erzählt, manchmal stelle er sich im Botanischen Garten, wo ihm immer die besten Gedanken zur Predigt kämen, alle Leute als verkappte Gottsucher vor, obschon sie doch nur nach den Namensschildchen Ausschau hielten. Da lachte sie auch.

Und genauso hat sie es heute mittag, Punkt zwölf Uhr, gemacht: Jemand hatte eine weiße, gekrümmte Fluse gegen den blauen Himmel geblasen. Aber dann war es am Ende da oben kein anderer und niemand anders als der schöne halbe Tagesmond! Ein Wunder, daß sie hier ebenfalls lachte. Normalerweise ist der Mittag die Zeit, in der sie keinen Rat weiß.

Noch nicht und noch immer nicht

Hier sitzt die Harpyie, die schauerlich märchenhafte, im Baum und späht bei offenem Schnabel in die Ferne. Mit den Krallendolchen preßt sie den Hals des riesigen blauen Hyazintharas auf den Ast. Auch er hat, er aber im Todesschrei, seinen Schnabel geöffnet.

Das ist der Anblick, den das Kind Ilse noch nicht, und den der Erwachsene Brück noch immer nicht recht verkraftet, selbst jetzt nicht, wo doch Frau Dillburg in sein Leben getreten ist.

Rätsel

Was ist ein Moorochs?

Hilfe: Wer ihn je gehört hat, sagt man, vergißt es nie.

Das Ethos der Maschinen

Herr Fritzle vertieft sich in den Anblick seiner früh blühenden Hochstammrosen. Vom legendären Ratzeburger Achter über die Heidelberger Hotelfachschule und den Holzkaufmann bis hin zu den legendären Blumen war es ein weiter und sprunghafter, für Fritzle aber durch und durch organischer Weg. Alles hatte miteinander zu tun.

Zwei junge Leute kommen vorbei. Jeder von ihnen sagt im gerade modernen Näselton auf der kurzen Strecke dreimal »Okay« und dreimal »Geerne«.

Sehen die Rosen nicht plötzlich wie hochempfindliche, übertrieben gedrechselte Ohrmuscheln aus? Gereizt wie die meinigen, sagt sich Fritzle schlagartig zornig, immer zorniger. Die Leute, die Frauen schlimmer als die Männer, ahmen das maschinelle Sprechen nach. Sie tun es, sobald sie öffentlich die schönen Lippen öffnen, ihr neuzeitliches Maul aufreißen. Der Sound des Automatischen ist der Ausweis des Gegenwartsbewußtseins. Wer in menschlichen Modulationen spricht, wirkt asozial ausufernd. Was herrscht, ist das Ethos der Maschine, die Macht des Echos der Maschine in uns, eintönig, abgehackt, automatengrau.

Drinnen geht er sogleich an den Bücherschrank und mit seinen Goethe-Gedichten zurück zu den Blumen: »Doch man horcht nun Dialekten, wie sich Mensch und Engel kosen, der Grammatik, der versteckten, deklinierend Mohn und Rosen«, flüstert er in die errötenden Ohrmuscheln seiner Hochstämmigen.

Ist das ein Lächeln ringsum und ein Duften auf einmal!

Die Zauberformel

Frau Dillburg kauft sich ein Sommerkleid. Unbedingt nötig wäre es nicht, aber es hat aus dem Schaufenster heraus so pfeilgerade auf ihr Herz gezielt. »Verrückt, dieses Muster, der tiefe Rückenausschnitt«, sagt sie unsicher zur Verkäuferin, hofft aber auf Beschwichtigung. Die Verkäuferin schmunzelt von Frau zu Frau: »Apart eben.« Und nach schwesterlich abwägender Pause ein verschwörerischer Einfall: »Sie können es doch später als Nachthemd tragen!«

Das hat sie in dieser Saison schon zum vierten Mal gesagt und nie, niemals ohne prompten Verkaufserfolg.

Kalte Elsa?

»Der Witz ist alt, aber vielleicht kennst du ihn noch nicht«, sagt Elsas Freund Henri beim Abendessen: »Drei Männer über siebzig sitzen beim Skat. ›In letzter Zeit weiß ich beim Telefonieren oft nicht, ob ich angerufen habe oder angerufen worden bin‹, sagt der erste. ›Bei mir passiert was Ähnliches. Wenn ich den Hut aufhabe, kann ich manchmal nicht auf Anhieb sagen, ob ich vom Spaziergang heimkehre oder gerade loswill‹, sagt der zweite. ›Das kommt bei mir nicht vor‹, sagt der dritte, ›Toi, toi, toi‹ und klopft auf die Tischplatte, dreht sich dann aber um und ruft: ›Herein!‹«

Elsa lacht los. Denkt sie an Fritzle? Sie lacht tatsächlich Tränen aus Micky-Maus-Augen, wie es ihrem Freund so an ihr gefällt. Er kann sich gar nicht sattsehen daran. Als sie sich endlich beruhigt hat, erzählt sie ihm, daß in ihrer Familie eigentlich alle außer ihr zum Weinkrampf neigten, aber nicht aus Lachgründen. Selbst Angeheiratete würden nach einiger Zeit die Gewohnheit des hysterischen Tränenausbruchs übernehmen. Als man ihr den Tod des sehr geliebten Vaters telefonisch mitgeteilt habe, sei extra für die schon versammelten Angehörigen am anderen Ende das Telefon laut gestellt worden in der Erwartung, nun endlich, endlich einmal auch sie, Elsa ... Aber nichts da!

Dann lacht sie in froher Hartherzigkeit weiter über den Witz.

Die Töchter des Gesanges

»... und wenn die Türen an der Gasse sich schließen, daß die Stimme der Mühle leiser wird, und wenn sie sich hebt, wie wenn ein Vogel singt, und alle Töchter des Gesanges sich neigen.«

Wo hat er das her? Hannes Keller, der noch immer, auch im Fall der letzten Bewerbung um ein Stipendium erfolglose Komponist, weiß es nicht. Der Satz raschelt und singt ihm im Ohr, als er sich stumm bei der Welt beklagt, daß sie rechthaberisch die Geistlosigkeit der Gefühle propagiert und Chemie und Mechanik des Hirns durchforstet, während doch Todesangst etwa und Liebeserregung in ihm selbst, Keller, zu erleiden sind, nach wie vor. Da steht ihm keiner bei von den Schlaumeiern. Was wissen die Neunmalklugen vom Glanz der Wirklichkeit, die eine strohdumme Rinderweide im Abendlicht bietet? Was ahnen die Klugscheißer über die Zerlegung von Liebe und Todesangst in Noten und ihrer Umwandlung in Gesang?

War's die Einsamkeit?

Die Schwester von Alex hat ihren neuen Freund geheiratet. Ja, so schnell ging das! Und Alex nimmt die Hände hoch und ihr Angebot kurzerhand an. Er kam sich in letzter Zeit verraten und verkauft vor bei seinen Zeitschriften. Das Zuhause mit der Schwester fehlt ihm eben sehr. Kein Leugnen hilft. Die Chorproben, die er aber noch nicht aufgeben will, bringen bisher nicht das Erwartete. Nun findet er gegen vollen Einsatz seiner Arbeitskraft bei Schwester und Schwager freie Zuflucht. »Das schaffen wir!« sagen alle drei. In einigen Monaten soll auch ein Kindchen kommen.

Vom Stundenlohn ist noch keine Rede. Gut so, wird eben anders verrechnet. Und who knows? Vielleicht springt bei all dem am Ende doch noch eine Frau für Alex heraus.

Schnappschüsse

Ist das nicht die Fotografin Babs, die zu Elsa beim stillen, sehnendehnenden Daliegen sagt: »Für mich treten die Augenblicke grundsätzlich als Schnappschüsse von guten und schlechten Ereignissen auf. Immer stecken in Wirklichkeit mindestens fünf andere Momente hinter dem einen, aber sie haben alle in dieser Sekunde das eine Bild, die eine Geste zu ihrem Wappen gewählt.

Erst wenn sich die Ereignisse bewegen in der Zeit, nehmen sie eine Richtung ein. Dann schlängeln die Bedeutungen auseinander. Unter uns: Der Schnappschuß enthüllt nicht die Wahrheit, sondern sperrt sie ein! Es scheint aber für die meisten Leute umgekehrt zu sein.«

Elsa geht währenddessen ohne ein Wort ununterbrochen um die Daliegende herum, korrigiert die Position der verspannten Gliedmaßen und weiß selbst nicht genau, ob sie zuhört oder nicht. Sie findet die Frisur der Fotografin von allen Seiten äußerst ungünstig, sieht aber keine Möglichkeit, es ihr zu sagen.

Endlich, endlich seufzt Babs tief auf: »Ach, die Männer!«

Da ist es endlich heraus, da ist er, der springende Punkt, die Wahrheit hinter den Schnappschüssen! Aber zu spät. Draußen wartet schon, trotz ihrer Fußprobleme fast ausgelassen, Frau Dillburg.

Frau am Fenster

Frau Fendel sieht aus dem Fenster auf die Irenenstraße. Sie will nichts beobachten, sie hat es im Laufe der Zeit nur unwillkürlich mitgekriegt: Die Familie gegenüber, wie einstmals Frau Fendels eigene mit zwei Jungen (nur liegen dort drüben ein paar Jahre zwischen den beiden, es sind nicht Zwillinge wie ihre Söhne), macht alles in den wohlbekannten Etappen. Verliebt verspieltes Paar, euphorische junge Mutter, dicker werdender Ehemann, immer öfter mit Akten unterm Arm, Sachlichkeit beim zweiten Kind, zunehmend ehrgeizige Ausrüstung des Nachwuchses, bitterernstes Herumfahren der Sprößlinge zu festen Terminen.

Mit einem Schlag weiß Frau Fendel, warum ihr das besserwisserische Lächeln der alten Frau, die ihr früher gegenüber wohnte, damals so viel Furcht, ja Haß einflößte.

Andererseits erinnert sie sich, auch das kommt plötzlich, wie ihr manchmal der Atem stockte angesichts des Kinderspielzeugs, das im Vorgarten lag und dort stumme Zaubersprüche ausstieß.

Vielleicht hat ihr zusätzlich der bleiche Sohn aus München den Floh von der ewigen Wiederkehr des Gleichen ins Ohr gesetzt?

Und kann man sie nicht ohne weiteres dabei ertappen, daß sie ihre Katze nur bürstet (und sonst das Jahr über nämlich nicht!), um die ausgekämmten Haarbüschel den Meisen hinzuwerfen, die sie zum Auspolstern ihrer Nester holen, in denen die Jungen flügge werden, auf die dann ihre Katze lauert? Nur im Zoo, da hocken kleine, von Anfang an und von vornherein unveränderlich griesgrämige Großväter in den Ästen. Sie heißen, wenn sie sich richtig erinnert, Weißbüscheläffchen. Die sind schon Greise von Anfang an.

Aber jetzt heißt es: schnellstens aufbrechen, damit sie den wuchernden grauen Zeitteig durch ihre kleinen zackigen Gänge um den Häuserblock in Form bringt. Auf zu den netten kleinen Einkäufen, die sogar der geistliche Herr Dillburg, hat er ihr einmal gestanden, so sehr schätzt, wenn vielleicht auch aus anderen Gründen, aber wer weiß.

In der Flugbahn

Auf die leise, beinahe ängstlich vorgetragene Bitte ihrer Mutter, doch allmählich mit dem Privatleben und auch vielleicht dem Beruflichen zur Ruhe zu kommen, antwortete Katja, man müsse sich das Leben und das jeweils zugeteilte Schicksal vorstellen als einen im Bogen geworfenen Ball. Der eine habe eine hohe, kraftvolle Schwungbahn, der andere eine matte. Für sie gelte: Entweder sie würde der vom starken Druck der Wurfhand vorgeschriebenen Linie folgen bis zum Ziel oder mittendrin abstürzen. Sie habe keine Wahl.

Bei ihrem letzten Besuch hat sie plötzlich die Mutter angefahren: »Nun kuck nicht so vergrämt aus der Wäsche!« »Ich kann doch nicht immer grinsen«, antwortete die Mutter schuldbewußt wegen der Glätte des herzlosen Gesichts vor ihr und fragte sich heimlich: Was soll man machen, wenn die Falten von allein in die traurige Richtung fallen? Wie gut Katja sehen, hören, riechen kann! Wie man sie liebt und fürchtet, die erbarmungslose Empfindlichkeit der Jugend!

Was sie nicht wußte: Damals, als der Vater von Eva Wilkens seiner Tochter vor deren Amerikareise bei einem Kaffee gegenübergesessen und er schon lange nicht mehr ein junges Gesicht so aus der Nähe betrachtete hatte, sah er am Abend seine eigene Frau dermaßen seltsam an, daß sie danach, vor dem Spiegel, in ahnungsvoller Bangigkeit um ein Haar in Tränen ausgebrochen wäre.

Das Unverbrüchliche

Frau Sykowa sieht das Gesicht ihres Mannes an. Plötzlich überfällt sie die Traurigkeit. Sie kann in der Gegenwart ja nur seine Züge erforschen und prallt jedes Mal davon ab. Anderes ist nicht möglich. Eigentlich ist es leichter, ihm nahe zu sein, wenn sie sich abwendet. Dann wird sie eingelassen in seinen großen Kopf.

Auch haben sie beide etwas Unverbrüchliches: Sie kennen sich seit der Kindheit. Deshalb können sie einmünden in die Flure, wo die sonst entschwebenden Ereignisse zu Erinnerungen zusammenlaufen. Frau Sykowa sagt es sich aus dem Zwielicht ihres augenblicklichen Gefühls heraus, denn eben hat sie eine kleine Witwe getroffen, schwarz und krumm, über sechzig Jahre mit ihrem Mann verheiratet, bis ihn der Tod ihr vor einem Jahr raubte. Das Gesicht der Frau redete von keiner Tröstung, erst recht nicht von der, die als Gabe und Gnade der nachfolgenden Zeit versprochen wird.

Einmal fragte Frau Sykowa Jan beiläufig in die Luft hinein: »Glaubst du an Gott?«

»Ich versuche es«, sagte Jan, »aus Kindlichkeit und aus Not.«

Frau Sykowa hat die Antwort für immer und ewig, vor allem für später, in ihrem Herzen aufbewahrt.

Was Ruth zu sagen hat

Herta ist überrascht, daß Ruth sie anruft. Sie ist es vor allem über deren sternlose Stimme. Sternlos? Ja, so empfindet es Herta, eine Stimme, die durch ein leeres Universum irrt. Ruth sagt: »Was du über die Affen geschrieben hast, tut mir sehr leid. Das wollte ich dir doch noch sagen. Aber bedenke auch, daß mein Vater damals, er war ja Bergmann im Ruhrgebiet auf der Zeche Konstantin, elendig an Steinstaublunge zugrundegegangen ist. Und mein Onkel, der beim Bochumer Verein gearbeitet hat, in der Halle, wo sie jetzt die Jahrhunderthalle haben, der ist an der glühenden Stahlschlange verunglückt.«

»Ruth? Ruth?«

Was will die bloß, fragt sich Herta, soll ich das jetzt den Orang-Utans erzählen? In ihrem Kopf flüstert und brüllt es: Du Wichtigtuerin! Du Blatt im Wind!

Sie sagt aber: »Ach komm, Ruth, man stirbt so schnell. Laß uns vorher wieder Vernunft annehmen.«

Erwins Quiz, Elsas Tops

»Wissen Sie«, fragt Erwin, während Elsa seine Gliedmaßen traktiert. »Wissen Sie, wie viele provisorisch versiegelte Bohrlöcher die großen Ölfirmen auf dem Meeresgrund im Golf von Mexiko hinterlassen haben, unüberprüft und ohne Gewissensbisse? Wissen Sie, zweitens, wieviel eine menschliche Standardträne wiegt? Wissen Sie, drittens, wieviel Bestechungsgeld es kostete, wenn man einen KZ-Häftling von Auschwitz nach Theresienstadt, wo die Überlebenschancen etwas größer waren, verlegen lassen wollte?«

Die kluge Elsa spürt, daß Erwin sich mit seinen Fragen für die kleinen Schmerzen, die sie ihm zufügen muß, rächen will. »Belehren Sie mich!« sagt sie und verstärkt ihre Arbeit an Erwins Muskeln. »Ich verrate Ihnen dafür meine drei Tops: Erstens, morgens die Dax-Kurse in der Zeitung lesen, zweitens, von Auslandsmission zu Auslandsmission die Veränderungen im Gesicht von Hillary Clinton verfolgen, drittens, die Patienten quälen wegen der Jammermelodie, die aus ihnen rauskommt.«

Und tatsächlich, Erwin entfährt gerade in diesem Moment ein echter, vollständig eigener Schrei.

Erster Ausflug

Herr Brück hat Frau Dillburg zu einer Fahrt ins Grüne eingeladen und ihr gestanden, daß er seit dem Tod des Hundes Rex Brück oft von einer Gegend träumt, in der die Tiere keine Angst vor den Menschen haben und daß er alle zwei Tage ins Fitneß-Studio geht und ein kleines Hörgerät trägt. Sie aber trägt ihr neues Kleid.

Die Landschaft neben der Autobahn empfindet Herr Brück heute als geradezu verblödet. Sie ist einfach nicht gut genug für die Frau neben ihm. Aber nach dem Abbiegen tauchen schrill blühende Rapsfelder auf und noch schöner die Löwenzahnwiesen, so weit das Auge reicht. Sie fahren zwischen einem gelben und goldenen Schlingern. Die Löwenzahnwiesen, sagt er, seien für ihn, nach einer langen Zeit der Verbitterung, der Wendepunkt gewesen.

An einer ländlichen Kreuzung stehen zwischen Apfelbäumen Reklametafeln für Aldi, McDonald's, für eine Schlepperfahrt der Schlepperfreunde und für einen Diavortrag von Dr. Michael Lallesmann über »Picasso – Leben und Werk« im Magdalenenhof.

An dieser Stelle nähert Herr Brück seinen Mund dem von Frau Dillburg. Unmittelbar bevor er in aufrichtiger Verliebtheit ihre Lippen berührt, denkt er in großer Zuneigung an seinen verstorbenen Hund Rex.

»Meine erste Schwester«, sagt er nach einer Weile, »züchtet Leonberger im Oberengadin, die andere Huskies im Unterengadin. Ich selbst hatte Rex nur zu meiner Freude. Die eine, die Fromme, sieht immer ganz streng in die Ferne, wenn man von einer anderen Religion als ihrer eigenen spricht, die zweite Schwester, die so gerne Fleisch ißt, macht dasselbe Gesicht, wenn man die industrielle Brutalität von Schlachthöfen erwähnt. Und nun, Agnes, kommt die Pointe: Beide, die Fromme und die Fleischesserin, haben, die eine im Oberengadin, die andere im Unterengadin, je zwei Freundinnen, die ganz allein in einem alten, vornehm renovierten Gemäuer wohnen und alle fünf Jahre ein Gedichtbändchen veröffentlichen. Sie sagen, das sei keine Seltenheit in der Schweiz.«

Seit vielen Jahren hat er sich zum ersten Mal wieder getraut, auf eine bestimmte, sehr virile Art mit den Fingern zu schnipsen.

Später erzählt ihm Agnes: »Timo, es ist ja nicht nur so, daß ich einen Priester, einen richtigen Priester zum Bruder habe, ich habe noch einen, der ist tot, ermordet, und war Zuhälter in Wien.«

Herr Brück schmunzelt sie eine Weile mit ganz leicht feucht gewordenen Augen an. Schließlich sagt er. »Du bist also ein Mischling, Agnes. Mischlinge sind die besten von allen. Warum bin ich eigentlich auf dich hereingefallen? Weil du mich sofort so freundlich angelacht hast. Es war, als würden wir uns schon lange kennen. Ein berühmt-berüchtigtes Gefühl.«

Kein Wunder, sagt sich Agnes, ich habe ihn mit einem alten Bekannten verwechselt, weil ich mir Gesichter so schlecht merken kann. Ein Glück, daß ich nicht »Hallo, Rolf, nein so was, du hier, was für eine Überraschung!« gerufen habe. Es lag mir ja schon auf der Zunge.

Und jetzt aber: Wie tief ihr Rückenausschnitt ist!

Zwei Wochen später

Vierzehn Tage später – bald soll es vielleicht nach Paris gehen, womöglich auch nach Wien zum Grab des Bruders und in die Schweiz zu den züchtenden Schwestern – fahren Timo Brück und Agnes Dillburg auf der A 24 Richtung Osten an den Wutzsee, sehen am Himmel herrliche Gewittertürme und an den Rändern nichts als blaue Lupinen und Wiesenkerbel. Wären ihre Augen das Durstigste an ihnen, würden sie das viele Grün einfach wegschlürfen.

Timo erzählt Agnes, die ihn zum Spaß manchmal Tomi nennt, daß er einmal im Unterengadin einen kleinen Hund kennengelernt hat, ein Kerlchen mit unwiderstehlichem Gesicht. Ein Terrier war's, schon dreizehn Jahre alt, munter bis dorthinaus. Der Besitzer habe gesagt: »Eigentlich geht er auf Füchse und Dachse, ein tüchtiger Jäger von Natur aus und begabter Aufspürer von Pilzen!« In der Nacht, gesteht Brück seiner Freundin, träumte er dann, der Fuchs habe von den Wiesen die Begrenzungsdrähte gestohlen und damit für sich ein Warnsystem gegen den Feind ausgeklügelt und aufgebaut.

Plötzlich weiß Agnes, daß sie ihn liebt. Ein bißchen muß sie allerdings lachen. Auch wenn sie es sich eigentlich nicht eingestehen will: Sein Kuß schmeckte nach geräucherter Wurst, falls sie sich nicht sehr täuscht, und es macht nichts.

Pratz an seinen Verleger

Immenstadt. Was kotzen sie mich an, diese weiblichen und männlichen Klageweiber der Literatur, diese Preisgeldesel, die sich mit prall von Zaster gefüllten Taschen immer weiter ohne Scham zu Fachleuten in Leid und Verfolgung ausrufen! Und das Blödeste: Das Publikum frißt ihnen ihre miese Botschaft aus der Hand. Angeekelt von seiner eigenen Riesenmasse, will das Volk immer das eine: den König, den Popstar, den Märtyrer.

Ich selbst habe beim Kassieren wenigstens keine Tränen vergossen.

In diesem Sinne eisern: Pratz

P.S. Was soll man daraus schließen, daß die meisten Schriftsteller um die sechzig ihre Helden Mitte dreißig sein lassen?

In diesem Doppelsinn: P.

P.S. 2: Sie haben mir auf Ihre schlaue, gerissene, ruchlose Weise die meisten Preise verschafft, mich in den alten Adel von Genua und Paris und in mäzenatische Wirtschaftskreise eingeführt. Mit Kisten Champagner und Kistchen edler Zigarren haben Sie mir gesellschaftlichen Schliff beigebracht. Trotzdem sind Sie ein Arsch! Ich habe mich durch Sie, von Bücherherbst zu Bücherherbst gründlicher, verarschen und verderben lassen.

Nochmals: Pratz, ebenfalls Arsch.

»Das Leben geht weiter«

Im letzten Moment, schon fast waghalsig, ist zu Finnland, dem lange Zeit treuen Anhänger Hans Scheffers, eine Frau in das Drehtürsegment geschlüpft. »Finnland! Nein!« kichert sie, nicht weniger überrascht als der Mann, der in großer Eile mit einem Päckchen unterm Arm das Warenhaus verlassen wollte. Duzt man sich? Man kehrt lieber zum »Sie« zurück.

»Gut, daß ich zumindest Sie treffe«, legt Iris Steinert gleich los, »vor wenigen Tagen ist Jeanette Herzer gesichtet worden, draußen auf dem Land, mit roten Backen bei der Gartenarbeit. Geholfen hat ihr ein Mordsschwarzer, ein Baobab von Mann. Sie haben Figuren abgewaschen und ins Gras gestellt, gipserne Götter, nackte Nymphen. Wer hätte das gedacht, wie kann es dazu gekommen sein? Unsere Jeanette und ein Afrikaner, vielleicht auch ein Bursche von den Antillen! Was für eine Vitalitätsspritze nach dem langen Darben für die Gute!«

»Erstaunlich. Sie sehen, Iris: Das Leben geht weiter. Ich treffe gleich zum ersten Mal meine Internetbekanntschaft. Da ist Verspätung Todsünde Nummer eins. Alles ist offen, ein Hausbesuch, Sie verstehen.« Finnland rennt davon.

Alles unterwegs in Paarungsgeschäften! Ob auch Zock, von dem Scheffer behauptete, er sei treu wie ein Graureiher, immer noch ausschließlich streng ehelich tätig ist? rätselt die Galeristin, verdutzt und vereinsamt, bevor sie, nach kurzem Informationsblick, entschlossen stolpert. Der hübsche, Iris entgegenkommende Mann, der sie mit beiden Armen auffängt, bildet sich ein, es sei Zufall und er sei schuld.

»Das Leben geht weiter«? Iris hält ihn vorerst unerbittlich in ihren Fängen.

Gänsehaut des Universums

Ein Mann, Dillburg? Pratz? wurde von winzigen Lanzenspitzen attackiert. Seine Haut konnte nicht unterscheiden, ob der Angriff von innen oder von außen erfolgte. Er nannte es »quälenden Juckreiz«, der mardergleich von einer Stelle zu einer entlegenen, nicht vorhersehbaren anderen sprang. War es nicht ein Hin- und Herzucken über große Körperräume hinweg, mal einzeln, mal in Massen? Der Juckreiz, da es die Welt offensichtlich nicht juckte, mußte, bei Licht betrachtet, von innen kommen, ein bodenloses, aggressives Sternengewimmel in der Blutbahn. Wenn jedoch die Person zur Kühlung in die Nacht nach draußen lief, stellte sich das Jucken, beim Blick zum Firmament, als Gänsehaut des Universums heraus, das sich nach seinem Vorbild in glühenden Punkten verkrampfte. Hatte sich nun der Himmel an ihrer, der zermürbten Person, irdischen Lächerlichkeit angesteckt oder umgekehrt, sie an der Erhabenheit des Alls?

Die Wolke

In der Schule sieht sich Ilse eingezwängt zwischen Grammatik, große Ströme und deutsche Gebirgszüge, außerdem unter die strenge Aufsicht der Zahlen gestellt. Mit Klingelzeichen wird tagtäglich im Takt exerziert. Ein Foto erweckte große Begeisterung, bei den meisten Kindern und auch bei der Lehrerin. Man sah den nackten, hochgewölbten Bauch einer Frau. »Das bin ich, die da drin ist«, sagte Alexandra, sie platzte fast vor

Stolz, »damals, als ich unterwegs war.« »Und in diesen Ballon hat dich dein Vater reingedingst?« fragte und grinste einer ungestraft.

Ilse war froh, daß ihre Mutter sich »damals« nicht hat fotografieren lassen.

Dann las die Lehrerin einen Aufsatz von Ilse vor, den sie so lobte wie davor den dicken Bauch, vor allem den Satz: »Am Himmel zog gerade eine Königswolke vorüber.«

Das hätte sie lieber nicht machen sollen.

Die Kinder johlten, sie lachten sich halb tot, sie wußten nicht, was eine Königswolke ist.

Nach der Schule rannten sie Ilse nach. Sie waren bald nur noch ein paar Schritte hinter ihr und riefen: »Da geht die Königswolke! Hui! Gleich schwebt die Königswolke um die Ecke!«

Ilse ging schneller und schlüpfte schließlich durch einen Spalt im Zaun in einen geheimen Garten. Dort war ein dunkles Dikkicht für sie allein. Die anderen schrien durch die Lücke, trauten sich aber nicht hinterher: »Da brütet sie, die Königswolke!« Ilse hockte unter einem Eisentisch und begann das Wort zu hassen. Sie würde nichts davon in ihr Tagebuch schreiben. Es mußte unbedingt vergessen werden. Es hätte nichts bekannt werden dürfen, die Lehrerin hatte sie verraten mit ihrem Lob. Dämliche Kuh!

Und doch hat Ilse die Wolke gesehen und erkannt, wie sie, die mächtigste und prächtigste von allen, königlich wie keine zweite auf der Welt, mit einem Strahlen aus sich selbst, angeschwollen aus eigener Kraft, über den Himmel zog.

»War nicht so gemeint«, sagten die Verfolger am nächsten Tag. Ilse: »Fahrt alle zur Hölle!«

Am warmen Abend desselben Tages läßt sie an einem kleinen See Papierschiffchen, in denen ein brennendes Teelicht steht, aufs Wasser treiben. Es dämmert schon stark, die Eltern sind in der Nähe. Sie soll längst aufhören, tut es aber erst, als die nackten

Füße empfindungslos werden. In der Nacht stemmt sie abwechselnd die eisigen Zehen gegen die schon wieder warmen Innenschenkel.

Da entdeckt Ilse wieder etwas, was sie aber diesmal nicht ausplaudern wird. Es ist, wie wenn ein Eisbällchen auf der heißen Zunge schmilzt, nur noch besser: Man spürt jetzt aus beiden Richtungen, wie es ist, wirklich ist, von der einen, heißen, aber auch von der anderen, kalten Seite.

Rätsel

Wie lange dauert das Gefühl »Glück«? Minimum? Maximum?

Pratz privat

»Ist das jetzt das Leben?« wurde Pratz wie jeden Morgen von seinem stets spionierenden, in ihm drin sitzenden Zweitpratz gefragt.

Obschon es zu den kränkenden Spezialitäten seiner Frau gehörte, ihm zu berichten, wie enttäuscht junge Doktorandinnen seien, wenn sie ihn, den berühmten Schriftsteller, persönlich erlebten (zu alt? zu dick? zu uncharmant?), war es wohl höchste Zeit, sie, seine Angetraute, wieder einmal aufzusuchen. Keine Sekunde lang hatte er sie während ihres Ehelebens nach häufiger Künstlersitte durch ungehemmte Exzentrik gezwungen, ihrerseits zum Ausgleich die sauertöpfische Rolle der Vernünftigen zu spielen: Sie war ja schon, mit kleinen, nicht ungefährlichen Pausen dazwischen, genuin und von Hause aus die Vernunft selbst. Manchmal steigerte sie sich in Ekstasen der Intriganz, aber wenn man ihr schmeichelte, wurde sie plötzlich wehrlos bis zur Peinlichkeit. Gesichtsausdruck eines älteren Säuglings. Pratz kannte das von einer bestimmten Sorte scharfzüngiger Schriftsteller. Sobald es in einem Gespräch um deren eigenes Werk ging, ließen sie alle Waffen sinken, wurden schwach und schamhaft wie heute leider keine Heranwachsende mehr beim ersten Kuß. Diese Dinger torkelten doch heute schon mit dreizehn von ihren Orgien spätnachts nach Hause!

Der Entschluß reifte in ihm, als ihn vor kurzem anläßlich einer Fußballübertragung übergangslos tiefe Schwermut überfallen hatte. Das Stadion tobte wegen eines Zufalls oder einer brillanten Parade. D'accord. Aber zu bedenken, daß er, Pratz, vermutlich keinem dieser berauschten Lebewesen wenigstens als Begriff etwas galt, keinem einzigen! Für einen Moment war es ein Sturz in den Abgrund des Nichts und Nein und Vernichtenden. Ähnlich wie früher, wenn er sehnsüchtig auf die Veröffentlichung seiner Texte gewartet hatte. Einzig sein gedruckter Name war der Gültigkeitsstempel auf seiner Existenz gewesen und ein Beweis, daß ihm wiederum die Täuschung gelungen und niemand hinter die tatsächliche Begrenztheit seines Horizonts gekommen war, etwas, was ihn abschloß von unendlichen Weiten dahinter, ein stählerner Ring, den er bis heute nicht hatte sprengen können. Mittlerweile schnitten ihm alle seine literarischen Kniffs und rhetorischen Hausmittel Gesichter. Die Moden? Am Freitag erklärte ein Kritiker die Frage nach dem Sinn zur überholtesten von Leben und Literatur. Am Mittwoch drauf dürstete, zur Abwechslung oder Abrundung eines Artikels, demselben Rezensenten zufolge die literarische Öffentlichkeit nach nichts so sehr wie eben danach.

Etwas anderes gesellte sich hinzu. Handelte es sich um einen gefährlichen Prozeß oder nur um eine, wenn auch neue Konzentrationsschwäche? Zunehmend ließ es Pratz kalt, wenn er nach Gedanken und Anblicken griff, die interessant vor ihm auftauchten, ohne daß er sie gleich erwischte. Er bemühte sich seit einiger Zeit gar nicht länger um sie, ließ sie vorbeistäuben und wegstürmen und wandte sich der nächsten Sache zu.

Andererseits widerten ihn die für ihre subtile Wahrnehmung zuständigen Autoren immer mehr an, wenn sie mit habitueller Schamlosigkeit polierte Einzelheiten apportierten. Die waren doch selbst bloß Miniaturen, Mikros, Miszellen! Dicke Bücher, falls von anderen geschrieben, versetzten ihn in Rage. Am liebsten hätte er ihnen eins vor den Bug geknallt, ihnen in den gigantischen Hintern getreten, den dämlichen Schmökern mit ihren Ohrfeigenvisagen. Allerdings erlebte er manchmal nach dem ersten Drittel eine Überraschung. »Donnerwetter«, knurrte er dann neidlos. »Hm!«

Wie verhielt es sich bei ihm selbst? Seine Freunde klopften ihm auf die Schulter zu jedem neuen Roman, strahlten ihn an zu jedem frischen Preis, riefen zuverlässig: »Toll!«, schrieben umgehend: »Großartig wie immer!« – damit hatte es sich dann. Lasen sie ihn eigentlich noch? War er, strenggenommen, womöglich schon gestorben?

Noch etwas kam hinzu und gab den Ausschlag. Am Morgen dieses Tages, an dem ein solarer Windstoß, ein Partikelsturm ionisierter Wasserstoffkerne Richtung Erde raste, aber dort keine Schäden anrichtete, hatte er den Satz gehört: »Gestiefelt und geschnäbelt stolziert der Tod ums Haus.« Er lag allein im Bett, also mußte er ihn selbst gesagt haben. Im Grunde hatte er bisher, in kindlichem Unantastbarkeitsgefühl, keine übermäßige Angst vor dem Tod gehabt. Was ihn anfing zu stören, war dessen penetrantes Durchscheinen durch alles und jedes. Ob großer Schmerz, ganz gegen seinen Ruf, vom majestätischen Metzger Tod und dem Geräusch seines hurtigen Messerschleifens ablenkte? Und was war dabei wirkungsvoller, das körperliche oder das seelische Unglück? Keine Frage: Schon ein unberechenbar auftretender Ganzkörperjuckreiz konnte es, wie man hörte, mit der vollständigen Inanspruchnahme durch jede Art von Leiden aufnehmen.

Erst kürzlich hatte ihn sein alter Kumpel Bennie verlassen. Herztod auf der Achterbahn. Dabei wollte sich der Kerl vermutlich gerade dort vor Freund Hein verstecken. Bennie, einstmals verwickelt in einen der peinlichsten Schwarzgeld- und Geldwäscheskandale der BRD, ein kapitaler Mann von entwaffnender

Korruptheit, der am liebsten unentwegt Mahnmale zur deutschen Vergangenheit auf öffentlichen Plätzen gesponsert hätte. Das geradezu ergreifend Schöne? Zwischen ihnen gab es verbal immer nur Banalitäten. Das hatten sie bis zu Bennies Davonschleichen beinern durchgehalten.

»Gestiefelt und geschnäbelt ...?« Dann lieber schnell zur ironischen Ehefrau. Vielleicht waren auch die Kinder zur Stelle?

Obschon er gerade die fürchtete. Drei Halbwüchsige, keine Kleinigkeit. Die noch unverdünnte Essenz, die geballte Aufsässigkeit des Lebens in ihren Augen bedrohte ihn so selbstverständlich, wie sie ihn entzückte. Ihre Mutter dagegen, gefühlsmäßig stark involviert in die Entwicklungszustände ihrer Kinder, verstand es, wohl ohne wirklich zu ahnen, wie atemberaubend sie darin für Pratz noch immer war, ihm die Siege, Niederlagen, ersten Liebschaften der drei in einwandfreier Erzähltechnik zu unterbreiten, pointiert, mit Perspektivwechseln und Motivanalogien souverän jonglierend. Sie schüttelte das aus dem Ärmel und verfuhr zweifellos in seiner Abwesenheit genauso mit ihm, Pratz. Den morgendlichen Todessatz durfte er seiner auf diesem Gebiet zur Phantastik neigenden eisernen Lady auf keinen Fall verraten. Sie würde sich auf dem schwachen Fundament sofort Bizarres zusammenreimen. Womöglich mit einem Beerdigungsinstitut telefonieren?

Er fuhr also gegen Norden. Trotz des dämlichen Satzes hatte es kurz darauf prima mit der Verdauung geklappt. Das bescherte immer eine schöne Zufriedenheit. Vielleicht ging es so den Frauen nach gelungenem Hausputz. Was wußte er eigentlich noch von der Welt, der Herr Schriftsteller? Das Übliche in seiner Branche, auch wenn man es gern in seiner Dürftigkeit hinter Kraftmeierei verbarg: ein Leben aus Einladungen und Empfängen, Schreiberei, Taxifahrten, sexuellen, literarisch von ihm befingerten Affären, Literaturbetriebsquatsch. Aber sollte er nach Kalkutta fahren, in afrikanische Kriegs- und Hungergebiete, um sich einbilden zu können das sei jetzt »das Leben«, sei »die Welt«? Er war dafür immer zu feige und zu, o ja, auf verzwickte Art bescheiden gewesen.

Er fuhr also gegen Norden. Im Zug eine Anhäufung von »Herren mit Menschenaugen«. Das stammte, wenn er sich richtig erinnerte, von Ror Wolf, der älter und von noblerem Geblüt war als er, Pratz. Das mußte ihm keiner sagen, er wußte es selbst. Ein junges Mädchen hatte ihm dann im Abteil gegenübergesessen, der Hals so weiß, daß es unanständig war, ihn nackt zu zeigen. Das Geschöpfchen glimmte und glitzerte beim Telefonieren ganz ohne Anstand vor sich hin. Komisch, der Freund am anderen Ende hatte doch auch nur die Wörter zur Verfügung wie er, Pratz, und alle anderen! Bekloppte, prahlerische Jugend! Im übrigen war er so weit ja noch gar nicht weg von denen. Weder gehörte er schon zu den Narren, die irgendwann anfangen, wie verrückt in Tundra, Wüste, Arktis zu fahren, als ließe sich dort dem Tod ein Schnippchen schlagen, noch und erst recht nicht zu den Greisen der Folgeetappe, die auf umgekehrtem Weg das gleiche versuchen, im Haus hocken und eifersüchtig über die fugenlose Einhaltung des Tageslaufs wachen, damit Jan Klapperbeen nicht durch die Ritzen zu ihnen schlüpft.

Pratz fuhr gegen Norden und setzte sich dort zuerst auf die alte Gartenschaukel der Kinder. Was hatten er und seine Frau eigentlich voneinander gehabt? Sie war schon immer eine intelligente Person gewesen, voll Einverständnis, ohne es jemals auszusprechen, daß sie und er einander nicht unbedingt liebten, sich aber perfekt ihre jeweiligen Vorstellungen von Liebe erfüllten, solange es ging in ihrer Ehefirma. Die Klugheit ihres Bündnisses bestand darin, die Kunst der Selektion zu beherrschen. Man nahm nur wahr, was einem an seinem Gegenspieler gefiel. Den Rest übersah man. Viele nannten das bereits Liebe und hielten lange damit aus. Im Zugabteil hatte sich auf einem Schild ein Paar stürmisch geküßt, nur weil, wie zu lesen stand, die Harnwege des Mannes in Ordnung waren. Die Welt stürzte Pratz weg, schaukelnd wurde er der Welt entrissen. Sie sank an ihm nieder, er sank tief in sie ein. Das hatte ihm schon immer gefallen. Er trainierte etwas dabei.

Kam jetzt aber im Haus nicht gelegen. Seine Frau begrüßte ihn flüchtig mit kritischem Blick auf seinen »braunen, ja märzwiesenbraunen Anzug«. Die Begrüßungsbosheit lag in der kleinen Pause nach dem gedehnten, wie suchenden »ja«. Kein Zweifel, er sollte vermuten, sie würde fortfahren: »kotbraunen Anzug«. Nicht »kackbraun«, nicht »scheißbraun«, nein, »kotbraun« als der muffigsten Version. Davon verstand sie was, die gelehrige Pratz-Schülerin! Sie habe an diesem Morgen ihre allerletzte Perlenkette verloren. Erkannte sie ihn vielleicht gar nicht? Sie gab sich keine Mühe mit ihm. Normalerweise merkte sie sich die Leidenschaften von Leuten für Pferde, für Spanisch, für Pornographie und betäubte sie durch gemimtes Interesse, falls etwas für sie dabei herausspringen sollte. Das Verwirrende: sie trieb das weder aus Berechnung, noch aus Kaltschnäuzigkeit.

Es war animalisch.

Er sah ihre putzigen Hände und die kräftigen kurzen Beine. Plötzlich verrieten sie sich als seine Feinde. Ihre mangelnde Länge wurde durch die Energie der Waden und das Aufstampfen wettgemacht. Er hatte das Gefühl, sie zöge gleich einen Schuh aus und schlüge ihm mit dem Metallabsatz den Schädel ein: »Ob es dich freut oder enttäuscht: Keiner von denen, die sich und anderen einreden, sie warteten neugierig, gar sehnsüchtig auf dein nächstes Buch, ist unter den Anwesenden. Das kann ich garantieren.«

»Gestiefelt und geschnäbelt ...«? Nein, er hörte jetzt im Kopf: »Ich weiß, was ich weiß.« In einer Ecke des Wohnzimmers saß ein schwarzhäutiger, schon älterer Musiker in himmelblauem Anzug mit einem Hut auf dem Kopf, an dem eine kleine feuerrote Feder steckte. Und wie schnöselhaft die Fußbekleidung! Laszive

Stiefelspitzen aus dem Spätmittelalter. Lautlos flötend zog der Schwarze eine Schnute. Am Abend sollte es eine Party mit Konzert geben. Für solche Anlässe stellte seine Frau die Gästeliste zusammen, ein Buffet mit Würzigem und Süßem. Es blieb beim besten Willen jetzt keine Zeit, sich um Pratz zu kümmern. Immerhin durfte er sich umsehen. Seine reiche Frau hatte es endlich geschafft, für den freien Blick den gesamten Hang zwischen ihrem Haus und dem Fluß kahlschlagen zu lassen, ob aufgrund von Bestechung oder der Bereitschaft, eine hohe Geldbuße zu entrichten, wußte Pratz nicht. Es machte für ihn keinen wesentlichen Unterschied. Ihre Neigung zur matronenhaften Rundlichkeit hatte sie erfolgreich durch Joggen bekämpft. Es ging ihr gut, die Kinder waren nicht da, man brauchte ihn nicht.

Er störte. Einen Augenblick lang fragte er sich, ob sie eigentlich in sogenannter offener Ehe, regelrecht getrennt lebten oder sogar geschieden waren. Sollte er seiner Frau noch einmal probeweise die Cour machen? Ach was, er war hier nicht mehr als irgendein Etcetera.

Der schwarze Mann in seiner stummen Grandezza gefiel ihm noch am besten. Ob er, überlegte der Schriftsteller und spielte sich ein letztes Quentchen Eifersucht vor, derjenige ist, der die Dame des Hauses aktuell bevögelt? Pratz setzte sich, ebenfalls schweigend, in die andere Sofaecke und versuchte, sich zum Zeitvertreib so weit wie möglich zurückzuerinnern.

Er war etwas mehr als zwei Jahre alt gewesen, als er einen brennenden Kirchturm gesehen hatte, auch, wie er umkippte. Weiter ging es nicht in die Vergangenheit. Dieser letzte Moment des Turms war der erste in der Erinnerung des Schriftstellers, davor existierte nichts. Gab es nicht ein Keller-Gedicht von den zwei glühenden Pünktchen vor der Finsternis des Todes und bei einem erblindeten Kapitän in einer Conrad-Geschichte wieder diese Pünktchen, verglimmende Sterne als das letzte Sichtbare im dunklen Weltall? Oder schwebten sie ganz kurz vor dem dann berstenden Großlicht des eigentlichen, des Nach-Lebens? Kleinbürgerliche Kindheit, gute, manchmal verwegene Mutter. Irgendwann tiefblaue Tage an der niederländischen Küste aus eigener Kraft erwirtschaftet. Der üblicherweise so bedrückend symbolischen Wellenbewegung haftete nichts Wehmütiges an, kein Aufruf zur philosophischen Lebensbetrachtung. Fort damit! Mit jeder blendenden Brandungswoge und ihrem schürfenden Zurückweichen stürmte heran und sog ihn davon: ein Schmerz, der sehr der Sehnsucht ähnelte. Es wäre ihm zu kleinlaut gewesen, es anders als die nach dem Unendlichen zu nennen. Dann die Ostsee unter Oktoberlicht, in regelmäßigen Abständen in der Nähe des Ufers, von der Steilküste noch beschattet, ein Aufstrahlen wilder Schwäne. Sie gründelten in Gruppen zwischen schwarzen Ursteinen im zuckenden Meer. Das schwärmerische, rosige Graulicht des Oktobers, bevor gegen Abend das Nagen und Schlürfen der aufkommenden Düsternis einsetzte. Keinerlei Zerstörungen durch die Symptome des Freizeitlichen. Es war die Zeit, wo die Natur begann, sich durch die wechselnde Beleuchtung anders zu deuten. Es war die Zeit, in der er beinahe wie früher, mit fünfzehn, das Gefühl hatte, von den Sonnenuntergängen, den Horizonten und hohen Juniwiesen betastet und geprüft zu werden für etwas Unbekanntes und, noch nicht von der eigenen Biographie verworfen, glaubte, solche Landschaften würden bruchlos ohne Todesabsturz irgendwann in die Ewigkeit übergehen. Es waren fast noch einmal die ungeheuerlichen Empfindungsüberflutungen der Kindheit, das ungeheure Herzklopfen in den Herbstdämmerungen, während seine Hand in der Hosentasche ein kleines Messer mit einem Kaugummiballen an der Schneide berührte oder ein feuchtes Streichhölzchen und den Rest einer räudigen Vogelfeder. Kurz darauf, landschaftlich gesehen, ein verfrühtes, aber elegantes Greisentum: graue Novemberseide, eine Welt des Indirekten, zurückgeworfen von stumpf spiegelndem Aluminium, die schöne, ansteckende Schwäche.

»Wie der Wind im Hafer surrt«. Gar nicht schlecht gesagt vom alten Dehmel, durchaus nicht schlecht gesagt. Bei den Kollegen von der Fraktion Naturlyrik kam es zu oft vor, daß sich die Damen und Herren (die ihre Nase gegenüber schnöden Prosaisten, wie er einer war, womöglich hoch trugen) nur erleichtern wollten und zu selten, daß sie unter Anleitung der Natur statt dessen etwas herstellten. Das aber schafft nicht nur Goethe, sondern auch Freund Mörike im »Rheinfall« mit einer einzigen letzten Zeile: »Über das Haupt stürzt dir krachend das Himmelsgewölb!« Pratz hatte es nicht in Schaffhausen, sondern an einem etwas gewaltigeren Wasserfall erlebt, an den weiß dampfenden Gewittern der Niagarafälle: Die Wüstheit der Elemente erhob das Herz keineswegs zwangsläufig zum höchsten Jemand empor, wie immer gelogen wurde. Es ließ einen schwerst daran zweifeln, daß irgendeine Instanz der rasenden Materie überhaupt würde standhalten können.

Erst jetzt wurde ihm, exakt in diesem Augenblick, bewußt, wie er niemals eine Beobachtung für sich stehenlassen konnte. Immer war sie aggressiv oder verteidigend gegen den dummen Rest der Welt gerichtet. Nur das gab ihm die Schubkraft zur Erkenntnis.

Andererseits lief der Wind damals als großer Metaphernbildner und Metaphoriker rastlos durch Birken, Kiefern, Ebereschen, durch Eichen und Buchen und Pappeln, über Gras und Wasserspiegel, durch das Haar einer Luzia, einer Elli.

Plötzlich fiel ihm ein Satz ein, er wußte nicht gleich von wem: »Wir hacken wie die Steindohle nach jedem Glanze.«

Ja, und in jeder gemalten oder fleischlichen Schönheit verbarg sich, sosehr sie in sich zu ruhen schien, der adelnde Schmerz einer sie sprengenden Sehnsucht.

Jetzt spätestens wußte er, daß diese Glücksnachmittage nichts, gar nichts wert gewesen wären ohne das, was ihn damals immer so stechend aus ihnen heraustrieb, auch wenn er es längst aufgegeben hatte, den sich überschlagenden, mehrfachen Wirklichkeiten in der Anschauung eines einzigen Dinges, eines schön bewimperten Kuhauges und seiner benachbarten, von Krähen leergefressenen Höhle nachzujagen. Er gab sich damit zufrieden, die plausibelste Version ein bißchen poetisch aufzuschminken. Seine Leser, weder Götter noch Idioten, bemerkten ja nicht den Betrug. Sie belohnten ihn, treu und treuherzig, dafür, daß sie sich in seinen Romanen aalen konnten. Hatte ihm nicht aber schon aus dem 18. Jahrhundert sein englischer Kollege Samuel Johnson warnend signalisiert: »Wenn die Gäste sich wie zu Hause fühlen, hätten sie ja gleich zu Hause bleiben können«?

Wie herrlich war sehr viel früher, er erinnerte sich kaum noch, aber leider doch ein sentimentales bißchen, das Stadium gewesen, wenn, nachdem der Plan für einen Roman feststand, die Umgebung, der sie ja entstammte, sich in ihrem Sinn strikt zu formen begann, in allen Details, mit jedem Tag mehr, und ihm die Dinge, jedes brauchbar, freiwillig Haus und Herz berannten!

Die pulsierende Beleuchtung, die in den ersten Herbstfärbungen ein Feuer anzündete und sie gleich darauf, schwindend, ernüchtern ließ: Er selbst war im Gleichklang an- und ausgegangen. Im Sommer wurden Himmelskuppeln in den Buchen errichtet, die dann im Oktober lodernd bestehen blieben, unabhängig von den Launen des Lichts. Das Singuläre? Das Universale? Für ganze zwei Wochen röhrte und rumorte und röchelte das Gold. Ach, zu spät. Warum hatte er sich bloß so gemeingemacht? »Es funkeln auf mich alle Sterne / mit glühendem Liebesblick ...«? Jemand hatte irgendwann von außen gegen den All-Karton getreten. Nun zitterten sie davon noch ein wenig nach, die Sterne. Mehr war da nicht. Nur der Frost, der den gesamten zärtlichen Liebesflaum zum Absterben brachte. Sehnsucht! Todesangst! Glückseligkeit! Hatte nicht sein Leben zu diesen Königslegenden nur schäbige Miniaturen einer Vollstreckung geliefert, während er schon bald den längeren Gedankengang unter Beifall des Publikums mit Exekutionswollust dem Fallbeil der Pointe aussetzte? Scheißdreck. Selbst am Ende würde es bei ihm nur ein Sehnsüchtlein und ein Tödchen sein. Natürlich fragte er sich, bei wem das denn wohl anders ausfiele.

Die alten Landschaftshöhepunkte wurden, nach Gebrauch, erlegte Hasen, schlaffe, an den Haken gehängte Beutetiere, entwichen war alles Lebendige. Ob seine Leser jemals rausgekriegt hatten, daß er voller Menschenhaß war und, etwas später, an ihrem Treiben wie an dem seiner Helden in Wahrheit völlig desinteressiert? Vermutlich nicht. Er versteckte es aus geschäftlichen Gründen ja sogar vor sich selbst.

Der Glanzsatz eben, jetzt war er sicher, stammte von Jean Paul. Das mußte man den wirklichen Dichtern lassen: Sie gaben dem, der den unweigerlichen Verlusten des Voranlebens ausgesetzt war, für Augenblicke fast alles Verlorene wieder. Wenn sich auch (oder gerade weil) der »Glanz« im Echtleben bloß als ein Reflex oder billiger Lack herausstellte.

»Gestiefelt und geschnäbelt«? Vielleicht hatte er sich verhört, so, wie er sich vor kurzem sehr komisch verlesen hatte, als nämlich statt »Nature morte« »Natur rumorend« für eine halbe Sekunde bei ihm angekommen war. »Gewiegelt und erwählet«, was in der Art? Kaum denkbar.

»Ich weiß, was ich weiß«? Das klang unfreundlich, aber noch immer besser als der andere, sehr ungute Satz. War aber das, um ihn abzulenken, dahinten in seinem Kopf nicht Zick, Zack oder Zock, ein Gartenbauunternehmer, den er einmal flüchtig kennengelernt hatte und von dem man munkelte, er habe trotz seiner vier Kinder jahrelang ein sexuelles Doppel-, ja Mehrfachleben geführt, was Pratz aber für ein geschickt lanciertes, nicht zutreffendes Gerücht hielt? Im Gegenteil, der Mann schwärmte, wenn seine Frau Magda oder so ähnlich, sich außer Hörweite befand, verbaliter, ja verbalissime dermaßen von »glutäugigen

Frauen«, daß er vom bloßen Sprechen immer ausgedörrter zu werden schien. Und mit solcher Verausgabung hatte es sich dann vermutlich schon.

Was war mit ihm, Pratz, was kämpfte heimlich unter seinem Brustkorb?

Er selbst, Pratz himself, hatte vor circa zwei Jahren auf einem Bahnsteig kurz und zufällig eine große alte Liebe getroffen, mein Gott, nach neunzehn Jahren, und sie sofort wiedererkannt. Aber was war aus der ehemals singulären Erscheinung geworden? »Universitäre Demutscamouflage, die man über knallhartem persönlichem Ehrgeiz trägt«, erklärte sie ihm sofort. Er wußte es zu seiner Überraschung noch genau: Sie kam gerade von einem einwöchigen Urlaub in Griechenland zurück, wo sie die Tage allein in einer abgelegenen, »thymiandurchdufteten« Bucht zugebracht hatte, nach dem Abendessen eine Runde ums Hotel gegangen und dann mit einer Flasche Rotwein zum Fernsehen in ihr Zimmer verschwunden war. Eigentlich hatten sie einander nur fünf Minuten lang zugelächelt, eine schnelle, paradiesische Korrektur veralteter Erinnerungen. Dann kam endgültig der eine oder der andere Zug. Aber es war ihm in der ganzen Zwischenzeit nie wieder so leicht ums Herz geworden wie an jenem Tag. Das stand fest.

Wer weiß, wer weiß, vielleicht hatte er sich mit den Frauen im Laufe der letzten Jahre nur noch eingelassen, um sich zu Genuß und Zeitverschwendung zu zwingen, um die zunehmende, knöcherne Macht einer ihm früher unbekannten Abstraktion zu bekämpfen? Seine letzte kleine Freundin, wie hieß sie noch? Er kam jetzt nicht drauf, es kam nicht drauf an. Ein liebes Ding, und doch hatte es ihn manchmal nicht nur mit Stolz, sondern mit Zorn erfüllt, wie unverhohlen sie seine erprobten erotischen Kunstgriffe genoß, sich hemmungslos daran entzückte, während er, der nicht mehr und nie wieder Unschuldige, dabei zusehen mußte, sonst nichts, weit entfernt von ihren Freuden, so daß er sie mit Absicht mitten in ihrer allzu seelenvollen Hingabe und Unterwerfung aufschreckte, bis sie dann jederzeit auf seine Kränkungen gefaßt war. Er hatte sein Spielzeug kaputtgemacht. Im Anfang stickte sie wahrhaftig kleine Meisen und Dompfaffmännchen auf Kaffeedecken. Ganz eifrig hatte sie erklärt: »Der eine kann dichten, der andere kann sticken. Ich habe das Pech, daß Sticken nicht in Mode ist. Schreiben, das ist Mode. Überall schreiben die Leute. Sie schreiben Erfundenes, ihre Träume und Lebensläufe, auch ihre Rezepte. Nur sticken wollen sie nicht.« Er hatte sie einmal »Darlingin« und »Neulingin« genannt. Gott, was für ein ängstlicher Blick daraufhin! Sie kannte ja weder Hölderlins »Fremdlingin«, noch Höltys »Lieblingin«. Wieso sollte sie auch. Warum sollte ausgerechnet dieses Schätzchen mehr Ahnung davon haben, wie aus einem Schmerz ein Satz zu destillieren war, als diejenigen, die ihn später, falls der Autor Glück hatte, als Zitat zwischen zwei Cognacs aus sich rausschmatzten! Immerhin verstand das Mädchen einiges davon, in aller Öffentlichkeit den weit zurückgeworfenen Kopf in der Luft hin und herzuwenden, als läge er vor ihm horizontal in den Kissen.

Wieder stieg ein wohlvertrauter Neid in ihm auf. Es gab Menschen, fast immer jünger als er, die erlebten die Dauer der Zeit in übervoller Gültigkeit. Denen ging einfach nicht in den Dickschädel, daß man sterben muß. Die saßen an einem Tisch, tranken, und taten es drei fette Stunden lang in seiner Anwesenheit. Für ihn waren es aber nur dreißig Minuten gewesen. Für ihn existierte kein wohliges Recken, kein grunzendes Säuglingsdehnen in voll ausgebreiteter Gegenwart, wie er es diesen bevorzugten Dummköpfen ansah. Er haßte sie grinsend, auch jetzt, und hätte verdammt gern mit ihnen getauscht. Ihre Frauen gehörten zu denen, die mit unversehens weicher Stimme davon faseln, wie ein bisher anonymes Gegenüber im Gespräch plötzlich »richtig menschlich und persönlich« wird. Keinen Schimmer hatten die von der hübschen Hölle, wenn ein Freund, bisher »richtig menschlich und persönlich«, mitten im Gespräch ein anonymer Organismus wird und nichts weiter.

Hatte er in seinen Romanen eigentlich je das Wort »Hoffart« oder wenigstens »hoffärtig« eingesetzt? Er wußte es nicht mehr.

Morgen wollte er sein vielleicht schon nächstes literarisches Projekt durch Würfeln entscheiden: Ein Maler ist von einem mächtigen Lebensmitteldiscounter beauftragt, in ganz Europa die Reste der Zisterzienserklöster aufzusuchen und zehn von ihnen zu malen. Meist handelt es sich um Ruinen in schönen Landschaften. Reisen und Arbeit erstrecken sich über einen Zeitraum von mehreren Jahren. Zum religiösen Aspekt hat der Maler, ein angelernter kulinarischer Feinschmecker, wie er stets und ungefragt betont, keine Beziehung. Erworbene exquisite Spleens sind bei ihm, wie üblich, Substitut für Metaphysik. Allerdings macht er sich schrittweise mit der Geschichte des Ordens vertraut, wird regelrecht Spezialist für dessen weltliche und theologische Entwicklung. Seine Freunde bemerken allmählich mit Erstaunen eine schleichende Veränderung, wenn er ihnen wieder ein neues Bild vorführt.

Etwas biß Pratz beharrlich zwischen den Schulterblättern.

Das aber wollte er, der irgendwann ohne Reue vom elitären Stammler zum Plothuber geworden war, morgen per Würfel festlegen: Soll der Maler bei seinem Werk nun immer agnostischer oder immer frömmer werden? Oder wäre es nicht besser, für immer Schluß zu machen mit all den unerbetenen literarischen Ausdünstungen und Spiegelfechtereien, haarsträubend bei ihm wie beim gesamten Schreiber- und Künstlerpack?

Wirklich komplett unerbeten? Nun ja, immerhin fiel ihm auf, daß doch allerhand Leute, sehr und wenig gebildete Freunde darunter, ihre augenblickliche Lektüre mit Eifer, ja Stolz erwähnten, vielleicht, um sich bei den großen Werken der Literatur selber Hall, Räumlichkeit und Aroma zu borgen. Dieser ehrenwerte Usus schien zum Glück nicht ausgestorben zu sein, ganz und gar nicht.

Liebte er seine literarischen Favoriten nicht einmal, vor tausend Jahren, so heiß, daß er sich schon im voraus auf das Nachwort irgendeines Herausgeber freute, von dessen lahmen Einsichten sich das eigene Erkennen jedes Mal geradezu schaumgeboren abhöbe?

Und wie stand es mit ihm und »da oben«? Hatte er, Pratz, nicht ein kleines Guthaben über den Wolken, nämlich zwei-, dreimal gegen die eigenen Interessen Schriftsteller gefördert? Ja, aber man würde, wenn das Ganze Sinn und Verstand haben sollte, oberhalb von Kumuli und Stratozirren unbestechlich sein. Er hatte, aus reinen Experimentiergründen, doch bloß ausprobiert, wie es sich verhält mit der Selbstlosigkeit und seine Neugier befriedigen, vor allem notieren wollen. »Gott erledigt sich von selbst in der eigenen Klemme. Bevor ich glaube, er könnte sich für den Elendsdreck, der wir Menschen sind, interessieren, sich gar mit ihm affäremäßig verquicken, lasse ich den derart Ungöttlichen lieber aus dem Spiel und damit eine unnötige Demütigung des Verstandes«, sagte er einfach mal so vor sich hin. Aber ganz im Ernst: Hoffte man immer so ausreißerisch auf die Zukunft, weil man die pure Gegenwart nicht aushielt, oder ertrug man die reine Gegenwart nur deshalb nicht, weil man dahinter ein provozierendes Versprechen, jedenfalls etwas Versprochenes ahnte?

Gut ging es ihm nicht.

Er versuchte – ein Spiel von früher – sich die Anwesenden als Tote und Sterbende vorzustellen, er wollte – ein versehentlicher, unverzeihlicher, nicht wiedergutzumachender Gedanke – den Spieß umdrehen.

Es gab offenbar kleine Kinder von Gästen im Haus. Er hörte sie bei einem Spiel: »Acht, neun, zehn!« Stimmen, schauerlich wie die Dämmerung nach den eisigen Feuern des Oktobermittags. Unbarmherzig zählten sie, während die ganze Welt, nur für Pratz vernehmbar, stöhnte.

Hätte bloß heute Morgen nicht ein gewisser Jemand den blödsinnigen Kinderschreck-Satz gesagt! Fiele er ihm doch nicht dauernd ein!

Da tauchte, wie um ihn abzulenken, der Kollege aus dem Hotel im Engadin vor ihm auf, Name nicht gewußt im Moment. Schon war Pratz wieder obenauf: Dieser Kerl, einer von denen, die mit Hut und Dauersonnenbrille darum kämpfen, die alte Kenntlichkeit zu behalten, während das Altern sie ihnen wegnehmen will. Ein intellektueller Musterschüler, der, kaum hatte ein Ereignis von Belang stattgefunden, mit dem öffentlichen Analysieren anfing, noch bevor das Geschehen überhaupt Duft oder Gestank hatte entwickeln können, nur damit er als allmächtiger Parfümeur und Deuter zeigen konnte, wo Bartel den Most holt. War ihm seine ebenfalls intellektuelle Frau nicht eines Tages durchgebrannt, weil es zwischen ihnen nicht mehr die geringsten Mißverständnisse gab? »Doofmann«, sagte Pratz laut und extra altmodisch. Er hatte, um sich einen Spaß zu machen, damals den Ideologen zu einer sehr teuren Flasche Wein eingeladen. Der Flegel soff das erstklassige Zeug, ohne die Miene zu verziehen, ohne Dank sturheil weg, gerade so, als böte er selbst so was allenfalls seinem Gärtner in der Mittagspause an. »Vortrefflichster und Allerwertester, schmeckt's Euer Gnaden?« hatte er den Affen schließlich gefragt und im Aufstehen hinzugefügt: »Kritisier' ich Ihren Trinkstil? Nicht die Bohne. Sollte ich? Kein Interesse, es sei denn, es läge mir höheren Ortes ob! Wehgemut geh ich von dannen, o Gevatter.« Guter Abgang! Nur taten ihm diesmal beim Lachen Brust oder gar Herz weh.

Wie er, Pratz, lästigerweise plötzlich wieder die Einzelheiten wußte! In diesem Winter wolle er Gälisch lernen, hatte sein Gast behauptet. Für seinen Nietzsche-Vortrag am Vorabend habe er sich »erst nach dem Fünfuhrtee ein paar Notizen gemacht«. Sein sexueller Appetit, im Vertrauen, nehme noch immer zu, es komme ihm wie das Pinkeln. Dabei sei er, dem Himmel sei's geklagt, ein alter Knochen. Hier hatte der lausige Kerl wahrhaftig lauschend den Kopf gehoben, ob niemand die Höflichkeit besäße zu widersprechen. Der Himmel aber schwieg, und Pratz nickte erbarmungslos. Er erinnerte sich, daß der Mensch die Gewohnheit hatte, auf Fotos die Hände vor sein Geschlecht zu halten, als gelte es, darunter eine kolossale Wunderwaffe zu verbergen, vor der er die Frauen schonen wollte – um dann seine bekloppten Feinsliebchen, von ihm aufgestachelt, phantastischen Illusionen zu überlassen. Vermutlich versteckte sich hinter so viel phallischer Demagogie ein Debakel.

Plötzlich war Pratz stolz darauf, sich selbst in der heißesten Zeit seiner Prominenz nicht zum Kanzelredner gebläht zu haben, wie es die allermeisten seiner Branche schon in jungen Jahren tun, sobald sie merken, daß ihnen zugehört wird.

Das interessierte ihn jetzt ein Weilchen. Die Berge vor den Hotelfenstern damals taten es nicht mehr. Auf den Gipfeln war es ernüchternd wie, in der Waagerechten, an den Enden von Seen, die doch verheißungsvoll für immer neue Dummköpfe mit Namen wie Zürich oder Luzern begannen. Nimm's ruhig symbolisch! knurrte Pratz sich zu. Hatte damals nicht übrigens im Frühstücksraum des Hotels eine sanfte Frau gesessen, der man auf Anhieb eine große Begabung zur Zärtlichkeit zutraute, zwischen vierzig und fünfzig, und nur er, Pratz, ahnte als einziger von all den Einfaltspinseln drum herum, wie leicht der Typ unter seiner Tarnung wild zu entfachen wäre, ja womöglich, ohne es selbst zu wissen, darauf wartete? Er, Pratz, glaubte in Wirklichkeit nicht an solche Klassifizierungen, aber sie bereiteten ihm Vergnügen. Inzwischen eigentlich nicht mehr. Längst vorbei die bewährte Dreifelderwirtschaft Beruf, Familie, Liebschaftenallerlei.

Den Ort Immenstadt aber hätte er so prall heimatkundlich und herzhaft heimatliebend beschreiben sollen, daß Leute, die noch nie dort waren, ihn als ihre eigentliche, verpaßte Heimat, wie keine Stelle sonst auf Erden ansehen würden. Was wäre das für ein tolles Experiment gewesen, das außerdem Immenstadt nach seinem Tod zu einem Pilgerort für ihn, Pratz, gemacht hätte!

Es ging ihm immer schlechter. Das lag an der riesigen Brandungswoge, die sich, massig herangewälzt, unbeeindruckt von seinem hektischen Innengeschwätz, auftürmte und allen Anstand, alle Selbstzivilisierung auslöschte, schon bevor sie über ihm als tödliche Angst zusammenbrechen würde. Krepier! Kratz ab! Gib den Löffel ab! Geh zuschanden! »Ich weiß, was ich weiß«. Dabei hatte er doch, von Entwicklung wollte er gar nicht erst reden, die Regionen der inneren Feldmark keineswegs schon alle abgeschritten.

Miniatur?

Das ganze Leben lang nur Stimmen nachgeahmt und allein dafür das Leben ausgehorcht, in jedem Moment?

Selbst das, was man von den meisten verstorbenen Kollegen las, war im Grunde abstoßend, auch wenn Pratz die Schwäche vieler Menschen teilte, noch lebenden Autoren, kaum trat man ihnen einzeln gegenüber, verlogene Komplimente zu machen. Und doch, und doch: Waren unter ihren Sätzen nicht einmal Kometen für ihn gewesen?

Die Musik, lallte es im Hirn des Schriftstellers, scheint in manchen ihrer Stücke unser Leben darzustellen, den Menschen, sein Geschick. Das habe ich jedenfalls irgendwann behauptet. Dabei läuft es doch nur auf eine Beschämung hinaus. Unsere Existenz ist, im Kontrast zur Musik, gekrümmt, erbärmlich, ohne Melodie. Und doch: Ein Gott nimmt uns für Augenblicke an die Hand ... in der Eile lebenswichtige Distanzen zurück, gehetzter von Tag zu Tag, ein allerletztes Rätsel vielleicht – der Schwarze packt mich durch seine bloße Stimme, durch sein Krächzen und Quäken, als fragte doch noch jemand nach mir, am Kragen, jaja, lebenswichtige Distanzen zurück. Ach, käme doch meine uralte Mutter und verspräche lächelnd wie früher: »Kind, so schnell stirbt man nicht!« Seine uralte Mutter, die er beim letzten Besuch gebeten hatte, sie solle mit ihrer lieben Stimme noch einmal seinen Namen sagen, denn er wollte sich die ergreifende Szene für eine kleine Novelle merken, und sie hatte gut verständlich gefragt: »Isidor?« »Stanislaus?« Seine kleine alte Mutter, in deren Nachlaß man auf einem Packen schneeweißer Leinenbettwäsche ein Briefchen an seine Frau gefunden hatte, auf dem sie darum bat, die Wäsche nicht wegzuwerfen, da sie doch wieder Mode werden könne. Frau Pratz hatte daraufhin die Tücher irgendwo verstaut, Pratz selbst aber den Zettel aus dem Papierkorb geholt und in seiner Brieftasche aufgehoben, nahe seinem reumütigen Herzen. Plötzlich wurde ihm die brennende Schönheit des Gefühls »Reue« klar, nein, nicht brennend, eher bräunlich glühend. Was war die Liebe zur uralten Mutter gegenüber der Kraft schmerzlich zuckender Reue angesichts ihrer Leinenwäsche mit den zärtlichen Stopfstellen darin?

Ach, wäre doch schon die Ewigkeit und nichts, kein Sterben, zwischen ihm und ihr! Er hätte jetzt gern in alle vier Himmelrichtungen versuchsweise »Gott?« geschrien. Er kriegte das Wort in Gesellschaft aber nicht raus. Als junger Mensch hatte er das Wort manchmal in achtzehnjähriger ratloser »Hoffart« vor sich hingesagt, aber nicht gewußt, was er sich denn dabei denken sollte, nachdem die vier Buchstaben rausposaunt waren. Ihm fiel als Stoff kein weiteres Partikelchen dazu ein. Mit der Ewigkeit allerdings war vielleicht auch nichts. Elsas Pastor Dillburg, der Mann auf dem Gummiball, ach Quatsch, der fromme Barockpastor Rist, hatte sich in einem Gedicht vor dem »Toben« der unaufhörlichen Ewigkeit schrecklich gefürchtet, hatte sich ja angesichts ihrer unmenschlichen Dauer gar nicht beruhigen können!

Was hörte er da wieder? Kreischend-wimmernde Laute von Zugvögeln, die, wie er erst jetzt bemerkte, schon den ganzen Tag über den Hintergrund gebildet hatten? Jedes entfernte Geräusch nahm die Mimikry ihrer Schreie an. Lindenduft beugte sich, als wäre es seine Mutter, über ihn. »Seine Mutter beugt sich in Gestalt des Lindendufts über ihn«, flüsterte er.

In der Nähe sagte jemand: »Morgen vormittag, 10.30 Uhr, top!« Woher holte der Idiot die Gewißheit, diesen Zeitpunkt lebend erreichen zu können? Keiner von denen hier wollte starr sein vor Entsetzen oder zittern wie Espenlaub vor dem Luftzug der davonrasenden Zeit. »Einsamer nie« vor dem eisernen Dumme-August-Gesicht des Todes. Fast hätte er, hoffentlich zitatgenau, geschluchzt: »Wenn er mich wegfretzet, werd' ich dann wohl versetzet?«

Nie wieder eine Elster, eine Taube, die sich unbesorgt in schneller Zerstückelung durch kahles Februargeäst bewegt und sich dann aufglänzend davonschwingt als Vollgestalt?

Seine Kinder nicht, seine Liebschaften nicht, seine Bücher waren die Stationen seines Lebens. Er wollte sie sich noch einmal aufzählen, alle vierzehn Romane, wie andere die Achttausender: »Schefs Sache«, »Die verborgene Republik«, »Das Tödlein«. Weiter kam er momentan nicht und fand es selbst geschmacklos.

Hatte ihn nicht mit circa vierzig Jahren nach erfolgreicher Lesung ein abgerissener, Pratz vage bekannter Kerl in der Signierschlange sehr erschreckt, als er sich, ohne Buch in der Hand, mit dem Namen eines noch vor zwanzig Jahren äußerst berühmten und entsprechend hofierten Schriftstellers vorstellte, von dem er, Pratz, gar nicht bemerkt hatte, wie vergessen er war? Aber, ging ihm schon damals durch den Kopf, warum nicht einmal, dem endgültigen Ruin so ohne Widerspruch ausgeliefert, verschwinden?

Nun wurden endlich – er dachte es mit trägem Entsetzen – die kleinen, lange zurückgestauten Nachrufexzesse in den Feuilletons fällig, und angesichts ihres nicht mehr einzuholenden Schatzes konnten die Autogrammbesitzer triumphierend ausatmen. Ihr Warten hatte sich gelohnt, denn schon sank sein Kopf dem schwarzen Mann irreparabel an die himmelblaue Brust, das einzige Plätzchen auf Erden, das Pratz geblieben war. Sah er das Stammeln der Tempelreste in der Abendsonne von Palmyra oder das Lallen seiner Erinnerungsruinen? Das Dröhnen seines Herzens kam immer näher, ohrenbetäubendes Elend schwoll an. Ein schreiendes Unrecht, ein Unding, daß irgendein anderes Lebewesen ein größeres Daseinsrecht haben sollte als er. Pratz sah jetzt nicht auf sein gesamtes Leben zurück, sondern wurde Zeuge, wie sein Nervengeflecht, wie das Wurzelsystem aus ihm herausgezogen wurde. Es donnerte in seiner Brust und hielt dann den Atem an. Der Blitz hatte wohl nicht zentral getroffen?

Seine Frau kam ins Zimmer, direkt auf ihn zu: »Beinahe hätte ich es vergessen. Eine Paul, ich glaube Ann, jawohl, ohne e, Ann Paul, hat mehrfach angerufen. Keine Ahnung, weshalb.«

»Jean Paul? I'm my own harshest critic«, wollte er noch seufzen. Die Welt, die nicht ahnte, daß ihre Fundamente in ihm wankten, sah nichts als eine zusammensackende Gestalt.

Da stand plötzlich vor ihm die alte Liebe, die er auf dem Bahnsteig getroffen hatte. Sie winkte ihm, ein knapper Befehl war's, diesmal einfach mit ihr einzusteigen. Wohin? Egal wohin, er gehorchte. Rette mich, rette mich, süßes Bild! Dabei glaubte er, von einem unerträglichen Krampf daran gehindert zu werden. Dabei war es doch nur das Losreißen und Abreisen.

Der Musiker erklärte später, er meine, noch ein leises »Lielfe, Lielfe« gehört zu haben, mit Sicherheit aber ein langgezogenes »i« in einem zweisilbigen, wiederholten Wort, ein wohliges Stöhnen, das aus dem sterbenden Fremden herausgedrungen sei.

Nachruf I

Als der junge Komponist Hans Keller die Todesanzeige las, erinnerte er sich an ein paar Minuten in Elsas Wartezimmer. Sie hatte ihm damals, Künstler zu Künstler, den berühmten Autor vorgestellt, vielmehr umgekehrt. Keller war verblüfft gewesen, wie gewaltsam, beiseitefegend der Mann Machtanspruch und zudem die prächtige Eitelkeit eines tanzenden und singenden Leierschwanzes ausstrahlte. Keineswegs unsympathisch, aber dermaßen idealtypisch! Nur die sehr zart geschnittenen Hände wiesen auf einen geheimen Widerspruch hin.

Zweifellos hatte sich auch Pratz ein Urteil gebildet: »Junger Mann der Musik, ich hatte schon immer das Gefühl, daß mir die Musik Gesichter schneidet, liebe Grimassen, böse Fratzen, wie Landschaften. Ich höre sie nicht so sehr, ich sehe sie, die Musik. Junger Herr Komponist, der noch so hochgemut aus der Wäsche kuckt! Ich selbst raffe mich zu Pathos nur noch bei Vorträgen auf. Die Leute wollen es nicht anders. Ich aber gebe mir damit den nötigen Tritt in den Arsch, damit ich die 45 Minuten passabel vorangaloppiere und durchhalte.«

»Idealtypisch armes Schwein!« hatte Keller da lächelnd gedacht.

Und lächelnd dachte Pratz, wie er als sehr junger Mensch viele hochgerühmte Bücher gelesen, wenig davon verstanden und deshalb zunächst die Unverständlichkeit als sichere Qualitätsgarantie nachgeahmt hatte. Dann aber überlegte er, am Komponisten Maß nehmend, ob er als Romanfigur tauglich sein könnte, folgenden Satz zu sagen: »Jede Note ist ein Überlebensschrei gegen das unflätige Nichts.«

Na? Pratz wußte nicht recht.

Rätsel

»Er ist viel vollkommener eine Person als die meisten Menschen, denen ich begegnet bin. Seine Aura ist die einer bezwingenden künstlerischen Persönlichkeit. In seiner Gegenwart hatte ich die gleichen Empfindungen, wie wenn ich die Pavlova tanzen oder die Melba singen hörte.« Wer ist gemeint?

Hilfe: Ein prächtiger, sehr eitler Vogel, der singt und tanzt wie in immerwährender Balz.

Nachruf II

Auch Clemens Dillburg (der gerade die Demütigung eines den ganzen Körper malträtierenden Juckreizes erlebte, gegen den offenbar kein Kraut gewachsen war, so daß er, mühsam mit sich scherzend, überlegte, ob er, wäre er Herakles im Nessoshemd, wohl auch den Feuertod dem quälenden Weiterleben vorziehen würde), erinnerte sich. Die Krankentherapeutin Elsa hatte ihn, Dillburg, dem offenbar ungeduldigen Patienten Pratz als beispielhaft präsentiert, weil er sich nicht genierte, auf einem Gummiball zu hüpfen. »Christliche Demut?« hatte der Schriftsteller gefragt und umgehend völlig zusammenhangslos, wie um ihn zu provozieren und gleichzeitig Elsa ein Angebot zu machen, angefügt. »Ich lebe in offener Ehe!« Es fehlte nur noch, daß er »statt dessen« gesagt hätte.

Offenbar ahnten diese Leute (nicht gläubig, aber infantil abergläubisch) gar nicht, wie typisch sie sich in solchen Momenten verhielten.

»Nicht deshalb werden Sie in die Hölle kommen«, hatte Dillburg geantwortet, sehr wohl im Bewußtsein, die Reihenfolge der Wörter unzulässig vertauscht zu haben.

Und wir aber, fragte er sich draußen, versuchen wir nicht, den Ewigen zu beschwichtigen und durch das Bild in unsere Fänge zu ziehen und sind doch im besten Fall nur der Arm von Grünewalds greisem Eremiten Paulus, der sich als ausgezehrte, dürstende Seelengestalt dem tröstlichen Gesprächspartner Antonius, mehr aber noch dem in vielerlei Gnadennerven herabströmenden Himmel entgegenreckt?

Diese Halunken, sagte sich dagegen Pratz, haben eine Umwandlungsmaschine im Kopf. Alles wird, bevor es ihnen ans Fell kann, von ihrer biblischen Grundgeschichte gefiltert und so sortiert, daß es ihnen nichts Schlimmes tut.

Irrungen/Wirrungen

In der Jugendherberge waren dagegen bereits am vorausgegangenen Montag zwei neue, lärmende Gruppen eingetroffen, eine Klasse mit Kindern, unter denen sich auch Ilse befand und die der »Jugendlichen«. Zu ihnen gehörte Philipp, der Sohn des Schriftstellers Pratz. Man nahm keine Notiz voneinander wegen des ungünstigen Altersunterschieds.

»Nichts ähnelt eher der Hölle als ein halb ausgeweideter Mediamarkt«, hörte Ilse Philipp am Dienstag rufen. Wie er die hellen Haare zurückwarf, wie er den Arm vorschießen ließ, um auf die Uhr zu sehen! Wie er spöttisch den Mund schief zog! Am Mittwoch belauschte sie, daß ihn ein anderer Junge aufgeregt fragte, ob das große rötliche Haus am Jürgens-Park, in der Nähe ihrer Schule, etwa seiner Familie gehöre. Philipp knurrte mit mürrischem Gesicht: »Mich interessiert nicht, wem welches Haus in unserer Familie gehört.« Am Donnerstag: »Wenn sie schon offiziell die Demokratie nicht abschaffen können, dann betreiben sie eben die systematische Verblödung der Massen, Massen, die sich wonnevoll als Masse fühlen, einzelne, die in den Mutterschoß der Masse zurückkehren. Das antike Rezept funktioniert.« Ilse verstand ihn nicht ganz. Aber wie unerhört diese Sätze, von seiner Stimme gesprochen, klangen und dröhnten! Sie spürte plötzlich, daß sie aus lauter beweglichen Teilchen bestand, die sich jetzt auf eifrige Wanderschaft durch ihren Körper begaben.

Am Freitag reisten alle ab. Niemand ahnte, daß Ilse, angefangen vom ersten Ansichtigwerden des Jungen, ein großes Glück erfahren hatte und daß fast im selben Moment ein großes Leiden für sie begann. Beides hielt wochenlang an.

Vierzehn Tage später fiel am Eßtisch sein Name. Das Mädchen spürte erschrocken sein Erröten. Jetzt würde sie überall, sogar unter Hemd und Hose, die Farbe wechseln. Die gesamte Welt geriet davon in Brand. Es merkte aber sonst keiner etwas, keiner.

Auch ging es dann in Wirklichkeit um einen Philipp Müller oder Philipp Möller.

Das half Ilse jedoch nicht aus ihrer einzelnen Not.

So ähnlich ist es Elsa ja selbst früher einmal ergangen, als sie ein etwas älteres Kind war. Jemand sagte am Tisch das Wort »Koordination«, sie aber verstand im ersten Moment »Kohabitation«, ein Ausdruck, den sie erst zwei Tage vorher im Lexikon nachgesehen hatte. Vor Schreck war sie hinter ihren Händen rot geworden. Da griff eine andere Stimme Elsa an: »Heute brennen die Ziegeldächer noch röter als sonst.« Nun mußte sie auf ewig mit diesem Menschen verfeindet sein, obwohl die Dachschindeln, sah sie später, wirklich so stark wie das Weinlaub glühten.

Rätsel

Durch welche Sorte von Tat oder Untat lassen sich innerhalb von wenigen Stunden ein Rentner, der seinen neuen Hund ausführt, eine joggende Mutter mit Kind auf dem Arm, ein Banker mit einem Mobiltelefon am Ohr und einem Becher Kaffee am Mund, zwei hopsende kleine Mädchen in rosa Tüllkleidern, eine dicke Frau auf dem Weg zur körperlich gleichgesinnten Aschentonne, ein Mann beim Heckenschneiden, ein singender Radfahrer, ein Omnibusschaffner, der gerade eine Zigarette raucht, und ein armer, fast zahnloser Straßenmusikant schlüssig (wenn das Wort hier erlaubt ist) miteinander für alle Zeit verbinden, ja miteinander verschweißen?

Hilfe: Kürzlich ist es einem Amerikaner, bis dahin immer hilfsbereit, zurückhaltend, zuvorkommend, gelungen. Wir interessierten uns zwei Tage dafür.

Zentunkel?

Wer heißt »Kleinwinziger Zentunkel«? Ist es ein niederer Engel? Ein Wärzchen im Bauchnabel? Ein Mischwesen aus Zentaur und

Unke? Oder heißt so lediglich ein Prosastück von E. T. A. Hoffmann oder gar Stifter?

Noch geheimnisumwitterter: Auf welche Weise können in unserem lieben Vaterland jährlich 58 Mio. nichtswürdige Schweine, während sie geschlachtet werden, kostbare menschliche Existenzen im westlichen Europa gefährden?

Zurechtweisung

Der Frauenarzt Herzer, ein Bekannter von Sabine und Luise Wäns, kauft neuerdings, seitdem er von seiner Frau getrennt lebt, nach Praxisschluß in einem nahen Supermarkt die Grundnahrungsmittel ein. Kürzlich, als er seine Sachen nach dem Bezahlen zusammenpackte, studierte er, zufällig und flüchtig, die Physiognomie der Kassiererin und des nächsten Kunden: klassentypisch stark übergewichtige Frau, Sozialhilfeempfänger mit Säufernase. Allernötigste menschliche Merkmale von derbem Finger in die Fleischmasse der beiden Gesichter gedrückt. Herzer konstatierte es mit leichtem Grausen. Dann hörte er, wie die Frau dem Mann, der ihr die in seinen Händen zitternde Geldbörse hinhielt, beim umständlichen Sortieren der Münzen half, sah diese Individuen – er korrigierte sich rasch: individuellen Personen –, wie sie ihr Geschäft mit großer Zartheit abwickelten, damit die gegenseitige Ehre auch ja unangetastet bliebe.

Fast so, als wäre es gegen ihn, Herzer, den unschicklichen Zuschauer, gerichtet.

Jemand

Jemand, eine Frau, jene Martha mit dem Kochtopf war es wohl, wurde von jemandem angerufen, der sie raten ließ, wer er sei. Sie, Martha Bauer, solle einmal raten. Ob sie seine Stimme noch erkenne? Martha vermutete dies und das, schließlich fragte sie: »Etwa der Vetter Ludger?« »Bravo!« rief der Mann und ermunterte sie sogleich, nach der langen Pause aus ihrem Leben in der Zwischenzeit zu erzählen, auch, welche Kindheitserlebnisse, besonders die mit ihm, Ludger, sie noch in Erinnerung habe. »Ja genau«, rief er manchmal, und: »Stimmt, so war's! Schöne Kusine Martha, wie mich freut, daß du ein so gutes Gedächtnis hast!«

Jetzt müsse er aber auch von sich berichten, meinte Martha schließlich. Da ließ sich Ludger nicht lange bitten. Die Vergangenheit solle ein Weilchen ruhen. Jetzt sei die Gegenwart vordringlich. Er stecke in einem Riesengeschäft, bei dem es um Millionen gehe. Gleich treffe er den Verhandlungspartner zum entscheidenden Essen. Zu seinem Schrecken, jedoch und aber, habe er eben festgestellt, daß er nichts Kleines bei sich habe. »Kleines?« so Martha. »Ein paar Scheinchen bloß. Muß dem Kerl imponieren, erstklassiges Restaurant und so weiter. Die Sache hat sich blitzschnell ergeben. Ich muß schneller sein als die Konkurrenten. Bin deshalb sofort washastduwaskannstdu losgestürzt. Alles hängt am unverzüglichen Handeln.« Dummerweise habe er seine Papiere, Scheckkarte und so weiter, beim schnellen Aufbruch in Hannover liegengelassen. Kurz, sie ahne es sicher: Ob sie ihm aus der Patsche helfe mit ein bißchen Bargeld für heute abend? Es sei in ihre zarten Hände gelegt. Schrecklich peinlich für ihn natürlich das Ganze, doch er vertraue auf ihren Familiensinn.

»Ich habe doch nur, warte, nur fünfhundert, nicht mehr als fünfhundert im Haus, lieber Vetter Ludger, mein Mann ist noch ...«, sagte Martha zögernd, ein wenig stockend, mädchenhaft, ja jüngferlich enttäuscht. Sie hatte aber in Wahrheit keinen Mann mehr, dagegen viertausend Euro in einem kleinen Tresor im Schlafzimmer. »Okay, okay, dann müssen wir in Gottes Namen, Martha, du Engel, auf die Bars, auf den kleinen Bummel, du gute Seele, in Fällen wie diesem das Wichtigste zwar, eben verzichten. Morgen bringe ich alles in Ordnung. Du kennst mich ja. Jetzt gleich kommt jemand bei dir vorbei. Noch mal, zur Sicherheit bitte, deine Adresse, ich meine, genau? Ein Bote, Kurier, von mir informiert. Öffne ihm also ruhig die Tür. Ich selbst muß los, hab zu lange geredet, die Zeit rast davon. Wir sehen uns morgen! Bereite du schon die Quittung vor. Doch, doch mein Schatz, keine Widerrede, ich bin in Gelddingen für Korrektheit, auch unter Verwandten. Was sein muß, muß sein!«

In diesem Moment hat Martha, ihrer Sache plötzlich sicher, aufgelegt. »Ein Betrüger«, sagte sie laut, glücklich, es noch rechtzeitig bemerkt zu haben.

Und doch war sie wegen der Hilfeverweigerung dann den Abend über ganz unvernünftig verstört, ließ am nächsten Tag aber eine doppelte Türkette installieren.

Also doch!

Der Frauenarzt Herzer, den man, da er nun getrennt von seiner allzu dünnhäutigen Jeanette lebt, öfter als sonst allein, und das in schlechter Haltung durch die Stadt gehen sieht, beobachtet wieder was. Diesmal überrascht es ihn, weil es dermaßen der Überlieferung entspricht. Man behauptet, gerade die Armen seien großzügiger im Spenden als die Reichen. Ob das denn stimmt? Herzer sieht eine hinfällige Gestalt mit einem Becher für Almosen auf dem Asphalt hocken. Vor ihm, Herzer, bewegt sich eine plumpe Frauensperson, zerzaust, in schäbigem Mantel, schlurft flink geradeaus, wie es sich in der Stadt gehört. Da, tatsächlich, im Gegensatz zum übrigen eiligen sogenannten Passantenstrom biegt ausgerechnet sie auf der Höhe des Bettlers ab, beugt sich ein bißchen hinab zu ihm, legt eine Münze in die Blechdose und ist weiter. Herzer macht sich an einem Schaufenster zu schaffen: Nein, kein einziges Almosen in den nächsten Minuten, keine bedürftige Person, wie die Spenderin eben, in Sicht.

Und sieh an, auch er, Herzer, ist nachdenklich, aber tatenlos davongeschritten.

»Der Patientenstrom, Passantenstrom, Patientinnenstrom«, murmelt er statt dessen vor sich hin, »hat sich vor der schwesterlich Mildtätigen geteilt und hinter ihr wieder geschlossen.« Murmelt es, zufrieden, ja ein bißchen stolz auf seine Erkenntnis, ohne Spendengabe vor sich hin.

Falsch? Schon recht?

Frau Wäns ist es ein Rätsel. Wen könnte sie um Auflösung bitten? Sie erfährt gerade von der Galeristin Steinert, von Iris mit dem Silberblick, die sie heute besucht, vielleicht nur, um im Haushalt Wäns/Scheffer zu spionieren, daß dem sterbenden Hehe, als Ilona bereits auf Wunsch des Metzgers einen Priester gerufen hatte, ein ins Zimmer geschlüpfter Pfleger noch schnell zwischendurch den Witz von dem Arzt, der »Amputationen zum Schnupperpreis« anbot, erzählte, worauf der Kranke sich wortwörtlich totgelacht habe, noch bevor der Geistliche eingetroffen sei.

Wie aber lautet nun das Urteil über Pfleger und Vorfall?

Die Kapverden? Warum nicht

»Kammerjäger Gadow ist schon wieder beim Planen«, berichtet Fritzle dem »Irrenarzt« und dem »Kerkermeister«. »Anfang des nächsten Jahres will er mit seiner unruhigen Frau, die wir leider oder gottlob alle nicht persönlich kennen, auf die Kapverdischen Inseln. Blumenfreunde sind ja beide. Er hat mir erzählt von einer Mischung aus ›afrikanischem Flair, portugiesischem Einfluß und der Lebensfreude Brasiliens, entstanden aus der Geschichte von Kolonialismus und Sklavenhandel‹, begeistert im Tonfall, dabei aber so zweifelnd, so grüblerisch aus der Wäsche kuckend. Ich weiß nicht, ich weiß nicht.«

»Kapverdische Inseln? Das ist keine Lösung«, sagt der »Irrenarzt«.

Plötzlich brüllt der »Kerkermeister«: »Unruhige Frau? Der Kerl ist im besten Alter! Der sollte sie in die Kammer, durch die Kammer und notfalls wieder aus der Kammer jagen.«

Stille. Weiter wissen auch sie nicht.

Bittere Leckerbissen

Auch wenn sich Frau Wäns dickköpfig weigert, im Rollstuhl das Haus zu verlassen oder wenigstens an Krücken in den Garten zu gehen, vergessen hat die Welt sie keineswegs. Frau Magdalena Zock kommt nach höflicher Anmeldung in den Tristanweg und bringt sehr guten Artischockensalat, Parmesanplätzchen und Kichererbsenpastetchen für die Kranke vorbei. Bei dem vorangegangenen Telefonat war deutlich festzustellen, daß sie sicher sein wollte, keineswegs Hans Scheffer zu begegnen, der jetzt so unerwartet Herr im Haus ist. Früher hätte sie es unbedingt und jederzeit darauf angelegt. Und doch fragt man sich, ob die von Hand zubereiteten Köstlichkeiten nicht in Wahrheit für ihn gedacht waren, nicht, um ihn zu erfreuen, sondern um ihm zornig sein ewig verscherztes Glück – vielleicht in allergeheimster Hoffnung auf zukünftiges? – vor Augen zu führen.

Doch, wir Frauen sind so!

Und auch so: Iris Steinert, die glitzernde Libelle, schnüffelt dann und wann im Haus Nummer 8 herum. Nie ist sie bisher auf Herrn Hans gestoßen, nach dem sie nicht zu fragen wagt, oft auf Sabine, deren »überströmendes Glück geradewegs zum Himmel schreit«, wie sie jedesmal Frau Wäns gegenüber äußert (auch vom »unversch-, ich meine unglaublichen Glück Ihrer Tochter« gesprochen hat), manchmal auf Elsa, deren feuerrote Haarpracht die Galeristin scharf herausfordert. Aber erstens ist die Farbe im Prinzip echt, zweitens kann Iris der Person die Mähne ja nicht ruckzuck abschneiden.

Frau Wäns ahnt das alles in ihrem Rollstuhlwinkel, dort, wo bei den ersten Treffen der fröhlichen Gruppe ihr Sessel gestanden hat, ist dann aber doch platt zu hören, daß die Libelle die Krankentherapeutin fragt, ob auch ihr die »Wollust« bekannt sei, die Umrisse des Bildes zu spüren, das ein Liebhaber sich von »uns« mache und sich diese, »natürlich töricht männlichen Mißverständnisse« wie ein neues Kleid für eine Weilchen anzuziehen?

Eins ist klar. Bei Sabine hätte sie sich nie nach solchen Finessen erkundigt. Frau Wäns lacht in sich hinein, obschon es unter den Rippen noch immer etwas schmerzt, als Elsa bloß antwortet: »Frau Steinert, Sie haben eklatante Haltungsschäden.«

In der Nacht sagt Elsa, eine flüchtige Eingebung, zu ihrem Freund über die Galeristin: »Diese Person ist beides gleichzeitig: einerseits eine allerfeinste Trüffelpraline ›nach original überliefertem Rezept‹, andererseits die ernüchternde Angabe der Zutaten auf der Rückseite der Verpackung mit Verfallsdatumsstempel.«

Das zweite Gesicht

Der vielbeschäftigte Gynäkologe Detlef Herzer, der seit einiger Zeit getrennt von seiner ein wenig überaparten Frau Jeanette lebt – ein Entschluß, den er für vernünftig hielt, der ihm aber zu schaffen macht, weil er den eigentlichen Grund vergessen hat (seine Eifersucht auf Hans Scheffer, den er, Herzer, im Grunde ziemlich vermißt? Untreue seinerseits? Ein nicht aus der Welt zu schaffendes Knirschen zwischen ihnen beiden?) –, sitzt jetzt abends am Schreibtisch in der leeren Wohnung, kritzelt auf einen Rezeptblock seinen Vornamen, hinten mit v, dann mit f, dann wieder mit v. Er fragt sich, was wohl richtiger ist: Detlev? Detlef? Ein neues Leben durch das v?

Heute hat er in der Nähe des Supermarkts zwischen den Containern einen unmenschlich großen Hintern gesehen, der sich in einer glutroten Hose rührte, ein weibliches Gesäß, das an Masse selbst seine bisherigen, durch die Praxis gut trainierten Vorstellungen überstieg, einen unter Stoff verborgenen, bebenden Fleischhaufen, der ihn anblickte. Andere Hinweise auf zusätzliche Körpermerkmale waren nicht auszumachen. Nur ließ sich vermuten, daß die ergänzenden Teile zwischen Abfallbehältern und Fahrradständern etwas suchten. Dieses Ding aber, das ihn da ansah, rotäugig anglotzte, stellte ihn für einen Moment an die Wand.

Innerlich hob er beide Hände hoch, äußerlich verzog er keine Miene. Später sah er das andere Ende, die zweite Seite, das Menschengesicht, das zum rot bekleideten Hintern gehörte.

Fast wirkte jenes blinder als dieser.

Drei Brüder, drei Schwestern

Es war still beim Abendessen. Hans saß am Tisch, Hans, der Ehemalige, König Hans i. R. vom Hochmoor. Sabine hielt wie dann meist ein bißchen den Atem an, es verschlug ihr die Sprache, noch immer, meinte Frau Luise, obschon das Kind, ihr etwa fünfzigjähriges Mädchen, seit Monaten Frau Scheffer hieß. Das allerdings bisher ohne Hochzeitsreise. Das Glück der unansehnlichen Tochter durch den Mann, den die Frauen und Männer so liebten, war noch zu groß, um sie gesprächig zu machen.

Luise Wäns, die hier notgedrungen die gute Mutter sein mußte, obschon es kaum zu ertragen war, erzählte, um es im Zimmer ein bißchen luftiger und auch lustiger zu haben, von den drei aus lauter Bosheit pechschwarzen Hartmann-Brüdern ihrer Kindheit. Sie wußte ja, daß Herr Hans das Talent zur Plauderei schätzte, sofern man nicht mit ihm wetteifern wollte. Hatte ihre Tochter ihn, Hans, als »Causeur« nicht von Anfang an vergöttert? Auch jetzt, kaum, daß Sabine seinen Blick spürte, wechselte sie die Farbe, schlug ruckartig die Augen nieder, um nach zwei, drei Sekunden die Lider spaltweit anzuheben. Wenn sie entdeckte, daß Hans sie noch immer ansah, fasziniert, vielleicht auch ein wenig amüsiert von ihrer jungfräulichen Reaktion, senkte sie wieder die Lider und schwieg betäubt, in lauter Freude schwelgend.

»Drei Brüder«, sagte Frau Wäns. »Die Namen? Peitsche, Kacker und Tschocklett. Das Schwarz an ihnen setzten sie als unerbittliche Drohung ein, notfalls strichen sie sich die Haut an, wenn die Kleidung nicht ausreichte. Nichts Gutes, nichts Menschliches sollte an ihnen zum Vorschein kommen. Allzuoft habe ich sie in ihrer Leibhaftigkeit gar nicht gesehen. Es herrschte das Märchenhafte der grausamen drei, das genügte schon für die gefährlichen Schwaden, die unsichtbar durch die Straßen zogen.«

Da lächelte der Herr Scheffer.

Er tat es auf eine so behagliche, ja erlöste Art, daß jeder, der ihn kannte, wußte: Nun taucht er ein in sein Element. In der Hartmann-Geschichte verbarg sich ein Köder für ihn. Er würde den Erzählfaden aufnehmen und eine ganze Weile seinen Pflichten als Unterhalter anwesender Damen mit größtem Vergnügen und so melodiös wie nur möglich nachkommen.

In Paris, unmittelbar am Parc du Luxembourg, gebe es eine fürstliche Wohnung mit allem, was man sich nur wünschen könne, mit Stuck und Parkett, einer langgestreckten, durch nichts verstellten Fensterfront à la francaise, einer Kette mit Spiegeln und schönsten Möbeln ausgestatteter Salons, einer weißen und taubenblauen Salonflucht, wie man sie aus dem Schloß Sanssouci kenne, einem flammend roten chinesischen Kabinett voller Raritäten, diversen Schlafzimmern, drei Bädern, drei separaten Toiletten, einer sternförmigen Empfangsdiele, von der aus in fünf Richtungen die Wohnung verlaufe, und eben, wie gesagt, der ganz unvergleichlichen Aussicht in die Bäume des vielbesungenen Parks, aus einer komfortablen Höhe, zu der sich viele aus der Menge der Parisbesucher gewiß im Vorbeischlendern hochträumten.

Hatte Hans die Wohnung je gesehen? Nein, nie. Mehr noch als die Hartmann-Brüder von Luise sei sie für ihn ein Mythos, eine phantastische Überlieferung gewesen. Die Räume allerdings hatten andere Familienmitglieder besichtigt und deren Großartigkeit ohne Abstriche bestätigt.

Der spätere Besitzer und Gestalter der Räume sei der sehr wohlhabende Erbe einer Pariser Druckmaschinenfabrik gewesen, der als junger Mann von einer rätselhaften Lähmung, die den gesamten Körper erfaßt habe, befallen wurde. Nach langem Kampf mit der Krankheit habe er jedoch ein Medizinstudium absolvieren können und, ein ganzes Berufsleben lang, als Anästhesist praktiziert. Er, Hans, glaube, vom Rollstuhl aus, so habe er es jedenfalls verstanden. Niemals sei ihm ein Patient, ob mit mächtiger oder geringer Körpermasse, während der Operation aufgewacht oder für immer entschlafen. Ein reicher, äußerst frommer und erfolgreicher, durch sein Leiden stark gezeichneter Mann von offenbar enormer Willensstärke.

Was aber hatte er um Himmels willen mit der luxuriösen Wohnung gewollt, diesem Miniatur-Versailles in der Innenstadt von Paris?

Er habe sie, neben einem Besitz an der Atlantikküste, als Ferienaufenthaltsstätte für seine Schwiegermutter und die drei Töchter Natalie, Pauline, Simone gekauft. Seine Ehefrau sei bei der Geburt der jüngsten Tochter gestorben.

Die drei Duvalier-Töchter also! Natalie, Pauline, Simone! Alle recht tüchtig in ihrem Beruf. Sängerinnen? Pianistinnen? Malerinnen? Das gerade nicht! Natalie sei eine international gefragte Spezialistin für computergesteuerte Logistik in großen Verkehrsbetrieben, wenn er, Hans, so sagen dürfe. Pauline arbeite als Chirurgin. Simone, wenn er das jetzt nicht verwechsle, als Pharmazeutin. Nötig hatten sie, wie der Vater, einen Brotberuf natürlich nicht.

»Natalie, Pauline, Simone.« Es sei merkwürdig, sagte Hans, träumerisch, er könne die Namen nur in dieser ihrem Alter entsprechenden Reihenfolge sagen, Vertauschungen seien ein Sakrileg für ihn.

»Wie alt?« brach es nun doch indiskret direkt aus Sabine hervor.

Ach, er müsse nachdenken, er vermute, sie befänden sich heute zwischen 45 und 55 Jahren: »Im Prinzip hätte ich sie alle drei heiraten können, Natalie, Pauline, Simone«, rief Hans, als wollte er sie beschwörend herbeizwingen. Ein unerhört beschwingtes Aroma sei für ihn allein dank ihrer Namen durch die Stadt geflutet, lange bevor er sie gesehen habe.

»Die Stadt oder die Schwestern, was meinst du jetzt?«

Er spreche von beidem.

»Welche lebt mit Mann und Kindern in der Wohnung. Etwa alle drei?«

Sie seien alle drei ledig geblieben, vermutlich sogar jungfräulich.

Ach! Es war Luise Wäns, die sich traute, die allerwichtigste Frage zu stellen: »Sind es denn tatsächlich solche Schönheiten, sind es zumindest irgendwann welche gewesen?« Sie stellte sich dabei vor, ein einziges Mal in Gegenwart von Hans ihre roten, weiß gepunkteten Schuhe anzuziehen, die sie vor vielen Jahren in Paris gekauft hatte.

Hans lehnte sich weit zurück und sah auf eine phantastische, auch philosophische Weise die Zimmerdecke an. Zunächst kerbten sich die Mundwinkel ein, wie Frau Wäns es so liebt. Dann schüttelte er bedächtig den Kopf, als habe auch die genaueste Prüfung des Erinnerungsbildes beim besten Willen nichts anderes zutage befördert. Nein, nicht schön, nicht hübsch, nicht anmutig, nicht ansehnlich. Wäre es nicht zu herzlos, was er ablehne gegenüber Frauen, müsse man sagen: häßlich. Und doch, fuhr er sogleich fort, bevor die beiden Zuhörerinnen wegen der Unvollkommenheit des irdischen Glücks erleichtert oder enttäuscht aufseufzen konnten, sei gerade diese Häßlichkeit, die ihn im übrigen nicht überrascht habe, da sie ihm von vornherein als Gerücht bekannt gewesen sei, das Interessanteste für ihn. Gerade der Umstand, daß sie äußerlich nicht anziehend seien, mache sie zusammen mit der prächtigen Wohnung so verwunschen und akzentuiert und kröne ihm das Pariser Mysterium, ja, gerade ihre dreifache Häßlichkeit!

Hier sprang Sabine auf. Sie stürzte aus dem Raum. Den ersten Schluchzer hörte man, bevor die Tür geschlossen war. O je! Hans hatte den wohl nur ihm spürbaren Zauber des Häßlichen in schönster männlicher Unschuld besungen. Er starrte Luise Wäns ratlos, aus allen Wolken seiner Geschichte fallend, und eigentlich mitleidheischend um Erklärung bittend, an.

Er müsse Sabine vermutlich einmal wieder sagen, was für wunderschöne Augen sie habe, meinte Frau Wäns vorsichtig verschwörerisch, hätte aber lieber ihre »Kleine« draußen getröstet, noch lieber gar nichts gesagt und nur sein kindlich betrübtes Gesicht geküßt. Ob er es merkte? »Jetzt«, sagte er eifrig, »ist die Wohnung der legendären drei Schwestern verkauft worden. Alle drei fanden partout keine Art und Weise, darin zu leben. In ihrem Viertel sind diese reichen Frauen immer als Arme verkleidet herumgegangen mit einer Plastiktüte statt einer Handtasche, aus Angst, beraubt zu werden. Eine kanadische Geschäftsfrau hat das Ganze kürzlich für viel Geld erworben, nur, um dann, wenn sie in Paris ist, nach einigen Umbauten dort elegante Empfänge zu geben.«

Eines Tages, nahm sich Frau Wäns fest vor, werde ich ihm von Anna Hornberg und vor allem von meinen drei Dingen erzählen, von den Jägern, dem Mädchen und dem Metzger. Vielleicht weiß mein Herr Hans, mein lieber Herr Hans, ja die Lösung, den Sinn?

Aber da fragte er plötzlich: »Sofort? Soll ich sofort hinter ihr hergehen und das mit den schönen Augen sagen?« Er lächelte nicht länger, sein Gesicht war dunkelrot geworden, wie vor Tagen, als unglücklicherweise der Name Anada fiel. Luise verstand ihn in diesem Augenblick nicht mehr, sah ihn nur ängstlich an. Er atmete schwer, beherrschte sich aber. Wie sehr sie jede Linie, jede Furche seines Gesichts kannte und liebte! »Ich muß bei mir nach dem Rechten sehen«, sagte er mühsam, verließ sie und tauchte erst sechs Tage später im Tristanweg wieder auf.

Frau Wäns wollte es nicht wahrhaben, gestand es sich jedoch ganz heimlich ein: Nicht nur sie, auch Hans ging anders als früher. Irgendeine kleine Veränderung ins Schiefe hatte stattgefunden. Draußen aber würden bald pünktlich Mädesüß und Gilbweiderich entlang der Gräben blühen, wie die sommerlichen Sternbilder, so treu und felsenfest.

Molekulare Systeme

Auch die Darstellung der botanischen Systematik sei mit deren Wandel von der morphologischen zur molekularen Gruppenbildung im Umbruch. In allen Botanischen Gärten, besonders den wissenschaftlich-universitär ausgerichteten, seien heftige Umbauarbeiten im Gange, sagt Sabine mit strenger Miene, als wäre Frau Wäns die Schuldige. Sie, Sabine, wisse es von Hans, der kaum noch Studenten zum Entkusseln kriege, weil die jungen Leute lieber ins Labor wollten, statt in der lästig leibhaftigen Natur lästige Birkenschößlinge zu entfernen. Sie würden ihre Objekte auch, wie ihre Lehrer, die molekularen Systematiker, kaum noch von der Gestalt her identifizieren können. Den organistisch orientierten Professoren habe jedoch immer gerade das am Herzen gelegen.

Zwar bleibe die große evolutionäre Tendenz erhalten, aber durch die Möglichkeiten der DNA-Analyse ergäben sich Erkenntnisse, die etwa Orchideen plötzlich zu den Spargelgewächsen zählten.

Und doch, sagt sich Luise Wäns, hat mir dieser selbe Hans gestanden, er gerate bei Gewitter draußen in der Landschaft ganz kindisch in Panik: »Denn der Blitz, der läßt das Mausen nicht!«

Noch einmal dieser Duft!

Frau Sykowa liegt im Bett, als ihr Mann in der Küche den Frühstückskaffee kocht. Durch die offene Balkontür stürmt und flutet Wiesengeruch ins Zimmer. Sie breitet auf roten Laken sich rekkend weit die Arme aus. »Noch einmal, noch ein letztes Mal im Leben Wiesengeruch, dieser unvergleichliche, ganz unvergleichliche Wiesengeruch!« kommt ihr plötzlich, so hingedehnt, über die Lippen. Aber warum denn »zum letzten Mal«? Weil es so schön klingt?

Und schon hört sie aus der Küche den Tumult des Zusammenbruchs, das Geräusch der endlich eingetretenen Katastrophe, hört, als sie losrennt, durch die Tür das Stöhnen ihres Mannes Jan. Sie weiß, was ab jetzt auf sie zukommt, noch bevor sie die Tür aufreißt.

Es war dann doch nicht so schlimm. Das Bild für den Schlußpunkt ist aber schon mal angeliefert. Sie wird es nicht los, versteckt es jedoch, vor Jan und nach Kräften vor sich selbst.

Er hört nicht damit auf

»Was kann ich dazu«, ruft Erwin verzweifelt hinter seiner Frau her, als sie durch die Wohnungstür entwischen und er, das sehr wohl bemerkend, sie nicht so schnell in die sorglose Kioskarbeit davonkommen lassen will, »ist es meine Schuld, daß mir in den Riesenelektronikgeschäften sofort illegale Deponien in Afrika und Asien einfallen?«

»Warum aber nie, niemals die Riesenrecyclinganlagen?« schluchzt die flüchtende Frau durchs Treppenhaus zurück.

Am liebsten sieht Erwin nach solchen Wortwechseln dann lange, lange den Fliegen auf der Fensterbank zu, den Eintags-, den Stubenfliegen und anderem tastenden, die Glieder aneinanderreibenden Kleinstgetier, greisen Marienkäfern, die ihm treue Gesellschaft leisten. Er hilft ihnen auf die Beine, wenn sie auf dem Rücken liegen. Auch sie stehen umgekehrt Erwin bei, unwissentlich, aber nach Kräften. Eins schwört er sich: Er will seiner Frau, wenn sie von der Arbeit kommt, eine Freude machen, ihr nämlich nicht von dem amerikanischen Soldaten erzählen, der zum schieren Zeitvertreib einen afghanischen Zivilisten ermordet und seiner Beute als Trophäe einen Finger und als Erinnerungsstück an die Jagd einen Zahn herausgebrochen hat, während indessen die nicht zu identifizierenden Leichenteile der eigenen Soldaten von den Amerikanern jahrelang verbrannt und auf Müllkippen entsorgt wurden. Ob Anita sein Opfer zu schätzen weiß?

Anita, die allmählich von einem Mann zu träumen beginnt, der nur gute Nachrichten weitergibt, um das Weltbild derer zu schützen, die er liebt.

Es ist doch Sommer!

Frau Wäns kann mittlerweile, wenn sie will, sehr gut an Krükken durch die Wohnung gehen. »Anfang November«, erzählt sie Elsa, die ihre Beine massiert, »sinkt hier draußen alles tropfend zusammen. Es gibt ein Restgold in den Bäumen, Kraut, Blätter, Rot, Rost. Mir gefällt's.«

Wo die Bäume schon kahl sind, tritt ein silbriges Licht aus, erinnert sich Frau Wäns. Wenn man es hören könnte, wäre es ein Klimpern. Die Tropfen halten still, damit sich der Glanz für Sekunden ausbreiten kann. Unter dem feierlichen Ein- und Ausatmen findet ein unterdrücktes Toben statt. An anderen Tagen ist es ruppig, struppig, wild und wüst. Die Landschaft will schreien, aber der Schrei dringt ihr nicht aus der Kehle. Sie hört ihr Keuchen und möchte am liebsten den Himmel mit verstellter Kinderstimme fragen: Werden demnächst denn wirklich die Menschen Tierembryonen austragen und umgekehrt?

»Elsa, glauben Sie mir: Das Gras zieht golden um die Stämme herum. Die Ponys stehen still wie Tische, aber voller Gefühl, auf ihrer Weide am Zaun.«

(Genauso standen früher, vor dem Eiszeitvorhaben, mein Mirko und ich ohne uns zu rühren beieinander und sahen ihnen und den Gräsern zu. Dann und wann wird ein altes Pferd mit einer Decke auf dem Rücken durch den Wald geführt, durch das Verfallene, Verwitterte, Verweste, vorbei an den morastigen Pilzresten, an den vergessenen Baumstämmen, die an den Rändern der landwirtschaftlichen Zufahrtswege liegen und sich zersetzen. Schon um 15 Uhr schleicht die braune Stunde heran.)

»Nur durch einen scharfen Gegenwind, Frau Elsa, und eine Person in knallrotem Anorak merkt man, daß man nicht träumt, nicht in Wirklichkeit durch einen Traum marschiert.«

»Marschiert?« fragt Elsa zurück, die sich wundert, daß Frau Wäns so mitteilsam und ungewohnt elegisch ist. Auch das muß eine Folge des Überfalls sein.

»Eines Tages sind die Überflutungen vereist. Die zerbrochenen Birken- und Kiefernstämme ragen aus den Flächen. Das gefrorene Wasser hat sie begradigt. An den Weihern und Teichen, Frau Elsa, steht das Schilfröhricht, es sieht wie das geisterhafte Haar zu alter Frauen aus. Ab und zu auch wie ein rosiges Gas, das direkt aus dem Eis herausdampft, erstaunlicherweise.«

»Sie reden vom Frost? Jetzt ist Sommer, eigensinnige Frau Wäns, und von Marschieren kann bei Ihnen leider keine Rede sein. Sie sind widersetzlich und versuchen ja das Gehen nicht mal!«

»Warten Sie ab«, antwortet Luise Wäns und studiert eitel ihre von der Fußpflegerin zum Spaß lackierten Fingernägel, »schwierig wird es, wenn ab Mitte Januar der Frühling ausbricht, für drei, vier Tage dunstig-feuchte Luft, Meisenläuten, Erdgeruch, dann wieder Winter, nach zwei Wochen endlich Frühling, man kann stundenlang der Natur beim Wachsen zusehen, ein wildes Voranstürmen, es tobt aus den Knospen heraus. Alles will ausbrechen, Frau Elsa, in ehrgeiziger Wut, wer der Schnellste ist, auch wenn alles nach außen hin Milde vorgaukelt. Dann im Nu Schnee und Frost und so vor und zurück. Da traut man schließlich keiner Empfindung, keinem sechsten oder siebten Sinn mehr.«

»Aber jetzt ist doch Sommer, Frau Wäns! Es sieht da draußen, wo alles auf Sie wartet, nicht gut aus. Pferde dürfen querfeldein reiten. Was ist los?«

»Was Sie da ansprechen! Erst war Herr Hans durch das Warten auf diese Anada abgelenkt, dann durch ihre Anwesenheit, dann durch ihre Abreise. Danach hat er viel getrunken. Wir sind erst spät dahintergekommen. Da hatte er es teilweise schon wieder hinter sich. Er ist nicht immer hier bei seiner Ehefrau, Frau Elsa. Sie wundern sich? Das haben die beiden vorher so abgemacht. Vielleicht erhöht es die Liebe?« Die Stimme von Frau Wäns beginnt etwas zu schwanken. »Sabine scheint mir ja fast zu verliebt in ihren schönen Mann zu sein. Es gibt Gerüchte. An einer Stelle hat man wochenlang Bohrungen durchgeführt. Warum? Manche vermuten seitdem, hier gäbe es Bodenschätze, vielleicht Erdöl. Deshalb werde nichts mehr in die Renaturierung und deren Betreuung investiert. Dazu hat Herr Scheffer sehr gelacht. Ich hatte allerdings gehofft, ihn mit dem Erdöl aus der Reserve zu locken. Nach einer Weile sagte er: ›Jedes Schutzgebiet kann wegen höherer Zwecke widerrufen werden. Erst haben wir mit großer Anstrengung die Parzellierungen aufgehoben, jetzt wird das teilweise rückgängig gemacht. Damit zerstört man auch den Rest, für den man dann kein Geld mehr ausgibt. So folgt ein Schritt unweigerlich dem nächsten. Das hier dauert schon länger, als ihr ahnt. Zuerst hat man hinter meinem Rücken, dann vor meinen Augen die Dinge zurechtgebogen.‹ So redet er, Frau Elsa. ›Man sieht die Köpfe der Leute, die man eben gewählt hat, und ist schon am Wahlabend angewidert. Wie vermeidet man da, zum Säufer zu werden?‹ Was soll man antworten, Frau Elsa, wie soll man ihn trösten auf seiner Küchenbank? Wollte er nur wieder ablenken vom eigentlichen Kummer über den Verfall in seinem Reich? ›Ich kenne die einflußreichen Ehebett-Trampel mächtiger Männer. Auch über die läßt sich die Bastion nicht stürmen. Sie drehen alles ins Harmlose. Denkt bloß an den Typus Magdalena Zock. Nur als Typus jetzt. Keine Möglichkeit, die Politikerweibchen für sich zu gewinnen. Erst kürzlich habe ich der pauswangigen Thusnelda eines der Hauptverantwortlichen für das Projekt bei Fenchelfisch und Ochsenbäckchen gegenübergesessen. Beim Abschied bin ich vor Wut nicht aufgestanden. Das verzeiht die mir nie.‹«

»War das hier nicht seine Lebensaufgabe? Und nun wird sie schnöde zerstört? Das kann auch einen starken Mann zum Wanken bringen. Ein Kämpfer ist er wohl nicht?«

»Ursprünglich schon sehr. Eher stur als zäh. Vorbei. Ich habe trotzdem nicht recht verstanden, was sich in Wahrheit hier anbahnt, wage aber nicht, wegen seines Zorns, ihn genauer zu fragen. Verstehen Sie, Frau Elsa? Hans ist müde und hat sich zurückgezogen in die Behörde, auch das wohl nur noch zum Schein. Er schreibt ein Buch über Reservate, Probleme der Sukzession und so weiter. Das ist jetzt die Welt, in der er frei bestimmen kann. Der liebe, arme, große Mann konnte ja seinen Willen weder gegen die Natur, noch gegen die Stadt durchsetzen. Außerdem hat er seinen besten Freund verloren. Ich bemühe mich, mir die Dinge zu merken, aber manches, vieles vielleicht, will nicht in meinen Kopf, Frau Elsa, nicht dauerhaft. Für mich bleibt es sein Reich, sein Besitz, komme was wolle. Er aber hat allem aus Trauer den Rücken gekehrt. Außerdem wollen die Bauern zur Zeit kein Land verkaufen. Sie haben was von Bio-Rohstoff läuten gehört. Überall nehmen die Raps- und Maisfelder zu. Da läßt sich was aus dem schlechtesten Boden rausholen.«

»Gibt es schon einen Nachfolger?«

»Nach meinem Gefühl einen jungen Mann in großen Stiefeln, der mit allem einverstanden ist.«

Mutter und Kind

Jemand soll die hübsche Ilona mit ihrem kleinen Kind getroffen haben. Sehr glücklich habe sie ausgesehen, als würde der Metzger noch am Leben sein oder als wäre er es nie gewesen, daneben ein junger Mann. Der Bruder mit dem Kiosk? (»Man fragt ja nicht«), lachend und ganz vernarrt in das Kleine, das vor Vergnügen krähte.

Überhaupt, sagt der Jemand, habe, mal ehrlich, damals Hehe neben der blonden Ilona gewirkt wie Rumpelstilzchen neben Rapunzel. So? Dann war der gewisse Jemand bestimmt eine Libelle mit Silberblick!

Ilse im Verlies

Wie es denn ihrer kleinen Ilse gehe, fragt Elsas Freund in der Nacht.

In der vergangenen Woche habe sie fast nichts gegessen wegen der großen Hungersnot in China.

Zur Zeit schmachte sie in einem Kellerverlies, vergessen von Gott und der Welt, fern von Sonne und Freunden, nur einmal täglich werde ein Stück Brot zu ihr in die Tiefe geworfen und ein Krüglein Wasser herabgelassen. Sie leide diesen Zustand mit Tausenden unglücklicher Gefangener auf der ganzen Welt.

»Aha, also ist die unerbittlich heranwachsende Kleine nicht mehr in den Sohn des verstorbenen Pratz verliebt?«

»Sie hat ihn vor zwei Wochen als ihren, einer armen Witwe einzigen Sohn, unter vielen Tränen auf ein Segelschiff in die Grausamkeiten der englischen Handelsmarine auf die Meere der Welt entlassen müssen.«

Mit ihren Füßen aber gehe es von Dienstag zu Dienstag gut voran. Und was nur sie, Elsa, aus gewissen Anzeichen ahne: Kürzlich habe ihr ausgerechnet derjenige Lehrer, der sie gezwungen hatte, im Aufsatz peinlich genau das Innere des heimischen Kühlschranks zu beschreiben, das Heft mit dem Wort »Voilà« zurückgegeben. Es sei Ilse wohl so flirrend über die Haut gewandert, wie es im Krankenhaus die Hände des ernsten Arztes getan hatten.

Raabes Rätselfrage

»Wo bleiben alle die Bilder?«

Antwort (halbwegs): »Es würde uns, die wir selber vorübergehen, den Raum arg beschränken im Leben, wenn alle Bilder blieben.«

Wo gefragt?

In *Pfisters Mühle.* Dort mehrfach.

Liebe Herta,
stimmt es, daß Dein Vater Leiter einer ländlichen Volksschule war, ein Rektor, der sich aber nicht ganz korrekt verhielt? Ist es wahr, daß er sich von einem befreundeten Bürowarenhändler regelmäßig die Lieferung großer Mengen Schreibmaterialien quittieren ließ, ohne daß die jemals beim Kollegium oder den Schülern angelangt sind? Und ist das bloß deshalb nicht öffentlich geworden, weil er schon mit 44 Jahren an einem Gehirnschlag gestorben ist?

Ganz herzlichst

Deine Ruth

Aus der Fremde I
An Sabines Adresse ist eine Mail aus der Ferne geschickt worden. Das, worauf Hans, wer wüßte das zu sagen, vielleicht lange insgeheim gelauert hat, ist nun im Tristanweg angekommen: eine Nachricht von Anada. Sie hat die Zurückgebliebenen sehr viel länger warten lassen als Herr Hans damals von Alaska aus die Freunde. Weder Frau Wäns noch Sabine trauen sich, möglicherweise aus verschiedenen Gründen, Hans zu informieren. Die Zeilen: »Es geht mir gut, Euch hoffentlich auch. Anada« sind schließlich nicht an ihn gerichtet.

Für ihn kein Gruß des schönen, undankbaren Mädchens.

Aber ist sie wirklich noch schön?

Das ist nämlich die Frage. Sie hat ein Foto angehängt, das allerdings viele Monate alt sein könnte. Die beiden Frauen betrachten es gemeinsam und gründlich. Anada ist zu erkennen, das schon. Obwohl die weiße Haut ein bißchen schmuddelig, verstaubt, abgegriffen geworden und das Strahlen verschwunden ist, selbst die Zähne sind dunkler.

»Abgehärtet«, meint Frau Wäns nachdenklich und könnte nicht sicher sagen, was sie dazu fühlt. »Anada hat während der Reiserei eine Hornhaut bekommen, die ihr bei uns noch vollständig fehlte. Damals umgab und beschützte sie etwas, ein Schimmer, der nicht mehr vorhanden ist. Sie ähnelt jetzt trotz ihrer Jugend schon den alternden Einheimischen, die sie auf dem Bild von beiden Seiten so herzlich in den Arm nehmen. Vielleicht müßte sie dringend in die Frische Alaskas zurück.«

»Was für tiefe Ringe das Goldstück unter den Augen hat«, sagt Sabine, »und wo mag es inzwischen stecken? In London? Hongkong? Längst wieder zu Hause? Sie wird doch nicht den Umweg über die russische Arktis genommen haben.« Ihre Stimme klingt beschwingt: »Dort kriegt man Depressionen, Frostbeulen und erfriert am Ende.«

Mutter und Tochter sitzen, um zusammen und gleichzeitig das Foto aus dem besten Blickwinkel zu sehen, vor dem Bildschirm eng vereint am Küchentisch. Sabine, stellt Frau Wäns plötzlich fest, hat einen kleinen Ausschlag im Mundwinkel.

Stifters Rätselfrage

»Oft, wenn ich die unzähligen Bücher betrachtete, welche sich in öffentlichen Sammlungen befinden, oder wenn ich die Verzeichnisse neugemachter Bücher ansah, dachte ich, wie man denn noch ein Buch machen kann, wenn schon so viele vorhanden sind.«

Lösung? Unbekannt.

Aus der Fremde II

Sie ist ein bißchen älter als er und nicht gerade hübsch, aber es stört Alex nicht. Er ist glücklich. Endlich hat sich eine weibliche Person seiner angenommen. Nun rackert er nach Herzenslust für zwei in der Gastwirtschaft von Schwester und Schwager. Die Frau ist aus der Türkei gekommen, putzt und poliert wie der Teufel. Auch ihn, Alex. Er glänzt, er blinkt.

Schrecken in der Morgenstunde

Elsa greift sich instinktiv und ganz klassisch, wie es vermutlich schon die Menschen im Altertum taten, vielleicht schon der Troglodyt, mit einem kleinen Aufschrei an die Kehle, als sie beim Frühstück aus der Zeitung vom Selbstmord zweier ihr bekannter Menschen erfährt. Der eine ist ein Mann Anfang fünfzig, verheiratet, zwei erwachsene Kinder, der andere eine Frau, ledig, in den Zwanzigern. Die beiden sollen gemeinsam, ohne Rücksicht auf eventuell vorübergehende Passanten, aus dem dritten Stock eines Wohnhauses gesprungen sein, aber keinen Abschiedsbrief hinterlassen haben.

Von solchen Vorfällen und Unglücken liest man alle Tage, hier jedoch handelt es sich um einen gewissen Erwin M. und eine gewisse Katja S. Wie ist das möglich, sagt Elsa insgesamt dreimal in die stille Küche. Der in sich gekehrte Erwin, die aufgekratzte Katja, die nach Berlin gezogen ist! Sie versucht sich, an die beiden deutlich zu erinnern. Was hatten die zwei miteinander zu tun? Erwin und Katja, diese Katja und dieser Erwin! Dann liest sie den Text ein weiteres Mal. Und nun atmet Elsa tief auf. Die Namen lauten in Wirklichkeit Emil M. und Karin S.!

Gott sei Dank: Emil und Karin nur. Die sind ihr völlig unbekannt.

Was steht da noch? Die beiden haben niemanden zu Schaden gebracht durch ihren Doppelsturz und wie durch ein Wunder und zum Glück den zweifachen Suizidversuch überlebt, wenn auch leider nur schwer verletzt und wohl für immer als Krüppel.

Drei Minuten später aber hört Elsa am Telefon, daß andererseits gleich zwei ihrer Patienten durch Vermittlung im Internet zwei sympathische Frauen und damit neuen Lebensmut gewonnen haben. Sind zusammen vier Glückliche.

Verhält es sich nicht überhaupt wie bei den Brüdern Grimm? Am Tag davor hatte man im Haus die Heizungen repariert. Noch in der Nacht hörte Elsa einen ungewohnten Radau, ein Rumoren und Flüstern in den Wänden. Dreimal durchfuhr sie ein starker Herzschmerz, dazu gab es ein gequältes Seufzen im Treppenhaus, alle drei Male. So ein Zufall! So eine Verzauberung!

Und dann obendrein dieser Morgen.

In der folgenden Nacht ruft sie, aus dem Schlaf hochschießend: »Hilfe, Hilfe! Das Geprassel, das Gewimmel!«

Freund: »Was ist los, Elsa, was meinst du denn?«

Elsa: »Ich weiß nicht. Die Leute, glaube ich.«

Der wunderliche Spielmann

Ilona, mit ihrer Kleinen im Wagen, hat es Sabine bei einem Treffen in der Bank erzählt. Nein, sie leide keine Not. Hehe habe gut für sie beide gesorgt, und ihr Chef, Dr. Herzer, beschütze sie und ihr Kind dort, wo ihr Bruder dazu nicht in der Lage sei.

Aber nun etwas anderes. Sie wisse gar nicht, was sie davon halten solle. Vor genau einer Woche habe sie das Grab von Hehe besuchen wollen, aber schon von weitem ein merkwürdiges Geräusch gehört, das sich beim Näherkommen als ein wildes Geigenspiel herausstellte. Das Kleine habe daraufhin zu wimmern angefangen. Vor der Gruft ihres Mannes stand ein Mann, der in großer Geschwindigkeit und einer den Körper verrenkenden Leidenschaft, ja geradezu Wut auf seinem Instrument ein ihr unbekanntes Stück spielte. Das sei eigentlich kein Wunder bei ihrer mangelnden Bildung. Es lasse sich aber kaum denken, daß es überhaupt irgendjemanden auf der Welt gebe, der den Wahnsinn hätte identifizieren können. Nach dem Spiel ergriff der Mann eine Kindergießkanne, die er offenbar vorsorglich bei sich trug, und begoß die vor einer Woche von ihr auf den Grabhügel gepflanzten Blumen, schöne Knollenbegonien. Sie habe sich daraufhin unauffällig mit dem leise weinenden Kind zurückgezogen.

Der Mann aber sei unzweifelhaft Hans Scheffer gewesen.

Rätselspaß zum Abendessen
Wieder an den ehelichen Abendbrottisch zurückgekehrt, fängt Hans Scheffer an zu lachen. Er verschluckt sich beinahe. Ihm ist etwas eingefallen. WWF stelle in seinem Magazin eine Frage. Wer das Lösungswort wisse, könne eine Reise gewinnen. Aufgemerkt also! Welches von diesen vier Tieren lebt in der Ammerschlucht: Der Blutkelchgralshüter? Der Salzseewegspringer? Der Felsquellschlammwälzer? Der Kiesbankgrashüpfer? Oh und Ah! Werde man angesichts der Namen nicht ganz einsilbig vor Staunen? Die richtige Antwort sei aber nur die Basis für das Trefferergebnis. Das ökologische Raten gehe im nächsten Heft weiter. Er sei gespannt, ob nun auch die Tiere mit sechs Silben ihre Chance hätten oder ausgerechnet sie – Absicht? Zufall? – zu den nicht gefährdeten gehörten.

Auch die beiden Frauen lachen jetzt. Aber die eine verdächtigt die andere, daß sie es nur um des sehr lieben Friedens willen tut.

Liebe Herta,
halte mich ja nicht für hysterisch. In unserer Familie kamen bis auf die beruflichen Unfälle keine ungewöhnlichen Schicksalsschläge, keine großen Handlungen vor, die den Menschen angeblich dann so große Würde und Gravität verleihen. Nein, das eben nicht! Dafür aber katastrophale Sätze, Bemerkungen, die Eltern und Kinder für immer entzweiten und zu Enterbungen führten, zwei, drei Wörter manchmal nur, die dann in alle Richtungen abgewogen wurden, es ging ins Spekulative, nicht selten in Grimm und mit Tränen. Wir nehmen diese Dinge sehr schwer.

Das galt und gilt auch für das Gegenteil, Herta, für langes briefliches oder telefonisches Schweigen, Herta!!!

Ruth

Herta

Was mich schon immer und am meisten an Ruth gestört hat, das ist der verkniffene Triumph, wenn sie wie eine Dorfpomeranze ein neues Kleid vorführt, stumm, als wär's die größte Selbstverständlichkeit. Aber, mein Gott, ein Gesicht dazu, als hätte sie mit dem Fetzen der ganzen Welt eins ausgewischt! Dann dieses. »Man war damals achtzehn! Die Lippen leuchtend rot wie die Fingernägel. Man bestand aus nichts als diesen beiden Sachen, wenn man durch die Stadt lief, und besiegte damit die ganze Welt!« Oder war ich das selbst?

Wie tröstlich dagegen, sich abends im Bett auszumalen, daß über dieses ganze Land Deutschland, nicht anders als bei mir in Leipzig, die wilden und die heimischen Tiere verteilt sind, eingekesselt, aber beschützt in ihren Gehegen stehen und schlafen und wachen und gerettet sind in ihrer großen Schönheit! Wie die Figuren auf den alten Glanzbildchen, früher, noch vor den roten Fingernägeln, so sehe ich sie an in meiner Erinnerung und morgen ja leibhaftig schon wieder neu, zu meinem Glück.

Die Tigerin I

Vielleicht gehört der Abdruck der beiden Fäuste in meinem Rükken gar nicht zur Wirklichkeit?

Ich könnte, falls ich wirklich wollte, schon aus eigener Kraft herumwandern, sogar draußen, und zwar viel besser, als sie alle glauben. Das behalte ich aber für mich. Statt dessen sitze ich in meinem Fernsehwinkel wie damals. Damals habe ich sie alle beobachtet. Ließ es sich denn, den Umständen nach, für mich günstiger antreffen? Jetzt verfolge ich das junge Glück aus meiner alten, sicheren Mütterchenecke und von der Küchenbank aus. Anderes bleibt mir nicht übrig. Auch wäre ich wohl zufrieden damit, wenn es tatsächlich das Glück, das hochberühmte Glück wäre, das ich ansehen darf. Oder sieht Glück so aus bei diesen mir teuersten Menschen, die, jeder auf seine Art, mein Herz anfressen?

Wie sehr meine kleine, nun doch schon fünfzigjährige Sabine unsern Herr Scheffer liebt! Mein Gott, wie sie es in ihrer wilden Einfalt so gar nicht ein bißchen kokett verbirgt! Und er? Er schlägt die Augen nieder, wie er es schon früher gemacht hat, anders aber als die arktische Anada, so halbwegs und heuchlerisch nämlich, daß man ihm, traute man sich nur, die Lider hochzwingen möchte. Lächelt vor sich hin und tut, als merkte er nichts, als bemerkte er, ausgerechnet mein schamhafter Herr Hans, nicht etwas leicht Unschickliches an so viel unverborgener Bewunderung.

Vielleicht stört es ihn aber gar nicht, vielleicht schätzt er gerade das Unraffinierte, ein bißchen ungeschlacht aus Sabine Hervorbrechende. Ich staune ja selbst immer noch, wenn zwischen ihren, wie soll ich sagen: wulstigen, weichen Lippen manchmal so rauhe Töne hervorkommen. Und darüber die wunderschönen, brennenden Augen meines Lieblings. Nur ist andererseits auch Hans mein Liebling, und ich bange, ob alles gutgehen wird hier im Tristanweg, auf Dauer. Wenn ich hier nur schön still hocke und mich nicht rühre, bleibt hoffentlich alles andere ebenfalls an seinem Platz. Mich selbst versuche ich zu vergessen, jawohl, ich verleugne mich selbst und bescheide mich, begnüge mich mit der Herrlichkeit, ihn in unserer Küche sitzen zu sehen, nah bei mir und, durch die Heirat begründet, so oft an unserem Tisch.

So häufig allerdings geschieht das nun auch wieder nicht.

Ich sitze da, es kommt vor, daß sein linker Unterarm und mein rechter sich berühren, und ich rücke meinen nicht von seinem ab. Er selbst kriegt es wohl gar nicht mit. Mein Gesicht ist etwa in der Höhe seines Hemdenausschnitts (man erkennt dort, es ist ja ein persönliches Zeichen, ein Wink für mich, ein paar graue Haare), atmet, ob man will oder nicht, den warmen – etwas, was mich verblüfft: süßen, o doch, tannenhonigherben – Duft ein, der hochsteigt aus diesem Hemd, an einem Leberfleck vorbei. Was kann ich dazu, daß es mir auffällt? Die Knopfleiste ist oft ein Stück aufgerissen, auch das beachtet er nicht, nachlässiger, nicht prahlerischer Zufall, mal so, mal so. Spürt auch meine Tochter die Schutzlosigkeit, das Angebot, ihn dort zu ritzen, ich meine, zu behelligen? Zum Vorschein kommt das empfindliche Fell des Oberkörpers in einer Andeutung. Ach, Sabine, die Andeutungen, wüßtest du es doch, Heil und Segen der Andeutungen! Ich schließe unauffällig die Augen, will nichts wahrnehmen und nichts denken, nur seine Temperatur spüren, Sommerwaldboden, und die Stimme, ganz für mich Murmeln und Gegenwart, ein Summen und Beben in Frieden, warum soll ich mich nicht verschwiegen begeistern, eine köstliche Schläfrigkeit in mich geträufelt, nichts sonst, keine Todesangst, keine Befürchtung und Zukunft. Sekunden, Minuten, vielleicht Stunden, die vollkommen stillstehen, äußerst schwache Strömung, tatenlose Strömung um diese entrückten Zeit-Flußtalinseln herum.

Obschon, sehr oft kommt es trotz Heirat gar nicht dazu.

Warum soll ich nicht schwärmen, still in mich rein, stumm aus mir raus? Warum soll ich nicht, ganz im geheimen, wieder zwanzig, dreißig Jahre alt sein? Auch Sabine ist noch einmal jung geworden, jung eigentlich wie nie vorher, während Hans, ich muß es mir eingestehen, im letzten Jahr viel älter geworden ist, beinahe – es hört ja keiner, nur ich, und es tut mir sofort weh – ein Lamm!

Doch, meine leidvolle Kleine ist auf ihre Art in Fahrt gekommen.

Es ist wunderlich, was sie treibt. Ich wünsche ihr so heftig und herzlich und wollte meine Freude dafür geben, daß ihr alles zum Besten gereicht. Sie hat sich elegante Wäsche gekauft und mir das Luxuszeug sogar gezeigt. Ich möchte sie aber wohl nicht darin sehen, nein, lieber nicht. Bitte das nicht vor meinen Augen anprobieren, Sabine! Der Kontrast so frivoler Spitzen zu ihrem lieben Bittergesicht, das sie doch bloß ordentlich wäscht und mit Handcreme einreibt und sonst nichts, der würde mich sicher schmerzen. Einmal habe ich oben aus dem Schlafzimmer Hans gutmütig lachen gehört und dachte sofort: Er amüsiert sich über den Mißklang zwischen Sabines unwirschem Mund und der albernen Tändelwäsche. Das gehört einfach nicht zusammen. Alles zu punktuell. Auch das heikle Parfüm plötzlich! Ob mein von den Frauen verwöhnter und von der bösen Anada enttäuschter Hans sich denn extra in das Rührende und Gutgemeinte meines Bärchens verliebt hat?

Erfüllt es ihn mit Stolz, daß sie an seiner Seite dermaßen erblüht, wenn schon sein Reich da draußen vergeht? Denn erblüht ist sie ja, fast zum Erschrecken erblüht trotz ihrer schroffen Natur. Das hat unser Herr Hans vom Hochmoor spielend geschafft, mit links hat er das hingekriegt. Noch nie waren ihre Jeans so eng, noch nie die Blusen so tief aufgeknöpft, der Busen so hitzig vorgereckt, schlimmer als damals bei Magdalene Zock, die immer rein zufällig Hans mit ihren Brüsten berührte, sogar anstieß, anstupste. Alles an der frischgebackenen Ehefrau strotzt vor Kraft und strammer, ich weiß nicht, elastischer, federnder Hingabewilligkeit, auch bittender, vor allem bittender, nein ich will nicht denken: bettelnder. Manchmal habe ich das Gefühl, Hans und ich drehten gemeinsam die Augen weg angesichts ihrer körperlichen Offerten. Aber still, still, gar nicht erst so etwas denken, Mütterchen Wäns: jawohl, demütig fordernden Offerte!

Schrecklich oft ist ja gar nicht die Gelegenheit dazu.

Wir besitzen einen neuen Kühlschrank, einen neuen Elektroherd, die Küchenbank ist frisch bezogen. Das alte Geschirr wurde gegen neues ausgewechselt. Wir haben jetzt Stil. Ich bin, als ich solche Dinge wieder wahrnehmen konnte, damit überrascht worden: »Für dich, Mutter!« Natürlich alles für Hans, natürlich,

natürlich. Sie kocht auch sorgfältiger, sozusagen einfallsreich, wenn er da ist, wenn nicht, schmeißt sie die Zutaten einfach durcheinander vor Nervosität. »Für uns allein, Mutter, lohnt sich das nicht!«

Und warte ich in Wahrheit nicht genauso auf ihn?

Und verstehe ich meine Kleine, die endlich wieder zu leben anfängt, in ihren schweren Düften und mit den auswendig gelernten Pflanzennamen im Kopf nicht dermaßen gut, daß ich mich deswegen strenggenommen schämen müßte? Wenn wir ohne ihn am Tisch sitzen, fragen wir uns, sprechen es aber nicht aus, wie wir es so lange, all die Jahre zwischen Mirko und Hans, ohne seine Gegenwart ausgehalten haben. Was für eine verlorene, dürre Zeit ohne dieses fortwährende leichte, wohlriechende Vibrieren der Luft, sobald unser Herr Hans das Haus betritt. Sabine läßt sein Bett ungemacht liegen, wenn er geht, um seinen Körperabdruck aufzubewahren. Erst dann, wenn er wiederkommt, rennt sie hoch und läuft mit rosigem Gesicht wieder herunter, schnell, schnell, damit er es nicht merkt.

Es gibt noch eine Veränderung, vielleicht auch nicht, vielleicht wäre es besser, es bliebe in dieser Hinsicht alles unverändert. Wenn wir beiden Frauen für uns sind, spricht sie immer öfter davon, daß sie mit dem Beruf aufhören und nicht weiter »ihre Seele verkaufen« wolle. Hier draußen sei es das Richtige für sie und die Innenstadt eine Last, die niemanden schöner mache. Sie schade geradezu der Liebe. Erst recht das Bankgeschäft. Sie könne dann von zuhause aus Beratung machen. Warum immer weggehen aus dieser schönen Gegend? Manchmal sei Hans hier und sie nicht da oder müsse gerade los. Es sei ihr immer verhaßter. Ich sage dann nichts, etwas beunruhigt mich.

Es beunruhigt mich mehr als das, was sich hier vor zwei Tagen abends abgespielt hat, obschon ein kleiner Schrecken noch immer heimtückisch in mir sitzt. Ich will nicht mehr daran denken, es nicht erst wahrhaben, mir nicht diesen kleinen unheimlichen Moment vor Augen führen, der aber doch leider ohne Zweifel Wirklichkeit gewesen ist.

Wovon redeten wir gerade zu dritt? War es das Wort »Koalitionsabsprache«? Hans fing plötzlich an, heftig zu gestikulieren und sehr laut zu werden. Während ich mich noch bemühte, die zerbrechlichen Dinge aus seiner Reichweite unauffällig zu entfernen, man reizt ihn leicht durch solche Manöver, fegte er schon mit seiner Rechten die wunderbar geschliffene Wasserkaraffe, eine Antiquität noch von Sabines Urgroßmutter Anna Hornburg, Mirkos Ur-Urgroßmutter, meiner schönen Großmutter, außer den Kleidern eine der letzten Erinnerungen an die Sängerin, vom Tisch. Sabine hatte ja darauf bestanden und mich leicht überzeugt, daß wir sie wegen der Festlichkeit in seiner Gegenwart benutzten. Nun lag das fast hundert Jahre gehütete Gefäß, wie man so sagt, in tausend Stücke zersprungen am Boden. Zwei, drei Sekunden herrschten Entgeisterung und Stille, dann begann Sabine zu wiehern, selbstverständlich bloß, um ihren Mann zu beschwichtigen: »Endlich sind wir den Plunder los!«

Möglicherweise stiegen mir da ja nur wegen des Schrecks die Tränen in die Augen? Jedenfalls stand Hans auf, sah bekümmert mein Gesicht an und versuchte, gekränkt durch sich selbst und zum Zeichen der Reue, die Scherben aufzulesen. Der Anblick war so rührend, daß ich ihm zu gern über die Locken gefahren wäre. Das durfte ich natürlich nie und nimmer. Zu retten war nichts mehr. Er brachte die größten Glasstücke zum Abfalleimer, entschuldigte sich, nichts steht ihm besser als Zerknirschung, murmelte bloß, er wolle nicht stören, wolle nur noch eine kleine Runde machen. Weg war er, löste sich abrupt in Luft auf, flüchtete so rasch, daß niemand einschreiten konnte.

Da ist es dann passiert. Ich hoffe, so fest ich nur kann, Sabine ist selbst gestolpert und der Stoß gegen mich war ohne Absicht, aber ich spüre doch andererseits noch immer ihre kräftigen Fäuste in meinem Rücken. Ich hatte Glück im Unglück, auch wenn ich mit einer Handfläche auf die restlichen Scherben gestürzt bin und es gleich zu bluten anfing. Es ist nichts an mir entzweigegangen, anders als damals nach dem Überfall auf meinen Rucksack im Schutzgebiet. Aufklären wird man ihn nie. Vorgestern konnte ich nur nicht allein aufstehen, und es war auch nicht nötig. »Um Himmels willen, Mutter, Mutter!« rief meine Tochter ja schon und half mir so liebevoll sie konnte, auch hier wieder ein gebräuchliches Zeichen der Reue, doch, wirklich einwandfrei besorgt, auf die Beine, holte ein Pflaster sogar mit Wasserabweisung, hat alles gutgemacht und das andere ausgelöscht, wie von mir lediglich eingebildet. Kein Wort fiel zwischen uns über den kleinen Zwischenfall.

Aber worin bestand meine Schuld? Ist Hans wegen meiner paar stummen Tränen ausgerissen? Was wirft mir das Mädchen vor? Da ist irgendwas, tief verborgen, nur was? Hat sie mich aus Zorn geschlagen, weil Hans uns einfach am Tisch zurückließ oder aus Ängstlichkeit gegenüber der einsamen Nacht? Nein, ich kann meinem Bärchen gegenüber keinen Groll hegen, ist schon gut, ist schon vergessen. Außerdem kam unser impulsiver Herr Scheffer, der doch aus Ratlosigkeit bloß einmal ums Haus gelaufen war, bald zurück, neu geboren von der Nachtluft, als wüßte er schon nicht mehr, was er angerichtet hatte.

Ich mußte nur einen Blick auf meine Tochter werfen. Seine schnelle Rückkehr entzückte uns beide, sie und mich, ob wir wollten oder nicht. Ihr sah man es an, mir bestimmt nicht, nein, mir, dem vergehenden Mütterchen auf der Bank und im Winkel todsicher nicht. Ich kann alles gut verstecken, oft sogar vor mir selbst. Sabine aber, mein ruppiger Schatz und eigen Fleisch und Blut, die versteht sich überhaupt nicht darauf, weniger als je. Sogar wenn ich auf mein Butterbrot kucke, spüre ich durch die gesenkten Wimpern hindurch, wie sie mit jeder Faser am Herrn Hans hängt, der doch nun als ihr Ehemann beglaubigt wurde. Es ist, als würde ihr gesamter Körper immerfort seufzen und schnaufen und sich am liebsten unter Ächzen aus sich herauswölben vor Sehnsucht und Liebe und all dem. Das Schmachten müßte ihn sehr freuen, es ist ja sein Werk, er hat sie schließlich, er allein aus dem Eispanzer und der mürrischen Kruste und mausigen Unscheinbarkeit herausgeschält.

Ja gewiß.

Es steht mir nicht zu, ich halte meinen Mund, kein Sterbenswörtchen, nichts kommt mir über die Lippen, jedoch, sehr heimlich und unterirdisch für mich gefragt: Muß die Unterwerfung der »Tigerin« mit so wochenlang fliegenden Fahnen geschehen?

Manches mag unserm Hans vom Hochmoor, dem großen Kind, schön und gut, das immerhin ein ausgewachsener Mann ist, komplett entgehen, aber so etwas wie dies hier, Sabines wüstes Verliebtsein, das würde er durch drei Zimmerwände und Hausmauern spüren. Da muß der von den Frauen, bis auf Anada, so verhätschelte Mann gar nicht erst den Blick heben, muß gar nicht erst hinsehen, kann dem Vorfall den Rücken zudrehen und weiß es doch.

Daß sie sich so verplappert in ihrem Glück, es so ausplaudert mit jeder Körpergeste! Hat sie denn nirgendwo gelernt, daß es der Liebe und erst recht den Männern nicht guttut? Ich möchte ihr einen vertraulichen Wink geben, aber sie begreift nichts, und wie könnte ich riskieren, es direkt auszusprechen! Das Ratschlagerteilen ist doch ein schlimmes Laster der Mütter.

Soll ich etwa rufen: »Stop, Kind, reiß dich zusammen, er wird deiner Anhimmelei überdrüssig, falls du sie zur ewigen Leier machst. Wenn es zu schlimm kommt, sag dir das Einmaleins auf oder denk an die Börse, an den aktuellen Goldpreis. Deine Verehrung langweilt ihn eines Tages«? Soll ich ihr einreden: »Wenn du die Leidenschaft nicht besser verbirgst, vertreibst du ihn«? Ich trau mich nicht, spüre auch nach wie vor die verzweifelten Fäuste von ihr, von Sabine, die doch schon so lange meine liebe Tochter ist. Wen hätte ich sonst?

Auch für mich ist es nicht leicht. Sobald Hans uns verläßt – das tut er unregelmäßig, aber oft, unberechenbar, das strengt uns so an, unbesorgt, wie es auf uns wirken könnte, wenn es ihn woandershin zieht, den liebenswürdigen Mann, der trotz dieser Launen, die ihm nicht bewußt sind, unseren Tristanweg sofort mit seinem Erscheinen verklärt –, sobald er fort ist, fängt Sabine an zu trauern und zu leiden. Es zerreißt mir, jedenfalls teilweise, das mütterliche Herz.

Es ist ein rücksichtsloses Trauern, ein Leiden ohne Mitgefühl, denn trage ich nicht doppelt schwer an allem? Ich bin es doch, der erstens der Trost für Sabine und zweitens Hans selbst fehlt. Ich bin es doch, die sich, im Gegensatz zu ihr, unter keinen Umständen verraten darf.

Sabine fixiert die Lücke, die er hinterläßt, jetzt, wo er offiziell hierher gehört. Früher zählten die köstlichen Stunden, in denen er bei uns saß. Inzwischen starren wir beide auf die schwarze Leere zwischen den Aufenthalten, auf das Garnichts zwischen seinem unbefangenen Ab- und Auftreten. Gottlob macht ihm Sabine, das gutmütige Schwergewicht, bis heute keine Vorwürfe. Auch ist ihre Freude über sein Wiederkommen jedesmal so groß, daß sie ihn nicht mit Trauermiene empfängt, sondern bloß die Treppe zum Schlafzimmer rauf- und runterstürmt, was ihr die bei Hans so beliebten rosigen Wangen verschafft.

Aber wenn das erst kommt, das erpresserische Klagen! Dann wird er sich, ich weiß es, schütteln.

Um nicht in Grübeleien zu verfallen, redet sie die ganze Zeit über ihn. Bei allem, was passiert, findet sie einen Grund, ihn herauszustreichen. Damit zwingt sie ihn im Geiste herbei und muß keine Angst haben, er könnte einfach nicht zurückkehren. Es gibt sicher auf der ganzen Welt kein Wort, keinen Gegenstand, bei dem Sabine es nicht schaffen würde, schließlich doch noch bei ihrem Mann zu landen. Und hat sie endlich das ausgesparte Zauberwort ›Hans‹ gesagt, weht so ein süßes Vorfrühlingslicht über ihr derbes Gesicht, daß ich sie unter einem Vorwand fest in den Arm nehmen muß.

»Er hat es doch von vornherein angekündigt«, habe ich schon öfter gesagt, »du weiß doch, daß er die Freiheit braucht.« »Ich bin nicht schön genug, nicht mal hübsch«, antwortete sie dann in tiefem Gram. Deshalb ertrage ich auch, ohne mich zu beschweren, einen Vorwurf, der mich verletzt. Kürzlich ist es aus ihr in ihrer ständigen Erregtheit hervorgebrochen. Sie glaubt, und es ist natürlich ein Rettungsanker für sie, deshalb setzte ich mich nicht zur Wehr, ihnen wäre, ohne mein leichtsinniges Wandern und den Überfall, die geplante Hochzeitsreise nach Wien zustattengekommen und damit ein günstigerer Einstand in die Ehe gewährt worden. Die Schuldige bin also im Grunde ich!

Sabine ahnt ja nicht, wie sehr ich mir wünsche, daß Hans mich nur in ihrer Gegenwart duzt, aber dann, in den wenigen Momenten, wo wir allein sind, wie früher »Frau Wäns« zu mir sagt. Und schon beginnt es wieder, das Zittern vom ersten Abend, von dem keiner, keiner weiß und nie wissen darf.

Ach, aber auch herrje, die Traurigkeit ihres Verliebtseins! Soll man bewundern, wie die ohne die geringste Abschürfung andauert, so viele Wochen schon? Wie das Mädchen sich so gar nicht gewöhnt und beruhigt in ihrer Angst, ihn zu verlieren, so kein bißchen seiner sicher ist, so ganz ohne Friedlichkeit, selbst wenn sie neben ihm sitzt, selbst wenn wir beiden Frauen ihn einzwängen zwischen uns im Küchenwinkel, so daß er auf keinen Fall aufspringen kann, um uns in einem plötzlichen Einfall zu verlassen!

Sabine nimmt ab und blüht gleichzeitig auf. So muß es bei der Liebe wohl sein. Aber in einer Ehe? Wie ist das auszuhalten. Ich sehe doch, wie oft sie grimmig vor dem Spiegel steht. Hans möchte ihr klarmachen, daß sie diese Dinge maßlos überschätzt, aber das gelingt selbst ihm nicht. Ist es ein Fehler oder eine Liebhabertugend, wenn er ihr so gar kein Vertrauen einflößt? Denn eins ist mir klar. Sie liebt ihn gerade wegen der ständigen Aufregung derart verzehrend. Nur darf der Kummer nicht das Glück übersteigen. Er ist für sie das unverdiente Geschenk ihres Lebens, sie denkt an nichts anderes mehr. Und ich?

Heute nachmittag waren Hans und ich allein. Schon wollte ich ihn sachte mahnen, Sabine wieder einmal für ihre schönen Augen zu loben. Er verzeiht mir bisher solche kleinen Signale. Da legte er den Kopf weit in den Nacken, ich konnte den Blick nicht wenden von der männlichen Kehle, die vollkommen preisgegeben war. »Luise«, sagte er, »Luise! Etwas ist mir unklar, es quält mich beinahe, auch wenn alles ja längst gottlob in weiter Ferne liegt. Ich spreche von dem häßlichen Eskimomädchen, dieser, wie hieß sie noch, Annegret? Böse Annette? Gut, Anada, so ungefähr wohl. Bedeutet es nicht: tückische Frau? Was ich mich also frage, rückblickend, meine ich, versteht sich, Luise: Wäre es wohl ganz anders ausgegangen, nämlich mit einem glücklichen Ende, wenn ich ihr die Burg Elz gezeigt hätte, ja, die Burg Elz, wenn ich dort mit ihr hingefahren und sie aus dem Staunen nicht herausgekommen wäre, statt des Ausflugs zu der dämlichen, dösigen Festung Dömitz im flachen Land?«

Keine Einsamkeit mehr

Tatsächlich und endlich, diesmal hat es bei Alex bestimmt endgültig geklappt. Eine Frau ist aufgetaucht – nicht die Türkin, die ist abgetaucht –, wie geschaffen für ihn. Er verdankt seine Erlösung auch diesmal dem Arbeitswechsel zur Gaststätte von Schwester und Schwager. Die Frau ist hübsch, Hundeführerin und Digitaltechnikerin. Dreimal kam sie allein zum Schnitzelessen. Beim vierten Mal war es um beide geschehen. Alex kann sich sein Glück nicht erklären. Hat Petra etwa, als erste Frau, ja als erster Mensch auf der ganzen Welt, sein echt- und grund- und sturzgoldenes Herz erkannt?

Wandernde Lebensläufe

Endlich haben sich Katja und Eva Wilkens einmal wieder getroffen, mitten in Berlin, am Oranienburger Tor. Jetzt sitzen sie in einem Café, der Blick aus dem Fenster wird von einer Betonmischmaschine versperrt, und es ist vor allem Eva, die Neuigkeiten aus ihrem noch immer kurzen Leben berichtet. Katja benimmt sich eher zurückhaltend. Ist sie zerstreut, geistesabwesend? Langweilt sie sich? Sie verfällt zu Trainingszwecken in Schaufensterpuppenstarre, wie sie das gelegentlich gegen Bezahlung für Mode- und Kosmetikfirmen macht. Nach einer Stunde fragt der Komponist Hannes Keller, von dem gestern hier ein Kammerkonzert, schon wieder das aus der Ukraine, mit freundlichem Erfolg vor wenig Leuten aufgeführt wurde, ob er sich zu ihnen setzen darf. Donnerwetter, was für ein gutaussehender Mann! Sofort beginnt Katja, ihre Glieder zu rühren und loszulegen. Sie erzählt ohne Pause von ihrem Deutschunterricht für Ausländer, von ihrer zu Bruch gegangenen Liebesgeschichte, ihren trotzigen Reisen nach Amerika und Tadschikistan, von den Frauen mit den vielen Zöpfen und den geschnitzelten Möhren, von der Liebesversöhnung danach und schließlich dem endgültigen Ende.

Eva ist sprachlos. Als der Komponist für einen Moment mit dem Kellner redet, der zu allem Überfluß beim Servieren Einweghandschuhe trägt, flüstert sie. »Verrückt, Katja! Das gehört dir doch gar nicht! Das ist doch mein eigener Lebenslauf. Da hast ihn mir geklaut. Meinen eigenen Lebenslauf, meinen, meinen.« Katja mustert sie unschuldig: »Hier geht es, liebste, aber schon immer ein bißchen engstirnige, sogar geizige Eva, begreifst du es nicht, um anderes, ganz anderes!«

Die Tigerin II

Könnte es sein, daß Sabine neuerdings auf eine andere Art trauert? Sonst war es doch immer so: Kaum erschien Hans bei uns, gab es rosige Wangen, das Glühen schöner Riesenaugen, alle

Körperrundungen in Bewegung, Stummheit und Betäubung vor Glück. Kaum verließ er uns, fiel Sabine in sich zusammen, bleiches Gesicht, dunkle Augenhöhlen, Redeströme. Kummer und Begeisterung hielten sich die Waage.

Und jetzt? Ich weiß nicht recht, möchte vielleicht auch nichts recht wissen. Aber zu leugnen ist es nicht: Sabine trauert seit einiger Zeit auch dann, wenn Hans sich im Tristanweg aufhält. Ich riskiere kaum, es richtig zu merken: Sie sieht dann sogar bekümmerter aus!

Warum soll das aber nun nicht die notwendige und längst fällige Beruhigung sein, nach der Verzückung jetzt ein bißchen Gelassenheit, weil die Gemütskräfte erst mal verfeuert sind? Das möchte ich nur zu gern annehmen. Nur ist in ihrem Blick etwas Nachdenkliches, In-Sich-Gekehrtes, ich will es extra nicht: Argwöhnisches nennen, um nur ja nichts zu beschwören. Es gefällt mir nicht, mein sechster Sinn schlägt an.

Sie beobachtet Hans, anstatt ihn anzuschwärmen. Ich müßte mich freuen, es gelingt mir nicht.

Wer sie nicht so gut kennt wie ich, der merkt zunächst keinen Unterschied. Genauso wie bisher verfolgt sie jede seiner Bewegungen. Sie saugt alles auf, was er sagt, kein Lächeln, kein Stirnrunzeln entgeht ihr. Was ist neu daran? Sie nimmt es nicht mehr so direkt, so einfach in sich auf, begnügt sich nicht mit dem Genuß, registriert aber und überlegt, was es bedeuten, was der Sinn davon sein könnte, ob es überhaupt einen Sinn dabei gibt. Auch horcht sie offensichtlich in sich hinein. Ja, das ist es, sie sucht und forscht nach innen, anstatt glücklich hinzusehen. Warum nur?

Überprüft sie etwas?

Hans geht es gut dabei. Er denkt nicht über die Veränderung nach, reagiert allerdings prompt mit Erleichterung. Denn nun kann er sich unbefangener fühlen und scheint viel lieber bei uns zu sein, jetzt, wo ihn nicht mehr soviel schwermütige Übertreibung umgibt. Für ihn ist es im Augenblick leichter und luftiger. Er taucht oft im Tristanweg auf.

Aber natürlich ist er nicht irgendein dummer, tolpatschiger Mann. Ich habe ihn erwischt, wie auch er, umgekehrt und verstohlen, seine Frau studiert, plötzlich mit einem interessierten Lächeln, neugierig, wie damals, als sie sich bei den Tieren für den Tiger entschied.

Wäre Sabines Verhalten Taktik, hätte sie keine bessere wählen können. Leider ist es keine, es gibt für mich nicht den leisesten Zweifel. Ihr Zurücklehnen ist echt. Hans erkennt nicht, daß es ein untröstliches, wenn nicht gar trostloses ist.

Sie spricht nicht mehr davon, daß sie mit ihrer Berufstätigkeit aufhören möchte, aber, besonders wenn wir allein sind, von der Zeit damals, als noch alle uns besuchten, als noch die schwierige Jeanette Herzer und die freche Iris Steinert, die sanfte, couragierte Ilona, der Gemütsmensch Hehe, Ritter Zock und der steife Finnland, als sie alle, alle unseren Herrn Scheffer so heiß liebten und bewunderten und der Abglanz seines Lichts auf ihnen lag und wir zu seligen Kindern wurden, sobald er den Fuß auf die Schwelle gesetzt hatte. Merkwürdig, plötzlich sind ihr diese Leute teurer als jemals. Als sie noch kamen, da war ihr doch als einziger wirklich wichtig nur unser Herr Hans vom Hochmoor gewesen. Nun jedoch hängt und grübelt sie den vergangenen Treffen nach. Ihr Gesicht hellt sich dann unbewußt auf, belebt sich.

»Wie haben sie dich alle verehrt, vernarrt waren sie in dich, ich glaube sogar meine Mutter, gib es nur zu, Mutter, auch du warst es in deinem Winkel, wie jeder von uns!« sagt sie, und er schmunzelt geschmeichelt und fragt mit gespielter Furcht, ob denn wenigstens wir beide noch immer ...

»Die Galeristin Steinert«, antwortet Sabine, »die hast du wohl am meisten provoziert, die war manchmal ganz außer sich vor Zorn, daß du ihr nicht stärker den Hof gemacht hast. An zweiter

Stelle kam die dickliche Magdalena. Weißt du überhaupt, daß sie deine Kastanie eigenhändig umgeschlagen hat?«

Der abergläubische Hans ist zusammengezuckt. Sabine konstatiert das sorgfältig. Immerhin ist sie bei ihrer kleinen Gemeinheit ganz weiß im Gesicht geworden.

Hans fragt nicht nach. Magdalenas Anschlag ist ihm also bekannt. Zusammengezuckt muß er demnach wegen Sabines ungewöhnlicher Attacke sein. Was ist bloß los mit meiner und seiner lieben, treulichen, traurigen Kleinen? Er betrachtet sie aufmerksam. Trotzig starrt sie zurück. Ich will doch hoffen: trotzig.

Gut, höchste Zeit für mich, schlafenzugehen! Über die Gebräuche und Geräusche ihres Doppelbetts habe ich mir von Anfang an jede Vermutung streng und erfolgreich verboten, bravo, Luise Wäns! Prima durchgehalten, greises Mütterchen!

Im Dunkeln kann man sich wunderbar Sorgen machen. Sie gedeihen prächtig im Finstern, bis sie sich, bei etwas Glück, verästeln und schließlich als Luftgespinst davonschweben. Ob mir das heute nacht gelingt? Mir wandert nämlich ein Satz im Kopf herum, seit Tagen schon, der Sabines Mund als giftige Kröte entschlüpft ist, als wir von der Terrasse aus Hans beim Mähen unserer kleinen Wiese zusahen. Er ist in diesen Dingen gar nicht mal sehr geschickt, besteht aber darauf, es nicht einem Gärtner zu überlassen. Natürlich muß er Lust dazu haben, er bestimmt den Zeitpunkt, wir finden uns damit ab, fanden uns doch bisher sehr gern damit ab!

Während er sich nun so hin- und herbewegte, der liebe Mann, im Garten zwischen Gräsern, Blumen, Kraut, meinte Sabine auf einmal ins Blaue: »Hans geht richtig krumm inzwischen. Von hinten sieht er aus wie geköpft.«

In diesem Moment spüre ich wieder ihre Fäuste in meinem Rücken. Das also hat sie gesagt, nicht bösartig, nur erstaunt, mehr zu sich selbst als zu mir, und betrübt hat sie es gesagt, das hörte ich sehr wohl, und es half aber nicht. Sie machte auch keinen Versuch, als die Wörter einmal draußen waren, sie zurückzunehmen oder abzuschwächen. Ich habe sie von der Seite erschrocken angesehen. Nein, böse war das Gesicht keinesfalls, verblüfft vielleicht, ungläubig, allerdings nicht allzusehr. Sie mußte das wohl schon öfter gedacht haben.

Und damit liege ich nun im Dunkeln, und das Wort steht an der Decke und hallt mir in den Ohren. »Geköpft«.

Sie hat auch ein paarmal fast schneidend gefragt, woran er eigentlich arbeite zur Zeit, sie sei gar nicht mehr auf dem laufenden. Da draußen in seiner ehemaligen Landschaft verkomme alles, jedenfalls aus Sicht des Laien und bestimmt im Sinn seiner einstigen Vision. Verkommen sei der falsche Ausdruck, es handele sich wohl um eine Umstrukturierung oder Neukonzeption seines Nachfolgers? Das sanft ironische Brauenheben von Hans daraufhin, ach, der schöne, schöne Mensch! Und: keine Antwort. Hat ihr Ton ihm mißfallen?

Beantwortung erst später, dann freundlich, geduldig. Sie wisse es doch: Vorträge, zwei Bücher über Probleme der Naturschutzgebiete in Norddeutschland und Mecklenburg-Vorpommern. Alles schriftliches Zeugs, auch wenn er dafür oft in Gummistiefeln rumlaufen müsse.

Seine Stimme war leise. Ich spürte, daß Sabine nicht auf den Inhalt achtete, sondern nur auf dieses nahezu unhörbare, entmutigte Sprechen. Sie sah ihn an mit einem Ausdruck von, ich fürchte, trauriger Ungeduld.

Mir fällt noch etwas anderes auf. Früher, vor kurzem doch noch, hing ihre himmlische Seligkeit davon ab, daß Hans bei uns aufkreuzte, und es geschah immer viel zu selten für sie. Mittlerweile runzelt sie die Stirn, wenn er einen und noch einen Tag und noch eine Nacht länger bleibt, ausruht in seinem Wohlgefühl, bei uns, wo doch sein Zuhause ist. Das rührt bei ihr aber nicht von einem schlechten Charakter her, sondern von einem unerwarteten Schmerz, der ihr widerfährt, da täusche ich mich nicht.

Ich ahne, was in ihr vorgeht. So, wie ich es damals tief in mir versteckt und sehr heimlich als winzigen Makel meines prangenden Herrn Hans empfand, daß er sich mit einer so barschen und unschönen Frau wie meiner armen Tochter begnügte, so verkraftet es Sabine nach der ersten Glücksbetäubung nicht, ihren einst großartigen Helden und Kämpfer tagtäglich zufrieden auf unsere Küchenbank sitzen zu sehen. Zufrieden natürlich nicht ganz, vielmehr: ermüdet, geschlagen. Aber, Sabine, doch nicht domestiziert!

Ganz für mich allein und nur in den stummen Ofen hinein will ich es jetzt einmal aussprechen:

Hans sehnt sich im Verborgenen nach der entschwundenen Anada, die er nicht hat.

Sabine sehnt sich nach ihrer entschwundenen Liebe zu Hans, den sie hat.

Glücklich wären dann also beide nicht. Ich aber, ich muß ihr jeweiliges Geheimnis ertragen und – niemand fragt danach – mein eigenes, ungehöriges obendrein, von dem ich ein lausiges Kopfjucken kriege. Denn kleiner, geringer geworden ist mir mein Hans, Held und Herr meiner Landschaft, nicht und niemals. Mir, Luise Wäns, doch nicht! Schon wird mir leicht ums Herz.

Heute am Morgen hat sie zu mir gesagt: »Mutter, zuerst wollte Hans unsere Wandergegend mit den vielen Pfaden und Windungen durchs Gebüsch gewaltsam nach seinem Geschmack verändern, überfluten, durchsumpfen, verrammeln lassen. Und jetzt, am Ende davon, verändert in Wirklichkeit die städtische Gesellschaft mit ihren Beamten und Politikern Hans.«

Ich hätte am liebsten meine Kaffeetasse umgeschmissen, die Butter gegen die Wand geworfen, Sabine an ihren Haaren gerissen und geschrien: Du undankbare Ehefrau und boshafte Tochter, wer hat dich Häßliche denn ins Leben zurückgeholt, du

Troll? Aber ihre schönen Augen sind, wenn sie zu ihren Bankgeschäften aufbricht, so traurig, daß es mich hilflos macht.

Das ist es: Auf ihrem Gesicht liegt, wenn sie Hans beobachtet, nach dem fanatischen Spiegeln und Leuchten kein Widerschein, kein Abglanz mehr!

Kenne ich nicht etwa das Problem, diesen ... Unfall? Als meine gläubige Kindheit sang- und klanglos dahinschwand, spielte sich zwar anderes in den Vordergrund, aber, auch wenn ich es nicht sofort erkannte, alles mir bis dahin Liebenswürdige entwertete sich. Es gab keinen Ersatz, der mich überzeugte. Sabine hat ihr unwiderstehliches Idol verloren, es funkelt für sie nicht länger und ist ihr durch Niederlagen weggeschmolzen. Ein Fiasko, natürlich, mein Bärchen. Sie fällt vermutlich, und weiß es noch nicht ganz, in ihr altes, wiederauferstehendes Leid zurück. Wohin jetzt, armes Kind, mit deiner maßlosen Hingabe- und Verehrungslust, worauf solltest du dich sonst stürzen mit deiner wilden Natur?

Was sie außerdem noch nicht begreift, vielleicht nie begreifen wird: Man darf sich Wesen insgeheim als Legende, als Gott vorstellen, es ist auch das Schönste an der Liebe, wenn es mit einem Menschen ganz im Innersten, nur für sich selbst, gelingt, aber: Verrate es nie, nicht ihm und keinem anderen in der Außenwelt, verschließe Mund und Augen, was das betrifft. Im Leben muß man barmherzig sein, da muß man, dumme, noch immer nicht erwachsene Tochter, das Normale gestatten und die Müdigkeit. Man muß mit unbeirrbarer Liebe die Erschlaffung des anderen überstehen.

Nicht selten kehrt obendrein die Legende zurück. Fast immer zu spät, nämlich nach dem Tod der Person, aber dann, es gibt ja keine Kontrolle mehr, gleich ins Maßlose steigend, auch wenn mehr als ein Jahrzehnt vergangen ist. Ich spreche jetzt von dir, Sabine, von dir und mir in einem gewissen anderen Fall!

Wüßte sie wohl, wenn sie zuhören würde, was ich meine?

Sabines Traum

Auch das deutet schwerwiegende Veränderungen an, überlegt sorgenvoll Luise Wäns und betrachtet ihren Liebling Hans auf der Küchenbank. Wie kann Sabine in seiner Gegenwart so daherreden!

Sabine erzählt, was sie in der Nacht nach dem Treffen mit Hehes Ilona geträumt hat: »Die Straße war voll gemästeter, weißhäutiger, durch Züchtung stark ausgebuchteter Menschen, die in eine Richtung trotteten. Hinter ihnen, hinter der riesigen Menge, die sie vor sich hertrieben, gingen verschiedene Tiere. Sie unterhielten sich über Probleme industrieller Nutzung ihrer Ware bei zu großer Menschendichte in den Arealen. ›Wenn ich sie artgerecht halte‹, sagte ein großer, über und über gefleckter Hund, ›verkaufe ich sie für 2,50 pro Kilo. Das mag manchem teuer erscheinen, aber ich garantiere erste Qualität. Nach der Verarbeitung durch den Metzger kostet es dann das Doppelte‹.«

Hans lächelt seine Frau zwar freundlich an, aber Frau Wäns wundert, daß sich Sabine derart gehenläßt. Kennt sie ihren Mann so wenig? Oder kennt vielmehr sie, Luise Wäns, inzwischen ihren Herrn Hans nicht mehr?

Hinweise

Herrn Gadow, der als fünfzehnjähriger angehender Chemielaborant täglich bei einer kleinen Firma zehn Stunden lang Rohcoffein gereinigt hatte, Rohcoffein, das in versiegelten Fässern aus dem Freihafen angeliefert und nach der aufwendigen Reinigung versiegelt wieder abgeliefert wurde, war viele Jahre später zufällig die Zeitung aus der Hand gerutscht. Er lebte längst als diplomierter Chemiker in guten Verhältnissen. Als er aber aufstand, um sich zu bücken, stolperte er. Auch vorhin war ihm schon etwas, ein Zettel, den er lesen wollte, aus der Hand gerutscht. Auch vorhin war er gestolpert. Oder nicht? Da fiel ihm auf, daß er gar nicht wußte, wo seine Frau sich heute abend aufhielt. Hatte er es vor einer Stunde gewußt? Langsam setzte er sich: »Heute bin ich alt, uralt! Älter als die drei Schachfreunde zusammen.«

Albernes Trübsalblasen! Schon klingelte es doch, schon stand sie doch, jung, obschon ursprünglich so alt wie er, Gadow, im Flur, hatte aus Ungeduld selbst aufgeschlossen. Sie lachte mit feurigen Augen: »Heute hat wieder mein Sumpfläusekraut-Dozent referiert, Herr Kammerjäger Gadow.«

Gadow ging ins Bad, um einen Augenblick allein zu sein. Er setzte sich auf die Klobrille und ächzte: »Ach Gott, ach Gott!« Hatte er ihr nicht gerade heute abend von Lawrence Johnstons berühmtem Garten Serre de la Madone in Menton, Südfrankreich, erzählen wollen? Und nun kam sie ihm wieder mit dem verfluchten Sumpfläusekraut! Er hörte sie frech am Telefon lachen.

»Ach Gott, zu alt, zu alt, zu spät!« klagte er vor sich hin.

Dann aber, nach einer Weile: »Sie ist doch im Grunde ein Kind! Wie sie in jedem Vorfrühling die Samentüten vor sich ausbreitet, Zinnien: Liliput-Mischung und Dahlienblütige Riesen, Wicken: Bijoux-Mischung, Bechermalven: Silver Cup, Ringelblumen: Greenheart Orange! Ein kleines Mädchen ist sie, das sich die Tütchen ans Ohr hält, um die feinen Körner und die trockenen Kerne darin rasseln zu hören. Doch, doch, ein Kind, richtig besehen«, jammerte Gadow, schon zuversichtlicher, »Lawrence Johnstons Serre de la Madone, das machen wir!«

Nichts als Beschwörungen

Frau Gadow hat, um ihren Mann zu beruhigen, zugestimmt: »Klar und toll! Das wird in Angriff genommen. Serre de la Madone in Südfrankreich! Das machen wir!«

Es ist nur so, daß sie früher immer die Springbrunnen und Pavillons, die Putten und bemoosten Lauben für Spuren romantischer Affären und Geheimnisse gehalten hatte, in die man sich zurückträumen konnte. Inzwischen weiß sie, wie sehr das alles von vornherein nur eine Beschwörung gewesen ist. Man wollte dort, wo ursprünglich plattes Land war, eine Stimmung erzeugen. Die leidenschaftlichen Vorkommnisse selbst hatten gar nicht stattgefunden. Man tat nur so, von Anfang an, und täuschte mit vielsagenden »Überresten« eine elegische Vergangenheit vor.

Frau Gadow, neuerdings zu ihrem kleinlauten Mann: »Die gab es doch gar nicht, nie.«

Haß

Nun erfährt es auch die Ilse am eigenen Leib. Es überkommt sie aus heiterem Himmel. Sie muß unbedingt jetzt sofort jemanden hassen. Ist da denn keiner? Doch, plötzlich fällt ihr Frau Fendel ein. Deren Lächeln aus dem Fenster heraus, als wüßte sie was über Ilse, irgendwas Geheimes, was sie, Ilse selbst, nicht ahnt. Sie haßt die Frau auf der Stelle dafür, vergißt auch darüber, daß erst der Haßwunsch und dann der Haß auf Frau Fendel entstand.

Vergißt es beinahe, aber nicht ganz. Ilse nicht, nicht ganz.

Die Tigerin III

Sabine benutzt das schwere Parfüm nicht mehr. Es paßte nicht zu ihr, jetzt ist das Raubtieraroma wieder da. Hans stört weder das eine noch das andere. Er selbst verströmt, sicher völlig ahnungslos, einen Duft, der mich, wenn ich ihn erwittere, sofort frei von allen Sorgen macht und abtrennt von ihnen, sie entschwinden und in Vergessenheit geraten läßt. Auch Mirko hatte doch nie einen strengen Geruch.

Ich habe es also richtig vorausgesehen. Sabine wirft sich leider in neuer Erbitterung auf ihren verlorenen Sohn. Sie tut es mit echten theatralischen Reuegefühlen, als wäre sie ihm für eine Zeit sträflich untreu geworden in ihrem Glücksrausch. Nun hat sie ihr beständiges Unglück wiederentdeckt, es ist in ihrem gegenwärtigen Zustand für sie ein taufrisches. Sie gerät in Verzückung, kaum, daß sie Mirko erwähnt.

Aber er ist doch kein Heiliger gewesen!

Für sie ab jetzt schon. Sie betet sein Lebensschicksal nach dem Abendessen herunter, und ich frage mich immer ängstlicher, wann Hans der Geduldsfaden reißt, auch, weil er natürlich das Künstliche ihrer Erregung nicht übersehen kann. Zu plötzlich schießt die schwarze Leidensflut aus ihr hervor mit dem Befehl: Macht gefälligst mit, ihr beiden! Mein Jammer muß auch eurer werden, wenn ihr keine Unmenschen seid. Die Monate oberflächlicher Heiterkeit sind vorbei. Genug geflittert. Ab sofort hebt der unbestechliche Ernst des Lebens sein Haupt!

Ich schäme mich, ich, die Großmutter meines herzlich betrauerten Enkels, weil ich, die doch keine Rabenmutter ist, einen Verdacht nicht unterdrücken kann: Sabine will mit diesem unlauteren Trumpf die Daseinslust ausrotten.

Zu sexuellen Vergnügungen kommt es im oberen Stockwerk trotzdem. Mir wäre lieber, ich würde nichts davon mitkriegen. Vor allem Sabine läßt sich auf ihre rauhe Art hören. Am nächsten Morgen sind die Freuden der Nacht verputzt, kein Echo in ihren Zügen. Sind verputzt, wie man es mit einer Mahlzeit macht, verzehren, verschlingen und weg damit. »Freuden«, na ja, man sagt das so.

Wie es wohl dem grüngrauen Herrn Holterhoff und seiner Terbenzel, der dickmolligen Miezel Terbenzel geht? Und dem Röhricht und den Fröschen da draußen?

Es erinnert mich an die frühere Zeit, an die Monate nach Mirkos Tod, den wir nie verkraften werden. Sabine starrte damals oft, es konnte jeden Moment in sie fahren, voller Haß, rot und weiß vor Wut, den Herd, das Telefon, die Waschmaschine an und stieß zwischen den Zähnen den einen Satz hervor: »Wie konnte mein Junge bloß auf die Kreatur hereinfallen?« Das kommt nun neu zum Vorschein. Wenn sie gerade ein Messer, ein Werkzeug, einen Brieföffner in der Hand hält, umkrallt sie den Gegenstand als Angriffswaffe. Alles ist leidenschaftlich wiederauferstanden.

Kürzlich aber dieses »wie geköpft«!

Jetzt sitzt sie mit uns am Tisch. Die rote Leinendecke, die Hans so gefällt, liegt friedlich vor uns ausgebreitet unter den Tellern. Plötzlich dieser Satz, der einer Verfluchung ähnelt: »Wie konnte mein Junge bloß auf die Kreatur hereinfallen?« Dieselben Wörter nach all der Zeit! Sogar das Keuchen dabei ist das alte. Nur starrt sie heutzutage nicht Fernseher oder Kühlschrank an, sondern Hans, ihren lieben Mann, meinen Herrn Hans, in meinen Augen noch immer König des kleinen Hochmoors, funkelt ihn finster an, wie er ein wenig geduckt dasitzt, inzwischen mit immer mehr weißen Haaren im Grau, immer schneller kommen die bei Hans in seinem etwas zerfledderten rosa Hemdchen und mit der ein bißchen schiefen Brille, die er vergessen hat, abzusetzen, weil er nebenher sein Manuskript korrigiert oder ein Schachrätsel gelöst hat.

Wem droht meine Tochter, wen zieht sie neuerdings zur Verantwortung?

Hans saugt scharf das Fleisch zwischen Unterlippe und Kinn ein. »Zeig mir Fotos von ihm«, sagt er nach einer Pause vollkommen beherrscht, in der niemand von uns dreien gesprochen hat.

Sabine schleppt sofort Kartons heran. Sie muß sie schon vor Tagen aus der Ablage gesucht und, gierig auf eine Gelegenheit, bereitgehalten haben. Alles Geschirr wird beiseitegeräumt, schon ist das rote Lieblingstischtuch unter Bildern verschwunden. Ihre Finger zucken zwischen den Aufnahmen des noch kleinen rundlichen und des dünnen heranwachsenden Jungen herum. Die Fotos mit der schändlichen Italienerin sind liquidiert worden. »Ein schöner junger Mann«, ruft Sabine. »Unbegreiflich schön«, »Nie wieder wird etwas so Schönes, ein so glänzender und großartiger Mensch im Tristanweg erscheinen.« »So viele Begabungen, so viel Entschlossenheit, sie einzusetzen, speziell für die geliebte Vogelwelt, für die Landschaft hier. Wie hätte er der Natur und den Menschen nutzen können!« Vielleicht wird sie eines Tages dabei auf den Tisch steigen.

In ihren Anpreisungen liegt etwas Knurrendes, Gehässiges. Führt sie ihren Sohn heimlich gegen ihren Mann ins Gefecht? Ich hoffe, er bemerkt es nicht und hält alles nur für Verzweiflung und Mysterium der Kindesliebe, die ihm ja unbekannt ist. Das wäre die beste Möglichkeit. Mich wundert, obschon ich Sabines Kränkungsabsicht durchschaue, daß sie sich zu Hymnen dieser Art versteigt. Sie war es doch, die unbedingt den Jungen nach Hongkong und New York schicken wollte, damit er nicht rettungslos einem sentimentalen alteuropäischen Waldweltbild verfiele. Sie war es doch, der es nicht allzu schwer geworden wäre, wenn er sich früh von uns entfernt hätte in die Fremde. Meine Bitten, ihn nicht zu zwingen, zählten damals nicht. Was allein ins Gewicht fiel, war seine unbeugsam vorgebrachte Weigerung. Nur an seinem stärkeren Willen hat der von Sabine Schiffbruch erlitten.

Hans schweigt. Er studiert die Fotos nachlässig, manche aufmerksam, sieht seine Frau an, mich, den Jungen, scheint in wachsender Ratlosigkeit etwas fragen zu wollen, läßt es dann aber angesichts der hocherregten Sabine, deren rote Gesichtsflecken ihn offenbar zu interessieren beginnen.

Vielleicht schlägt er gleich mit der Faust auf den Tisch, daß die Bildchen alle hochspringen und sich überschlagen werden? Irgendwas in der Art müßte mein durchgedrehtes Bärchen aus seinem Höhenflug zurückholen. »Ein Juwel«, ruft Sabine. »Ein einzigartiges Menschenwesen!« Dabei sucht sie fortwährend zwischen den Papieren nach einem noch schmeichelhafteren Porträt ihres Kindes, nach einem, das ihren Jubel belegen könnte. Es genügt ihr keins, keins reicht an dessen eigentliche Herrlichkeit heran. Dabei hat niemand weniger als mein guter Enkel Unfug und Leichtsinn solcher nachträglichen Übertreibungen verdient.

Wie sind wir beide, der Junge und ich, vor langer Zeit einträchtig durch den Wald gewandert und zu den Teichen, noch vor der

Umwandlung durch Hans, die geschlängelten Pfade durchs Dikkicht. Nachts denke ich wieder öfter an den schnurgeraden Weg, der sich nach hinten und vorn im graugrünen Dämmern aus dem Staub macht. Den bin ich nun viele Wochen nicht gegangen. Brennesseln, Odermennig, Ackerdisteln, Rainfarn, all die struppigen Weggenossen werden sich aufgereiht haben, kriegen mich aber nicht zu sehen.

Und jetzt, keine zehn Tage später, wünsche ich mir das sacht Übergeschnappte von Sabine schon fast zurück. Eines Morgens, Hans hatte nicht im Tristanweg übernachtet, kam sie mit ganz anderen Bewegungen als bisher in die Küche, die Haare straff hinter die Ohren gekämmt. Wo waren die Brüste geblieben und die andern Ausbuchtungen? Man kann das doch nicht einfach abschrauben. Sabine aber doch. Sie hat mich gar nicht angesehen mit ihren schönen Augen. Ich vermißte das, denn ich fragte mich, ob die vielleicht auch ihr Aussehen geändert hätten. Sie gab mir keine Gelegenheit, es zu überprüfen. Mir wurde richtig kalt, als ihre Augen fehlten, ich meine, die Lider so unentwegt runtergeklappt waren. Ich traute mich nicht, meine eigene, auch einzige Tochter anzusprechen. Ich wollte so früh keine schroffe Antwort, am Morgen bin ja auch ich noch schwach. Daß sich jemand so auswechseln kann von einem zum anderen Tag durch einen Entschluß! Bis in die kleinsten Gesten hinein. Woran lag das aber?

Die Geschmeidigkeit fehlte, es war eine Zackigkeit eingekehrt, ein Erledigen des Einschenkens und Brotstreichens, eine Vernünftigkeit wie ein Strafgericht in unserer hellen Sommerküche. Sie sah mich nicht an, um das besser durchzuhalten, ich weiß es wohl. Meine Tochter übte noch, und der geringste stumme Spott in meinem Blick (ich traute mich aber nicht), schon ein winziges Erstaunen hätte sie ins Wanken gebracht an diesem ersten Morgen ihrer neuen Gestalt. Bereits am nächsten Tag, ruckzuck, brachte sie das zu voller und für mich, die doch jeden Morgen und Abend anwesend ist, schrecklicher Glaubwürdigkeit. Es ist das reinste Erstarren und Exerzieren. Ich spreche das so vor mich hin, in mich rein, zum Ofen hin, zum Herd, da mein Strohhütchen verschwunden ist, eine liebe Angewohnheit seit Kindertagen, abgelegt und wiederaufgenommen. Geduldiger Beichtofen!

Die eiserne, eisige Vernunft ist eingezogen. Gestern hörte ich sie am Telefon: »Nur 77000? Aber ich hatte vor einem Jahr 135000, dann fiel es ab auf 90000, ich weiß, aber auch wieder hoch auf 110000. 77000 also jetzt! Ist das schlimm?«

Ich konnte mir nicht mehr vorstellen, daß sie von etwas anderem als von Geldgeschäften sprach, dabei ging es doch um die Menge ihrer Blutplättchen. Etwas so Biologisches hatte ich schon nicht mehr bei ihr in ihrer Nüchternheit mit Frost, Hagel, Graupelschauer, vermutet. Sogar den Raubtiergeruch hat sie von einer Stunde zur anderen durch Entschluß zivilisiert. Luise Wäns, sage ich mir, das bildest du dir ein. Wie sollte das denn möglich sein. Das kommt und geht nicht auf Kommando. Bei meiner Tochter eben doch!

Sie ist jetzt ein knirschender Ritter aus Aluminium, ein Küchengerät aus Stahl. Von ihrem Sohn spricht sie nun auch nicht mehr. Aber bleibt sie nicht trotzdem meine liebe Kleine, der ich so heftig das Beste des Lebens wünsche? O ja, aufrichtig wünsche, »aus vollem Herzen«, schwöre ich mir. Nur diese Fremdheit und Ferne, die hier eingezogen sind, die Beklemmung! Ich freue mich so gar nicht an ihrem »Glück« und täte es doch gern und wollte mich selbst vergessen darüber. Es würde mir auch gelingen. Aber so?

Als sie noch überlegte, ob sie das abhängige Berufsleben aufgeben solle, um ohne Einschränkung ihr Leben mit Hans zu genießen, hat sie mir erzählt, in der Bank, hinter den Schaltern, in den Büros bis in die höchsten Etagen hoch hätten die Menschen damit begonnen, alles Menschliche zu verachten. Das Mechanische und Maschinelle, von der Kleidung bis zum Gehen, Essen, Sprechen würde dagegen von Tag zu Tag inbrünstiger erstrebt. Aus Angst, irgendwo Lehmklumpen unter den Schuhen oder an der Seele zu haben, hätten sie ihr Innenleben restlos modernisiert.

Man sehe sich an, wie sie sich durch das Treppenhaus bewegt! Sabine muß eine der Vorreiterinnen von denen geworden sein.

Wäre es besser, habe ich mich dann in meinem Fernsehversteck gefragt, wenn sie in ihrer Lieblosigkeit verwahrlosen würde? Gefiele mir eine nachlässige, womöglich entgleiste Sabine eher als diese hier in feldgrauer Kostümuniform? Was? Lieblosigkeit? Habe ich das wirklich gedacht, das häßliche Wort? Geht es schon um das Erkalten und Erlöschen? Das darf ich auf keinen Fall noch einmal denken. Sonst beschwört mein sechster Sinn die Geister der Unterwelt. Aber was hat das arme Kind denn noch so recht von Herzen gern? Die Menschen, das Leben, die Pflanzen? Die Abenddämmerungen auch nicht mehr. Wenn alles anfängt uns abzustoßen, anstatt mit süßer Kraft anzuziehen, weshalb existiert man dann überhaupt noch?

Gerade ist Hans ins Haus gekommen, mit leisem Schritt, leise pfeifend, und einer Flasche Champagner im Arm. Fünf Tage war er unterwegs, in seiner alten Wohnung vielleicht, vielleicht auf einer kleinen Forschungsreise. Sabine, die es wahrscheinlich weiß, hat es mir nicht gesagt. Eilfertig kocht sie sofort Kaffee, und Hans bemerkt bei seinem diskreten, aber festlichen Einzug nicht auf Anhieb das Förmliche ihrer neuen Art von Eheherzlichkeit, ganz ohne stumme Anklage. Ein Grund zur Beruhigung ist das keineswegs. Hans duscht schnell, kommt fröhlich im frischen Hemd auf die Terrasse und küßt uns beide.

Ach küßte er mich noch einmal auf den Mund! Dazu erscheint sofort das hohe, honigfarbene Pfeifengras aus seinem Reich vor meinen Augen.

Sabine kreischt bei seiner Annäherung auf, als hätte er einen Witz gemacht. Das läßt ihn zurückweichen, meinen Herrn

Hans, der doch immer das Niedliche, sanft Schnippische an Ilona verehrte, den das grazil Boshafte an Iris Steinert amüsierte, bevor er der weißen Anada verfiel. Er lächelt überrascht, eigentlich ein bißchen begriffsstutzig, und sieht dann mich an, sieht seine Frau an, dann mich noch einmal, wendet sich etwas von ihr weg, zieht die Schultern rätselnd hoch und die Unterlippe runter. Ich kann die gutmütige Frage ablesen: Ist das eine neue Mode, eine Laune, die Frauen einige Zeit nach der Hochzeit erfaßt? Dann muß sie wohl ertragen werden, bis sie vergeht.

»Ein harter Tag in der Bank«, behauptet Sabine, streicht die Bluse über dem platt gewordenen Oberkörper erbärmlich glatt und fährt fort: »Alles prima, alles in Ordnung mit mir«, fügt dann an: »Viel Ärger und Aufregung in der Bank« und weiter: »Nein, nein, nichts, nichts, alles hervorragend, alles ganz ausgezeichnet, keine Klagen, mir geht es vorzüglich, keinerlei Beanstandungen.«

Hans beäugt sie nun doch mißtrauisch, möchte ihr aber wegen des schönen Sommerabends bequemerweise nur zu gern glauben und beginnt von seiner Reise zum Bourtanger Moor zu berichten, von den schauerlich braunen Entwässerungsgräben und den endlosen Reihen aufgeschichteter Torfsoden, von der Gründung der Moordörfer, der Arbeit bleicher Moorbauern und von ihren kränkelnden Kindern, leichenblasse Kartoffelkeimlinge, bis die riesigen Maschinen kamen, die Trockenlegung und Abbau im Handumdrehen schafften. Aber natürlich interessieren ihn am meisten die wiedervernäßten Torfabbauflächen, die zu neuen Mooren werden sollen, mit Sonnentau, Moosbeere und Blumenbinse.

»WiW!«

Ob sie »Wow« meine, das vor allem amerikanische »Wow«, erkundigt sich Hans, etwas verkrampft.

»Neee, nee«, sagt Sabine, »WiW, wie ›Welt im Wandel‹. Nenenee! WiW!«

Dieser Blick von Hans daraufhin, noch kindlich erschrocken, aber schon mit aufsteigendem Zorn, wird mir eventuell unvergeßlich bleiben. Wäre es nur ein purpurroter, prächtiger Zornausbruch!

Die Tage vergehen, die köstlich riechenden Sommertage da draußen, an denen ich als zerbrechliches Mütterchen höchstens durch den feuchten und trockenen Garten humple, viel stärker humple, als ich müßte, zur Tarnung, damit man mich nicht ins Schutzgebiet mit zum Wandern schleppt, auch keine neunmalschlaue Elsa. Ich will nämlich nicht, noch nicht.

Ob die grünen Frösche sich wieder am Teichufer sonnen und Holterhoff mit seiner Madame unterwegs ist, um sie aufzuscheuchen und springen zu sehen? Die Zeit ist noch nicht gekommen für mich. Das sagt mir verläßlich meine Witterung.

Nein, Hans betrachtet seine Frau nicht zornig, leider nicht, sondern verwundert, ein wenig fassungslos, fast schüchtern, eingeschüchtert, und das bricht mir andeutungsweise das Herz vor Erbitterung gegen irgendwas. Ich darf das »irgendwas« aber unter keinen Umständen »meine Tochter« nennen.

Wie soll ich es für mich insgeheim ausdrücken, für mich und den Fernsehapparat in der Ecke, in die ich mich mittlerweile für den Rest des Abends zurückgezogen habe? Das fidele Sportlerinnengesicht einer Frau mit Strichlippen wirkt gerade bei einem Quiz wie der geschäftige Außenposten ihres Unterleibs, über dem die Jeans am intimen Dreieck extra dunkelblau gefärbt sind. Beruflich ist die Frau, sagt sie, in der Praxis eines Nierenarztes für die Urinproben zuständig. Der Moderator drückt ihr wegen guten Betragens fünfzig Euro in die Hand, aber reicht ihr zum Abschied lieber nicht die seine. Ich glaube, Hans hat nie um Sabines Bewunderung geworben, nun jedoch, wo sie ihm versagt wird, erschrickt er, beraubt, aber noch ungläubig, zieht die Schultern an, der große Kopf sitzt direkt auf den Schultern. So beobachtet man es entzückt bei sehr jungen Kindern. Er spürt kalte

Zugluft aus einer Richtung, die er als einzige noch für absolut sicher hielt, und kann nicht fassen, daß es ausgerechnet von dort aus eisig weht.

Sogar seine unscheinbare Tigerin mit den schönen Augen läßt ihn, den vom Glück verlassenen großen Hans vom kleinen Hochmoor, im Stich. (Als wäre es möglich, in der Nähe von Hans kein Glück zu empfinden!)

Und nun? Ich muß irgendwann in meinem Winkel eingenickt sein. Warum auch nicht, ich störe ja niemanden. Als ich aufwachte, brannte in der Küche noch tief in der Nacht Licht. Dort saß Hans, hatte den Champagner allein getrunken und schoß, grau zwischen Nase und Kinn, mit dem fröstelnden Körper hoch, stand richtig stramm, geblendet im ersten Moment, war also eingeschlafen wie ich. Er wird dann wohl gesagt haben: »Zu hell.« Ich hörte aber in meiner Schlaftrunkenheit: »Burg Elz.« Rührend fuhr er sich mit den Fingern durch das plötzlich so rasch weiß werdende Haar, verzog den Mund, wie ich es gern habe an ihm, und murmelte, mehr zu meinen Augen als zu meinen Ohren hin: »Ärger ist, daß es meine Eitelkeit kränkt.«

Das habe ich jedenfalls verstanden, aber nicht vollständig, vielleicht auch falsch. Wieder überkam mich das Gefühl, der ganze große Mann stürzte meiner Schmächtigkeit entgegen, und man würde selbstverständlich von mir erwarten, ich, Luise Wäns, könnte ihn auffangen. Ich versuchte es mit Kräutertee, mit Magenbitter, und erzählte ihm von Sabines eleganter Urgroßmutter, meiner Großmutter Anna Hornberg, gab in dieser Nacht alles preis, was ich von der Sängerin, unserem Familienschatz, wußte. Das Leben ihrer jüngeren, verwegenen Schwester Isa spare ich mir auf für eine bessere Gelegenheit.

Am Morgen saß Sabine weinend bei mir am Frühstückstisch: »Ich bin enttäuscht, unsagbar enttäuscht, Mutter. Ich hatte ihn doch so bewundert.« Ihr Unglück und unseres insgesamt schmerzt mich sehr, und doch wäre es mir lieber gewesen, sie hätte nicht den Ausdruck »unsagbar« benutzt. Allerdings ist das auch wiederum besser für mich, denn mein Kummer wurde dadurch sofort geringer: lächerliches, tröstliches »unsagbar«! Solange man übertreibt, ist noch nicht alles verloren.

Es könnte mir auch gefallen, nur noch im Bett zu liegen, bei Tag und Nacht geöffnetem Fenster, und mir das alte Naturschutzgebiet auszumalen, so, wie es damals sein Reich war, so kreuz und quer, so wohlriechend und wohlbedacht an allen Stellen, oder mir die Wiesen und den Himmel darüber vorzustellen, wie die Leute schon immer versucht haben, aus der Erde Systeme, Modelle, Gedankengebäude, ganze Architekturen hervorzutreiben. Tapfer wollen sie damit das Weltall abwehren, oder ist es gerade die Sehnsucht danach? Der Raum ist voll von dem unsichtbaren, wetteifernden Gedränge, wie die Wiesen ja auch. Die aber sind etwas für unsere Augen, sind körperlich, mit Kothaufen und Dreck. Deshalb nimmt man den Ehrgeiz zwischen den Halmen nicht so ernst.

Ach Kind, Sabine, es gibt eine Liebe, die uns wie Salz durchdringt, durch und durch und durch. Es existiert dann keine Tugend mehr. Die ist erst hinterher wieder möglich, selbst der Himmel reicht uns erst danach seine Hand. Dein Sohn Mirko, der wußte es. Aber, ich schwör's dir, nicht durch dich.

Gute Frau, guter Mann

Frau Sykowa freut es immer, wenn ihr Mann, sobald er auf dem kleinen Display seines Navigationsgeräts, das ihm wirkliche Rettungsdienste leistet, (das kann man wohl sagen!) rechts oder links von der Autobahn die blaue Fläche eines Gewässers entdeckt. Sogleich erhält sie Anweisung, stellvertretend für ihn, den großen Liebhaber von Flüssen, Bächen, Seen, in der Wirklichkeit auf der Beifahrerseite danach Ausschau zu halten.

Noch besser gefällt ihr etwas anderes. Manchmal passiert es, während sie im Bett vor dem Einschlafen noch liest, daß ihr

Mann schon geträumt hat und ihr davon aufwachend schnell erzählt, damit er es durch neue, sich nähernde Bilder nicht vergißt. Dabei greift er mit den gespreizten Fingern von hinten über den Kopf zur Stirn. Er zieht sich auf diese Weise die Augenlider hoch, um sie am Zufallen zu hindern, sagt dann: »Ich war besoffener Fürst und hatte eine Schnapsidee!« »Im Traum waren nach einem leichten Erdbeben die Gräber schon ausgebeult, richtige Erdblasen, menschengroße Pocken auf den Friedhöfen, aus denen gleich die alten Inhalte herausexplodieren wollten, und es herrschte der sechsundfünfzigste August.« Im heutigen Traum hatte Jan einen herrlichen Nebenweg ausfindig gemacht, angenehm leicht bergauf und bergab mit einem kleinen Bachtal, in dem wilde Narzissen wuchsen. Eine schöne, gefältelte Frau kam ihnen entgegen.

»Was war denn gefältelt an ihr?«

»Das Gesicht, über und über fein gefältelt. Eine Osteuropäerin, vielleicht auch Finnin.«

Es traten noch weitere Frauen auf, alle mit diesen schön gefältelten Gesichtern. Sie standen während einer Pause bei der Feldarbeit zusammen, die sie aber gar nicht nötig hatten, weder die Pause, noch den Broterwerb, denn sie wurden aus einem geheimnisvollen »Energiepool« mit allem, was sie brauchten, versorgt.

»Wie sah sie denn aus, diese ominöse Energiequelle?«

»Sie zeigte sich nicht materiell. Ich wußte es nur auf einen Schlag und ohne Zweifel, und weil du es mir im Traum doch gesagt hast.«

So sind sie, die Träume Jan Sykowas, und immer, das macht seine Frau so glücklich, ist sie in ihnen eine gute Frau. Auch nachts, sagt sie sich, geht der Galan in ihm um.

Zeichen und Namen

Herbert Wind, der Flachländer, der in seiner Kindheit auf überschwemmten Wiesen das Schwimmen lernte und sich als Erwachsener zum Training für die Berge gern einbildet, wenn er auf dem Mittelstreifen der Fahrbahn balanciert, rechts und links davon würde ein Abgrund gähnen, Herbert hat in seinem Wandergebiet in den Alpen eine nagelneue Holzhütte entdeckt, einen Unterstand eher, vorn offen. Wie eine Katze jeden Karton, so muß Herbert sie eine Weile durch Sitzen »bewohnen«. Man hat an den Innenseiten der Wände die alten Zeichen zur Markierung von Holz und Gerät, also von Schlitten, Rechen, Sensen, Gabeln usw. aufgelistet. Sie sollen nicht vollständig in Vergessenheit geraten, die Holzzeichen längst Verstorbener, auch wenn sie und ihre Eigentümer im Original verwittert und vermodert sind, die Kürzel, die für Ardüser Hans de Moritz stehen, für Ablanalp Ulrich, Hermann Georg de Simon, Mettier Jori, Zippert Hans de Lenz. Zeichen und Namen ehemals natürlicher Leute, jetzt Sagengestalten des Jägers oben, in seiner Hütte, in seinem Rauch. Ist der Kerl nicht ursprünglich Arzt gewesen?

Wer so viele Leute heilen muß, der will auch ab und zu etwas umbringen. Natürlich, den verlangt es danach, außer dem Guten in sich, um der Wahrheit und Wirklichkeit willen, dem Bösen in seinen verborgenen Winkeln, der Mordlust, der Tötungsgier ans Tageslicht zu verhelfen!

Seit aber er, Herbert, den Herzkrampf hatte, traut er sich nicht mehr da hoch. Jemand könnte mich packen, lacht er, und zu seinesgleichen machen! Dann nimmt er mich auf in seine Kollektion und tauscht mich aus gegen die »Pestleutchen« oder die »Puppe auf der Alp«, er, der Jäger in seiner Hütte, in seinem Rauch, und es heißt plötzlich: »Wind Herbert de Lenz stieg einmal auf zur Hütte des Jägers. Er hätte das besser nicht getan. Unterwegs nämlich ...« Und so weiter.

Lieber nicht.

Hochalpine Gewächse

Denn war es nicht auch ein bedenklicher Vorfall gewesen, als er kürzlich, nachdem er, schon oberhalb der Waldgrenze, drei Grau- und Weißhaarige, teils lebensmürbe, teils lebensgedörrt unter den beigen Schirmmützen, nach dem Weg gefragt hatte (drei Rentner wohl, die ihm aber nicht helfen konnten, ihn nicht einmal zu verstehen schienen) und Herbert darauf einen ihm entgegenkommenden apfelprallen Wanderburschen mit Hinweis auf die drei ratlosen Männer um Auskunft gebeten hatte, daß diese, offenbar mit übertrieben feinen Ohren ausgestattet, plötzlich zu kichern anfingen, einander in die Seiten stießen und dabei aufschrien: »Die ›alten Leute‹, er hat uns ›alte Leute‹ genannt. Wir sind gemeint, du und du und ich: ›alte Leute‹. Ich glaub, mein Schwein pfeift!«

Am nächsten Tag jedoch, vierundzwanzig Stunden später, sah er die drei schon wieder, diesmal von einer Bergbahn aus. Sie standen mit ihrem weißen Haar in einer ansteigenden Kurve unmittelbar vor der himmlischen Bläue, die sie umwimmelte: Edelweiß vor dem schwirrender Äther.

Auf der Stelle fiel Herbert sein Buch mit den Abbildungen in Birnbaumholz geschnittener Alpenblumen ein, zarte Gewächse, die in der Höhe der harten Witterung trotzen, beim Transport nach unten aber wegen des veränderten Luftdrucks selbst in Wasser rasch zu welken beginnen. Wie diese drei Rentner nämlich blühten dort die kolorierten Pflanzen mit ihren Wurzeln und Haaren frei vor dem Himmel. Vielleicht rührte seine Liebe zum Gebirge ja von dieser Sammlung her, die ihm vor vielen Jahren bei einem Antiquar in die Hände gefallen war? Auf dem Deckblatt stand in Schülerschrift der Name eines ihm unbekannten Vorbesitzers. Er merkte ihn sich damals fast ungewollt: »Clemens Dillburg«. Ob der das schöne Buch leid gewesen war, ob man ihm den Band gestohlen hatte? Er, Herbert Wind, setzte seinen Namen für ewig darunter, scheute sich aber, den anderen durchzustreichen.

Was lag ihm an den Blumen? Herberts Vater war Steinmetz gewesen. Einen richtigen Garten hatten sie nicht besessen, hinter dem Haus befand sich die Werkstatt. Es gab nur den Vorgarten, der zu Kummer und Schmerz seiner Mutter während ihrer ganzen Ehe vollgestellt mit steil aufragenden Grabmalen aus Granit und Marmor war. Jetzt aber: Edelweiß in Menschengestalt!

Schwache Momente

Vielleicht, sagt sich Timo Brück in besonders schwachen, er nennt es »naturnahen«, Augenblicken, vielleicht sind die Vögel, besonders am Abend bei leichtem Regen, in einer strömenden Feuchtigkeit, vielleicht sind sie diejenigen, die mit ihren Stimmen (die ungeahnte Fernen erreichen und ausmessen, wenn sie sich wie verrückt geworden aus den hinfälligen Federkörperchen drängen), die mit ihren Stimmen verdeutlichen, wie das Echo, wie der Hall das Häufchen Materie weit übersteigt?

Um so herzlicher lacht er über die eifersüchtige Klassifizierung der Gattungen in verschiedene Spezies und Subspezies. Was für ein verbissener Ordnungswahn! Macht die Natur nicht, was sie will, und schert sich durchaus nicht um das lächerliche Menschenwerk ehrgeiziger Einteilungen?

Allerdings, gesteht sich Brück verschämt ein, freut er sich im Zoo heimlich über das Unnatürliche und segnet es. Sind sie, seine Freunde, hier nicht alle paradiesisch geschützt und gerettet vor der Wildnis? Und hatte Linné mit seiner Systematik nicht rechthaberisch, sondern bewundernd Gottes Schöpfung gliedern wollen?

Babs hat eine Erleuchtung

Die Fotografin Babs Roeland, die insgeheim immer eingeschnappt ist, wenn man ihre Werke nicht als Kunstprodukte anerkennt, staunt. Das hätte sie nie gedacht! Ihr Vermieter läßt in Schwarzarbeit von einem Kurden die rostigen Altbaubalkons seines Hauses renovieren. Ein paar Samstage lang studiert sie, wie der junge Mann, der Abfolge und Konstruktion seiner Arbeit sicher im Kopf verwahrt und präsent hat, an kniffligen Stellen, von unbeirrbarem, auch spielerischem Perfektionswunsch um der Sache selbst willen getrieben, frei experimentiert. Durch ihre Entdeckung ist sie ganz außer sich.

Zum Glück besinnt sie sich im letzten Moment und gibt dem schönen Mann ein ordentliches Trinkgeld mit auf den Weg statt des Geständnisses, daß sie ihn für einen Künstler hält: »Goran, Sie sind ja ein Künstler, denken Sie nur, ein richtiger Künstler!«

Klein-Fritzle

Je stärker die Auflösung der Empfindungen, der Interessen zunimmt, desto entschiedener müssen meine äußeren Aktionen und Verlautbarungen erscheinen, energisch verfaßte Briefe an die Außenwelt gewissermaßen, sagt sich Herr Fritzle an diesem Montag.

Ob der »Irrenarzt«, der regelmäßig sein Marathontraining und die tägliche Ara-Pflege absolviert, und der »Kerkermeister« schon wissen, wie das neuerdings relevante Globalprofil der einzelnen Staaten als Frage- und Antwortspiel aussieht?

Wie viele Einwohner und Internetbenutzer?

Wie hoch der Altersdurchschnitt der Bevölkerung und die Arbeitslosenquote?

Wie viele Einwohner unterhalb der Armutsgrenze?

Da liegt der Sprengstoff! Diese Zahlen werden es sein, die uns wie Fetzen um die Ohren fliegen!

Aber fehlt denn nicht irgend etwas Wichtiges, war da nicht noch etwas Bedeutungsvolles, ein wesentlicher Faktor vielleicht? »Ach, ihr meine Hochstammrosen!« flüstert Fritzle und wundert sich, daß der letzte Sonntag schon wieder eine Woche her ist. Dann sagt er zu seiner eigenen Überraschung: »Vielleicht robben die Wissenschaftler durch die Jahrhunderte mit ihren Forschungsprojekten ganz allmählich auf die Unendlichkeit zu, bis sie die irgendwann erreichen und mit ihr verschmelzen im Feuer der Erkenntnis. Aber warum dann davor das neckische Versteckspiel? Damit die Figuren und Ornamente unserer menschlichen Entwicklung entstehen?«

Ach Fritzle, Fritzle aus dem Ratzeburger Goldachter, kleinwinziger Zentunkel!

Brenzlige Verwechslungen

In Wirklichkeit aber, wird Herrn und Frau Sykowa mit der Zeit klar, wissen sie beide, weiß einer vom anderen sehr wohl um die voreinander verschwiegenen Anfechtungen der Dunkelheit in der Nacht. Deshalb verständigen sie sich nicht darüber.

Wer sich jedoch in irgendeiner Sache an Jan Sykowa wendet, wird immer eine Antwort erhalten. Manchmal erteilt er Ortsunkundigen eine Auskunft, noch bevor die suchenden Fremden überhaupt den Mund aufgetan haben. Er liest ihnen ihr Problem von den Augen ab. Nur zu gut weiß Jan um das hilflose Tapern in einer noch nie besuchten Stadt. Auch ihn kostet es ja jedesmal Überwindung, kurz entschlossen jemanden um Rat zu fragen. Ist das nicht immer ein Risiko? Oft sind die Anleitungen Gutwilliger nicht die besten, und Jan, noch verwirrter als vorher, muß sich doppelt versichern lassen, daß er alles begriffen hat. Dann geht er los und hört nicht selten den Ruf »Nein, nein, dahin nicht!« Wenn er sich umdreht, sieht er die Leute unter freundlichem Kopfschütteln in die entgegengesetzte Richtung weisen. Sobald er um die Ecke gebogen ist, bittet er den Nächstbesten um weitere Hilfe. Bisher ging es nach dieser Methode nie wirklich schief, denn kommt Jan nicht letzten Endes stets wohlbehalten irgendwo an?

Das soll, wünscht er inständig, auch denjenigen widerfahren, die umgekehrt seine, Jan Sykowas, Kenntnis benötigen.

Deshalb erklärt er, nach einer Straße gefragt, den Weg dorthin gleich dreimal, zur Sicherheit mit weit ausholendem Schwingen der Arme. Ist ein Stöckchen zur Hand und der Boden geeignet, zeichnet er außerdem eine Figur, ein System von Pfeilen auf, um jedes Mißverständnis auszuschließen. Zu häufig mußte er am eigenen Leib erfahren, wie leicht man in die Irre geht.

Seine Frau steht unruhig daneben, in stillem Kampf mit ihrem Gewissen, erst recht, wenn der Fremde, zu Fuß oder als Autofahrer, gutgläubig den Hinweisen Jans Folge leistet. Soll sie sich einmischen und Jan die Freude verderben? Lieber schweigt sie, sorgt aber dafür, daß sich beide, Jan und sie, nach der Auskunft schnell aus dem Staube machen.

Jan verwechselt doch von klein auf rechts und links!

Und kam er nicht kürzlich von einem Freund und erzählte ihr beinahe mit Tränen in den Augen von einem vergehenden Wesen, das der Freund gezeichnet hatte, über sechs Wochen lang? In aller Genauigkeit habe der Maler die Symptome von dessen Schicksal und Untergang festgehalten. »Wer war es denn?« fragte Frau Sykowa.

»Ein großer Kürbis«, sagte Jan mit bewegtem Gesichtsausdruck.

Die Schrecken von Regensburg

Ilse hat auf einer Klassenfahrt in Regensburg die fensterlosen Verliese der Menschen besichtigt, die man als Hexen und Zauberer verdächtigte, auch die Roste über den Löchern, in denen sie bis zu ihrer Hinrichtung festgehalten wurden, während die Wärter ihr Geschäft durch die Gitter hindurch auf ihre Köpfe erledigten. Wer die Folter zwei- oder dreimal ohne Geständnis überlebte, galt als unschuldig und frei, konnte aber nur noch auf allen vieren nach Hause kriechen, ein Krüppel für den elenden Rest seines Lebens.

Ilse spricht eine Woche lang mit keinem Erwachsenen mehr. Sie kennt die Schuldigen: Vater, Mutter, Elsa, Hermi Meier. Frau

Fendel sowieso. Sie nimmt sich vor, nie wieder im Leben zu lachen.

Als die Woche um ist, sagt sie am Abendbrottisch: »Wißt ihr denn, was ein Scharfrichter alles können mußte? Hängen, mit dem Schwert den Kopf abhauen, aber auch Arme, Hände, Finger abschlagen, vierteilen, pfählen, aufs Rad flechten. Auf einer Preisliste waren die Kosten einzeln aufgeführt. Wenn eine Hinrichtung mißlang, mußte er fürchten, von den Zuschauern gelyncht zu werden.« Sie lacht jeden der Schuldigen triumphierend an.

Das Geheimnis von Immenstadt

Pratz junior, Sohn des im Schoß der Familie verstorbenen Schriftstellers Pratz und für eine gewisse schmerzliche Zeit ahnungsloses Idol der heranwachsenden Ilse, hat in einem zerfledderten Schachbuch eine Notiz seines Vaters gefunden, die Auskunft darüber gibt, warum der alte Pratz eine besondere Anhänglichkeit an das Städtchen Immenstadt, sein »Immenstädtchen« im Allgäu hatte, wobei man lange darüber rätseln könnte (vielleicht wird es die Literaturwissenschaft eines Tages, falls sich das Werk von Pratz noch eine Weile hält, sogar tun), ob der Autor die kleine Begebenheit zu einer Erzählung ausarbeiten wollte oder ob es sich um eins jener absichtlich verstreuten Fundstücke handelt, die Pratz für die Nachwelt (um deren, sein Überleben garantierenden, Forscherinstinkt zu animieren), in einer Mischung aus Infantilität und Berechnung, vor seinem Tod überall verteilt hatte.

Kurz und gut, Pratz notierte auf dem Zettel (wohl einer von denen, die man neben dem Hoteltelefon findet, wobei auf diesem interessanterweise der obere Teil abgerissen war), Eindrücke einer offenbar sehr frühen Lesung in Immenstadt, wo er als junger, unbekannter Autor insofern unter die Wölfe gefallen war, als sich nur sechs Zuhörer eingestellt hatten. Die »Wölfe« waren einerseits die leeren Stühle, andererseits die dadurch konsternierten Besucher, die ihn mit eisernen Mienen anstarrten. Als er seine Darbietung nicht ohne Schweißausbruch angesichts eines derartigen Straffrostes hinter sich gebracht hatte, trat ein älterer Herr mit einem von einem Haar durchwachsenen Muttermal auf dem Kopf und einem sorgfältig eingewickelten Buch auf ihn zu. Er griente Pratz offenbar so begeistert, nein, zusätzlich zärtlich an, daß der Autor sich sogleich innerlich zurief: Dieser eine hat mein Werk erkannt! Wegen dieses einen wird die Stadt gerettet werden!

»Guten Abend, Pratz«, sagte der Mann. Nein, nein, das sei keine Unverschämtheit von ihm. Er heiße und stelle sich hiermit vor, so der Unbekannte, ebenfalls Pratz! Soweit es ihm möglich sei, habe er schon nachgeprüft, ob es familiäre Verbindungen zwischen ihnen beiden, Pratz und Pratz, gebe. Hier, in dieser Akte zum Stammbaum voll schöner Überraschungen, habe er, Ahnenforscher aus Leidenschaft, alle bisher gesicherten Verzweigungen der Familie aufgezeichnet. Als er den Namen Pratz zufällig im Vorüberschlendern auf dem Ankündigungsstreifen an der Tür gelesen habe, sei er elektrisiert gewesen, habe nicht lange gefackelt und sei, obschon alles andere als ein Bücherwurm, regulär Eintritt zahlend hergekommen. Nun rechne er auf fruchtbare genealogische Zusammenarbeit, die mühsam, aber lohnend sei. Wer wisse außerdem, ob sich ihre Verwandtschaft nicht als viel enger herausstelle, als sie beide im Augenblick noch glaubten?

Seitdem, so Pratz in seiner abschließenden Notiz, sei er dem Städtchen, das im Juni mit großen Mengen blauer Lupinen prunke, verfallen, und zwar immer mit dem süßen Kitzel des Risikos, seinen Gegenpratz noch einmal zu treffen. Leider erinnere er sich nämlich nicht, da er sich an diesem Abend betrunken habe, ob seine Antwort lautete: »Das will ich nicht hoffen!« oder aber: »Nur, wenn Sie sich das Haar entfernen lassen, das durch Ihr Kopfmuttermal wächst.«

Eins aber wisse er, Pratz: Sollte der Kerl je wieder vor ihm stehen, würde er ihn mit beiden Händen hochheben und erst nach einigem Strampeln mit gutmütigem Grinsen absetzen. So habe man das auch mal mit ihm, Pratz, als kleinem Jungen gemacht. Er habe es bis heute nicht ganz verwunden.

Fast unleserlich stand da noch etwas auf der Rückseite. Pratz junior glaubte, folgendes zu entziffern: »Die Natur spricht und schreit, seufzt und phantasiert in unwiderleglicher Sprache, aber nicht in unserer, die eine des Irrtums und eine fortwährend revisionsbedürftige ist. Amen«

Mysteriöse Frauen

Alex, der mittlerweile bei Schwester und Schwager auch als Aushilfskellner Geschick beweist, hat zwei Frauen mit gesträubtem grauem Haar beim Weintrinken beobachtet. Im Verlauf ihres hitzigen Gesprächs trumpfte die eine immer selbstgefälliger auf, die andere wurde mit jedem Schluck verzweifelter. Um zu erfahren, worüber sich die beiden so ereiferten, suchte er Vorwände, sich in ihrer Nähe aufzuhalten. Sicher Männergeschichten, ob verjährt oder nicht. Schließlich war er im Bilde. Es handelte sich um zwei gelehrte Personen, vielleicht sogar Theologinnen, die über die Jungfräulichkeit Marias stritten! Die eine lachte die andere aus, der anderen traten die Tränen in die Augen. Am Ende, als sie ihre Flasche geleert hatten, hörte er sie im Duett: »Nein, nein« und: »Doch, doch!«, »Nein, nein« und: »Doch, doch!« Noch von draußen kam es, weiter streitend und rufend aus der Dunkelheit, wie Kuckuck und Esel: »Doch«, »Nein«, »Doch«, »Nein.«

In der Nacht tauchten zwei andere Bilder aus der Erinnerung vor ihm auf: Eine betrunkene Frau taumelte, um von der U-Bahn-Ebene auf die höhere zu gelangen, auf die laufende Rolltreppe zu. Es war aber die abwärtsführende. Alex kam ihr von oben entgegen, winkte und schrie, damit die wankende Frau nicht verunglückte. Am Fuß der Treppe standen zwei dicke Bahnhofsaufseherinnen in Uniform und betrachteten gelassen die Szene, ohne sich zu rühren, ja, durch ihn, Alex, wohl um ein schönes Schauspiel gebracht.

Außerdem fiel ihm ein, daß kürzlich eine Person mit wild gefärbtem Haar, ganz anders als Elsas Rot, nicht mehr jung und adrett, nein, das nun wirklich nicht, an der Kasse eine Sechserpackung Bier aufs Band stellte. Der Geldschein fiel ihr hin und zerriß ihr dann in zwei Hälften. Ob sie was zum Kleben habe, fragte sie die Kassiererin. »Zur Zeit nicht«, zischte die Frau. Ob sie denn die beiden Hälften annehme? »Ja«, knurrte die Kassenfrau. »Herzlichen Dank. Auf Wiedersehen«, sagte die Bierkäuferin und drehte sich, als die Kassiererin nicht antwortete, gekränkt horchend nach ihr um. »Auf Wiedersehen!« hatte Alex da schnell in die stumme Lücke gerufen. Bei ihm sagte die Angestellte zum Abschied regelrecht warmherzig: »Und einen schönen Abend wünsche ich Ihnen!« Es sollte eine zusätzliche Rüge für die Verwahrloste sein, obwohl die schon auf der Straße ging.

Ob es mit mir, ohne meine liebe Schwester und ohne meine gute Frau, wohl auch dahin hätte kommen können, zu solcher Verlorenheit? fragte er sich in der Nacht.

In dieser Nacht, erfuhr Alex am nächsten Tag, hat ein inzwischen gefaßter Mann Albert, einen hochanständigen Freund von Alex, der seit Jahren vor einem Bordell einen kleinen Stand mit Thüringer Bratwürstchen unterhielt – immer sehr reelle Ware, topreeller Preis – für 28 Euro getötet. »Dabei hatte sich Albert toll rausgemacht! Früher war er Müllmann und so dick, als würde er den Müll selbst essen. Dann wurde er eines Morgens wach mit dem Satz: ›Ich will Thüringer verkaufen, ich will unbedingt Thüringer Würstchen verkaufen!‹«

»Doch nicht wegen 28 Euro getötet«, tröstet ihn nun seine Frau, deren früherer Mann degradierter Verkaufsleiter bei Lidl war, unter Depressions- und Wutattacken litt und schließlich Selbstmord beging, »sieh mal, der Täter hat ja vorher nicht gewußt, wie wenig Geld dein Albrecht bei sich hatte! So eine böse Enttäuschung: Mörder bis in alle Ewigkeit, und dann die bescheidene Einnahme als Gegenleistung!«

Sind die Frauen denn alle Ungeheuer? »Mein Albert, nicht mein Albrecht«, sagt Alex lieber nur und möchte ein bißchen für sich sein. Er wird Alberts Bruder Tommi anrufen müssen, der von morgens bis abends Pakete austrägt, im Schweinsgalopp die Treppen rauf- und runterrennt, denn er wird nach der Menge der ausgelieferten Stücke bezahlt.

Gemischte Gesellschaft

An einem Augustnachmittag waren Elsa und ihr Freund Gäste bei Leuten, die sich mit großer Anmut durch die Sommerluft und ihren Reichtum bewegten. Eine Gesellschaft von etwa vierzig Leuten jeden Alters befand sich zwischen Wohnräumen, Terrasse und Garten. Wie die Enden buntgefärbter Girlanden trieben Rudel kleiner und heranwachsender Kinder zwischen den Erwachsenengruppen, die winzige Köstlichkeiten aßen, in der Dämmerung viel Gutes tranken und sich halsbrecherische Pointen an den Kopf warfen. Überall herrschte eine lässige Heiterkeit, wirklich, ohne Ausnahme, wohin Elsa auch sah.

Eine kleine, fast muskulöse Frau hatte gerade ein Buch über einen Scharfrichter geschrieben, eine andere, was für ein Zufall, eins über eine Leichenwäscherin des Mittelalters. Die erste war an diesem Tag schon dreimal schwimmen gegangen und zweimal rudern, die andere lackierte sich plötzlich im Kerzenlicht die Fußnägel unter Verwendung eines Schaumgummizehentrenners. Dabei saß sie auf einem Terrassentreppchen.

Die schwarze Nacht stand nun feucht um den lauten Garten herum. Wenn nur der Tod nicht gewesen wäre, der langmütig, dann plötzlich witternd Ausschau hält, der mit dem Knochenfinger zeigt: »Der und der und, und ... und diiiiiiie!« Andererseits, sagte sie sich und sagte es nicht zu ihrem Freund, werden in Nepal Leprakranken, die ihre Augen nicht mehr schließen können, von internationalen Spezialisten die Lidmuskeln mit den Kaumuskeln verbunden. Diese Kranken kauen deshalb den ganzen Tag Kaugummi, nur in der Nacht nicht.

Aber natürlich, auch da eines Tages: »Der und der und, und … und diiiiiiie!«

Trügerisches

In Vorfreude auf den Besuch von Dillburg hat Frau Fendel etwas geträumt. Ein Priester, wenn auch nicht Dillburg, stand auf der Kanzel und starrte seine Gemeinde an. Von seinem Gesicht konnte man seinen Gedanken ablesen. Er lautete: Gut, wenn die alle glauben, will ich es auch versuchen! Die Leute untereinander starrten sich daraufhin ebenfalls an. Jeder las im Gesicht des Nebenmannes den Satz: Gut, wenn dieser gutaussehende Mensch rechts von mir und dieser klugaussehende links von mir noch glaubt, dann versuche auch ich es weiterhin!

Sie erzählt es Dillburg lieber nicht, dafür aber dies: »Ich meine nicht Sie, Sie nicht, Herr Dillburg, aber meist bleiben die Messen und Predigten doch hinter dem zurück, was das Glockengeläut, die Orgel, die Kirchengewölbe vorher versprochen haben. Und jetzt passen Sie auf«, sagte Frau Fendel, weil sie sonst nichts zu berichten hatte. »Heute habe ich meiner Katze, von Küchenstuhl zu Küchenstuhl, beim Frühstück lange in die Augen gesehen, in die hellen, schrägen Augen.«

(Was sie Dillburg ebenfalls nicht gestand: Letzten Sonntag hatte sie am pelzigen Köpfchen des Tieres alle Einzelheiten des unter dem Fell wohlverborgenen Schädels ertastet und plötzlich davon Herzklopfen bekommen, kurz davor aber, wenige Minuten davor, erschrocken bemerkt, daß sie außer in der schnurrenden Katze aus Gedankenlosigkeit auch im summenden Kühlschrank ein zufriedenes Tier vermutet hatte, bestimmt eine halbe Stunde lang, einfach so vor sich hin).

»Wir haben einander lange betrachtet. Einer hat den Blick des anderen, ohne mit der Wimper zu zucken, ausgehalten. Aber dann, dann, Herr Dillburg, stellte ich fest, und zwar, als sie ihre Augen aufschlug, die nämlich in Wirklichkeit geschlossen gewesen waren die ganze Zeit, daß ich zwei Flecken im Fell, etwas oberhalb der Augäpfel, für ihre echten, weit aufgeschlagenen Augen gehalten hatte. So eine Enttäuschung!«

Sie sagte es dem Geistlichen lächelnd, aber er hörte aus ihrer Stimme einen Vorwurf, als sei auch hier, wie beim lockenden Glockengeläut, theologischer Betrug am Werk.

Am merkwürdigsten erscheint dabei, daß derselbe Irrtum in der Wahrnehmung erst kürzlich Frau Wäns, Luise Wäns da draußen im Tristanweg, unterlaufen, ja, widerfahren ist.

Dillburgs Antwort

Er hat Frau Fendel nicht geantwortet. Vielleicht weil er zu müde war, auch an diesem Tag schon genug gepredigt und erbaut hatte. Dillburg wollte es, was für die alte Dame vermutlich sogar das Allerbeste war, einfach als nette Anekdote auffassen. Für Frau Fendel stellte sein still schmunzelndes Männergesicht nach einem ihrer menschenleeren Tage, er ahnte es durchaus, ohnehin die beste Stärkung dar.

Auf dem Nachhauseweg allerdings, als ihm bei jedem Aufsetzen die Füße – besonders schlecht für einen Zuckerkranken – wehtaten, spürte er scharf, daß auch er sich dem Blinzeln, das in der kleinen Täuschung lauerte, nicht entziehen konnte. Aber so geübt er darin war, sich einer Szene wie dieser durch Entschlüsseln zu bemächtigen: Er versagte es sich im vorliegenden Fall, verbot es seinem Gehirn. Das Bild sollte schweigsam bleiben. Kein Satz, kein Wort. Allerdings erinnerte er sich nun, daß er kürzlich einer jungen Mutter in ihren Kinderwagen mit Zwillingen herzlich hineingelächelt hatte, dann aber erkannte, daß nur Salatköpfe darinnen lagen.

Als er schon das Licht gelöscht hatte, fiel ihm zum ersten Mal nach dem gewaltsamen Tod des Bruders eine Begebenheit von der Wiener Beerdigung ein. Dieser Bruder war in seiner frühen Jugend fromm und altväterlich gewesen, während er, Clemens, in der Messe oft nur scheinbar zum Altar sah, in Wahrheit dagegen übte, wachsam nach rechts und links zu schielen als Westmann, der seine Feinde im Auge behält. Auf dem Friedhof hatte hinter Dillburg eine Männerstimme ständig einen Vers geflüstert, den Dillburg aus der Kindheit kannte: »Osterbeen, Osterbeen, ohne Glaubensterbeen ist des Menschen Pferdebeen.« Der Trauergast hatte das infantile Sätzchen gewissermaßen in Dillburgs Ohr geflüstert. Dillburg wandte sich nicht nach ihm um. »O Sterben, o Sterben, ohne Glauben sterben ist des Menschen Pferdebeen.« Verderben, Verderben! Es kreiste, lächerlich und beschämend, in seinem Kopf, es hörte nicht auf, es handelte sich um die Ermordung seines einzigen Bruders und ließ sich nicht abstellen.

Auch hatte er ja die Stimme am nächsten Tag im Aufzug zur Kuppel der Karlskirche wiedererkannt und sich auch bei dieser Gelegenheit lieber nicht umgedreht. Er war mit anderem beschäftigt gewesen, als die Fresken, die nicht für die Gläubigen da unten im Kirchenschiff so schön und detailreich gemalten, in Augenhöhe vor ihm auftauchten: Wie viele Zweifel und Widersprüche ließen sich wohl in die alten Formeln, in die Rituale, die Bilder und Geschichten einfüllen, ohne sie zu zerreißen, so daß trotz aller Skepsis bei ausreichender Demut die strahlende Form bestand und tröstete?

Letzte Nachrichten

Man hat jetzt in den Papieren von Pratz auf einem zerknitterten Zettel doch noch eine Notiz gefunden. Man solle in der Gegenwart immer nur Eindrücke sammeln und keine Erwartung hegen an deren unmittelbaren Genuß. Der entstehe erst in der Erinnerung, die man durch die Empfindung einer heimlichen Enttäuschung unnötigerweise trüben würde. Dann hätte man am Ende gar nichts. Beinahe unleserlich folgt dann die Überraschung: Offenbar plante Pratz, sich mit 65 Jahren vollständig zurückzuziehen, von Familie, Freunden, Öffentlichkeit, um auf diese Weise seinem Lebenslauf einen mysteriösen Dreh zu geben, freilich nicht ohne sicherheitshalber versteckte Zündschnüre in die Zukunft zu legen. Bis zu seiner unvermeidlich explosiven Wiederentdeckung.

Auf einem zweiten Papier entzifferte ein Doktorand folgende Stichwörter: »An Böschung junges Paar. Nebeneinander hingeworfen. Schlafend wie Erntearbeiter bei Mittagspause beim alten Niederländer. Zwei Kleinkinder mit Sturzhelmen auf dem Kopf klettern still auf ihnen rum. Plötzlich Versäumnisgefühle: Was habe ich verpaßt? Das hier? Ach was, nicht das, nur das, was das Bild mir vormacht.«

In einer alten Jacke hat schließlich seine Frau irgendwann noch ein letztes Zettelchen entdeckt: »Um vier Uhr früh ging es mit dem Fahrrad los. Bloß weg. Ich war außer mir. Erst wenn, Richtung Holland, um mich alles fremd wurde, habe ich mich beruhigt.« Meint er etwa, dachte seine Frau da für einen Augenblick im Anflug von Rührung, den Urlaubsbeginn aus seiner Zeit als Schneiderlehrling?

Krieg und Frieden

Timo Brück und Agnes Dillburg, nicht mehr jung, ziemlich frisch verliebt, machen abends oft Ausflüge in die Umgebung. Heute, als sie auf einem kleinen Kirchenvorplatz aus dem Auto steigen und die gute Landluft atmen, ruft Herr Brück: »Die gute Landluft!« Agnes: »Der dörfliche Frieden!«

Da schreit eine Frauenstimme:

»Tierquäler, verfluchter. Sie. Sie!

Sie werfen mit Steinen nach meinem Pferd!

Sie binden meinen Hunden Stöcke an den Schwanz!
Sie jagen meine Katzen!
Alle meine Tiere werden von Ihnen verfolgt.
Sie hassen sich ja, Sie!
Sie! Quälen Sie sich doch selbst!«

Herr Brück wird, trotz des Verliebtseins, sehr aufgeregt. Da, vor einem tadellosen Bungalow, steht die wie in hoher Not schimpfende Frau in schweren Schuhen mit einem geschienten Arm. Der Mann, gegen den sie wettert, geht vor seiner Garage hin und her, feixt und sagt. »Betreten Sie ja nicht mein Grundstück! Sie!«

Da reißt sich Timo des schönen Abends und Agnes' wegen zusammen. Er lächelt: »Mein Arzt, ich meine der hilfsbereite Mensch und Tierarzt von meinem verstorbenen Hund Rex, ist heute nach Wien geflogen, um dort im Zoo zwei Panther zu operieren. Sie übertragen es direkt in die Universität, wohl für die Studenten.«

Agnes lächelt zurück, aber eigentlich nur vor sich hin. Sie denkt an ihren Bruder, den guten Geistlichen, der gestern abend in der kurzen Unterhose am Fenster saß und den losgetretenen Hosensaum, wie er es seit Jahren gewohnt war, mit Nadel und Faden befestigte.

So lächeln sie, so erinnern sie sich, damit die Welt nicht allzu bösartig erscheint.

Eins aus dem anderen

Tristanweg. Hans kommt am Samstagmorgen die Treppe herunter und fragt, in der Küchentür stehend, die beiden Frauen: »Habt ihr einen anderen Ausdruck für ›herkömmlich‹ parat? ›Herkömmlich‹ und ›althergebracht‹: Was anderes fällt mir in meinem Vortrag nicht ein.«

»Althergebracht wie die Kuckuckslichtnelke«, sagt Luise Wäns und stiftelt dabei Möhren. »Wäre Mai, würde sie blühen, und der Kuckuck würde rufen. Ich habe noch nie einen in der freien Natur gesehen, auch noch nie auf den Möbeln der armen Leute, wenn die Gläubiger kommen. Wäre jetzt Mai, gingen die Gläubigen in die Marienandacht. Maria Demuth hat geheiratet, ganz in Weiß, traditionell, konventionell, kanonisiert, üblich, überliefert.«

»Nach Großvaterart, Hans«, schneidet Sabine ihrer Mutter scharf das Wort ab.

Erwin in der Leere

Der ehemals tüchtige Sanitärunternehmer und Westfale Erwin geht allein durch die Landschaft. Stille, Menschenleere, herrlich.

»Täglich krasse Kriegsfilme. Nur sterben die Leute wirklich dabei. Die Erde verglüht aus allen vier Weltgegenden und Weltursachen«, sagte er laut, »gäbe es doch wenigstens ein Weltverschwörungsstübchen, in dem die drei, vier einschlägigen Parzen ihr Süppchen kochen!« Nach einer Weile fällt ihm etwas auf: Wo sind denn die Leute hin? Die sind ja weg. In Wahrheit gehen doch alle auf dem Zahnfleisch durchs Leben, auch wenn sie das noch so sehr verstecken wollen. Die haben eine Nachricht gekriegt. Die sind schon auf der Flucht. Nur ihm, Erwin, wurde nichts gesagt. Die haben ihn im Stich gelassen!

Flausen, sagte er sich kopfschüttelnd, Flausen und Einfälle, die mir ähnlich sehen. Dabei geht er immer schneller, immer schneller.

Einsicht I

Hans, auch Hannes Keller, dem Komponisten, wird weiterhin wie auf Verabredung der Erfolg verweigert. Seinem Vater gefielen Shantys, die Musik seines Sohnes bezeichnete er als »Katzenmusik«, auch »Affenmusik«, gar nicht sehr böse gemeint. Bei aller Bereitschaft, ein fast mitteloses Leben zu führen, bei aller jugendlichen Tapferkeit hat Keller jetzt manchmal das Gefühl, die ganze Welt dächte so. Es zeigen sich allmählich bei ihm Erosionsspuren. Eines Morgens, bei der zweiten Tasse Kaffee, passiert es. Erstens fällt ihm ein Bluterguß am rechten oder linken Oberschenkel ein, er weiß es nicht mehr genau. Mit einer Art Vorfreude, ja Glück sucht er die Stelle und bestaunt die schönen Verfärbungen, links. Zweitens überkommt ihn eine Erleuchtung, die sogleich heiß und tröstlich sein Herz durchflutet, als hätte er, von der Welt verstoßen, nun seine wahre Heimat gefunden und erkannt. »Ich werde vereinsamen.« Er sagt es noch zweimal zur Bekräftigung und lächelt den neuen Freund, den Bluterguß, an: »Ich werde vereinsamen. Ich werde vereinsamen.«

Es ist ein Entschluß, ein tiefes Aufatmen.

Einsicht II

Ilse fackelt nicht länger. Frau Fendel ist die eigentlich Böse mit ihrem alten Gesicht am Fenster. Dauernd lächelt sie zu ihr herunter, als wüßte sie Geheimes ausgerechnet über sie, Ilse, etwas, was sie selbst nicht wissen kann. Die Eltern und der Jockey Hermi Meier sind es nur manchmal, Frau Fendel ist es immer. Sogar das Hinfallen, kürzlich auf der Straße, als ihr die Tomaten übers Pflaster rollten, war nur ein Trick, um Ilse zum Einsammeln zu zwingen, sie womöglich hoch in ihre Wohnung zu locken. Ilse läßt sich nicht täuschen. Sie spürt, wie beim bloßen Gedanken an Frau Fendel der berechtigte Haß unbeirrbar in ihr hochschnellt. Oder wogt er? Es ist wunderbar.

Sie wird eine Liste von Beweisen der täglichen Fendelschen Bosheit anlegen, am besten eine Geschichte schreiben über das Bosheitsnetz dieser grinsenden, gefährlichen Frau.

Zum letzten Mal, kleine Ilse

Gestern sah Ilse, als sie einen Blumentopf im Garten hochhob, mindestens zwanzig Asseln in alle Richtungen davonschießen. Heute morgen, beim Aufwachen, flitzten, sausten und wuselten die platten Tierchen wieder, aber es waren jetzt die Teilchen des Traums, die in großer Schnelligkeit aus dem Tageslicht ins Dunkle fortrannten. Oder ist es umgekehrt gewesen? Hat sie sich am Vortag beim Heben des Blumentopfs an das plötzliche Tageslicht erinnert, vor dem das Traumgewimmel flüchtet wie in höchster Not, wenn die Mutter, zackzack, die Jalousien hochzieht?

Man muß es jedenfalls aufschreiben. Es ist die beste Form, Luft zu schnappen. Erfinden ist besser als lernen. Nicht auch ein bißchen einfacher, kleine Ilse? Manchmal kann sie einem wichtigen Vorfall, Glücks- oder Unglücksfall, eine ganz andere Wendung geben: durch einen Brotkrümel an der Lippe, ein Versprechen oder Stolpern, ein losbrechendes Gewitter oder die gerade jetzt aufrauschende Klospülung. Wie so eine Winzigkeit eine gewaltige Staumauer gegen die blinde Wucht der Ereignisse baut!

Wer da?

Elsa, bei Freunden in der Hauptstadt, sieht ein Mädchen in sehr, sehr kurzem Flatterröckchen unter der Lederjacke. Es geht ein Stück vor ihr, fünf Meter vielleicht und schreitet sehr energisch mit geschwenkten Armen aus. Sollte das doch noch einmal Ilse sein? Aber wieso in Berlin, das hier ist doch allem Anschein nach Berlin. Ganz stürmisch marschiert Ilse davon. Da dreht sie sich um und ist in Wahrheit die freche Katja. Katja, die ruhelose Studentin oder was sie eigentlich ist oder war. Katja, die ihrer Mutter noch immer nicht verzeiht, daß sie kein Idol, sondern eine schutzsuchende Frau ist. Katjas Gesicht ist tränenüberströmt. Keiner weiß, warum.

Einige Zeit später erhält Eva Wilkens einen Anruf von Katjas Mutter. Sie solle um Gottes willen so schnell wie möglich zu ihr, der Mutter kommen. Sie werde die Fahrkarte selbstverständlich bezahlen. Seit zwei Wochen sei Katja bei ihr und verlasse das Bett nicht mehr, gehe nur manchmal ins Bad. Allenfalls beim Essen kriege sie das Gesicht ihrer Tochter zu sehen. Es müsse sich um eine Art Liebeskummer handeln. Katja wisse nichts von dem Anruf, habe sie, Eva, aber einmal als ihre beste Freundin bezeichnet.

Da hat sie, die Mutter, also in mütterlicher Sorge aus dem Adressbuch Katjas Evas Nummer herausgesucht.

Sie solle kommen! Bitte schnell!

Eva fällt statt dessen, jedenfalls zunächst einmal, ihr eigener Vater ein, wie er immer kleiner wird, immer weißhaariger und fast ständig herzlich lacht.

Auf dem Boden der Haupthalle des Bahnhofs kauert zwei Wochen darauf ein Mädchen im Spalt der einfallenden Abendsonne und im Mittelpunkt eines ausgebreiteten roten Flatterrocks. Es tippt, ohne aufzusehen, auf einem teuren Laptop herum. Man weiß nicht recht: Ist es Eva? Ist es Katja? Ist das ganz gleichgültig unter den Gestirnen?

Schwindel

Was hat Katja oder eventuell Eva im Berliner Hauptbahnhof Verstiegenes aufgeschrieben? Das hier: »Wird nicht immer deutlicher, daß hinter den eilig vorüberschwebenden Gesichtern etwas Grundsätzliches erscheint, Grundsätzliches oder Allgemeines? Etwas wird verengt zu einem Gesicht, versteift sich ein Weilchen zu einer Person. Dahinter aber geht es ins Bodenlose. Hilfe, mir wird schwindlig.«

Wer da wohl zuhause ist?

Manchmal trifft Alex noch den Kurden Goran, den Bruder seiner früheren türkischen Freundin, mit der es dann nichts wurde. Was für ein liebenswürdiger, intelligenter und ungewöhnlich schöner Mann! Hat nach türkischer Grundschule hier den Hauptschulabschluß nachgeholt, nutzte ihm leider überhaupt nichts. Allerdings, meint Alex, zu schmächtig, für das Leben hier nicht hart genug. Goran rackert sich als Aushilfskraft am Bau ab und an den Wochenenden schwarz, auch dort, wo die Fotografin Babs Roeland wohnt, übernimmt alles, putzt sogar, arbeitet durch, schont sich nicht, hat sehr wenig Geld. Aber immer wie aus dem Ei gepellt!

Wie hält er's mit den Frauen? Er besitzt schon eine, ist richtig verheiratet mit einer viel älteren Deutschen, die erwachsene Kinder hat. In der letzten Zeit ist sein Blick schwermütig geworden. Wenn er sich von ihr trennt, was ist dann mit der Aufenthaltsbewilligung? Er verdient zu wenig regulär, das ist es. Alex weiß keinen Rat. Beide stehen vor einer prächtigen Villa aus der Zeit der älteren Jahrhundertwende. »Von Grund auf saniert, ein Grafenschloß«, sagt Goran. Seine Firma hat ja mitgeholfen dabei.

»Niemand weiß was über den Eigentümer. Keiner hat ihn zu Gesicht gekriegt. Nirgendwo ein Name. Jeden Tag werden die Mauern und Zäune verstärkt und dichter gemacht. Man sieht kaum noch was von der Herrlichkeit. Wer da wohl wohnt?«

»Ein erstklassiger Verbrecher«, antwortete der pfiffige Alex, »ein exotischer Lump der Luxusklasse. Egal wo der Schurke herkommt, der hat Verbindungen, der darf bleiben, mein Wort drauf!«

Da sagt Goran: »Vielleicht werden dort schöne Mädchen gefangengehalten. Vergittert worden ist da einiges, aber das Einrichten solcher Gemächer hahaha, bleibt natürlich Sache von Spezialarbeitern, hahaha, Spezialeinheiten.«

Es kommt Alex so vor, als würde in Gorans lang bewimperten Augen kurz eine paradiesische Haremslüsternheit aufglühen. Er muß was dagegenhalten: »Solche Leute machen ihr Geld durch illegalen Waffenhandel. Die beliefern in den afrikanischen Bürgerkriegen beide Seiten mit Boden-Luft-Raketen, Anti-Panzer-Geschossen, Mörsern, Gewehren, Munition. Die Mädchen gibt es dann dazu.«

Wie routiniert die beiden nicken, Alex und Goran, zwei, die sich nicht täuschen lassen, schon gar nicht von Riesenvillen hinter hohen Mauern.

»Oder«, ruft Alex nämlich, nachdem sie sich getrennt haben, Goran hinterher, »es ist jemand von einer Rating Agentur, einer dieser Herren Schwerverdiener, vor denen ganze Staaten kuschen!« Der Kurde streckt den Daumen nach oben.

Nein, Alex und Goran, denen macht man nichts vor!

Gebirgliches Raten

1.: Wo tritt die Berg-Platterbse vorzugsweise in Erscheinung? In Hochstaudenfluren? In felsigen Rasen auf Kalk? In subalpinen Gebüschen?

Hilfe: Das Anbieten von Alternativen kann eine Falle sein.

2.: Welche hier namentlich bekannte Person denkt einerseits mit Zorn, daß die Alpen kaltblütig weiterbestehen, wenn sie, die Person, längst tot ist, andererseits mit Zartheit, wie gebrechlich, ja hinfällig die Berge sind gegenüber der täglich und allnächtlich angreifenden Erosion, wie töricht selbstmörderisch mit Frost, Regen, Steinschlag, Lawinen. Wer?

Alex und die Spätscholastik

Alex erkennt sie sofort. Die beiden Grauhaarigen mit der Jungfrauengeburt sind wieder da. Sie haben Bratwurst bestellt, eine schöne Bratwurst mit Rotkraut. »Die Spätscholastik?« sagt die eine. »Brrr! Halsbrecherische Tüfteleien. Artistik hat in der Theologie nichts zu suchen.«

»Sie sind so hübsch geworden«, bemerkt Alex aus reiner Bosheit, »diese Löckchen hier vorn, die hatten Sie nicht beim letzten Mal, jedenfalls nicht so viele. Nana, frisch verliebt? Hier kommt die Wurst! Bin ich zu frech?«

Die Macht des Taxifahrers

Heute will Herbert Wind es wissen, Herr Wind, der sich im Winter so gern Gebirgsgipfel im Schneesturm ausmalt, bevor jemals irgendeine Menschenseele dort oben gewesen ist. Auf zur großen Tagestour! Da ist er sicher viele Stunden unterwegs, bestimmt acht werden es schließlich sein, selbst wenn er nur kurze Pausen macht. Er hätte nicht übel Lust, in einem Rutsch von den Pyrenäen bis zu den Karpaten zu wandern.

Es trompeten die Berge, es musiziert der Bach. Wie ein Gänseblümchen steht eine kleine Kirche auf der Wiese und öffnet sich weit der Sonne, gemeint ist aber die Unendlichkeit. Man kriegt schon Heimweh nach der Landschaft, noch während man hindurchgeht. Einmal sieht er eine Alte im Bergwald, die sich zu grün-gelblichen Pflanzen hinunterbeugt. Sie bemerkt ihn nicht, ruft nur für sich: »Meine Güte! Waldwachtelweizen. Und da drüben: Klappertopf!« Donnerwetter, die kennt sich aus. Er hat plötzlich Lust, sich zu kämmen, und holt den Taschenspiegel raus. Da sieht ihn ein Firnspiegel an. Es ist ja aber sein persönliches Gesicht, wie es glänzt in Freude und Schweiß. Insgesamt ein herrlicher Tag.

Eine Frau von 93 Jahren soll hier immer noch allein auf Bergtouren unterwegs sein. Ihre Verwandtschaft steht Kopf. Sie kümmert sich nicht drum und geht los. Irgendwann wird sie abstürzen oder zusammengesunken am Wegrand liegen. Wenn eine Gestalt in der Ferne hinter einer Ecke verschwindet, denkt Herbert: Ob die es wohl ist? Er würde sie so gern um den geheimnisvollen Bergsegen bitten.

Nur als Herbert Wind am Tagesende, erschöpft vom vielen Auf- und wieder Absteigen, für die letzte Etappe, das ist eine öde Wirtschaftsstraße, ein Taxi ruft und dann, mit dem Fahrer plaudernd, ein wenig renommierend seine müden Glieder streckt, passiert es. Plötzlich antwortet der eben noch gutgelaunte schwarze Mann nicht länger. Warum nur? Was hat Herbert gesagt? Eine unwillentliche Beleidigung? Er kann ja nicht fragen danach, redet jedoch, vorsorglich Abbitte leistend, frisch drauflos, immer mühsamer aber. Der Fahrer bleibt stumm, kneift die Lippen zusammen. Verachtet er Herbert aus heiterem Himmel? Was ist geschehen? Der schöne Tag verdunkelt sich durch die Kränkung, wie lächerlich.

In seiner Verwirrung gibt Herbert dem Fahrer ein großes Trinkgeld als Bitte und Demütigung zugleich. Nein, er belohnt nicht nur, so dämlich ist er nicht, er kann auch ahnden, strafen, rächen!

Alles ist klein geworden und verdämmert. Er wird den kindischen Ärger nach der glanzvollen Wanderung nicht los. Nein, für heute nicht mehr. Zu dumm das.

Im Traum geht es dann weiter. Da sagt der schwarze Mann, unerwünscht gesprächig, in den Rückspiegel hinein, das ganze riesige Gebiß spottet mit: »Kriegs- und Handelsstraßen querdurch, mein Guter. Im Mittelalter ging's los mit spezifischer Alpwirtschaft, Sie Bester. Ab 1500 zunehmende Besiedlung, Agrarintensivierung, Flexibilität im Tierbestand. Vielfältige Ressourcennutzung, Schatzi. Ein großer Teil der Steinböcke erblindet heutzutage, stürzt ab und verendet qualvoll. Die stecken sich, Süßer, mit der Augenkrankheit an den Salzlecken der Schafe an. Oder behaupten das nur die Jäger, um möglichst viele von ihnen abknappeln, was sag ich, abknallen zu können? Erstickungstod in Kunstschnee und Hotels, Baby.«

Zwei Dreierrätsel

Was haben die Bergferkelratte, der Puerto-Rico-Blütenvampir und das Dangs-Königsriesenhörnchen gemeinsam?

Lösung: Sie teilen das Schicksal der Wandertaube.

Was wird das Gemeinsame der drei Männer sein, die eben das Flugzeug nach New York bestiegen haben, ohne daß sie es voneinander ahnen? Der erste war vierzehn Tage lang von Geiselnehmern in einer finsteren Waldhöhle in gebückter Haltung und ständiger Todesdrohung versteckt gehalten, dann allerdings, als sich der Irrtum herausstellte, freigelassen worden, da sie ihn mit dem Sohn eines sehr reichen Kettenladenbesitzers verwechselt hatten und von der eher bedürftigen Familie des Gefangenen kein Lösegeld zu erhoffen war. Der zweite wurde vor einigen Jahren von einer verheerenden Tsunamiwelle am Strand überrascht, fand sich zwischen schwimmenden Trümmern wieder und erfuhr erst nach Stunden, daß auch Frau und Kind überlebt hatten. Der dritte entstammte einer ehemals berühmten russischen Teedynastie und hatte, da er das Genie des vom Großvater gegründeten und vom Vater geschickt erweiterten Unternehmens nicht erbte, die ehrwürdige Firma an eine ebenfalls im 19. Jahrhundert zu großem Reichtum, in diesem Fall zunächst durch Baumwollhandel, dann über Geschäfte mit Buntmetallen und Kaffee/Kakao erblühte und, im Gegensatz zu der seinigen, immer noch florierende Familie vor wenigen Tagen verkaufen müssen.

Hilfe: Es ist etwas Unsichtbares.

Es läßt ihn nicht los

Clemens Dillburg, tapferer Mann Gottes, frühstückt nun wieder ohne Gegenüber, tut es allein, was manchmal das Schwerste ist an seinem Beruf. Die Schwester hat in aller Stille geheiratet. Sie lebt mit Herrn Brück und einem gelben Hund aus dem Tierheim zusammen. Die schöne Liebe! Für Herrn Brück ist es der Vorgeschmack des Göttlichen, das die Welt als Gegenlicht durchscheint.

Ihm, Dillburg, kommt es so vor, als hätte er sogar diesen Hinweis auf das Unendliche immer als zehrendes Ungenügen auch der größten Schönheit geahnt.

Rätsel

Was ist, nach Pascal, für den Menschen das, was das Laufen für das Pferd ist?

Lösung: »Leugnen, Glauben und viel Zweifeln.«

Andererseits

Andererseits, sagt sich Dillburg auf dem Weg zu einem Sterbenden, ist vielleicht die wilde Welt selbst der große Gott, die rohe Welt, die mit unendlicher Wüstheit und Pracht vor dem Grauen des Sektierertums schützt.

Rätselhafte Kostümierung

Auf welchen tropischen Vogel trifft die folgende Beschreibung zu: »Meist schwarzer Mantel. Über weißem Wimpel, Weihel und Schleier die aus ledernen Reifen und sich überkreuzenden Bügeln bestehende Krone«?

Lösung: Es handelt sich um die Gewandung einer gewissen nordischen Heiligen aus dem 14. Jahrhundert. Jedenfalls wird sie meist so dargestellt. Brigitta von Schweden ist ihr Name, ihr Feiertag der 8.10., getreulich bis auf den heutigen Tag.

Verdacht

Ob Frau Wäns in Wirklichkeit nur deshalb nicht mehr wandert da draußen, weil sie, sogar in Begleitung, fürchtet, er oder sie käme wieder von hinten herangeschlichen, derjenige, der ihr dann auf den Kopf schlagen wird? Ob sie die Dolden von Kerbel oder Kümmel bestaunt: immerzu könnte es nun ja sein. Oder ist es jetzt auch bei ihr so wie bei Frau Fendel und Katjas Mutter, die nicht mehr ins Grüne kucken wollen. Vor allem nicht allein. Etwas ängstigt sie dabei, sie grausen sich vor dem Unsichtbaren, das neuerdings und anders als jemals früher aus Garten und Wiese, Gebüsch und Landschaft kriecht.

Potzblitz

Elsa: »Schläfst du?«

Freund: »Wenn man mich nur ließe!«

Elsa: »Ich weiß es von Sabine, jetzt Sabine Scheffel oder Scheffer, der Tochter von Frau Wäns. Der hat es die Galeristin Iris erzählt, diese Iris Steinert mit dem Silberblick, du erinnerst dich, die Steinert, diese Katze, die sofort alles körperlich ausdrücken, aber sich andererseits immer verstellen muß: Die geschiedene, von ihrem Schwarzen aber auch schon wieder getrennte, jetzt unversehens mollige Frau Herzer spielt neuerdings Blitzschach!«

Freund. »Blitzschach? Donnerwetter! Jeanette Herzer, die heikle Kuh? Eine von denen, die ihrem Mann, wenn sie älter werden, täglich eine frisch erkrankte Körperstelle melden? Als würde ihr Leib dadurch eine Schatulle voller Karfunkelsteine? Dieser Typus? Wirklich Blitzschach, wirklich die Herzer?«

Elsa: »Ja, Blitzschach, wie wild angeblich, immerzu Blitzschach. Alles andere, sagt sie, sei ihr zu langweilig.«

Freund: »Gute Nacht, Elsa.«

Elsa: »Nein, Henri!«

Freund: »Nein?«

Elsa: »Du hast nicht gefragt: Mit wem?!«

Freund: »Mit wem?«

Elsa: »Mit Herzer.«

Freund: »Mit ihrem Exmann?«

Elsa: »Falsch. Mit Jeanette Herzer.«

Freund: »Blitzwunderlich! Jetzt gute Nacht?«

Elsa: »Ich kann sie nicht abschütteln, die ganze Meute nicht.«

Freund (um sie abzulenken): »Welcher Vogel hat die größte Flügelspannweite von allen?«

Elsa: »Sie arbeiten in mir drinnen, sie summen, sie fressen sich durch mich hindurch. Hilf mir doch.«

Freund (verschlafen lachend): »Warum hast du bloß mit der

Heilturnerei angefangen, statt gleich Romane abzuliefern! Aus Geldgier?«

In derselben Nacht aber hörte Frau Fendel im Haus das immer wüstere Gewittern eines Mannes, dann das Weinen und Kreischen der Frau, schließlich die Schreie der kleinen Mädchen in höchster Not. Die Kinder! Gerade das schneidet mir ins Herz, sagte sich Frau Fendel. Sie stand vor Schrecken steif neben ihrem Bett. Und doch! War da nicht auch eine verschwiegene Freude in einer Herzensecke, daß endlich eine scharfe Störung in die ewigen Familienabläufe kam?

Elsas Freund aber, der, um endlich Ruhe zu haben, wie öfter schnarchend den tief Schlafenden markierte, Henri, der an Elsa deren Phantasie und Gedächtniskraft liebt und fürchtet, fragte sich, ob es sich zwischen ihnen beiden auch so verhielt wie in den meisten Familien: Man benötigt irgendeine Person von außerhalb, Mann oder Frau, auf der man alles Böse und alle Bosheit abladen kann. Ohne eine solche Figur gibt es keinen Frieden innerhalb.

Elsa, wie im Schlaf murmelnd: »Doronicum grandiflorum: Kalkhold? Kalkfliehend? Lösung: Kalkstet!«

Freund: »Lösung: Der Wanderalbatros!«

Erwins Frau zeigt Wirkung

Erwin, nachdem er eine Weile den Fliegen zugesehen hat, erzählt ihnen das folgende: »Die Kostenreduktion bei Photovoltaik-Modulen steht doch in Wirklichkeit außer Zweifel. Etwa nicht? Das Fürchterliche an der Gegenwart, ihr kleinen Viecher, ist der überall waltende Zwang zum Mißtrauen. Bei jeder Ware, die man kauft, liegt der Verdacht nahe, daß sie in dieser Form ersonnen wurde, in Zusammensetzung und Verpackung, in Anfälligkeit und Parfümierung, um den Kunden übers Ohr zu hauen. Und das gilt auch für die ehemals ehrwürdigsten Firmen, falls es sie noch gibt, ihr lästigen Tierchen. Sie haben nur die Wahl: Betrug oder Untergang. Mir reichen schon die scheußlichen Metamorphosen, wenn die Warenmassen aus den Lastwagen in die Lager geräumt werden, von dort in den Regalen scheinheilig vereinzelt, von den Käufern gegriffen und in die Einkaufswagen geworfen, an der Kasse von den Transportbändern in die Vertiefungen zum Einpacken gestoßen wie Abfall. Lieber will ich meinen immer älter werdenden Händen zusehen, wie sie die alte Tasse packen und sie leise zwischen ihnen zittert. Dabei ist es jetzt, ihr kleinen Glotzaugen, in Stadt und Land Mode geworden, privat in Gruppen oder öffentlich im Fernsehen blindgläubig gegen den bösen Feind Hein hochraffiniert anzukochen. Läßt er sich aber auf Dauer täuschen? Manchmal möchte ich am liebsten nachrechnen, welche Ersparnis es brächte, wenn ich nicht mehr da wäre. Noch was. Es betrifft mehr als dich, Fliegenvolk, die Menschen. Seht euch nur, Fliegen, den Wahlkampf der Republikaner in Amerika an! Die Einzelwesen lösen sich durch unsittliche Aufreizung der Instinkte wollüstig in die immer neu erstarkende Dämonie der Masse auf. Diese Lust ist gewaltiger, als es ihre eigenen Überlebensinteressen sind.«

Für Anita hält er aber was anderes parat. »Die beiden Burschen«, sagt Erwin, sobald er seine Frau eintreten hört, »die den alten Baumriesen im Park angezündet haben, den man erst kürzlich zu seiner Rettung mit großem Aufwand ausgehöhlt hatte und der jetzt wegen des Brandes gefällt werden mußte, diese verdammten Kerls haben vorher die brennenden Wolkenkratzer zum 10. Jahrestag im Fernsehen angesehen, dann einen Pornofilm und unmittelbar vor der Tat an einem Kiosk Bratwürste gegessen!«

Als er hochblickt, bebt Anitas Kinn. Erwin freut, daß sie so viel Mitgefühl zeigt. Endlich einmal Anteilnahme! Sie spricht leise, er versteht sie kaum. »Eben ist unser Sohn fristlos entlassen worden. Wegen Veruntreuung.«

»Das darf doch nicht wahr sein«, ruft Erwin. Er schreit so laut, weil er ein bißchen, tief innen, enttäuscht ist von seiner Frau. Er wittert eine Treulosigkeit in ihr, einen heimlichen Verrat wie immer dann, wenn sie sagt: »Ach Erwin, nun sieh doch nicht so schwarz!«

Was hat sie da eben behauptet? Unser Sohn? Was war das? Der eigene Sohn?

Seine Frau aber ist eine sehr gute Frau. In einer Pralinenschachtel aus der Schweiz findet sie unter einem Zettel mit der Notiz »Nicht darüber reden!!!« drei Zeitungsausrisse. Der erste berichtet von vier Erwachsenen in Philadelphia, die in einem fensterlosen Raum ohne Toilette jahrelang vier geistig behinderte Erwachsene gefangengehalten haben, um deren Sozialhilfe zu kassieren, der zweite von einem Zoobesitzer in Ohio, den seine Frau verlassen hatte. Daraufhin öffnete er die Käfige und tötete sich selbst. 48 der freigelassenen Raubkatzen und Affen kostete es das Leben: Sie wurden sicherheitshalber erschossen, als sie durch die Straßen der Stadt liefen. Der dritte Artikel teilte mit, daß 2000 toten Haien (Hammer-, Galapagos-, Seidenhaie), die in einem Naturreservat im kolumbianischen Pazifik gefunden worden sind, von illegalen costaricanischen Schleppnetzfischern die Flossen abgeschnitten worden waren.

»Wie er sich Mühe gibt!« sagt Anita und schließt vorsichtig das Kästchen, »›Nicht darüber reden!!!‹ O Gott!« Kürzlich hat sie auch mitten in der Nacht gehört, daß er, mit dem Kopf unter der Decke, über Vorgänge aus entfernten Weltgegenden klagte. Würde ich denn, fragt sie sich und horcht auf ihr fremdes Herz, meines Lebens je wieder froh, wenn ich ihn wirklich verlasse?

Liebe Herta,
wir alle machen Fehler. Wie haben wir uns gnadenlos ereifert über Trudchen, daß sie sich immer nur von vorn genießt und deshalb so selbstzufrieden ist! Wenn die sich mal von hinten beim Gehen zusähe! Ein einziges Mal nur. Wie lachten wir über

das Wiedersehen mit alten Freundinnen, weil sie alle nach ihrer schönen Jugendzeit aussahen wie die Sparkassenfilialen in den Dörfern und Kleinstädten, wie amüsierten wir uns besonders über Marita und Edith, die mit ihren Männern am Wochenende gehorsam die Besichtigungen machen, die ihnen die Lokalzeitung anrät: Bärenjunge im Zoo, Magnolienblüte im botanischen Garten, Streifzüge über die Weihnachtmärkte der Umgebung. Auch über Carlo haben wir zu unserer Freude gehechelt, Carlo, vor Jahren in Bologna Molekulargenetiker, der nach dem Schlaganfall nur noch im Sessel sitzt, grinst und einen sizilianischen Dialekt spricht, den kein Lebender versteht! Wenn ich da an den bewundernswerten Herrn Wuth denke, der immer krank ist und doch ständig auf Reisen, Junge, Junge! Wegen seiner Krampfadern soll er immer schnell gehen, darf nicht lange stehen, auch nicht stehenbleiben, wenn er Leute trifft. Und doch tut er es aus Höflichkeit, obschon es dann tagelang ganz schlimm kommt mit den Beinen. Ach du meine Güte, da fällt mir das Reisebüro van Maake ein, die ihr »van« erst zu »v« abgekürzt und dann frech ein »von« daraus gegaunert haben. Fast so blöd wie der Schuft und Schlawiner Grafotto, der immer eine Pause zwischen »Graf« und »otto« macht. Mann o Mann! Ich kenne den Spitzbuben noch aus der Firma. Er hat sie mehrfach elegant reingelegt und sich rechtzeitig verkrümelt. Habe ich etwa nie von den Erfolgen des Schlitzohrs erzählt? Man munkelte außerdem, daß er bei allem vornehmen Getue eine geheime Schwäche für diesen Flash- oder Flat-Rate-Sex hat, aber nicht aus Sparsamkeit!

Manchmal fallen mir auch die drei Großverdiener ein, mit denen ich damals hintereinander zum vornehmen Essen war. Dreimal nacheinander und mir gegenüber juristische Systeme, von Haut und Knochenmasse umschlossen, samt Vokabular und den einschlägigen Tricks! Nun sag doch selbst: Sind das nicht wunderbare Schicksale? Wie hieß noch mal dieser schiefe Typ mit S? Söbler? Senkel? Ich fände es so schön, wenn du, weil ich flattrig und zittrig bin, fahrig und wie zerstreut in alle Winde, wenn du kämst. Wir würden wieder spülen, aber auch telefonisch ginge zur Not, wenn du mir irgendwelche Lebensläufe erzähltest, sehr gern solche von Leuten, die sich leidenschaftlich nacheinander verzehren, wenn du da vielleicht Beispiele kennst, zehn Sätze genügen jeweils, kommt nicht drauf an, nur diese kurzangebundenen Lebensläufe, die tun mir so gut. Immer nur zehn Sätze und: Schluß. Söbler? Senkel? Sengeler?

Mensch, wäre das prima!

Deine Ruth

Herta

Herta aber wundert sich lieber, daß gestern abend die zunehmende Mondsichel, wie aus bisher geheimen Ressourcen schöpfend, so strahlend zwischen zwei kräftig blinkenden, stark angenäherten Sternen in der reinen Schwärze stand und heute ein massiv trübes Licht herrscht, das von nichts zu wissen scheint. Es wundert sie, ohne sie zu bedrücken. Sie fühlt sich in ihrem Zoo beurlaubt vom sonstigen Leben. Herta benötigt Ruth und ihre Geschichten kaum noch, nein, gar nicht mehr. Die Tiere nehmen sie in ihre Wildheit auf. Wie berauschend, wenn an den Deckflügeln eines Vogels ein schmaler Streifen Glutrot die Pracht darunter verrät und die Schnäbel manche Eigenschaften der Menschen verkörpern! Kürzlich, als sie krank war, drängten sie sich alle des Nachts um ihr Bett und zeigten ihre Abzeichen vor, goldene Schöpfe, grasgrüne Stirnen, feurige Wangenflekken, leuchtende Streifen der Flankenfedern, metallisch schimmernde Kehlen und Halskrausen, die Augen teuflisch gerändert. Suchten sie nicht Zuflucht und Schutz bei ihr? Erstaunlich, daß sie mit tränennassem Gesicht aufwachte?

Nein, es war ja vor Entzücken.

Anselm von Canterbury
Manchmal fürchtet Clemens Dillburg, der Unglauben könnte ihn in der Nacht unbeobachtet überschleichen, im Schlaf überwuchern, sich über ihn wälzen und hätte ihn, Dillburg, am Morgen dann für immer besiegt und erstickt. An anderen Tagen besteht die Gefahr im hellwachen Tüfteln des Gehirns und die Rettung gerade im tiefen, dummen Durchschlafen.

Ob Anselm von Canterbury mit seiner scharfsinnigen grammatikalisch-dialektischen Methode des Gottesbeweises, der allerdings vom Mönch Gaunilo unter Einsatz hoher Intelligenz bezweifelt wurde, im verborgensten Gefühlsgrund seines Herzens weniger gebebt hat als er, Clemens, der morgen wieder auf dem konkreten Gymnastikball hüpfen muß?

Tiefschwarzes Morsloch hoch Amerika
Na? Frau Fendel, Herr Gadow, Herr Brück und Katja, Herr Herzer, Sabine, Frau Zock und so fort? Wer klopft und drückt da noch so spät und wüst gegen die Scheibe, Herr Finnland, Frau Elsa und Sie, noch immer nachsichtiger Freund Henri? Wer ist's?

Die wilde Nacht, Rachen tiefschwarz und »Morsloch hoch Amerika«, sonst nichts.

Frau Wäns?
Ist das nicht Frau Wäns, die gestern abend die frischen Teebeutel, statt sie in die Kanne zu hängen, in den Abfalleimer geworfen hat? Luise Wäns heute morgen in ihrem Bett, Luise, die nicht gleich weiß, welche Jahreszeit da draußen zugange ist, Luise, die beim Aufwachen zu ihrer Überraschung heftig wünscht, mit dem ganzen Körper eine bestimmte Wegkurve zu nehmen, schnellen Schritts, runde neunzig Grad, aus dem Wäldchen heraus und dann, zwischen die Weiden gezwängt, geradeaus und raus, zwischen die feurig grünen Weiden mit den Löwenzahnfettaugen drauf, so weit das Auge nur reicht?

Dann aber will sie sich wieder aufzählen, was an den Wegrändern weiß blühen müßte, wenn es nach ihr ginge: Wiesenkerbel, weiße Taubnessel, Weißdorn, weiße Heckenrose, weißer Klee, Sternmiere und kurz darauf ihre Lieblinge, die vieltausend, womöglich Millionen Greisenhäuptchen des Löwenzahns. Beinahe ist es ja schöner, die Namen zu sagen, als die Pflanzen in der Gegenwart anzusehen. Mitten in der Landschaft wurde man oft von einer unverständlichen Unruhe befallen, o doch, das sollte man sich ruhig eingestehen. In der Erinnerung aber, beim Ausmalen und Aufzählen, kommt die Friedlichkeit. Im Juli dann der Waldweiher mit vielen Seerosen, immer mehr beim Hinsehen. Im Gedränge stoßen sie schließlich mit senkrechten Schnauzen aus dem Teich. Auf dem freien Feld sind große Flächen mit rötlichen Grasschwaden bedeckt. Braune Tiere, vielleicht kleine Bisons, grasen darin. In Wahrheit? Nur rostige Sauerampferstrünke. Trotzdem fällt man jedes Mal, und gern, wieder darauf herein.

Die Freude packte Frau Wäns mit starker Faust. Was sind die vernünftigen Gründe im Vergleich, die Bestandteile, die man aufzählen kann? Die Freude war nur ausgelöst worden von alldem und nun losgelassen und herrschte durch und durch, unumschränkt, und brauchte keine Gründe mehr für sich.

Schon recht, aber: »blühen«, Frau Wäns, »blühen«? Die Greisenhäuptchen?

Und dann Holunder und Jasmin! Eine weißrote Wildrose ist eines Tages hoch in einen abgestorbenen Baum geklettert. Im kniehohen Gras gingen drei Schafe mit zwei hellbraunen Lämmern herum. Und die Schimmel erst! Dicht über den zottigen Weiden wiegt sich der Schein vom Hahnenfuß. Was ist das nur, was ich da sehe, fragt sich Frau Wäns, ich sehe es an und fühle, daß etwas Zusätzliches gezeigt wird. Niemand könnte wohl wissen, was. Ach, wenn das nur schon die Ewigkeit wäre, der Einbruch, der Anbruch der Ewigkeit! Aber nein, zwischendurch muß leider noch das Sterben sein und erledigt werden. Und doch: Die Natur ist die einzige, die Gott die Treue hält. Dann wieder der Wind, der Schatten über die leuchtenden Körper scheucht. Dieses Vibrieren und die Schräge der Dinge im Sturm, das ist doch das eigentliche Leben!

Schon recht, aber »blühen«, Frau Wäns, »blühen«? Die Greisenhäuptchen?

Rätsel (hoher Schwierigkeitsgrad)

Warum das alles?

Hilfe: siehe Anmerkung Nr. 903.

Auch sollte man sich bescheiden und froh sein, wenn von fünf Freunden, die am Morgen auseinanderfahren, alle fünf am Abend heil und bei Trost in ihrer Wohnung angekommen sind.

Wehrlose Wegränder

Und doch erbost sich der Hobbyfotograf Finnland trotz seiner frischen Internetliebe angesichts der Verwüstung von Scheffers ehemaligem Naturschutzgebiet. Wäre er nur nicht, liebschaftsmäßig abgelenkt, so lange fortgeblieben! Finnland hat jetzt innerhalb zweier Wochentage mit zwölf Personen der entsprechenden Ämter telefoniert, mit Männern und Frauen. Kein einziger erklärte sich für zuständig, alle waren ahnungslos oder verstellten sich. Über Hans Scheffer vom Naturschutzreferat konnte keiner mehr Auskunft geben. Der war offenbar zum Phantom geworden. Statt dessen verwies man ihn behaglich an den nächsten »Fachmann«. Und so immer fort. Es gab ja gar keinen mehr. Und so immer fort die Annullierung der Wegränder und Teiche. Der wilde Förster, den Scheffer mit Mühe zügelte, als er noch zuständig war, baggert und schabt mittlerweile außer Rand und Band, erfährt Finnland schließlich von der dreizehnten Person am Telefon, ohne Erlaubnis die Gräben aus, legt sogar neue an, wohl aus nachträglicher Rache an

Scheffers Wiedervernässung. Anderes versinkt im Matsch. Niemand hindert ihn, niemand in der Behörde ist verantwortlicher Chef für die wirren Maßnahmen. Kein städtisches Geld für städtischen Schutz. Der ökologische Ausgleichsdeal ist längst gelaufen. Mindestens drei verschiedene halbbotanische Gruppen wurschteln jetzt unbeaufsichtigt mit- und gegeneinander, schaufeln, bohren und wühlen rechthaberisch die Gegend samt ihren einst so mühsam angesiedelten und sorgfältig überwachten Lebewesen zugrunde. Und kein Blitz fährt vom Himmel, kein Abgrund verschlingt sie.

Wie war Finnland damals so wohl ums Herz beim Anblick der heimlichen Gebüsche und Pflanzenwinkel gewesen! Jetzt erst begreift er es und starrt auf die Traktor- und Baggerspuren, riesig wie auf seinen Baustellen. Ein Satz fällt ihm ein, den Hans Scheffer in einer ihm, Finnland, teuren Minute in diese Landschaft nuschelte: »›Er hat das Leben und den Menschen – dieses reitende Folterpferd der wunden Natur – zu lange getragen‹. Der alte Jean Paul, Finnland.«

»Sie vermonden die Erde, Scheffer! Es schreit zum Himmel!« schreit der Fotograf in die Gräue des Schlachtackers. Kein Hans Scheffer läßt sich blicken zu dessen Rettung und keine kleine Frau Wäns.

Halb so wild

An einem heißen Sommertag dachte Herbert Wind an einen eisigen Wintertag in den Bergen, als er einsam in einer strömenden Lichtflut gegangen war, der er sich nicht gewachsen fühlte, anders als beim abendlichen Blick vom Fenster auf die Berge im hellen Mondlicht, das ihre schwere Festigkeit aufhob. Vielleicht hatte er sich deshalb absichtlich an etwas Dunkles erinnert, nämlich an eine kleine, vom Leben gegerbte Bauersfrau aus diesem Ort, deren krummgebogene Arbeitsfinger wie die Furchen ihres Greisinnengesichts ängstlich zuckten, wenn sie von den überall anwesenden Geistern erzählte, von den winzigen abgeschnittenen Händen, die aus den Winkeln schwirren, um Gutes und Böses zu tun.

Beruhigt von so warmer Volkstümlichkeit, hatte Wind im Vorwärtsstapfen über das furchtsame Wesen geschmunzelt. Hinter sich hörte er, zunächst weit entfernt, die knirschenden Schritte eines zweiten Wanderers, die schnell und gleichmäßig näher kamen. Rechts von sich selbst sah Wind den schwarzen Schlagschatten des eigenen Körpers auf den angehäuften, gleißenden Schneewällen. Nun mußte der Fremde dem Geräusch nach dicht hinter ihm sein. In der schneidenden Menschenleere wurde etwas Aufdringliches, ein von außen zu dicht herangedrängtes Herzklopfen daraus. Schon erkannte Wind neben sich, wie der Schatten des anderen ihn, Herbert, überholend, sich mit dem seinigen überschnitt zu einer Doppelfigur. Da äugte er neugierig in der sonst bis zum Horizont unberührten Landschaft nach links, um einen Blick auf den Mann zu werfen.

Nur war da keiner.

Keiner ging seitlich, keiner vor, keiner hinter ihm. Niemand zeigte sich. Das Wesen mußte von ihm abgelassen und sich zu Winds nachwirkendem Erschrecken mit einem Riesensatz spurlos davongemacht haben. Wohin?

Eine knappe halbe Stunde später hörte er über sich den Rettungshubschrauber, der einen Moment lang wählerisch zu kreisen schien und dann entschlossen zu einer Gruppe herabstieß, die Wind zunächst für eine schiefe Arve im Schnee hielt. Wenig später erfuhr er von einem fremden Wanderer in vertraulichem Ton, daß es sich bei dem Opfer um einen Sechzehnjährigen handelte, der sich etwa dreißig Minuten vorher, aus der Eiswanne schießend, das Genick gebrochen hatte. Wind wußte aber nicht, ob es sich in Wahrheit um eine Übertreibung handelte. Vielleicht war es ja nur zu einer schweren Rückenverletzung gekommen? Das hätte er gern gewußt.

Ungebeten und übermütig erzählte ihm dagegen derselbe Informant dann ohne Übergang, die Pistenbuggys, die man nachts ringsum an ihren äußerst effektiven Scheinwerfern erkenne, manövrierten inzwischen aufgrund satellitengestützter Navigation. Der Fahrer könne sogar die jeweilige Dicke der von ihm gerade überfahrenen Schneedecke ablesen. Freilich sehe so ein »idyllischer Schneehang« auf dem Monitor des Raupenfahrers völlig anders aus. Mit der Alpintechnik gehe es in gewaltigen Schritten voran. Zwischen den Anbietern der Maschinen und Geräte gebe es eine Rabattschlacht, die sich gewaschen habe.

Könnte, indessen, dieser redselige Wanderer derjenige sein, der Wind vorhin verschmäht hatte?

Die Macht der Musik

Mein Gott, hat der Bursche eine steife Haltung, erst neunzehn, aber wie korsettiert, dachte Katja, als der Pianist zu seinem Flügel auf der kahlen Bühne ging. Dann saß er da, nach kurzer Zeit ganz zusammengekrümmt, versunken, verkrochen ins Instrument. Er suchte und fand darin Bach, Mozart, Beethoven, Schubert: Note um Note besetzte er den bisher ungekennzeichneten Raum, warf die Töne zur flüchtigen Seelenveredlung, feilend, bohrend mit vollen Händen den atemlos lauschenden Leuten hin.

Injizierend. Während die Zuhörer sich nicht rührten und es gar nicht zu bemerken schienen vor tiefem Erstaunen, wurde er selbst ihr Instrument, beauftragt, alles zu artikulieren an ihrer Statt, stellvertretend aus ihrer stummen, formlosen Kraft heraus. Da vergaß Katja vollständig – dabei saß der Grund doch leibhaftig neben ihr, niemand anders als, endlich erobert, Hans Keller, Komponist Keller mit seinen Aufführungen vor schütterem Publikum –, weshalb sie überhaupt und ursprünglich in das Konzert gegangen war.

Als hätte er diese Entwicklung geahnt, überreichte er noch am selben Abend der Zwiespältigen eine CD mit Schuberts Streichquartett d-moll »Der Tod und das Mädchen«.

Katja, die das Stück nicht kannte, nahm es persönlich.

Riffel-, auch Rillenfirn

Nur zur Kontrolle gefragt: Welcher Erosionserscheinung verdankt der Nevado Alpamayo, ermittelt als schönster Berg der Welt in der Cordillera Blanca von Peru, seine betörende Gestalt?

Die dreizehnte Wanderung

Mein Zittern vor langer Zeit bei uns im Tristanweg, ich habe es nicht vergessen, habe es, jetzt weiß ich's, damals unwissentlich geprobt für diese Stunden im Waldcafégarten, in dem wir, Hans und ich, bei einer Zigarette sitzen, dort, wo Anada ihn vor etwas mehr als einem Jahr extra kränkte durch ihre Aufmerksamkeit für den Mann, der auf seinem schwarzen Barockroß zwischen die Tische geritten war und ein Hörnchen Eis verlangte. Was für ein hochmütiges Bild!

Jetzt schwebe ich in einer Glücksschläfrigkeit, schweife frei hin und her in einem fest begrenzten Zeitraum. Er begann, kurz nachdem Hans vor gut zwei Wochen am Morgen in die Küche gerufen hatte: »Sabine! Luise! Heute ist der 27. September. Was fällt euch zu dem Datum ein?« Oder hat er »Luise! Sabine!« gerufen? In dieser Reihenfolge? Er wartete unsere Antwort nicht ab, obschon zumindest ich sie gewußt hätte. »Heute vor genau einem Jahr hat uns unser kaltschnäuziges Schätzchen verlassen.« Die Stimme? Munter, dummerweise etwas unecht krächzend.

Und genau heute, zu diesem denkwürdigen Jubiläum, könne sie uns verkünden, daß sie in einer Woche die verpatzte Hochzeitsreise nachholen werde, nur unwesentlich abgeändert! Nicht eine, sondern vierzehn Tage lang und nicht entweder nach Rom oder Wien, sondern sowohl als auch und außerdem allein: Es ist ein sehr trockenes Entgegnen von Sabine gewesen, nachdem sie der Stimme ihres Mannes eine Weile nachgehorcht und für die Attacke tief Luft geholt hatte. Daraufhin wurde es ein bißchen still bei uns.

»Du mußt das doch, ich weiß nicht recht, schon länger geplant haben?« gab Hans schließlich in kindlicher Verblüffung von sich.

»Richtig. Urlaub kriegt man in normalen Beschäftigungsverhältnissen nicht von heute auf morgen, meine beiden superkaltschnäuzigen Schätzchen«, lachte Sabine in ihrer neuen bösen Art und war weg zu ihrer Bank. In diesen Minuten fiel mir etwas an Hans schärfer auf als sonst. Sein Gesicht bewegt sich zwischen den vier Jahreszeiten und ihren Witterungen, wie die Landschaft hier draußen, manchmal schwankt es sehr schnell vom Frühling zum Winter oder springt vom Frühling zum Herbst.

Was wohl die beiden dann im Spuk und Zorn, so will ich es ganz geheim für mich ausspinnen (großartig, »Spuk und Zorn«), ausspinnen und spekulieren, im Teufelsspuk der anschließenden Nacht und in den nächsten Tagen dazu besprochen haben? Es ging mich nichts an. Ich war nur untätige Zuschauerin und achtete nicht, achtete wirklich kaum darauf, ob ihr Umgang miteinander vor der Abreise herzlicher oder kühler ausfiel.

Mich grub von diesem Moment an ganz anderes um. Die Entscheidung war gefallen und der Punkt gekommen, wo ich, wie ich die ganze Zeit nach dem Überfall geplant und ersehnt, mir aufgespart und geschworen hatte, mit niemandem sonst als mit Hans, und wegen meiner angeblichen Unsicherheit beim Ausschreiten zu Recht an seinem Arm, endlich, nach so langer Entbehrung, furchtlos und noch so eben rechtzeitig vor Rost und Entlaubung durch sein golden schwimmendes, blinkendes Herbstreich wandern würde! Ich habe doch immer für mich meine Wanderungen alle aneinandergereiht, als würde es nicht im Kreis, sondern Stück für Stück nach vorn gehen. Jede Stunde hätte ich am liebsten »endlich!« gerufen. Endlich würden die Pferde wieder für mich auf den riesigen Weiden stehen, ohne Bewegung in Trauer oder Glück. Aber was hatte ich da gedacht: »Teufelsspuk und Zorn der Nacht«? War ich, das gute Mütterchen Wäns, in meiner Freude verrückt geworden?

Auch unternahm Hans offenbar nichts, um seine streng entschlossene Frau, mein schroffes Bärchen Sabine, umzustimmen. Hatte sie gehofft, er würde es versuchen? Mein Gott, ob es von ihr womöglich eine Gemütsprobe und Gefühlsfalle war?

Ich zergrübelte mir nicht den Kopf über solche Kompliziertheiten, wieso auch, ich genoß nach Sabines Abreise die Vorfreude jede Minute und dehnte sie bedachtsam. Es gab sofort einen kleinen Zwischenfall. Die Katze führte sich zwei Tage lang ungewöhnlich schmeichlerisch auf, dann blieb sie eine Nacht lang weg und war den ganzen Tag apathisch, ohne zu fressen. Die anschließende Nacht verbrachte sie, nachdem sie gegen Abend sehr unruhig geworden war, wieder außerhalb und kehrte am Morgen abgezehrt, mit struppigem Fell zurück. Bei Anbruch der Dämmerung verschwand sie, wie leidend, als müßte sie eine qualvolle Verabredung einhalten. Am nächsten Tag wollte ich mit ihr zum Tierarzt gehen. Sie kam aber nicht mehr zurück. Mein sechster Sinn bewegte sich schwerfällig, als würde er unter Wasser taumeln. Dann stand sie abends neben meinem Fuß.

Warum sollte ich jetzt schleunigst nach draußen drängen, wo mir doch alles sicher war? Von meinem wochenlangen Lauern auf eine Chance wie diese ahnte Hans hoffentlich nichts. Wir lebten erst einmal zu zweit vor uns hin. Es gab ein leichtes, immerwährendes Summen zwischen uns in der Wohnung. Mein stärker pochendes Herz verriet mich nicht durch den Brustkorb hindurch.

Auch nicht, als Hans, der tagsüber oben an einem Vortrag arbeitete, mir beim Abendessen von einem Ehepaar erzählte, das mit seinen vier kleinen Kindern und mehreren Hunden in den

Wald des holländischen Grenzgebiets geflüchtet ist. Die armen Leute versteckten sich nun dort und hausten irgendwo in ihrer Not, im schattigen Grünen, in der Freiheit. Die Polizei hatte die Bevölkerung diesseits und jenseits der Grenze aufgerufen, den Aufenthalt der Familie, falls ein Wanderer sie sichten sollte, aus Verantwortung gegenüber den Kindern sogleich zu melden, da die Jugendämter den Eltern das Sorgerecht entzogen hätten. »Wir woll'n im grünen Wald ein freies Leben führen«, sang es in mir. Ein Weilchen preßte ich die Lippen zusammen, damit nichts nach außen drang.

»Werden sie jetzt gejagt?« fragte ich dann und hörte, wie meine Stimme aufgrund eines ungenauen Mitgefühls aufdringlich bebte. Da sagte Hans in großer Liebenswürdigkeit, und auf der Stelle versank alles Mitleiden am Schicksal bleicher oder rußiger Waldbewohner in mir: »Ich habe nicht deshalb davon gesprochen, damit Sie sich bekümmern, Frau Wäns.«

Wie vom Donner gerührt saß ich in der Enge unserer Küche: Hans war zum vertraulichen »Sie« unserer früheren Tage übergewechselt! Mit drei Wörtern hatte er allen Dunst aus dem Haus gefegt. Er hielt meinen Blick zu meinem Schrecken, zu meiner Freude kurz fest. Er sah das Gefühl, wie es in mir pulsierte, er sah es und sah ein wenig an mir vorbei, damit ich es leichter hätte, und lächelte etwas stärker, lächelte so, daß ich mit ihm lächeln mußte über mich, meine Schwäche und über diesen Augenblick. Ebensogut, sehr, sehr leicht hätte ich allerdings auch weinen können. Das spürte er wohl blind, denn war er nicht noch immer der alte Hans vom Hochmoor, mein königlicher Herr Hans, grauhaarig, gebeugt, müde und so schön, daß ich eigentlich nie den Blick wenden konnte und immer zu ihm hinstrebte?

Hier aber, im Kaffeegarten, tut sich was. Die Serviererinnen und Kellner beachten trotz des spätsommerlichen Hochbetriebs die Gäste nicht mehr so, wie es sich schickt, nicken ihnen nur zerstreut zu, wollen zur Zeit weder Bier noch Apfelkuchen verteilen. Zwei der Männer, die eben noch Eisbecher auf die Tische setzten, tragen nun an Stangen einen qualmenden Feuerofen (die Galeristin Steinert würde sagen: Wie die Bauern auf Breughels ländlicher Hochzeit die Pfannkuchen schleppen), stellen ihn an den Eingang und wiederholen das Ganze mit einem zweiten. Dann rollen sie einen roten Teppich aus, der bis zur Waldstraße reicht, und postieren rotumwundene Bäumchen rechts und links davon. Wird ein großer Herrscher erwartet? Für den Förster oder sogar den Oberbürgermeister wäre es ja wohl zuviel der Ehre und Kasperei. Auch scheinen mir die Kellner ein wenig zu kichern bei ihrem Treiben.

»Ich habe nicht deshalb davon gesprochen, damit Sie sich bekümmern, Frau Wäns.«

Unser geheimes »Sie«! In meiner Verlegenheit, so froh und ratlos war ich, begann ich schnell, als noch schuldige Antwort auf die drei Pariser Schwestern, am Küchentisch von meiner Großtante Isa zu berichten, schnell, schnell, ohne Pause. Weshalb ich es in Wirklichkeit tat, merkte ich erst im Lauf des Erzählens.

Ich wiederholte das Wichtigste über die Schwester, die 1890 geborene Anna Hornberg, Tochter des Geheimen Medizinalrats Prof. Dr. Oskar Fischer. Er wisse ja schon, sie sei das älteste von sechzehn Kindern gewesen, Tochter einer polnischen Gräfin, sechzehn Kinder wie bei der Kaiserin Maria-Theresia, keine Zwillinge, Drillinge oder gar, wie jetzt in Hannover, eineiige Vierlinge darunter, und – er erinnere sich bestimmt – als hochberühmte Altistin Glanz und Legende unserer Familie. Auch ihre herrlichen Kleider seien Objekte dieser Heiligenverehrung gewesen, jedenfalls treulich bis in meine Generation. Drei ihrer Brüder seien im 1. Weltkrieg gefallen, verhungert, erfroren, ein vierter sei als Deserteur erschossen worden. Hier konnte ich mir nicht verkneifen, mit bedeutungsvoller Stimme zu sagen:

»So haben Vaterland und Tod doch noch Vierlinge zustande gebracht.« Hans verzog keine Miene, was mich ein klein wenig enttäuschte, nein, in Wirklichkeit war ich beeindruckt. Er durchschaute ja bloß die kleine Eitelkeit und übersah sie lieber.

Vier Jahre nach der Geburt von Isa im Jahr 1904 habe sich die elegante Großtante Anna mit dem Chirurgen Hornberg verlobt und ihn noch im selben Jahr geheiratet.

»Stellen Sie sich vor, Herr Scheffer« (ich schob das nur ein, um einen Grund zu haben, ihn zu siezen), »stellen Sie sich bitte vor: Sogar auf den Kinderfotos erkennt man gut, daß Isa Fischer, im Unterschied zu allen anderen Geschwistern, schielte. Sie hatte einen Silberblick und soll damit genauso kokettiert haben wie Iris Steinert, die Libelle. Auf den alten Bildern übertreibt das ausgelassene Vögelchen sogar, und macht zusätzliche Faxen mit den Augen. Zwei ihrer Schwestern haben übrigens Selbstmord begangen, nein, nicht ganz, die eine überlebte so schwer verletzt, daß sie es nicht noch mal versuchen konnte. Eine andere ging als Vergewaltigungsopfer der Russen zugrunde. Keines der vielen Kinder, die teils unfreiwillig so unterschiedliche Wege beschritten, ein Gestöber verschiedenster Schicksale, Herr Scheffer, glauben Sie mir, keins starb, kein einziges, bevor es achtzehn war. Unser Mirko ist ja nur fünfzehn geworden.«

Hörte Hans meiner überhastet dargebotenen Familiengeschichte zu? Ja! Er hatte sich zurückgelehnt und sah freundlich an mir vorbei. »Und?« sagte er, als ich zur bescheidenen Überprüfung seiner Aufmerksamkeit schwieg. Das klang zunächst wie eine Aufforderung fortzufahren, aber im Nachhall eher als die halb drohend geflüsterte Frage: »Was führen Sie im Schilde, Frau Wäns?«

»Isa, obschon immer stolz auf die Tüchtigkeit ihrer Mutter, die im Gewimmel der Kinder souverän ihren gesellschaftlichen Verpflichtungen nachkam, war der Liebling des Vaters. Schon bei ihrer Geburt hatte er überall Pfefferkuchen verteilen lassen. Zu ihrem Unglück war er bereits tot, als sie mit ihren Berufsplänen rausrückte. Innenarchitektin mit der vorher obligatorischen Tischlerausbildung? Der Familienrat verweigerte die Zustimmung. Isa blieb nur das Ausreißen. Sie schlug sich durch als Dienstmädchen in einem Sanatorium und als landwirtschaftliche Gehilfin auf einem polnischen Gut. Es gibt eben, Herr Scheffer, solche Menschen. Sie müssen mit dem Kopf durch die Wand, auch wenn Kopf und Wand dabei splittern sollten. Sie können nicht anders.«

Mein Herr Hans auf der Küchenbank kniff mißtrauisch die Augen zusammen. Er witterte meine Absicht offenbar rascher, als ich selbst es tat, sagte aber nichts. Konnten wir beide nicht ein glückliches Paar sein, weil wir voneinander keine vollständige Erfüllung erhofften? Uns genügte das Erträumen, wir benötigten nur Anlaß und Ziel dafür, anders, als es sich bei der törichten, armen Sabine verhielt. Nein, das galt nur für mich, für den Mann in meiner Küche noch lange nicht. Tatsächlich für mich, hier, in der Nähe meines so malerisch gealterten Engels? Lieber eilig weiterreden:

»Wenn ich durch diese Landschaft gehe, ich tu's ja nicht mehr oft, habe ich zuverlässig und unerwünscht das Gefühl, ich würde irgendwo das Mädchen entdecken«, sagte Hans in meine Gedanken hinein.

Ich wußte das längst. »Unerwünscht«! Lieber schleunigst weiterreden. Ich würde sein Gefühl bei unserer Wanderung an seinem Arm ertragen müssen, würde es leicht ertragen, an seinem Arm.

»Schon bald darauf, Herr Scheffer, leistete Isa in Berlin im Auftrag der Gas- und Wasserwerke Aufklärung, Werbung und kleine Reparaturen als Kundendienst. Die Frauen sollten von Kohle auf Gas umgestimmt werden. Sie und ihre Gehilfinnen besuchten nach Anmeldung die Haushalte. Manchmal empfing sie dort ein nackter Mann. Keine Angst, Herr Scheffer, mit solchen Sachen wurde die Großtante spielend fertig. Daneben begann sie asiatische Kunst und Buddhismus zu studieren, arbeitete als Volontärin in einer Autowerkstatt, dekorierte die Schaufenster der Geschäftsstellen der Berliner Gaswerke, hielt Vorträge über die Vorteile von Gas und arrangierte Ausstellungen dazu. Sie ziehen die Brauen hoch, Herr Scheffer?«

Ich hatte ihm gegenüber noch nie eine so körperliche Bemerkung gewagt. Wie gut sie mir tat! Ich erschrak etwas, nicht unangenehm.

»Bedenken Sie bitte, ich berichte nur, was die Großtante selbst von sich erzählt hat. Bei ihrer Schwester Anna, der Sängerin, entwarf und hütete unsere Familie die Legende. Isa hat das für sich selbst besorgt. Es gab kleine Liebschaften selbstverständlich, aber auch Aufbau eines Kundendienstes in Zwickau und Wien, wo sie an einem Kochbuch mitwirkte. Zwischendurch war sie, 1929, meine ich, in Berlin beim Planen einer Ausstellung ostasiatischer Kunst im Kronprinzenpalais tätig.«

Es war in gewisser Weise schrecklich, wie ich es vor mich hin haspelte und spann und schnurrte, das alte Familiengarn. Ich konnte mich nicht bremsen, das Knäuel raste, durch nichts mehr zu stoppen, den Abhang runter.

»Die eigentliche Sensation jener Zeit kurz vor 1933 war für sie jedoch ihre komplizierte Ehe mit dem Direktor, ich glaube, einer Wiener Gasfirma, der sich ihretwegen von seiner Frau trennte, mit der er allerdings katholisch verheiratet blieb. Für die beiden Verliebten war offenbar nur eine standesamtliche Ehe möglich, aber, wie sie auch im Alter noch immer stolz sagte, Flitterwochen im Hotel Danieli in Venedig und Zugfahrt dorthin 1. Klasse! Und nun, Herr Scheffer, fängt der Roman eigentlich erst an, nämlich mit der Schiffsreise von Genua nach Shanghai, wo der Ehemann beruflich zu tun hatte.«

Hörte er mir noch zu, während er die Ellenbogen auf den Tisch stemmte und die Fäuste das Gesicht von unten kindlich stauchten? Durfte ich weiterhin unser Familiengeraune in seinen Kopf eindringen lassen und ihn in unserer Vergangenheit verwurzeln, so daß er nicht mehr daraus flüchten konnte?

»Die junge Frau, sie war noch keine dreißig, führte in Shanghai das Luxusleben der wohlhabenden Ausländer, eine, wie sie selbst sagte, ›Drohnenexistenz‹, ein Leben ›wie die Made im Speck‹ – ich ekelte mich immer, wenn sie das sagte, Herr Scheffer, weil ich die Tante nur sehr dick kannte und es wörtlich nahm. Ich kannte sie nicht als mondäne Frau, die sie damals den Fotos nach gewesen sein muß – mit einer Schar von Dienern, ein Dasein zwischen Reiten, Skifahren in Japan und verschwenderischen Partys, dem sie durch das Studium von chinesischer Kalligraphie und Sinologie an einem College etwas entgegenzusetzen versuchte.«

»Machte sich um diese Zeit nicht ein gewisser Mao auf den Langen Marsch?« fragte Hans friedlich dazwischen.

»Ich glaube 1934, ein Marsch, auf dem die allermeisten starben. Isas Ehe verlor sich irgendwie durch die politischen Vorgänge in Nazideutschland und Österreich. Das katholische Kirchenrecht, Herr Scheffer, die vielen Reisen des Mannes und dessen jüdische Mutter, Herr Scheffer, sollen dabei eine Rolle gespielt haben. Er verschwand allmählich aus ihren Erzählungen, dafür tauchte manchmal, je nach Stimmung, die angebliche Unglücksehe mit einem Schweden auf. Von Zeit zu Zeit fuhr sie über Sibirien nach Berlin. Die Fahrt dauerte elf Tage. Das weiß ich noch und daß sie ihre Berliner Wohnung die ganze Zeit behalten hat. Dabei wurde sie von Monat zu Monat, von Woche zu Woche unabhängiger. Herr Scheffer, denken Sie nur, sie begann damit, einen Kunsthandel aufzubauen, richtete chinesische Wohnungen für Ausländer ein, setzte sich mit Schiebereien, Finten der Polizei, mit Papierkrieg und gaunerischen Gesetzen auseinander, zog mit ihrer Firma vom ›verruchten‹ Shanghai ins ›bezaubernde‹ altchinesische Peking, finanzierte aus eigener Kraft eine große Bungalow-Gartenanlage für ihre privaten und geschäftlichen Bedürfnisse, einen sogenannten ›Hong‹ mit Hauspersonal, Koch, Chauffeur, besaß überall Freunde, Kontakte, Beziehungen.«

»Warum aber, liebste Frau Wäns, so viel über Großmütter und Großtanten, warum sagen Sie keinen Ton über Ihre Eltern, zumindest über Ihre Frau Mutter? Taugte die nichts?« unterbrach mich da Hans aus heiterem Himmel. Ich stutzte, was ihn zu amüsieren schien. Er schmunzelte nach seiner direkten Frage taktvoll bei niedergeschlagenen Augen. Dieser Mann sieht mir ja fast alles an, wenn er Lust dazu hat.

Ich wußte keine Antwort, sagte nichts, preßte mich als Winzigkeit gegen die Rückwand und zog die Schultern hoch. Vielleicht war das aber kein Zufall, vielleicht war das nicht ganz so unschuldig und hilflos, wie es auf Hans wirkte. Ich spürte nämlich, was ich erhofft hatte, daß er meine ein wenig schmächtig geratenen Schultern, wie es mir bei besonders kräftigen Männern öfter passiert ist, gerührt anstarrte. »Zu nah«, antwortete ich schließlich, »bei meinem Enkel geht es wieder.«

»Das Schwärmen? Gut, also vergolden Sie weiter!«

Das mußte ausgerechnet mein Herr Scheffer sagen! Aber ich riskierte natürlich keinen Hinweis auf ihn selbst.

»Ungekrönte Königin Shanghais war damals eine Frau aus sehr begüterter ausländischer Diplomatenfamilie: Bébé. Ohne mit der Wimper zu zucken, verlor sie beim Glücksspiel enorme Mengen Geld und ließ für ihre Feste im Privatflugzeug Früchte und Blumen aus Honolulu holen.«

Hier drohte Hans mit dem Finger: »Nicht schon wieder abschweifen, liebe Frau Wäns!«

Es war mir ganz recht, daß er mich dadurch aus dem Konzept brachte, denn ich habe die nächste Etappe in Isas Leben nie richtig begriffen. Eventuell hat sie auch extra für Sprünge und einige Dunkelheit gesorgt.

»Ab 1940 wirkten sich die Frontverläufe des Zweiten Weltkriegs auf ihr Leben in Asien aus. Von 1941 an lebte sie bis 45 in

Berlin, hielt auch Vorträge für die Wehrbetreuung. Sie wird den Soldaten mächtig den Kopf verdreht haben. Zu dieser Zeit war sie, nach den Fotos, wirklich eine blendende Erscheinung, Herr Scheffer. Glamourös wie eine Filmschauspielerin, trotz eines lebenslangen Fußleidens. Über die ersten Nachkriegsjahre hat sie nie gesprochen. Erst recht nicht über die Ermordung der Juden. Ich erinnere mich nur an den Satz: ›Hitler, Göring, Goebbels, Mussolini: Wie konnte man auf solche Visagen und Hintern reinfallen!‹ Als sie 1948 nach China zurückkehrte, war Mao Tsetung in Peking einmarschiert. Vorher hat sie sich ein einziges Mal mit den Schwestern, Anna Hornberg und Elli Cuntz, die ein Jahr jünger war als die von der Musikwelt inzwischen vergessene, verwitwete Sängerin, in Essen getroffen. Herr Scheffer, habe ich eigentlich erzählt, wie Anna in Paris zwischen den Kriegen eine famose Kollegin, die gefeierte Opernsängerin Vera aus der russischen Kousmichoff-Tee-Dynastie kennenlernte? Schade, eine Geschichte für sich. Elli hatte in Essen in ein großes Hotel mit gläsern überdachtem Innenhof, hauseigenem Friseursalon und schönen Festsälen eingeheiratet und 1923, frisch vermählt, die Ruhrbesetzung durch die Franzosen mit völliger Beschlagnahmung des Hauses erlebt. Im Zweiten Weltkrieg zerstörten die schweren Luftangriffe zum großen Teil das florierende Haus. Der Rest diente der Feuerwehr als Unterkunft und wurde bald von der Wehrmacht kassiert. Ein Jahr nach Kriegsende konnte der Hotelbetrieb notdürftig wieder aufgenommen werden. Elli …«

»Bleiben Sie um Gottes willen bei Isa, Frau Wäns. Jetzt nicht auch noch eine Tante Elli Hinz oder Großtante Kunz als Nebengleis!« rief Hans wie händeringend.

Ich war ja selbst verblüfft, wieviel mir, einmal in Fahrt gekommen, wenn auch lückenhaft, zu den Größen unserer Familie einfiel.

»In Shanghai aber, stellte Isa fest, lebte man noch sorglos dank Chang Kai-shek, der den Sieg über die Rote Armee versprach. Die

»Queen von Shanghai« triumphierte weiterhin. Sie verdiente viel Geld durch raffinierte Immobilientricks. Meine Großtante, das hätte Ihnen sicher gefallen, Herr Scheffer, streute immer, wenn sie erzählte, Witze zwischen die ernsteren Sachen. Jetzt waren es vor allem Lächerlichkeiten, aber auch Plündereien des Militärs bei der Verteidigung der Stadt, die uns später, wenn sie sich als alte Frau erinnerte, zum Kichern und Staunen brachten. Unsere Heldin Isa konnte das alles letzten Endes nicht unterkriegen, nicht die Angst vor Maos Truppen, nicht die nächtlichen Überfälle, nicht einmal das Währungschaos. Darauf war für uns Zuhörer Verlaß. Selbst als Chang Kai-shek vor dem Einzug der roten Truppen nach Formosa geflohen war, versuchte »Queen« Bébé mit ihren Freunden noch weitere Immobiliengeschäfte zu arrangieren.«

»Frau Wäns!« rief Hans, »Lassen Sie Ihre Bébé! Eine einzige Femme fatale reicht und wirkt allein überzeugender!«

Es fiel mir schwer, mich zu zügeln. »Auch Isa mußte nun erfahren, daß eine andere Epoche begonnen hatte. Für die Weiterreise nach Peking, zwei Nächte und drei Tage lang, wurden, immer wieder verzögert, die erforderlichen Papiere verweigert. Es gelang ihr erst nach über 150 Behördengängen in Shanghai, ins kommunistische, bereits im Wiederaufbau begriffene Peking zurückzukehren. Sie durfte dort aber nicht bleiben und wäre, mit einem echten Nervenzusammenbruch und nach der befohlenen Rückkehr, in Shanghai um ein Haar wegen Unpünktlichkeit ins Gefängnis gesteckt worden. Stellen Sie sich das vor, Herr Scheffer. Sie konnte sich nur retten, indem sie, ganz devot, eine schriftliche Entschuldigung für die Schlamperei der Pekinger Visabehörde mit ihrer Unterschrift verfaßte!«

»Hm, unserem Eskimomädchen wird man solche Probleme dahinten bei den Schlitzaugen ja wohl nicht gemacht haben.«

Er sprach das jetzt also ohne Umschweife an! Die Katze war halb aus dem Sack.

Ich tat, als merkte ich es nicht besonders. »Durch die Blockade saßen Tausende Flüchtlinge in Shanghai fest, ohne Perspektive. Die Ausländer um Königin Bébé aber feierten nach wie vor unbeeindruckt die gewohnten Feste. Gleichzeitig nahmen die Kommunisten ihre radikale Volksbildungsarbeit auf, und trotz des Embargos schritten, laut Isa, Außenhandel und Aufbau gut voran. Doch, Isa Fischer, die immer bei ihrem Familiennamen geblieben ist, redete sehr widersprüchlich darüber, ich täusche mich nicht, Herr Scheffer. Sie hatte eben unterschiedliche Erzählstimmungen, auf die kam es an. Dann begann die furchtbare Zeit der erzwungenen öffentlichen Selbstbezichtigungen nach der Parole ›Jagt den Tiger‹, die in der ganzen Welt mit diesen Jahren verbunden werden. Isa hat die Massensündenbekenntnisse, die wie unter Hypnose abliefen, aus nächster Nähe miterlebt, auch die auf Bürofensterscheiben geklebten Beichtregister ganzer Unternehmen und ihrer Angestellten. Und doch, was widerfuhr unserer nicht zu bezwingenden Kämpferin? Sie wurde mit der Leitung einer Gaslehrküche der Shanghaier Gaswerke betraut, die damals noch einer Britischen Gesellschaft gehörten. Dort sollte sie hundert chinesische Gasberaterinnen ausbilden.«

Hier lachte Hans geradezu herzlich: »Die stelle mich mir gerade vor. Hundert kleine verführerische Gasberaterinnen mit Spaltaugen!«

»Vorsicht! Hundert kleine, entschlossene Kommunistinnen, Herr Scheffer. Isa entwarf einen Volksgaskocher. Nicht für die verschuldeten Villenviertel, denen man das Gas sperrte, sondern für die Arbeiterviertel Shanghais. Dann wurde das Werk jedoch als ›volkseigenes‹ von den Chinesen übernommen. Wegen der hohen Besteuerung verloren die Ausländer ihre Häuser, so auch die ›Queen‹. Isa machte in deren letztem Haus eine ›Deutsche Weihnachtsbäckerei‹ auf, sorgte so einen Winter über mit Lebkuchen für den Lebensunterhalt ...«

»Kunst der Motive! Eine Biographie zwischen Pfeffernüssen

und Gaskocher«, murmelte Hans für sich, vor sich hin. Ich hörte es sehr wohl.

»... und arbeitete dann erfolgreich in einer Firma, wo sie Musterkollektionen chinesischer Stickerei für den Export in alle Welt entwarf. Diese Satanstante! Mitte der Fünfziger wurde sie auch dort wegen Umorganisation des halbstaatlichen Unternehmens höflich entlassen. Über die viele Jahre so leichtsinnige ›Queen Bébé‹, nur einen Augenblick, Herr Scheffer, wegen des Schicksals, Herr Scheffer, brach nun das schwärzeste Unheil herein. Entzug ihres Besitzes als volkseigen und eine Krebserkrankung. Die vorzüglichen Staatskrankenhäuser lehnten eine Behandlung ab, da Bébé nicht für die chinesische Regierung arbeitete. Ihr verbliebenes Geld setzte sie daran, trotz Steuerschulden ausreisen zu dürfen, und wurde doch im letzten Moment vom Schiff geholt, weil ehemalige Freunde, die jetzt ihre Gläubiger waren, das Ausreisevisum hatten sperren lassen. Sie soll jämmerlich und völlig verarmt zu Weihnachten 1954 am Ort ihrer sicherlich schmarotzerhaften Triumphe zugrunde gegangen sein. Über ihre eigenen Monate im Internierungslager, in das man schließlich alle Ausländer zur Umerziehung steckte, hat die Großtante wenig berichtet. Sie überstand diese Demütigung bis auf einige dauernde gesundheitliche Schädigungen, die ihren späteren gewaltigen Leibesumfang zur Folge hatten, und spann ihre Fäden so genial, daß am Ende ein kleiner Kunsthandel für ihre dann folgenden Jahre in Deutschland dabei herauskam, wo sie hart arbeitete, arrangierte und residierte als schielender, wachsamer Buddha. So habe ich sie erlebt, bis zum Schluß mit dem Hang zum Großartigen und Riskanten. Sie hätte viele Leben führen können, Herr Scheffer, und doch kein prinzipiell anderes. Ihre große Leidenschaft ist die Ferne geblieben, das freie Leben. Keine andere Liebe hätte dagegen auf Dauer ankommen können. So immerhin stellte sie es für uns beschaulichere Nachkommen dar. So hat es sich uns eingeprägt.«

»›Und damit sehen Sie, Herr Scheffer, daß es Menschen gibt‹«, sagte Hans und ahmte gutmütig meine Stimme nach, »›die Nomaden und Abenteurer von Geblüt sind. Sie wechseln ihre Natur nicht, für niemanden‹. Haben Sie mir das alles zum Trost erzählt? Wegen der bösen Kleinen?«

Ich tat, als würde ich ertappt in mich zusammensinken: »Damit Sie sich nicht so bekümmern, Herr Scheffer.«

Und da, zu meinem kleinen und großen Glück am Küchentisch, entdeckte ich sie wieder, die eingekerbten Mundwinkel, die ich so früh hier im Tristanweg in mein Herz geschlossen hatte, während seine Augen grimmig starren wollten.

Wohin aber starren sie jetzt, hier, im Waldcafé? Dorthin, wo Anada vor einem Jahr gesessen hat! Immerzu geht sein Blick zu dem gewissen, jetzt unbesetzten Plastiksessel.

Hans damals in der Küche: »Was sich die Frauen so zusammenflunkern, auch Sie, Frau Wäns!«

Ob er »Frau Wäns« genausogern sagt, wie ich »Herr Scheffer« sage, wenigstens ein bißchen genausogern?

Die beiden Kellner an ihren Feueröfen bemühen sich mit neuem Eifer, die Flammen auflodern zu lassen, denn bisher ist mehr ein rußiges Schwelen aus den Töpfen gekommen, das den langmütigen Gästen, die offenbar alle Humor besitzen, über die Köpfe zieht. Das Personal muß ein entscheidendes Signal erhalten haben. Zwei Fotografen, die dauernd auf die Uhr sehen, postieren sich erwartungsvoll. Da trifft, wenn auch nicht eine Kutsche mit acht Schimmeln, so doch ein sogenannter Riesenschlitten ein, wie man ihn des Witzes halber für Festivitäten mieten kann, und fährt auf dem asphaltierten Weg aus dem Waldesdunkel vor. Sogleich reißen die beiden Feuerofenmänner die Türen auf, springen zurück und beginnen einheizerisch zu klatschen, so daß alle Gäste, auch Hans, der Tränen lacht, und ich, zu applaudieren anfangen, einfach ins Blaue hinein begeistert. Es ist ein Blankojauchzen, das von uns prompt spendiert wird. Die Kellner stoßen sogar Töne wie bei den Slalomläufen im Winter aus, im Fernsehen. Freundlich jubelnd und johlend essen die Familien an den Tischen ihre Kuchenstücke, auch Fritten mit Würsten, weiter.

Die Braut aber, zunächst in eine weiße Wolke gehüllt, entsteigt der Karosse gemessen Bein für Bein. Sie muß das insgesamt sechsmal machen, wegen des sicher mitgeorderten »Blitzlichtgewitters«, verliert aber nicht die Geduld, während die Kellner ihre Aufgabe erfüllt haben und ruckzuck mit normalem Gesichtsausdruck eilig zum etwas vernachlässigten allgemeinen Bedienen übergegangen sind. Als sich die Hochzeitsgäste für den Marsch über den roten Teppich formieren, verfolgt mein König Hans vom Hochmoor jeden Schritt mit großer Zärtlichkeit im Blick, sagt aber: »Eigentlich taktlos, mir ausgerechnet an dieser Stelle mit einer Hochzeit zu kommen!«

Da schreiten sie, die Braut, mager und blond, mit nüchternem Blick an der Seite des Bräutigams, der ein wenig taumelt im engen, vielleicht vom schlankeren Freund geliehenen Anzug. Schöner ist das Gefolge. Keine vermögenden Leute wohl, dafür über und über glitzernd. Sind sie nicht beim gleißenden Gang zwischen dem Spalier der Tische und Esser Teilnehmer und Teilhaber einer Fürstenhochzeit, koste es, was es wolle, und neigen sich, umhüpft von den familiären Fotografen, nach rechts und links, um das Volk zu grüßen mit schüchterner Huld und beinahe, wenn auch sacht verlegen, mit ein wenig Herablassung? Dabei schleppen sie, humpelnde Eltern, lahmende Tanten, grelle Nichten, Hochzeitskollegen sie alle, einzeln und zu Paaren, funkelnd eingewickelte Gegenstände, es könnten auch Stehlampen dabei sein. Sogar eine große Torte mit Kerzen zum Eigenverzehr wird mitgebracht und ein gewaltiger barocker Bilderrahmen ohne Bild. Bescheidenere Geschenke bleiben in Einkaufstüten von Ikea und Aldi vor unseren Augen verborgen. Am besten gefallen uns zwei als Braut und Bräutigam kostümierte Kleinkinder, mächtig aufgebläht gegen die Welt, als wüßten diese Kobolde bereits, daß sie, die Welt, uns andernfalls eindrückt ohne Pardon. Kein Zweifel macht ihre Schritte unsicher. Es folgt eine Greisin, die kranken Hüften von einer offenbar im letzten Moment gegriffenen, gardinenartigen Tüllschärpe umschlungen. Sie wandert allein hinter ihrem Rollator. Ihr königliches Verneigen zu uns, den im bequemen Sitzen Staunenden am Wegesrand, ist für Hans so bestrickend, daß er ihr eine Kußhand zuwirft. Sie winkt uns, dem Volk, mit einem Zipfel der Schärpe und viel Grandezza, ganz bewegt.

Jetzt dämmert mir aber, warum er kein Auge wendet von dem Zug, auch nicht, als sie alle, zum »Empfang« mit Cocktails nach Art des Hauses versorgt, auf das Essen warten. Unsere Serviererin hat uns augenzwinkernd eine Art »Getränkekarte« beschafft.

Wildsaublut – rot
Räuberschweiß – grün
Eberseim – gelb
Blauer Strolch

»Im Grunde«, kommentiert Hans ungerührt den klobigen Humor der Liste, »waren wir mit unseren Umbenennungen der Wege für Anada nicht weniger idiotisch.«

»Blauer Strolch« ist Sieger. Ein Pärchen führt dem Hauptpaar vor, was heiße Liebe bedeutet. Ein ungefüger, grimassierender Onkel knipst die ganze Mannschaft nacheinander, vom extra dafür mitgebrachten goldenen Rahmen gefaßt. Jeder Gedanke gilt schon jetzt der Erinnerung. Während die Gesellschaft sich alle Mühe gibt, dieses eine Mal Prominenz oder Land- bis Hochadel zu sein, macht Hans, ungetäuscht von ihrer Tarnung, in Abendkleider und schwarze Anzüge gekleidete Wurzelwesen aus, seinem Reich der Moore und Moose entstiegen, der Heide als Figurenschwaden entwichen, den Froschteichen und rötlichen Grashorsten in allerlei Verrenkungen entsprungen. Sind die biederen Gäste denn nicht in Wahrheit Waldgespensterchen, modrige und aufgeputzte ältliche Elfen, borstige Sumpfgrafen, krautige, auch flimmernde Nymphen, bengalische Gnome und Trolle in ihrer Rindenhaut, insgeheim erboste Zwerge, die der Verwandtschaft notgedrungen drei, vier Juwelen zur Festfinanzierung aus den unterirdischen Lagern rausrücken, geflügelte, geschminkte Zwischenreichgeister mit verräterischen Nasen und verdächtigen Ohrverästelungen, schelmisch verwachsen und uns Sterblichen nur für eine einzige Stunde erschienen in nachgeahmter, karikierender Menschengestalt? Selbst ihr Trick mit den ungetümen Plastiktüten vom Discounter verfängt nicht bei ihm, nicht bei Hans, dem angestammten König des kleinen Hochmoors. Nicht einmal durch den nun bei ihnen einsetzenden Drang in Richtung des Pappschilds neben der provisorischen »Bar« läßt er sich hintergehen. Die Kellner haben für diesen Anlaß mit riesigen Buchstaben, vielleicht wegen der kurzsichtigen Älteren, »WC« darauf geschrieben.

Er hat sich nun so gesetzt, daß er neben mir ihr Treiben an den Stehtischen weiterhin verfolgen kann. Ach, ich sacke allmählich zu ihm hinüber, an seine Schulter, fast ohne Absicht. Denn gehorche ich nicht seiner wärmenden Schwerkraft und dem leisen Summen zwischen uns? Ganz still für mich versuche ich, in seinem Rhythmus zu atmen. Er stutzt, ändert aber seine Haltung nicht. Am liebsten würde ich zum vollen Genuß für ein, zwei Handvoll Sekunden die Augen schließen. Das sähe allerdings, ich weiß und fürchte es, allzu selig aus. Währenddessen sinkt die Sonne geräuschlos, deshalb spüren wir es kaum.

Ist es denn nicht bis gestern, bis zu Sabines Anruf, in unserer Küche ähnlich gewesen? Auch das Summen und, an den träumerischen Tagen ohne mein barsches Bärchen, das Geräusch ferner Zugvogelschreie am Rand meiner Versunkenheit. Endlich konnte ich Hans in Ruhe ansehen, wie ich von Anfang an wollte. Natürlich wünschten wir, guter Ehemann, gute Mutter, daß Sabine mit dem Ablauf ihrer Urlaubstage heimkommen sollte in den Tristanweg, und gerade diese Frist, dieser uns noch bleibende Rest Unendlichkeit, vielleicht auch der dann drohende Ansturm von Sabines Finsternis machte unser stilles Leben jetzt so süß. Die Wonne staute sich vor ihrer fernen Rückkehr. Wir glaubten, für meinen Wiedereröffnungsgang ins Naturschutzgebiet noch viel Zeit zu haben.

An einem dieser Abende fuhr Hans mit einer sanften Beschwerde dazwischen: »Man muß eine verdammt lange Strecke hinter sich bringen, bis das Jenseits kommt mit der Ewigkeit und allem. Hier unten geht es nur Schritt vor Schritt. Das ermüdet auf die Dauer. Und man lebt dann auch gar nicht mehr recht.« Er machte mich etwas bange damit, lachte dann allerdings freundlich, und ausgerechnet daraufhin, nach diesen Sätzen, hat er mich noch einmal auf den Mund geküßt. Aber leider wohl mehr zum Spaß oder als Entschuldigung. Still, Frau Wäns!

Und was sagte er ohne Übergang danach? »Die Impertinenz ihrer Füße! Sie haben es doch auch gesehen. Schamlos nackt, schmal, weiß. Diese selbstverständliche Aufforderung, sie zu küssen wie ein Gesicht!«

Er war gestern von seinem Schreibtisch heruntergekommen und erzählte mir bei einem Zigarillo, er sei, als er mit zehn Jahren zum ersten Mal die giftigen Früchte des Pfaffenhütchens gesehen habe, im Beisein seines verdutzten Vaters in schallendes Gelächter ausgebrochen. Wenn er es sich recht überlege, könne ihm das heute noch immer passieren. Pfaffenhütchen! Der Name, die Form, und dann so giftig! Von Sabine lag eine Karte aus Rom auf dem Tisch. Sie schrieb, es seien die Blickachsen, die von allen beliebigen Punkten aus diese Stadt einzigartig machten. Immer werde der Blick vom staubigen Straßenpflaster hoch zu einem imposanten Bauwerk geführt. Mehr stand nicht auf der Karte.

Es steckte etwas Maßloses in ihren Zeilen und klang wie ein unbeweisbarer Vorwurf an uns.

»Blickachsen, ein altes Prinzip der Landschaftsarchitektur. Ein bißchen hatte ich mich ja auch darum bemüht, draußen, damals, bei mir«, sagte Hans leise, immer leiser werdend in dem Moment, als ihr Anruf kam. Er sprang auf. Ich hörte, wie er am Apparat im Flur erstaunt »Sabine!« rief, halb zu ihr und halb zu mir. Dann folgten aus der Diele nur beschwichtigende Brummlaute.

»Aus Wien inzwischen. Sie kommt schon morgen abend zurück«, berichtete er gleich von der Tür aus in die Küche rein, als wäre nun höchste Eile für irgend etwas geboten, zog auch wie ertappt die Schultern hoch, wodurch der liebe Kopf noch größer und kindlicher wurde. »Schöne Grüße. Sie ist nach einem, wie es scheint, gelungenen Abend mit getrüffeltem Käse und diesem berühmten österreichischen Weißwein, den sie alle dort trinken, weil er ein ›Pfefferl‹ habe, sagt sie, am nächsten Morgen vor den rasenden Radfahrern aus der Stadt nach Nußdorf geflohen, hat dort den ganzen Nachmittag an der Donau im Grünen auf einer Bank gesessen und offenbar in einer Art Verzauberung nur auf das schnell und hoch an der Uferkante vorüberfließende Wasser gesehen. Es sei herrlich gewesen, bis sie, viel zu spät, gemerkt habe, daß es ein schreckliches Fluten aus den Hügeln heraus gewesen sei. Die Wellen hätten ihr beinahe, Stunde um Stunde, das ganze Leben und ›die Seele aus dem Leibe gespült‹, sagt sie. Da sei sie in Panik geraten, sei noch eben rechtzeitig vor dem ›Selbstmörderfluß‹, wieder Sabine, ausgerissen und habe im Hotel schleunigst die Koffer gepackt.«

»Wie gefährlich das klingt!« entfuhr mir im ersten Schrecken darüber, daß nun so bald alles zu Ende sein würde. Hans jedoch meinte leise, zu sich oder zu mir: »Nur ruhig Blut.«

Ich fragte mich auch, und sagte kein Sterbenswörtchen davon, ob sich Sabine gar nicht nach uns sehnte, sondern in Wahrheit nach dem Schutz ihrer Bank.

Die Entscheidung war gefallen. Ich mußte, allerhöchste Zeit, am letzten Tag, heute, allein mit meinem Herrn Hans, anders ginge es nicht, niemals, das war die Bedingung, allein an seinem Arm, an dem ich mich schwächer stellen wollte, als ich bin, in sein ehemaliges Reich. Vielleicht würde die Freude durch den nahe gerückten Abbruch nicht gestoppt, sondern erst recht noch einmal üppig gestaucht? Und ebenso vielleicht: Warum sollte die rundliche Wiederkindlichkeit in mir nicht gegen alle zersplitternde Bosheit anwachsen und gedeihen bis zur Alleinherrschaft? Am Arm des mächtigen Hans vom Hochmoor würde es am ehesten gelingen. Uns erwarteten in diesen warmen, wolkenlosen Tagen Anfang Oktober bestimmt die ersten herbstlichen Vergoldungen, am Mittag eine Hitze wie im Hochsommer mit großen Libellen über den Teichen. Mein schönes Zittern würde in die Landschaft übergehen und das Zittern des Birkenlaubs in mich.

Es kam anders. Er schien sich, als wir heute in das Naturschutzgebiet einbogen, gar nicht zu wundern, wie sicher ich trotz meiner gespielten Gebrechlichkeit neben ihm wanderte. Ziemlich bald mußte ich ja auch, ich, Luise Wäns, dann seine Stütze sein. Das hatte ich nicht für möglich gehalten: Angesichts der veränderten Landschaft zeigte sich sehr schnell und schrecklich das Umgedrehte. In Wahrheit war Hans derjenige, der sich nur an einem ihn haltenden Arm hierher traute.

Ich stand einer Verwüstung gegenüber, so bestialisch, so ungeheuerlich, daß ich nichts zu sagen wagte. Die Wegränder waren verschwunden, manchmal lagen noch Wurzelverknotungen als Abfall an den Seiten, überall hatte man Gräben frisch aushoben, kein Dickicht, keine Gebüsche, kein Kraut und Unkraut hatte überleben dürfen. Wir sahen einen riesigen, ohne Ordnung umgeworfenen Acker, eine eingetrocknete Schlammwüste, keine Formen, keine Lieblichkeit mehr, dafür die tiefen Reifenspuren gigantischer Fahrzeuge bei den Flächenrodungen. Seine Pläne, seine Arbeit, alles war niedergewalzt und industriell ausgelöscht.

Der endgültig entmachtete König Hans blieb stumm. Ich blieb es auch. Was sollte man sprechen, wenn man nicht fragen wollte. Was ist aus den Pflanzen und Freuden, den Wildnissen und kleinen Idyllen geworden? Sind die Schutzzonen für die Tiere, ihre sorgfältige Beobachtung und aufwendige Bewahrung nur Theater und nun verworfenes Experiment gewesen? Handelt es sich um eine große Degradierung, Rache oder um amtliche Verwahrlosung, weil der Stadt mit ihren anderen Ambitionen die Betreuung zu kostspielig wurde?

»Herr Hans«, sagte ich nach schweigendem Drauflosmarschieren und konnte die Tränen nicht länger zurückhalten, »geht die Welt unter?«

»Das will ich doch hoffen.«

Nichts wäre falscher gewesen, als ein Gespräch führen zu wollen.

»Holterhoff ist kein Dummkopf, Frau Wäns, das dürfen Sie nicht denken«, flüstert Hans plötzlich. »Er war Vermessungsingenieur. Der weiß gut Bescheid über Bodenspekulation und das Treiben in den überall entstehenden Industriegebieten, wo ein Baumarkt nach dem anderen bankrott geht. Auch dem ehemals blühenden Unternehmen Bruno und Magdalena Zock reicht angeblich das Wasser bis zum Hals. Man zieht aber keinerlei Lehren daraus, erschließt wie besessen und baut drauflos, als wäre nichts. Die Investoren wandern weiter. Holterhoff kennt die Tricksereien der Behörden und die Verleugnungen Zuständiger in dieser Stadt viel besser als ich. Finnland ist dagegen ein Dilettant. Früher mal hat Holterhoff einen Kampf riskiert und gewonnen. Es war ein Krieg gegen den rechtzeitig von ihm entdeckten Plan einer absurden Straßenüberbauung, offiziell bekanntgegeben, tatsächlich aber vor den Bewohnern verschleiert, bei der nichts als viel Geld rausspringen sollte, hier in der Nähe, im Nordwesten, ein Krieg gegen die Leute, die von ihrer Stadt, wenn sie unter ihresgleichen sind, nur als ›das Produkt‹

reden. Holterhoff kostete es eine Ehe und so viel Nervenkraft, daß er in seinem grünen Anzug ein Quentchen kindisch darüber geworden ist, vielleicht auch überm neuen Verliebtsein, wer weiß das schon zu trennen. Man muß da scharf aufpassen auf sich.«

Das Wetter schlägt um, auch hier im Waldcafé. Es herrscht noch keine Dämmerung. Nur das Nachmittagslicht ist allmählich erstickt und ausgegangen in einer dunstigen Gräue, die sich herangeschlichen hat, ohne daß irgend jemand was bemerkte. Jetzt aber, nach Entweichen des schmeichelnden Herbstscheins, zeigen wir alle Wirkung, am deutlichsten und hilflosesten die Hochzeitsgesellschaft. Die Leute frösteln, zahlen und gehen, die Festgäste müssen bleiben. Das fahlere Licht nimmt ihnen den Glimmer von den Kleidern und das Glühen von den Gesichtern. Es macht einer ratlosen Langeweile an den Stehtischen Platz. Was für ein verlegenes Vom-einen-Fuß-auf-den-anderen-Treten an ihrem hohen Festtag! Noch mal den Hochzeitsmarsch vom Band laufen lassen? Ein zündender, herzlicher Lach- und Krachmensch, wie wir ihn damals im Schlachter Hehe besaßen, steht ihnen nicht zur Verfügung. Wenn nur das Essen käme! Die Kellner verbergen ihre ländliche Derbheit nicht länger. Sie lassen mit der Geziertheit auch alle Höflichkeit fahren, geben sich nicht die geringste Mühe mehr – wie sie es vorhin als Flammenofenmänner taten –, die Stimmung zu befeuern und vom Alltäglichen ins Fürstliche zu steigern. Mit grober, überdrüssiger Routine hauen sie der Verwandtschaft, die zum Bier übergewechselt ist, die Gläser vor die Nasen und fangen endlich und ersehnt damit an, die freudlose Gruppe in einen hölzernen Feierbungalow zum Hochzeitsmahl zu verfrachten. Die königlich grüßende Frau mit Rollator schubsen sie rüde voran, trotz des verwegenen Galatülls. Haben die unwillig finanzierenden Zwerge nicht genügend Karfunkelsteine rausgerückt?

»›… die Schöpfung zittert von Samba‹«, sagte Hans kopfschüttelnd, mitleidig beinahe. »Ist nicht von mir, Frau Wäns, fängt mit B an, eine Silbe. Na?«

»Brecht?«

»Scharf daneben! Nein, nicht von dem alten Pädagogen und Weiberhelden. Es stammt von dem anderen, dem besseren Dichter.«

Wir hatten vorhin auf unserem Weg hierher das eigentliche Schutzgebiet verlassen. Weiden und Forst begannen. Da rief ich unwillkürlich: »Sehen Sie dort, die Großtante! Die chinesische Isa in ihren späten Buddha-Jahren!«

Hans verstand mich sofort.

Der böse Bann war gebrochen.

»Und wer steht da, verkrampft und hochnäsig, wie wir sie kennen? Das kann nur unsere Jeanette sein, Jeanette Herzer!« Hans wies mit einer artigen Verbeugung auf eine albinohaft bleichhäutige Birke, die schon ihre goldenen Blättchen verloren hatte. Ja, es war Jeanette, der wegen mangelnder Lebensfeuchtigkeit oft die Oberlippe an den Schneidezähnen hängenblieb und sich einfach nicht entrollen wollte. Ging sie nicht zu Bruch wie Glas, konnte aber auch, anders als die gleichmäßige Ilona, unter günstigen Umständen, ebenso erglühen? Sie, Ilona, bildete allerdings zusammen mit Hehe das einzige Paar, von dem man sich dachte, es würde nach den Abenden mit Hans ohne vorübergehende Ratlosigkeit den Heimweg antreten.

»Dahinten die struppige Waldfamilie, auch die Hunde sind dabei, gut im Grün verborgen, aber alles vollzählig versammelt.« Ich entdeckte sie in einer gemischten Nadelholzgruppe.

Nun kamen sie der Reihe nach zum Vorschein in der Gestalt von Kiefern und Ebereschen, Weißdorn und Fichten, die entschwundenen Figuren unseres einstigen Zirkels im Tristanweg, hoch aufgereckt und umgestürzt, geduckt, verwachsen, übermoost, zerborsten und schräg gehalten im Fallen.

Täuschend ähnlich getroffen auch nach der Verwandlung die Physiognomien: die elektrische Iris und die bittersüße Ilona, der kreuzbrave Finnland, der Ritter Bruno, knochendürr, der frettchenfreche Boris, Magdalena, die Blühende. Sabine. Hehe und Anada sparten wir selbstverständlich, aus jeweils anderen Gründen, aus, ohne Absprache. Auch wir, die beiden im Fleische Gegenwärtigen, Hans und ich, kamen nicht vor. Anna Hornberg jedoch, die Arme gehoben zur schmelzenden Todesarie, und die reichen Pariser Schwestern, als Obdachlose vermummt, um nicht überfallen zu werden. Drohend die schwarzen Hartmann-Brüder. Wir hatten ja für den kompletten Schwarm sämtliche Gewächse entlang der asphaltierten Wirtschaftsstraße in Reserve. Auch die Fichtenschonung mit den Schafen bot sich für unsere private Figurenherde an, und die hochstehenden Wiesengesellschaften im Bereich der Feldmark drängelten sich rechts und links, um in den Machtbereich unseres Blicks zu geraten, der sie endlich einmal enttarnte und aus der floralen Kostümierung erlöste. Es stand uns doch alles, nach der entgeisternden Fremde eben, für die tröstliche Kinderei zur Verfügung.

Am Ende, in meiner Lieblingskurve, wo im Mai eine Wildrose stürmisch im alten Weißdorndickicht klettert, nahm Herr Hans mein Gesicht zwischen seine Hände. Ich fing an zu beben und dachte, nun würde er mich noch einmal küssen. Das aber tat er nicht. Er sah mich nur an, eine Weile, Auge in Auge, lange Zeit, mitten auf dem Feldweg, und mahnte mich, nicht auszuweichen, als ich es nicht mehr ertrug; »Sie sollen mich ansehen, Frau Wäns!«

Auf dem letzten Wegstück zum Gasthof erzählte ich ihm, wohl weil ich seinen Kopf gerade vorher aus so großer Nähe dicht auf den Schultern gesehen hatte, noch verwirrt und vertrauensselig (obschon ich nicht von den Nachkriegsjahren sprechen sollte, denn sie weisen unnötig auf unseren Altersunterschied hin), vor einigen Tagen hätte ich den Abfalleimer versehentlich zunächst im Vorraum abgestellt, wo sich der Fäulnis- und Verwesungsgeruch stärker entwickelt. Er sei ja eigentlich sehr abstoßend. Mir dagegen sei er sofort, als ich wieder vorbeigekommen sei, in seiner besonderen Mischung als freundlicher Hauch, als Winken aus längst vergangener Zeit erschienen. Es war ja das nie wieder so aufgetauchte Aroma meiner heimatlichen Trümmerspielplätze gewesen.

Die Kellner tragen auf Kantinentabletts gefüllte Suppentassen in das Blockhaus, zu den Gästen, die sich am Nachmittag blitzend für die Feier geschmückt haben. Mit der Gräue nehmen auch Kühle und Luftfeuchtigkeit zu. Von der Bedienung sieht keiner mehr erwartungsvoll auf die Uhr, aber Hans wirft jetzt einen erschrockenen Blick auf die seinige. Um Sabine rechtzeitig vom Flughafen abholen zu können, müssen wir die diagonale Abkürzung abseits der festen Wege nehmen.

Hans tritt gleich zu Beginn auf eine liegende ausgehöhlte Birkenrinde über einer Pfütze und steht mit einem Fuß im Schlamm. Er kennt sich nach der Veränderung nicht so aus wie früher. Was haben die hier bloß umgekrempelt und auf den Kopf gestellt! Die düstere Atmosphäre verdichtet sich sehr schnell zu Klumpen und Inseln, baut Fronten auf, die wir durchstoßen und wieder verlassen. Daß es sich um richtigen Nebel handelt, erkennt man erst, wenn man darauf zurücksieht. Aus der Distanz fällt der Bereich, den wir eben durchwandert haben, in Unsichtbarkeit. Das passiert uns allmählich auch miteinander. Wir taumeln zwischen flachen Gespinsten, die tänzelnd und würgend aus verborgenen Tümpeln und kleinen Moorflächen steigen. Man muß sich in den Armen des anderen eine Stütze suchen, denn wir geraten auf dem durchlöcherten Boden ins Wanken. Zwischen den Stämmen bauschen sich Netze aus nassen Dunstgeweben. Ein bleicher Pferdekopf, ganz in der Farbe des hin und wieder flüchtig im wehenden Grau aufscheinenden und sich beklommen verschleichenden Mondfragments, schwebte noch eben seitlich und geht jetzt lautlos unter. Da, ein zweiter verschwimmt und ertrinkt. Die Feuchtigkeit kriecht zu den Knien und höher.

Sind nicht ein, zwei Schüsse gefallen? »Kein Angst«, knurrt Hans, »das sind nicht etwa leichtsinnige Jäger, das sind die Forstdämonen.« Er weiß auch Rat und Erklärung für die mechanisch schaurigen Laute, die uns, von Position zu Position hüpfend, umkreisen. »Rufe von Rohrdommeln, Schreitvögel mit zornigen Augen, die sich am Tag zur Tarnung in Pfahlstellung aufrichten und, bei Gefahr, den langen Hals samt Schnabelspitze steil nach oben, mit dem Schilfrohr schwanken, als gehörten sie zu den Schilfbüscheln. Eventuell sehr nachahmenswert, Frau Wäns. Wegen der eintönigen dunklen Töne nennt man sie auch ›Moorochs‹. Kennen Sie den Moorteich im Berggarten von Herrenhausen? Sehr, sehr unheimlich. Das Abgeschiedene, Abgestorbene, auch: Verstorbene ist den Leuten prima gelungen. Ich war mit Anada dort. Was bin ich ein Idiot! Die Indianerin hat sich krummgelacht über die PVC-Folie unter dem Wasser.«

Uns schlagen jetzt fortwährend Zweige ins Gesicht. Wir klammern uns aneinander, weil uns die Wurzelschlingen auf den Wegen Stolperfallen stellen. Der schwächliche Halbmond vergeht, schwillt an, verrinnt. Wir sind guter Dinge. »Sei mir gegrüßt, du halber, wie du bin ich einer, der halb«, sagte Hans inständig zum Mond. »Der alte Grillparzer!« Er lacht leise, wie zur Entschuldigung für das Zitieren. »Das hier, Frau Wäns, ist die einzige Wildnis, die wir noch haben. Wir müssen uns damit zufriedengeben.«

Weil ich so dicht im Taumeln mit meinem Mund an sein Ohr geraten bin, riskiere ich, bevor ich drüber nachdenken kann, einen Seufzer: »Wenn ich nur ihre herrliche Musik von damals, das italienische Duett, noch einmal hören könnte!« Vielleicht würde dann aus der Gegenwart das Schönste, was ihr passieren kann. Sie würde sich schwermütig runden zur Erinnerung. An was denn? An eine Vergangenheit, die ich nicht erlebt habe. Gerade das aber ist das Vollkommene auf der Erde und das Menschenmögliche.

Da bleibt Hans im Nebeldickicht stehen. Ich spüre, daß er neben mir tief Luft holt, ein Troubadour, der sich nur noch den Dunst satirisch aus der Kehle räuspern muß. »Dèh! Se cara a te son io?« singt er fragend, als wüßte er nicht ganz sicher, ob ich genau dieses Liedchen meine. Ich hätte auch sagen können: »Ich denke an das Stück, das Sie leider auch zu Anadas Ankunft wieder spielten.« Aber ich will den damaligen Schmerz in mir erstikken. Jetzt, in diesem Augenblick der Nebelschwaden, singt er es nur für mich. Ich, nur ich bin gemeint. »Gut, Rossinis ›Armida‹. Ich will's versuchen, obschon es sich um einen Wechselgesang handelt«, sagt der abgedankte König der kleinen Moore. »Ich werde dann zum Mann überwechseln. Achten Sie darauf: Ich singe, wie es in unserm Fall richtiger heißen müßte, ›Se caro‹, männlich also, Frau Wäns, ›a te son io‹. Übrigens haben Sie gut gewählt. Auch in der ›Armida‹ kommt ein Zauberwald vor.«

»Idol mio! Idol mio!« Ich wußte schon vom Liebesliedchen auf dem Mauerwerk der Festung Dömitz her, daß er beim Singen ein bißchen krächzt. Ist es jetzt gerade das rauhe Brechen der Stimme, das mich so rührt und weit und selig in diesem Nebelgewoge auseinanderfaltet, daß der Rest von mir am liebsten hinterhersterben möchte vor Glück, und weil mein Herz nicht weiß wohin? Meine Mutter hatte von Anna Hornberg nicht die bewunderte Altstimme geerbt, aber sie sang oft, um kleinliche Gedanken zu vertreiben, in die Luft hinein, und ich, ich möchte mich irgendwann nur noch in Liedchen äußern, so herrlich ist diese Überredung. Wenn es doch nie aufhören würde mit dem Singen und wir uns im Schweifen der Dünste rettungslos im Kreis drehten!

»Idol mio! Che beltà!« singt Hans gegen die Rohrdommelrufe an: »Hören Sie? Ich bin ihr schöneres Echo. Ich fordere die Burschen heraus.«

Und jetzt? Vielleicht ist ihm etwas eingefallen. Er verstummt mit einem Schlag. Es regnet nicht, doch die Nässe dringt von allen Seiten auf uns ein. Ob das hier das ozeanische Klima des Waldinneren ist, von dem er einmal gesprochen hat? Sind die großen Säugetieren nicht verschwunden, weil der Wald zu dicht wurde und keinen Platz für eßbare Pflanzen mehr bot? Wir müssen mit dem Fuß bei jedem Schritt nach sicherem Grund tasten. Man kann mir den Rucksack nicht rauben, man hat ihn mir ja schon beim Überfall weggenommen. Aber plötzlich sitzt mir wieder die Angst zwischen den Schulterblättern, an diesem empfindlichen Fleckchen, Angst vor dem wüsten Reißen, das mich hinterrücks aus dem Gleichgewicht brachte. Ich fühle Hans in diesem Augenblick nicht neben mir, dagegen fürchte ich, ein anderer Jemand könnte sich nähern aus der Gräue:

Die pechschwarze Frau mit ihren beiden Dobermännern, die sie seelenruhig aus Kolonialrache auf mich losstürmen läßt, solange es sie amüsiert, alle drei mit riesigem Gebiß. Der Betrunkene, der sich im Schlamm rollt wie das böse Gewissen dessen, der ihn entdeckt. Der gewissenlose Sumpfgraf und Oberbürgermeister mit seinen milchigen Augen und sein klobiger irrer Sohn, dem hinten breit die Hose aufgeplatzt ist. Er weint und wimmert und ist so untröstlich, daß er jemanden erschlagen möchte. Die junge Mutter, die ihr kleines Kind im Wagen erst im Stich gelassen und dann irgendwo hier in der Nähe verscharrt hat, weil sie Kastanien suchen wollte. »Herr Scheffer?« schreie ich in meiner Not.

»Hier, Frau Wäns, gleich bei Ihnen!« kommt treulich zurück. »Idol mio! Idol mio!« Mein Engel im besten Mannesalter summt es leicht karikierend, das entgeht mir nicht, als Erkennungszeichen, und legt mir die Hand zu meinem Schutz um die Hüften. Er glaubt, ich würde vor Kälte zittern, und zieht mich fester an sich, wohl deshalb immer enger an sich. Sofort beginnt an dieser Stelle meine Haut zu antworten, ein Kräuseln der Oberfläche, das über den ganzen Körper läuft.

Das ist, im richtigen und falschen Moment, meine letzte Chance, nach der Lösung der drei Szenen zu fragen, die mich nicht verlassen wollen, in lästiger Anhänglichkeit. Die Jäger, der Metzger und, jetzt am heikelsten, Vorsicht! Vorsicht!, das Mädchen Anada. Ich will es in diesem Nebeldurcheinander wagen. Wenn Hans nicht helfen kann, gebe ich kleinlaut auf. Dann: nie wieder. Ob ich mich noch an das Entscheidende erinnere nach so viel »Jahr und Tag«?

»Herr Scheffer«. Wie gern ihn die Frauen damals so angeredet haben, bei jeder Möglichkeit, bloß um den Namen zu sagen! »Herr Scheffer, seit langem gehen mir drei Situationen im Kopf herum. Warum? Ich spüre, daß sie alle drei miteinander zu tun haben, ich komme bloß nicht dahinter, inwiefern. Sie geben aber keine Ruhe. Mich fuchst der geheime Zusammenhang. Ein Rätsel, das Sie vielleicht lösen können? Die Schüsse vorhin bringen mich darauf.«

»Drei Dinge, sagen Sie? Dann achten Sie beim Erzählen gut auf die Reihenfolge, Frau Wäns. Das kann der springende Punkt sein.« Gerade sehe ich in einem Nebelloch sehr deutlich sein Gesicht. Es hat den gespannten Ausdruck von früher, wenn er den Knobelbecher rüttelte und auf den Tisch stülpte, noch ohne die Würfel aufzudecken.

Das mit den Schüssen ist nicht die Wahrheit, allerdings eine unverfängliche Überleitung, hoffe ich. »Eins weiß ich immerhin, jedesmal ist dabei aus etwas Heiterem etwas Betrübliches geworden. Von der Wanderung mit Sabine, Finnland und mir, bei der wir alle so guter Stimmung waren, habe ich Ihnen irgendwann schon erzählt. Erinnern Sie sich? Plötzlich tauchte eine Gruppe von Grüngekleideten auf. Sie winkten uns fröhlich von ihrem Jeep aus zu, alle mit roten, fidelen Gesichtern. Sie waren, was wir nicht ahnten, unterwegs in einer Treibjagd auf Feldhasen, mit großem Erfolg, wie wir dann später sahen. Herr Scheffer, Sie antworteten daraufhin mit einer Statistik über das gewaltige Aufkommen der Plagegeister, ich meine die langohrigen, vierbeinigen. Was ich aber begreifen möchte, ist unser übertriebener Ekel vor den Ausdünstungen der Männer nach der Jagd. Der eben noch so lustige Finnland erbrach sich sogar verschämt am Wegesrand. Wie sie glänzten, prall vor Lebenslust und auf der anderen Seite die Hasen, die auf dem Wagen an den Gestängen hingen, tote Lappen aus Fell, Krawatten, nie lebendig gewesene Gegenstände, Herr Scheffer, als hätte man sie maschinell am Fließband fabriziert.«

»Verdammt«, ruft Hans. Er hat sich das schöne, für Anada gekaufte Jackett an einer der in dieser Gegend sehr kräftigen, richtig bösartigen Brombeeranken zerrissen, lacht dann aber im Nu auf. »Macht nichts, ist sowieso egal. Weiter, Frau Wäns! Nichts Neues bis jetzt von Ihrer Seite.«

Holterhoff mit seinem Pfeffer-und-Salz-Sakko für seine mollige Miezel hatte mehr Glück.

»Warten Sie! Man muß es mit den anderen Momenten vergleichen. Jetzt aber, entschuldigen Sie. Es soll Ihnen nicht zu nahegehen. Es handelt sich ja nun um Ihren Freund Hehe.«

»Egal, keine Sorge. Los, Fortsetzung bitte! Wenn Sie mir Umstände machen, sage ich: Halt!« brummt Hans. »Nebenbei, Frau Wäns, kostenlos eine kleine Überlebensweisheit: Man muß, in Gefühls- und Phantasiedingen, immer irgendwann energisch einen Schlußpunkt setzen, sonst ist es aus mit der Freude an Essen, Trinken und vor allem am Undsoweiter.«

Weiß ich das denn nicht? Besser als er?

Mut also, Frau Wäns. »Damals, im Frühling, als Sie im nördlichsten Amerika, in Alaska waren, aber das wußte ja keiner von uns und ob Sie zurückkommen würden zu uns auch nicht, und als Sie uns im Tristanweg so fehlten, Herr Scheffer, da hat uns ihr Freund Wilhelm Hehe mit seinem dröhnenden Gelächter aufzuheitern versucht, obschon er selbst ja erst recht traurig war und es ihm schwergefallen ist, denn er stand Ihnen so nahe, ich meine, umgekehrt, Sie ihm, aber trotzdem war es mit einigen von uns nicht anders. Herr Scheffer, Herr Scheffer, sind Sie noch da? Ich höre und sehe Sie nicht mehr.«

»Hier.«

»Ja, ich verhaspele mich, möchte auch kein falsches Wort sagen und Sie nicht verletzen. Es kam ja alles nur, weil Sie uns in Wahrheit so fehlten. Sehen Sie mir das nach, und vergessen Sie das bitte nicht. So fehlten, sagte ich? Ein Trauerspiel, nur sollte es keiner merken, wir verstellten uns gar nicht schlecht voreinander, damit die gewohnte Fröhlichkeit herrschte. Und doch wurde Iris Steinert an einem Aprilabend regelrecht hysterisch und reizte durch eine dumme Bemerkung ihren Freund, als wollte sie Ihren Stellvertreter beleidigen. Da hat er mitten in die Plauderatmosphäre hinein wegen ihrer Leichtfertigkeit vom Verfüttern von Tiermehl an Schlachttiere erzählt und dann ausführlich von der fürchterlichen Praxis in den Schlachthöfen und den Verwertungskategorien dort. Alles Sachen, die in Ihrer Anwesenheit an unseren Abenden selbstverständlich verboten waren. Wir wußten ja auch, warum, und liebten deshalb unsere Treffen so. Sie wollten nicht den üblichen geselligen Katastrophenaustausch bei Suppe und Braten. Herr Scheffer, sind Sie noch da?«

»Hier!«

»Ihr Freund hatte schon einmal in Ihrem Beisein mit Krämpfen bei uns auf dem Boden gelegen, Sie erinnern sich bestimmt. Diesmal handelte es sich um was anderes. Er ist ganz unvermittelt in großen Schmerzen, in Panik und einer entsetzlichen Atemnot zum Fenster gestürzt. Ich weiß nicht, hat er geschrien? Die Geräusche, die aus ihm kamen, waren grauenhaft.«

»Ilona?«

»Hatte Grippe, mußte zu Hause bleiben. Dietmar Herzer ...«

»Detlef, Frau Wäns, Detlef.«

»Detlef Herzer hat ihm beigestanden. Als sich Herr Hehe schließlich umdrehte, war sein Gesicht etwas blutig, vom Aufreißen des Fensters, oder es floß Blut aus dem Mund. Auch der Gesichtsausdruck des Arztes war furchterregend. Dann sagte Hehe einen Satz, den ich bis heute auswendig kann: ›Wenn der Geschlechtsverkehr ein kleiner Tod ist, dann will ich doch hoffen, daß der große Tod ein Orgasmus mit Pauken, Trompeten und Posaunen ist.‹ Und wissen Sie was? Er schmunzelte dabei, so, wie man sagt, von einem Ohr zum anderen. Erst habe ich gedacht, es wäre dieser Satz gewesen, auf den es ankommt. Aber vielleicht ist noch wichtiger, was er vorher murmelte: ›Das war die Strafe.‹«

»Strafe wofür?« flüstert Hans dicht bei mir zurück.

»Er hat es nicht erklärt, auch nur so für sich gesagt, aber ich konnte es in meiner Ecke hören, vielleicht ich allein, und glaube, er empfand es als Treulosigkeit Ihnen gegenüber, in Ihrer Abwesenheit gegen das Gesetz unserer Abende, die doch ausdrücklich spielerisch sein sollten, zu verstoßen und aus Zorn auf Iris, aber noch mehr auf Sie und seine Schwäche, diese schaurigen Tatsachen zu erwähnen. Er hing so sehr an Ihnen, Herr Scheffer, deshalb.«

»Herrgott, Frau Wäns, Sie meinen es gut, aber leicht machen Sie es nicht für mich.«

»Es geht nicht anders, Herr Hans.«

»Wie streng Sie mit mir sind, kleine Person.«

Er spricht mit veränderter Stimme, sie ist umgeschlagen wie vorhin das Wetter. Die Heiserkeit könnte an den Dünsten liegen, an der Feuchtigkeit. Ich darf ihm aber kein Mitleid zeigen, eigentlich habe ich, was mich wundert, jetzt auch gar keins mit ihm. Dabei verrate ich mich dauernd: »Weiter?«

»Weiter!«

Es ist die harmloseste Geschichte von den dreien. Aber vor ihr habe ich am meisten Angst. Es geht um das Mädchen, und es ist nicht die Angst vor seinem Zorn, sondern die, ihn zu verlieren.

»Es dreht sich im dritten Fall, Herr Scheffer, in diesem dritten Fall um das Mädchen. Wenn Sie lieber wollen ...«

»Los, los. Nicht so zimperlich, ihr Frauen. Da bin ich wirklich neugierig, teilweise ziemlich gespannt, richtig unziemlich gespannt. Die Hasenjäger, der Schlachter und jetzt die zarte Anada, das kleine Aas?«

Das war sie damals noch nicht, durchaus kein Rabenaas. Nein, Hans spielt nicht bloß Theater, sein Spieltrieb ist animiert. Ich habe das geschickt angezettelt. Er will sich endlich, mitten in der nebligen Wildnis, über das von mir gewürfelte Ergebnis beugen und mir dessen Summe nennen, mein Herr Hans. Sind wir eigentlich inzwischen wieder im Naturschutzgebiet oder noch im Forst?

»Sie hat uns, Sabine und mich, jeden Morgen neu bezaubert. Es war beim Frühstück vor allem die Blankheit des verschlafenen Mädchens. Man dachte, wenn sie dasaß und unendlich langsam aß, zwangsläufig an einen weißen Tagesmond oder an die Haut von Apfelblüten, obschon man selbst eben erst die härtesten Zeitungsnachrichten gelesen hatte. Die waren ausgelöscht, sobald sie erschien und vor sich hinträumte, die Glieder wachsweich, vor allem die Hände.«

Sein Atmen ist nah bei mir, er will wohl von dem, was ich sage, keine Silbe verlieren, stöhnt leise, sehr erbarmungswürdig. Ich kümmere mich nicht darum und bin stolz auf meine sachliche Stimme:

»Sie hatte dann meist die Katze auf dem Schoß, die sie mit der freien Hand streichelte, ganz regelmäßig sacht vom Nasenrükken zum Nacken hin, dem Tier tief entgegengebeugt. Das heiße Fauchen und die Attacke konnten weder wir noch sie vorhersehen, erst recht nicht verhindern. Der Angriff kam blitzschnell, war vorüber und hinterließ auf Anadas schneeweißem Arm eine blutige Spur.«

»Das hat sie auch bei mir gemacht, das kleine Biest.«

»Ich weiß das wohl, Herr Scheffer«. Es kommt ein bißchen weinerlich aus mir heraus, versehentlich. Weiter: »Was mich so getroffen hat, war ihre Trauer, diese viel zu große Traurigkeit, ihr gesamtes Gesicht feucht von Tränen. Sie rührte sich nicht, sagte kein Wort, so überrumpelt und entgeistert oder enttäuscht war das Mädchen, das doch bestimmt im Leben schon andere Schrecken erfahren hatte. Es blieb sitzen, trauerte einfach vor sich hin und sackte, besser schmolz immer noch ein bißchen mehr zu einem gekränkten Häufchen Elend zusammen. Aber auch das ist richtig: Wir wagten Anada kaum anzureden, so feierlich, so grundsätzlich wirkte sie in diesem Augenblick. Sie hielt sogar das tropfende Rübenkrautbrötchen weiter in der Hand vor Fassungslosigkeit. Die Katze blieb auf ihrem Schoß liegen, gähnte nur vergeßlich in die Luft. Das war's.«

Stille. Jetzt erst habe ich den Becher von den Würfeln gehoben. Erst jetzt stellt sich ja die Frage, wie die Dinge zusammenhängen. Hans muß sich über die Augenzahlen beugen und die Summe bestimmen.

Wie kühl seine Stimme klingt.

»Korrekte Reihenfolge, gekonnte Steigerung! Sie haben mich, Frau Wäns, gegen die Verabredung gequält. Als extrem großmütiger Mensch lasse ich Sie trotzdem nicht warten. Deshalb zu Ihnen und rundheraus: Was Sie auch empfinden mögen, im Grunde ist da nichts, auch wenn Sie sich in den Kopf gesetzt haben, es könnte dort was sein. Klar, wer hätte es nicht gern sinnvoll in seinem Leben. Da sind wir alle gefräßig. Stellen Sie jetzt einmal Ihre Szenen ruhig um: Andeutung, Vorzeichen, Blut oder Tod sind immer dabei. Daraus läßt sich was Schönes machen. Sie könnten genausogut die Libelle Steinert, die Hochzeitstorte und die Rohrdommeln zu einem Rätsel basteln. Was weiß ich! Nehmen Sie es lieber lässig, nicht allzu tiefsinnig. Festzustellen ist, daß in allen drei Fällen nicht adäquat reagiert wurde, nämlich übertrieben heftig. Bei Hehe meine ich die Bemerkung mit der

›Strafe‹. Für Sie als Naturfreundin, nicht wahr, wenn ich mich nicht täusche …«

Grausig kühl. Ich bin ihm zu nahe getreten. Der Schmerz füllt jetzt die Größe meines Brustkorbs aus. Um ein Restchen Wärme zu spüren, wünsche ich dringend, er würde zurück zum dumm verwandtschaftlichen »Du« überwechseln, so zurückweisend hört sich sein »Sie« an, das mich noch vor kurzem glücklich zittern ließ.

»… möchte ich folgende dynamische Interpretation empfehlen: In der ersten Szene werden die Tiere mit Lust von Menschen umgebracht. In der zweiten, mit dem bekehrten Ökometzger, geht es um Reue und Buße angesichts der erwähnten menschlichen Schandtaten der Massenschlachtung. Das ist die schlichte Erklärung Ihrer mysteriösen ›Strafe‹, Frau Wäns. Dritter Fall – schön übrigens, daß Sie die genuine Verstellungskunst der beiden Individuen herausarbeiten –«:

Habe ich das?

»Gegenangriff der Tiere, stellvertretend. Zufrieden und gesättigt mit Sinn und Ziel, Luise Wäns?«

Kann denn sein, daß lediglich eine beschränkte Frau und ein verbitterter Mann durch diesen nebligen Verhau tapsen und irren?

»›Gegenangriff der Tiere‹. Danke, Herr Scheffer. Mich fröstelt sehr.«

»Mistzeug! Da bin ich wahrhaftig in einen der verfluchten Brombeerbüsche gefallen, das heißt, ich habe ihn unfreiwillig umarmt. Sehen Sie? Gegenangriff der Brombeerranken. Bloß weg hier.«

Er kichert, weil er sich offenbar an irgendwas erinnert:

»Die Jacke wird von keiner Ehefrau oder deren Mutter zu retten sein. Bloß weg. Was haben wir in dem Wirrwarr verloren.«

Sähe ich nur ein Blitze schleuderndes Gewittergesicht! Selbst kalt oder boshaft versengende Augen will ich ertragen, wenn nur

Sichtbarkeit und Deutlichkeit herrschten. Wir werden eingekreist von den Rohrdommelrufen. Es schwillt etwas an, wir gehören zu dieser Stunde nicht hierher, der Platz ist für andere reserviert. Etwas zieht ein im Schutz des Milchigen, behauptet sich, füllt alle Lücken, steigt aus jedem schimmligen Spalt, jeder Rindenritze und Wurzelhöhle. Eine Schauerlichkeit will uns niederwalzen von oben, ich weiß nicht, einschlürfen von unten, waagerecht verscheuchen? Zwischendurch die Sonne, aber zum totenblassen Mond verschleiert. Es tropft und trieft mittlerweile die Gräue. Ja, weg mit uns. Wir bemühen uns doppelt eifrig, in Dämmern oder Dunst zielstrebig voranzukommen, durch das ehemalige Reich von Hans hindurch zum Tristanweg. Da höre ich ihn, mal weiter entfernt, mal näher, wieder singen:

»Idol mio, idol mio!« ironisch röchelnd. Er hat gesagt, das sei wohl von allen Opernphrasen die abgedroschenste.

»Herr Scheffer?«

Ich sehe ihn nur in Umrissen, mal näher, mal weiter entfernt.

»Idol mio! Che beltà!« schmelzend.

Süß krächzender Wohlklang.

»Herr Scheffer? Herr Scheffer!«

Mal hier, mal dort, mal verloren schluchzend, mal schmähend, wie die Rohrdommeln, von allen Seiten und unsichtbar.

Verstreutes von Frau Fendel und Herrn Fritzle

Offiziell muß Frau Fendel, die sich immer öfter in der Küche schneidet und schon ganz zugepflasterte Finger hat, den riesigen Sonnentag über dem Kontinent zu ihrem kleinen Tageslauf aus eigener Kraft zurechtstutzen. Sie weiß, daß es aber anders ist: Ihr Sohn, der tote Zwilling, spielte Billard. »Passioniert« nannte er es, wenn sie ihm zusah dabei. Jetzt fühlt sie sich selbst kugelrund von der einen Station des Tagesgeschehens zur nächsten prallen, angestoßen beim Aufwachen, zick und zack, bis abends im Bett wieder Stillstand herrscht.

Noch was: Sie hat schon ein paarmal in den Jahren, wenn sie am Fenster nach draußen horcht, erlebt, wie das Kindliche aus den Kinderstimmen in der Nachbarschaft schwindet, von einem Frühjahr zum nächsten. Sie haben ihre Süße für immer verloren. Die Halbstarken wiehern mittlerweile wie ihre damals virilen Väter.

Sie stellt auch in letzter Zeit fest, daß sie in Vorfreude auf einen Besuch, manche Sätze, die sie dann unbedingt sagen will, zur Probe vor sich hinspricht. Zu oft. Wenn es nämlich schließlich darauf ankommt, weiß sie nicht, ob sie den Satz schon in Gegenwart des Menschen ausgesprochen hat oder nicht. Sie hört ihn ja dauernd als Echo. Und weiter: Von circa 15 Uhr bis 17 Uhr, wenn ihr das Knie weh tut, kann sie häufig nur immer einen einzigen Satz denken, so eisern rasselt er ihr im Kopf herum. Dann, von 17 Uhr bis zur Tagesschau, wenn der Nacken schmerzt, fliegen ihr gleich tausend Gedanken in alle Richtungen davon, an die sich später nicht erinnern kann.

Herr Fritzle traf am letzten Dienstag die verängstigte Frau auf der Straße und rettete sie. Sie hatte sich in der Nähe ihrer Wohnung ein bißchen verirrt und gefürchtet, ihr Haus wäre in eine andere Gegend versetzt worden. Als er sie ritterlich am Arm unterfaßte, lachte sie sofort beschämt über ihre Kopflosigkeit. O ja, das Beschämte in ihrem Lachen hörte er sehr wohl, und erzählte ihr, um sie zu trösten, erst in der letzten Woche habe er in einer Bahnhofsunterführung, wo er sich manchmal extra dem Ansturm der so schnell und wie sinnlos bewegten Passantenströme aussetze, einen riesigen Strauß Gladiolen stehen sehen, sich natürlich darüber gewundert, dann aber entdeckt, daß es sich um einen Bauarbeiter in seiner roten Signaljacke handelte: »Da sehen Sie, Frau Fendel. Und doch bin ich einmal maßgeblich im Ratzeburger Goldachter gefahren! Und hören Sie meine Stimme. Ich kann nur noch poltern oder fisteln. Modulationen schaffe ich nicht mehr.«

Er hätte sie gern zum Lachen gebracht, indem er ihr verriet, wie ihr Sohn damals zum Schachspielen mit Fritzle und dessen Freunden, deren Gesichter von Mal zu Mal weniger plastisch und dafür allerfeinst grafisch wurden, wahrhaftig als Gastgeschenk eine Packung tiefgefrorener Fischstäbchen mitgebracht hatte. Aber was wäre, wenn die Idee von ihr, Frau Fendel, stammte?

Frau Fendel lächelte jetzt auch sowieso vor sich hin, nicht über Herrn Fritzle, lächelte ihn auch nicht an, lächelte vielmehr, weil ihr, vom Himmel geschickt, in diesem Moment einfiel, wie überaus zärtlich vor vielen Jahren die damals noch zukünftige, jetzt so fremd gewordene Schwiegertochter ihren inzwischen verstorbenen Sohn zwischen den Regalen eines Supermarkts einmal ganz kurz, mit einer Tube Waschrei in der Hand, angesehen und damit ihr, Frau Fendel, so sehr das Herz erwärmt hatte. Es war zu der Zeit gewesen, als ihr noch der treue Postbote die Briefe an der Wohnungstür in den Spalt mit der Metallklappe steckte und das kleine, dumpfe Geräusch sie immer an das der Meisen erinnerte, wenn sie zum Füttern der Jungen durch das Kastenloch schlüpften, damals, als der alte Apfelbaum noch vor ihrem Fenster nach hinten raus stand.

Dabei war ihr gerade heute nicht gelungen, in der Messerschleiferin an der Wohnungstür nicht eine Person zu fürchten, die ihr am liebsten, dem Eiswüstenblick nach, den Kopf mit den vielen schönen Heiligenlegenden darinnen abschneiden würde. »Ich bin doch ganz allein. Was soll ich da noch Messer schärfen?« hatte sie nur, um die kräftige Frau zu besänftigen, leise gesagt und abgewehrt.

Soundso

An diesem Tag fuhren Detlef (v) Herzer nach Paris und Herr Fritzle in das Dörfchen Seth in Schleswig-Holstein, und manch einer ging hierhin und wiederum ein anderer dorthin. In einer Zeitung war u.a. der Tod

einer 75jährigen Köchin,
einer 91jährigen Schneiderin,
einer 77jährigen Pelznäherin,
eines 90jährigen Leitermachers und
eines 99jährigen Cellisten

angezeigt. Außerdem war ein Angebot für eine Reise nach Australien zu lesen unter dem Lockruf »Uralten Legenden lauschen«, für 1074 Euro, Sitzplätze nicht garantiert. Eine Person, genannt Dominik Grafotto, Bruder eines der führenden Ökonomen der BRD (Dominik: »Dieser Kerl, der mit seinem ewigen ›Bund, Länder, Städte und Gemeinden‹, mit dem öden ›Wirtschaft, Politik und Gesellschaft‹!«), drückte am geöffneten Fenster eine eben angerauchte Zigarette aus.

Im Gegensatz zum Bruder Paul, der den Familiennamen Knochendöppel tapfer beibehalten hatte, verdient Dominik sein Geld auf dunkleren Pfaden, darunter, jedoch eine Weile nur, durch die indirekte Beihilfe zur illegalen Bereitstellung militärischer Dienstleistungen. Dabei hat er einmal mit zwei Ramschläden begonnen. Über dem einen stand »Matratzen Outlet«, über dem anderen »Wasserbett City«. Nichts Riesiges, aber immerhin wurden hier erste Sporen von ihm verdient. Von früher Jugend an war sein Ziel – sei's mit Grazie, sei's mit Brutalität –, das Metier »Mann von Welt« zu erlernen. Obschon Sohn eines Schlossers von altem Schrot und Korn, schaffte er es, mit 40 Jahren wie selbstverständlich einen Hut aus allerfeinstem, handgeflochtenem Stroh zu besitzen, für den er annähernd 25000 Euro berappen mußte, und, ebenso nonchalant, im berühmten Pariser Hotel »Plaza Athénée« von 1911, jetzt mit nagelneuem Spa von Dior, in dem einst Jacky Kennedy, Grace Kelly und Liz Taylor wohnten, hin und wieder zu nächtigen, ebenso, warum nicht, wie Johnny Depp. Hin und wieder zeigt er sich auch, mit jenem Hut auf dem Kopf, bei Pferderennen und wettet dann, ohne je die Kontrolle über sich zu verlieren.

Sein Vater, der brave, ehemalige Schlossermeister, unterhält sich manchmal vor dem Einschlafen mit seiner Frau voller Stolz über das gewaltige Gehalt ihres Sohnes Paul und über die vermutete »unvorstellbare« Höhe des Einkommens Dominiks, dessen verdächtige Seitenpfade ihnen unbekannt sind, da Dominik schönere Namen dafür erfunden hat. »Da können wir beruhigt die Augen schließen«, sagen die Eheleute zueinander. Jedoch liegt der alte Knochendöppel danach immer eine Weile wach, insgeheim von einer großen Empörung erfüllt, die er selbst nicht ganz begreift.

Grafotto stand an dem geöffneten Jugendstilfenster, hielt in der einen Hand die Zeitung mit den Namen der hochbetagten Verstorbenen. Die Rechte drückte die Zigarette aus, elegant, wie gewohnt nach zwei Zügen. Tief Atem holend, als wäre eine Bilanz fällig, sagte Grafotto gerade drei Wörter. Sie lauteten: 1. »so«, 2. »oder«, 3. »so«. Da schlug der Wind mit lautem Knall das Fenster zu. Die stark bejahrt Verschiedenen entglitten seinen Fingern, die Finger schnitten sich blutig an den kostbaren Splittern. Niemand hat je erfahren, wie, beziehungsweise ob es nach diesem »So oder so« weitergehen sollte. Handelte es sich um einen Auftakt oder um Grafottos endgültiges Lebensresümee? Um Resignation oder Entschluß? Graf Knochendöppel selbst vergaß es ja angesichts der teuren Scherben sofort.

»So oder so!«?

Oder: »So? Oder so ...?«

Diesmal schlägt was anderes zu

Frau Martha Bauer, ja natürlich, Martha mit der sporadischen Schultersteife und der Freundin Fränzi aus Osnabrück, lebte, ähnlich wie Frau Fendel, Frau Fendel mit dem tödlich verunglückten Zwillingssohn, jene, der rothaarigen Elsa persönlich bekannte Martha mit dem Dampfkochtopf also, lebte in dem Gefühl, den allzu harten Dingen der Wirklichkeit aus Altersgründen und fein gereifter Damenhaftigkeit wohlverdient entrückt zu sein. Und wie Frau Fendel schätzte auch Martha Bauer inzwischen die Befriedigung, immer dieselben Sätze zu sagen, dieselben Handlungen auszuführen, dieselben Wege zu gehen Tag für Tag. Was man sich auf so strengen Notenlinien alles denken konnte!

An einem Freitagnachmittag sprach jedoch bei Frau Fendel die Polizei vor. Sie hatte Himbeermarmelade einkochen wollen. Vielleicht käme ja Herr Dillburg vorbei, der zwar wegen der Diabetes Süßes meiden mußte, aber den Duft so sehr liebte.

»Ist mein zweiter Sohn nun auch verunglückt?« stammelte sie im ersten Entsetzen angesichts der Uniformen, machte auch zusätzlich den Versuch, die Hände hochzuheben, um nicht erschossen zu werden. Die jungen Polizisten, Mann und Frau, beschwichtigten sie, geschlechtsspezifisch aufgeteilt, mit amtlichen Brummgeräuschen. Es gehe hier lediglich um eine Befragung wegen einer der Nachbarsfamilien. Aus der Wohnung über ihr – ob ihr vielleicht schon länger eine Verwahrlosung der Bewohner aufgefallen sei? – habe man sie, die Polizei, zu einem in seinem Rollstuhl auf verdächtige Weise verstorbenen Behinderten gerufen.

Die Mutter des etwa Fünfzigjährigen, das wisse sie zufällig, sagte erbebend Frau Fendel, sei »wohl so eine Person«. Sie habe, so heiße es, für ihren armen Sohn gesorgt. Dessen offizieller Betreuer sei etwa vierzig und der Bruder des Toten. Schreckliche Schreie seien dagegen, so ihr Eindruck, einmal in der Nacht aus einer ganz anderen Richtung dieses sonst sehr ordentlichen, »gesetzten« Hauses gekommen.

Im Verlaufe des Montags erfuhr sie aus ihrem Tageblatt, man habe die beiden verhaftet, da sie offenbar den Behinderten, den eigenen Sohn und Bruder, gezielt oder aus Gleichgültigkeit, Auge in Auge mit dem Sterbenden, hatten verhungern lassen. Diese Nachricht erzeugte in Frau Fendel den heftigen Wunsch nach Tränen und Kakao, während »Martha ohne Makel«, die ebenfalls, allerdings woanders, die Nachricht las, zu sich selber sagte: »Bestien der Großstadt.« Sie wunderte sich, (und wiederholte ihr Urteil einige Male des Wohlklangs wegen, versuchte es auch mit »Grauen der Großstadt«, verwarf es aber), daß in der Welt wiederum genau soviel passiert war, wie in ihre Zeitung reinpaßte, bis sie die von Schluchzern begleitete telefonische Herzausschüttung erreichte, es handele sich bei der in Polizeigewahrsam genommenen Rabenmutter um die einzige Schwester jener Elisabeth Schneider, die Marthas Kochtopf so mißverständlich poliert hatte vor einem Vierteljahrhundert.

Als Frau Fendel an diesem Abend ihren Kakao trank und ein bißchen weinte zu ihrem Trost, dachte sie an ihren verunglückten Sohn und wie die Welt danach voller Abwesenheit gewesen war, aber der leblose Körper in Wahrheit nichts von ihrem Schmerz auf sich versammeln konnte, nur toter Stoff, was sie sich aber bisher noch nie eingestanden hatte. In diesem Moment erst traute sie sich. Da klingelte es an der Tür. Um diese Zeit? Wen mochte man da noch reinlassen?

Das mußte, genau im richtigen Moment, lieber Besuch sein, Herr Dillburg, natürlich, auf dem Heimweg von einem Krankengang mit seiner Diabetes und den schlimmen Füßen, sicher, um noch ein verbotenes Pflaumenschnäpschen in Ehren mit ihr zu trinken!

Einmal mußte er sich bei ihr wegen des Kuchens eine Spritze geben. Als sie wenig später selbst ins Bad ging, roch es dort unverkennbar nach Insulin. Mit einem Ruck griff es nach ihrem Herzen, damals, es erinnerte sie so plötzlich an ihren lange verstorbenen Mann!

»Herzlich willkommen, Hochwürden!« sagte sie also voreilig schon beim Öffnen der Tür und versuchte in ihrer Freude, ähnlich wie manchmal Iris Steinert, die sie nicht kannte, ein übermütiges Knickschen. Es war allerdings die eisige Messerschleiferin, die mit großem Schritt Frau Fendels hilflose Diele betrat, während ihr zweiter Fuß von innen die Tür zustieß. Kein Haß in den Augen, dachte die zurückweichende Frau Fendel noch in ihrer Not und begegnete dem Blick ihrer Großmutter, wenn sie das Kaninchen zum Schlachten packte.

Erst ein paar Tage darauf las Martha, die seit einigen Monaten ihre Wohnung mit einer Doppelkette versehen hatte, in der Zeitung davon, nachdem sie eine Weile kichernd ihre fünf verschiedenfarbigen Tabletten auf der Millefiori-Tischdecke zusammengesucht hatte. Diesmal sagte sie – und legte dabei, wie von Gewichten gezogen, den Kopf abwägend einmal nach rechts, einmal nach links – mehrfach zwei Wörter: »Zufall? Fügung?« Dann folgte der Satz: »Gibt es das denn, zwei Verbrechen kurz hintereinander im selben Haus?«

Gewimmel

Wie es eigentlich bei ihm, dem Flachländer, zu dieser gewaltigen Anhänglichkeit oder sogar Leidenschaft den Bergen gegenüber gekommen sei, fragte Elsa, um ihre Müdigkeit zu überspielen, zum Abschluß eines langen Tages, etwas weniger frisch als zu Beginn, aber immer noch einigermaßen schön und fast so schneeweiß wie am Morgen, ihren letzten Patienten. Es war Herbert Wind, dem sie den Rücken massierte.

Er sei peu à peu durch ein Buch über Alpenblumen aus den Fünfzigern eingestiegen, ja geradezu eingestiegen in die Bergwelt, ein Buch mit kolorierten Holzschnitten der botanischen Individuen, die ein Mann namens Josef Weisz über zehn Jahre lang alle nach gründlichem eigenen Augenschein auf vielen Wanderungen durch den gesamten Alpenbogen angefertigt habe. Aconitum Napellus! Gentiana Punctata! Waren auch die Wildorchideen Kohlröschen und Wintergrün dabeigewesen? Ein gewisser Markgraf, Friedhelm oder Friedrich Markgraf, habe ergänzend die wissenschaftlichen Erläuterungen zum Vorkommen und den klimatischen wie mineralogischen Bedingungen der jeweiligen, in puncto Standort oft sehr wählerischen alpinen Flora geschrieben. So habe es allmählich bei ihm angefangen mit dem Interesse, das jetzt eher den Felsformationen und Beleuchtungen dort oben, besonders abends und morgens, gelte.

Elsa hatte nur noch Kraft für ein halbes Zuhören und achtete nicht mal darauf, wie weit ihre Bluse sich über den letzten Handgriffen am Patienten geöffnet hatte. Sie forschte nicht weiter nach, und Herbert Wind war, mit gelockerten Muskeln, schon dabei, sich von Elsas großzügigem Anblick zu trennen und seine Hose anzuziehen, als er, in Gedanken versunken, hinzufügte, das Buch habe er damals hier in der Nähe antiquarisch gekauft, reiner Zufall, auf der Suche nach anderen Sachen, und stets, wenn er das kleine Werk zur Hand nehme, frage er sich kurz, wer wohl dieser Clemens Dillburg sei, der, als ehemaliger Eigentümer, seinen Namen in das für ihn, Wind, dann so wichtig gewordene Buch gesetzt habe.

»Dillburg? Clemens?« Elsa wachte noch einmal auf. »Pfarrer in der Marienkirche. Dort könnten Sie ihn predigen hören, wenn auch nicht über Alpenblumen, nehme ich an.« Sie lächelte schwach, mehr schaffte sie heute nicht.

Die predigten also noch wie eh und je! Unglaublich. Beinahe willenlos ließ Herbert sich eines Sonntags in die Kirche wehen. Dort sah er einen grauhaarigen, leicht gebeugten Priester, der, als Wind eintraf, fast mitten unter den Leuten stehend, mit angenehmer Stimme in der überraschend gut gefüllten Kirche sprach. Ein Geistlicher! Der Beruf existierte also wahrhaftig noch. Jemand, der, was ihm, Herbert Wind, nie recht gelungen war, wohl über ein sogenanntes Weltbild verfügte, zumindest berufsspezifisch zu verfügen hatte.

Schon für den nächsten Tag war ein neuer Termin bei Elsa verabredet. Wind, begierig, von seinem Erlebnis zu erzählen, begann, noch während er auf demselben Gymnastikball hüpfte, auf dem es gelegentlich Dillburg tat, mit seinem Bericht.

In der Nacht gab Elsa, was sie davon behalten hatte, an ihren Freund weiter, der satt und schläfrig, nach Arbeit, Essen, Liebe, neben ihr lag. Dillburgs Predigt, deren Anfang Wind obendrein versäumt hatte, kann deshalb nicht im Originalton, vielleicht nicht einmal im Originalsinn, sondern nur in Bruchstücken wiedergegeben werden, womöglich mit sinnverdrehenden Ausschmückungen und auch Mißverständnissen.

Still raunende Post über mehrere Stationen eben.

Wie der zunächst von so fremder Umgebung etwas benommene Wind habe sie, Elsa, abgelenkt durch das Gehüpfe ihres Patienten, einige Zeit gebraucht, um zu erkennen, daß es sich im Zentrum der Rede nicht um phantastische Visionen des Seelsorgers, sondern, unpassend zur Jahreszeit, um ein altes Gemälde offenbar weihnachtlichen Inhalts handelte.

Wind habe von einem nächtlichen Abgrund, einem schwarzen Luftwirbel gesprochen, in dem ein Gedränge erglühender und verglimmender Wesen herrschte. Es sei ein Rudel, eine ganze Meute lächelnder und unglücklicher Köpfe gewesen, die herumirrend, ertrinkend, auftauchend, absinkend und in Verzückung schwebend aus dem dunklen Sumpf des Hintergrunds gequollen seien, Dämonen mit Engelsmienen, mißmutig, entrückt, düster, ganz in ihre verschiedenen Glücks- und Verzweiflungszustände eingesponnen, gefiedert und in Flammenkreise wie in brennende Ratsherrenkragen eingefaßt. Immer mehr seien es geworden, die händeringend und rudernd aus der Schwärze hervorgetrudelt seien, geschwemmt, geschleudert von einer mächtigen, unsichtbaren Energie, auch mit wollüstig zurückgeworfenem Halbleib. Je länger man hingesehen habe, desto üppiger hätten sich die schweifenden Scharen vermehrt. Der gesamte dämmrige Raum habe sich als eine sehr fruchtbare Finsternis erwiesen, angefüllt wie ein Meer mit feinstem Plankton, mit leuchtenden Partikelchen, die auf dem Sprung waren, sich zu einem Antlitz und Teilkörper zu entfalten, vielleicht auch rückfällig zu werden kopfüber hinein ins sternschnuppenhafte Verschwinden, sich aus der mondbleichen schwachen Anwesenheit zu ergeben in die Zersetzung und doch wieder per Luftsprung in eine Gestalt zurückzukehren, und keineswegs verlorengegangen. Ersterbende und eben erst geborene Wesenszellen, juckende Lebensspänchen, ins Dunkel gestäubt, geträufelt, kaum ahnbare Pinselstriche einer Seele, Wölkchen, auf dem Weg zur Person mit charakteristischen Körperlichkeiten, verflochten in ein einziges Jagen, Streben und Fliehen. Es sei ja ein gewaltiges Pulsieren in diesem unbegrenzten Schwarm gewesen, ein Summen zuerst, flüsternd, vielleicht jammernd, aufschluchzend, wimmernd, ein Wispern und Rascheln auch, aber immer melodischer werdend.

»Sieh da, natürlich, ist das ein Ding! Die Pestleutchen, Hans Flasch, die Strohpuppe, ich könnte es beschwören, der gute Geist vom Müliboda!« habe der auf- und niederhüpfende Wind plötzlich gekeucht und gelacht, wie von einem Gedankenblitz getroffen, ihr Patient Herbert Wind, der sich durch sein besessenes, von ihr gar nicht so wüst gefordertes Springen zusätzlich in eine Vergegenwärtigungsrage habe bringen wollen, »da, die Frau Eggli, dort der zwielichtige Jäger! Wahnsinn! Da sind sie ja alle versammelt!«

Sie, Elsa, habe das nicht verstanden, Wind auch nicht durch Nachfragen unterbrechen wollen in seinem muskulären und verbalen Toben, dafür selbst aber gespürt, daß sie allmählich in das Bild hineingezogen worden sei. Unter die aus der Schwärze, die vielleicht von Stürmen durchwühlt gewesen sei, flackernd hervorbrechenden Kreaturen habe sie unwillkürlich ihre Klienten gemischt. Oder sie hätten das aus eigener Kraft geschafft und die gemalten Geschöpfe einfach besetzt mit ihrem eigenen Schicksal. Genauso nämlich, wie diese Leute sich nicht damit zufriedengäben, sie tagsüber mit ihren Geständnissen zu behelligen, was sie gern, wenn auch bisweilen nur mit Mühe ertrage, sondern zusätzlich nachts über sie herfielen samt ihren frohen, meist ziemlich betrübten Gesichtern voller Anklagen und Beschwerden. Ein Sack Flöhe, die sie nicht zu hüten verstünde, den sie nicht mal zubinden könne.

»Elsa? Elsa?« Das war ihr schlaftrunkener Freund, der ein bißchen automatisch, jawohl, ein wenig pflichtschuldig und unbeherzt nach ihren Brüsten tappte, dann wie versehentlich mit den äußersten Fingerspitzen nach zwei Zentimetern Haut oberhalb ihres Schamhaaransatzes (ob absichtlich oder nicht, so oder so momentan ein Vergehen, da sie gerade jetzt nichts als streng Bericht erstatten wollte. Außerdem schienen ihr die Berührungen für diese Nacht ausgereizt zu sein). Sie entfernte die Hand. Er legte sie an dieselbe Stelle zurück. »Meinst du allen Ernstes, Elsa, du hättest unter den Grimassen deine Krankenkäuze herausgefunden? Ist es denen also wieder geglückt, sich gut getarnt in deine Nachtruhe einzuschleichen! Wer sind diesmal meine Rivalen? Dein Liebling, das sehnsüchtige Wänschen? Pratz, tot oder lebendig? Der Komponist Keller, aus dem doch nichts Rechtes mehr wird? Etwa die gesamte Sippschaft, falls du irgendwie den Überblick hast? Läßt sich das Pack denn wirklich identifizieren, schrullige Bettgenossin?«

»Wichtig sind nicht die schiefe Nase, nicht das schielende Auge an sich, das nicht. Es ist der anstürmende Pulk, die Masse, in der sich die Besonderheiten überkugeln. Übrigens erkenne ich dich und mich darunter. Wind äußerte die Vermutung, Dillburg selbst habe bei der Schilderung an seine Gemeinde gedacht.«

Es sei jedoch gleichzeitig ein Fischzug gewesen. Unsichtbare Netze müßten das ganze kitzlige Durcheinander der hingetupften Lebewesen offenbar gehalten haben. Sie hätten die Beute waagerecht hinter einer bis in das Licht ihres weiß strahlenden Seelenkerns durchsichtigen Gestalt mit einer Flammenkrone auf dem Kopf hergeschleift. Unwiderstehlich seien von deren magnetischer Kraft die teilweise noch gar nicht ausformulierten

Probegeschöpfe, gerade erst aufkeimende Saatkörner und Verwesungstrümmer, ebenso wie die gefiederten und geflügelten Häuptchen in ihren mit kleinen Glühlampen besetzten Rettungsringen, aus den Schluchten und Zerklüftungen gezogen worden, verlockt von dem überirdischen Glanz, selbst wenn sie sich qualvoll abzuwenden, in ihre jeweiligen Finsternisse zu vertiefen suchten und die herrische Strömung aus Nichts und Nacht hin zu der sanft entbrannten Erscheinung nicht hätten wahrhaben wollen: sie sei stärker gewesen als ihre persönlichen, teilweise grüblerischen, flehentlichen Zustände.

Das alles habe sich in der linken Bildhälfte zu festlicher Musik auf großen Streichinstrumenten abgespielt, ein gemessenes Jauchzen offenbar, das aber der von den noch Unerlösten abgetrennten Mutter mit dem Kind auf der rechten Seite gegolten habe. Vielleicht sei ja überhaupt Walten und Macht der Musik der eigentliche Stoff des Gemäldes gewesen?

Nein! Hier, in der wichtigeren Bildhälfte, erscheine mit Aura und Erzgewalt, vom Maler vorausgeahnt (so der Patient Wind, für sie etwas unverständlich Dillburg rekapitulierend, ohne das Gesagte, habe er freiwillig eingestanden, selbst ganz zu begreifen), in Wahrheit, unter dem Deckmantel des märchenhaft Biblischen, der göttlichste Berg der Erde, der nicht mal 6000 Meter hohe, in weiß feurigem Dauerblitz stehende, an Schönheit alles überragenden Alpamayo, auf den die Tropensonne senkrecht herabbrenne und an dem die feuchte Luft der Urwälder hinaufsteige, beides seine Oberflächengestalt formend.

Laut Dillburg gehe es allerdings um eine nahezu blasphemische Unterstellung: die doppelte Menschwerdung und das ungeheuerliche Herablassen der ewigen Urkraft zu einer Episode, zu einem Schicksal und Einzelfall. Es gehe um die biblisch überlieferte Menschwerdung des Göttlichen im rosigen, sehr rundlichen Säugling und um die andere, die kaum ahnbare Skizzierung seines Angesichts in der Höhe, seine jede Formel übersteigende

Andeutung in einer Epiphanie des Lichts, für das die geheimnisvolle Frauenfigur mit dem Flammenreif (bei dessen Schilderung sie, Elsa, sofort an die Zackenkränze und deren unvorhersehbares Zucken habe denken müssen, an die schönen, aber lästigen Feuerräder, die ab und zu mitten im Massieren wegen zu großer Verausgabung vor ihren Augen erschienen), nur eine Zwischenstation und Vorbereitung darstelle.

Bei dem, was nun in Dillburgs Bericht folgte, könne sie noch weniger als vorher unterscheiden, ob es sich um exzentrische Interpretationen des Geistlichen oder Winds handle, der zunehmend geschwitzt habe.

Dabei bemerkt Elsa, im Gegensatz zu ihrem Freund, nicht im geringsten, daß sie sich selbst, weit von ihrer normalen Stimmlage entfernt, im Bett aufrichtet und erste Schweißperlen von der Stirn wischt.

Sie habe von dieser rechten Bildhälfte so viel begriffen und behalten, daß sie im oberen Teil in ein Honiglicht getaucht sei, das sich in der Spitze konzentriere zu einem, wie für Augenblicke sichtbar gewordenen alten Monarchen. Es müsse der Gottvater sein, in dessen Strahlenkleid unzählige Wesen aufwärts- und abwärtsschössen in gleitenden Übergängen ihrer Substanzen, schon fast entfleischlichte Prozessionen leichtfüßiger Pilger, wie zierliche Insekten in der Luft balancierend, Boten, Kuriere, zarte Fragmente in juckenden oder jubelnden Heerscharen, die der Vereinigung mit dem Licht zustrebten, aber auch, ausgestattet mit Botschaft, Auftrag, Ermächtigung, der Landschaft in der Tiefe zuflögen. Ein in Myriaden Scherben zersplitterter und sie wieder in sich einsaugender und einschmelzender Gott throne, wenn auch nur in höchst fragiler Sichtbarkeit, über den – wie nach einer Verwandlung der dunklen Strudelexistenz, der sie mit übermenschlicher Sprungkraft in die Unendlichkeit entflohen seien – sich hier heiter bildenden und zersetzenden Geistern, deren Körper und Flügel das sie nicht verbrennende Feuer schmerzlos durchwehe. Ein sich bauschendes Gewebe euphorischer Schwärme, Bienen, Libellen, ein sehr bewegliches Getümmel, das zugleich den verlängerten Gewandinhalt des Regenten hoch oben an der Spitze von allem, über Gebirgswelt und Wolken gebildet habe.

So Wind, so angeblich Dillburg. Mit Wind seien, nicht etwa mit ihr, Elsa, die Pferde durchgegangen. Er habe auch nicht mehr auf dem Ball seine Hüpfsprünge absolviert, dafür von Eisnadelschauern und Schleiern aus Diamantstaub geredet, von Verfestigung und Sublimation, wenn Schnee in Dunst übergehe, als handele es sich in Wirklichkeit um das gemalte Schauspiel flammend herabsinkender Schneeflocken und aufsteigender Wasserdämpfe, um erregende Wechsel der Aggregatzustände, um, wie er sagte »destruktive und konstruktive Metamorphosen« und Kristallverzweigungen und hier durch Zeitraffung nachweisbar werdende physikalische und mechanische Verwitterung sowie Wiederaufbau himmlischer Ereignisse innerhalb einer dynamischen Ewigkeit, jedenfalls wenn sie, wie hier, mit dem Menschlichen, also der Mutter mit dem Kind und der Landschaft in Berührung komme.

Er hoffe, der bisher doch immer redliche Dillburg sei nicht ein solcher Quatsch- und Wirrkopf wie dieser Pseudo-Bergsteiger mit seinem sehr luftigen Felsmassiv und Alpamayo-Gipfelaufbau samt Riffelfirn als Sagengott, brummt Elsas Freund, dem sein Engelsgeduldsfaden reißt. Ob es nicht, sein letztes Wort dazu, das Beste sei, über diese Dinge den Mund zu halten und das Universum mit Schweigen zu ehren? Sie, Elsa, verwechsle wieder einmal ihr Mitgefühl mit ihrer Phantasie. Ob das alles vielleicht nur Halluzinationen eines unter den Lidern, in den Ohrmuscheln und Nasenlöchern von Juckreiz schwer Geplagten und hoch Gereizten seien?

Unbeirrt fährt Elsa fort. Es erweise sich, so Dillburg, durch die nicht ganz zuverlässige Stimme Winds hindurch, als das alles

Entscheidende und Allerergreifendste: das Bewohnen des gesamten Raums zwischen Himmel und Erde mit einer unendlichen Fülle von Wesen, die sich ohne Ausnahme, und sei es unwissentlich und ob sie sich sträubten oder nicht, im allmächtigen Sog des auslöschenden, wiedergebärenden höchsten Lichts befänden.

»Schläfst du?«

Dann sei Dillburg, der die ganze Zeit in fragloser Festigkeit vor den Zuhörern gestanden habe, auf unvermittelt schwankenden Füßen sehr eilig, wohl um nicht in ein Schaukeln zu verfallen, die drei Stufen hoch zu seinen weiteren Handlungen im Hintergrund davongegangen.

Keine Antwort?

Das Internetkindchen

Noch ahnt es keiner. Ein Jahr später, im März, ist Finnland, der einst etwas steife Hobbyfotograf, im ehemaligen Reich von Herrn Scheffer zum ersten Mal mit einem silbernen Kinderwagen unterwegs. Er fährt sein metallisch gekleidetes Söhnchen spazieren. Stolz nennt er es aus gutem Grund »mein Internetkindchen«. Den kleinen Anzug hat die Großmutter geschickt, Astrophysikerin in Moskau, zusammen mit einem selbstgestrickten. Auf einer Weide steht ein wohlgerundetes, kraftvolles Pferd. Es sieht ohne mit der Wimper zu zucken geradeaus und trägt einen Maulkorb. Für Finnland eine unverständliche Novität! Der Zwerg in den Kissen kann das Ungewöhnliche noch nicht erkennen mit den schlafmützigen Äugelchen.

Plötzlich steht der frischgebackene Vater in freier Natur vor einer abgeschlossenen Tür!

Das Schutzgebiet ist in seinem schönsten Teil, dem partiell überfluteten Kernbereich mit den Trockeninseln voller Heidekraut, von hohem, weitmaschigem Draht eingezäunt. Man hat sich viel Mühe gemacht. Eine Tafel erklärt dem Wanderer, daß man auf diese Weise bis zum Spätsommer die Nist- und Brutplätze der Tiere vor Menschen und Hunden schützen wolle, und schlägt einen bisher nicht geöffneten Umweg vor.

»Dann ist doch alles gut ausgegangen«, sagt der anfangs verdutzte Finnland schließlich sehr fröhlich zu dem winzigen, in seinem Anzug aufblitzenden Kind. »Ich frage mich jetzt, ob wir Scheffers Pläne jemals kannten. Verdammt noch mal! Was, mein kleiner Sergej, hatte der Kerl hier eigentlich vor?«

Mit Dank an »Mito«
in Hamburg-Nienstedten.